Andrej Platonow

Die Epiphaner Schleusen

Frühe Novellen

Verlag Volk und Welt
Berlin

Mit einem Nachwort und Anmerkungen der Herausgeberin

Aus dem Russischen von Erich Ahrndt, Alfred Frank,
Charlotte Kossuth, Renate Landa, Larissa Robiné

ISBN 3-353-00004-6
1. Auflage
© Verlag Volk und Welt, Berlin 1986
(deutschsprachige Ausgabe)
L. N. 302, 410/16/86
© Izdatel'stvo »Chudožestvennaja literatura«.
»Izbrannye proizvedenija v dvuch tomach«, Moskva 1978
© »Krasnaja nov'«, Moskva 1931, Nr. 3: Zu Nutz und Frommen
Der Abdruck der Novelle »Zu Nutz und Frommen« erfolgt mit Genehmigung
des Verlages Philipp Reclam jun., entnommen dem Band
»Aufzeichnungen auf Manschetten« Leipzig 1982
Printed in the German Democratic Republic
Alle Rechte vorbehalten
Redakteur: Alfred Frank
Einbandentwurf: Hans-Joachim Petzak
Lichtsatz: Interdruck Graphischer Großbetrieb Leipzig – III/18/97
Druck und Einband: LVZ Druckerei »Hermann Duncker«
LSV 7200
Bestell-Nr. 648 577 9
01380

Die Epiphaner Schleusen

Für M. A. Kaschinzewa

I

Wie vernunftvoll sind doch die Wunder der Natur, mein lieber Bruder Bertrand! Wie überreich das Verborgene der weiten Räume! Selbst der mächtigste Verstand vermag es nicht zu erfassen, selbst das edelste Herz es nicht zu erfühlen! Siehest du wenigstens geistigen Auges den Aufenthalt Deines Bruders in der Tiefe des asiatischen Kontinents? Ich weiß, Du ahnst ihn nicht. Ich weiß, Dein Blick ist gefesselt vom geräuschvollen Europa und von unserer volkreichen Heimatstadt Newcastle, wo immerdar Seeleute in erklecklicher Zahl beieinander sind und ein gebildetes Auge Trost findet.

Um so arger wächst die Sehnsucht nach der Heimat in mir, um so mehr setzt mir die Trauer der Gottverlassenheit zu.

Die Russen sind weichen Gemütes, gehorsam und geduldig bei der langen, schweren Arbeit, aber auch wild und düster in ihrer Unwissenheit. Meine Lippen sind zusammengewachsen ob des Mangels an kulturvollem Gespräch. Nichts denn verabredete Zeichen gebe ich den Aufsehern auf meinen Baustellen, sie geben das Kommando darnach laut an die Arbeiter weiter.

Die Natur hierselbst ist üppig: Schiffbauholz umrahmt malerisch alle Flüsse und bedeckt auch die Tiefebenen. Wildes Getier suchet bei den menschlichen Siedlungen seine Nahrung, und die russischen Bauern leiden darob großen Abtrag.

Aber Korn und Rindfleisch gibt es hier zur Genüge, und die gute Kost hat mir, ungeachtet meiner Sehnsucht nach Newcastle, Fülle des Leibes gebracht.

Dieser Brief ist nicht so ausführlich wie der vorige. Die Kaufleute, so nach Asow, Kaffa und Konstantinopel fahren, haben ihre Schiffe schon instand gesetzt und rüsten zur Abfahrt. Mit ihnen schicke ich dieses Schriftstück, auf daß es Newcastle schneller erreiche. Die Negozianten beeilen sich, dieweil das Wasser des Tanaid* fallen kann und dann die schweren Schiffe nicht tragen würde. Meine Bitte an Dich ist nicht groß, und Du wirst der Sache gewißlich Herr werden.

Zar Peter ist ein überaus mächtiger Mann, obwohl er auch zerfahren ist und zuviel unnötigen Lärm macht. Sein Verstand ist wie sein Land: Er birgt großen Reichtum, ist aber wild wie die Wälder und Tiere hier.

Jedoch den fremdländischen Schiffbaumeistern ist er zusamt wohlgeneigt und maßlos in seiner Großzügigkeit zu ihnen.

In der Mündung des Flusses Woronesh habe ich eine Doppelkammerschleuse mit Fangdamm gebaut, derhalber es möglich ward, die Schiffe auf dem Trockenen zu reparieren, ohne ihnen großen Schaden zuzufügen. Item habe ich einen großen Fangdamm und eine Schleuse mit Tor errichtet, welcher Ausmaße genügen, um das Wasser durchzulassen. Dann habe ich noch eine Schleuse mit zwei großen Toren gebaut, die große Schiffe so passieren können, daß man sie jederzeit in dem Becken, das der Fangdamm bildet, einschließen kann und das Wasser ablassen, wenn die Schiffe hineingefahren sind.

Über selbiger Arbeit sind sechzehn Monate hingegangen. Hernach bekam ich eine andere Arbeit. Zar Peter war mit meinen Taten zufrieden und befahl, etwas höher noch eine Schleuse zu bauen, auf daß der Fluß Woronesh bis zur Stadt für Schiffe mit achtzig Kanonen befahrbar werde. Von dieser Bürde habe ich mich in zehn Monaten desgleichen entledigt, und es wird meinen Bauwerken nichts geschehen, solange die Welt stehet, wiewohl der Untergrund am Ort der Schleuse schwach war und mächtige Quellen sprudelten. Die deutschen Pumpen waren zu schwach für die Quellen, und die Arbeit mußte deret Ergiebigkeit hal-

* Don

ben sechs Wochen ruhen. Da fertigten wir eine Maschine, die zwölf Faß Wasser in der Minute beseitigte und arbeitete acht Monate pausenlos, und alsbald stiegen wir im Trockenen in die Baugrube.

Nach solcher Fron küßte mich Peter und überreichte mir tausend Silberrubel, welche keine unbedeutende Geldsumme sind. Sodann sagte mir der Zar, daß selbst Leonardo da Vinci, der Erfinder der Schleusen, nicht besser hätte bauen können.

Die Ernsthaftigkeit meines Gedankens aber besteht darin, mein lieber Bruder Bertrand, daß ich Dich nach Rußland rufen möchte. Hier ist man gegen Ingenieure über die Maßen freigebig, und Peter hat große Ingenieurbauten im Sinn. Ich habe mit eigenen Ohren von ihm gehört, daß ein Kanal vonnöten sei zwischen Oka und Don, mächtigen Flüssen hierzulande.

Der Zar will eine durchgehende Wasserstraße zwischen dem Baltischen Meer und dem Schwarzen und Kaspischen Meer schaffen, auf daß die großen Räume des Kontinents bis Indien, zu den Mittelmeerländern und nach Europa überwunden werden. Selbiges hat sich der Zar festiglich vorgesetzt. Und darauf gebracht ward er durch den Handel und die Kaufmannschaft, welche ihr Gewerbe zuvörderst in Moskau und in den umliegenden Städten betreibt; die Reichtümer des Landes liegen auch in der Tiefe des Kontinents, und so bleibet kein andrer Weg, als die großen Flüsse durch Kanäle zu verbinden und sie von den Persern bis nach St. Petersburg und von Athen bis nach Moskau sowie zum Ural, zum Ladogasee, zu den Kalmückensteppen und weiter mit Schiffen zu befahren.

Doch dringlich braucht Peter für solches Beginnen Ingenieure. Denn ein Kanal zwischen Don und Oka ist kein geringes Unternehmen, dazu bedarf es großen Fleißes und ansehnlicher Kenntnisse.

Und so habe ich Zar Peter versprochen, meinen Bruder Bertrand aus Newcastle herbeizurufen, ich selbst aber bin müde geworden, außerdem liebe ich meine Braut und habe Sehnsucht nach ihr. Vier Jahre lebe ich wie ein Wilder, mein Herz ist eingetrocknet, und mein Geist erlischt.

Tue mir Deinen Entschluß zu diesem Schreiben kund, doch ich rate Dir zu kommen. Du wirst es schwer haben, aber nach fünf Jahren kehrest Du mit allen Gütern gesegnet nach Newcastle zurück und beschließt Dein Leben in der Heimat in Ruhe und Wohlstand. Dafür gearbeitet zu haben wird Dich nicht reuen.

Bestelle meiner Braut Anna, daß ich sie liebe und mich nach ihr sehne und daß ich baldigst zurückkehren werde. Sage ihr, ich nähre mich nur noch vom Blut meines ihrer verlangenden Herzens, und sie soll harren auf mich. Nun sei gegrüßt von mir, wende Dein Auge freundlich auf das geliebte Meer, das fröhliche Newcastle und das ganze geliebte England.

Dein Bruder und Freund
William Perry, Ingenieur
Anno 1708, den achten August

2

Im Frühjahr 1709 kam mit dem ersten Schiff Bertrand Perry nach St. Petersburg.

Die Reise von Newcastle hatte er auf dem alten Schiff »Mary« gemacht, das viele Male australische und südafrikanische Häfen gesehen hatte.

Kapitän Sutherland drückte Perry die Hand und wünschte ihm gute Reise in das schreckliche Land und baldige Rückkehr zum heimatlichen Herd. Bertrand dankte ihm und betrat den Boden der fremden Stadt und des riesigen Landes, wo ihn schwere Arbeit, Einsamkeit und womöglich ein früher Tod erwarteten.

Bertrand war dreiunddreißig Jahre alt, aber sein finsteres, trauriges Gesicht und die ergrauten Schläfen machten aus ihm einen Fünfundvierzigjährigen.

Im Hafen wurde Bertrand von einem Abgesandten des russischen Imperators und vom Residenten des englischen Königs empfangen.

Nachdem sie langweilige Worte gewechselt hatten, trennten sie sich: der Abgesandte des Imperators ging nach

Hause, um Buchweizengrütze zu essen, der englische Konsul in sein Büro und Bertrand in die ihm zugewiesene Unterkunft in der Nähe des Marine-Zeughauses.

In den Gelassen war es sauber, leer, behaglich, aber langweilig vor Stille und Gemütlichkeit. Gegen das venezianische Fenster stürmte der wüste Seewind an, und die Kühle vom Fenster her erinnerte Bertrand ärger noch an seine Einsamkeit.

Auf einem massiven niedrigen Tisch lag ein versiegelter Brief. Bertrand öffnete ihn und las:

Auf Befehl des Imperators und Selbstherrschers aller Reußen ersuchet das Wissenschaftliche Kollegium den englischen Schiffbauingenieur Bertrand Ramsey Perry höflichst, sich in der Wasser- und Kanalbauanstalt des Kollegiums einfinden zu wollen, welche ihren Sitz hat in einem gesonderten Haus auf dem Obwodny-Prospekt.

Der Imperator überwacht höchstselbst den Fortgang des Projekts zur Herstellung einer Verbindung zwischen den Flüssen Don und Oka über den Iwan-See, den Fluß Schat und den Fluß Upa, dieserwegen tuet es not, sich mit dem Projekt zu beschleunigen.

Zu diesem Behufe wollet Ihr alsbald im Wissenschaftlichen Kollegium erscheinen, vorher dürft Ihr Euch jedoch Erholung von der Seereise gönnen, auf daß Ihr Euer seelisches und körperliches Wohlbefinden wiedererlanget.

Auf Anweisung des Präsidenten
der Hauptreglementeur und Jurisconsultus des Wissenschaftlichen Kollegiums

Heinrich Wortmann

Bertrand legte sich mit dem Brief auf ein breites deutsches Sofa und schlief unversehens ein.

Er erwachte von einem Schneesturm, der bedrohlich vor dem Fenster heulte. Draußen, in der menschenleeren Finsternis, fiel rastlos dichter feuchter Schnee. Bertrand zündete die Lampe an und setzte sich an den Tisch gegenüber dem grausigen Fenster. Aber er hatte nichts zu tun, und so versank er in Gedanken.

Geraume Zeit verging, die Erde hatte längst die bedächtige Nacht begrüßt. Manchmal vergaß Bertrand, wo er war, und wenn er sich jäh umwandte, gewärtigte er, seinem vertrauten Zimmer in Newcastle zu begegnen und hinter dem Fenster der Ansicht des warmen, belebten Hafens und dem undeutlichen Streifen Europas am Horizont.

Aber der Wind, die Nacht, der Schnee auf der Straße, die Stille und die Kälte in den Zimmern machten ihm deutlich, daß seine Wohnstatt sich auf einem anderen Breitengrad befand.

Und das, was er in seinem Bewußtsein so lange von sich gewiesen hatte, ergriff nun rasch Besitz von seiner Phantasie.

Mary Carboround, seine zwanzigjährige Braut, ging jetzt wahrscheinlich durch die grünen Straßen von Newcastle und trug an ihrer Bluse einen Fliederzweig. Vielleicht führte ein anderer sie am Arm und betörte sie in falscher Liebe, Bertrand würde es nie erfahren. Zwei Wochen hatte die Fahrt hierher gedauert, was konnte da nicht alles mit Marys wundersamem, unbesonnenem Herzen geschehen?

Kann eine Frau überhaupt fünf oder zehn Jahre auf einen Mann warten und in sich die Liebe zu einem unsichtbaren Bild hegen? Kaum. Sonst wäre die ganze Welt schon lange edel.

Einer verläßlichen Liebe gewiß, würde jeder bis auf den Mond zu Fuß gehen.

Bertrand stopfte seine Pfeife mit indischem Tabak.

Mary hatte recht! Was sollte sie sich mit einem Negozianten oder einem einfachen Seemann verbinden? Sie ist mir zugetan und hat ein kluges Köpfchen.

Bertrands Gedanken eilten rasch dahin, jedoch einer auf den anderen und in klarem Takt.

Fürwahr, du hast recht, meine kleine Mary. Ich erinnere mich sogar, wie du nach Kräutern duftetest. Ich erinnere mich, wie du sagtest: Ich brauche einen Mann wie den Pilger Iskander, wie den vorwärtsstürmenden Tamerlan, wie den unbändigen Attila. Und wenn schon einen Seemann, dann so einen wie Amerigo Vespucci ... Du weißt viel und bist sehr klug, Mary! Du hast wirklich recht: Wenn der Ehemann dir teurer ist als das Leben, so soll er auch interessanter und kostbarer sein als das Leben! Sonst wirst du trübsinnig und gehst an deinem Unglück zugrunde.

Bertrand spuckte ingrimmig Tabaksaft aus und sagte:

»Ja, Mary, dein frühgereifter Verstand ist scharf! Ich bin einer solchen Frau vielleicht gar nicht würdig. Aber wie schön ist es dafür, solch findiges Köpfchen zu liebkosen! Ich freue mich, daß unter den Zöpfen meiner Frau ein heißes Hirn wohnt ... Nun, wir werden sehen! Deshalb bin ich ja in dieses unendlich traurige Palmyra gekommen. Williams Brief ist schuldlos an diesem Schicksal, gleichwohl hat er dem Herzen geholfen, den Entschluß zu fassen.«

Bertrand war durchgefroren und legte sich schlafen. Während er Marys Bild vor Augen hatte und geistig mit ihr sprach, wütete über St. Petersburg ein Schneesturm, der, um die Häuser fegend, die Zimmer auskühlte.

Nachdem Bertrand sich in eine Decke gehüllt und seinen Marinemantel aus unverwüstlichem englischem Tuch darübergebreitet hatte, schlummerte er ein, und die feine lebendige Trauer strömte, ohne dem Verstand zu gehorchen, unablässig weiter durch seinen hageren kräftigen Körper.

Auf der Straße ertönte ein merkwürdiger schriller Laut, als hätte aufprallendes Eis die ganze Außenhaut eines Schiffes aufgerissen. Bertrand öffnete die Augen, lauschte, doch seine Gedanken wurden vom Leid abgelenkt, und er schlief ein, ohne richtig aufgewacht zu sein.

3

Am anderen Tag machte sich Bertrand im Wissenschaftlichen Kollegium mit Peters Vorhaben vertraut. Das Projekt war gerade erst in Angriff genommen worden.

Der Auftrag des Zaren lautete, einen durchgängigen Schiffahrtsweg zwischen Don und Oka und damit von den Dongebieten nach Moskau und zu den Wolgaprovinzen zu schaffen. Das erforderte umfangreiche Schleusen- und Kanalbauten, zu deren Projektierung Bertrand aus Britannien herbeigeholt worden war.

Die folgende Woche verging mit dem Lesen der Untersuchungsunterlagen, nach denen die Arbeiten projektiert werden sollten. Die Unterlagen waren gewissenhaft angefertigt von kundigen Männern: von dem französischen Ingenieur Generalmajor Trousson und dem polnischen Techniker Hauptmann Cickiewski.

Bertrand war zufrieden, denn die guten Untersuchungen ermöglichten den baldigen Beginn der Bauarbeiten. Schon in Newcastle von Peter fasziniert, hegte er den Ehrgeiz, Peters Mitstreiter bei der Zivilisierung dieses wilden und geheimnisvollen Landes zu werden. Dann würde sich Mary ihn bestimmt zum Mann wünschen.

Iskander hatte Eroberungen, Vespucci Entdeckungen gemacht, jetzt aber war das Jahrhundert der Bauten angebrochen – den blutigen Krieger und den müden Forschungsreisenden hatte der kluge Ingenieur abgelöst.

Bertrand arbeitete hart, war aber glücklich dabei – sein Schmerz über die Trennung von der Braut wurde durch die Arbeit etwas gedämpft.

Er wohnte in seiner Unterkunft, besuchte weder die Admiralitäts- noch die Zivilassembleen, mied die Bekanntschaft der Damen und ihrer Männer, obwohl manche mondänen Damen die Gesellschaft des einsamen Engländers suchten. Er erledigte seine Arbeit, wie ein Kapitän sein Schiff steuert – umsichtig, verständig und schnell, den Untiefen und Sandbänken auf seinen Meßplänen ausweichend.

Anfang Juli war das Projekt fertig, die Pläne lagen ins reine geschrieben vor. Alle Dokumente wurden dem Zaren unterbreitet, der sie billigte und dann befahl, Bertrand eine Belohnung von tausendfünfhundert Silberrubel auszuzahlen; fürderhin sollte er jeden Monat einen Lohn von tausend Rubel erhalten und wurde zum Hauptbaumeister aller Schleusen und Kanäle, die den Don mit der Oka verbinden sollten, ernannt.

Zur gleichen Stunde erließ Peter an die Statthalter und Wojewoden, in deren Provinzen Schleusen und Kanäle gebaut werden sollten, die Order, dem Hauptingenieur jegliche Beihilfe angedeihen zu lassen, welche dieser von ihnen verlangen würde. Bertrand erhielt die Rechte eines Generals und war nur dem Zaren und Oberbefehlshaber hörig.

Nach der offiziellen Unterredung erhob sich Peter und sprach zu Bertrand:

»Mister Perry! Ich kenne deinen Bruder William, er ist ein beneidenswerter Schiffbauer und weiß mit kunstvollen Bauten vortrefflich die Wasserkräfte zu vereinen. Dir aber soll unvergleichlich klügere Arbeit übertragen sein, mit welcher wir die Hauptströme unseres Imperiums auf ewige Zeiten zu einem Wasserweg zu verbinden und hierdurch dem friedlichen Handel und auch jedwedem kriegerischen Unternehmen große Hilfe angedeihen zu lassen gedenken. Vermöge selbiger Arbeiten sind wir gewillt, über Wolga und Kaspisches Meer Beziehungen zu den alten asiatischen Reichen aufzunehmen und, wo möglich, die ganze Welt mit dem gebildeten Europa zu verbinden. Damit wir selbst von diesem Welthandel Gewinn haben und das Volk von den ausländischen Meistern größere Fertigkeiten erlange.

Zu diesem Behufe trage ich dir auf, mit der Arbeit unverzüglich zu beginnen – auf daß der schiffbare Wasserweg entstehe!

Jedweden Widerdruß, der dir getan wird, melde mir durch Eilboten – zur schnellen und strengsten Bestrafung. Hier hast du meine Hand – sie bürge dir dafür! Halte das Steuer fest, arbeite klug – ich kann belohnen, kann aber auch Verschwender unseres Gutes und Aufsässige gegen unseren Willen auspeitschen.«

Mit einer Schnelligkeit, die seinem massiven Körper nicht angemessen war, kam Peter auf Bertrand zu und schüttelte ihm die Hand.

Dann drehte er sich um und begab sich schleimräuspernd und schweratmend in seine Gemächer.

Die Rede des Zaren wurde Bertrand übersetzt, und sie gefiel ihm.

Bertrand Perrys Projekt war so angelegt: Es sollten dreiunddreißig Schleusen aus Granit und Kalkstein gebaut, ein Kanal von dreiundzwanzig Werst Länge vom Dorf Ljubowka an der Schat bis zum Dorf Bobriki am Don gegraben, der Don vom Dorf Bobriki bis zum Dorf Gai auf hundertzehn Werst Länge gesäubert und vertieft werden, damit er schiffbar werde; außerdem war vorgesehen, den Iwansee, aus dem der Don seinen Ursprung nimmt, sowie den ganzen Kanal mit einem Erdwall und mit Dämmen zu umfassen und zu zwingen.

Im ganzen waren also zweihundertfünfundzwanzig Werst schiffbaren Wasserwegs fertigzustellen, der an der Oka begann und über einen hunderzehn Werst langen Kanal in den Don mündete. Der Kanal sollte zwölf Sashen breit und zwei Arschin tief sein.

Die zentrale Bauleitung wollte Bertrand in Epiphan in der Provinz Tula einrichten, weil diese Stadt in der Mitte der künftigen Baustellen lag.

Mit Bertrand sollten fünf deutsche Ingenieure und zehn Schreiber aus der Verwaltungsbehörde fahren.

Die Abreise wurde auf den 18. Juli festgesetzt. An diesem Tage um zehn Uhr früh sollten vor Bertrands Unterkunft die Reisewagen halten, um die langwierige Fahrt in die Abgeschiedenheit zu dem unscheinbaren Ort Epiphan anzutreten.

4

Solange die Seele auf Erden weilt, so lange währt ihr Leiden.

Die fünf Deutschen und Perry versammelten sich zu einer ausgiebigen Mahlzeit, um sich für einen ganzen Tag und eine Nacht im voraus satt zu essen.

Und in der Tat, sie stopften sich die Bäuche voll, da sie zu einer lang währenden Betrachtung der damaligen armseligen russischen Räume rüsteten.

Perry packte schon die Tabakspäckchen in seine Reisetruhe – seine letzte Verrichtung vor jeder Reise. Die Deutschen beendeten schon die Briefe an ihre Familien, und der jüngste von ihnen, Karl Bergen, brach plötzlich in Weinen aus vor herzbeklemmender, unbändiger Sehnsucht nach seiner jungen, noch geliebten Frau.

Da erzitterte plötzlich die Tür vom heftigen Klopfen

einer amtlichen Hand. So konnte nur einer klopfen, der ausgesandt war, zu arretieren oder die Gnade des unberechenbaren Zaren mitzuteilen.

Aber es war ein Eilbote der Post.

Er bat, ihm Bertrand Perry, den englischen Ingenieur-Hauptmann, zu bezeichnen. Fünf deutsche Hände, bedeckt mit Muttermalen und Sommersprossen, wiesen auf den Engländer.

Der Eilbote machte einen linkischen Kratzfuß und reichte Perry ehrerbietig einen Briefumschlag mit fünf Siegeln.

»Gnädiger Herr, nehmt bitte eine Sendung aus dem englischen Staat entgegen!«

Perry ging zum Fenster, öffnete den Briefumschlag und las:

Newcastle, den 28. Juni

Mein lieber Bertrand! Du bist auf diese Nachricht nicht gefaßt. Es fällt mir schwer, Dich zu betrüben, wahrscheinlich hat mich die Liebe zu Dir noch nicht verlassen. Doch schon brennt ein neues Gefühl in mir. Und mein kläglicher Verstand muß sich anstrengen, um Dein geliebtes Antlitz einzufangen, dem mein Herz so wehmütig zugetan war.

Du bist naiv und grausam – des Goldes wegen bist Du in ein fernes Land davongefahren; des wilden Ruhmes wegen hast Du meine Liebe und meine der Zärtlichkeit harrende Jugend zerstört. Ich bin eine Frau, ohne Dich bin ich schwach wie ein Zweiglein, und so habe ich mein Leben einem anderen hingegeben.

Mein lieber Bert, kannst Du dich an Thomas Rice erinnern? Er ist mein Mann geworden. Du bist betrübt, gib aber zu, daß er sehr nett ist und mir ganz ergeben! Damals hatte ich ihn abgewiesen und Dich vorgezogen. Aber Du bist fortgefahren, und er hat mich lange getröstet in meinem Gram und meiner sehnsüchtigen Liebe zu Dir.

Sei nicht traurig, Bert! Du tust mir so leid! Hast Du geglaubt, ich brauchte wahrhaftig einen Alexander von Mazedonien? Nein, ich brauche einen treuen und geliebten Mann, und wenn er im Hafen Kohlen trägt oder als einfacher Matrose zur See fährt, er muß nur allen Ozeanen Lieder von mir singen. Das ist es, was eine Frau braucht, merk Dir das gut, Du dummer Bertrand!

Zwei Wochen sind schon seit unserer Hochzeit vergangen. Thomas ist sehr glücklich, und ich auch. Ich glaube, unter meinem Herzen regt sich schon ein Kind. Siehst du, wie schnell! Das kommt, weil Thomas mein Liebster ist und mich nicht verlassen wird; du aber bist fortgefahren, Kolonien zu suchen – nimm sie Dir, ich habe mir Thomas genommen.

Leb wohl! Sei nicht traurig, und wenn Du in Newcastle bist, besuche uns, wir werden uns freuen. Wenn Du aber sterben solltest, werden ich und Thomas weinen.

Mary Carboround-Rice

Perry, wie von Sinnen, las den Brief dreimal hintereinander. Dann sah er durch das große Fenster: es zu zerschlagen tat ihm leid, das Glas war von den Deutschen für Gold gekauft. Den Tisch zertrümmern – dazu war kein schwerer Gegenstand zur Hand. Einem Deutschen ins Gesicht schlagen – sie waren schutzlose Wesen, und einer von ihnen hatte ohnedies schon geweint. Während die Wut in Perry kochte, während er schwankte mit seinem arithmetischen Verstand, fand sein Ingrimm von allein den Ausweg.

»Herr Perry, Euer Mund ist nicht in Ordnung!« sagten die Deutschen zu ihm.

»Was ist denn?« fragte Perry schon kraftlos und traurig.

»Wischt Euch den Mund ab, Herr Perry!«

Mühsam riß Perry die Pfeife aus dem Mund, die fest zwischen den Zähnen eingekeilt war. Er hatte die Zähne so fest zusammengebissen, daß sie sich ins Zahnfleisch gepreßt hatten, es war gerissen, und bitteres Blut floß daraus.

»Was ist passiert, Herr? Ist zu Hause ein Unglück geschehen?«

»Nein. Es ist vorbei, Freunde.«

»Was ist vorbei Herr? Sagt es uns bitte!«

»Das Blut hat aufgehört zu fließen, das Zahnfleisch wird heilen. Wir brechen auf nach Epiphan.«

5

Die Reisenden nahmen die Boten-Straße, die von Moskau nach Kasan führte und sich hinter Moskau mit der Kalmijuser Sakma – dem Tatarenweg nach Rußland rechts des Dons – vereinigte. Auf ihn mußten die Reisenden abbiegen, um weiter über die Landstraßen von Idowo und Ordobasar und über kleinere Feldwege Epiphan, ihren künftigen Wohnort, zu erreichen.

Der Gegenwind blies mit dem Atem den Gram aus Perrys Brust. Er betrachtete voller Bewunderung diese Natur, die so reich und dabei so schlicht, ja karg war. Man konnte Böden sehen, die der reinste Dünger waren, dennoch trugen sie nur spärlichen Pflanzenwuchs: schmächtige, biegsame Birken und trauernde klingende Espen.

Sogar jetzt im Sommer hallte der weite Raum so, als sei er kein lebender Körper, sondern ein abstrakter Geist.

Bisweilen tauchte im Wald ein Kirchlein auf – hölzern, ärmlich, mit Elementen des byzantinischen Baustils. In der Nähe von Twer bemerkte Perry an einer Dorfkirche sogar gotischen Geist, bei aller protestantisch-enthaltsamer Ärmlichkeit des Bauwerks. Und Perry verspürte den warmen Hauch seiner Heimat – den sparsamen praktischen Sinn des Glaubens seiner Väter, die die Eitelkeit alles Überirdischen begriffen hatten.

Die riesigen Torflager am Wald entzückten Perry, und er spürte auf seinen Lippen den Geschmack des unerhörten Reichtums, der in diesem dunklen Boden verborgen war.

Der Deutsche Karl Bergen, derselbe, der in Petersburg über seinem Brief geweint hatte, dachte an das gleiche. An der Luft aufgelebt und von Erregung ergriffen, vergaß er für eine Weile seine junge Frau und erklärte Perry, Speichel schluckend:

»England ist ein Schachtmeister. Rußland ist ein Torfmeister. Habe ich recht, Herr Perry?«

»Ja, völlig recht«, sagte Perry und wandte sich ab, da er die furchterregende Höhe des Himmels über dem Kontinent bemerkte, die über dem Meer und über der schmalen britischen Insel undenkbar war.

Nicht oft, dafür aber jedesmal reichlich aßen die Reisenden in den Ortschaften, die sie passierten. Perry trank ganze Holzkrüge voll saurer Milch aus, die ihm gut mundete und die Verdauung während der Reise förderte.

Nachdem die Ingenieure Moskau hinter sich gelassen hatten, erinnerten sie sich noch lange an seine Glockenmusik und an die Stille der leeren Foltertürme an den Ecken des Kremls. Besonders begeistert war Perry von der Basilius-Kathedrale, dieser schrecklichen seelischen Anstrengung des derben Künstlers, die ganze Feinheit und zugleich die runde Üppigkeit der Welt, die dem Menschen umsonst gegeben ist, zu begreifen.

Manchmal breiteten sich vor ihnen weite, mit Reihergras bewachsene Steppen aus, auf denen keine Spuren eines Weges zu erkennen waren.

»Wo ist denn die Boten-Straße?« fragten die Deutschen die Fuhrleute.

»Na, hier doch.« Die Fuhrleute wiesen auf die Weite ringsum.

»Es ist aber nichts zu sehen«, riefen die Deutschen und betrachteten aufmerksam den Boden.

»Die Straße ist ja nur die Richtung, festgestampft muß es hier nicht sein! Bis Kasan ist das so – immer gleich!« erklärten die Fuhrleute den Ausländern, so gut es ging.

»Das ist ja großartig!« lachten die Deutschen.

»Gewiß«, stimmen die Fuhrleute ernsthaft zu. »So hat man bessere Sicht und mehr Raum. Steppensonne – Herzenswonne!«

»Überaus beachtenswert!« wunderten sich die Deutschen.

»Gewiß!« bestätigten die Fuhrleute und schmunzelten in die Bärte, damit niemand sich gekränkt fühlte.

Hinter Rjasan, dieser zurückgesetzten, ungemütlichen kleinen Stadt, wohnten nur spärlich Menschen. Hier lebte man behutsam und abgeschieden. Aus der Tatarenzeit war hier die Angst geblieben, die erschrockenen Augen beim Anblick eines jeglichen Reisenden, der verschlossene Charakter und die verrammelte Vorratskammer, in der bescheidene Habe verborgen lag.

Voller Verwunderung betrachtete Bertrand Perry die seltenen Festungen mit den Kirchlein in der Mitte. Um diese selbstgebauten Kreml herum wohnten in dichtgedrängten Häuschen Menschen, die sich hier neu angesiedelt hatten. Früher, als die Tataren über das Gras der Steppen in diese Gegenden vorgedrungen waren, hatte alles hinter Erdwällen und Holzzäunen Schutz gesucht. Hier in den kleinen Festungen hatten hauptsächlich Dienstleute gewohnt, die von Fürsten hergeschickt waren, und keine nützlichen Akkerbauern. Jetzt dehnten sich die Siedlungen aus, und im Herbst fanden sogar geräuschvolle Märkte statt, obschon der Zar bald die Schweden, bald die Türken bekriegte und das Land demzufolge mehr und mehr verarmte.

Bald würden die Reisenden in die Kalmijuser Sakma einbiegen, den Tatarenweg, der längs des Dons nach Rußland führte.

Eines Mittags schwenkte der Fuhrmann ohne Not die Knute und pfiff gellend. Die Pferde griffen aus.

»Der Tanaid!« rief Karl Bergen und lehnte sich aus dem Wagen.

Perry ließ anhalten und stieg aus. Am fernen Horizont, fast am Himmel, funkelte – eine Phantasie in Silber – ein scharfumrissener lebendiger Streifen, wie Schnee auf einem Berg.

Da ist er, der Tanaid! dachte Perry, und er erbebte vor Peters Vorhaben: So riesig war also der Landstrich, so eindrucksvoll die weite Natur, durch die der Schiffahrtsweg gebaut werden sollte! Auf den Meßplänen in St. Petersburg war alles klar und handgerecht gewesen, hier aber, eine Halbtagsreise vom Tanaid entfernt, erwies es sich als tückisch, schwer und mächtig.

Perry hatte Ozeane gesehen, aber genauso rätselhaft, prachtvoll und grandios lag dieser trockene, träge Landstrich vor ihm.

»Auf die Sakma!« rief der vorderste Fuhrmann. »Schneiden wir den Weg ab, damit wir zur Nacht die Landstraße nach Idowo erreichen!«

Die Haferpferde legten sich ins Zeug und liefen, aus Gefälligkeit für die ungeduldigen Menschen, mit voller Kraft.

»Halt!« schrie plötzlich der vorderste Fuhrmann und hob zum Zeichen für die hinter ihm Fahrenden den Peitschenstiel.

»Was ist los?« fragten die Deutschen aufgeregt.

»Den Wachmann haben wir vergessen mitzunehmen«, sagte der Fuhrmann.

»Wodurch denn das?« fragten die Deutschen schon ruhiger.

»Der war in eine Seitenschlucht austreten gegangen, während wir rasteten, und als ich mich eben umdrehe, sehe ich, daß er nicht auf dem hinteren Trittbrett steht!«

»Ach, du bärtiger Vogt!« räsonierte der zweite Fuhrmann.

»Da kommt er ja schon angewetzt, der glatzköpfige Amtsmann, hat noch mit seinem Hosenschlitz zu tun!« beruhigte sich der schuldige Fuhrmann.

Die Reise ging weiter in Richtung Süden zu den Landstraßen nach Idowo und Ordobasar und von dort auf kleinen Feldwegen bis Epiphan.

6

Die Arbeit in Epiphan begann ohne Verzug.

Die wenig bekannte Sprache, das eigentümliche Volk und die Verzweiflung seines Herzens trieben Perry in finstere Einsamkeit.

Nur bei der Arbeit entlud sich die ganze Energie seiner Seele, und er tobte manchmal ohne Grund, so daß seine Gehilfen ihn Zwangsarbeitsaufseher nannten.

Der Wojewode von Epiphan beorderte alle Bauern seiner Wojewodschaft zur Arbeit: Die einen brachen Steine und fuhren sie zu den Schleusen, die anderen gruben den Kanal oder säuberten, bis zum Bauch im Wasser stehend, die Schat.

»Nun, Mary!« murmelte Bertrand, während er bei Nacht durch seine Epiphaner Unterkunft wanderte, »solches Leid kann mir noch nichts anhaben! Solange Feuchte in meinem Herzen ist, komme ich durch. Ich baue den Kanal, kriege viel Geld vom Zaren, und dann – ab nach Indien. Oh, wie leid du mir tust, Mary!«

Verfangen in seiner Pein, den schweren Gedanken und den überschüssigen Körperkräften, sank Perry in dumpfen, wirren Schlaf, von Sehnsucht gequält und im Traum aufschreiend wie ein Kind.

Zum Herbst kam Peter nach Epiphan. Er zeigte sich mit den Arbeiten unzufrieden.

»Ihr päppelt hier eure Trübsal, statt nach schnellerem Nutzen fürs Vaterland zu trachten«, sagte der Zar.

Die Arbeiten gingen tatsächlich langsam voran, wie sehr sich Perry auch erbitterte. Die Bauern entzogen sich ihrer Arbeitspflicht, die kühnen Köpfe flüchteten an unbekannte Orte.

Unverschämte ortsansässige Leute hatten Peter Klageschriften überreicht, welche der Vorgesetzten böse Taten aufzählten. Peter befahl, Ermittlungen anzustellen; sie ergaben, daß der Wojewode Protassjew die Vorstadtbauern gegen hohe Abgaben von der Arbeitspflicht befreit und sich überdies durch die verschiedensten Eintreibungen und Geldforderungen aus dem Staatsschatz eine Million angeeignet hatte.

Peter befahl, Protassjew auszupeitschen, dann schickte er ihn nach Moskau zu weiterer Untersuchung, wo er jedoch vor Gram und Scham vorzeitig verstarb.

Nach Peters Abreise, als die Schmach noch nicht vergessen war, ereilte die Epiphaner Arbeiter ein weiteres Unglück.

Karl Bergen leitete die Arbeiten am Iwansee, er umgab ihn mit einem Erdwall, um den Wasserstand des Sees auf die notwendige schiffbare Höhe anzuheben.

Im September erhielt Perry von ihm einen Bericht, der folgendes meldete:

Die zugereisten Leute, namentlich die Moskauer Beamten und die baltischen Meister, liegen durch Gottes Willen fast allesamt krank darnieder. Sie fallen schnell vom Fleisch, und zwar erkranken und sterben sie zumeist am Sumpffieber und schwellen auf. Das gemeine ansässige Volk hält aus, aber bei jeder schweren und eiligen Arbeit im Sumpfwasser, das zum Herbst hin kälter geworden ist, sinnt es auf Meuterei. Ich schließe damit, daß wir, wenn das so weitergeht, womöglich bald ohne Aufseher und Meister sein werden. Dieserhalb erwarte ich eiligst die Befehle des Hauptingenieurs und Baumeisters.

Perry wußte schon, daß baltische Meister und deutsche Techniker nicht nur in den Sümpfen der Schat und Upa erkrankten und starben, sondern auch unter Mitnahme von viel Geld auf geheimen Wegen in ihre Heimat flüchteten.
 Perry hatte Angst vor dem Frühjahrshochwasser, das die begonnenen und hilflosen Bauten zu zerstören drohte. Er wollte sie so weit sichern, daß ihnen die Fluten keinen sonderlichen Schaden zufügen konnten.
 Das aber war schwer: Die technischen Beamten starben oder flüchteten, die Bauern widersetzten sich gar, ganze Dörfer kamen nicht zur Arbeit. Bergen allein wurde mit solchen Freveltaten nicht fertig und konnte auch das Sumpffieber nicht heilen.
 Um wenigstens das eine Übel an der Wurzel zu packen, ließ Perry an die Arbeitsstellen und alle umliegenden Wojewodschaften folgenden Befehl ergehen: Es sei bei Todesstrafe verboten, ausländische Kanal- und Schleusenmeister durchfahren zu lassen, für sie Fuhrdienste zu übernehmen, ihnen Pferde zu verkaufen oder zu leihen.
 Unter den Befehl setzte Perry die Unterschrift Peters – der Abschreckung und Ausführung halber. Selbst wenn ihn der Zar später tadeln sollte: er konnte doch nicht zu ihm nach Woronesh fahren, wo Peter die Flotte nach Asow ausrüstete, um seine Unterschrift einzuholen, und zwei Monate Zeit einbüßen.
 Aber auch damit ließ sich das Arbeitsvolk nicht einschüchtern. Da erkannte Perry, daß er falsch gehandelt hatte, die Arbeiten so stürmisch voranzutreiben, und so viele Arbeiter, Dienstleute und Handwerker auf einmal heranzuziehen. Er hätte die Arbeiten ohne Eile beginnen sollen, um dem Volk und den Handwerkern Zeit zu lassen, sich in solche Arbeit zu schicken und zu sich zu kommen.

Im Oktober mußten die Arbeiten gänzlich eingestellt werden. Die deutschen Ingenieure unternahmen alles, um für die Bewachung der Bauten und des bereitliegenden Materials zu sorgen, aber auch das wollte nicht gelingen. Aus diesem Grunde schickten die Deutschen bei jeder Gelegenheit Berichte an Perry und baten, sie von der Arbeit zu befreien, denn der Zar würde sie zu Tode prügeln, wenn er käme, sie aber trügen keine Schuld.

Eines Sonntags kam der Epiphaner Wojewode zu Perry.

»Berdan Ramsejitsch! Eine schöne Bescherung ist das! Nicht zu fassen, diese Unverschämtheit!«

»Worum geht es?« fragte Perry.

»Sieh dir das an, Berdan Ramsejitsch! Vertiefe dich nur stille in das Dokument, ich setz mich derweil hin ... Lausig unwohnlich ist es bei dir, Berdan Ramsejitsch! Aber was soll man machen, Frauen, die was für dich wären, gibt es bei uns nicht. Das sehe ich ein und fühle mit dir.«

Perry faltete das Papier auseinander.

An Peter den Ersten Alexejitsch,
russischen Selbstherrscher und Imperator!
Wir, Deine Knechte und Bauern, sind dieses Jahr immer nur bei Deinem, großer Imperator, Graben- und Schleusenbau gewesen, wir waren in der Zeit des Pflügens, der Ernte und der Heumahd nicht in unseren Hütten und konnten deswegen das Wintergetreide nicht abernten und das Sommergetreide nicht aussäen, wer sollte auch säen und womit, und weil wir keine Pferde haben, können wir nicht fahren, und wer von den unsrigen noch Vorräte an gedroschenem und nicht gedroschenem Getreide hatte, dem haben die Amtspersonen und die Arbeitsleute, als sie zu Deinem, großer Herrscher, Dienst nach Epiphan gingen, viel von diesem Getreide ohne Bezahlung weggenommen, der Rest ist nach Gottes Ratschluß restlos von den Mäusen aufgefressen, und viel Leid und Verlust widerfährt uns und unseren Bauern von solchen Amtspersonen und Arbeitsleuten, und die Mädchen haben sie auch fast alle vorzeitig geschändet.

»Merkst du was, Berdan Ramsejitsch?« fragte der Wojewode.

Wie ist das in Ihre Hände gelangt?« wunderte sich Perry.

»Ganz einfach – durch ihre Dummheit: Meinen Schreiber haben irgendwelche Trottel zwei Wochen lang gebettelt, ihnen Tinte zu geben oder ihnen für einen Räucherschinken zu verraten, woraus sie gemacht wird. Bloß, mein Schreiber der ist ein durchtriebener Kerl und selbst Erbbesitzer – die Tinte hat er ihnen gegeben, aber dann ist er ihnen nachgeschlichen und hat so alles erfahren und ist auch hinter das Briefchen gekommen. Denn außer in der Wojewodschaftsbehörde gibt es in Epiphan keine Tinte, und die Farben, die dazugehören, kennt niemand!«

»Haben wir das Volk wirklich so abgeschunden?« fragte Perry.

»Aber woher denn, Berdan Ramsejitsch! Unser Volk ist nur frech und aufsässig! Was du auch machst, die schreiben dauernd Bittschriften und lassen Beschwerden los, obwohl sie des Lesens und Schreibens unkundig sind und nicht die Zusammensetzung der Tinte kennen. Wart's nur ab, ich bring sie schon noch dahin, wo es eng ist! Ich werde ihnen Aufruhr und das fortwährende Geschreibe an den Zaren austreiben. Das ist ja eine Strafe Gottes! Wozu hat man ihnen bloß das Sprechen beigebracht? Wenn sie nicht lesen und schreiben können, müßte man ihnen auch das Sprechen abgewöhnen!«

»Haben Sie Nachrichten vom Iwansee, Wojewode? Sind die Fußkolonnen und die Fuhrwerke, die Sie von Epiphan unter Bewachung dorthin geschickt haben, noch vollzählig?«

»Was für Kolonnen? Die ich im August zum Tag des Herrn habe losmarschieren lassen? Kein Gedanke, Berdan Ramsejitsch! Ein Wachmann, der vor zehn Tagen von dort angeritten gekommen ist, hat erzählt, das ganze Fußvolk ist nach Jaik und Chopjor entwichen, und ihre Familien sind in Epiphan am Verhungern. Keine Ruhe finde ich vor den Weibern, außerdem versucht jedes Aas, mich anzuschwärzen. Ich fürchte den Imperator, Berdan Ramsejitsch! Wenn er unverhofft kommt, läßt er mich ohne viel Federlesen auspeitschen. Leg für mich ein gutes Wort ein, Berdan Ramsejitsch, ich bitte dich bei deinem englischen Gott!«

»Gut, ich lege es ein«, sagte Perry. »Arbeiten wenigstens die Fuhrwerke am Iwansee?«

»Ach wo, Berdan Ramsejitsch! Die Pferde sind noch vor dem Fußvolk weg, allesamt in die Steppe und in unauffällige Weiler, wo sie sich verborgen halten. Wer will sie da finden? Bloß, Nutzen wird keiner mehr von ihnen haben, denn die Pferde sind durch die Arbeiten verbraucht und taugen nicht mehr zum Pflügen, viele sind auch in der Steppe krepiert. So sieht es aus, Berdan Ramsejitsch!«

»Ja!« rief Perry aus und preßte mit den Händen seinen harten, mageren Kopf, in dem jetzt keinerlei Trost war. »Was gedenkst du also zu tun, Wojewode?« fragte er. »Ich brauche die Arbeiter doch! Mach, was du willst, aber liefere mir Fußvolk und Fuhrwerke, sonst werden die Schleusen im Frühjahr weggespült, und der Zar wird es mich büßen lassen.«

»Wie du willst, Berdan Ramsejitsch! Du kannst meinen Kopf haben, aber in Epiphan sind nur noch Weiber, und in der übrigen Wojewodschaft wütet Räuberei. Ich kann mich in meiner Wojewodschaft nicht mal zeigen, wie soll ich da Arbeiter finden! Mir bleibt keine Wahl: Rette ich meinen Kopf vor dem Volk, haut ihn der Zar ab!«

»Das geht mich nichts an! Hier meine Order, Wojewode, für eine Woche: zum Iwansee fünfhundert Arbeiter zu Fuß und hundert mit Fuhrwerken; zur Schleuse beim Dorf Storoshewa Dubrowka tausendfünfhundert Arbeiter zu Fuß und vierhundert mit Fuhrwerken; zur Schleuse bei Njuchowo zweitausend Arbeiter zu Fuß und siebenhundert mit Fuhrwerken; außerdem zum Kanal von Ljubowka, zwischen Schat und Don, viertausend Arbeiter zu Fuß und anderthalbtausend mit Fuhrwerken, und dann noch zur Gaier Schleuse hundert mit Fuhrwerken und sechshundert zu Fuß. Da, nimm, Wojewode! Sämtliche Arbeitskräfte haben in einer Woche bereitzustehen! Geschieht das nicht, so schicke ich einen Rapport an den Zaren!«

»Hör mich an, Berdan Ramsejitsch!«

Perry unterbrach ihn:

»Ich will nichts mehr hören. Was liegst du mir in den Ohren und singst Lieder, ich bin keine Braut! Sorg dafür, daß die Arbeiter da sind, Beschwerden brauche ich nicht! Scher dich in deine Wojewodschaft und mach mir lebende Menschen!«

»Zu Befehl, Berdan Ramsejitsch, zu Befehl, gnädiger Herr. Bloß, es kommt ein Dreck dabei raus, bei meiner seligen Mutter ...«

»Scher dich in deine Wojewodschaft!« sagte Perry gereizt.

»So erlaube wenigstens, das Anfahren der Steine aufs Frühjahr zu verschieben, Berdan Ramsejitsch. Das schreckt die Bauern am meisten, es sind verdammt schwere Lasten, und der Steinbruch in Ljutorez liegt ungünstig.«

»Ich erlaube es«, antwortete Perry, da er einsah, daß jetzt an keine neuen Arbeiten zu denken war, er mußte das bereits Fertige vor dem Hochwasser schützen. »Nun troll dich aber, Wojewode! Beredt bist du sehr, bloß zustande kriegst du nichts!«

»Dankeschön für die Steine! Leben Sie wohl, Berdan Ramsejitsch!« Der Wojewode sagte halblaut noch ein paar Worte und entfernte sich.

Die letzten Worte hatte er im Epiphaner Dialekt gesprochen, deshalb verstand sie Perry nicht. Und hätte er sie verstanden, so hätte er für sich nichts Gutes daraus entnehmen können.

7

Den Winter über kamen alle fünf deutschen Ingenieure nach Epiphan. Sie hatten sich Bärte wachsen lassen, waren in diesem halben Jahr gealtert und sichtlich verwildert.

Karl Bergen quälte grausame Sehnsucht nach seiner Frau, aber er hatte den Vertrag mit dem Zaren für ein Jahr unterschrieben, früher konnte er nicht abreisen, denn grausam waren die Sühnemaßnahmen dazumal in Rußland. Deshalb zitterte der junge Deutsche vor Entsetzen und Heimweh, und jede Arbeit fiel ihm aus der Hand.

Die Verfassung der übrigen Deutschen hatte sich ebenfalls verschlechtert, und sie bereuten, aus Geldgier nach Rußland gekommen zu sein.

Perry allein steckte nicht auf, sein Seelenschmerz Marys wegen entlud sich in grimmiger Energie.

Bei einer technischen Beratung mit den Deutschen stellte Perry fest, daß es um die halbfertigen Schleusen schlimm stand. Das Frühlingshochwasser konnte die Bauten einfach wegschwemmen, besonders die Schleusen bei Ljutorez und Murowljanka, von wo sämtliche Arbeiter bereits im August weggelaufen waren.

Nach Perrys letzter Anordung hatte der Epiphaner Wojewode überhaupt nichts geschickt – war es Böswilligkeit, oder konnte er tatsächlich keine Arbeiter zusammentreiben.

Den Ingenieuren fiel nichts ein, womit die Schleusen vor dem Frühjahr zu retten wären. Perry wußte, daß Peter in Petersburg die Ingenieure, die Schiffe bauten, schwarze Leichengewänder anziehen ließ. Waren der Stapellauf und die Probefahrt des neuen Schiffes ausgezeichnet verlaufen, so gab er dem Schiffbauer eine Belohnung von hundert Rubel oder mehr, je nachdem, wie das Fassungsvermögen des Schiffes war, und zog ihm mit höchsteigener Hand das Leichengewand aus. Hatte aber das Schiff ein Leck oder grundlos Schlagseite, oder ging es gar am Ufer unter, so ließ der Zar den Baumeister auf der Stelle hinrichten – enthaupten.

Perry hatte keine Angst, seinen Kopf zu verlieren, er schloß diese Möglichkeit nicht aus, sagte den Deutschen jedoch nichts.

Der großrussische Winter dauerte an. Epiphan war vom Schnee zugeschüttet, die Umgegend gänzlich verstummt. Es schien, als lebten die Menschen hier in großer Trauer und quälender Langeweile. In Wirklichkeit aber ging es ihnen nicht so übel. Sie besuchten einander an den zahlreichen Feiertagen, tranken selbstgemachten Wein, aßen Sauerkraut und eigelegte Äpfel und heirateten jeder eine Frau.

Von Langeweile und Einsamkeit getrieben, heiratete einer der Deutschen, Peter Forch, zu Weihnachten die Epiphaner Bojarentochter Xenia Tarassowna Rodionowa, die Tochter eines reichen Salzhändlers. Dieser besaß vierzig Fuhrwerke, mit denen zwanzig Frachtfuhrleute zwischen Astrachan und Moskau hin und her fuhren und die nördlichen Provinzen mit Salz versorgten. In seiner Jugend war Taras Sacharowitsch Rodionow selbst als Frachtfuhrmann durch die Lande gerollt. Peter Forch zog zum Schwiegervater und wurde bald dick und rund von dem geruhsamen Leben und der fürsorglichen Kost.

Unter Perrys Leitung fertigten alle Ingenieure bis zum europäischen Neujahr fleißig Arbeitszeichnungen an, errechneten die Kosten des verbrauchten Materials und der Arbeitskräfte und arbeiteten an allerhand Projekten für den gefahrlosen Durchlaß der Frühlingswässer.

Perry schrieb dem Zaren einen Bericht, in dem er den ganzen Ablauf der Arbeiten darlegte, auf den verhängnisvollen Mangel an Arbeitskräften hinwies und den glücklichen Ausgang anzweifelte. Eine Abschrift seines Berichts schickte Perry an den englischen Gesandten in St. Petersburg – für alle Fälle.

Im Februar traf in Epiphan ein Kurier des Zaren mit einem Schreiben für Perry ein.

An Bertrand Perry,
Hauptingenieur und Baumeister der Epiphaner Schleusen und Kanäle zwischen den Flüssen Don und Oka.
Die Kunde von Deiner unfähigen Arbeit hat mich eher denn Deine Bittschrift erreicht. Aus diesem Mißgeschick ersehe ich, daß das Epiphaner Volk dortselbst aus lauter Knechtsseelen besteht und seinen Vorteil nicht begreift; abgesehen davon hättest Du energischer meinen Willen durchsetzen und Deine Untergebenen an der Kandare halten müssen, auf daß niemand es wage, Ungehorsam zu zeigen, weder ein ausländischer Meister noch das gemeine Volk.

Nachdem ich alle Gedanken erwogen habe, so die Epiphaner Schleusen betreffen, habe ich für den kommenden Sommer folgende vorbeugende Maßnahmen beschlossen:

Deinen Wojewoden habe ich davongejagt und ihm eine

Buße auferlegt – von Asow nach Woronesh Brander über die großen Sandbänke zu fahren. Als neuen Wojewoden schicke ich dir den Grischka Saltykow, einen harten und tüchtigen Mann, den ich gut kenne und der für schnelle Bestrafung zu sorgen weiß. Er wird Dein erster Gehilfe bei der Beschaffung von Arbeitern und Fuhrwerken sein.

Überdies verhänge ich über die Epiphaner Wojewodschaft den Kriegszustand und ziehe die gesamte männliche Bevölkerung zu den Soldaten ein. Weiterhin schicke ich Dir ausgesuchte Oberleutnants und Hauptleute, welche mit den Kompanien der Epiphaner Rekruten und Landwehrleute zu Deinen Arbeiten anrücken werden. Du darfst Dich als ein vollberechtigter General betrachten und unter Deinen Helfern und Meistern nach Verdienst ebenfalls entsprechende Ränge verteilen.

Über die benachbarten Wojewodschaften, die von Deinen Arbeiten betroffen sind, habe ich gleichfalls den Kriegszustand verhängt.

Versagst Du auch diesen Sommer mit den Schleusen und Kanälen, so gib Dir selbst die Schuld. Daß du ein Engländer bist, wird Dir nichts nützen.

Perry freute sich über diese Antwort von Peter. Nach solchen Epiphaner Reformen konnte er auf den Erfolg der Arbeiten hoffen. Wenn nur der Frühling weiter keinen Schaden anrichtete und nicht die ganze Arbeit vom Vorjahr verschütt- und verlorenging!

Im März erhielt Perry einen Brief aus Newcastle. Er las ihn wie eine Nachricht aus dem Jenseits, so sehr war sein Herz verrostet und unempfindlich geworden für das dereinstige Schicksal.

Bertrand!
Am Neujahrstag ist mein Erstling gestorben, mein Sohn. Mein ganzer Körper schmerzt, wenn ich an ihn denke. Verzeih mir, daß ich Dir, einem Fremden jetzt, schreibe, aber Du hast an meine Aufrichtigkeit geglaubt. Du weißt doch noch, wie ich Dir sagte: Wem eine Frau ihren ersten Kuß gibt, an den denkt sie ihr Leben lang. Ich denke an Dich,

und deshalb schreibe ich Dir von meiner verlorenen Gabe, meinem kleinen Sohn. Er war mir teurer als der Mann, teurer als die Erinnerung an Dich, teurer als ich selbst. Oh, um vieles teurer als alles, woran sonst mein Herz hing! Ich will Dir nicht von ihm schreiben, sonst muß ich weinen und kann auch den zweiten Brief nicht beenden. Den ersten habe ich vor einem Monat an Dich abgeschickt.

Mein Mann ist mir völlig fremd geworden. Er arbeitet viel, geht abends in den Marineklub, und ich bin allein und langweile mich sehr! Mein einziger Trost sind das Bücherlesen und die Briefe an Dich; wenn Du es mir nicht verübelst, will ich Dir oft schreiben.

Leb wohl, lieber Bertrand! Du bist mir lieb wie ein Freund, wie ein ferner Verwandter, Dir gehören meine zärtlichen Erinnerungen. Schreibe mir, ich werde mich über Deine Briefe sehr freuen. Am Leben erhält mich nur die Liebe zu meinem Mann und die Erinnerung an Dich. Aber mein toter Junge ruft mich in meinen Träumen, mit ihm seine Qualen und seinen Tod zu teilen.

Und ich, die gewissenlose, feige Mutter, lebe immer noch.

Mary.

P. S. In Newcastle haben wir einen heißen Frühling. Nach wie vor ist an klaren Tagen die Küste Europas jenseits der Wasserstraße zu sehen. Diese Küste erinnert mich immer an Dich, und davon werde ich noch trauriger.

Erinnerst Du Dich an das Gedicht, das Du mir in einem Brief geschrieben hast?

> Wen Leidenschaft ergreifet schwer und gramvoll,
> des Seele darf auf Gott vertraun ...

Von wem ist diese Gedicht? Erinnerst Du Dich an Deinen ersten Brief, in dem Du mir Deine Liebe gestandest, da Du Dich scheutest, mir die schicksalhaften Worte offen zu sagen? Damals erkannte ich die Kühnheit und Bescheidenheit Deines Wesens und fand Gefallen an Dir.

Nach diesem Brief überkamen Perry Menschlichkeit und ein sanftes Gefühl der Ruhe: Vielleicht stimmte ihn Marys Unglück zufrieden, ihrer beider Schicksal hielt sich jetzt die Waage.

Da er in Epiphan keinen nahen Bekannten hatte, besuchte er nun Peter Forch; er trank dort Tee mit Kirschkonfitüre, unterhielt sich mit Forchs Frau Xenia Tarassowna über das ferne Newcastle, über die warme Wasserstraße, über die europäische Küste, die an klaren Tagen von Newcastle zu sehen war. Nur über Mary sprach er mit niemandem, hielt die Quelle seiner Menschlichkeit und Geselligkeit geheim.

Es war März geworden. Die Epiphaner fasteten; wehmütig läuteten die Glocken in den orthodoxen Kirchen, und an den Wasserscheiden hatten die Felder schon schwarze Flecken bekommen.

Perrys gute Seelenverfassung hielt an. Auf Marys Brief antwortete er nicht: Seine Briefe mußten ihrem Mann mißfallen, allgemeine Höflichkeiten aber mochte er nicht schreiben.

Die deutschen Ingenieure schickte Perry zu den meistgefährdeten Schleusen, damit sie dort die Arbeiten für den Durchlaß der Frühlingswässer leiteten.

Die Bauern waren jetzt Soldaten. Der neue Wojewode, Grigori Saltykow, wütete in der ganzen Wojewodschaft und strafte jeden ohne Gnade und Barmherzigkeit; die Gefängnisse waren voll von widerspenstigen Bauern, und die besondere Strafeinrichtung des Wojewoden, die Prügelkate, war täglich in Betrieb, dort wurde den Bauernhintern mit der Knute Verstand eingebleut.

Arbeiter zu Fuß und mit Fuhrwerken gab es jetzt genug, aber Perry sah, wie unsicher das alles war. Jeden Tag konnte eine Meuterei ausbrechen, und dann würden die Arbeiter nicht nur weglaufen, sondern auch die Bauten auf einen Schlag böswillig vernichten.

Aber der Frühling war mit sich uneins. Tagsüber taute es in kleinen Portionen, und nachts fror es wieder. Das Wasser lief durch die Schleusen wie durch einen zerlöcherten Eimer; deshalb schafften es die Deutschen und die Wache haltenden Arbeiter, mit aufgetauter Erde die Sickerspalten zuzustopfen, und so kam es zu keinen größeren Schäden.

Perry war sehr zufrieden, er besuchte öfters Forchs einsame Gattin, unterhielt sich mit ihrem Vater über die Frachtfuhrleute, die das Salz fuhren, über die Tatareneinfälle und über die duftenden Gräser der alten Reihergrassteppen.

Endlich erglühte mit sommerlichem Feuer der wunderschöne Provinzfrühling, und dann verklang die Jugend der Natur. Der Sommer kam mit Reife und Grimm, und alles Leben auf Erden ergriff Unruhe.

Perry hatte beschlossen, alle Kanäle und Schleusen bis zum Herbst fertigzustellen. Er hatte Sehnsucht nach dem Meer, nach der Heimat, nach seinem alten Vater, der in London lebte.

Die Sehnsucht des Vaters nach dem Sohn ließ sich an der Menge seiner Pfeifenasche messen: In seiner Wehmut rauchte er unentwegt. Zum Abschied hatte er gesagt:

»Bert! Wieviel Tabak werde ich verbrennen müssen, bis ich dich wiedersehe.«

»Viel, Vater, viel!« hatte Bertrand geantwortet.

»Auf mich wirkt schon kein Gift mehr, mein Sohn! Bald werde ich bestimmt anfangen, Tabakblätter zu kauen.«

Zu Beginn des Sommers ging die Arbeit rasch voran. Die vom Zaren eingeschüchterten Bauern arbeiteten recht eifrig. Manche Waldbrüder waren jedoch aus ihren Erdhöhlen geflohen und hielten sich in entlegenen Einsiedeleien verborgen. Und einige unbändige Köpfe taten sich heimlich zusammen und zogen ganze Kompanien mit sich hinter den Ural und in die Kalmückensteppen. Man jagte ihnen nach, aber stets ergebnislos.

Im Juni fuhr Perry die Arbeitsstellen ab. Mit dem Tempo und den Ergebnissen war er zufrieden.

Und Karl Bergen erfreute ihn vollends. Er hatte auf dem tiefsten Grund des Iwansees einen grundlosen Brunnen entdeckt. Aus ihm gelangte so viel Quellwasser in den See, daß es für die zusätzliche Speisung der Kanäle in trockenen, wasserarmen Jahren reichen würde. Den vorjährigen Erdwall um den Iwansee mußte man lediglich um einen

Sashen höher aufschütten, um mehr Wasser aus dem Brunnen im See speichern und, sobald es notwendig wurde, durch eine besondere Schleuse ableiten zu können.

Perry billigte Bergens Idee und befahl, den Brunnen mit einer Schappe zu säubern und ein großes Rohr mit Drahtnetz hinabzusenken, damit der Brunnen nicht wieder verschlammte. So würde noch mehr Wasser in den See fließen und der Wasserweg bei Trockenheit nicht seicht werden.

Als Perry wieder nach Epiphan zurückkehrte, hatten Angst und Zweifel seinen Stolz erschüttert. Die Petersburger Projektanten hatten die hiesigen natürlichen Gegebenheiten und besonders die in dieser Gegend nicht seltenen Dürren außer Betracht gelassen. Nun zeigte sich, daß in trockenen Sommern das Wasser für die Kanäle nicht ausreichen und der Wasserweg sich in einen sandigen Landweg verwandeln würde.

In Epiphan angekommen, überprüfte Perry seine Berechnungen. Was herauskam, sah noch schlimmer aus: Das Projekt war nach örtlichen Angaben des Jahres 1682 gemacht, dessen Sommer Feuchtigkeit im Überfluß gebracht hatte.

Nachdem Perry mit Ortsansässigen und mit Forchs Schwiegervater gesprochen hatte, wurde ihm klar, daß auch in Jahren mit durchschnittlichen Schnee- und Regenfällen die Kanäle so seicht werden mußten, daß nicht einmal ein Kahn sie befahren konnte. Von trockenen Sommern ganz zu schweigen – nur Sandstaub würde von den Kanalbetten aufsteigen.

Dann werde ich wohl meinen Vater nicht wiedersehen! dachte Perry. Nach Newcastle komme ich nicht, und auch die Küste von Europa werde ich nicht betrachten können!

Als einzige Hoffnung blieb die Quelle auf dem Grund des Iwansees. Wenn sie viel Wasser gab, ließen sich damit in glutheißen Sommern die Kanäle speisen.

Aber diese Entdeckung Bergens gab Bertrand die stille Seelenruhe, die Marys Brief ihm geschenkt, nicht wieder. Insgeheim glaubte er nicht daran, daß der Brunnen im Iwansee mit ergiebigem Wasserfluß helfen könnte, aber er verbarg seine Verzweiflung hinter dieser kleinen Hoffnung.

Jetzt wurde auf dem Iwansee ein Floß gebaut, von dem aus der Unterwasserbrunnen tiefer gebohrt und ein weites Eisenrohr eingesetzt werden sollte.

8

Anfang August erhielt Perry von Karl Bergen einen dienstlichen Rapport. Der Wojewode Saltykow überbrachte ihn.

»Euer Exzellenz, dieser Schrieb hier ist für dich gekommen. Meine Leute haben mir hinterbracht, daß das ganze Bauernpack von der Tatinka-Schleuse neulich still und leise verschwunden ist. Nun will ich dich wegen nämlicher Schleuse beruhigen: Morgen jage ich alle Weiber, deren Männer fortgelaufen sind, nach Tatinka. Die Flüchtigen fange ich ein und stelle sie vor ein Feldgericht. Ich hau ihnen die Köpfe ab, dann werden sie klüger. Anders geht's wohl nicht!«

»Einverstanden, Saltykow!« sagte Perry, gelähmt von der Sorge.

»Dann wirst du also die Hinrichtungen unterschreiben, Euer Exzellenz? Bedenke wohl, daß du jetzt hier der Oberste bist!«

»Gut, ich unterschreibe«, antwortete Perry.

»Noch etwas, General, morgen ist bei mir Brautschau. Ein Freier aus Moskau, ein Kaufmannssohn, holt meine Tochter Fekluscha zu sich als sein Eheweib. Komm also zum Festschmaus.«

»Ich danke dir. Vielleicht komme ich. Danke, Wojewode.«

Saltykow war gegangen; Perry riß Bergens Brief auf:

Vertraulich!
Kollege Perry!
Vom 20. bis 25. Juli erfolgte die Bohrung im Unterwasserbrunnen des Iwansees zum Zwecke seiner Vertiefung, Erweiterung und Säuberung. Nach Ausführung Ihres Auftrages sollte ein starker Zustrom von unterirdischem Wasser in den Iwansee erfolgen.

Die Bohrung wurde nach zehn Sashen aus den unten geschilderten Gründen eingestellt.

Um acht Uhr abens am 25. Juli brachte die Schappe keinen zähen Lehm mehr heraus, sondern schöpfte trockenen feinen Sand. Bei dieser Prozedur war ich ständig anwesend.

Als ich vom Bohrfloß ablegte, um wegen einer zufälligen Notdurft zum Ufer zu rudern, sah ich aus dem Wasser Grashalme ragen, die ich früher nicht bemerkt hatte. Als ich das feste Land am Ufer betrat, hörte ich den Hund Iljuschka, der aus dem Soldatenkessel sein Futter bekommt, losheulen. Das verwirrte mich nicht wenig, ungeachtet meines Glaubens an Gott.

Die Arbeitssoldaten erklärten mir, daß seit Mittag das Wasser im See sinke. Das Gras unter Wasser war sichtbar geworden, und in der Mitte des Wassers zeigten sich zwei kleine Inseln.

Die Soldaten waren furchtbar erschrocken und sagten, wir hätten den Grund des Sees durchbohrt und der See würde jetzt versiegen.

In der Tat, am Ufer waren der gestrige sowie auch der heutige Wasserstand deutlich zu sehen, und der Unterschied betrug etwa einen halben Sashen.

Ich kehrte auf das Floß zurück und befahl, die Bohrung einzustellen und sofort mit dem Zustopfen des Loches zu beginnen. Wir ließen in den Brunnen einen Eisendeckel von einem Arschin Durchmesser hinab, aber er versank sogleich in der unterirdischen Tiefe für immer und ewig. Dann begannen wir das mit Lehm gefüllte Bohrrohr in das Loch zu rammen. Aber das Loch hat auch dieses Rohr eingesogen, und es versank darin. Der Sog dauert an, und das Wasser drängt aus dem See unwiderruflich dorthin.

Die Erklärung ist einfach. Mit der Schappe hat der Meister die wasserundurchlässige Lehmschicht durchstoßen, auf der sich das Wasser im Iwansee gehalten hatte.

Unter dem Lehm aber liegt eine trockene gierige Sandschicht, die jetzt das Wasser aus dem Iwansee einsaugt und die eisernen Gegenstände mitzieht.

Ich weiß nicht, was ich nun machen soll, und erbitte Ihre Befehle.

Perrys Seele, die sich vor keiner Gräßlichkeit gefürchtet hatte, packte jetzt wildes Grauen, wie es sich für die menschliche Natur auch gehört. Bertrand hielt ein solches Anwachsen des Leids nicht aus und begann, die Stirn gegen den Tisch gepreßt, kläglich zu weinen.

Das Schicksal holte ihn überall ein: Erst hatte er die Heimat verloren, dann Mary, und jetzt kamen die Mißlichkeiten in der Arbeit dazu. Er wußte, er würde aus diesen breiten trockenen Tälern nicht mehr lebend herauskommen, weder Newcastle noch Europa an der jenseitigen Küste, weder seinen Vater mit der Pfeife noch Mary ein letztes Mal sehen.

Der leere, niedrige Raum hallte wider von Perrys rasendem Zähneknirschen und von seinem Weinen. Er stieß den Tisch um und stürzte in der Enge hin und her, er hatte jede Selbstbeherrschung verloren und heulte vor Qual. Die Kraft des Leids wütete in ihm, völlig ungehemmt brach sie hervor, ohne jegliche Kontrolle von seiten des Verstandes.

Nachdem er sich in sein Los geschickt hatte, lächelte er und schämte sich seiner schamlosen Verzweiflung. Er nahm ein Buch aus dem Koffer und begann zu lesen:

Arthur Chamsfield
Die Liebe der Lady Betty Hughes

Roman in 3 Bänden und 40 Kapiteln

… Gnädige Frau! Mein liebedurstiges Herz, das leidet und seufzt, fleht Sie mit Engelszungen an: Ziehen Sie mich allen Weltmännern vor, oder nehmen Sie mir dies Herz aus der Brust und verspeisen Sie es wie ein weichgekochtes Ei!

Ein düsterer Wirbelsturm erschüttert das Gewölbe meines Schädels, und mein Blut kocht wie flüssiger Teer! Willst Du mich nicht erhören, gnädige Frau Betty? Fürchtest Du nicht, am Sarg eines Dir fremden, aber treuen Menschen trauern zu müssen?

Mrs. Betty, ich weiß, daß Mr. Hughes mich aus seiner alten Flinte mit abgelagertem Pulver erschießen wird, sobald ich mich Ihrem Hause nähere. Mag es denn geschehen! Mag mein verhängnisvolles Schicksal sich vollenden!

Ich bin ein Mörder trauter Heime. Aber das Herz sucht Zuneigung unter dem Mieder der Geliebten, wo ihr Herz unter den Hügeln der naiven Brüste schlägt!

Ich bin ein obdachloser Vagabund! Aber ich bitte um die Gunst Ihres soliden Gatten!

Ich habe es satt, Pferde und sonstige Tiere zu lieben, ich suche Liebe bei einem subtileren Wesen – bei einer Frau ...

Perry sank unversehens in einen tiefen, erfrischenden Schlaf, und das Buch fiel zu Boden für immer ungelesen bleibend und doch interessant.

Der Abend brach herein; das Zimmer kühlte aus, verlor allen Glanz und füllte sich mit dem Seufzen der undeutlichen Strahlen des geheimnisvollen, öden Himmels.

9

Ein bedeutungsvolles Jahr – ein langer Herbst, ein überlanger Winter und ein zaghafter, ganz seltener Frühling – war vergangen.

Schließlich blühte überraschend der Flieder auf, diese Rose der russischen Provinz, Gabe schlichter Vorgärten und Kennzeichen unausbleiblicher ländlicher Träumerei.

Alle Arbeiten unter der Bezeichnung Staatlicher Don-Oka-Wasserweg waren abgeschlossen.

Langjährige Schiffahrt mit kleineren und bedeutenden Schiffen, wie sie einem Festlandstaat zukommt, stand bevor.

Die Hitze stellte sich schon im Mai ein. Zunächst verströmten die Felder den Duft junger Pflanzenkörper, später dann, im Juni, den scharfen Staubgeruch welkender Blätter und in der Glut vergehender Blumen: der Regen blieb aus.

Zur Prüfung der Schleusen und Kanäle schickte der Imperator den französischen Ingenieur General Trousson, dem ein Kollegium von drei Admiralen und einem italienischen Ingenieur beigegeben war.

»Ingenieur Perry!« erklärte Trousson. »Auf Befehl seiner

Majestät des Imperators fordere ich Sie auf, in einer Woche den ganzen Weg vom Don bis zur Oka in schiffbaren Zustand zu bringen. Ich habe die Vollmacht Seiner Majestät, alle Wasseranlagen zu begutachten behufs Prüfung und Feststellung ihrer Güte und ob sie den Zwecken des Imperators Genüge tun.«

»Zu Befehl!« antwortete Perry. »Der Wasserweg wird in vier Tagen fertig sein!«

»Oh, wunderbar!« sagte Trousson zufrieden. »Gehen Sie ans Werk, Ingenieur, und verzögern Sie nicht unsere Abreise nach St. Petersburg!«

Vier Tage darauf wurden die Sperren der Wasserablässe geschlossen, und das Wasser begann sich in den Schleusenbecken zu stauen. Aber der Stau war so gering, daß auch an den tiefen Stellen nicht mehr als ein Arschin herauskam. Als das Wasser, von den Schleusen abgesperrt, im Fluß etwas gestiegen war, hörten außerdem die unterirdischen Quellen auf zu sprudeln. Die schwere Wasserschicht auf ihnen hatte sie erstickt.

Am fünften Tag nahm das Wasser zwischen den Schleusen überhaupt nicht mehr zu. Dazu kamen noch die Hitze und Trockenheit, aus den Nebentälern gab es keinerlei Zufluß.

Von der Murowljanka-Schleuse ließ man einen mit Rundholz beladenen Kahn, dessen Tiefgang fünf Viertel Arschin ausmachte, die Schat hinabfahren. Eine halbe Werst von der Schleuse strandete er mitten im Fahrwasser.

Trousson und sein Prüfungskollegium fuhren mit Troikas den Wasserweg entlang.

Von den Bauern war außer den benötigten Arbeitern keiner zur Eröffnung des Wasserwegs gekommen. Die Bauern konnten es kaum erwarten, daß dieses Unglück an Epiphan vorbeiging, und auf dem Wasser zu fahren hatten sie nicht die Absicht; vielleicht würde einmal ein Betrunkener dieses Wasser durchwaten, und auch das nicht oft: die Gevatter wohnten dazumal zweihundert Werst auseinander, denn einen Nachbarn wählte man nicht zum Gevatter, weil die Weiber keine Freundschaft halten konnten.

Trousson fluchte französisch und englisch, aber das war

ein kraftloses Fluchen. Russisch konnte er nicht. Deshalb bekamen nicht einmal die Arbeiter an den Schleusen Angst, sie verstanden nicht, was dieser russische General aus einem fremden Land da herumschrie, daß ihm der Speichel aus dem Mund spritzte.

Daß nicht genug Wasser dasein und die Schiffahrt unmöglich sein würde, das hatte in Epiphan jedes Weib schon vor einem Jahr gewußt. Deshalb betrachteten alle Ortsansässigen diese Arbeit als Laune des Zaren und als fremdländisches Hirngespinst, aber zu fragen, wozu das Volk geschunden wurde, wagten sie nicht.

Nur den Weibern von Epiphan tat der düstere Perry leid.

»Ein tüchtiger und stattlicher Mensch, eigentlich noch nicht alt, aber mit den Weibern hält er's nicht. Der Gram nagt, scheint's, an ihm, vielleicht hat er sein Weib beerdigt – wer weiß, er erzählt nichts. Sein Gesicht ist dermaßen elend, daß man Angst kriegen könnte.«

Am anderen Tag wurden hundert Bauern zur Messung beordert. Die Bauern wateten einfach durch das Wasser. Nur bei den Schleusendämmen mußten sie ein kleines Stück schwimmen, sonst kamen sie überall watend durch. In den Händen trugen sie Stangen, und die Vorarbeiter kerbten auf ihnen die Tiefe ein, meistens aber maßen sie mit den Unterschenkeln und zählten dann die Spannen, eine Spanne aber war bei ihnen ein halber Arschin. Die fünffingrige Hand hatte zu jenen Zeiten eine mächtige Spanne und war für die Messungen abträglich.

Nach einer Woche waren alle Wasserläufe gemessen, und Trousson rechnete aus, daß nicht einmal ein Kahn überall durchkäme, stellenweise würde das Wasser selbst ein Floß nicht tragen.

Der Zar hatte jedoch befohlen, die Tiefe so einzurichten, daß Schiffe mit zehn Kanonen ungefährdet darüberfahren konnten.

Troussons Kollegium verfaßte einen Prüfungsbericht und las ihn Perry und seinen deutschen Gehilfen vor.

Im Bericht hieß es, daß die Kanäle ebenso wie die mit Schleusen versehenen Flüssen wegen Wassermangels für die Schiffahrt unbrauchbar seien. Die Kosten und die Arbeiten müsse man als verfehlt und völlig nutzlos betrachten. Das Weitere wurde dem Willen des Zaren anheimgegeben.

»Ja«, sagte ein Admiral, einer von Troussons Helfershelfern, »ihr habt da vielleicht einen Wasserweg gebaut – ein Gespött für ewige Zeiten! Das Volk hat sich umsonst geplagt! Mit Schmach und Schande habt ihr den Herrscher bedeckt – ich habe schon Sodbrennen von dieser Bescherung! Seht zu, wie ihr jetzt da rauskommt, ihr Deutschen! Und auch du, englischer Wundertäter, mach dich auf die Knute gefaßt, sie wird noch eine Gnade für dich sein! Schrecklich, dem Zaren so eine Botschaft zu überbringen – das setzt Maulschellen!«

Perry schwieg. Er wußte, daß das Projekt auf Grund der Untersuchungen ebendieses Trousson verfertigt worden war, aber es war zwecklos, sich retten zu wollen.

Am folgenden Tag reiste Trousson bei Sonnenaufgang mit seinen Leuten ab.

Perry wußte nicht, was er mit seiner gewohnten Tatkraft anfangen sollte. Am Tage ging er in der Steppe spazieren, und an den Abenden las er englische Romane, aber andere, nicht »Die Liebe der Betty Hughes«.

Die Deutschen waren zehn Tage nach Trousson verschwunden. Der Wojewode Saltykow hatte Verfolger ausgesandt, aber die Wachleute waren noch nicht zurück.

In Epiphan war von den Deutschen nur der verheiratete Forch geblieben, als ein Mann, der seine Gattin liebte:

Der Wojewode Saltykow ließ Perry und Forch unauffällig überwachen, aber sie wußten das. Er wartete auf Befehle aus Petersburg und mied Perry.

Perrys Herz war verwildert, seine Gedanken gänzlich verstummt. Etwas Ernsthaftes zu beginnnen war zwecklos. Er wußte, daß ihn die Strafe des Zaren erwartete. Dennoch schrieb er in knappen Worten an den britischen Gesandten in Petersburg und bat, ihm als Untertanen des britischen Königs aus der Not zu helfen. Doch Perry ahnte, daß der Wojewode seinen Brief nicht bei nächster Gelegenheit abschicken, sondern ihn eher in eine amtliche Tasche stecken und an die Petersburger Geheimbehörde schicken würde.

Nach zwei Monaten schickte Peter einen Boten mit einem geheimen Brief. Der Kurier des Zaren kam in einer Kalesche, hinter der die Jungen herliefen, und der hochgewirbelte Staub schimmerte in der Abendsonne in allen Regenbogenfarben.

Perry stand am Fenster und sah diesen schnellen Lauf seines Schicksals. Er erriet sofort, was für eine Nachricht der Abgesandte brachte, und legte sich schlafen, um die nutzlose Zeit zu verkürzen.

Am anderen Tag, bei Sonnenaufgang, klopfte es bei Perry.

Es war der Wojewode Saltykow.

»Englischer Untertan Berdan Ramsejitsch Perry, ich tue dir den Willen Seiner Majestät des Imperators kund: Von Stund an bist du kein General, sondern Zivilist und überdies ein Verbrecher. Um die Strafe des Zaren entgegenzunehmen, wirst du unter Bewachung zu Fuß nach Moskau gebracht. Mach dich fertig, Berdan Ramsejitsch, räum die Dienstwohnung!«

10

Zur Mittagsstunde ging Perry durch den mittelrussischen Kontinent und betrachtete die Gräser, denen er begegnete. Auf dem Rücken trug er einen Sack, neben ihm gingen die Wachleute.

Ein weiter Weg stand ihnen bevor, und die Wachleute waren gutmütig, um nicht unnütz die Seele im Zorn zu verbrauchen.

Die beiden Wachleute stammten aus Epiphan. Sie erzählten Perry, daß am nächsten Morgen der zurückgebliebene Forch im Folterhaus ausgepeitscht würde. Der Zar hatte angeblich keine andere Bestrafung für ihn bestimmt, er sollte nur ordentlich ausgepeitscht und nach seinem Deutschland davongejagt werden.

Der Weg nach Moskau war so lang, daß Perry vergaß, wohin man ihn führte, und dermaßen ermüdete, daß er sich wünschte, möglichst bald hingebracht und getötet zu werden.

In Rjasan wurden die Wachleute aus Epiphan abgelöst. Die neuen Wachleute sagten Perry, daß ein Krieg mit dem englischen Staat zu befürchten sei.

»Warum das?« fragte Perry.

»Peter, unser Imperator, heißt es, hat bei der Zarin auf dem Lager einen Liebhaber erwischt, und der entpuppte sich als englischer Abgesandter! Peter hat ihm den Kopf abgehauen und ihn in Seide verpackt der Zarin geschickt!«

»Wahrhaftig?« fragte Perry.

»Was hast du denn gedacht?« sagte der Wächter »Hast du unseren Zaren gesehen? Ein Hüne von Mann! Er soll dem Abgesandten da mit eigenen Händen den Kopf abgerissen haben, als wär's so ein Kücken! Spaß versteht er keinen! Aber ich habe gehört, wegen einer Frau wird er das Volk nicht in den Krieg führen.«

Gegen Ende des Weges spürte Perry seine Beine nicht mehr. Sie waren geschwollen, er ging wie in Filzstiefeln.

Der ältere der beiden Wächter sagte im letzten Nachtquartier mir nichts, dir nichts zu Perry:

»Wo bringen wir dich überhaupt hin? Vielleicht, daß sie dir den Garaus machen? Der jetzige Zar ist zu jeder Grausamkeit fähig. Ich wäre auf und davon, trotz aller Bewacher! Bei Gott! Du aber gehst wie ein dummes Schaf. Fades Blut hast du, Freund – ich wäre ergrimmt, das sage ich dir, mich würde keiner auspeitschen, schon gar nicht hinrichten!«

II

Perry wurde zum Kreml gebracht und im Turmgefängnis abgeliefert. Man sagte ihm nichts, und Perry hörte auf, sein Schicksal zu versuchen.

Durch das schmale Fenster sah er die ganze Nacht die Pracht der Natur, die Sterne, und bestaunte dieses lebendige Licht am Himmel, das da in seiner Höhe und Gesetzlosigkeit brannte. Diese Vorstellung erfreute Perry, und er lachte vom niedrigen, tiefen Boden sorglos zu dem hohen Himmel hinauf, der glücklich den atemberaubenden Raum beherrschte.

Perry wachte auf, ohne sich zu erinnern, wie er eingeschlafen war. Er wachte nicht von selbst auf, sondern durch Menschen, die vor ihm standen und sich leise unterhielten, ohne den Häftling zu wecken. Aber er war aufgewacht, da er sie gespürt hatte.

»Bertrand Ramsey Perry«, sagte der Geheimschreiber, nachdem er ein Papier hervorgeholt und den Namen gelesen hatte. »Auf Befehl Seiner Majestät des Imperators bist du zur Enthauptung verurteilt. Mehr ist mir nicht kund. Leb wohl! Gott sei dir gnädig! Immerhin bist du ein Mensch!«

Der Geheimschreiber ging und sperrte die Tür zu, er brauchte eine Weile, den Riegel vorzuschieben.

Ein anderer Mensch blieb – ein widerlicher Koloß, ohne Hemd, nur mit einer Hose bekleidet, die ein einziger Knopf zusammenhielt.

»Hose runter!«

Perry begann das Hemd auszuziehen.

»Ich hab dir gesagt, die Hose, du Dieb!«

Die blauen, jetzt dunkel gewordenen Augen des Scharfrichters strahlten ein wildes Gefühl aus, ein rauschhaftes Glück.

»Wo ist denn dein Beil?« fragte Perry, der jede Empfindung verloren hatte, außer einem kleinen Widerwillen wie vor kaltem Wasser, in das dieser Mensch ihn jetzt werfen würde.

»Beil!« sagte der Scharfrichter. »Ich werde auch ohne Beil mit dir fertig!«

Wie eine scharfe Messerschneide drang in Perrys Hirn eine Ahnung, die für seine Natur fremd und furchterregend war wie die Kugel für das lebendige Herz.

Und diese Ahnung ersetzte Perry die Empfindung des Beils an seinem Hals: Er sah das Blut in seinen starren, kalt gewordenen Augen und fiel in die Arme des brüllenden Scharfrichters.

Eine Stunde später schob der Geheimschreiber den Riegel zurück, daß es durch den Turm hallte.

»Bist du fertig, Ignati?« rief er durch die Tür und legte das Ohr an, um zu lauschen.

»Warte, bleib draußen, du Laus!« antwortete von dort zähneknirschend und schnaufend der Scharfrichter.

»Ein Satan ist das«, murmelte der Beamte. »So etwas habe ich mein Lebtag nicht gesehen: Solang sich seine Raserei nicht legt, getraut man sich gar nicht rein!«

Die Glocken läuteten, der Frühgottesdienst ging zu Ende.

Der Geheimschreiber trat in die Kirche und nahm sich ein Weihbrötchen zum ersten Frühstück und eine Kerze für das abendliche Lesen in der Einsamkeit.

Der Epiphaner Wojewode Saltykow erhielt im August, am Tag des Herrn, einen parfümierten Brief mit ausländischen Marken. Die Adresse auf dem Umschlag war in einer fremden Sprache geschrieben, drei Wörter jedoch russisch.

Bertrand Perry, Ingenieur.

Saltykow erschrak und wußte nicht, was er mit dem an einen Toten adressierten Brief machen sollte. Dann legte er ihn, um sein Gewissen nicht zu belasten, hinter das Wandbrett mit den Ikonen – zur ewigen Ansiedlung für die Spinnen.

1927

Die Kutschervorstadt

I

Schon fünfzig Jahre gab es in der Vorstadt die Millionnaja-Straße. Darin stand ein Haus mit verfallenem Holztor. Das Tor bestand nicht aus zwei Flügeln, sondern einem durchgehenden Brettergefüge, das an der Stirnseite auf ein Hakenpaar gehängt war. Durch Zeit und Vergessen seit langem tot, hatte das Holz sich still bemoost und war gleichsam zu Erde geworden. Das Tor wurde nur für den Wasserwagen geöffnet, einmal in der Woche, und dann sehr behutsam, unter Aufsicht des Hausherrn. Am linken Torpfosten hingen drei gleichermaßen alte Dokumente aus rostigem Blech:

S. W. ASTACHOW. Nr. 192.

Über dem Namen waren wie auf einem Wappen eine Forke und ein Eimer abgebildet; das bedeutete, daß der Hausbesitzer dieses Gerät zum Löschen mitzubringen hatte, wenn es irgendwo brannte. Das zweite Dokument lautete schlicht und einfach: ERSTE RUSSISCHE VERSICHERUNGSGESELLSCHAFT. 1827 und besagte, daß das Haus versichert war. Das dritte Blech warb um Käufer: DIESES HAUS IST ZU VERKAUFEN. Doch seit fünfundzwanzig Jahren hatte niemand S. W. Astachows Haus in dieser Absicht betreten; inzwischen war das Schild verblaßt, und der Hausbesitzer hatte vergessen, wozu er es ausgehängt hatte.

Sachar Wassiljewitsch Astachows Urgroßvater war Kutscher im Zarendienst gewesen. Damals, zu Zeiten Katharinas II., war die Steppe eine öde, gefährliche Gegend gewesen. Sie zu besiedeln, kam aus dem Norden halsstarriges, geschundenes Volk, das zu allem bereit war. Die Menschen erhofften sich Brot und Freiheit, fanden aber Not und harte Arbeit und begannen in der entlegenen Einöde rasch zu verwildern. Die Zarin behelligte sie freilich selten, obwohl auch Verbrechernaturen darunter waren, die ihren Gutsbesitzern daheim im Norden nicht wenig zu schaffen gemacht hatten.

In der Steppenödnis zwischen Moskau und dem Meer im Süden sah die Zarin den Weg zu wärmerem Land, das sie aus unerfindlichen Gründen brauchte. Die Siedler waren für sie daher Anwohner, die zur Beförderung von Kurieren und Beamten durch die jungfräuliche Steppe benötigt wurden. Das noch recht dünn gesäte Siedlervolk stellte sich rasch auf das Bedürfnis der Zarin ein; es züchtete gute, leichte Pferde, richtete Schmieden, Ausspanne und Schenken an den Fahrwegen ein und leistete dem Staat Dienste aller Art.

Manche Siedler, vor allem die Wagehälse und Frommen, gingen tiefer in die Steppe, weiter weg von den Fahrwegen, wodurch sie nicht teilhatten an staatlichem Verdienst. Dort führten sie ein abgeschiedenes Dasein und aßen jahrelang ihr Brot, ohne auch nur einen Beamten zu sehen. Sie wurden dann später von der Zarin benachteiligt.

Wer jedoch mehr auf Gewinn und ein leichtes, lustiges Leben bedacht war, blieb an den neuen Steppenstraßen, setzte sich auf den Kutschbock oder machte sich in Schenken oder Herbergen nützlich. Die von weiter nördlich und westlich kamen, aus brotarmen Gegenden, wo das Handwerk zu Hause war, stellten an der Straße Schmiedeherde und Ambosse auf und wurden Schmiede. Manchmal reisten hohe zaristische Würdenträger durch die Steppe, denen gefällig zu sein eine Ehre war.

Als die alte Kutschervorstadt noch eine kleine Kutschersiedlung an der Straße war, lebten dort drei Männer von besonderem Schlag, die Ahnherren Astachow, Teslin und Stschepetilnikow. Vor den übrigen Ansiedlern zeichneten sie sich aus durch unbändige, eifersüchtige Liebe zu Pferden, Lüsternheit auf Weiber und Dienstbeflissenheit gegenüber durchreisenden Generälen und Beamten. Sie dachten schon an eigene Gestüte, nur bot sich keine günstige Gelegenheit, reich zu werden.

Wenn sie einen Abgesandten aus Petersburg eilig zu befördern hatten, droschen sie das letzte aus den Pferden: wußten sie doch, ein Zarenbeamter ließ sich nicht lumpen und gab ihnen Geld für ein ganzes Gespann, wenn ein Pferd zusammenbrach.

Kaufleute durchreisten diese Gegend selten – sie bevorzugten die großen Flüsse im Osten und Westen: das Gehoppel durch die Steppe behagte ihnen nicht, sie transportierten ihre Ware lieber unverpackt auf dem billigen Wasserweg.

Das leichte Leben dauerte nicht lange – vier Jahre. Danach hörten die Beamten mit einem Schlag auf, spendabel zu sein. Wenn sie etwas gaben, dann so wenig, daß es nicht für die Wagenschmiere reichte.

Wir entlohnen nach den amtlichen Zarenpreisen, sagten sie, beschwer dich bei der Zarin.

Die Kutscher schluckten ihren Groll hinunter und schwiegen. Bald darauf zahlten die Beamten gar nichts mehr.

Ihr wohnt umsonst auf Zarenland, sagten sie, ihr solltet der Zarin dankbar sein, oder der Potjomkin jagt euch gleich davon! Uns zu fahren ist keine Arbeit, sondern ein Vergnügen und eine vaterländische Pflicht, verstanden?

Die Kutscher verstanden und zogen fort ins Dunkel der östlichen Steppen – um sich dem geheiligten Ackerbau hinzugeben. So erlosch das Steppenkutschergewerbe.

Aber nicht alle Kutscher zerstreuten sich – einige waren so mit der Steppenstraße verwachsen, daß sie blieben, vor allem, weil sie sich von vornehmen Fahrgästen Belohnung erhofften, denn sie glaubten nicht, daß die Beförderung für immer unentgeltlich bleiben würde. Außerdem verlegten sie sich auf Straßenschenken und Herbergen, wo sie, wie es ein Durchreisender einmal ausdrückte, ausländische Preise verlangten.

Als nur noch ganz wenige Steppenkutscher übrig waren, riß in den Staatsgeschäften im Süden Rußlands Unordnung ein: Die Beamten wurden in der Steppe aufgehalten und konnten oft nicht rechtzeitig an Ort und Stelle sein. Man berichtete der Zarin, die Steppenleute seien ein armes und eigenwilliges Volk, das man sich besser fürs erste geneigt machte – der Weg durch die Steppe sei weit, Ärger oder Unruhe könne man sich dort nicht leisten. Die Zarin verfügte, jedem besonders tüchtigen und willigen Kutscher ein Stück Steppenland zu geben. Die solcher Belohnung Würdigen namentlich zu ermitteln, übertrug sie dem Gelehrten Akademiemitglied Bergrawen als leicht zu erledigende Nebenaufgabe bei seinen Streifzügen durch die südrussische Steppe: Bergrawen brach gerade aus Petersburg auf, um die Russische Ebene zu erforschen, die er dazu in allen Himmelsrichtungen durchqueren mußte. Dadurch würde er sämtliche Kutscher zu sehen bekommen.

Bergrawen war schon hoch bei Jahren und recht hinfällig. Als er zu Astachows Urgroßvater kam, legte er sich auf die Hängepritsche und blieb dort völlig entkräftet zwei Wochen liegen. Zum Kutscher Astachow aber sagte er:

»Reite du allein in die Steppe, mein Freund, und schau an hohen ebenen Stellen nach, ob du nicht einen Knoten oder eine Vernarbung auf dem Erdboden siehst – so ähnlich wie dein Bauchnabel; wenn du so etwas findest, sagst du es mir!«

Zuerst ritt Astachow brav durch die Steppe und suchte den Erdnabel. Er wunderte sich sogar, warum er ihn noch nie bemerkt hatte. Dann aber hörte er damit auf und verschlief ganze Tage in einer entlegenen Senke. Jeden Abend fragte ihn der Gelehrte:

»Hast du nichts entdeckt, mein Freund? Er muß so groß sein wie ein Kurgan oder ein dicker Baumstumpf – voller Narben und Risse. Und in den Rissen muß plutonischer harter Schlamm sein! Vergiß nur nicht, genau nachzusehen – hernach berichtest du mir!«

»Ich hab nichts bemerkt, Euer Erlaucht – nichts als Steppe und Pfriemengras! Irgendwo muß der Nabel sein; ich denke mir, vielleicht in einer Schlucht! Ohne Nabel würde die Erde doch auseinandergehen – ohne Naht geht es nicht!«

»Na siehst du, na siehst du!« rief der Gelehrte erfreut,

»natürlich ist ein Erdverschluß vorhanden. Nur wo, mein Freund?«

»Vielleicht in einem Tal, Euer Erlaucht?« erlaubte sich Astachow zu bemerken.

»Na, du bist mir ein Spaßvogel, was sagst du da? Sitzt bei dir der Bauchnabel etwa unterm Arm? Wie? Nein, was du redest! Überleg doch mal!«

»Ich werd ihn schon finden, Euer Erlaucht, gönnen Sie sich ruhig noch etwas Ruhe!« sagte Astachow und verdrückte sich am anderen Morgen gleich früh in die Senke. Er fragte sogar schon die alten Leute, wo der Nabel am Bauch der Erde sei. Aber keiner hatte ihn gesehen.

»Vielleicht ist er irgendwo mitten in der Steppe, ob du da aber hinkommst?«

Astachow wollte sein Pferd nicht zuschanden reiten, so sagte er dem Gelehrten, er werde drei Tage lang die weiter entfernte, höhergelegene Steppe durchstreifen, ritt aber nur vierzig Werst und besuchte einen Kosaken, der sein Gevatter war.

»Sag an, mein Freund, was hast du zu berichten?« fragte drei Tage darauf der Gelehrte. »Bist du auf den Nabel gestoßen?«

»Ich hab ihn gefunden, Euer Erlaucht!« sagte Astachow und seufzte gelangweilt. »In einer hügligen Gegend tief in der Steppe ragt er empor – ganz ausgeblutet und von Würmern zerfressen, so'n zusammengestückelter Storren. Ganz schön alt und vermorscht muß der sein – und aus lebendigem Fleisch und Blut!«

Der Gelehrte forschte Astachow eine Woche lang aus und schrieb ein ganzes Ries Papier auf dem Psalmbuch voll. Als er abreiste, schenkte er Astachow eine Urkunde über vierzig Deßjatinen Land, das er sich in der Steppe aussuchen konnte.

Auch die anderen Kutscher sahen zu, was sie dem Gelehrten abschwatzen konnten. Weil sie selbst aber wenig auf Bodenbesitz und Arbeit erpicht waren, vergaben sie das Land für geringe Pacht an Neusiedler, die Ackerbau betrieben.

Dann starb die Zarin, schnellere Straßen wurden angelegt, der Postverkehr eingerichtet – die Kutschersiedlung aber blieb und wurde die Kutschervorstadt. Ihren Bewohnern blieb von den alten Zeiten nur das Land, das sie wie ehedem an Bauern verpachteten, und die Bezeichnung Kutscher, obwohl längst keiner von ihnen auch nur ein einziges leichtes Pferd mehr besaß.

Die Vorstädter lebten von dem, was die Pächter ihnen für den Boden brachten, dazu kam ein Nebenverdienst, bei manchen auch ein Handwerk und sparsames Wirtschaften.

2

An einem Julitag dieses Jahres besserte Sachar Wassiljewitsch Astachow zusammen mit dem Handlanger Filat seinen Gartenzaun aus.

Von Filat sagte man in der Vorstadt:

> Hat die Vorstadt was zu flicken,
> gleich läßt der Filat sich blicken.

Die Mädchen aber plapperten an den Feiertagen:

> Latuschka, Filat,
> keinem er was tat,
> ist nicht krumm
> und auch nicht stumm,
> dreht sich nach den Mädels um
> und ist den Witwen noch zu dumm!

Dabei machte Filat sich gar nichts aus Mädchen; er war allein auf der Welt, ohne Erinnerung an Herkunft und Familie, und lebte von den verschiedensten Gelegenheitsarbeiten: Er konnte Eimer reparieren, Flechtzäune flicken, in der Schmiede aushelfen, er vertrat den Hirten, hütete Säuglinge, wenn die Mütter auf den Markt gingen, lief in die Kathedrale, um für Kränkelnde Kerzen aufzustellen, bewachte Gemüsegärten, strich Dächer mit Mennige und hob Gruben im Klettenödland aus, in die er Jauche aus überfüllten Abtritten schleppte.

Noch manches andere konnte Filat, doch eines konnte er nicht – heiraten. Immer wieder wurde er dazu ermahnt, im Sommer vom Schmied Makar, im Winter vom Sattler Makar:

»Was willst du dein Leben lang frieren, Filja: eine Frau ist das halbe Leben. Quäl dich nicht, bis du dreißig bist, später möchtest du gern, aber dann wird es dünne mit dem Blutandrang!«

Filat nuschelte etwas, das die Leute für ein Zeichen von Blödigkeit hielten, wurde aber nie böse.

»Ich bin das nicht gewachsen, Makar Mitrofanytsch! Wenn ich nur selber zu essen hab und halbwegs durchkomme! Von den Häßlichen in der Vorstadt ist auch keine, die zu mir paßt!«

»Red keinen Mist!« sagte Makar. »Bist du vielleicht häßlich? Beim Mann komm's nicht auf die Fassade an, sondern auf den Saft im Leibe! Das wissen alle Weiber, bloß du nicht!«

»Was hab ich schon für Saft, Makar Mitrofanytsch? Ich muß bloß ziemlich oft Wasser lassen, mehr Saft treib ich nicht!«

»Ach, du bist ein Dämel, Filat!« meinte Makar bekümmert und ging an die Arbeit.

Filat ging alles von der Hand, was er tat, aber besonders flink arbeitete er in Makar Mitrofanowitschs Schmiede. Makar schwatzte meist mit den Bauern, die mit Aufträgen kamen, doch Filat wurde auch allein mit allem fertig, wie der Teufel in den alten Geschichten: Pink, pank, kling, klang, Glut geschürt, Wasser, Sand und Kohle her!

Heute aber half Filat bei Sachar Wassiljewitsch aus. Es war ein schöner, heißer Juli: die beste Zeit für Heu und Korn. Sachar Wassiljewitschs Garten grenzte hinten direkt an den Hof und war von anderen Gärten umgeben. Vierzig Bäume wuchsen darin: Apfel- und Birnbäume und zwei Ahornbäume. Den Platz dazwischen füllten Kletten, Brennesseln, Stachelbeer- und Himbeersträucher sowie herrliche Malven, die trotz ihrer schönen Blüten nach gar nichts dufteten.

»Komm, rauch eine, Filat!« rief Sachar Wassiljewitsch.

»Schau, was für ein prächtiger Tag heute ist, wie zu Pfingsten!«

Filat stieg gehorsam vom Zaun und ging zu ihm hin, obwohl er nicht rauchte. Sachar Wassiljewitsch war etwas schwerhörig und fragte von Zeit zu Zeit: »He?« Doch Filat sagte nichts, und Sachar Wassiljewitsch sah ihn mit seinen hellen Augen an und war beruhigt, was die Notwendigkeit einer Antwort anging.

Sachar Wassiljewitsch rauchte, und Filat stand untätig da. Er hatte nie das Bedürfnis, mit jemandem zu reden, er gab nur Antworten; Sachar Wassiljewitsch dagegen hatte stets nur eins im Sinn, wovon er unablässig schwätzen konnte: seine gierige Lüsternheit, doch das ließ Filat unberührt. Auch jetzt forschte ihn Sachar Wassiljewitsch darüber aus.

Filat hörte nicht zu, er dachte an Makar Mitrofanowitsch – der las seiner Familie jeden Sonntagabend mühsam buchstabierend Bücher vor, und die Familie und Filat lauschte andächtig den ungewohnten Worten.

»Makari Mitrofanowitsch hat uns aus Büchern vorgelesen, da heißt es: Was sich dem Menschen in der Frau aufschließt, das verschließt sich ihm in der weiten Welt.«

»Na so'n Quatsch!« meinte Sachar Wassiljewitsch verwundert und abschätzig.

»Ich weiß nicht, Sachar Wassiljewitsch, im Buch steht es so gedruckt!« Filat mochte nicht streiten, aber insgeheim glaubte er, daß das Buch recht hatte.

Nachdem sie noch zwei Stunden lang fleißig am Zaun gearbeitet hatten, gingen sie Mittag essen.

In dem Strich Schwarzerdesteppe, wo die Kutschervorstadt nun für immer angesiedelt lag, waren die Sommer lang und schön, doch sie peinigten die Erde nicht bis zur Unfruchtbarkeit, sondern erschlossen ihren Segen ganz und halfen ihr, bis zum Winter all ihre Schätze zu gebären. Die duftgeschwängerte Kraft der Schwarzerdefruchtbarkeit verschwendete sich sogar an unnützes Kraut wie Kletten und begünstigte die abendliche Mückenplage.

In diesem Juli war es schwül – die Menschen verlangten nach Kwaß und leichter Nahrung mit viel Flüssigkeit.

Sachar Wassiljewitschs Frau hatte auf dem Hof gedeckt. Der Tisch stand unter einem Fliederlaubdach im kühlen Schatten. Der gierige, ungeduldige Sachar Wassiljewitsch trat gleich an den Tisch, ohne auf seine Frau zu warten, während Filat sich bescheiden im Hintergrund hielt.

Sachar Wassiljewitsch sah Milch mit Haut in einer Schale und dachte, sie sei kalt. Gierig nahm er einen Schöpflöffel voll und goß ihn, ohne zu überlegen, in sich hinein. Im gleichen Augenblick spie er alles wieder aus und schwang sich mit verblüffender Geschwindigkeit über den Zaun zum Nachbarhof. Filat war verlegen, als sei das seine Schuld gewesen, und trat noch weiter vom Tisch zurück. Die Hausfrau kam und fragte:

»Wo ist denn Sachar?«

»Der ist plötzlich zum Nachbarn gerannt!«

»Und wer hat die Milchsuppe verschüttet? Warst du das, kannst es wohl nicht abwarten, sie ist doch noch siedend heiß!«

»Ich habe nichts genommen«, sagte Filat, »der Hausherr hat davon gegessen.«

Der aber war verschwunden und kam nicht so bald wieder. Er lief die lange Straße hinauf und wieder herunter und betrat seinen Hof durch die Gartenpforte. Filat war schon ganz schwach vor Hunger, aber er faßte sich in Geduld. Die Hausfrau fing eine gackernde Henne, die glucken wollte, tauchte sie in ein Wasserfaß und schlug sie leicht mit einer Rute, um ihr den Eigensinn auszutreiben – sie sollte endlich Eier legen.

In dem Moment erschien Sachar Wassiljewitsch wieder bei Tisch. Er hatte sich beruhigt und sagte sanft:

»Dann wollen wir mal essen – hab ich mir doch den ganzen Schlund verbrannt!«

Am manierlichsten und am wenigsten aß Filat. Er wußte, ihm als Fremdem würde man nicht verzeihen, wenn er zu sehr zulangte – dann würde er das nächste Mal keine Arbeit mehr bekommen.

Während der Mahlzeit fragte Sachar Wassiljewitsch nach seiner Schwerhörigengewohnheit manchmal: »He?«

Doch die Esser schmatzten schweigend weiter, so daß

keine Unterhaltung zustande kam. Als die Hausfrau ihnen Rindfleisch auftat, besah Filat sich sein Stück und fing an, mit den Fingern daran herumzupflücken.

»Was hast du?« fragte Sachar Wassiljewitsch.

»Da sind aus Versehen Haare drangekommen!« antwortete Filat, dem es peinlich war, etwas beanstanden zu müssen.

»Mäkelst am Essen rum!« sagte der Hausherr. »Schluck nur alles runter – im Bauch wird's sich schon auseinandersortieren!«

Dabei blinzelte er seiner Frau gutmütig zu, das hieß soviel wie: halb so schlimm!

Die Hausfrau entdeckte das Haar an Filats Fleisch und meinte gereizt:

»Das hast du bestimmt an deinen dreckigen Händen gehabt – ich hab keine solche langen!«

Sachar Wassiljewitsch aß weichen Brei, schlang ihn aber hinunter wie ein Tier, um möglichst viel abzukriegen.

»Ho, ho, ho! Filat, wenn du dich jetzt schon vor einem Haar ekelst – was soll sein, wenn du erst 'ne Liebste hast! Dann fischst du ewig welche aus der Suppe!«

Filat lächelte schuldbewußt, er hatte das Haar längst heruntergeschluckt, um die Brotgeber nicht zu kränken.

»Sacharuschka, stimmt's, heut ist der Brei gut geraten?« fragte die Frau übertrieben freundlich, damit ihr Mann das leidige Haar bald vergaß.

Der Hausherr kaute nun langsam, um den Brei richtig zu schmecken. Sein Urteil fiel mäßig aus:

»Läßt sich essen, der Brei.«

In dem Moment ging die Hoftür auf, und herein kam ein älterer Mann mit Peitsche, aber ohne Pferd.

Ohne im Essen nachzulassen, winkte Sachar Wassiljewitsch ihn heran und fragte dann:

»Was willst du, Ponti?«

Der Gefragte schwieg eine Weile, nahm seine Wintermütze ab, bekreuzigte sich und sagte gemessen: »Nun, guten Tag! Guten Appetit auch!« Bei seinen Vorbereitungen hatte Filat erwartet, er würde Gott weiß was sagen.

»Guten Tag!« begrüßte der Hausherr den Gast, rülpste

und legte den Löffel hin. »Schluß jetzt, ich bin zum Platzen voll! Kommst du wegen der Grube, Ponti? Ist nicht nötig diesmal: Filat hat neulich schon alles eimerweise in die Kletten geschafft. Ho, ho, Filat macht da kurzen Prozeß!«

Der Peitschenmann stand noch eine Weile unschlüssig da.

»Also dann ist es diesmal nicht nötig?«

»Nein, Ponti, Filat hat gleich alles ausgeräumt.«

»Na, wenn's wieder soweit ist, vergessen Sie uns nicht, Sachar Wassiljewitsch!«

»Aber wie werd ich denn, Ponti! Bloß, mach du das Faß voller und nimm nicht den kaputten Schöpfeimer, sondern den, den Makar dir frisch repariert hat!«

»Aber ich bitte Sie, Sachar Wassiljewitsch! Sie werden sich nicht zu beklagen haben! Leben Sie wohl solange!«

»Mit Gott, Ponti! Und verschütt nichts auf die Straße – den Gestank von dir hab ich von klein auf in der Nase!«

Doch die letzte Ermahnung konnte Ponti nicht mehr hören: Seine Peitsche brachte die Hunde auf – der Hofhund Woltschok bellte denn auch prompt los, sowie Ponti vom Tisch weg war.

Pantelejmon Gawrilowitsch war das gewesen, der Besitzer des vorstädtischen Fäkalienwagens, der reichste und bescheidenste Mann der ganzen Vorstadt. Der Einfachheit halber und aus Respekt nannten die Leute ihn Ponti. Ponti betrieb dies Geschäft nun schon seit sieben Jahren, lebte wie ein Arbeiter und schlief schon jahrelang nachts nicht, döste nur auf dem Kutschbock vor sich hin, wenn sein Wagen mit dem Jauchefaß in eine abgelegene Schlucht hinausfuhr.

»Latrinenfuhrmann solltest du werden – das bringt was ein!« sagte Sachar Wassiljewitsch nach dem Essen zu Filat und sah nachdenklich vor sich hin, als hätte er selbst nichts dagegen, einer zu werden. Filat hatte aber schon selbst darüber nachgedacht und war zu dem Ergebnis gekommen, daß er für Pferd und Wagen hundert Rubel brauchte. Wenn Hemden und Hosen sich nicht abnutzen würden, konnte er die hundert Rubel in fünfzehn Jahren zusammenhaben, anders nicht.

Makar hatte im vorigen Jahr zwei Abende lang bei Lampenlicht gerechnet und danach zu Filat gesagt:

»Nein, Bruder, dazu braucht man viel Kapital; auch wenn du deine Kost nicht in Naturalien kriegen würdest, sondern in Bargeld, müßtest du, sagen wir, anderthalb Jahre gar nichts essen oder fünf Jahre hungern – such es dir aus! Dann wirst du Pferd und Wagen haben!«

Vor dem späten Abend, ehe die Mückenplage überhandnahm, wurden Sachar Wassiljewitsch und Filat mit dem hinteren Flechtzaun fertig. Es roch säuerlich nach Dung und seit langem bewohntem Boden, aber selbst das wirkte nach der Schwüle der niedrigen Behausungen wie ein Duft – und weckte bei Sachar Wassiljewitsch Abendbrotappetit.

Sie aßen unter demselben Fliederstrauch. Der hellhörige Abend trug die Stimmen der Nachbarn durch die Höfe und setzte alle verborgenen Gerüche frei. Sachar Wassiljewitsch trank kuhwarme Milch und genoß das friedliche Leben und die Vorfreude auf den Schlaf. Filat mußte sich mit etwas Brot und Gurke begnügen. Kauend lauschte er der Stimme des Nachbarn Teslin, der die Holztafel weihte, die er am nächsten Tag bemalen wollte. Das geschah jeden Abend – alle wußten es und hörten es schon gar nicht mehr, Sachar Wassiljewitschs Frau aber sagte:

»Wassil Prochorytsch fängt schon wieder an mit seiner Leier! Wo willst du schlafen, bei mir oder im Vorraum?«

Im Vorraum, antwortete Sachar Wassiljewitsch – er sei ziemlich schlapp von der Hitze.

Teslin malte Ikonen, aber obwohl er gläubig war, glaubte er nicht an die beseelende Kraft seiner Begabung. Deshalb nahm er sich die für die Heiligendarstellung bestimmten Holztafeln nicht gleich zum Bemalen vor, sondern legte sie vorher dreimal seiner Frau an den Leib und rief dreimal im Singsang:

Atme Leben,
atme Holz,
atme das Weib ...

Es mußte aber unbedingt ein schöner Abend sein; bei Schlechtwetter hob Teslin die Tafeln auf, die er an seiner Frau heiligen wollte, und wartete mit dem Malen. Keiner von den Nachbarn sah je ein Bild von ihm: Über einen bekannten Mönch vertrieb Teslin sie in fernen Dörfern und an Einsiedeleien im Norden. Das war auch gut so, denn vor solch gotteslästerlichen Ikonen, die an einem Weiberbauch gelegen hatten, hätte kein Frommer aus der Vorstadt beten mögen.

Nach dem Abendbrot gingen die Vorstädter stets auf die Straße und setzten sich noch ein Weilchen auf die Bank vors Haus. Auch Filat ging mit seinen Brotgebern hinaus. Der Hausfrau schwoll der Leib, Sachar Wassiljewitsch erhoffte sich im November einen Jungen von ihr. Wer solle sonst nach seinem Tod das Haus übernehmen, meinte er. Den Namen Astachow habe Katharina die Große gestiftet, als sie auf einer Reise durch diese Gegend kam. Zwei Jahre habe er Angst gehabt, daß der Zar es ihm heimzahlen würde, wenn kein Nachwuchs kam – erst als seine Frau schwanger wurde, sei sein Gewissen zur Ruhe gekommen und er seines Lebens froh geworden. Filat wußte nicht, ob Sachar Wassiljewitsch die Wahrheit sagte oder ob ihm seine anderen Umstände zu Kopf gestiegen waren, aber er fragte nichts.

Auf der Bank saß schon ein kleiner, ziemlich dicker Junge. Sie kannten ihn flüchtig – es war Wolodka, der Sohn des Bahnhofsgendarmen vom anderen Ende der Straße.

»Rück ein Stückchen, junger Herr«, sagte Sachar Wassiljewitsch.

Statt zu rücken, stand der Junge auf und beschimpfte sie, ehe er ging:

»Fressen sich voll, die Wänster, und kommen raus!«

Sie setzten sich alle drei, und Sachar Wassiljewitsch bekam einen lauten Schluckauf, was ihn aber kein bißchen genierte; er besprach mit seiner Frau, was einzumachen sei:

»Nastja, schlepp jetzt Kirschen ran, soviel du kriegen kannst, sonst kommst du nicht mehr ran – der Kirschenpreis wird bald anziehen! Der hält sich nicht lange!«

»Himbeeren möcht ich langsam kaufen – wir haben zu-

wenig Saft eingekocht, das reicht nicht für den Winter; so viel wie du trinkst, da kann es doch nie genug sein!«
»Die Himbeeren haben Zeit – vergiß die Johannisbeeren nicht!«
»Ich weiß, ich weiß, ich hab bei einem Bauern welche bestellt – am Freitag bringt er sie.«
»Hast du die Milch in den Keller gestellt? Sie wird sonst sauer!«
»Die wird schon nicht sauer – wenn wir uns nachher schlafen legen, bring ich sie runter.«
»Kauf morgen Petroleum, ein halbes Maß – wir haben wieder Wanzen im Bett ...«
Filat saß und atmete – er legte keine Vorräte an und konnte schon sterben, wenn die Arbeit nur mal für zwei Wochen aussetzte. Doch darüber hatte er sich nie Gedanken gemacht, er lebte nun schon fast dreißig Jahre zufällig dahin.
Bei Teslins saß man auch draußen, aber auf dem Erdwall vor dem Haus – sie hatten keine Bank.
Es war völlig dunkel geworden, man sah das Gesicht der alten Frau nicht mehr, die eben aus dem Haus der Teslins herausgekommen war. Teslins gegenüber saß man auch draußen und unterhielt sich murmelnd im Dunkeln. Die Alte grüßte freundlich hinüber:
»Nikitischna, guten Abend!«
Von der Bank gegenüber ertönte aus schartigem Mund singend die Antwort: »Guten Abend, guten Abend, Pelageja Iwanna!«
Worauf beide alten Frauen verstummten, denn sie hatten sich alles gesagt – vierzig Jahre kannten sie sich schon und waren dreißig Jahre Nachbarn.
Die Grillen sangen ihr Abendlied, wodurch es auf der Straße gemütlicher und in den Herzen friedlicher wurde. In der Ferne rollten manchmal Eisenbahnzüge, weckten aber bei niemandem Gefühle oder Erinnerungen, weil keiner je Eisenbahn gefahren war. Die einzige Reise, die die Hälfte der Vorstädter im Jahr unternahm, war zu Fuß: sie begleiteten die Kirchenprozession vom nahegelegenen Joachimskloster zum Reliquienschrein des heiligen Warawwa –

achtzig Werst Steppenweg. Sonst reiste man mit Fuhrwerken – an Kirchenfeiertagen in die umliegenden Dörfer, wo die Gäste sich manchmal an riesigen Mengen schwerer Speisen zu Tode aßen.

In den Gärten der Vorstadt war leises Gesumm zu hören, das gruseln machte. Nachts wirkten die Gärten unheimlich, keiner von den Vorstädtern schlief dort im Sommer, trotz der frischen Luft. Bei Tage standen die Bäume grün und sanft, in den Nächten aber bebten ihre bizarren Laubkronen beängstigend.

»Zeit zum Schlafengehen!« erklärte Sachar Wassiljewitsch und erhob sich, um den Tag zu beenden.

Filat legte sich auf dem Hof neben der Scheune nieder, auf einem Grashaufen, den er sich für die Nächte bei Sachar Wassiljewitsch beiseite geschafft hatte.

Keiner der Vorstadthöfe war mehr wach – alles schlief schon oder legte sich, Gebete flüsternd, zur Ruhe.

Filat sah zu den rätselhaften Sternen hinauf, bis er fand, daß sie nicht näher kommen und ihm keine Hilfe bringen würden – bei diesem Gedanken schlummerte er demütig ein, einem neuen, besseren Tag entgegen.

3

Wo die Kutschervorstadt in unbebautem Gelände endete, auf das man ungefragt jedweden Unrat ablud, stand die alte Kate des Gelegenheitsarbeiters Ignat Knjagin, Swat genannt. Die Kate hatte nur ein Zimmer und nur den einen Bewohner.

»Heirate!« lag die verpaarte und mit Kindern gesegnete Vorstadt jedem Ledigen in den Ohren, so auch Swat. »Wirst doch nicht ewig allein bleiben wollen!«

»Hat sich was!« fertigte Swat die Kuppler ab. »Ich bin selber wer – wozu brauch ich Weibernachwuchs!«

Swat war ein Zugereister, kein Hiesiger. Darum hatte er nur eine kaum noch bewohnbare Kate auf der vorstädtischen Müllkippe gefunden, in der verheiratete Bettler hausten, doch Swat hatte sie an die Luft gesetzt, und die Bettler hatten sich zerstreut – seitdem gab es in der Vorstadt kein Bettelvolk mehr.

Mit diesem energischen Vorgehen errang Swat sich sofort die Sympathien der ehrbaren Hausbesitzer, die sich nun nicht mehr scheuten, ihre Milch in den Vorraum zu stellen. Früher hatten sich oft Bettler über die vor dem Essen hinausgestellte Milch hergemacht und noch manches andere stibitzt, das nicht für sie bestimmt war. Das war freilich kein Zustand, darum hatte man sich auf allen Höfen Hunde angeschafft, aber die hatten sich allmählich an die Bettler gewöhnt und sie nicht mehr verbellt.

Da war Swat gekommen und hatte den Bettlern ihre Zuflucht genommen, worauf sie, ohne den Winter abzuwarten, in die fernen südlichen Städte gezogen waren.

Die vorstädtische Müllkippe, die für Swats Häuschen sozusagen das Grundstück abgab, hatte ihre Vergangenheit. Das Haus war schon mal abgeschrieben gewesen – es hatte keine Fensterrahmen, keinen Ofen und keine Zimmerdecke mehr gehabt, nur noch die Wände und ein undichtes Blechdach. Sein früherer Besitzer, ein unbekannter Einsiedler, war längst tot. Der Starost hatte den Preis für die verwahrloste Liegenschaft auf acht Rubel dreiundvierzig Kopeken veranschlagt. Da Haus- und Grundbesitz erst ab zehn Rubel Wert an den Fiskus fiel, war das Häuschen herrenlos geblieben und später von Bettlern in Besitz genommen worden. Swat jagte die Bettler zwar hinaus, doch eins rechnete er ihnen hoch an: daß sie das Haus hergerichtet und bewohnbar gemacht hatten.

»Bloß ist das nicht ihrer Schlauheit zu verdanken, sondern den Winterstürmen!« erklärte er sich ihre Häuslichkeit.

Die Ausgesiedelten hatten das Feld jedoch nicht sofort geräumt, sondern zwei Monate lang nachts die Fenster eingeworfen und die Holztür in Brand gesteckt. Swat aber hielt der Belagerung allein stand und unternahm bei Tagesanbruch, wenn die Bettler abgekämpft auf den umliegenden Müllhaufen schliefen, seine Ausfälle. Er rächte sich nicht an den Elenden, sondern zwang sie lediglich, die durch ihre Unvernunft entstandenen Schäden wiedergutzumachen.

»Kljuschnik!« rief er dann und rüttelte einen der schlafenden Bettler: er hatte sich von allen die Namen gemerkt.

»Mach ein Rubelchen locker – du hast einen Fensterrahmen beschädigt!«

Kljuschnik begriff augenblicklich und war einfach nicht munter zu kriegen. Seine Frau war längst aufgewacht und zwinkerte erschrocken, ihr Mann aber lag da, stellte sich schlafend und murmelte hin und wieder zusammenhanglose Worte. Swat stand daneben und wiederholte geduldig seine Forderung. Der Bettler klappte nur die Augen auf und zu und verstand angeblich nicht. Da nahm Swat einen Ziegelstein und schleuderte ihn nach dem Kopf des Bettlers, zielte aber so geschickt, daß der Stein haarscharf an seinem Ohr vorbeipfiff, ohne ihn zu treffen.

»Mach einen Rubel locker, Satan!« grollte Swat grimmig und gebieterisch.

Die Frau des Bettlers sprang kreischend und stammelnd auf und förderte aus einer versteckten Rockfalte einen Rubel zutage. Wenn Swat erhalten hatte, was ihm zustand, ließ er von dem Schuldner ab und ging weiter, um zwischen den Müllhaufen den nächsten zu suchen.

Bestimmt war er als Soldat ein treffsicherer Schütze gewesen oder hatte auf Jahrmärkten gezaubert, daß er so geschickt dicht daneben treffen konnte.

Nach dieser Lektion für die Bettler widmete Swat sich einer Aufgabe, die beispiellos war: die Müllberge nach Wertgegenständen abzusuchen. Auf so etwas konnte nur ein fremder, hergelaufener Mensch verfallen. Die Kutschervorstadt lebte so sparsam, daß die Trinkgläser der Großväter heil an die Nachfahren vererbt wurden. Kinder schlug man nur, wenn durch ihre Schuld ein Stück Besitz verdarb, dann aber bestialisch, bebend vor maßlosem Zorn, daß mit dem Verlust von Besitz auch das Leben des Besitzers selbst Schaden nehme. Nur so, durch althergebrachte Sparsamkeit, konnte die Vorstadt überdauern. Swat wußte aber nicht, daß sich die Kutschervorstadt nicht durch Arbeit, sondern durch Geiz erhielt, und hoffte, im Müll dies und jenes Brauchbare zu finden, um es zu verkaufen und davon zu leben.

Nachdem er eine Woche lang gebuddelt hatte, ahnte er, daß er vor der Entscheidung stand, diesen Ort entweder schleunigst zu verlassen oder zu verhungern – in die Abfälle der Knauserigkeit hatte sich nichts verloren, was noch Wert besaß. Trotzdem hoffte er, wenigstens etwas zu finden, und durchwühlte die Müllhaufen mit den Händen, untersuchte jeden Gegenstand genau. Aber die Knochen waren so säuberlich abgenagt, als wären sie abgesengt worden, und so dünn, daß es wohl Geflügelknochen gewesen sein mußten, denn die nahmen die Lumpen- und Knochenhändler nicht; bestimmt waren sie denen auch angeboten worden und erst nach mehrmaliger Ablehnung auf den Müll gewandert.

Lumpen zerstoben ihm unter den Fingern, offenbar zu nichts mehr zu gebrauchen. Staub und Asche unbekannter Herkunft rieselten durch seine Hände – auch daran war nichts, was ihn reizen konnte.

An windigen Tagen wirbelte der ganze vergessene Plunder als Staub durch die Luft und ging irgendwo abseits menschlichen Wohnens und Wirtschaftens nieder. Aber Swat ließ nicht locker: Er erbat sich von einer Witwe ein riesiges rechteckiges Sieb, das von einer Kornschwinge stammte, und siebte alle Müllhaufen der Reihe nach durch. Die ausgesiebten Gegenstände trug er unbesehen in seine Hütte, abends nahm er sich dann die Tagesausbeute vor. Das erste Ergebnis war nicht gerade tröstlich: Das Ausgesonderte enthielt Stücke knochenharten Kots, ausgediente Bastwische, ein Viertel von einer Filzstiefelsohle, einen Blechkamm mit zwei Zähnen, einen Fetzen von einer Mönchskappe oder Frauenhaube, zwei Steine, einen Zweig mit zwei vertrockneten Tollkirschen, Flaschenscherben, einen Besenstumpf, ein Vogelnest und vieles andere, gleichermaßen wertlos.

Swat saß und grübelte bis Mitternacht, und bei Sonnenaufgang war er schier verzweifelt über seine hoffnungslose Not.

»Ich werde Mützen machen – bald ist Herbst!« sagte er sich am Morgen. »Vielleicht kommt dabei was raus! In der Vorstadt werden keine hergestellt, in der Stadt sind sie teuer, ich aber werde sie billig aus alten Filzstiefeln nähen, die Leute brauchen ja was Warmes auf den Kopf!«

Am Tage ging Swat in die Stadt – um seine Stiefel und den Mantel zu verkaufen – und war zum Abendläuten schon wieder zurück, einen Sack über der Schulter, in der Hand einen Knüppel für die Hunde, in der Tasche vier Rubel und zwei Zehnkopekenstücke.

»Kaufe Filzstiefel, alte, abgetragene, geflickte Filzstiefel!« rief Swat mit fremder Stimme und sah zu den Fenstern und Türen.

Zwei Stunden lang rief er das aus – umsonst, er bekam nichts. Nur einmal schaute eine Frau im Unterrock und mit Seifenschaum an den Armen aus dem Hoftor.

»Nimmst du auch kaputte Plätteisen?«

»Nein!« sagte Swat.

»Was nimmst du denn?«

»Filzstiefel!«

»Wer wird dir die schon verkaufen, jetzt, wo es Winter wird! So'n Schwachsinn! Plätteisen solltest du nehmen oder Ofenklappen reparieren!«

»Kein Bedarf!« sagte Swat. »Geh deine Unterhosen waschen und belehr mich nicht: So schlau bin ich auch ohne dich, bin gelehrt und begehrt, gewitzt und gewichst, gerissen und getrieben ... Kaufe Filzstiefel – alte, abgetragene, geflickte Filzstiefeeel!«

Die Frau glotzte den Vagabunden erschrocken und fassungslos an und knallte die Tür zu.

Wieso Winter – das Korn ist gerade erst eingefahren! dachte Swat. Ist das hier ein vorsorgliches Volk, die eilen ja der Zeit voraus!

Um diese Zeit waren Filat und Sachar Wassiljewitsch gerade mit dem Flechtzaun fertig, aber damit sein Gehilfe den vollen Tag abarbeitete und sich das Abendbrot verdiente, fand Sachar Wassiljewitsch noch etwas für ihn zu tun:

»Filat, kämm den Zaun noch mal durch, damit er nicht ausschlägt, danach läufst du zu Makar, den Eimer abholen – er hat einen Henkel drangemacht.«

Filat ging am Zaun entlang, um abstehende Gerten wegzustecken und überzählige herauszuziehen. Der Zaun wurde dadurch gleichmäßig und glatt, jede Rutensträhne lag, wie sie sollte. Danach zog Filat seine Filzstiefel an, um die zerkratzten und wundgestoßenen Füße zu schonen, und machte sich auf zu Makar.

Swat hatte inzwischen ein Paar zerrissene Filzstiefel erstanden und ging nun stolz erhobenen Hauptes – kraft seiner stämmigen, stattlichen Statur und in dem Gefühl, sein bisher ungewisses Leben nun zu meistern. Vor Freude über den ersten Erfolg rief er unentwegt seinen Spruch aus.

Filat kam ihm krummbeinig entgegen – er hatte nie beim Militär gedient und im Leben nichts Strenges, Straffes und Mächtiges gesehen.

»Zieh die Stiefel aus, Filat!« forderte Swat ihn auf und überschlug im Geist schon den Preis.

»Wozu, Ignat Porfirytsch? Ich hab mir die Füße blutig gestoßen, und weil ich so dürr bin, sind sie ganz geschwollen!«

»Wieso bist du denn so dürr?« fragte Swat ernsthaft und legte den Sack auf die Erde. »Du ißt wohl zuwenig, oder bist du krank?«

»Na ja, abends bin ich schlapp, und früh kann ich nicht aufstehn, Ignat Porfirytsch.«

»Ißt du öfters Fleisch, träumst du nachts?« forschte Swat weiter und musterte Filat mit düsterem, nachdenklichem Blick.

»Träumen tu ich nicht, Ignat Porfirytsch, ich hab keine Gedanken, die mir im Kopf rumgehen, und das Fleisch essen meine Brotgeber allein – das ist zu teuer, sagen sie, mir teilen sie bloß Gemüse zu!«

»Diese Lumpen!« sagte Swat bekümmert, aber ohne Haß. »Von Gemüse kann der Mensch nicht bestehn! ... Und die armen Schweine verbluten draußen.«

»Wo?« fragte Filat, und die Augen wurden ihm feucht, weil jemand Anteil nahm.

»Wo – nicht im Stroh, im Krieg! Hast du mal was vom Krieg gehört, oder wohnt ihr hier am Ende der Welt?«

»Hab ich, Ignat Porfirytsch! Ich habe irgendwie Untermaß, da haben sie mir einen Schein gegeben, den trag ich immer bei mir, damit ich ihn nicht verlege. Von unserer Vorstadt sind nicht viele eingezogen: Manche sind Eisenbahnkontrolleure, andere haben den Schein und sind freigestellt.«

»Ich weiß, hier wohnen die Kutscher – die Grundbesitzer aus Katharinas Zeiten! Die haben's gut: Der Bauer schafft ja zum Winter alles ran!«

»Das stimmt, Ignat Porfirytsch, im Herbst liefern sie fuhrenweise.«

»Na schön, hol sie der Teufel!« beendete Swat das Thema, schwieg eine Weile und fällte dann sein Urteil über die Einwohner der Kutschervorstadt: »Würmer im Bauerngedärm – das sind deine Brotgeber!«

Filat begriff das nicht, aber er gab Swat recht: Er hielt sich für keinen Klugen.

»Du bist nur sanft, dumm bist du gar nicht mal so sehr!« versuchte Swat ihn zu beruhigen.

»Was soll ich machen, Ignat Porfirytsch, mein Leben lang schaff ich bloß mit den Händen – der Kopf ruht sich immerzu aus, da ist er eben verkümmert!« gestand Filat.

»Macht nichts, Filat, soll er sich ausruhen, irgendwann fängt er auch zu denken an!« sagte Swat und seufzte laut, er grämte sich aus voller Brust. »Bei wem arbeitest du jetzt?«

»Na, heute sind wir bei Sachar Wassiljewitsch im Garten mit den Flechtzäunen fertig geworden, und morgen geh ich wieder auf Arbeitssuche.«

»Weißt du was – komm zu mir, Mützen nähen, das weitere wird sich finden!«

»Ja, bringst du das denn?« fragte Filat zweifelnd.

»Können wir. Und du, wirst du's begreifen?«

»Ich schaffe das auch!« sagte Filat, in dem Güte aufsprang, und machte sich endlich auf zu Makar, um den Eimer zu holen, während Swat weiter auf Filzstiefelsuche durch die Vorstadt trottete.

Die zwei Männer saßen auf dem Lehmfußboden in Swats Kate und machten aus Filzstiefelschäften Wintermützen. Sie arbeiteten schon eine ganze Woche, hatten aber erst vier Mützen geschafft. Zu essen hatten sie nichts als Brot, Gurken und Kohl, aber sie waren zufrieden; nur durch die trostlose Müllkippenlandschaft und die Dunkelheit und Enge war Swat manchmal zumute, als wäre die Sonne für immer erloschen – dann sah er, um sich zu vergewissern, aus dem Fenster, aber sie war nur hinter einer Wolke verschwunden gewesen, kam hervor und schien wieder hell.

»Hat's überstanden, das Luder!« sagte Swat. »Da bescheint sie nun alles mögliche Leben und weiß nichts zu schätzen: schlimmer als das Vieh!«

Auch an den Abenden gönnten sie sich keine Ruhe – Swat eilte zum Markt bei der Mariä-Himmelfahrt-Kirche, um wenigstens etwas Geld herauszuschlagen und seine und Filats Kleidung aufzubessern.

Wenn es dann völlig dunkel wurde, hörte Swat als erster auf zu arbeiten und sagte:

»Es reicht, Filat – meine Beine sind schon ganz steif, und die Seele kriegt Falten! Hol Brot aus dem Beutel – wir mampfen noch ein bißchen, und Schluß!«

Durch die Vorstadt ging dichter Schlaf, Dampf stieg über den Häusern auf, aber das kam vom raschen und stillen Atmen der Erde, die die Menschengifte des Tages ausschied.

Swat liebte es, vor dem Schlafengehen auf der Vortreppe zu stehen und die nächtliche Welt zu betrachten. Er sah, wie im riesigen Leib der Erde ihr dröhnendes, tosendes Herz verschwand und bis zur morgendlichen Befreiung dort im Finstern weiterbebte. Ihm gefiel dieses tägliche Ereignis, an dem nichts Verwunderliches war.

Sie schliefen immer wie tot: vor Müdigkeit und überhaupt – weil das Leben so schwer war.

4

Filat schloß mit Swat feste Freundschaft, die enger war als Blutsverwandtschaft, und gedachte, für immer als Mützenmacher bei ihm zu bleiben, falls Swat ihn nicht vorzeitig davonjagte.

Dafür lag ohne Filat nun vieles in der Vorstadt im argen: Zu spät erkannte man in Filat den einmaligen, unentbehrlichen Handwerker, der jede Wirtschaft instand halten konnte. Kein anderer war so bescheiden, tüchtig und billig wie er. So manche Hausfrau kam zu Filat auf die Müllkippe und klopfte ans Fenster.

»Filatuschka, kannst du nicht mal kommen: Das Dach leckt, und im Samowar ist der Rost durchgebrochen!«

Filat in seiner Herzensgüte konnte niemandem etwas abschlagen.

»Sowie ich's einrichten kann, komm ich vorbei, Mitrewna! Am Sonntag auf jeden Fall.«

Swat erboste sich über Filats Nachgiebigkeit:

»Was verwöhnst du diese Schürzen? Haben sie dich nicht oft genug mit 'ner Gemüseportion abgespeist? Blödhammel!«

Einmal kam Sachar Wassiljewitsch, sah ihnen beim Mützenschneidern zu und bat:

»Schau mal rein, Filat, meine Frau hat zwei auf einmal gekriegt – ich weiß nicht, wo mir der Kopf steht!« Wegen seiner tauben Ohren ging er, ohne Filats Antwort gehört zu haben.

»Zu dem geh!« sagte Swat unaufgefordert. »Der Mann hat's wirklich schwer!«

Am Sonntag erschien Filat bei Sachar Wassiljewitsch. Die Hausfrau lag bleich und wie leblos auf der hölzernen Bettstatt, auf der sonst wegen der Wanzen niemand schlief. Sie tat Filat leid, und er sah schweigend in ihr schmales, feines Gesicht.

»Was ist, Filat?« flüsterte sie leidend. »Bist also gekommen?«

»Ja, Nastassja Semjonowna. Vielleicht brauchen Sie Hilfe...«

»Ach, ich brauche nichts, Filat. Frag Sachar!«

Filat empfand peinliche Verlegenheit ob seiner unnützen Anteilnahme und verließ die Stube. Er hatte Mitleid und so etwas wie schlechtes Gewissen, als wäre er daran schuld, daß Nastassja Semjonowna litt. Nervenschmerzen quälten ihn, und er glühte vor unerklärlicher, bedrückender Scham, wie er sie aus seiner frühen Jugend kannte. Er hatte nie eine Frau begehrt, würde aber leidenschaftlich, treu und innig geliebt haben, hätte sich nur ein einziges pokkennarbiges Mädel seiner erbarmt und ihn mütterlich sanft und liebevoll an sich gezogen. Er hätte sich in der Geborgenheit ihrer Zärtlichkeit verloren und wäre bis zu seinem Tode nicht müde geworden, sie zu lieben. Weil es dazu aber nie gekommen war, erschauerte Filat nun bewegt vor dem Geheimnis der fremden Ehe.

Sachar Wassiljewitsch war mild gestimmt und wies ihn still an:

»Filat, hol Wasser zur Nacht! Vergiß auch nicht, den Hühnern zum Abend Hirse zu geben.«

An einem Tag wie diesem achtete Filat schon von selbst auf alles. Bei rastlosem Tätigsein wurde ihm immer leichter – was ihn bedrückte, ihm das Herz beschwerte, geriet bei der Arbeit in Vergessenheit. Auch Swat hatte einmal geäußert:

»Arbeit ist für unsereinen eine Gnade! Ich meine nicht Brotverdienen – Essen muß sein, aber es füllt den Menschen nicht aus! Arbeit ist Trost für die Seele, Bruderherz, da kommt sie von ganz allein zur Ruhe!«

Als daher alles getan war und ihm keine Arbeit sonst einfiel, kehrte Filat nun wie besessen den Hof. Sachar Wassiljewitsch saß die ganze Zeit bei seiner Frau in der Stube und ließ sich selten blicken. Filat freute auch das. Sitz du nur dort, Bruder, dachte er und schwang den Besen, daß es stiebte, ich komme hier schon zurecht, ich bin allein, ihr aber seid zwei: du darfst deiner Frau keinen Kummer machen!

Bis Mitternacht wanderte er auf dem Hof umher und sorgte für Ruhe und Ordnung, dabei war alles längst friedlich und still, nur eine Bruthenne gluckte noch in der Scheune.

Filat war voll Unruhe, etwas mahnte ihn zur Wachsamkeit, aber im Haus war nichts zu hören – sicherlich war Nastassja Semjonowna eingeschlafen und sammelte neue Kraft – die war ihr mit dem Geburtsblut gänzlich entströmt.

Erschöpft breitete Filat unter dem Fliederbusch auf dem Hof seine alte Jacke aus und schlummerte ein, aber sein

Schlaf war so leicht, daß er jede Regung der Nacht über sich wahrnahm; irgendwo am Rand der Vorstadt kläffte unentwegt ein Hund, von fern antwortete ihm einsam ein zweiter – ihr Gebell versank kläglich und ohne Widerhall in der Schwärze der Finsternis. Filat hörte es durch das dicke Polster seines schläfrigen, trägen Bewußtseins, doch das Geräusch war so dünn und voll Wehmut, als käme es aus einer fremden, verlorenen Welt – das beruhigte Filat und ließ ihn weiterdämmern. Über seinen Augen schaukelte ein Fliederzweig, aber die Nacht lag dicht und starr, sie rührte nicht an die schwüle Luft. Der Zweig bewegte sich von allein: durch das Leben im Baum und aus innerer Unruhe.

Filat erwachte beim frühen kräftigen Morgenrot – aus dem Hausinneren drang heftiges Säuglingsgeschrei, das erstemal seit Nastassja Semjonownas Niederkunft. Filat sprang sofort hoch und ging, den seltsamen Klagelauten lauschend, über den Hof.

Bald hörte das Kind, von Nastassja Semjonowna mütterlich besänftigt, zu weinen auf, und mit gleichgültiger, gequälter Miene trat Sachar Wassiljewitsch aus dem Haus.

»Filat!« sagte er. »Heiz den Samowar an – wir brauchen warmes Wasser, und danach gehst du auf den Markt und zur Apotheke!«

Filat machte sich mit besonderem Eifer und Geschick ans Späneschneiden, voller Freude über seine nützliche Arbeit und den blühenden neuen Tag.

Auch die Vorstädter waren schon auf den Beinen und gingen auf den Höfen ihren Alltagsverrichtungen nach. Sie gähnten noch, scheuerten sich die Augen und blinzelten in die erblühende Sonne. Zu dieser frühen, klaren Stunde schwelt Begeisterung in jedes Menschen Herz, doch später, gegen zehn, geht der Freude über der Alltagsverbissenheit und gehässigen Sorgen aller Art die Luft aus. Für den dritten Tag hatte Sachar Wassiljewitsch die Taufe angesetzt, aber schon zu Mittag entließ er Filat, weil zwei Gevatterinnen gekommen waren, die es allein schafften.

Filat nahm seine Jacke, band sich die Filzstiefelsohle mit Schnur fest und ging auf die Müllkippe zu Swat. Nastassja

Semjonowna saß in der Stube und summte ihre Zwillinge in Schlaf, während vor den Straßenfenstern besorgte Weiber standen und das Ereignis betuschelten.

Für Swat und Filat wäre der Winter schlimm ausgegangen, wenn sie sich nicht so gut vertragen hätten. Für die Vorstadt indes zog er sich arg in die Länge: Die Männer mußten in den Krieg, und die Frauen verwitweten und trauerten. Doch die Zahl der Gefallenen hielt sich in Grenzen: In der Nähe der Vorstadt wurde seit zehn Jahren an einer Bahnlinie gebaut – dort konnten die Männer sich vor dem Kriegsdienst verstecken.

Auch Sachar Wassiljewitsch fand als Dachdecker bei der Eisenbahn Anstellung und ging frühmorgens mit einem Beutel Essen aus dem Haus. Die Arbeit strengte ihn offenbar sehr an, er sah abgezehrt und vergrämt aus.

»Ignat Porfirytsch, warum sind Sie eigentlich nicht im Krieg?« fragte Filat einmal. »Der kleine Gladki ist so ein dürrer Hecht, sogar den haben sie genommen!«

»He, wo drischst du hin, Bruderherz!« lachte Swat verschmitzt. »Mit mir geht's bergab, weißt du: Ich habe 'ne Kopfverletzung, von der werd ich nach und nach verrückt!«

Filat riß den Mund auf und sagte:

»Aah! Dabei wirken Sie ganz gescheit, Ignat Porfirytsch!«

»Darum bastle ich ja auch Mützen aus Filzlappen mit dir, damit wir andern die Läuse auf der Rübe wärmen. Wenn ich dumm wäre, würd ich für Zar und Vaterland im Schützengraben liegen.«

Filat sperrte abermals Mund und Nase auf, doch er wußte nichts mehr zu fragen.

Als Swat sich am Abend zum Schlafen auf die Pferdedecke legte, kam er von selbst darauf zurück:

»Hör zu, Filat, ich bin auf eigenen Wunsch aus dem Krieg weggegangen! Es ist verdammt traurig dort, das Leben verliert allen Sinn. Sag aber keinem was davon!«

»Wie werd ich denn, Ignat Porfirytsch!« antwortete Filat erschrocken. »Hab ich das nötig! Sagen Sie nur selber keinem, daß Sie mir das verraten haben! Sonst krieg ich als erster was ab!«

»Glaubst du vielleicht, ich werde mich selber anschwärzen, Grützkopf?« erboste sich Swat und brannte sich die ausgegangene Zigarette wieder an.

Darauf geriet das Gespräch in Vergessenheit.

5

Die Mittwintertage verdämmerten früh, stumm und vergessen lag der Schnee auf der Ebene. Die Kutschervorstadt lebte mit angehaltenem Atem, und Swat und Filat nähten unentwegt Mützen, obwohl sie ahnten, daß es damit bald ein Ende haben würde; was danach werden sollte, wußten sie nicht.

»Wir können's doch als Nachtwächter versuchen, Ignat Porfirytsch, als Wächter mit dem Klopfholz! Eine feine Sache – nachts wachen und tagsüber ausschlafen! Bloß sie werden uns nicht nehmen, solange Prochor und Saweli noch am Leben sind, – die machen das schon lange und sind beim Starost gut angeschrieben.«

»Nein, Filat!« erklärte Swat. »Mit dem Klopfholz zieh ich nicht rum. Lieber schlag ich ohne Lohn bei Tage mit 'nem Knüppel an ein leeres Faß, als daß ich Nachtwächter werde! Ich bin noch gut bei Kräften, warum steckst du mich zu den Alten? Damit hat's noch Zeit.«

Das Mützengeschäft ging vorläufig noch einigermaßen. Die Abnehmer waren meist Bauern von weiter her, aber der Frühling rückte näher, darum schaffte man sich Mützen nur noch auf Vorrat an, fürs nächste Jahr. Trotz allem Fleiß und aller Sparsamkeit hatten Swat und Filat nichts zurücklegen können, so daß ihnen nun fast nichts übrig blieb, als plündern zu gehen.

Einmal schaute ein fremder Mushik bei ihnen herein und fragte gleich an der Schwelle:

»Könnt ihr Schirmmützen machen?«

»Können wir«, antwortete Swat, um den Besucher zu interessieren.

»Versteht ihr euch auch auf lackierte Mützenschirme?«

»Wenn du uns hundert Mützen abkaufst, können wir sie dir auch lackieren!« versprach Swat.

Der Mushik lachte hämisch, musterte die beiden mit kundigem Blick und setzte sich auf die Bank. Er nahm seine Mütze ab, deren Schirm ohne Lack war, und wies sie fachmännisch zurecht:

»Komische Vögel seid ihr! Kriegt man jetzt vielleicht Mützenschirmlack? Früher – ja, da kam er waggonweise aus Deutschland! Wollt ihr Läuseknacker einen alten Hasen wie mich belehren? Mich könnt ihr nicht veralbern, ich kenn mich auch unter 'nem Mützenschirm aus!«

Der merkwürdige Mushik war so aufgebracht, daß er nicht still sitzen konnte, er besah sich nun den Stoff, aus dem Swat und Filat ihre armseligen Mützen machten.

»Ja, ist das vielleicht Stoff? Verbrecher! Womit schützt ihr den Kopf, den menschlichen Verstand!? Das ist doch ein Filzstiefel! Da haben mal Schweißzehen drin gesteckt, und ihr macht einen Kopfputz draus! Pfuscher, elende!«

Swat hatte den Gast rasch durchschaut.

»Hör mal, Freund, kommst du nicht von der Front – hat's dich vielleicht am Kopf erwischt?«

Der Mushik wurde gleich ein bißchen kleiner.

»Ja, da komm ich her ... Mir haben sie Gas ins Gehirn gepustet! Bin zum Krepieren nach Hause entlassen. Trotzdem ist das kein Arbeiten ohne Lack – mit 'nem stumpfen Mützenschirm kriegt der Kopf keinen Glorienschein! Wie kann man bloß!«

»Wir wollten grad essen!« sagte Swat. »Setz dich, Soldat, lang mit zu!«

»Aber immer, wenn du mich einlädst!« antwortete der Gast. »Nur besorg mir 'n bißchen Milch dazu – zu Haus haben wir uns das Brot in Milch geweicht, das hab ich eine Ewigkeit nicht gegessen ...«

»Auch Milch sollst du haben!« versprach Swat gutmütig. »Milch allemal. Willst du vom Bahnhof zu Fuß nach Hause?«

»Natürlich zu Fuß!« sagte der Gast leise und ohne gekränkt zu sein. »Wo soll ein Soldat Geld herhaben? Und umsonst nimmt einen ja keiner mit.«

Der Tag ging hin, die Nacht, der neue Tag wurde alt, und der Gast gewöhnte sich ein und vergaß zu gehen, dabei hatte er nicht mal die Schuhe ausgezogen. Er setzte sich auf den Fußboden zu Filat und schnitt geschickt Filz zu. Swat war nicht der Mann, einem guten Menschen etwas in den Weg zu legen, nur hielt er ihn beim Essen kurz. Der Gast langte nämlich wirklich kräftig zu und verlor vor Appetit alle Rücksicht, so daß für Filat wenig übrig blieb.

»Zieh die Hauer ein!« ermahnte Swat den Gast. »Du bist nicht der einzige Esser hier. Auf einen Hieb die ganze Grütze zu verputzen!«

Der Gast bezähmte sich etwas, doch dann vergaß er sich wieder und strengte seine Kaumuskeln an, daß er schwitzte.

»Du mußt ja ein tüchtiger Arbeiter sein, wenn du so essen kannst«, meinte Swat.

»Und ob ich das bin!« bestätigte der Gast. »An mir ist alles Muskel – an der Front konnte ich sieben Tage lang Schädel spalten, ohne zu schlafen. Mit einem Kameraden zusammen hab ich ein ganzes Maß Kartoffeln auf einmal verdrückt.«

»Hast du denn da Sitzfleisch zum Nähen?« zweifelte Swat.

»Das ist für mich gar nichts!« behauptete der Gast. »Ich kann wochenlang ununterbrochen dransitzen, wenn nur Brot danebenliegt!«

Als es in der Vorstadt sanft zur Abendmesse läutete, waren die drei Freunde ziemlich erschöpft von der Arbeit. Um die Müdigkeit zu vertreiben, forschte Swat den Gast von Zeit zu Zeit aus:

»Wieso hast du dich eigentlich bei uns festgesetzt? Hast du keine Verwandten?«

Der Soldat fuhr auf und gab Auskunft:

»Ich habe Frau und Schwiegermutter gehabt. Die Frau hat im Schlaf das Kind erdrückt und sich an 'nem Handtuch aufgehängt, und die Schwiegermutter steht jetzt vor der Kirche und hält die Hand auf! So quäl ich mich nun allein durch: Einen Sohn bräuchte ich, aber so schnell findet sich keine Frau!«

»Wozu brauchst du einen Sohn?« staunte Swat. »Hast selber nichts zu beißen und willst noch einen Hungerleider in die Welt setzen?«

Der Gast begriff nicht. »Wieso nicht? Ich hab kein Leben jetzt, aber wer kann jetzt schon gedeihen – im Krieg, bei den Sorgen, darbt die Seele. Der Sohn wird sich an seine Kindheit nicht erinnern, und wenn er dann groß ist, wird alles gut sein ...«

»Das ist noch nicht raus!« zweifelte Swat. »Vielleicht gibt's dann noch mehr Verstümmelung!«

»Unmöglich, sag ich dir«, widersprach der Gast wütend und stand auf. »Nicht auszudenken wär das! Ich sage bloß nichts, aber vor Kummer schwimmt mir 's Herz im Blut! Ich bin schon ganz steifgerostet vor Gram, weiß nicht mehr aus noch ein! Denkst du, ich hab mich zum Spaß an deine dämlichen Mützen gesetzt, du löchriger Schädel? Ich war an der Front – da sterben sie wie die Fliegen, und du sagst, mein Sohn könnte noch mehr verstümmelt werden! Glaubst du vielleicht, ich überlaß ihn irgendsolchen Aasgeiern? Schicke ihn in so 'n mördrisches Gemetzel, du dreckige Mißgeburt, du hirnverbrannter Idiot? Dafür würd ich jedem Hundesohn auf der Stelle meine Stummelzähne in die Kehle schlagen und sie in Streifen fetzen!«

Swat saß da und lächelte, zufrieden, daß er die verwundbare Stelle des Gastes getroffen hatte. Der verschnaufte ein wenig, sammelte die von der Erregung weggeblasenen Worte und hieb erneut um sich:

»Bastarde, Mieslinge, Satansbrut! Haben sich den Zaren und die Religion ausgedacht, das ganze mit dem Vaterland abgesegnet und prügeln das Volk, um die Richtigkeit ihrer Erfindung zu beweisen! Am Ende kommt noch einer und kratzt als neuste Erfindung aus seinem Stummelkopf, daß das Volk ab jetzt in Massen umzulegen ist! Damit ja alle an dieselbe Wahrheit glauben! Verflucht sollt ihr sein, ihr dreimal verdammtes Gesocks!«

Der Gast spie saftig aus und trat mit dem zerfledderten österreichischen Stiefel darauf, daß es schmatzte.

Swat zog an seiner Selbstgedrehten und strahlte vor Vergnügen:

»Richtig, Freund, gib's ihnen! Du kannst jetzt umsonst bei uns wohnen – ich wußte ja nicht, was du für ein Kerl bist!«

Auch Filat freute sich über den neuen Menschen und bemerkte von sich aus:

»Wer zu Hause Verwandte hat, leidet im Krieg ... Am meisten sehnt man sich nach Frau und Kind ...«

Der Soldat wurde auf Filat aufmerksam, seine Worte brachten ihn auf einen neuen Gedanken:

»Der Zar und die Reichen wissen nicht, daß es das Volk als Masse gar nicht gibt, daß das in Wirklichkeit lauter Söhne und Mütter sind, die sich liebhaben, einer immer doller als der andere. Die so fest miteinander verwachsen sind, daß sie auseinanderzureißen schlimmer ist, als wenn man sie totschlägt. Aber von oben gesehen sind sie eben bloß das Volk, wo keiner dem anderen was bedeutet! Hundesöhne! Darf man einem Menschen denn die Liebe nehmen? Wie wollen sie dafür mal bezahlen?«

Während der Gast redete, waren seine Finger eifrig in Bewegung, schien er mit den Händen liebende Familien zu formen und feste, unlösbare Blutsverwandtschaften zu fügen. Schließlich beruhigte er sich und sagte leise:

»Zu viele überlegen nur mit dem Verstand – das ist das Allerschlimmste ...«

»Was redest du da, Freund!« sagte Swat leicht spöttisch. »Ich dachte, der Verstand hilft uns in der Not!«

Der Gast spann den Gedanken weiter:

»Wenn er uns hilft, ist es gut, aber manchen treibt er auch zur Gier – das ist das Übel! Da stürmt so einer los, und kommt ihm ein Gefühl in die Quere, trampelt er's nieder! Später kehren sie um und flennen ...«

»Bleib bei uns!« entschied Swat endgültig. »Wir kommen auch zu dritt durch – du ißt uns schon nicht alles weg!«

Der Gast zog sich sofort die Schuhe aus und seufzte tief auf, wie zu Hause. Er sah sich nun genauer in der Behausung um und fand sie behaglich, denn er spürte eine Müdigkeit, daß viele Nächte hintereinander nicht ausgereicht hätten, sie wegzuschlafen.

»Sieh an!« sagte Swat in der Nacht, als der Gast schlief.

»Die vornehmen Leute denken, wir werden geboren, um zu fressen, aber der lebt und quält sich, und in seinem Kopf brodelt's.«

Filat dachte vorm Hinüberdämmern an den Gast und wie schwer es für ihn gewesen sein mußte, Frau und Sohn zu begraben. Nur gut, daß ich niemanden habe, konnte er noch denken, dann schlief er ein.

Die Nächte wurden kürzer, die Not der Mützenmacher dagegen wurde länger – man kaufte ihnen nichts mehr ab. Der Schnee wurde von der Sonne angewärmt und färbte sich gelb vom Vorjahrsdung, der darunter zum Vorschein kam. Manchmal leuchteten die Tage heller als im Sommer – das Weiß des gefrorenen Schnees widerstand dem Sonnenlicht hartnäckig, und die reine Luft flimmerte scharf von beißender Kälte und zäh vorankriechender Wärme.

Die Vorstadt kniff die Augen ein – der Krieg hatte den Wohlstand der Kutscher versiegen lassen, und die Leute wollten die Pracht des neuen Frühlings in solchen Zeiten nicht bemerken.

Sachar Wassiljewitsch versah seinen Dienst bei der Eisenbahn gewissenhaft und fürchtete nur eins: entlassen und an die Front geschickt zu werden. Seine beiden kleinen Jungen gediehen, aber der Vater liebte sie auf derbe Art, verwöhnte und hätschelte sie nicht.

Nastassja Semjonowna dagegen brachte sich um wegen der Kinder und war so in Sorge um ihre Erstgeborenen, daß sie sie beständig mit Arzneien traktierte und schon ein Kinderdurchfall sie in panische Angst versetzte.

Makar hatte noch Sattlerarbeiten zu erledigen und bereitete sich schon liebevoll auf sein Sommerleben als Schmied vor, genoß im voraus die Herrlichkeit offener Sommertage. Auch die übrigen Leute lebten vernünftig, jeder hoffte auf Besserung und Erleichterung.

Swat freute sich über den Zuwachs von Licht und Wärme draußen, aber er war auch ein bißchen betrübt und neidisch auf die toten, reglosen Dinge: denen war die Sorge um Nahrung und Wohlergehen fremd, die lebten in Ruhe und ganz hingegeben.

»Im Sommer kann man beim besten Willen nicht verhungern!« sagte Mischa, der Gast, als er von Swats Sorge erfuhr. »Wir können Tauben fangen oder angeln gehen, können uns Grünzeug zum Essen pflücken – und fertig ist die Gemüse- und Fischsuppe, und als Nachtisch gibt's den Bodensatz!«

Dennoch schickte Swat Filat beizeiten zu seinem alten Erwerb in die Vorstadt.

»Es ist zwar schade um dich, sanfter Mensch, und wir beide haben uns auch gut verstanden, aber du siehst ja selbst – zu dritt geht es nicht, und Mischa weiß nicht, wo er hin soll!«

Die Mützenmacher taten schon den zweiten Tag nichts, und nun war Mischa für die letzten fünf Kopeken Brot holen gegangen und hatte auch das wenige nicht ganz nach Hause gebracht – er hatte das Brot unterwegs ausgehöhlt und die weiche Krume herausgegessen.

»Schon gut!« sagte Filat. »Ich werde auf den Höfen nach Arbeit fragen – irgendwo werde ich schon bleiben! Und zu Ihnen komme ich mal auf ein Schwatz, Ignat Porfirytsch!«

6

Der Frühling trat sacht mit schläfriger feuchter Erde an allen möglichen Bodenblähungen zutage. Filat schritt dahin und freute sich – er hatte einen Bekannten, Ignat Porfirytsch, und ein Haus an der Müllkippe, wo er jederzeit hingehen konnte.

Arbeit hatte er bei Makar gefunden – er sollte vier Kummete fertignähen und auf die Schmiede aufpassen, solange Makar mit der Eisenbahn unterwegs war, um Schmiedekohle einzutauschen. Viele in der Vorstadt klagten darüber, daß manches, was sie dringend brauchten, nicht mehr zu haben sei, aber weder Swat noch Filat, noch Mischa hatten je eines der jetzt knapp gewordenen Dinge vermißt. Deshalb begriff Filat die zehrende, Elend schaffende Gewalt des Krieges erst in der Vorstadt.

Die Vorstadt hatte sich vor Feuchtigkeit und durch Mangel an Reparaturen bräunlich verfärbt und blickte traurig aus eingefallenen Fensterhöhlen, wie ein hungernder Mensch. Die Hunde waren abgemagert und blieben nachts stumm. Alles bewegte sich gleichsam auf einen Abgrund zu; sogar Filat tat das leid, und er war bereit, bei schlechtester Kost zu arbeiten. Doch Makar hatte ihm genug zu essen dagelassen, denn er hatte im Winter ein nützliches Handwerk betrieben, für Bauern gearbeitet und nicht zu darben brauchen.

Makar kam lange nicht zurück, und Filat wurde es langweilig ohne Arbeit – die Kummete hatte er längst fertig. Jeden Tag besuchte er Swat und Mischa. Denen ging es vollends schlecht, sie existierten nur noch von den Resten, die Filat ihnen brachte.

Doch er brachte ihnen nicht nur, was er übrig hatte, sondern fast alles, was ihm bei Makar zugemessen war, für sich selbst behielt er immer nur einen Brotkanten und vier Kartoffeln.

»Wirst du denn auch satt?« fragte Swat manchmal. »Paß auf, für uns ist es keine Kunst, alles aufzuessen, aber du machst doch schlapp!«

»Ich mach nicht schlapp!« stritt Filat verlegen ab. »Arbeit hab ich zur Zeit keine, und bloß zum Atmen braucht man nicht viel zu essen.«

Swat schimpfte:

»Hast du dir gedacht! Nimm Mischa: der tut auch nichts als atmen und könnte jetzt einen Ochsen am Spieß verschlingen!«

»Das könnte ich!« bestätigte Mischa, der still dalag, und seufzte vor Appetit.

Eines Nachts wachte Filat erschrocken auf. In dem Winkel der Schmiede, wo er schlief, war es so dunkel, daß er sich sicher fühlte. Die Nacht hinter der Bretterwand hüllte die Vorstadt in stille Schwärze und verbarg sie bis zum Morgen vor der Welt. Nichts spürbar Beunruhigendes war im Gange. Die Kutscher hatten sich gewiß schon mehrmals im Schlaf auf die andere Seite gewälzt. Beim Ausbessern des Flechtzauns hatte Sachar Wassiljewitsch Filat verraten, daß er jedesmal aus dem Bett fiele, wenn Nastassja Semjonowna sich nachts umdrehte.

»Dabei ist meine Nastassja noch gar nicht so dick – wer erst mit 'ner Dicken verheiratet ist, na, der muß ja was auszustehen haben!« hatte Sachar Wassiljewitsch lachend gemeint.

Jetzt aber war es ganz still; draußen war nicht zu hören, wie vom Umdrehen verschwitzter Weiber Männer aus den Betten fielen.

Plötzlich fuhr Filat zusammen und setzte sich auf – und dann hörte er, einmal übers andere, heftiges, rasch aufeinanderfolgendes Schießen und das dumpfe Geräusch ferner Angst.

Weil er sich selbst vergessen hatte, hatte Filat nie über die Grenzen der Vorstadt hinausgeschaut, nur an das Dorf seiner Kindheit erinnerte er sich, wo er bei der Mutter aufgewachsen war. Die Arbeit hatte ihm nie Zeit gelassen, sich auf seinen Kopf zu besinnen und sich zu fragen, was es sonst noch gab – so hatte er sich mit der Zeit das Denken ganz von selbst abgewöhnt; als ihm dann danach zumute war, konnte er nicht mehr denken: durch die Untätigkeit war sein Kopf für immer erschlafft.

Deshalb zitterte er jetzt vor Angst und begriff das Schießen nicht. Daß Krieg war, wußte er, aber er hatte, trotz Mischas Schilderungen, keine Vorstellung davon.

Das Schießen hörte auf, dafür schrien nun offenbar Menschen. Filat erriet, daß es vom Bahnhof kam, und trat vors Haus.

Der Himmel war schon voller Sterne, und Filat betrachtete ihn aufmerksam. In dieser Aufmerksamkeit für den nächtlichen Himmel war noch ein alter Traum von ihm lebendig – einen Stern in dem Moment zu bemerken, wenn er sich von seinem Platz losreißt und fällt. Sternschnuppen erregten ihn seit seiner Kindheit, aber er hatte noch nie gesehen, wie ein Stern sich vom Himmel löst.

Am Morgen kam Makar – ohne Kohle und grüblerisch:
»Den Zaren gibt's schon lang nicht mehr – auf der Eisenbahn rebellieren Deserteure ... Und wir sitzen hier und wissen von nichts. Vom Bahnhof schleppen sie Schwellen

heim, die Lokomotiven sollen an die Artels verteilt werden.«

Für Filat war die Neuigkeit so fremd und fern, daß er nicht wie Makar davon den Kopf verlor, sondern nur leise Neugier empfand und schwieg. Er ahnte dunkel, daß Flechtzäune, Eimer, Kummete und die anderen Dinge für immer in der Vorstadt bleiben würden und irgendwer sie reparieren würde.

Zum Abend, als er abkommen konnte, ging Filat zu Swat, begegnete aber ihm und Mischa schon auf halbem Wege. Mischa, der Gast, war guter Dinge, er trug ein ganzes Brot, Swat aber war ganz mitgenommen von verborgener seelischer Bewegung,

»Wir gehen weg, Filat!« sagte Swat traurig. »Leb wohl denn, wenn die Vorstadt uns nun mal nicht braucht.«

»Diese Hundesöhne!« wetterte Mischa. »Das verfluchte Pack hat das Land an sich gerissen und lebt ohne Sorgen, aber dich braucht keiner – immer zieh los, geh deiner Wege!«

Filat brachte sie zum Bahnhof und verabschiedete sich. »Vielleicht kommen Sie mal wieder zu Besuch in die Vorstadt, Ignat Porfirytsch?«

Demütiger Kummer stand in seinen Augen, er wußte sich keinen Rat in seinem Trennungsschmerz.

Swat war ebenfalls gerührt und verwirrt. Ehe Filat umkehrte, umarmte er ihn und küßte ihn mit seinem stachligen Schnurrbart auf die rauhen, trockenen Lippen, die nur die Mutter geküßt hatte, als sie noch Kinderlippen gewesen waren. Filat erschrak über den Kuß und verzog kläglich das Gesicht ob der unverhofften, ungewohnten Tränen.

»Hätte das Weib nicht so nahe am Wasser gebaut, wäre sie 'n Kerl!« knurrte Mischa mißmutig und zog Swat weiter: »Wozu bringst du ihn durcheinander – er wird andere finden! Er ist nun mal so rührselig!«

Filat ging nicht gleich zu Makar, sondern machte einen Umweg und trottete betrübt zur Müllkippe. Ignat Porfirytschs Kate stand nun leer und stumm, aber Filat schien es, als sehnten sich Wände und Fenster nach ihren fortgegangenen Bewohnern und grämten sich vor Einsamkeit. Die leere Kate war für ihn noch lebendig, lieb und teuer, sie roch noch nach den Menschen, die sie verlassen hatten. Filat stand eine Weile still da, er berührte die Türklinke – die hatte Ignat Porfirytsch jeden Tag angefaßt; schaute aufs Feld – den Anblick hatte auch Ignat Porfirytsch gehabt; legte sich auf den Fußboden – hier hatten sie den ganzen düsteren Winter lang geschlafen; endlich wandte er sich ab vor drückender Verzweiflung, die sich von keinem Trost verscheuchen ließ.

Jeden Tag ging Filat nun zu seiner Hütte auf der Kippe, betrachtete sie schon von weitem mit anhänglichem, zärtlichem Blick. Wider alle Vernunft wartete er darauf, daß die Tür aufgehen und Ignat Porfirytsch mit einer Selbstgedrehten heraustreten und sagen würde:

»Komm rein, Filat, was stehst du im Wind! Ich freu mich immer, wenn du reinschaust, sanfter Mensch!«

Manchmal wurde nachts am Bahnhof geschossen und manchmal nicht. Die Vorstadt deckte sich unterdes mit Lebensmitteln ein, indem sie kurzfristig alle Rückstände von der Vorjahreserntе von den Bauern einforderte. Sachar Wassiljewitsch fuhr selbst aufs Land zu seinem Pächter und verlangte:

»Es sind undurchsichtige Zeiten, Prochor, und du schuldest mir vierzig Pud Hirse, bring sie mir, solange die Straße noch gefroren ist, bald weicht sie auf, dann wird sie bis nach Ostern nicht mehr trocken!«

»Ich weiß nicht recht, Sachar Wassiljewitsch«, meinte Prochor zweifelnd, aber noch in respektvollem Ton. »Es heißt ja, das Land soll jetzt dem Bauern umsonst zufallen, und mit den Rückständen hätte es keine Eile!«

Sachar Wassiljewitsch zwinkerte, so raste er innerlich vor Wut, sein erzürntes Blut pochte ihm laut in den Ohren, doch er zwang sich zur Ruhe und versetzte spöttisch:

»Die neue Macht ist nicht dümmer als die alte, Prochor! Denk das nicht, die Dummköpfe haben sie abgesetzt und Gutsbesitzer dafür eingesetzt – die haben das Land jetzt noch fester im Griff! Das ist auch richtig so – du würdest deine Parzelle auch nicht umsonst an deinen Nachbarn abtreten! Revolution – das ist Freiheit, mehr nicht, mit Eigentum hat die nichts zu tun, das bleibt, wie es war!«

»Eine Parzelle – was ist das schon!« antwortete Prochor nachdenklich. »Darum geht's jetzt nicht. Aber ein Soldat hat mir angst gemacht, ich soll ja keine Pacht mehr zahlen, sonst bricht die neue Macht zusammen, und der Krieg fängt wieder von vorn an ...«

»Der Krieg hört nicht auf!« behauptete Sachar Wassiljewitsch. »Der Krieg geht weiter, bis der Deutsche am Ende ist! Aber über das Land gibt's keine neuen Gesetze, Prochor, schlag dir das aus dem Kopf. Und halt dich ran mit der Hirse, sonst verpachte ich das Land nächstes Jahr an die Vorwerksbauern, die sind zuverlässiger.«

»Das ist ihre Sache, Sachar Wassiljewitsch! Aber die Hirse sollen Sie bald haben; sowie ich den Wagen in Gang bringe, komme ich in die Vorstadt ... Die Leute schwatzen alles mögliche, und wir schnappen's auf, aber wer weiß – wie es kommt, das kann keiner sagen! Morgen geh ich zu Fuß zum Bahnhof und frage die Soldaten!«

»Immer geh und befrag dich, Prochor, hast ja deine Beine nicht vom Staat und auch deinen eigenen Kopf – wen kümmert der schon!« versetzte Sachar Wassiljewitsch nun doch aufgebracht und verabschiedete sich.

Die Kutscher in der Vorstadt begannen zu murren. Tags darauf berief der Starost die Gemeindeversammlung ein und lenkte die Unzufriedenheit in gesetzliche Bahnen:

»Von der Front kommt massenhaft Deserteursgesindel rein: lassen den Feind des Vaterlandes ungehindert in unser rechtgläubiges Land! Was ist da zu tun, Rechtgläubige, wenn sogar der Bauer schon frech wird und sich eigenmächtig an fremdem Grund und Boden vergreift, ihn den Besitzern wegnehmen will! So was ist meiner Meinung nach im Gesetz nicht vorgesehen! Um der frechen Willkür ein Ende zu machen, müssen wir noch heute in aller Form einen Brief ans Gouvernement aufsetzen, damit sie dort wissen, was vorgeht, und jeder soll klar und deutlich mit seinem vollen Namen unterschreiben!«

Filat lebte lustlos und ohne Eifer – ohne Ignat Porfirytsch hatte er an nichts mehr Interesse. Durch die Wirren der Zeit ruhte bei Makar jede Arbeit, so daß er Filat bald entließ: Du siehst ja, es gibt nichts zu tun, sagte er, und zu zweit rumsitzen taugt nicht – also geh und such dir Beschäftigung!

7

Mitten in der Vorstadt stand ein zweistöckiges altes Haus. Daneben war ein Brunnen, und bei dem Brunnen stand ein runder Schuppen – ein Pferdeverlies. In diesem Verlies lief ein Pferd den ganzen Tag auf engem Raum im Kreis und zog einen hölzernen Göpelarm. An dem Göpelwerk wickelten sich Seile auf und ab, die in Eimern Wasser aus dem Brunnen schöpften. Das Wasser floß in einen großen Zuber und von da in Tröge. Daraus tränkten die Bauern, die zum Markt in die Vorstadt kamen, für eine Kopeke pro Kopf ihre Pferde, die Menschen tranken umsonst.

In dem Haus wohnte der Besitzer des Brunnens, Spiridon Matwejitsch Suchorukow, mit seiner Frau Marfa Alexejewna und zwei Jungen, ihren Kindern.

Filat hatte bei Makar zum Abschied noch satt zu essen bekommen, deshalb ging er an den Brunnen, um zu trinken. Aber es floß kein Wasser aus dem Zuber, und an der Tür des dunklen Schuppens stand Spiridon Matwejitsch und musterte den Passanten böse.

»Du hast den Brunnen nicht gegraben, aber trinken willst du, Vagabund! Komm doch mal her!«

Filat gehorchte.

»Wo willst du hin?« fragte Spiridon Matwejitsch.

»Ich will mich nach Arbeit umtun!« antwortete Filat.

Spiridon Matwejitschs Zorn legte sich.

»Ihr Strolche treibt euch hier rum, zerscharrt für nichts und wieder nichts die Erde mit euern Füßen! Komm, ich stell dich beim Pferd an, mein Knecht ist aufs Land gegangen, rebellieren!«

Filat fand sich im dunklen Schuppen wieder, wo blinzelnd ein hagerer Klepper stand.

»Du mußt mit der Zunge schnalzen, damit es läuft!« sagte Spiridon Matwejitsch. »Und hab ein Auge auf die Straße: Laß keinen umsonst trinken – nimm eine Kopeke pro Fuhrwerk, von manchen auch zwei!«

Das Pferd trottete im Kreis herum, vor Anstrengung schwollen ihm die schlaffen Adern. Von Zeit zu Zeit blieb es stehen, dann schnalzte Filat, und das Pferd ruckte wieder am Göpelarm.

Es folgten dunkle Stunden, und Filat bekam Beklemmungen vor Enge und Einsamkeit. Er ging nach draußen, hörte zu, wie die vollen Eimer sich polternd in den Zuber entleerten, und betrachtete die Leere der stillen Straße. Er sah auch freies Feld, wo der Frühling leuchtete, aber dort war kein Mensch. Filat erinnerte sich wehmütig an Ignat Porfirytsch, aber das Schicksal des Pferdes, das Wasser aus dem Brunnen zog, war noch hoffnungsloser – davon wurde Filat leichter.

Seine Schlafstatt war in einer Kammer, Wand an Wand mit dem Schlafzimmer der Hausbesitzer. Da er das Übernachten in geschlossenen Räumen nicht mehr gewohnt war, fand er es unerträglich schwül und hatte Angst vor der Decke – er bildete sich ein, sie sinke herab, sobald er die Augen zumachte.

Allmählich – es ging auf den Sommer zu – sproß das Gras und schmückte sich mit seinen Jugendblumen. Die Gärten genierten sich plötzlich und hüllten sich eilig in Laub. Das Erdreich roch jetzt nach banger Erregung, als wolle es besonderes, ewiges Leben hervorbringen, und der Mond leuchtete wie ein Licht am Grab geliebter Toter, wie eine Laterne über allen Wegen, auf denen Menschen sich begegnen und auseinandergehen.

Voller Mitleid ließ Filat das Pferd seine Kreise gehen und sann im dunklen Schuppen vor sich hin. Das Pferd hatte sich an ihn gewöhnt und lief ohne Zuruf, deshalb blieb Filat tagelang sich selbst überlassen – ohne jede Beschäftigung, außer daß er dann und wann einem Bauern, der sein Pferd tränkte, eine Kopeke abnahm. Bei einem trägen oder untätigen Menschen wuchern Kummer und Gedanken wie Unkraut auf unbeackertem Boden. So geschah es auch mit Filat; jedoch sein Kopf, der infolge Untätigkeit Speck angesetzt hatte, erinnerte sich nur noch verworren, erzeugte nur gewaltige, bedrohliche Vorstellungen gleich der Urbewegung der Berge, die durch Druck und jungfräuliche Vergessenheit zu Kristallen vereist waren – so daß Filat ein Dröhnen im Herzen vernahm, wenn sich ein Gedanke in ihm regte.

Manchmal war ihm, als müsse er nur gut und glatt denken können wie andere, um des Herzdrückens Herr zu werden, das von einem vagen, sehnsüchtigen Locken herrührte. Es klang wie ein Ruf und nahm an manchen Abenden deutlich die Gestalt einer Stimme an, die schwerverständliche, dumpfe Worte sprach. Aber Filats Hirn dachte nicht, es knirschte nur – der klare Bewußtseinsquell in ihm war für immer verschüttet und gab dem Druck eines verworrenen Gefühls nicht nach. Dann ging Filat zum Pferd und half ihm, den Göpel zu ziehen, indem er von hinten nachschob. Schon nach zehn Umläufen spürte er taumelige Übelkeit und trank kaltes Wasser. Er trank gern viel Wasser, seine Frische und Klarheit wirkte so besänftigend auf die Seele. Seine Seele empfand Filat wie einen Knoten in der Kehle, darum strich er sich manchmal den Hals, wenn ihn die Einsamkeit und die Erinnerung an Ignat Porfirytsch quälten.

Häufig kam Wasska in den Schuppen, Spiridon Matwejitschs achtjähriger Sohn, ein schlauer, vorlauter Bengel. Filat streichelte dem Jungen das Haar und erzählte ihm etwas. Auch Wasska erzählte, aber auf seine Art:

»Filat, Mama geht wieder auf den Topf, und Vater schimpft ...«

»Laß sie nur, Wasska, vielleicht ist sie krank und verträgt den Wind nicht!« erklärte Filat.

»Nein, Filat, das macht sie mit Absicht, sie will Vater die Luft verpesten: das ist purer Eigensinn von ihr!«

Filat begann von anderem zur reden – von Swat und dem Soldaten Mischa. Der Junge hörte eine Weile zu, dann fiel ihm wieder etwas ein:

»Mutter hat gestern einen Topf Kohlsuppe verschüttet, da hat Vater ihr aber mit der Topfgabel eins übern Wanst gegeben ... Sie schreit: So, jetzt hab ich's Bluten gekriegt! Vater sagt: Streich doch 's Dach damit, Schlampe! Mutter ist aber nicht auf den Boden gestiegen, sie hat sich aufs Bett gelegt und geheult. Immer muß sie sich verstellen!«

Filat litt unter den Worten des Jungen und dachte bei sich: Jetzt sind wir zu dritt – das Pferd, ich und Wasskas Mutter. Der schwere Kummer teilte sich in drei Teile – da kam auf jeden weniger.

Einmal kam Wasska schon früh am Morgen gerannt und rief: »Filat! Komm und sieh dir das an – Mama hat sich wieder im Haus hingehockt, da hat Vater die ganze Grützsuppe draußen aufgegessen und uns gar nichts übriggelassen!«

Filat beruhigte den Jungen, aber ihm war nicht wohl dabei.

Am Nachmittag ging er ins Haus – er brauchte von Spiridon Matwejitsch Geld für ein neues Eimerseil.

Im Vorraum hörte er Wasskas wildes, höhnisches Geschrei und die flüsternde Stimme seiner Mutter, die das Kind wahrscheinlich vergebens zu beschwichtigen suchte.

»Gib mir die Kerze, du Pestbeule!« schrie Wasska drohend wie ein Großer. »Hast du nicht gehört? Gibst du sie mir nun oder nicht – soll ich noch lange warten? Sonst schmeiß ich den Samowar runter, gemeines Biest!«

Die Mutter flüsterte ihm rasch und ängstlich zu:

»Wasska, nicht doch, mein Junge! Ich such dir gleich eine Kerze – du hast sie gestern doch selbst runterbrennen lassen ... Wenn ich Brot holen gehe, kauf ich dir eine neue ...«

»Und ich sage dir, du hast sie versteckt, verfluchte Hexe!« schrie Wasska heiser und rückte an etwas Klirrendem, sicherlich dem Samowar.

»Ach, Wasska, ich habe doch keine Kerze – ich kauf dir eine ...«

»Und ich sage: Gib sie sofort her! Oder – da ...«

Messing schepperte, zischend floß Wasser aus: Wasska hatte den Samowar vom Tisch gekippt.

»Ich hab dir gesagt, du sollst sie mir geben, aber du hörst ja nicht!« stellte Wasska nun gelassen fest.

Filat öffnete vorsichtig die Tür und betrat die Küche, er fühlte sein pochendes Herz und Scham auf den Wangen.

Auf einem Schemel saß eine junge Frau und weinte, den Saum ihrer Bluse an die Augen gepreßt.

Wasska starrte wütend auf das sprudelnde Wasser und bemerkte Filat nicht gleich, als er ihn aber sah, sagte er zu seiner Mutter:

»So! Was hast du da angestellt?! Das sag ich Vater – der Samowar ist frisch gelötet, und du schmeißt ihn runter! Warte nur, wenn Vater kommt – der wird's dir schon zeigen!«

Die Frau weinte stumm vor sich hin. Filat war noch mehr verstört als Mutter und Sohn und vergaß, weshalb er gekommen war. Die Frau warf ihm einen raschen Blick zu und verbarg die scheuen schwarzen Augen wieder unter den Lidern. Sie war mager und sehr schön – brünett, verhärmt und mit einem Gesicht, das Augen, Mund, Nase und Ohren wie Kleinodien bewahrte. Rätselhaft, wie das alles ein so schweres Los – die Geburten, die Kinder, den Mann – unbeschadet hatte überdauern können.

Der andere Junge, etwas jünger als Wasska, saß in einer Ecke und weinte lautlos mit. Filat fiel auf, daß er der Mutter ähnlicher sah – er war schwarzhaarig und hatte ein zartes, furchtsames Gesicht, das ständig auf Schläge zu warten schien.

Spiridon Matwejitsch war offenbar nicht zu Hause – darum zog Filat sich wortlos zurück.

An Feiertagen ging Filat entweder zu Makar oder über die Felder spazieren. Makar sagte, die Revolution habe sich anderswo abgeregnet, die Kutschervorstadt habe nichts abgekriegt. Man sehe und höre gar nichts mehr: vielleicht sei alles vorbei, an anderen Orten könne es aber auch noch Sturzbäche regnen.

»Uns kann das egal sein!« meinte er. »Für alle langt der Reichtum sowieso nicht, und bald geht das Brot aus, dann gibt sich das von allein!«

»Fahren denn am Bahnhof immer noch so viele durch?« fragte Filat.

»Immer noch, Filat! Was jetzt alles zurückkommt – der

ganze Krieg rennt heim! Freilich, man kann nicht endlos Krieg führen – das Volk hat ihn satt, wehe, wenn man's jetzt nicht in Ruhe läßt!«

Filat saß immer lange bei Makar und konnte ihm nie genug zuhören, aber Makar fing schließlich zu gähnen an und mahnte:

»Du solltest gehen, Filat, wir beide haben heute Ruhe nötig, ich bin irgendwie schlapp.«

Dann machte Filat sich davon und verstummte bis zum nächsten Feiertag.

Das grüne Licht des Sommers verblaßte schon und ging in blaues über – das Licht der Reife und der prallen Früchte. Filat beobachtete es und dachte, daß den hohen Mittagen bald niedrigere folgen würden, der Sommer würde altern und zuerst braun und dann gelb und golden werden – so färbt sich die ergrauende Natur. Dann würde die Vorstadt wieder in Häuser gepfercht sein, schon um vier Uhr nachmittags ihre Fensterläden schließen und Petroleumlichter anzünden.

Noch aber zählte die Vorstadt die Tage bis zur Ernte und rätselte, ob die Bauern die Pacht bringen würden oder nicht. Spiridon Matwejitsch war ein grimmiger Mann, ein Ungeheuer für seine Frau, aber er besaß einen scharfen Verstand, wenn er sich mit den Nachbarn am Brunnen unterhielt.

Die Kutscher kamen sogar extra zu ihm, um zu fragen, wie er über sein Land dachte.

»Ich habe kein Land mehr!« versetzte Spiridon Matwejitsch. »Die Bauern haben's mir abgenommen, als Vergeltung für den Krieg ...«

»Aber es sind doch noch gar keine neuen Rechte rausgekommen, Spiridon Matwejitsch!« versuchte ein Kutscher sich und den Gesprächspartner zu überzeugen. »Das war rohe Gewalt, das war gegen 's Gesetz!«

Spiridon Matwejitsch musterte finster den Schädel des anderen, auf dem nur noch ein Haarkranz sproß. Menschliche Dummheit erregte immer seinen heftigen Zorn.

»Du mußt deine Haare nicht vom Denken verloren haben, sondern vom Sündigen, Irinej Frolytsch! Rohe Gewalt versteckt sich, solange die Zarenmacht sie niederhält, aber was, zum Teufel, haben wir jetzt für eine Zarenmacht? Sogar die Lokomotiven wollten sie auf die Dörfer schleppen, und hier geht's um Land – Land ist das allererste!«

»Also kommt für die Kutscher der Tod?« fragte Irinej Frolytsch kleinlaut.

Spiridon Matwejitschs Zorn wich düsterem Ernst.

»Mit dem Sterben wollen wir noch warten, Irinej. Ich denke, das letzte Gericht halten wir und nicht sie.«

»Und die Pacht, können wir die nun dies Jahr erwarten oder erst nächstes?«

»Überhaupt nicht!« sagte Spiridon Matwejitsch. »Die Pacht schlag dir aus dem Kopf – der Bauer denkt nicht mehr daran, sie dir zu bringen, such dir selbst einen Broterwerb!«

Filat hörte zu und begriff allmählich die Einfachheit der Revolution: Landwegnahme. Er hatte den Kutschern schon lange heimlichen boshaften Groll und eine große unruhige Angst angemerkt. Ihre Angst wuchs sogar von Tag zu Tag, während die Erbitterung sich legte und sich in ergebenen Kummer verwandelte, weil es bei den Bauern umgekehrt war: Deren Groll schlug in bösen Willen um, und der führte Krieg gegen die Gutsbesitzer – mit Brand und Gewalt.

Die Kutscher fürchteten auch für die Vorstadt das Schlimmste, bis sie merkten, daß sie nur kleine Gutsbesitzer waren und die Bauern auch ohne sie genug Sorgen hatten.

Filat begann mit wacheren Blicken um sich zu schauen, obwohl er keinerlei Erleichterung für sich erwartete. Er wußte, daß sich ihm nirgends eine Tür von selbst öffnen würde und er im Winter wieder Grimm aufbringen mußte, mehr noch als letztes Jahr: da war wenigstens Ignat Porfirytsch noch dagewesen. Doch insgeheim fühlte Filat einen verlockenden Gedanken: Er hoffte, nicht mehr zu verhungern, wenn er die Vorstadt verließe, wie es ihm früher geschehen wäre. Die beständige Angst ums Leben, die sich mit den Jahren in Sanftmut verwandelt hatte, löste sich nun von selbst, und sein Herz erwärmte sich von erregenden ersten Wünschen. Was er sich wünschte, wußte Filat nicht.

Manchmal sehnte er sich danach, in einer großen Menschenmenge zu stehen und von der Welt zu reden, wie er sie in seiner Einsamkeit erahnte. Oder auf die Straße zu gehen und die Kutschervorstadt und die dreißig Jahre Dahindämmerns, die unaussprechliche Herzensnot, die wohl jeden quält und ihn ins Schicksalsdunkel zieht, für immer zu vergessen.

Wie alle Menschen, die lange gearbeitet haben, konnte Filat nicht gleich so mir nichts, dir nichts denken; zunächst fühlte er etwas, dann drang sein Gefühl in den Kopf vor, hämmerte auf dessen zarten Bau ein und veränderte ihn. In der ersten Zeit rüttelte das Fühlen das Denken sehr derb auf, daß es Gedankenungeheuer gebar, die nur holpernd von der Zunge gingen. Der Kopf sprach noch nicht an auf das unklare Gefühl, wodurch Filat sein Lebensgleichgewicht verlor.

Ignat Porfirytschs Haus besuchte er selten: Dort hatten sich abermals Bettler und Flüchtige einquartiert, die es fertiggebracht hatten, sogar die Müllkippe zu verschmutzen. Filats Sehnsucht nach dem verlorenen Freund wurde nun von traurigen Erinnerungen verdrängt, die fast nicht mehr schmerzten. Das Haus aber reizte nicht allein durch die Erinnerung an die Vergangenheit, es mahnte auch, denen zu folgen, die aus ihm fortgegangen waren. Es ermutigte Filat, machte ihn irgendwie froh und erleichterte ihm seine Zeit in der Vorstadt, als wären dies die letzten Tage, die er aufs Geratewohl leben durfte.

8

Der Herbst zog ein über weiches, gefallenes Laub, er hielt die Erde lange trocken und den Himmel klar. Geräumte Kornfelder muteten wie kühle Leere an, darüber schwebte unsichtbar Altweibersommerhaar. Der Himmel war ein leuchtender blauer Grund und glich einer von gierigen Lippen leer getrunkenen Schale. Und es geschahen die rührenden und erschütternden Dinge, durch die die Welt besteht, die sich nie wiederholen und immer wieder verwundern.

Tagtäglich entdeckte ein Mensch aus der Tiefe, aus den Gründen der Erde, aufs neue den hellichten Tag über sich, und erstaunliche Hoffnungen nährten ihn mit ihrem Blut.

Filat liebte den Herbst – entgegen der Furcht seines Verstandes vor dem Winter. Der Himmel erschien ihm höher, die Luft reichlicher und das Atmen leichter. Auch in diesem Herbst lebte er in Betrachtung der bekannten und doch neuen Jahreszeit und nahm die Sorgen der Kutscher kaum wahr. Sorgen machten die sich allerdings weniger, vielmehr horchten sie herum, was sich in der Welt tat, und teilten es einander mit. Sie glaubten noch, die Revolution sei ein Ammenmärchen, und fürchteten sie nicht.

Anfangs hieß es, der Boden fiele wieder den Kutschern zu – angeblich war ein neues, energisches Gesetz herausgekommen –, und es ginge erneut gegen die Deutschen; dann geriet das in Vergessenheit, und der Frieden brodelte in der Stille, bis zur Kutschervorstadt reichte seine Stimme nicht.

Ein Haufen Kutscher zog zur Bahnstation und fragte den Weichensteller, ob es nicht an der Zeit wäre, die Geleise abzureißen und die ganze Bahnhofshabe unter das Volk zu verteilen. Der Weichensteller antwortete, das sei unvermeidlich, nur müsse man vorläufig noch damit warten – aber sobald es soweit wäre, würde er in die Vorstadt laufen und Bescheid sagen. Die Kutscher nahmen sich Bahnschwellen vom Stapel, jeweils eine zu zweit, und gingen nach Hause, wenigstens hatten sie nun etwas, womit sie ihren Frauen eine kleine Freude machen konnten. Etwas umsonst bekommen zu haben befriedigte sie immer sehr, auch wenn es gar nicht für die Wirtschaft taugte. Vom Kaufen hielten sie nichts – immer war ihnen der Preis zu hoch. Das war seit alters her so und hatte sich in ihrem Charakter niedergeschlagen. Wurde ihnen doch alles, was sie im Jahr an Nahrung brauchten, unentgeltlich – als Pachtzins für das Land – von den Bauern gebracht, und die Häuser gehörten ihnen selbst; Kleidung, die notwendigerweise, wenn auch nur selten, für Geld gekauft wurde, war denn auch Grund zu Kummer und Familienzwistigkeiten.

An einem Sonntag versammelten sich die alten Frauen

nach der Messe vor der Kirche und zogen zum Ort hinaus. Sie hatten sich in Beuteln Fastenspeise mitgebracht und mit dem Priester eine Prozession zum Joachimskloster vereinbart. Filat war am Rande der Vorstadt gewesen, um für seinen Brotgeber eine Schuld einzufordern, hatte aber nichts erhalten – der Schuldner, ein alleinstehender Witwer, war ins Kloster gegangen und hatte sein Anwesen der Schwiegermutter vermacht. Filat sah einen Haufen alter Weiber auf sich zuwandeln und erschrak wie vor einer Heimsuchung. Die Alten murmelten Gebete, ihr schütteres totes Haar hatten sie aufgelöst, ihre Füße stapften traurig durch den tiefen Sand. Sie hielten die Röcke gerafft, um keinen Staub aufzuwirbeln, und zeigten die spitzknochigen kalten Beine. Der vorangehende Priester vermied es, seine Begleiterinnen anzusehen: Er war noch nicht alt, aber das Leben hatte ihn schüchtern gemacht. Die alten Frauen stiegen in den Hohlweg am Ortsausgang und verschwanden hinter Gebüsch. Filat betrachtete die Spuren der selbstgemachten Stoffschuhe, seltsamerweise fielen ihm dabei die Särge auf den Dachböden ein, die die sehr alten Kutscher sich immer beizeiten anschafften und gut verwahrten. Die Frauen dagegen ließen sich, so alt sie waren, nie vorzeitig Särge schreinern und legten sich in ihren alten Brautkleidern zum Sterben.

Die Soldaten aus der Kutschervorstadt, die am Leben geblieben waren, waren alle heimgekehrt und erzählten jeder etwas anderes von der Revolution: Einer behauptete, die Juden hätten sich erhoben und rotteten alle Völker aus, um allein übrigzubleiben und die Welt zu beherrschen, ein anderer wiederum meinte, das seien die Barfüßigen, die schlachteten die Reichen ab, man müsse also schleunigst losziehen und Gutshöfe und Städte plündern, solange dort noch was zu holen sei.

Die betagten Kutscher ermahnten die Leute zum Beten und beriefen sich auf die Bibel, in der alles, was jetzt geschehe, genauestens prophezeit sei, man müsse aber inbrünstig beten, bis einem statt Schweiß das Blut aus den Poren dringe – so werde der Mensch sich in Geist verwandeln.

»Probier du es doch mal und bete, bis dir das Blut aus den Poren dringt!« sagte Spiridon Matwejitsch verschmitzt zu solch einem Prediger. »Dann werden wir ja sehen, ob es deinem Geist gut bekommt, wenn's mit dem Leben aus ist!«

»Jawohl, das werde ich auch, und ich werde Erlösung finden!« versetzte der Alte fanatisch. »Du aber frage dein Herz, ob dir dies Leben gefällt, wo du weder satt noch hungrig bist und das Volk sich zerfleischt, den Zaren haben sie besudelt, sogar an Gott und Glauben rütteln sie ... Schau empor: Siehst du nicht die Himmelsfeste über dir erbeben?«

Spiridon Matwejitsch schaute empor.

»Sie bebt kein bißchen. Denkst du, Gott hat Zeit, sich mit solch eitlem Gerangel abzugeben? Seht den Wichtigtuer – Gott wacht wohl nur über dich!«

»Ich bin nicht wichtig, aber ich habe eine Seele, die Gottes eigen ist!« versetzte der Alte erbost und hitzig.

»Dann zeig dieses Eigentum nur keinem – sonst kommt noch ein Bauer oder Barfüßler und nimmt's dir weg: Du kennst doch die heutigen Zeiten!«

Spiridon Matwejitsch litt bereits Not mit seiner Familie – das sah Filat. Aber er war der Klügste in der Vorstadt und ertrug gelassen, was nicht zu ändern war. Vor dem Krieg hatte er einen großen Laden gehabt und es zu sicherem Wohlstand gebracht, aber der Laden war mitsamt dem Haus abgebrannt. Spiridon Matwejitsch überstand die Bedrängnis: Er verkaufte die Hälfte seines Bodens, baute sich dafür rasch ein neues Haus und erwarb den Brunnen. Es hieß, bei dem Brand sei sein Töchterchen von der ersten Frau erstickt, da habe er vorzeitig das Löschen aufgegeben, weil er ohne Tochter in Hab und Gut kein Sinn mehr sah. Seit jenem Jahr war sein Herz verfinstert – er war zu jedermann schroff und unaufmerksam, als wäre er sein persönlicher Feind.

Seine jetzige Frau liebte er – Filat sah seine heimliche Fürsorge für sie –, doch wenn er seine Wutausbrüche hatte, verlor er die Gewalt über sich und schlug mit allem, was ihm unterkam, jäh auf sie ein, obwohl er sich damit selbst marterte und zugrunde richtete. Schuld daran war nicht die Frau, sondern tiefer, verschlossener Kummer, der zur Krankheit geworden war. Spiridon Matwejitsch wußte, daß seine Frau gut und schön war, und manchmal kam er, nachdem er sie mißhandelt hatte, in den Schuppen und streichelte das Pferd, und Tränen tropften ihm aus den Augen. War Filat in der Nähe, schickte er ihn weg:

»Du geh raus, Filat, draußen halten Bauern, du läßt dir Geld entgehen!«

Wenn Filat dann hinauskam, sah er einen armen Schlukker in Soldatenuniform mit der hohlen Hand seinen Durst am Pferdetrog löschen.

Bald war der Sommer vollends verdämmert und der Himmel hinter einer dichten Wolkendecke erloschen.

In einer stockdunklen Nacht, als die Erde in einen dunklen Brunnen gefallen schien, begannen am anderen Ende der Steppe Kanonen zu donnern. Die Vorstadt war augenblicklich wach und zündete die Lämpchen vor den Heiligenbildern an, und die Familienväter versammelten die verstörten Angehörigen um sich.

Gegen Morgen hörte das Schießen auf, und die ungewisse Steppe hüllte sich in späte Nebel. An diesem Tag aß die Vorstadt nur einmal, denn die Zukunft machte ihr angst, doch wider aller Vernunft wollte jeder sie erleben, darum wurde mit den Vorräten gespart.

Am Abend ritt eine Kosakenabteilung mit vier Kanonen ohne Aufenthalt durch den Ort. Ein paar Kosaken tränkten ihre Pferde bei Filat am Brunnen. Spiridon Matwejitsch verkaufte ihnen Tabak und erfuhr, daß die Kosaken heimwollten, der Sowjet der Stadt Lunewezk sie aber mit Waffen nicht durchgelassen und sie aufgefordert habe, die Waffen abzugeben. Das hatten die Kosaken abgelehnt; daraufhin hatte der Sowjet eine Abteilung gegen sie ausgesandt, und die Kosaken hatten den Kampf angenommen. Nun versuchten sie den Don auf Umwegen – über Trockentäler und Wasserscheiden – zu erreichen und mieden die besiedelten Flußtäler, in denen bereits Sowjets bestanden.

»Und woraus setzen sich diese Sowjets zusammen?« erkundigte sich Spiridon Matwejitsch.

»Wer hat die schon gesehen!« antwortete der Kosak gleichmütig und schwang sich in den Sattel. »Es sollen Tagelöhner und Auswärtige sein – hergelaufenes Pack!«

»Wohl solche wie der?« Spiridon Matwejitsch wies auf Filat, dessen Kleider vor Alter auseinanderfielen.

Der Kosak sah sich im Davonreiten nach ihm um.

»Ja, genausolche Habenichtse.«

Etwas später läutete lange die Kirchenglocke und rief alle Betrübten und Abgelebten, alle, deren Lider über hoffnungslosen Herzen zufallen, zur Abendmesse. Von Kerzen und traurigen Seufzern wehte Rauch aus der Kirchentür und stieg als verwelkender grauer Strom empor. Die Bettler standen in zwei Reihen und stritten sich ob ihrer Menge, sie zählten die Gebete bis zum Ende des Gottesdienstes. Der traurige Gesang eines Blindenchors wogte aus der Kirche und vermischte sich mit dem leisen Rascheln der toten Bäume. Manchmal sang eine blinde Solistin allein – dann verwandelte sich die Demut des Gebets in untröstliche Verzweiflung, und sogar die Bettler unterbrachen ihr Gezänk und schwiegen ergriffen.

Nach der Messe aber war die Andacht im Nu vergessen, kehrten die Menschen zu den beißenden Sorgen zurück. Eine kluge Frau redete schon auf den Kirchenstufen auf ihren Mann ein:

»Ach, ihr Kerle – immer nörgelt ihr mit den Weibern! Nehmt lieber Gewehre in die Hand, schneidet Knüppel und geht aufs Land, bringt den Bauern Respekt vorm Gesetz bei! Sonst nehmen sie euch noch die Häuser weg, dann betet ihr vielleicht immer noch und gluckt am Suppenkessel – weibische Jammerlappen seid ihr, wirklich.«

Doch ihr Mann schwieg dazu und schnaufte, was sie noch mehr in Rage brachte.

»Uch, Hornvieh geliebtes!« fauchte sie und konnte sich auf dem ganzen Heimweg nicht beruhigen. Der Mann würde sich zu Hause sicherlich schlafen legen, sich zur Wand drehen und die Wanzen zählen.

Spiridon Matwejitsch ging sehr selten in die Kirche, und wenn, dann aus Liebe zum Gesang. Filat ging überhaupt nicht hin – wegen der Kleidung, sagte er.

Es wurde allmählich kalt draußen – im Schuppen hielt es Filat kaum aus, solange das Pferd lief. Auf seinen durchsichtig gewordenen, von Schweiß verbrannten Hosen hielt kein Flicken mehr, und die Jacke war zu einem kühlen Blütenblatt zerschlissen. Aber Filat sah, daß der Brunnen seinem Besitzer höchstens dreißig Kopeken pro Tag einbrachte – die Bauern kamen nicht mehr in die Vorstadt –, und genierte sich deshalb, um Geld zum Ausbessern seiner Kleidung zu bitten. Er wuße, wenn Spiridon Matwejitsch ihn davonjagte, war das sein Ende: Einen Knecht nahm jetzt keiner mehr – mit dem Verlust des Landes waren die Kutscher alle auf den Hund gekommen.

Eines Morgens stand Filat auf, ging aus der Küche auf den Hof – da hatte die Welt sich für ihn verändert: der erste flauschige Schnee war gefallen. Die Erde ruhte still unter dem Schnee und lag in friedlicher toter Reinheit. Die für lange demütig gewordenen Bäume ließen die Zweige hängen und hielten behutsam den Schnee, die widerhallende Luft stand reglos und bewegte nichts. Filat machte mit der Sohle ein Zeichen im Schnee und kehrte in die Küche zurück.

Es war früh, gut und klar. Zu solcher Stunde kann man fühlen, wie das Blut sich in den Adern reibt, erwachen seit langem verstummte Erinnerungen und lassen einen schmerzlich nacherleben, wie man sich schuldig gemacht hat an anderer Menschen Unglück. Dann versengt einem Scham die Haut, auch wenn man allein und ohne Richter ist.

Filat erinnerte sich an die im Dorf vergessene Mutter, die gestorben war auf dem Weg zu ihm, als sie beim Sohn Rettung suchte. Aber der Sohn hatte der Mutter nicht helfen können – er hütete damals nachts in der Vorstadt die Pferde und aß reihum bei seinen Brotgebern. Der Lohn – zehn Rubel für den Sommer – stand ihm erst im Herbst zu. Gute Leute hatten seine Mutter in ihr Dorf zurückgebracht und dort ohne Sarg begraben. Danach war Filat kein einziges Mal in seinem Heimatdorf gewesen – in fünfzehn Jahren hatte er keine drei freien Tage hintereinander und keine ordentliche Kleidung gehabt, mit der er sich in seinem Dorf nicht zu schämen brauchte. Inzwischen war er in der Heimat ganz vergessen, und Ignat Porfirytschs Haus nicht gerechnet, gab es keinen Ort mehr, zu dem es ihn freiwillig hinzog.

An diesem ersten Schneetag sagte Spiridon Matwejitsch, er müsse das Pferd verkaufen – der Brunnen werfe nichts ab und das Heu sei teuer. Filat solle sich eine neue Stelle suchen, bis dahin könne er in der Küche bleiben, aber ohne Beköstigung – die Zeiten seien nicht danach.

Filat verstummte. Als der Hausherr gegangen war, betastete er seinen Körper, der ihm mit seinem Wunsch zu leben fortwährend Not bereitete, und brauchte lange, bis er wieder zu sich kam.

Das Pferd brachte der Hausherr selbst ins nächste Dorf, er kam gegen Abend allein zurück. Filat lief den Kreis ab, in dem das Pferd getrottet war, und empfand beinah dasselbe wie in der leeren Hütte auf der Müllkippe, als Ignat Porfirytsch weggegangen war.

Er blieb noch eine Nacht, ohne zu essen; den Morgen darauf ging er, um es bei Makar zu versuchen. Die Schmiede stand kalt, ihre Tür war halb zugeschneit. Makar drehte im Schuppen ein Seil und führte Selbstgespräche. Filat verstand, ein Seil sei kein Weidenbaum, es wachse auch im Winter ...

Als Makar Filat sah, wollte er ihn gar nicht erst anhören:

»Wenn es sogar ordentlichen Leuten schon an den Kragen geht, sollten arme Schlucker wie du sich gleich in den Schnee legen und sich aufs Ende der Welt gefaßt machen!«

Filat wandte sich zur Tür, und im Gehen sagte er, unerwartet gekränkt:

»Für manche ist der Schnee der Tod, für mich ist er ein Weg.«

»Dann mach dich fort auf ihm – friß ihn und wärm dich dran!« beendete Makar verdrossen den Wortwechsel und ließ seine Wut am Seil aus: »Miststück, im Reißen bist du groß, aber zum Schleppen bist du nicht zu haben!«

Filat verspürte eine Stärke in sich, als hätte er ein Haus und in dem Haus warmes Essen und eine Frau. Er fürchtete den Hunger nicht mehr und schämte sich nicht seiner Kleidung. Ich kann nicht dafür, daß es mir dreckig geht, dachte er, ich bin nicht mit Absicht auf die Welt gekommen, also müssen mich jetzt auch alle erdulden, ich will nicht mehr leiden.

Als er zu S. W. Astachows Haus kam, suchte er den Hausherrn auf und sagte ihm von seiner Not. Sachar Wassiljewitsch hörte mit beiden tauben Ohren zu und verstand Filat:

»Gestern soll der Friedhofswächter gestorben sein – sie hatten heut keinen, der zur Messe läutete: Frag da mal nach!«

Sachar Wassiljewitschs Frau wusch Geschirr ab und hörte den Rat ihres Mannes.

»Geh doch mit deinem Wächter – der Diakon hat selbst geläutet, du hörst bloß nichts, weil du taub bist! Und einen Wächter haben sie auch schon, sagt die Nikitischna – den Schuster-Paschka.«

»He? Welchen Paschka?« fragte Sachar Wassiljewitsch und zwinkerte vor Aufmerksamkeit.

»Na, den Paschka! Den Bruder von der Lipka!« rief Nastassja Semjonowna. »Der voriges Jahr auf dem Friedhof seine Mutter ausgebuddelt hat und Haar und Knochen fand! Erinnerst du dich jetzt?«

»Ah!« sagte Sachar Wassiljewitsch. »Den Paschka? Filat würde lauter bimmeln!«

9

Der Tag war noch nicht zu Ende, aber durch die Wolken war es schon dunkel geworden, und es begann in leichten, vereinzelten Flocken zu schneien. Irgendwo knarrte traurig ein Fensterladen, weil es zog, und Filat dachte, der hat auch kein leichtes Leben.

Er wurde sonst nirgends erwartet, also mußte er zu Spiridon Matwejitsch in die Küche zurück und mit leerem Magen übernachten.

Weil er es aber noch zu früh fand, sich hinzulegen, ging er zur Müllkippe.

Ignat Porfirytschs Haus stand einsam wie vergangenes Jahr. Doch es waren viele Wege zu ihm durch den Schnee getreten. Die Bettler waren mittags und abends zur Messe gepilgert.

Filat blieb vor dem Haus stehen: hinein hätten ihn die Bettler nicht gelassen. Unter der Schneedecke blähten sich deutlich die Abfallhaufen der Vorstadt, dahinter lag die erloschene dunkle Steppe.

Weit draußen fuhr ein einsames Bäuerlein mit dem Schlitten auf der Spur des alten Steppenwegs in sein Dorf, ihn begann schon die frühe Dunkelheit zu umdämmern. Filat wäre bei ihm aufgestiegen und in das räucherige warme Dorf mitgefahren, hätte Kohlsuppe gegessen und sich auf der stickigen Hängepritsche den Tag aus dem Sinn geschlafen. Aber der Bauer war schon in der Ferne verschwunden und sah das Licht in seinem Stubenfenster.

Filat bemerkte, daß im Haus jemand vergeblich Licht zu machen versuchte – wahrscheinlich war ihnen das Birkenöl ausgegangen, und Petroleum gab es damals nirgends zu kaufen. Die Tür ging auf, wodurch kehliges Stimmengewirr der unruhigen Bettler drinnen zu hören war, und heraus trat ein Mann mit lodernder Selbstgedrehter. Er hatte den Lichtschein im Fenster verursacht, als er sie anzündete. Der Mann zwang mühsam seine kranken Beine durch den Schnee und fiel ein paarmal längelang hin. Bei Filat angelangt, seufzte er und sagte:

»He du, lauf ins Dorf und hol mir Brot, ich geb dir'n Stück ab – die Beine machen nicht mehr mit!«

Filat lebte auf und rannte los, und der Bettler kauerte nieder, um seine Beine zu schonen, und wartete auf ihn.

Als Filat mit dem Brot zurückkam, lud der Bettler ihn in die Hütte ein:

»Komm, wir gehn uns aufwärmen. Mit dem Messer kann ich's dir sauberer abschneiden, was stehst du hier allein!«

In der Hütte war es dunkler als draußen, es stank nach abgetragener, verschwitzter Kleidung und ungewaschenen Körpern. Filat konnte niemanden erkennen – auf dem Fußboden und der Bank saßen und lagen vielleicht zehn Menschen, und alle redeten durcheinander.

Die Bettlerinnen warfen einander Heimlichtuerei vor und rechneten nach, wieviel jede am Tage heimgebracht hatte.

»Erzähl mir nichts, du Schlampe, ich hab selber gesehen, wie sie dir einen Fünfer in die Hand gedrückt hat!«

»Ich habe ihr doch vier rausgegeben, breitmäulige Kröte!«

»Hast du nicht, lüg doch nicht – die Frau hat sich umgedreht und ist weggegangen ...«

»Ach du, rotes Ekel, ich hab überhaupt keinen Fünfer, komm doch und sieh nach!«

»Und wieso hast du den Kringel gefressen, Leckermaul? Klar ist da der Fünfer futsch!«

»Sei still, du nasse Laus! Sonst greif ich dir in den Rachen, daß dir's Abendmahl hochkommt!«

Eine der Frauen erhob sich von ihrem Lager, der Stimme nach mußte sie jung und kräftig sein. Da donnerte eine Männerstimme:

»He, ihr Kanaillen, wollt ihr euch wieder prügeln? Auseinander! Wenn es hell wird, werd ich euch schon aufeinanderhetzen!«

»Das ist immer Fimka, Michail Frolytsch! Weil ich einmal im Jahr einen Kringel gegessen hab, schimpft sie mich Leckermaul!« beschwerte sich die Junge.

»Fimka!« dröhnte Michail Frolytsch. »Laß sie in Ruhe, Warja ist kein Leckermaul – was die auf 'n Hof setzt, schafft kein Gaul!«

Die Bettler brachen in Gelächter aus wie glückliche Menschen.

Filat stand an der Tür, er hatte die Stimme des Mannes gehört, den Warja Michail Frolytsch nannte. Aber Michail Frolytsch sagte nichts weiter.

Plötzlich loderte Filats Seele lichterloh, und er rief außer sich:

»Ignat Porfirytsch!«

Die Bettler verstummten sofort.

»Was ist denn da für 'n neuer Tippelbruder reingeschneit?« fragte Michail Frolytschs Stimme in die Stille hinein.

»Mischa, ich bin's!« sagte Filat. »Wo ist denn Ignat Porfirytsch?«

Mischa trat zu ihm und leuchtete ihn mit einem Streichholz an.

»Ah, du bist das, Filat? Was für ein Ignat Porfirytsch?«

Filat wurden die Knie weich, er hörte ein riesiges Herz in seinem leeren Körper wummern. Er lehnte sich an die Wand und sagte leise:

»Erinnern Sie sich, wie wir hier im Winter zu dritt gewohnt haben?«

»Ach, Ignati meinst du!« besann sich Mischa. »So einen hat es mal gegeben, aber der ist irgendwo verschüttgegangen – bei mir ist er nicht.«

»Ist er noch am Leben?« fragte Filat demütig.

»Wenn er sich nicht langgemacht hat, läuft er noch als Lebendiger rum. Was ist Besonderes an ihm?«

Weil Mischa so karge Antworten gab, genierte sich Filat, mehr zu fragen. Bald darauf streckte Mischa sich in einer Ecke auf dem Fußboden aus und döste ein, den Kopf auf dem Ellenbogen. Filat wußte nicht, was er tun sollte, und kaute das Brot des alten Bettlers.

»Leg dich zu uns, junger Mann!« forderte Warja ihn auf. »Ist kalt geworden draußen. Klapp die Tür zu und leg dich hin. Morgen müssen wir wieder die Hand aufhalten und uns blaß und rot schämen. Ist das ein Leben ...«

Warja schimpfte noch ein Weilchen vor sich hin und verstummte. Filat legte sich bei Mischa nieder und lag bis zum bleichen Morgen wie tot.

Mischa stand früh auf – vor den Bettlern. Aber auch Filat war schon wach.

»Wo willst du hin, Mischa?«

»Ich muß weiter. Wie ich gestern hier ankam und übernachten wollte, wußte ich nicht, wohin, da bin ich am alten Platz gelandet. Hab noch einen weiten Weg vor mir heute.«

»Wohin mußt du denn?« fragte Filat.

»Nach Lunewezk. Dort wartet Ignat Porfirytsch auf mich ... Die Kadetten rücken uns auf den Pelz – ich war beim Gouvernement und habe mit Ach und Krach Verstärkung für uns rausgeschlagen.«

Konzentriert packte Mischa seine Sachen in den Beutel, dann schlug er den Mantelkragen hoch und sagte zu Filat:

»Was ist, kommst du mit? Ignat Porfirytsch hat manchmal von dir gesprochen ... Wer weiß, ob wir sie lebend antreffen – die Kosaken haben die ganze Steppe besetzt. Wenn die Verstärkung bloß durchkommt – sie haben sie noch für heute versprochen. Werden gelogen haben, die Brummochsen – bei ihnen ist ja auch der Teufel los ...«

Er trat zu Filat, zupfte ihm das zerknautschte Jackett zurecht und erinnerte sich:

»Gestern wollte ich dir nichts sagen; ich dachte, was kann der uns nützen. Aber dann bin ich nachts wach geworden und hab gesehen, wie du schläfst – da hast du mir leid getan: Soll er mitkommen, dachte ich, er geht ja sonst vor die Hunde.«

Er sah sich nochmals auf dem Schlafplatz um, ob er auch nichts vergessen hätte, und brach auf. Filat sauste ihm nach und vergaß, die Tür zuzumachen.

Warja spürte die Kälte sofort und wurde vor Ärger wach:

»Haben die Tür offengelassen, die verdammten Hengste!«

1927

Die Stadt Gradow

*Mein Werk ist langweilig und geduldig
wie das Leben, aus dem es gemacht ist.*

Iwan Scharonow, Schriftsteller,
Ende 19. Jh.

I

Von tatarischen Fürsten und Mursen, die in den Chroniken mordwinische Fürsten genannt wurden, stammte Gradows Altadel ab – all die Fürsten Jengalytschew, Tenischew und Kuguschew, an die sich Gradows Bauernschaft bis auf den heutigen Tag erinnert.

Gradow liegt fünfhundert Werst von Moskau entfernt, aber die Revolution kam zu Fuß hierher. Das Gradower Gouvernement mit seinen alten Stammgütern ergab sich ihr lange nicht: Erst im März 1918 wurde die Sowjetmacht in der Gouvernementsstadt errichtet, in den Kreisen gar erst im Spätherbst.

Das war auch verständlich: Nur an wenigen Orten des Russischen Reichs hatte es so viele Schwarzhunderter gegeben wie in Gradow. Allein drei Reliquien besaß Gradow: Jewfimi den Eremiten, Pjotr den Weiberfeind und Prochor den Byzantiner; außerdem gab es hier vier Heilbrunnen mit Salzwasser und zwei liegende alte Hellseherinnen, die sich lebendigen Leibes in bequeme Särge gelegt hatten und nichts anderes zu sich nahmen als saure Sahne. In den Hungerjahren krochen die beiden alten Weiblein aus dem Sarg und wurden Schieberinnen, daß sie aber Heilige waren, geriet in Vergessenheit, so bewegt war das Leben dazumal.

Ein durchreisender Gelehrter hatte die Behörden wissen lassen, daß Gradow auf einer Flußterrasse liege; damit alle davon Kenntnis nähmen, war dann ein Zirkular herausgegeben worden.

Die Stadt wurde vom Flüßchen Shmajewka bewässert –

das lehrte man die Kinder in der Unterstufe. Aber im Sommer waren die Straßen trocken, so konnten die Kinder nicht sehen, daß die Shmajewka Gradow bewässerte, und verstanden den Lehrsatz nicht.

Den Ort umgaben Vorstädte. Die alteingesessenen Gradower nannten die Vorstädter Pack, denn sie ließen vom Ackerbau ab und strebten danach, festbesoldete Beamte zu werden, in ihrem Interregnum aber – solange ihnen eine Stellung versagt blieb – reparierten sie Schuhe, brannten Teer, kauften und verkauften Roggen und was der fragwürdigen Beschäftigungen mehr waren. Das gesamte Leben in Gradow wurde davon geprägt, daß die Vorstädter die Gradower bedrängten und ihnen die besten Pfründen in den Behörden wegschnappten, weshalb die Gradower ihnen böse waren und sich gegen das Dorfgesindel zur Wehr setzten. Darum kam es dreimal im Jahr – zu Pfingsten, am Nikolaustag und zum Dreikönigsfest – zwischen den Stadt- und den Vorstadtbewohnern zu Faustkämpfen. Dabei verprügelten die kräftige Nahrung gewohnten Vorstädter jedesmal die bei ihrer Staatskost verkümmerten Gradower.

Fährt man nach Gradow nicht auf dem Schienenweg, sondern auf der Landstraße, so erreicht man die Stadt, ohne es zu merken: Zunächst sieht man nichts als Felder, dann kommen Hütten aus Lehm, Stroh und Weidengeflecht, dann tauchen Kirchen auf, und erst danach wird ein Platz sichtbar. Mitten auf dem Platz erhebt sich der Dom und ihm gegenüber ein zweistöckiges Haus.

»Wo ist denn die Stadt?« wird der Fremde fragen.

»Na hier!« wird ihm der Kutscher zur Antwort geben und auf den zweistöckigen alten Bau zeigen. Am Haus hängt ein Schild: Gouvexkom Gradow.

Am Rande des Marktplatzes stehen noch ein paar Gebäude im herkömmlichen Amtsstil, sie beherbergen ebenfalls unentbehrliche Gouvernementsbehörden.

Gradow besitzt auch anständigere Behausungen als Hütten. Sie sind mit Blech gedeckt, in den Höfen gibt es Aborte, an der Straßenseite Vorgärten. Manche haben Obstgärten, in denen Kirsch- und Apfelbäume wachsen. Aus den Kirschen wird Branntwein gemacht, die Äpfel werden eingelegt. In diesen Häusern wohnen Angestellte und Getreideaufkäufer.

An Sommerabenden füllt sich die Stadt mit schwingendem Glockengeläut und dem Rauch aus Samowarrohren.

Die Leute in der Stadt lebten gemächlich und kümmerten sich nicht um ein angeblich besseres Leben. Sie versahen fleißig ihren Dienst, hielten Ordnung im Gouvernement, waren jedoch noch nie mit Feuereifer an die Arbeit gegangen. Man betrieb ein wenig Handel, ohne Risiko, aber so, daß für das tägliche Brot immer gesorgt war.

Helden hatte die Stadt nicht, einstimmig und ohne Murren akzeptierte sie alle Resolutionen zu Fragen von weltweiter Bedeutung.

Womöglich hatte es in Gradow schon Helden gegeben, nur hatten eine exakt gehandhabte Gesetzgebung und die entsprechenden Maßnahmen ihnen restlos den Garaus gemacht.

So erklärt sich, daß diesem morschen, von Banditen gebeutelten und klettenverstrüppten Gouvernement noch soviel Geld zugeteilt werden konnte, es kam trotzdem nichts Bedeutendes zustande.

In Moskau sprachen die Gouvernementshäupter vor der Regierung, daß zwar nicht genau gesagt werden könne, wofür die im Vorjahr für die Landwirtschaft bereitgestellten fünf Millionen verbraucht worden seien, doch einen Nutzen dürften diese fünf Millionen bringen, denn verausgabt worden seien sie im Gouvernement Gradow und nirgends sonst und müßten sich folglich irgendwie auszahlen.

»In zehn Jahren«, sagte der Vorsitzende des Gradower Exekutivkomitees, »wird der Roggen bei uns vielleicht deichselhoch sein und die Kartoffeln so groß wie ein Wagenrad. Dann wird jeder sehen, wo die fünf Millionen geblieben sind!«

Die Dinge aber lagen folgendermaßen. Im Gouvernement Gradow war infolge Dürre eine Hungersnot ausgebrochen. Zur Ernährung der Bauern und für hydrotechnische Spezialarbeiten waren fünf Millionen Rubel bereitgestellt worden.

Achtmal tagte das Präsidium des Gradower Gouverne-

mentsexekutivkomitees: Was sollte mit dem Geld geschehen? Vier Monate lang dauerte die Erörterung der ernsthaften Frage.
Der Sonderung der hungernden Bauern von den satten wurde das Klassenprinzip zugrunde gelegt: Hilfe sollten nur solche Bauern erhalten, die weder Kuh noch Pferd besaßen und an Kleinvieh nicht mehr als zwei Schafe und zwanzig Hühner samt Hahn; die übrigen Bauern, die im Besitz einer Kuh oder eines Pferdes waren, sollten Brot portionsweise bekommen, wenn sich an ihrem Körper wissenschaftliche Merkmale von Hunger feststellen ließen.
Die wissenschaftliche Bestimmung des Hungers wurde den Veterinären und dem ländlichen pädagogischen Personal übertragen. Danach erarbeitete das Gradower Gouvernementsexekutivkomitee eine detaillierte »Liste zur Erfassung der Bauernwirtschaften, deren Wiederherstellung, Stärkung und Entwicklung bis zu einem gewissen Grade durch die teilweise Mißernte in einigen Kreisen des Gouvernements beeinflußt werden kann«.
Über die Naturalverpflegung hinaus beschloß man, mit hydrotechnischen Arbeiten zu beginnen. Eine Sonderkommission wurde gebildet, die Techniker aufnehmen sollte. Doch sie nahm nicht einen auf, denn es stellte sich heraus, daß ein Techniker, um einen Dorfbrunnen zu bauen, den ganzen Karl Marx kennen mußte.
Die Kommission gelangte zu dem Schluß, daß auf dem Arbeitskräftemarkt der Republik kein technisches Personal zu finden sei, und folgte dem guten Rat, die Arbeiten ehemaligen kriegsgefangenen Soldaten und Dorfkönnern anzuvertrauen, die es sogar fertigbrachten, eine Uhr zu reparieren, nicht nur einen Damm zu bauen oder eine Wassergrube auszuheben. Ein Mitglied der Aufnahmekommission las aus einem Buch vor, in dem geschildert wurde, wie der leibeigene Mikischka ein Flugzeug bastelte und sich damit vor Iwan dem Schrecklichen in die Lüfte schwang, was die Kommissionsmitglieder endgültig von den verborgenen Kräften des Proletariats und der werktätigen Bauernschaft überzeugte. Folglich, so schlußfolgerte die Kommission, würden die dem Gouvernement für den

Kampf gegen die Mißernte bewilligten Mittel dazu beitragen, »die inneren geistigen Potenzen des Proletariats und der ärmsten Bauern aufzuspüren, nutzbar zu machen, einzubeziehen und fernerhin erneut nutzbar zu machen, so daß die hydrotechnischen Arbeiten in unserem Gouvernement einen mittelbaren kulturellen Effekt haben werden«.

Sechshundert Dämme und vierhundert Brunnen wurden gebaut. Techniker waren nicht daran beteiligt, oder höchstens zwei Mann. Von den leichten Sommerregen fortgespült, hielten die Dämme nicht einmal bis zum Herbst, und die Brunnen standen fast alle trocken.

Außerdem machte sich eine landwirtschafliche Kommune mit dem Namen »Import« an den Bau einer Eisenbahnlinie von zehn Werst Länge. Die Eisenbahn sollte »Import« mit einer anderen Kommune verbinden, die sich »Glaube, Liebe, Hoffnung« nannte. An Geld besaß »Import« fünftausend Rubel, und bewilligt worden waren sie für die Bewässerung eines Obst- und Gemüsegartens. Doch die Eisenbahn blieb unvollendet: Die Kommune »Glaube, Liebe Hoffnung« wurde ihres Namens wegen vom Gouvernement aufgelöst, und ein Mitglied des Vorstandes von »Import«, der nach Moskau entsandt worden war, um für zweihundert Rubel eine Lokomotive zu kaufen, kehrte aus unerfindlichen Gründen nicht zurück.

Darüber hinaus bauten Vorarbeiter von diesem Geld eigenmächtig acht Segelflugzeuge zur Post- und Heubeförderung und ein Perpetuum mobile, das mit nassem Sand betrieben werden sollte.

2

Nach Gradow fuhr Iwan Fedotowitsch Schmakow mit einem klaren Auftrag: in die Geschäfte des Gouvernements hineinzuwachsen und sie mit gesundem Menschenverstand aufzufrischen. Schmakow war fünfunddreißig Jahre alt und wurde seiner Gewissenhaftigkeit gegenüber dem Gesetz und seines administrativen Instinkts wegen geschätzt, weshalb ihn das hohe staatliche Organ auch bestätigt und auf den verantwortungsvollen Posten berufen hatte.

Schmakow überlegte, was er von Gradow wußte. Doch er wußte lediglich, daß Gradow eine verarmte Stadt war und die Menschen dort so stumpfsinnig dahinlebten, daß auf der Schwarzerde nicht einmal Gras wuchs.

Zwei Stunden vor Gradow stieg Schmakow auf einer Station aus, sah sich vorsichtig um und kippte an der Theke einen Wodka – hastig und ängstlich, denn er wußte, daß die Sowjetmacht für Wodka nicht viel übrig hatte. Ein besonderes Gefühl von Mißbehagen und Unruhe erfaßte ihn, als er durch die düsteren, ungemütlichen Wartesäle des Bahnhofs ging. In der dritten Klasse saßen Arbeitslose und aßen billige nasse Wurst. Kinder weinten und verstärkten das Gefühl des Unbehagens und hilflosen Mitleids. Mutlos pfiffen Kleinlokomotiven, während sie sich anschickten, eintönige herbstliche Räume zu überwinden, in denen es nur spärliches und kümmerliches Leben gab.

Die Menschen, die da unterwegs waren, verhielten sich so, als bereisten sie einen fremden Planeten und nicht ihr Heimatland; jeder aß heimlich, ohne dem Nachbarn etwas abzugeben, dennoch drückte man sich auf den unheimlichen Verkehrswegen schutzsuchend aneinander.

Schmakow stieg in den Wagen und steckte sich eine Papirossa an. Der Zug setzte sich in Bewegung. Hastig sprang ein Weib mit Äpfeln heraus, das einem Reisenden das Wechselgeld auf ein Zehnkopekenstück nicht schnell genug herausgegeben hatte.

Schmakow spuckte aus, ärgerlich über die lange Fahrt, und nahm Platz. Hinter dem Fenster hüpften die Hütten irgendeines Städtchens vorbei, und eine Mühle, die schwerfällig grobes Korn mahlte, bewegte ohne Eile ihre klapprigen Flügel.

Ein altes Männchen erzählte den Nachbarn eine spitzfindige Parabel, und die Leute feuerten ihn lachend an.

»Und der Mordwine?«

»Der Mordwine war ein reicher Mann«, erzählte der Alte, »der Mordwine bewirtete den Russen nach bestem Wissen und Gewissen. Der Russe sagte: ›Ich bin ein armer Mann, wenn ich reich werde, lade ich dich auch zu mir ein.‹«

»Und der Mordwine drauf?«

»Der Mordwine wartet! Ein Jahr vergeht, ein zweites und dann noch zwei. Der Russe wird nicht reich, und der Mordwine wartet immer noch, daß der Russe ihn zu Gast lädt. Vier Jahre geduldet sich der Mordwine, dann erinnert er sich des Russen und geht zu ihm. Er kommt in seine Hütte ...«

»Zum Russen?«

»Zu wem sonst, das ist doch klar aus der Erzählung. Der Russe nimmt dem Mordwinen die Mütze ab und hängt sie bald auf den einen Nagel, bald auf einen zweiten, bald auf einen dritten. ›Was ist?‹ fragt ihn der Mordwine. ›Ich find für dich keinen Platz‹, sagt der Russe. ›Aus Ehrerbietung?‹ – ›Ja, gewiß, aus Ehrerbietung!‹ Der Mordwine setzt sich an den leeren Tisch und hält begehrlich Ausschau. Da bringt ihm der Russe einen Krug. ›Trink‹, sagte er. Der Mordwine greift nach dem Krug, denkt, es sei was Süffiges drin, aber es ist nur Wasser. Der Mordwine trinkt. ›Genug‹, sagt er. ›Trink‹, sagt der Russe, ›beleidige mich bitte nicht!‹ Der Mordwine, von Haus aus ein höflicher Mann, trinkt. Er hat den Krug noch nicht geleert, da bringt die Hausfrau einen vollen Eimer angeschleppt, der Hausherr füllt den Krug nach und bewirtet den Gast. ›Beleidige mich nicht, trink in Gottes Namen!‹ Der Mordwine trank drei Eimer Wasser leer und ging nach Hause. ›Hat dich der Russe gut bewirtet?‹ fragte ihn die Frau. ›Ja‹, antwortete der Mordwine, ›ein Glück, daß es Wasser war, von Wodka wäre ich gestorben – drei Eimer hab ich ausgetrunken ...‹«

Die gleichmäßige Fahrt des Zuges lullte Schmakow ein, und er bekam den Schluß der Erzählung des Alten nicht mehr mit. Ihm träumte etwas Schreckliches, er sah die Schienen nicht auf der Erde, sondern auf einem Diagramm liegen, und zwar als punktierte Linien, was eine indirekte Unterordnung bedeutete, deshalb murmelte Schmakow etwas vor sich hin und wachte auf. Der Alte war mitsamt seinem Sack Lebensmittel verschwunden, seinen Platz nahm ein Komsomolze ein, der lauthals verkündete: »Die Religion müßte gesetzlich bestraft werden!«

»Gesetzlich, warum denn das? forschte boshaft ein unbekannter Mann, der vorher über den Hirsepreis in Saratow und in Ranenburg erzählt hatte.

»Na, darum!« entgegnete der Bursche gleichgültig und mit greisenhaftem Lächeln, er bemitleidete offensichtlich seine Gesprächspartner. »Ich erzähle alles der Reihe nach! Weil die Religion ein Mißbrauch der Natur ist! Kapiert? Die Sache ist doch ganz einfach. Die Sonne wärmt den Mist an, zuerst stinkt er, und dann wächst Gras draus. So ist auf der Erde alles Leben entstanden – sehr einfach ...«

»Ich bitte um Verzeihung, Genosse Kommunist«, sagte schüchtern der nämliche Unbekannte, der den Hirsepreis kannte. »Angenommen, man legt den Mist vor den Ofen und heizt den Ofen, damit der Mist Wärme und Licht bekommt, wächst dann Ihrer Meinung nach aus dem Mist Gras oder nicht?«

»Sicher wächst es!« antwortete der bewanderte Bursche. »Ob Ofen oder Sonne, das ist egal.«

»Und geht's auch auf der Ofenbank?« fragte der Unbekannte listig.

»Klar geht's!« bestätigte der Komsomolze.

»Sagen Sie uns doch mal, Bürger Kommunist«, krächzte ein Mann, der nach Koslow zum Schlachthof fuhr, »stimmt es, daß man den Dnepr abriegeln und Polen überfluten will?«

Der sachkundige Komsomolze geriet in Feuer und erzählte auf der Stelle alles vom Dneprostroi, was bekannt und unbekannt war.

»Eine ernsthafte Sache!« gab der Mann, der nach Koslow fuhr, seine Stellungnahme zu Dneprostroi ab. »Nur wird man das Wasser nicht im Dnepr halten können!«

»Warum denn nicht?« mischte sich da Schmakow ein.

Der Koslowfahrer sah Schmakow finster an, als wollte er sagen: Welcher Stint mischt sich da in unser Gespräch!

»Darum nicht«, sagte er, »weil es mit dem Wasser so ein Ding ist, es schleift Stein und schabt Eisen, das sowjetische Material aber, das ist weich.«

Er hat recht, der Schurke! dachte Schmakow. Bei mir sind auch die Knöpfe an der neuen Hose abgegangen, dabei habe ich die Hose in Moskau gekauft.

Dann hörte Schmakow nicht mehr zu, seine Gedanken und die Minderwertigkeit des Lebens hatten ihn traurig gestimmt! Der Zug dröhnte auf dem steilen Gelände und knirschte mit den kraftlosen Bremsen.

Ein trauriger, schweigsamer September stand über dem kalten leeren Feld, auf dem jetzt nichts zu tun war. Ein Fenster im Wagen stand offen, und von draußen schrien irgendwelche zu Fuß gehende Leute herein: »He, ihr Gesindel!«

»Wirf eine Zeitung raus!« baten zuweilen dem Zug begegnende Hirtenjungen. Die Zeitung brauchten sie zum Zigarettendrehen.

Der Komsomolze, den seine Allwissenheit freigebig gemacht hatte, warf ihnen alles vorhandene Papier zu, und die Hirtenjungen fingen es in der Luft auf. Schmakow gab seine Zeitung nicht her. In einer fremden Stadt war jeder Fetzen kostbar.

»Gradow! Wer nach Gradow will, nächste Station aussteigen!« sagte der Schaffner und begann den Wagen auszufegen. »Gesindel, habt hier einen Dreck gemacht, als wenn ihr draußen auf dem Acker wärt. Müßtet von Rechts wegen Strafe zahlen, aber ist ja nichts bei euch zu holen! Tantchen, zieh die Beine ein!«

Schmakow stieg in Gradow aus, und ein leiser Schauer überlief ihn.

Hier soll ich mich also niederlassen, dachte er und betrachtete den stillen Bahnhof und die bescheidenen Menschen, die sich in die Wagen zwängten.

Obwohl der Ort durch Schienen mit der ganzen Welt verbunden war, mit Athen, mit der Apenninenhalbinsel und auch mit dem Gestade des Pazifiks, fuhr niemand dorthin: kein Bedarf. Und wer dennoch gefahren wäre, der hätte sich unterwegs verirrt: ein stumpfsinniges Volk lebte hier.

3

Schmakow zog in das Haus Nr. 46 in der Korkinstraße; das Haus war nicht groß, drin wohnte eine alte Frau, Hüterin ihres unbeweglichen Besitzes. Sie bekam eine monatliche Witwenrente in Höhe von elf Rubel fünfundzwanzig Kopeken und vermietete das Zimmer für acht Rubel einschließlich Heizung.

Iwan Fedotytsch setzte sich an den kahlen Tisch, sah in den Hof, wo das Gras verging, und ihm wurde langweilig. Er blieb eine Zeitlang sitzen, dann legte er sich hin, stand, nachdem er eine Zeitlang gelegen hatte, wieder auf, um sich etwas zu essen zu holen.

Die Septembersonne war noch nicht untergegangen, als Iwan Fedotytsch in die Leere seiner Behausung zurückkehrte. Die alte Frau seufzte in der Küche über den Machtwechsel und knackte mit den Spänen für den Samowar.

Iwan Fedotytsch aß etwas Wurst und machte sich an die Ausformung seiner Unterschrift für künftige Schreiben. »Schmakow«, schrieb Iwan Fedotytsch. Nein, so ist sie nicht sicher genug, dachte er und schrieb noch einmal »Schmakow«, jetzt schon weniger gekünstelt und wie unabsichtlich in der Schlichtheit der Linienführung die Unterschrift Lenins kopierend.

Dann überlegte er lange, ob er seinem Familiennamen »Iw.« – Iwan – voransetzen sollte oder nicht. Schließlich entschloß er sich, es doch zu tun, um nicht mit sonstwem verwechselt zu werden, obwohl der Name Schmakow ziemlich selten vorkam.

Um acht Uhr ließ die alte Frau das Seufzen sein und schnaufte statt dessen leise. Anscheinend war sie eingeschlafen. Dann wachte sie auf und murmelte längere Zeit kirchenslawische Gebete.

Iwan Fedotytsch zog die Fenstervorhänge zu, roch an dem kranken Blumenstock auf dem Fensterbrett und nahm aus dem Koffer ein in Leder gebundenes Heft. Darauf stand, mit dem Federmesser aus dem Leder herausgeschnitten, die Überschrift der handgeschriebenen Arbeit: »Aufzeichnungen eines Staatsmenschen.«

Iwan Fedotytsch öffnete das Manuskript auf der neunundvierzigsten Seite, las den Schluß, ließ seine Gedanken schweifen und fuhr fort:

»Ich schreibe mein Werk heimlich. Aber eines Tages wird es zu einem juristischen Werk von Weltrang werden, und zwar weil ich sage, daß ein Beamter und jede andere Amtsperson ein überaus wertvoller Agent der sozialistischen Geschichte ist, eine lebende Schwelle unter den Gleisen zum Sozialismus.

Der Dienst am sozialistischen Vaterland ist die neue Religion des Menschen mit revolutionärem Pflichtgefühl im Herzen.

Wahrlich, im Jahre 1917 feierte in Rußland der harmonische Ordnungssinn zum erstenmal seinen Sieg!

Der gegenwärtige Kampf gegen die Bürokratie beruht teilweise auf mangelndem Verständnis der Dinge.

Ein Büro ist eine Schreibstube. Und ein Schreibtisch ist das unerläßliche Zubehör eines jeden Staatsapparats.

Die Bürokratie hat sich Verdienste um die Revolution erworben: Sie klebte die auseinandergefallenen Teile des Volkes wieder zusammen, pflanzte in sie den Willen zur Ordnung und brachte ihnen eine uniforme Auffassung der gewöhnlichen Dinge bei.

Der Bürokrat soll zerquetscht und aus dem Sowjetstaat wie die Säure aus der Zitrone herausgepreßt werden. Aber bleibt dann von der Zitrone nicht ein alter Dreck übrig, der dem Geschmack jede Güte nimmt?«

»Natternbrut!« schrie jemand vorm Fenster. »Die Eingeweide hol ich euch raus, euch Schweinehunden, euch baptistischen Ketzern!«

Plötzlich besänftigte sich die Stimme und klang friedfertig. »Na, Freund, fluch dich ruhig aus, leg in Kirchenslawisch los! So, das geht nicht! Ach du, Lauser!«

Die Schritte entfernten sich, verloren klang die Nachtwächterklapper zur Warnung vor Räubern.

Schmakow, der zunächst aufgehorcht hatte, überkam eine tiefe Niedergeschlagenheit ob der geballten Roheit.

Nachdem er seine moralische Beunruhigung überwunden hatte, fuhr er fort:

»Was wird uns an Stelle des Bürokratismus geboten? Man bietet uns Vertrauen anstatt einer dokumentarischen Ordnung, das heißt, man bietet uns Räuberei, Ungereimtheiten und Poesie.

Nein! Was wir brauchen, ist ein unanfechtbarer, moralisch fester Mensch – wie fände er sich sonst zurecht? Überall bedarf es des Dokuments und der entsprechenden allgemeinen Ordnung.

Das Papier ist nur ein Symbol des Lebens, aber es ist auch ein Schatten der Wahrheit und keine niederträchtige Beamtenerfindung.

Ein Papier, streng sachlich abgefaßt und unter Einhaltung der entsprechenden Form, ist Produkt höchster Zivilisation. Es berücksichtigt von vornherein die lasterhafte Natur der Menschen und steuert ihre Handlungen im Interesse der Gesellschaft.

Mehr noch, das Papier bringt den Menschen soziale Moral bei, denn der Kanzlei bleibt nichts verborgen.«

Es geschah oft, daß Iwan Fedotytschs Gedanken zum Nachteil der Sache auf nebensächliche Aspekte abschweiften. So auch jetzt. Ohne auf die Zeit zu achten, stellte er Vergleiche an zwischen den Machtbefugnissen des Vorsitzenden eines Kreisexekutivkomitees und denen eines Kreispolizeichefs. Dann dachte er über die Gewässer des Erdballs nach und kam zu dem Schluß, daß es besser wäre, alle Ozeane und Flüsse in unterirdische Tiefen abzuleiten, damit man überall trockenen Boden bekäme. Dadurch würden die Sorgen mit den Regenfällen entfallen, und das Volk könnte in größeren Räumen siedeln. Das Wasser würde man hochpumpen, die Wolken würden verschwinden, und am Himmel würde, als ein sichtbares administratives Zentrum, ewig die Sonne scheinen.

Der schlimmste Feind von Ordnung und Harmonie, dachte Schmakow, ist die Natur. Dauernd passiert da etwas.

Wie wäre es, wenn man für die Natur eine Gerichtsbarkeit schüfe, um sie für ihr Fehlverhalten zu bestrafen? Wenn man beispielsweise die Pflanzen für eine Mißernte züchtigte? Natürlich nicht einfach verprügelte, sondern raffinierter – mit chemischen Mitteln sozusagen.

Nein, darauf wird man nicht eingehen, seufzte Schmakow, Gesetzlosigkeit gibt es überall!

Dann besann er sich wieder und fuhr in seiner Arbeit fort:

»Als Ideal schwebt meinem müden Auge eine Gesellschaft vor, in der das offizielle Amtspapier die Menschen so weit durchdrungen und unter seine Kontrolle gebracht hat, daß sie, eigentlich lasterhaft, moralisch geworden sind. Denn das Papier und der Rapport haben ihr Tun auf Schritt und Tritt verfolgt, haben ihnen mit gesetzlichen Strafen gedroht, und so ist ihnen die Sittlichkeit zur Gewohnheit geworden.

Die Kanzlei ist jene Hauptkraft, die die Welt der lasterhaften Elementarkräfte in eine Welt des Gesetzes und des Edelsinns umwandelt.

Darüber muß man nachdenken – gründlich nachdenken. Ich beende meine heutige Aufzeichnung, um gründlich über die Bürokratie nachzudenken.«

Iwan Fedotytsch stand auf und versank in der Tat in Nachdenken.

So dachte er lange über die Bürokratie nach, bis ihn Hundebellen auf der nächtlichen Straße aufstörte, da schlief er ein, leider ohne die Lampe gelöscht zu haben.

Anderntags begab sich Schmakow in den Dienst, in die Bodenverwaltung des Gouvernements, wo er eine Unterabteilung leiten sollte.

Angekommen, nahm er schweigend Platz und begann in vernunftdurchdrungenen Papieren zu blättern. Die Mitarbeiter äugten scheu zu der schweigsamen Obrigkeit hinüber und kritzelten seufzend, ohne Hast, an irgendwelchen langen Tabellen.

Obwohl Iwan Fedotytsch nur allmählich zum Kern vordrang, erkannte er sofort, daß Ordnung und Logik der Schriftführung mangelhaft waren.

Abends, auf dem Bett, überdachte er sein neues Amt. Der Verantwortungsbereich der einzelnen Mitarbeiter war nicht präzise genug umrissen, die Angestellten arbeiteten emsig, aber mit wenig Nutzen, in den Papieren waren Sinnverstopfung und schlüpfrige planlose Logik, im ressortbedingten Gedränge war den Mitarbeitern das eigentliche Ziel ihres Tuns und der historische Sinn ihres Dienstes verlorengegangen.

Schmakow aß etwas Wurst vom Vortag und schrieb dann einen Bericht an den Leiter der Bodenverwaltung: »Über das Unterstellungsverhältnis der Angestellten in der mir anvertrauten Unterabteilung zwecks Rationalisierung des von mir geleiteten Bereichs der landwirtschaftlichen Maßnahmen.«

Sein Traktat beendete Iwan Fedotytsch spätnachts, weit nach Mitternacht.

Am Morgen erbarmte sich die Wirtin des einsamen Menschen und gab ihm umsonst Tee. In der Nacht hatte sie die trockene fette Nahrung im Magen des schlafenden Schmakow knurren und heftig bersten hören.

Iwan Fedotytsch nahm den Tee ohne jegliches Gutheißen entgegen und hörte sich uninteressiert den Bericht der Wirtin über ihren hinterwäldlerischen Landstrich an.

Demnach war es in den Gradow nächstgelegenen Dörfern – von den abgeschiedenen in den Wäldern ganz zu schweigen – bislang noch Brauch, im Frühling bei Neumond und beim ersten Gewitter in Seen und Flüssen zu baden, das Gesicht in Silberschalen zu waschen, Wachs zu gießen, das Vieh gegen Krankheiten zu beweihräuchern und den Wind mit Pfeifen herbeizurufen.

Knechtsseelen! dachte Iwan Fedotytsch, als die Alte fertig war. Nur die lebendige Kraft des Staates, das im Staatsdienst stehende beamtete Volk ist imstande, diesem Obskurantismus Ordnung entgegenzusetzen.

Auf dem Weg zum Dienst fühlte Iwan Fedotytsch Erleichterung im Magen durch den heißen Tee der Alten und Ruhe der Gedanken durch seine Überzeugung von der Wohltätigkeit des staatlichen Prinzips.

Im Dienst bekam Iwan Fedotytsch eine Akte betreffs Landübereignung an die Nachkommen einer gewissen Aljona, die im 18. Jahrhundert Aufständische im Pozenschen angeführt hatte und wegen Hexerei in Kadoma in einem Holzhaus verbrannt worden war.

»Unsere Väter, diebische Kosaken, ritten durch die Kreise«, las Schmakow in der Akte, »säbelten die Grundherren und Stammgutbesitzer, denen die Bauern gehörten, nieder, aber das gemeine Volk, die Bauern, das Bojarengesinde und die anderen Dienstleute säbelten sie nicht nieder und plünderten sie nicht.«

Die Landübereignung an Aljonas Erben zog sich schon über vier Jahre hin. Jetzt war ein neuerliches Schreiben von ihnen eingegangen, und der Leiter der Behörde hatte darauf vermerkt:

»An Gen. Schmakow. Entscheide diese Angelegenheit bitte endgültig. Schon das fünfte Jahr diese langwierige Bearbeitung von sieben Deßjatinen. Erstatte mir diesbezüglich umgehend Bericht.«

Schmakow studierte die Akte von vorn bis hinten und kam zu dem Schluß, daß die Angelegenheit sich auf dreierlei Art regeln ließe; er schrieb einen speziellen Bericht an den Leiter der Behörde, darin er die Entscheidung der Frage nicht vorwegnahm, sondern sie dem Gutdünken der höheren Instanzen überließ. Am Ende des Berichts fügte er die persönliche Sentenz ein, ein langwieriger Bearbeitungsprozeß, das sei die kollektive geistige Erarbeitung der sozialen Wahrheit und keineswegs ein Laster. Nachdem die Sache mit Aljona erledigt war, vertiefte er sich in die Siedlung Gora-Goruschka, die auf Sand saß und nichts tat, um auf besserem Boden sitzen zu können. Gora-Goruschka lebte nämlich von heimlichen Beutezügen zu der zwei Werst entfernten Eisenbahnlinie. Die Siedlung hatte Geld und Agronomen bekommen, saß aber weiterhin auf Sand und lebte der Teufel weiß wovon.

Auf diese Akte schrieb Schmakow seinen Entscheid: »Gora Goruschka wird nach dem Vorbild der deutschen Stadt Hamburg zur freien Siedlung erklärt und ihre Bewohner zu Eisenbahnräubern; der Boden ist ihnen zu entziehen und produktiver Nutzung zuzuführen.«

Weiter geriet ihm ein Antrag der Einwohner des Weilers Dewji Dubrawy in die Hände, die ein Flugzeug zur Wolkenerzeugung in trockenen Sommerzeiten anforderten. Dem Antrag war ein Ausschnitt aus der Zeitung »Gradowskije iswestija« beigefügt, der die Leute von Dewji Dubrawy ermutigt hatte.

»Ein proletarischer Prophet Elias.

Der sowjetische Wissenschaftler Professor Martensen aus Leningrad hat Flugzeuge erfunden, die selbsttätig Regen auf die Erde gießen und Wolken über den Äckern erzeugen. Kommenden Sommer sollen diese Flugzeuge unter bäuerlichen Verhältnissen erprobt werden. Die Flugzeuge arbeiten mit elektrisiertem Sand.«

Nachdem Schmakow alle Schriftstücke dieser Akte studiert hatte, lautete seine Schlußfolgerung: »In Anbetracht dessen, daß aus dem Flugzeug Sand rieselt, demzufolge die Qualität des Ackerbodens gemindert wird, ist die Übergabe eines Flugzeuges an den Weiler Dewji Dubrawy vorläufig verfrüht, wovon die Bittsteller in Kenntnis zu setzen sind.«

Den Rest des Arbeitstages verwandte Schmakow gänzlich auf das Ausfüllen der Formblätter zur Erfassung der Erfassungsarbeit, wobei er sich an den Rubriken und Termini der exakten Amtssprache erbaute.

Am fünften Tag seines Dienstes lernte er Stepan Jermilowitsch Bormotow, den Leiter der Administrations- und Finanzabteilung der Bodenverwaltung, kennen.

Bormotow empfing ihn ruhig, wie eine den Interessen der Sache fremde Erscheinung.

»Genosse Bormotow«, wandte sich Schmakow an ihn, »wir kommen in unserer Arbeit nicht weiter: Sie haben angeordnet, die Post zweimal im Monat bei Gelegenheit abzuschicken.«

Bormotow schwieg und unterschrieb Geldanweisungen.

»Genosse Bormotow«, sagte Iwan Fedotytsch wieder, »ich habe dringliche Schriftstücke, aber die Post wird erst in einer Woche zusammen abgeschickt.«

Bormotow drückte auf den Klingelknopf, ohne Schmakow anzusehen.

Ein verängstigter älterer Mann trat ein und richtete aus eingekniffenen Augen einen ehrerbietig und betont aufmerksamen Blick auf Bormotow.

»Bring das ins Gewerbeamt«, sagte Bormotow zu dem Mann. »Und ruf mir eine Ballerina von den Tippsen.«

Der Mann wagte keine Entgegnung und ging.

Eine Stenotypistin trat ein.

»Sonja«, sagte Bormotow, ohne zu ihr aufzublicken, denn er hatte sie am Geruch und an anderen indirekten Merkmalen erkannt, »Sonja! Hast du den Operplan schon abgeschrieben?«

»Habe ich, Stepan Jermilytsch!« antwortete Sonja. »Um den Operationsplan geht es? Ach nein, der ist noch nicht abgeschrieben!«

»Solltest erst fragen und dann antworten und nicht gleich: habe ich!«

»Sie meinen doch den Operationsplan, Stepan Jermilytsch?«

»Gewiß, den Operettenplan ja wohl nicht! Operplan bleibt Operplan!«

»Ach, ich hab ihn gerade in die Maschine eingespannt!«

»Hast du ihn eingespannt, so laß ihn drin!« antwortete Stepan Jermilytsch.

Gleich darauf war Bormotow mit dem Unterzeichnen der Anweisungen fertig und bemerkte Schmakow. Er hörte ihn an und antwortete: »Und wie wurden in Babylon die Aquädukte gebaut? Gut, nicht wahr? Haltbar, nicht wahr? Und dabei wurde die Post dort einmal im halben Jahr abgeschickt, nicht öfter! Was sagst du nun? Bormotow lächelte überlegen und machte sich ans Unterschreiben von Bestätigungen und Mahnungen.

Schmakow verstummte ob solch unwiderlegbarer Begründung Bormotows und entfernte sich betroffen. Unterwegs atmete er die Luft alter Geschäftspapiere ein und überlegte, was das wohl für ein Gewerbeamt sei, das Bormotow erwähnt hatte. Schmakow dachte auch noch über anderes nach, aber was es war, blieb unbekannt.

An der Tür zur Administrations- und Finanzabteilung stritten sich zwei Männer. Jeder von ihnen war ein Original: der eine kümmerlich, abgezehrt und unglücklich, er trank nach jeder Gehaltszahlung Wodka, der andere erfüllt von der Wohltätigkeit des Lebens dank reichlichem Essen und innerer Ordnung. Der erste, Dürre, hielt in der Hand ein Klümpchen und versuchte aufgebracht, den anderen zu überzeugen, daß dies Lehm sei. Der andere dagegen blieb dabei, es handle sich um Sand, und begnügte sich damit.

»Aber wieso? Wieso denn Sand?« piesackte ihn der Dürre.

»Na, weil es rieselt«, erwiderte nachdrücklich der andere, Ruhigere. »Weil es staubt wie Mehl. Puste mal!«

Der Dürre pustete, und etwas kam dabei heraus.

»Nun?« fragte der Kümmerling.

»Was – nun?« sagte der Stämmige. »Es rieselt, also ist es Sand!«

»Spuck doch mal drauf«, schlug da der Dürre vor.

Sein Widersacher nahm den Klumpen unbekannter Bodenart in die Hand und spuckte herzhaft drauf, von der unaufweichbaren Natur des Sandes überzeugt.

»Na?« kam es triumphierend von dem Dürren. »Knete jetzt!«

Der andere knetete und stimmte gleich zu, um das Gleichgewicht seiner Gefühle nicht zu zerstören. »Lehm! Das Zeug schmiert. So ein Quatsch!«

Schmakow hörte sich das Gespräch der Freunde an und machte sich, als er seinen Tisch erreicht hatte, unverzüglich an einen Bericht für den Leiter der Verwaltung: »Über die Notwendigkeit der Stärkung der inneren Disziplin in der Ihnen anvertrauten Verwaltung behufs Unterbindung versteckter Sabotage.«

Aber bald präsentierte sich die Sabotage Schmakow als eine gesetzlich geregelte Erscheinung. In der ihm anvertrauten Unterabteilung saßen zweiundvierzig Mann, Arbeit gab es aber nur für fünf; Schmakow erschrak und meldete an die zuständige Instanz, siebenunddreißig Planstellen müßten eingespart werden.

Doch er wurde umgehend zum Gewerkschaftskomitee bestellt, wo er zu hören bekam, das sei unzulässig, die Gewerkschaft werde keinerlei Eigenwilligkeiten zulassen.

»Aber was sollen sie denn machen?« fragte Schmakow. »Wir haben für sie keine Arbeit!«

»Laß sie doch kramen«, sagte der Gewerkschaftler. »Gib ihnen altes Archivmaterial, laß sie drin blättern. Macht's dir was aus?«

»Wozu sollen sie denn drin blättern?« erkundigte sich Schmakow.

»Damit das Material für die Geschichte systematisch geordnet liegt!« erklärte der Gewerkschaftsfunktionär.

»Stimmt eigentlich!« gab Schmakow zu und beruhigte

sich, dennoch machte er um des Seelenfriedens willen der Obrigkeit Meldung.

»Ach, du Dussel!« sagte später sein Vorgesetzter zu ihm. »Hast dich vom Gewerkschaftsschwätzer einwickeln lassen. Arbeite du mal wie ein GPU-Mann – dort sitzen gescheite Köpfe!«

Einmal kam der Verwaltungssekretär zu Schmakow und bot ihm lose Papirossy an.

»Greifen Sie zu, Iwan Fedotytsch! Eine neue Marke, vierzig Stück für fünf Kopeken, Gradower Erzeugnis. ›Roter Mönch‹ heißt sie, hier steht's auf dem Mundstück, wird von Invaliden hergestellt.«

Schmakow nahm eine Papirossa, obwohl er aus Sparsamkeit kaum rauchte, nur geschenkten Tabak erlaubte er sich als Luxus.

Der Sekretär kam dicht an Schmakows Ohr heran und fragte flüsternd: »Sie sind doch aus Moskau, Iwan Fedotytsch! Stimmt es, daß dorthin täglich vierzig Waggons Matzen geliefert werden und das immer noch nicht reicht? Ist das wirklich so?«

»Nein, Gawril Gawrilowitsch«, beruhigte ihn Schmakow. »Es dürfte weniger sein. Matze ist nicht nahrhaft, der Jude liebt fette Kost, Matze ißt er nur zur Strafe.«

»Genau das sag ich auch, Iwan Fedotytsch, aber sie glauben's mir nicht.«

»Wer glaubt Ihnen nicht?«

»Keiner, weder Stepan Jermilowitsch noch Pjotr Petrowitsch noch Alexej Palytsch – niemand glaubt mir!«

4

Unterdessen hatte der traurige milde Winter Gradow durch die Zeit erreicht. Die Kollegen kamen an den Abenden zum Tee zusammen, doch ihre Unterhaltungen wichen nicht von der Erörterung dienstlicher Obliegenheiten ab: Sogar in der Privatwohnung, fern von der Obrigkeit, fühlten sie sich als Staatsangestellte und sprachen über amtliche Dinge. Als Iwan Fedotytsch einmal einen solchen Teeabend miterlebte, konstatierte er mit Befriedigung bei allen Mitarbeitern der Bodenverwaltung ein stetes und herzliches Interesse für die Schriftführung.

Der Geschmack des billigen Tabaks, das Rascheln des Papiers mit der darin niedergelegten Wahrheit, der ruhige, geordnete Gang der Bearbeitung der anstehenden Fragen – all das ersetzte den Kollegen die Luft der Natur.

Das Büro war ihnen zu einer vertrauten Landschaft geworden. Die graue Ruhe eines stillen, mit Geistesarbeitern gefüllten Raums wirkte auf sie anheimelnder als die unberührte Natur. In den vier Wänden fühlten sie sich vor den wilden Elementen der ungeordneten Welt in Sicherheit, und sie vermehrten Schriftstücke in dem Bewußtsein, damit Ordnung und Harmonie in dieser unsinnigen, nicht offiziell genehmigten Welt zu vermehren.

Weder Sonne noch Liebe, noch andere lasterhafte Erscheinungen erkannten sie an, sie bevorzugten schriftliche Fakten. Außerdem gehörten weder die Liebe noch die Registrierung der Sonnentätigkeit zum unmittelbaren Bereich ihrer Obliegenheiten.

Eines dunklen Abends, als vom Himmel unzeitgemäßes Wasser tropfte – es war schon Dezember – und nasser Schnee herunterklatschte, eilte Schmakow erregt durch die Straßen von Gradow. An diesem Abend sollte ein kleiner Schmaus stattfinden – jeder hatte drei Rubel beigesteuert –, zu Ehren Bormotows, der das fünfundzwanzigjährige Jubiläum seines Staatsdienstes beging.

Schmakow quoll über von der Erhabenheit seiner unausgesprochenen Entdeckungen. Er wollte zu Bormotow und den anderen über sein still gehegtes Lieblingsthema sprechen: »Die Sowjetisierung als Beginn der Harmonisierung der ganzen Welt.« Gerade so wollte er seine »Aufzeichnungen eines Staatsmenschen« umbenennen.

Gradow schlief noch nicht, denn es ging erst auf die achte Abendstunde. In den Höfen jaulten gelangweilt die Hunde. Wundervoll – denn sie war die einzige – brannte in der Ferne die elektrische Straßenlaterne. Der Himmel hing so tief, die Dunkelheit war so dicht und die Stadt so still, so klein und offenkundig sittsam, daß auf den ersten

Blick so gut wie keine Natur vorhanden zu sein schien, und sie war ja auch nicht gefragt.

Als Schmakow am Feuerwehrturm vorbeiging, hörte er den einsamen, vom Schauen abgematteten Feuerwehrmann seufzen.

Der schläft ja gar nicht, dachte Iwan Fedotytsch mit der Befriedigung eines guten Bürgers seines Staates, hat also Pflichtgefühl! Und das, obwohl es hier, wo alle Menschen so vorsichtig und ordentlich sind, gar keine Brände geben kann!

Zu dem Abend im Haus der Witwe Shamowa, die ein Zimmer für zwei Rubel vermietet hatte, kam Schmakow als erster. Die Witwe empfing ihn unfreundlich, als wäre er der Gefräßigste, gekommen, sich den Bauch vollzuschlagen.

Iwan Fedotytsch setzte sich still hin. Er kannte keine anderen Beziehungen zu Menschen als dienstliche. Wenn er geheiratet hätte, wäre seine Frau ein unglücklicher Mensch geworden. Aber Schmakow ging der Ehe aus dem Weg und belastete die Geschichte nicht mit Nachkommenschaft. Als echter Denker, in dem die nackte Pflicht zirkuliert, hatte er keinen Sinn für weiblichen Liebreiz. Eigenen Willen kannte er nicht, er verspürte in sich nur Gehorsam, freudig wie die Wollust; die Amtsdinge liebte er so sehr, daß ihm sogar die Krümchen unbekannter Herkunft in der Schublade seines Schreibtischs heilig waren – ein gewisses Reich der Ergebenheit und der Eitelkeit.

Als zweiter erschien Stepan Jermilowitsch Bormotow. Er benahm sich nicht wie ein Jubilar, sondern wie ein Festordner.

»Marfuscha«, wandte er sich an die Shamowa, »du solltest im Vorraum einen Fußabtreter hinlegen! Die Schuhe werden schmutzig sein, Galoschen können sich die Leute nicht leisten, und du hast immerhin eine gute Stube und keine Kneipe!«

»Gleich, Stepan Jermilytsch, gleich leg ich ihn hin. Sie können schon durchgehen, ich habe für Sie einen Ehrenplatz vorbereitet. Es kommt doch niemand, der im Rang höher ist als Sie?«

»Nicht anzunehmen, Marfa Jegorowna, nicht anzunehmen!« Stepan Jermilowitsch setzte sich in ein Prunkstück von altertümlichem Sessel.

Die anderen Gäste witterten, daß Stepan Jermilowitsch schon da war, und fanden sich auch bald ein. Es kamen vier Schriftführer, drei Rechnungsführer, zwei Personalleiter, zwei Buchhalter, drei Unterabteilungsleiter, die Stenotypistin Sonja und der Bürger Rodnych, Leiter der örtlichen Ziegelei, ein alter Freund Bormotows aus dem Dienst im Semstwo. Mit diesen Menschen schloß sich Bormotows Welt in ihren Horizonten und Planperspektiven. Das Teetrinken nahm seinen Anfang.

Man trank den Tee schweigend und genießerisch und heizte damit die Stimmung an. Marfa Shamowa stand hinter Bormotow und wechselte ihm die leeren Gläser aus. Sie süßte den Tee mit dem preiswerten gelben Zucker, den sie im Konsum als Ausschuß gekauft hatte.

Stepan Jermilowitsch saß da im Vollgefühl seiner Würde. Das ehrerbietige Gespräch hielt sich im Rahmen dienstlicher Themen. Man erinnerte sich an gewagte Fälle der Verzögerung von Anordnungen des Gouvernementsexekutivkomitees, und in der Stimme des Sprechenden schwang Angst mit und heimliche Freude, die Verantwortung los zu sein.

Die Sprache kam darauf, wie seinerzeit das Gradower Gouvernement verschwunden war. Eines Tages hörte das Zentrum auf, Zirkulare zu schicken. Bormotow fuhr freiwillig mit einem billigen Zug nach Moskau, um die Lage zu klären. Geld wurde ihm wenig mitgegeben, denn die Kredite aus Moskau waren ausgeblieben, dafür bekam er ein paar Krapfen aus der Invalidenbäckerei und einen schriftlichen Dienstreiseauftrag. In Moskau erfuhr Bormotow, daß die Absicht bestehe, Gradow einem Gebiet anzuschließen, und deshalb sämtliche Gradower Kredite an die Gebietsstadt übergeben worden seien.

Die Gebietsstadt aber wollte Gradow nicht haben.

»Es ist keine proletarische Stadt«, hieß es dort, »wozu, zum Teufel, brauchen wir sie!«

So hing Gradow, ohne staatliche Verankerung, in der

Luft. Nach seiner Rückkehr versammelte Bormotow in seiner Wohnung die Alteingesessenen und wollte das Gouvernement Gradow zu einer autonomen Nationalitätenrepublik erklären, weil im Gouvernement fünfhundert Tataren und an die hundert Juden lebten.

»Nicht um die Republik ging es mir«, erklärte Bormotow, »ich gehöre ja nicht zu diesen nationalen Minderheiten, sondern um die Beständigkeit des Staatsprinzips und die Wahrung der Kontinuität in der Schriftführung.«

Schmakow glühte vor Erregung, sein übervolles Herz pochte laut, aber er schwieg einstweilen und rieb sich die Schreiberhände.

Noch an viele andere Begebenheiten erinnerten sich die Anwesenden. Die Geschichte floß über ihren Köpfen dahin, und sie saßen mäuschenstill in ihrer Heimatstadt und beobachteten lächelnd, was da floß. Sie lächelten deshalb, weil sie überzeugt waren, das, was da floß, würde eine Weile fließen und dann zum Stillstand kommen. Bormotow hatte schon vor längerer Zeit den Gedanken geäußert, daß in der Welt nicht nur alles fließe, sondern auch alles zum Stillstand komme. Und dann würden vielleicht wieder Glocken läuten. Bormotow als Sowjetmensch, für den er sich hielt, und auch die anderen wünschten sich die Glocken mitnichten, aber für die Ordnung und damit den Massen eine einheitliche ideologische Grundlage eingegeben werden konnte, waren auch Glocken nicht verkehrt. Und hier in diesem abgelegenen Teil des Staates, da war Glockengeläut erst recht gut, schon vom poetischen Standpunkt aus, denn in einem guten Staat liegt auch die Poesie auf dem ihr zugewiesenen Platz und singt keine nutzlosen Lieder.

Unversehens war der Tee alle geworden und der Samowar ausgegangen. Marfa, vom Bedienen erschöpft, hatte sich in eine Ecke gesetzt. Russischer Wodka löste den Tee ab.

»Ja, Bürger«, sagte der Rechnungsführer Smatschnew, »ich will es ganz offen sagen, nichts geht mir über Wodka. Weder Musik noch Gesang, noch Glaube, nichts wirkt auf mich, nur Wodka! Also ist meine Seele so hartgesotten, daß sie nur mit Giftstoffen zufrieden ist. Von Geistigem halte ich nichts, das ist bourgeoiser Schwindel.«

Smatschnew war zweifelsohne ein Pessimist und überspannte alles in allem den Bogen.

Aber daß erst der Wodka das Bewußtsein der Anwesenden auftauen ließ und ihre Herzen mit warmer Energie erfüllte, das stand fest.

Seinem Rang entsprechend erhob sich als erster Bormotow.

»Bürger! Ich habe an verschiedenen Stellen Dienst getan. Achtzehn Vorsitzende des Gouvexekutivkomitees, sechsundzwanzig Sekretäre und zwölf Leiter der Bodenverwaltung habe ich überlebt. Allein die Geschäftsführer beim GEK wechselten zu meiner Zeit zehnmal! Und von den Beamten mit Sonderaufträgen – na, wie heißen sie doch gleich: persönliche Sekretäre und Vorsitzende – sind gar dreißig Stück an mir vorbeigegangen. Ich bin ein Dulder, Freunde, mein Herz ist verbittert, nichts kann es rühren. Mein Leben lang mußte ich das Gradower Gouvernement retten. Ein Vorsitzender wollte das trockene Territorium des Gouvernements in ein Meer verwandeln und die Akkerbauern in Fischer. Der zweite hatte vor, ein tiefes Loch in die Erde zu bohren, damit flüssiges Gold hervorsprudelt, und er verlangte von mir, für dieses Unternehmen einen Techniker zu besorgen. Der dritte kaufte am laufenden Band Autos, um für das Gouvernement auf ewige Zeiten den passenden Typ herauszufinden. Seht ihr, was Staatsdienst heißt? Und ich muß zu allem wohlwollend lächeln, während ich meinen gesunden Menschenverstand malträtiere und die im Wesen der Sache liegende Ordnung zerstöre! Damit nicht genug, stieß mich einmal das Gewerbeamt, will sagen, der Gouvgewerkschaftsrat, aus der Land- und Forstarbeitergewerkschaft aus, weil ich die Mitgliedsbeiträge als Steuern zugunsten der Gewerkschaftsangestellten bezeichnet hatte. Gewerkschaftsmitglied bin ich aber trotzdem geblieben – anders konnte es gar nicht sein. Für das Gewerbeamt ist es ungünstig, einen Steuerzahler zu verlieren, und alles andere erledigte mein Vorgesetzter – ohne mich wäre der aufgeschmissen gewesen!«

Bormotow nahm einen Schluck Bier für die Stimme, betrachtete die unterstellte Versammlung und fragte: »Na? Ich höre nichts.«

Die Versammlung vertilgte schweigend weiter ihr Futter.

»Wanja!« wandte sich Bormotow an einen Mann, der Bier mit Wodka mischte. »Wanja, mein Freund, mach die Fensterklappe zu! Es ist noch früh, draußen treibt sich alles mögliche Volk herum ... Also, was ist ein Gouvkom? frage ich. Meine Antwort: Der Sekretär ist ein Erzbischof und das Gouvkom eine Diözese! Stimmt doch? Eine weise und ernsthafte Diözese, weil wir jetzt eine neue Religion haben, eine ernsthaftere als die orthodoxe. Versuche jetzt einer mal, nicht zur Versammlung – zur Abendmesse – zu kommen! Her mit dem Mitgliedsbuch, würde es heißen, einen kleinen Vermerk rein! Hast du dann vier Vermerke, stufen sie dich unter die Heiden ein. Und ein Heide findet bei uns kein Brot! So ist es! Von mir möchte ich aber sagen: Wer hat in der Diözese die Schriftführung aufgebaut? Ich! Wer hat, sagen wir mal, die Kontrollkammer – die ABI – oder die Schatzkammer – unsere Finabteilung – auf die Beine gebracht und den Menschen dort was zu tun gegeben? Wer? Und wer hat in der Kanzlei alle diese Kärtchen, diese Wissenschaften und sonstiges antisanitäres Zeug ausgemerzt? Wer wohl? Ohne Bormotow, meine Freunde«, sagte Stepan Jermilowitsch mit Tränen in den Augen, »hätte Gradow keine Behörden und Kanzleien, die Sowjetmacht hätte sich nicht halten können, und keinerlei Gemeinsamkeiten mit der Amtspraxis aus alter Zeit wären bewahrt geblieben. Das aber wäre kein Leben! Ich war der erste, der sich an den Tisch setzte und zum amtlichen Federhalter griff, ohne eine einzige Rede zu halten!«

Bewegt machte Bormotow eine Pause und schloß gewichtig: »Da, meine Lieben, und nirgendwo anders, liegen der Mittelpunkt der Macht und die Gnade des Geistes! Herrscher über das gesamte Weltterritorium hätte ich werden sollen, statt den Mutter- und Kinderschutz meiner Stenotypistinnen zu verwalten oder die Faulheit der Sachbearbeiter zu hegen ...«

Bormotow blieb von seinen eigenen Worten die Luft

weg, er setzte sich und stierte die Speisen auf dem Tisch an. Die Versammlung bekundete lärmend Beifall und verzehrte Wurst, um einen Ausbruch edler Gefühle zurückzuhalten. Der Wodka wurde langsam und planmäßig vertilgt, immer in der Runde, in geordneten Bahnen, so daß die Stimmung der Teilnehmer nicht sprunghaft anstieg, sondern stetig, in einer harmonischen Kurve, wie auf einem Diagramm.

Schließlich erhob sich der Rechnungsführer Pechow und sang, über die Gespräche hinweg, das Lied vom wilden Hügel. Die Zunft der Rechnungsführer war nun einmal ein Künstlervolk, und es gab keinen Rechnungsführer oder Buchhalter, der seinen Beruf nicht als provisorische und nebensächliche Beschäftigung betrachtet und die Kunst, den Gesang für seine ureigenste Berufung gehalten hätte. Zuweilen auch die Geige oder die Gitarre. Ein weniger edles Instrument duldeten die Rechnungsführer nicht.

Nach Pechow erhob sich ebenso wortlos und unerwartet der Buchhalter Dessustschi und sang irgendein Stück aus irgendeiner Oper – welche es war, begriff keiner. Dessustschi war für Korrektheit und Kultiviertheit auf dem Gebiet der Kunst nicht weniger bekannt als für die völlige Vernachlässigung seiner buchhalterischen Obliegenheiten.

Dann erhob sich Rwannikow, Leiter der Unterabteilung für rationelle Bodenbewirtschaftung, und klopfte mit der Gabel gegen das Glas, um sich Ruhe zu verschaffen.

»Liebe Brüder in Revolution!« begann Rwannikow, nach dem Genuß des Wodkas von Güte überwältigt. »Was hat euch hierhergeführt, ohne die Nacht zu schonen? Was hat uns hier versammelt, ohne Rücksicht auf Sympathien? Er, Stepan Jermilowitsch Bormotow, der Ruhm und das administrative Gehirn unserer Behörde, der revolutionäre Lenker der Ordnung und des Staatswesens auf dem großen unrationell bewirtschafteten Territorium unseres Gouvernements!

Und er soll nicht mit dem weisen Haupt nicken, sondern mit den goldenen Lippen den Ebereschenlikör trinken, wenn ich sage, daß es unter den nach der Revolution Übriggebliebenen nicht seinesgleichen gibt. Da haben wir in der

Tat einen Menschen von vorrevolutionärer Qualität! Bürger Sowjetangestellte!« röhrte zum Schluß Rwannikow. »Trinken wir auf das fünfundzwanzigjährige Jubiläum von Stepan Jermilowitsch Bormotow, auf den wahren Begründer des Territoriums unseres Gouvernements, das noch darauf wartet, von Menschen, wie unser ruhmvoller, weiser Jubilar einer ist, gestaltet zu werden!«

Alle sprangen von den Plätzen und gingen mit den Gläsern zu Bormotow.

Weinend und triumphierend küßte Bormotow alle ab – allein auf diesen Augenblick hatte er, dahinschmelzend vor Ehrgeiz, den ganzen Abend gewartet.

Da hielt es Schmakow nicht länger, und er stellte sich auf den Stuhl und hielt eine feurige Rede – ein langes Zitat aus seinen »Aufzeichnungen eines Staatsmenschen«.

»Bürger! Erlauben Sie mir, zu einer hochaktuellen Frage zu sprechen!«

»Wir erlauben es!« rief die Versammlung im Kollektiv. »Sprich, Schmakow! Aber faß dich ökonomisch: sprich kurz und ohne leere Worte, zum Kern der Sache!«

»Bürger!« Schmakow wurde kühn. »Jetzt wird ein sogenannter Krieg gegen die Bürokratie geführt. Und wer ist Stepan Jermilowitsch Bormotow? Ist er ein Bürokrat oder nicht? Ein Bürokrat im wahrsten Sinne des Wortes ist er! Und dafür soll ihm Ehre zuteil werden und kein Tadel, kein Vorwurf! Ohne Bürokratie, verehrte Streiter des Staates, hätte sich die Sowjetmacht keine Stunde halten können – zu dieser Schlußfolgerung bin ich nach langen Überlegungen gelangt. Außerdem ... (Schmakow kam aus dem Konzept, sein Kopf war auf einmal total leer – alles war wie weggeblasen) außerdem, liebe Mitstreiter ...«

»Wir sind keine Streiter«, brummte jemand, »wir sind Ritter!«

»Ritter auf dem Felde des Geistes!« fing Schmakow die Losung auf. »Ich will Ihnen jetzt das Geheimnis unseres Jahrhunderts lüften!«

»Na los!« ermunterte ihn die Versammlung. »Lüfte es, zum Teufel!«

»Gleich, gleich.« Schmakow war freudig erregt. »Wer sind

wir? Wir sind Stell-ver-tre-ter der Proletarier! Somit bin ich beispielsweise ein Stellvertreter des Revolutioärs und Hausherrn. Spüren Sie die Weisheit? Alles ist ersetzt! Alles ist gefälscht! Nichts Echtes, alles nur Surrogat! Früher bekam man Sahne, jetzt gibt es nur Margarine: Schmeckt zwar, ist aber nicht nahrhaft! Merken Sie auf, Bürger? – Deshalb ist gerade der sogenannte, von allen Übelgesinnten und Dummköpfen geschmähte Bürokrat der Baumeister der kommenden deutlich artikulierten sozialistischen Welt.«

Schmakow setzte sich und trank würdevoll sein Bier – ein mittelstarkes harmloses Getränk; stärkere Getränke versagte er sich.

Doch nun erhob sich Obrubajew. Er fühlte sich getroffen, war erbost und entschlossen, auf dem Posten zu sein. Sein Posten ragte heraus – er war Kandidat der Kommunistischen Partei, allein dieser Umstand half ihm im Dienst wenig weiter, er war und blieb Sachbearbeiter mit einem Gehalt von achtundzwanzig Rubel monatlich in der Gehaltsgruppe sechs bei einer Skala von eins bis acht.

»Werte Genossen und Kollegen!« sagte Obrubajew und würgte den letzten Bissen hinunter. »Ich verstehe weder den Genossen Bormotow noch den Genossen Schmakow! Wie ist das zulässig! Da gibt es eine ganz konkrete Direktive der ZKK: Kampf gegen den Bürokratismus. Da gibt es schon seit neun Jahren feste Bezeichnungen für die sowjetischen Behörden. Und hier wird gesagt, ein Bürokrat sei – wie hieß es gleich? – ein Baumeister und eine Art Ernährer. Hier wird gesagt, das Gouvkom sei eine Diözese, der Gouvgewerkschaftsrat ein Gewerbeamt und so weiter. Was soll das heißen? Hier wird der Bogen überspannt, muß ich feststellen. Das ist eine Verwässerung einer grundlegenden Direktive auf der Linie der Partei, die ernsthaft und für lange Zeit herausgegeben worden ist. Und überhaupt erkläre ich hiermit meine Sondermeinung zu den von den Vorrednern angeschnittenen Fragen und verurteile die Genossen Schmakow und Bormotow. Ich bin fertig.«

»Aber das Gesetz, Genosse Obrubajew?« sagte Bormotow leise, belehrend, aber mitfühlend. »Das Gesetz! Vernichten

Sie den Bürokratismus, und es tritt Gesetzlosigkeit ein! Der Bürokratismus ist die Erfüllung der gesetzlichen Vorschriften. Da kann man nichts machen, denken Sie an das Gesetz, Genosse Obrubajew!«

»Und wenn ich das dem Gouvkom melde, Genosse Bormotow, oder der ABI?« sagte Obrubajew finster und rauchte demonstrativ eine Zigarette Marke »Kanone« an.

»Wo sind denn Ihre Dokumente, Genosse Obrubajew?« fragte Bormotow. »Hat vielleicht jemand diese Versammlung protokolliert? Sie haben doch nicht mitstenografiert, Sonja?« wandte sich Bormotow an die einzige anwesende Stenotypistin, die in der Bodenverwaltung besonders verehrt wurde.

»Nein, Stepan Jermilytsch, ich habe nicht mitstenografiert; Sie haben mir noch nichts gesagt, sonst hätte ich's gemacht«, antwortete die beschwipste, selige Sonja.

»Sehen Sie, Genosse Obrubajew.« Bormotow lächelte weise und ruhig. »Wenn kein Dokument vorhanden ist, existiert auch die Tatsache als solche nicht! Und da reden Sie von Kampf gegen den Bürokratismus! Wäre ein Protokoll da, würden Sie uns irgendeine GPU oder ABI auf den Hals hetzen. Das Gesetz, Genosse Obrubajew, das Gesetz!«

»Und die lebenden Zeugen?« rief Obrubajew verstört.

»Die Zeugen sind betrunken, Genosse Obrubajew. Das erstens. Und zweitens haben sie, die Masse sozusagen, das Wesen unserer Meinungsverschiedenheiten nicht verstanden und überhaupt nicht verstehen können, und mit einem Verfahren gegen mich kommen Sie bestimmt nicht durch. Und drittens, Genosse Obrubajew, stellt ein diszipliniertes Parteimitglied vielleicht innerparteiliche Unstimmigkeiten der breiten, zudem der kleinbürgerlichen Masse zur Diskussion, frage ich Sie? Wie!? Prost, Genosse Obrubajew, alles findet sich. Sonja, schläfst du? Bewirte den Genossen Obrubajew, mach dich an die Reinschrift. Dessustschi, träller uns was Gefühlvolles.«

Dessustschi legte schmalzig los mit kräftiger Hervorhebung der tiefen Töne eines seltsamen Liedes, in dem von einem Dulder die Rede war, den es einzig nach einer goldenen Harfe verlangte. Dann nahm der Sachbearbeiter Myschajew die Balalaika zur Hand. Obwohl er in der Kunst nur ein Stümper sei, sagte er, werde er doch ein bißchen klimpern. Und zauberte unter den flinken Fingern einen flotten, mitreißenden Takt hervor.

Bormotow gab sich jovial, kniff die verräterischen müden Augen zusammen und hüpfte, obwohl von der diplomatischen Tagesarbeit erschöpft, wild umher, tat seinen Märtyrerbeinen damit Gewalt an und heiterte sein gleichgültiges Herz auf.

Er tat Schmakow leid, alle, die auf dem Feld des weltweiten Staatsdienstes wirksam waren, taten ihm leid, und das Gesicht in etwas Salziges gesteckt, schluchzte er lauthals los.

5

Den Morgen darauf brannte Gradow; fünf Häuser und eine Bäckerei brannten ab. Wie es hieß, hatte der Brand in der Bäckerei angefangen, der Bäcker versicherte jedoch, die Kippen immer in den Teig und nicht auf den Fußboden geworfen zu haben, Teig aber brenne nicht, sondern zische und lösche das Feuer. Die Einwohner glaubten ihm, und er durfte weiter Brot backen.

Danach verlief das Leben wieder im Rahmen der allgemeinen Ordnung und entsprechend den Beschlüssen des Gouvernementsexekutivkomitees Gradow, die von den Bürgern ängstlich studiert wurden. In den Abreißkalendern vermerkten die Bürger ihre nicht abreißen wollenden Pflichten. Schmakow konnte das mit größter innerer Befriedigung feststellen, als er an einer Geburtstagsfeier bei einem Amtsvorsteher mit dem Spitznamen Tschaly, Grauschimmel, teilnahm.

Auf den Kalenderblättern war fast täglich etwas vermerkt, und zwar:

»Zur Neuregistrierung in der Bezirksverwaltung erscheinen – mein Buchstabe T, im Dienst Meldung machen über Fehlen aus gesetzlich bedingtem Grund.«

»Um 7 Uhr Neuwahl des Stadtsowjets – Kandidat Machin, von der Zelle vorgeschlagen; einstimmig wählen.«

»In Wohnungsverw. Wassergeld einzahlen, letzter Termin, sonst Verzugsgebühr.«

»Meldung an die städt. Sanitätskommission über Zustand des Hofes – Strafe, siehe Anordnung des GEK.«

»Versammlung der Mieterschaft zur Bereitstellung eines Schuppens zwecks Aborteinrichtung.«

»Protestieren gegen Chamberlain, im Ernstfall alle wie ein Mann an die Gewehre.«

»Abends eine Weile in der Roten Ecke aufhalten, um nicht für abtrünnig gehalten zu werden.«

»Namenstag der Frau mit Sparregime und Produktionseffekt verbinden. Unseren kleinen Rat der Volkskommissare einladen.«

»Bei Marfa Iljinitschna nachfragen, wie man Himbeerkompott kocht.«

»Im Standesamt erkundigen, wie man den Spitznamen Tschaly in den offiziellen Familiennamen Blagowestschenski und den Vornamen Frol in Theodor umändern kann.«

»Wanzen vertilgen und Barschaft der Frau prüfen.«

»Sonnabend – dem Vorsteher offen sagen, daß ich zur Abendmesse gehe, daß ich nicht an Gott glaube und in die Kirche nur wegen des Chors gehe, hätten wir eine anständige Oper, würde ich um nichts auf der Welt hingehen.«

»Von den Kollegen Öl für das Ikonenlämpchen erbitten. Es ist alle geworden und nirgendwo welches zu bekommen. Sagen, es sei für den Wecker, der geölt werden muß.«

»Die 366. Flasche für Kirschlikör bereitstellen. Wir haben ein Schaltjahr.«

»Dörrbrotvorrat anlegen, im Frühjahr wird es mit jemand Krieg geben.«

»Nicht vergessen, den Perspektivplan der Volkswirtschaft für 25 Jahre aufzustellen; bis zum Abgabetermin nur noch zwei Tage.«

An jedem Tag war etwas.

Nicht zum ersten- und nicht zum zweitenmal, sondern öfter schon war Schmakow die bemerkenswerte Erscheinung aufgefallen, daß dem Menschen für das sogenannte Privatleben keine Zeit übrigblieb, staatliche und gemeinnützige Tätigkeit hatten sie ersetzt. Der Staat war zur Seele geworden. Und so mußte es auch sein. Ja, darin lagen Größe und Erhabenheit unserer Übergangsepoche.

»Wie ist es, Genosse Tschaly, gibt's in Ihrem Gouvernement einen genauen Aufbauplan?«

»Gewiß, gewiß! In den Zehnjahrplan sind hundert Getreidespeicher aufgenommen: Zehn Stück im Jahr werden wir bauen, dann noch zwanzig Schlachthöfe mit Kühlanlagen und fünfzehn Filzschuhfabriken. Außerdem graben wir einen Kanal bis zum Kaspischen Meer, damit die persischen Kaufleute Lust bekommen, mit den Gradower staatlichen Organen Handel zu treiben.«

»Sieh an!« meinte Schmakow dazu. »Eine bedeutsame Zielsetzung! Na, und wieviel Geld werden Sie für diese soliden Unternehmen brauchen?«

»Geld brauchen wir eine Menge«, sagte Tschaly in beiläufigem Tonfall. »Mindestens drei Milliarden, das heißt, dreihundert Millionen im Jahr.«

»Oho!« sagte Schmakow. »Eine ansehnliche Summe. Wer wird Ihnen denn dieses Geld bewilligen?«

»Die Hauptsache ist der Plan!« antwortete Tschaly. »Zum Plan gibt's dann auch das Geld.«

»Das stimmt!« sagte Schmakow.

Die Frage war gebührend präzisiert.

6

Schmakow lebte in Gradow schon fast ein Jahr. Ihm sagte das Leben hier zu: Alles lief der allgemeinen Ordnung und dem Gesetz entsprechend. Sein Gesicht war sorglos, gealtert und gleichgültig wie das eines Schauspielers in vergessenem Spiel. Sein Lebenswerk – »Aufzeichnung eines Staatsmenschen« – ging seiner Vollendung entgegen. Schmakow überlegte nur noch die Schlußakkorde.

Wie überall in der Republik schien die Sonne über Gradow nachts nicht, dafür spiegelte sie sich in fremden Sternen.

Bei einem gesundheitsförderlichen Spaziergang betrachtete Schmakow einmal die Sterne und fand den Schlußakkord für sein Werk: »In meinem Herzen atmet der Adler, und im Kopf strahlt der Stern der Harmonie.«

Zu Hause angelangt, schloß Schmakow seine Schreibarbeit ab und blieb bis zum Morgen davor sitzen, gefesselt von der Lektüre seines Werkes.

»Lohnt es denn«, las er an einer Stelle in der Mitte, »Erfindungen auszuklügeln, da doch die Welt dialektisch ist, folglich jeder Held sein Gegenstück hat, der einen Dreck wert ist? Es lohnt nicht!

Ein Beispiel dafür: Vor fünf Jahren, und vor zwanzig genauso, gab es in Gradow nur zwei Schreibmaschinen (beide Marke ›Royal‹, das heißt königlich), und jetzt haben wir fast vierzig Stück, gleichgültig, welchen Systems.

Hat sich aber deshalb der soziale Nutzen vergrößert? Mitnichten! Nämlich: Früher saßen über dem Papier Schreiber mit einer Gänsefeder und schrieben. War die Feder stumpf oder ging sie im Übereifer verquer, dann spitzte der Schreiber sie an, er spitzte sie an und sah dabei auf die Uhr – siehe da, die Zeit war schon um, er konnte jetzt nach Hause gehen, in das Holzhäuschen, das ihm gehörte und wo ihn immerhin Essen und eine gemütliche Ordnung erwarteten, die ihm seine Staatsform im höchsten Grade gewährleistete.

Und nichts litt unter der handschriftlichen Geschäftsabwicklung. Nichts eilte, und alles kam zur rechten Zeit.

Und was ist jetzt? Das Fräulein hat sich noch nicht einmal pudern können, da liegt schon wieder so ein Entwurf zum Abschreiben da.

Man sieht es ja, sobald ein Mensch auftaucht, sammelt sich um ihn Papier – und zwar ein ganz schöner Haufen. Was wäre, wenn man keinen überflüssigen Menschen einstellte? Ob sich dann das Papier auch nirgendwoher einstellen könnte?«

Iwan Fedotytsch seufzte und versank in Nachdenken: war es nicht an der Zeit für ihn, sich in eine entlegene Klause zu begeben, um sich des Schmerzes um die kränkelnde Welt zu entledigen? Aber das wäre gewissenlos.

Obwohl als Rechtfertigung für diesen Schritt der Umstand dienen konnte, daß die Welt von niemandem offiziell gegründet worden war und folglich vom juristischen Standpunkt aus gar nicht existierte. Und selbst wenn sie gegründet worden wäre, mit Statut und Urkunde, so hätte man diesen Dokumenten doch nicht vertrauen können, denn selbige wurden auf Grund von Anträgen ausgestellt, und ein Antrag war vom Antragsteller zu unterschreiben – wie aber sollte man dem Letztgenannten vertrauen? Wer konnte den Antragsteller beglaubigen, bevor ein Antrag zur eigenen Person vorlag?

Iwan Fedotytsch verspürte Sodbrennen im Magen und Verzweiflung im Herzen, deshalb ging er in die Küche, um Wasser zu trinken und nachzusehen, was dort fortgesetzt piepste.

Zurückgekehrt, machte er sich innerlich bebend wieder ans Lesen.

»... Nehmen wir meine Unterabteilung. Was gibt es dort?

Ich tadele meine Untergebenen wegen ihrer Fehler nicht, ich ziehe lediglich meine Schlußfolgerungen, das heißt, es läuft alles. Und als man mir mitteilte, die unter meiner Leitung zum Schutz gegen das Wasser gebauten Dämme seien fast alle vernichtet, dem Erdboden gleichgemacht, antwortete ich, dies sei nur ein Beweis dafür, daß sie gebaut wurden.

Erde kann Wasser gar nicht aufhalten, das Entstehen von Schluchten ist der beste Beweis dafür ...«

Danach beruhigte sich Schmakow und schlief leichten Herzens und zufriedenen Sinnes ein.

War überhaupt auf der Welt irgend etwas verläßlich bekannt? Waren denn die Fakten der Natur in der erforderlichen Weise zu Papier gebracht? Dokumentarisches darüber existierte nicht! Und war denn das Gesetz selbst oder ein anderer existierender Erlaß nicht ein Verstoß gegen den lebenden Körper des Universums, das in seinen Widersprüchen geschüttelt wurde und auf diesem Wege die vollkommene Harmonie erlangte?

Dieser frevelhafte Gedanke machte Iwan Fedotytsch schließlich wach.

Draußen war ein früher, glücklicher Morgen. In Gradow

wurden die Öfen geheizt und wärmten das Abendessen vom Vortag zum Frühstück auf. Die Hausfrauen holten noch warmes Brot für die Männer, die Verkäufer in den Bäckereien schnitten es durch, wogen es nach dem metrischen System ab und klügelten mit den Grammen herum: Niemand von ihnen glaubte, daß ein Gramm besser als ein Pfund sei, sie wußten nur, daß es leichter war.

Außerdem hatte man das glückliche Gefühl, daß der neue Tag dem vergangenen ähnlich sein und daher keine Qualen bereiten würde.

7

Der Schuster Sachar, Iwan Fedotytschs Nachbar, wurde von seiner Frau jeden Tag mit den gleichen Worten aus dem Schlaf geweckt: »Sachari! Steh auf, setz dich auf deinen Thron!«

Der Thron war ein runder Baumstumpf, auf dem Sachar vor dem Schustertisch saß. Der Baumstumpf war vom Sitzen zu einem Drittel abgewetzt, und Sachar dachte oft daran, daß der Mensch doch haltbarer sei als Holz. So war es auch.

Sachar stand auf, steckte seine Pfeife an und sagte: »Ich bin auf dieser Welt ein überplanmäßiger Mensch! Ich lebe nicht, ich bin nur da und werde von keiner Statistik erfaßt. Zu Versammlungen gehe ich nicht, und Mitglied bin ich auch nirgends!«

»Schon gut, schon gut, Sachari«, sagte seine Frau, »hör auf zu quasseln, trink deinen Tee. Mitglied! Hat sich was ausgedacht – Mitglied!«

Nach dem Tee setzte sich Sachar an die Arbeit, die kein Tier ausgehalten hätte, so viel Mut und Geduld forderte sie.

Schmakow ließ immer von Sachar seine Stiefel reparieren, über die sich der Meister sehr wunderte: »Iwan Fedotytsch, Ihr Schuhwerk ist schon bald acht Jahre alt, wie können Sie das dulden? Seit es in der Fabrik angefertigt wurde, sind Kinder aufgewachsen, haben lesen und schreiben gelernt, viele von ihnen sind auch gestorben, aber die Stiefel leben immer noch. Aus Sträuchern sind Wälder geworden, die Revolution ist gekommen, vielleicht sind auch manche Sterne erloschen, aber die Stiefel leben immer noch. Nicht zu fassen!«

»Das ist eben Ordnung, Sachari Palytsch!« antwortete ihm Iwan Fedotytsch darauf. »Das Leben wütet, aber die Stiefel bleiben heil. Das ist eben das Wunder des behutsamen menschlichen Verstandes.«

»Ich finde aber«, sagte Sachar, »Wüten ist edler. Sonst sitzt man sein Leben lang auf dem Schusterthron wie ich!«

Iwan Fedotytsch suchte Sachari Palytsch zu überzeugen, daß man das Leben nicht mit gefühlvollen Augen betrachten und dem lockenden Gedanken nicht nachtrauern dürfe. Nichts auf der Welt könne das unvernünftige Herz des Menschen trösten. Und was sei denn Trost anderes als Spießertum, das von der Oktoberrevolution verdammt worden sei?

»Ordnung ist eine schöne Sache«, sagte Sachar. »Aber verdammt viel Böses ist auf der Erde angerichtet worden. Iwan Fedotytsch! Im guten kann man sie jetzt nicht in Ordnung bringen, zerstören muß man sie, anders geht's nicht!«

Als Iwan Fedotytsch gegangen war, sagte sich Sachar Palytsch insgeheim, daß ein Fastenleben doch wohl besser sei als ein edles Wüten und betrachtete mit Befriedigung seinen leeren Hof, dessen Landschaft ein Zaun und dessen Bewohner Hennen waren.

8

Drei Monate später begannen für die ganze Staatseinwohnerschaft von Gradow harte Tage des Kampfes. Das Zentrum hatte beschlossen, vier Gouvernements, darunter auch Gradow, zu einem Gebiet zusammenzulegen.

Zwischen den vier Gouvernementsstädten war der Streit entbrannt, wem es wohl anstehe, Gebietsstadt zu werden.

Besonders heftig legte sich in dieser Angelegenheit Gradow ins Zeug.

Es hatte viertausend Sowjetangestellte und zweitausendachthundertsiebenunddreißig Arbeitslose; nur eine Gebietsstadt konnte dieses Schreibervolk schlucken.

Bormotow, Schmakow, Skobkin als Geschäftsführer des Gouvernementsexekutivkomitees, Naschich als stellvertretender Vorsitzender der Gouvernementsplankommission und andere wichtige Leute aus Gradow stellten sich Moskau gegenüber an die Spitze des Papierkrieges gegen die anderen Städte.

Die Gradower machten sich schleunigst daran, einen Kanal zu graben, den sie im Klettengestrüpp der Vorstadt Morschewka auf dem Grundstück des Bürgers Mojew begannen.

Dieser Kanal sollte den persischen, mesopotamischen und anderen Handelsschiffen die Durchfahrt bis nach Gradow sichern.

Über den Kanal schrieb die Gouvernementsplankommission drei Bände voll und schickte sie ins Zentrum, damit man dort Bescheid wisse. Der Gradower Ingenieur Parschin entwarf ein Projekt für den Flugverkehr innerhalb des künftigen Gebietes, wobei er berücksichtigte, daß nicht nur Gepäck, sondern auch umfangreiche Viehfuttermengen auf dem Luftwege befördert werden mußten; zu letzterem Zweck wurde in den Werkstätten der Kreislandvereinigung ein Flugzeug von ungewöhnlicher Kapazität gebaut, dessen Motor mit Schießpulver betrieben werden sollte.

Der Exekutivkomiteevorsitzende, Genosse Syssojew, selbst spie Gift und Galle und versicherte dem ihm unterstellten Gouvernement, daß einzig Gradow und kein anderer Ort das Gebietszentrum sein werde.

Genosse Syssojew ließ Stempel und Schilder bestellen, auf denen »Gebietsexekutivkomitee Gradow« stand, und ordnete an, ihn künftig als Vorsitzenden des Gebietsexekutivkomitees zu titulieren.

Als niemand von den Angestellten mehr versehentlich Gouvernement statt Gebiet sagte, weder im Schriftverkehr noch mündlich, schwoll dem Genossen Syssojew das Herz vor Freude, und er sagte zu jedem, der ihm unter die Augen kam: »Na, Bruderherz, was haben wir für ein Gebiet? Hm? Fast eine Republik! Und Gradow – fast eine Hauptstadt von europäischem Rang! Was ist schon ein Gouvernement? Eine konterrevolutionäre, zaristische Zelle, weiter nichts!«

Ein beispielloser Angestelltenkrieg war ausgebrochen. Die Nachbarstädte – Anwärter auf den Gebietsthron – standen den Gradowern im notwendigen Eifer nicht nach.

Doch Gradow rang alle vor dem schweigsamen Moskau nieder. Iwan Fedotytsch Schmakow entwarf auf vierhundert Seiten mittleren Formats ein Projekt für die Verwaltung des projektierten Schwarzerdegebietes Gradow, welches, versehen mit den entsprechenden Unterschriften, ins Zentrum geschickt wurde.

Stepan Jermilowitsch Bormotow für seine Person agierte mit Bedacht. Er schlug vor, ein Gebietsexekutivkomitee zu bilden, das zu seinen Tagungen der Reihe nach in allen ehemaligen Gouvernementsstädten zusammentreten sollte, ohne ständigen Sitz und festes Haus.

Der Witz der Sache war der: Moskau würde dem natürlich nicht zustimmen, sich aber erkundigen, wessen Idee das war. Und wenn dann herauskäme, daß die Idee von einem Bürger aus der Stadt Gradow stamme, würde Moskau lächeln, aber in Betracht ziehen, daß in Gradow kluge Leute saßen, die zur Leitung des Gebietes befähigt waren.

So begründete Bormotow seine Gedanken dem Genossen Syssojew als Vorsitzendem des GEK. Der überlegte und sagte: »Ja, das ist ein Mittel äußerster psychologischer Vermahnung, aber zur Zeit ist uns jeder Dreck recht!« Sprach's und unterschrieb Bormotows Bericht zur Absendung nach Moskau.

Viele Taten vollbrachten die Gradower, um ihre offenkundige Überlegenheit über die Nachbarn nachzuweisen.

Schmakow kam völlig von Kräften und litt Schmerzen im ganzen Körper, mit Entsetzen dachte er an Gradows Niederlage, doch beglückt und besänftigt schlug ihm das Herz bei dem Gedanken an Gradow als Gebietszentrum.

Es lohnte sich, ein großes Buch über den Kampf der vier Gouvernementsstädte zu schreiben. Drin stünden so viele Buchstaben, wie es im Gouvernement Gradow Kletten gibt.

Aber man kann sich das Schreiben auch sparen, weil die Gradower keine Zeit zum Lesen haben und für andere die Lektüre uninteressant wäre!

Der Schuster Sachari Palytsch erlebte das Gebiet nicht mehr, er starb schon vorher. Schmakow selbst verfiel zusehends an der Neige seines Lebens.

Bormotow wurde vom Oberinspektor des Volkskommissariats der ABI wegen langwieriger Arbeitsweise entlassen und siechte zu Hause dahin, wo er eine Privatkanzlei für die Ausarbeitung von Formblättern zur Erfassung der Tätigkeit der Staatsorgane einrichtete; in dieser Kanzlei arbeitete nur er allein, zudem ohne Gehalt und ohne Arbeitsschutz.

Endlich, drei Jahre nach Beginn des Gebietskriegs, kam die Anordnung aus Moskau: »Gebildet wird das landwirtschaftliche Gebiet Oberer Don, bestehend aus den und den Gouvernements. Gebietsstadt ist Woroshejew, zu Bezirkszentren werden die und die Orte ernannt. Gradow als einer Stadt ohne jede industrielle Bedeutung und mit einer vorwiegend in der Landwirtschaft und in Behörden beschäftigten Bevölkerung wird der Status einer Stadt abgesprochen, in der Ortschaft wird ein Dorfsowjet eingerichtet, der aus dem Dorf Malyje Werschiny dorthin zu verlegen ist.«

Was danach in Gradow passierte? Es ereignete sich nichts Besonderes, nur daß die Dummköpfe abgebucht wurden. Schmakow starb nach einem Jahr vor Erschöpfung über einem großen sozialphilosophischen Werk: »Die Prinzipien der Entpersönlichung des Menschen behufs seiner Wiedergeburt als absoluter Bürger mit gesetzlich geordnetem Tun in jedem Augenblick seines Daseins.« Vor seinem Tode arbeitete er im Dorfsowjet als Beauftragter für Landwege. Bormotow lebt und geht täglich vor dem Haus spazieren, wo früher das Gouvexkom seinen Sitz hatte. Jetzt hängt an diesem Haus das Schild »Dorfsowjet Gradow«.

Aber Bormotow traut seinen Augen nicht, denselben Augen, die einst Träger eines unbeirrten staatsmännischen Blickes waren.

1926

Der Ätherstrom

Als Faddej Kirillowitsch um fünf Uhr früh in seiner Moskauer Wohnung aufwachte, verspürte er Gereiztheit. Im Zimmer brannte noch das Licht, und irgendwo pfiffen dicke Ratten.

Mit Schlafen war es vorbei. Faddej Kirillowitsch zog die Weste über und setzte sich hin, um sein stumpfes Gehirn in Gang zu bringen. Er hatte sich um eins hingelegt, hatte mit Mühe sein Bett erreicht, und nun war er vor der Zeit aufgewacht.

»Na, Faddej Kirillowitsch, dann wolln wir mal«, sagte er zu sich selbst. »Die Mikroben der Müdigkeit können ganz beruhigt sein: Schonung haben sie von mir keine zu erwarten!«

Er tunkte die Feder ins Tintenfaß, zog eine tote Fliege heraus und lachte auf: »Das ist ja eine Fliegenfalle, versteht ihr! Bei mir ist es mit allem so, meine gelben Bürger – die Feder hakt sich fest, statt zu gleiten, die Tinte ist Wasser, das Papier eine Bastmatte! Das ist erstaunlich, Herrschaften!«

Faddej Kirillowitsch glaubte sein Zimmer fortwährend von stummen, aber aufmerksamen Gesprächspartnern bewohnt. Damit nicht genug, nahm er die stillen Gegenstände gedankenlos für lebende Wesen, zudem für solche, die ihm selbst ähnelten.

Einmal tauchte er seine Feder müde und verdrossen in die Tinte, legte sie auf das noch nicht vollgeschriebene Blatt Papier und sagte: »Mach's fertig, du Ekel.« Damit legte er sich schlafen.

Die Einsamkeit, die seelische Taubheit, die Feuchtigkeit und das Dämmerlicht seiner Wohnung hatten Faddej Kirillowitsch zu einem nachlässigen alten Subjekt mit einem für das Alltagsleben unentwickelten Gehirn gemacht.

Beim Arbeiten murmelte Faddej Kirillowitsch immer vor sich hin, wägte laut die möglichen Varianten des Stils und Inhalts seiner Abhandlung.

Die Ratten waren verstummt, denn Faddej Kirillowitsch hatte wahrhaftig zu murmeln begonnen: »Halt dich ran, Faddej! Halt dich ran, Satan meiner Seele! Eines steht fest – sobald der Boden fünfhundert Pud statt vierzig pro Deßjatine hergibt und wenn das Eisen anfängt, sich zu vermehren, dann werden diese, na, diese Frauen und ihre Männer gleich so viele Kinder in die Welt setzen, daß Brot und Eisen wieder nicht reichen und sich die Armut einstellt ... Schluß mit dem Gemurmel, du störst mich, Dummkopf!«

Nachdem Faddej Kirillowitsch sich dergestalt selbst ausgeschimpft hatte, verstummte er und machte sich eifrig ans Werk, er malte akkurate Zeichen aufs Papier wie in der Schönschreibstunde.

Moskau erwachte, Straßenbahnen kreischten los. Hin und wieder erhellten Lichtbogen den Nebel, weil die Stromabnehmer manchmal von der Leitung absprangen.

»Idioten!« entfuhr es Faddej Kirillowitsch. »Bis jetzt haben sie noch keine rationellen Stromabnehmer zustande gebracht! Sie verbrennen die Leitungen, vergeuden Energie und nerven die Leute!«

Als der Nebel endgültig aufriß und ein unerwartetet festlicher Tag erstrahlte, rieb sich Faddej Kirillowitsch die tränenden Augen und kratzte sich wutentbrannt mit den Fingernägeln das Kreuz:

»Den zweiten Tag piesackt mich das Biest! Kaum hat man sich beruhigt, schon juckt einen wieder was! So hat's der Mensch dauernd schwer!«

Da klopfte es an der Tür; die alte Mokrida Sacharowna brachte Faddej Popow das Frühstück und wollte das Zimmer saubermachen.

»Na, wie steht's, Sacharowna? Nichts passiert da draußen? Sind die Menschen nicht ausgestorben? Hat der Weltuntergang noch nicht begonnen? Sieh doch mal nach, ist mein Rücken noch hinten?«

»Was du so redest, Väterchen, Faddej Kirillowitsch. Komm zu dir, Väterchen – gibt's denn so was! Sitzt und sitzt, lernt und lernt, ist schon ganz verdreht im Kopf davon und weiß nicht mehr, was er spricht! Iß, mein Guter, spann ein bißchen aus, dann beruhigt sich das Herz, und der Kopf wird klar!«

»Ja, Sacharowna, ja, Mokrida! Dreimal ja! Und noch einmal ja! Na, gib her dein leckeres Essen! Vermehren wir die Fäulnisbakterien im Zwölffingerdarm, sollen sie ruhig beengt leben! Und jetzt geh, Alte. Ich habe keine Zeit; wenn du abends die Töpfe holen kommst, kannst du saubermachen. Heute abend fahre ich weg.«

»Oh, Väterchen, Faddej Kirillowitsch, du bist aber wunderlich und launisch geworden, hast mich alte Frau schon ganz um den Verstand gebracht! Wann soll ich Sie zurückerwarten?«

»Warte nicht auf mich, geh schon, nimm an, ich wär entschlafen!«

Nachdem er hastig gegessen hatte, steckte er sich eine Zigarette an, und plötzlich sprang er auf – lebhaft, energisch und fröhlich. »Aha, da hast du dich also versteckt, Hurerei, Sodomie und Suprematie! Komm hervor, du Gottespuppe! Hol Luft, meine kleine Vogelscheuche! Leb, mein Töchterchen! Tanz, Faddej, dreh dich, Gawrila, nach links das Rad, lös die Bremsen der Geschichte! Ach, meine Jugend! Es leben die Kinder, die Bräute und die feuchten gierigen roten Lippen! Nieder mit Maltus und den Geburtenplankommissionen! Es lebe die geometrische und homerische Lebensprogression!«

Faddej Kirillowitsch brach ab und sagte: »Ein altes Subjekt bist du, Faddej, und trotzdem ein Dummkopf! Kaum hast du's herausbekommen, schon willst du den Wohltätigen spielen, ehrgeiziger Lump du! Setz dich an den Tisch, ich laß dich bei deiner Arbeit verfaulen, du räudige Mißgeburt!«

Doch als er sich hinsetzte, spürte er eine schreckliche

Leere im Gehirn, als hätten dort die Regengüsse der Arbeit die fruchtbare Bodenschicht fortgespült und das Grün seines Schöpfertums fände keine Nahrung.

Da schrieb er einen privaten Brief:

Professor Stauffer, Wien
Berühmter Kollege! Zweifellos haben Sie mich, Ihren Schüler von vor einundzwanzig Jahren, bereits vergessen. Erinnern Sie sich an die klingende Wiener Mainacht, als in der feinfühligen Luft der Drang nach wissenschaftlichem Schöpfertum lag, als sich die Welt vor uns auftat, wie Jugend und Rätsel? Wissen Sie noch? Wir gingen zu viert durch die Nationalstraße – Sie, zwei Wiener und ich, ein Russe, ein rothaariger wißbegieriger junger Mensch. Sie sagten, das Leben sei im physiologischen Sinne das allgemeinste Merkmal des gesamten von der Wissenschaft abgetasteten Universums. Ich in meiner Jugendlichkeit bat um Erläuterungen. Sie antworteten bereitwillig: Das Atom sei bekanntlich eine Elektronenkolonie, das Elektron aber nicht nur eine physikalische, sondern auch eine biologische Kategorie – das Elektron sei eine Mikrobe, also ein lebender Körper, möge es auch durch einen Abgrund von einem solchen Lebewesen wie dem Menschen getrennt sein; prinzipiell sei das ein und dasselbe! Ich habe Ihre Worte nicht vergessen. Und Sie selbst haben es auch nicht – ich habe Ihre in diesem Jahr in Berlin erschienene Arbeit gelesen: »Das Mendelejewsche System als biologische Kategorie der Alpha-Wesen«. In dieser glänzenden Arbeit haben Sie als erster behutsam, wahrhaft wissenschaftlich, aber überzeugend nachgewiesen, daß die Elektronen ein Geschenk des Lebens sind, daß sie sich bewegen, leben und sich vermehren, daß ihre Erforschung nunmehr von der Physik an die Biologie übergeht. Kollege und Lehrer! Nach der Lektüre Ihrer Arbeit habe ich drei Nächte nicht geschlafen! Ihr Buch enthält den Satz: »Es obliegt jetzt den Technikern, Eisen, Gold und Kohle ebenso zu züchten wie die Viehzüchter Schweine.« Ich weiß nicht, ob es noch jemanden gibt, der sich diesen Gedanken so zu eigen gemacht hat wie ich! Kollege, gestatten Sie mir, Sie um die Erlaubnis zu bit-

ten, Ihnen meine bescheidene Arbeit zu widmen, die gänzlich auf Ihren glänzenden theoretischen Forschungen und genialen Experimenten fußt.

Dr. Faddej Popow,
Moskau, UdSSR

Nachdem Faddej Kirillowitsch den Brief und ein Manuskript, das den etwas unwissenschaftlichen Titel »Der Vernichter des Höllengrunds« trug, in ein Kuvert gesteckt und dieses versiegelt hatte, stopfte er eilig Bücher und Manuskriptauszüge in einen Koffer, zog mechanisch seinen Mantel an und verließ das Haus.

In der Stadt strahlte der frühe Abend in elektrischem Licht. Von Menschen wimmelnd, atmeten die fröhlichen Straßen Besorgnis, schwere Anspannung, verwirrende Kultur und verborgenen Leichtsinn.

Faddej Kirillowitsch stieg in ein Taxi und gab dem Chauffeur als Fahrziel einen entfernten Bahnhof an.

Auf dem Bahnhof kaufte Faddej Kirillowitsch eine Fahrkarte nach Rshawsk. Und am nächsten Morgen war er bereits an dem Ort, zu dem es ihn gezogen hatte.

Vom Bahnhof bis zur Stadt waren es drei Werst. Faddej Kirillowitsch legte sie zu Fuß zurück: Er liebte die russische tote besinnliche Natur, er liebte den Oktober, da alles unbestimmt und seltsam ist wie am Heiligen Abend vor der weltweiten geologischen Katastrophe.

Als er durch die Straßen von Rshawsk ging, las er seltsame, mit Schablonen angebrachte Aufschriften auf Zäunen und an Toren: »Tara«, »Brutto«, »SW«, »defekt«, »Heimatbf.«, »Bremse außer Betr.«. Das Stadtviertel mußte von Eisenbahnern gebaut worden sein, das Material hatten sie von ihrer Arbeitsstelle mitgebracht.

Schließlich erblickte Faddej Kirillowitsch ein Schild mit der Aufschrift »Nowy Afon«. Zunächst glaubte er, es stammte von der Außenwand eines Reisezugwagens, doch dann bemerkte er eine aus Papier ausgeschnittene und ans Fenster geklebte Teekanne und eine Dutzendgestalt im Bauernrock, die barfuß zu einem eindeutigen Zweck in den Hof ging, und erriet, daß dies ein Hotel war.

»Haben Sie freie Zimmer?« fragte Faddej Kirillowitsch den Barfüßigen.

»Haben wir, Bürger, haben wir, ganz reinlich, gemütlich und warm!«

»Der Preis?«

»Ein Rubelchen, ein Rubel zwanzig und fünfzig Kopeken!«

»Gib mir eins für einen Fünfziger!«

»Bemühen Sie sich bitte nach oben!«

Beim Hineingehen bemerkte Faddej Kirillowitsch auf dem Tisch, an dem der Mann seinen Dienst tat, das Buch »Bestell die Scholle im Mai, und die Ernte ist dein«.

Das Volk entwickelt sich, dachte Popow. Petruschka las bei Gogol das Gebetbuch, und das aus Neugier, nicht zu Nutz und Frommen.

Um die Mittagsstunde ging Faddej Kirillowitsch ins Bezirksexekutivkomitee. Er bat um eine Unterredung mit dem Vorsitzenden, und zwar sollte sie möglichst unter vier Augen stattfinden.

Er wurde vorgelassen. Der Vorsitzende war ein junger Schlosser – gewöhnliches Gesicht, wißbegierige Augen, heftiges Verlangen, die gesamte Menschheit des Bezirks zu organisieren, weshalb er vom Gebietsexekutivkomitee gelegentlich etwas aufs Dach bekam. Der Vorsitzende hatte bemerkenswerte Hände – klein, ungeachtet seines bisherigen Berufes, mit langen klugen Fingern, die vor Unruhe, Sorge und nervöser Kribbligkeit ständig in Bewegung waren. Sein Gesicht blieb stets ruhig, doch seine Hände reagierten auf alle äußeren Eindrücke.

Als er erfahren hatte, daß ihn ein Doktor der Physik sprechen wolle, war er erst verwundert gewesen, dann erfreut und hatte die Sekretärin angewiesen, unverzüglich die Tür zu öffnen, während er den Leiter der Landwirtschaftsabteilung, der ihm über die Aussaat von irgendwelchem Rizinus Bericht erstattete, vorzeitig entließ.

Faddej Kirillowitsch zeigte dem Vorsitzenden Papiere von Forschungsinstituten und Sektionen der Staatlichen

Plankommission, die ihn als Wissenschaftler empfahlen, und kam zur Sache:

»Mein Anliegen ist einfach und bedarf keiner Beweise. Meine Bitte ist begründet und einleuchtend und kann nicht abgewiesen werden. Vor fünf Jahren wurden in Ihrem Bezirk umfangreiche Erkundungen auf Magneteisenerz durchgeführt. Ihnen ist das bekannt. Das Erz wurde in einer durchschnittlichen Tiefe von zweihundert Metern entdeckt. Erz aus solcher Tiefe zu fördern ist vorläufig ökonomisch unvorteilhaft. Deshalb ist es unangetastet geblieben. Ich bin hergekommen, um einige Versuche anzustellen. Ich brauche weder Mitarbeiter noch Geld. Ich setze Sie lediglich in Kenntnis und bitte Sie, mir zwanzig Deßjatinen Boden zur Verfügung zu stellen, es kann auch minderwertiger sein. Das Gelände habe ich noch nicht ausgesucht – darüber sprechen wir später, wenn ich von meiner Fahrt durch den Bezirk zurück bin. Weiterhin, damit Sie wissen, daß ich nicht zum Vergnügen hergekommen bin, möchte ich Ihnen sagen: Meine Arbeiten dienen dem Zweck, das Erz sozusagen aufzufüttern, damit es fett wird und von selbst zur Erdoberfläche hochdrängt, wo wir es mit bloßen Händen packen können. Vom Ausgang der Versuche bin ich überzeugt, bitte Sie jedoch, vorläufig Schweigen zu bewahren. In drei Tagen habe ich das Gelände ausgewählt und komme zu Ihnen zurück. Haben Sie mich verstanden, und sind Sie bereit, mir zu helfen?«

»Ich habe alles verstanden. Hier haben Sie meine Hand, arbeiten Sie, wir werden Sie unterstützen!«

Noch am selben Tag fuhr Faddej Kirillowitsch mit einem Fuhrwerk aufs Feld hinaus, um die Höhenmarkierungen der Expedition von Akademiemitglied Lasarew ausfindig zu machen, in deren Umkreis das Magneteisenerz, in einer Tiefe von hundertsiebzig Metern lagernd, seine Zunge heraussteckte. Am zweiten Tag fand Popow am Rande einer abgelegenen wilden Schlucht einen Eisenpfahl mit der knappen Aufschrift: »E.M.A.38,24,168,46,22«.

Eine Woche darauf traf Faddej Kirillowitsch Popow an diesem Ort mit einem Landvermesser, der das zwanzig Deßjatinen große Landstück abmarken sollte, und mit Michael Kirpitschnikow ein.

Kirpitschnikow war Popow vom Vorsitzenden des Bezirksexekutivkomitee als ideologisch völlig gefestigter Mensch empfohlen worden, und Popow hatte erkannt, daß er ohne Gehilfen nicht auskommen würde.

Drei Tage später fuhren Popow und Kirpitschnikow aus dem Dorfe Tynowka, zehn Werst weit von hier, eine zerlegte Hütte herbei und bauten sie am neuen Ort wieder auf.

»Wie lange werden wir hier wohnen, Faddej Kirillowitsch?« erkundigte sich Kirpitschnikow bei Popow.

»Mindestens fünf Jahre, lieber Freund, höchstwahrscheinlich aber an die zehn. Das kann dir egal sein. Überhaupt, frage mich nicht, du kannst jeden Sonntag ausgehen und dich in deinem Klub vergnügen.«

Es folgten beispiellose Tage. Kirpitschnikow arbeitete täglich zwölf Stunden; als er das Haus zusammengebaut hatte, begann er, auf dem Grunde der Schlucht einen Schacht auszuheben. Popow arbeitete nicht weniger als er und handhabte geschickt Axt und Spaten, obwohl er Doktor der Physik war. So mühten sich tief im Inneren des ebenen, öden Landes, wo Ackerbauern, Nachfahren kühner Vagabunden des Erdballs, lebten, zwei Menschen: der eine für einen klaren und eindeutigen Zweck, der andere des Broterwerbs wegen, aber bestrebt, von dem Wissenschaftler nach und nach zu erfahren, was er selbst zu ergründen suchte – wie das zufällige unverhoffte Leben des Menschen in ewige Herrschaft über das Wunder des Universums verwandelt werden könnte.

Popow schwieg ständig. Manchmal ging er für einen ganzen Tag fort auf die schmutzigen Novemberfelder. Einmal hörte Kirpitschnikow in der Ferne seine Stimme – lebhaft, singend und voll fröhlicher Energie. Doch dann kehrte Popow finster zurück.

Anfang Dezember schickte Popow Kirpitschnikow in die Gebietsstadt anhand einer Liste Bücher und allerlei Elektrozubehör, Geräte und Werkzeuge kaufen.

Nach einer Woche war Kirpitschnikow zurück, und Popow ging daran, ein kleines kompliziertes Gerät zu bauen.

Ein einziges Mal nur, es war spätnachts, als Kirpitschnikow das Petroleum in der Lampe auffüllte, wandte sich Popow an ihn:

»Hör mal, ich langweile mich, Kirpitschnikow! Sag mir doch, wer du eigentlich bist, ob du ein Mädchen hast, ein Lebensziel, Sehnsüchte, etwas in der Art. Oder bist du bloß ein Anthropoid?«

Kirpitschnikow sagte beherrscht:

»Nein, Faddej Kirillowitsch! Ich habe nichts, doch ich möchte Ihre Arbeit begreifen, Sie aber sprechen nicht darüber; das ist nicht richtig von Ihnen, ich könnte noch besser arbeiten. Ich werde es begreifen, Ehrenwort!«

»Laß das, laß, nichts wirst du begreifen! Na, genug geredet, leg dich schlafen, ich bleibe noch ein bißchen auf.«

Popow machte wieder einmal seine Runde, nun schon über die gefrierenden nicht mehr atmenden Felder. Kirpitschnikow behaute Balken zur Befestigung des Schachtes und ging in die Hütte, um ein Streichholz holen – er wollte rauchen.

An den Tisch tretend, las er ein paar Worte von dem, was Popow in der Nacht geschrieben hatte, und da zündete er das Streichholz nicht an und vergaß seine Umgebung, seinen Namen und seine Existenz.

»Kollege und Lehrer! Zum 8. Kapitel des Manuskripts, das ich Ihnen zur Durchsicht zugeschickt habe, macht sich ein Zusatz erforderlich:

Aus allem, was über die Natur des Äthers gesagt wurde, ergeben sich zwangsläufig Schlußfolgerungen. Wenn das Elektron eine Mikrobe ist, das heißt ein biologisches Phänomen, dann ist der Äther (was ich oben als Generalkörper bezeichnet habe) ein Elektronenfriedhof. Der Äther ist eine mechanische Masse von abgetöteten oder gestorbenen Elektronen. Der Äther ist ein Durcheinander von Mikroben- bzw. Elektronenleichen. Andererseits ist der Äther nicht nur ein Friedhof der Elektronen, sondern auch ihr

Lebensspender, da tote Elektronen die einzige Nahrung für lebende Elektronen bilden. Die Elektronen verzehren die Leichen ihrer Vorfahren.

Die unterschiedliche Lebensdauer des Elektrons und des Menschen erschwert die Beobachtung des Lebens dieser – um Ihren Terminus zu verwenden – Alpha-Wesen ganz außerordentlich. Die Lebenszeit des Elektrons ist mit fünfzig zu beziffern – das sind hunderttausend Erdenjahre, sie ist also wesentlich länger als das Leben des Menschen. Die Zahl der physiologischen Prozesse im Körper des Elektrons als primitiverem Wesen wiederum ist bedeutend geringer als beim Menschen als hochorganisiertem Körper. Folglich verläuft jeder physiologische Prozeß im Organismus des Elektrons mit so entsetzlicher Langsamkeit, daß sie die Möglichkeit einer direkten Beobachtung dieses Prozesses, selbst mit den empfindlichsten Geräten, ausschließt. Dadurch erscheint die Natur dem Menschen tot. Diese schreckliche Vielfalt der Lebenszeiten für die verschiedenen Kategorien von Lebewesen ist die Ursache für die Tragödie der Natur. Ein Wesen empfindet sein Leben wie eine ganze Ära, ein zweites wie ein kurzen Augenblick. Diese ›Vielzahl der Zeiten‹ bildet die stärkste, durch nichts zu zerstörende Wand zwischen den Lebenden; die schwere Artillerie der menschlichen Wissenschaft beginnt diese Wand mühsam zu zertrümmern. Die Wissenschaft spielt objektiv die Rolle eines moralischen Faktors: Sie verwandelt die Tragödie des Lebens in Lyrik, denn sie bringt solche Wesen wie Mensch und Elektron in der Bruderschaft einer grundsätzlichen Einheit des Lebens einander näher.

Das Leben des Elektrons läßt sich dennoch beschleunigen, wenn man die Wirkungen der Erscheinungen mildert, die seine Lebensdauer bedingen. Hierzu eine notwendige klärende Vorbemerkung. Wie die Wissenschaft festgestellt hat, ist der Äther eine außergewöhnlich inerte, reaktionsunfähige Sphäre, der die grundlegenden Eigenschaften der Materie fehlen. Diese fehlende sinnliche Wahrnehmbarkeit und experimentelle Erkennbarkeit des Äthers rührt daher, daß ›sich Gleichartiges durch Gleichartiges erkennen läßt‹, und es gibt nichts Ungleichartigeres als den Menschen und die Bestände an Elektronenleichen, das heißt den Äther. Vielleicht ist das der Grund, weshalb dem Äther die Eigenschaften der Materie ›fehlen‹, denn zwischen dem Menschen und der lebenden Mikrobe (dem Elektron) einerseits und dem Äther andererseits besteht ein prinzipieller Unterschied. Erstere leben, letzterer ist tot. Ich will damit sagen, daß die ›Nichterkennbarkeit‹ des Äthers eher ein psychologisches denn ein physikalisches Problem ist.

Der Äther als ›Friedhof‹ besitzt keinerlei innere Aktivität. Deshalb sind die Wesen, die sich von ihm ernähren – die Mikroben (Elektronen) – zu ewigem Hunger verurteilt. Ihre Ernährung wird durch die Zufuhr frischer Äthermassen vermittels fremder zufälliger Kräfte gesichert. Darin liegt die Ursache des verlangsamten Lebens der Elektronen. Ein intensives Leben ist für sie unmöglich: der Nährstoffzufluß erfolgt viel zu langsam. Daher auch die Verlangsamung der physiologischen Prozesse in den Elektronenkörpern.

Es liegt auf der Hand, daß eine beschleunigte Nahrungsbereitstellung das Lebenstempo der Elektronen erhöhen und ihre verstärkte Vermehrung auslösen müßte. Die gegenwärtige Verlangsamung der physiologischen Vorgänge wird bei günstigen Ernährungsbedingungen unversehens in ein rasendes Tempo umschlagen, denn das Elektron ist ein primitiv organisiertes Wesen, in dem biologische Reformen außergewöhnlich leicht vor sich gehen.

Folglich müßte allein schon die Veränderung der Ernährungsbedingungen eine solche Intensität aller Lebensabläufe des Elektrons (einschließlich der Vermehrung) hervorrufen, daß das Leben dieser Wesen leicht beobachtbar wird. Eine solche Lebensintensität geht natürlich auf Kosten der Lebensdauer des Elektrons.

Der springende Punkt ist dabei, den Unterschied zwischen der Lebenszeit des Menschen und der des Elektrons zu verringern. Dann beginnt das Elektron mit solcher Kraft zu produzieren, daß der Mensch es ausbeuten kann.

Wie aber erreicht man einen freien und verstärkten Zufluß von Näräther zu den Elektronen? Wie läßt sich technisch ein Ätherstrom – ein Weg für den Äther – schaffen?

Die Lösung ist einfach – eine elektromagnetische Bahn ...«

Hier brach Popows Manuskript ab. Er war damit nicht fertig geworden. Kirpitschnikow hatte nicht alle Worte verstanden, doch Popows verborgene Idee hatte er erfaßt.

Popow kehrte erst spät zurück. Er legte sich sofort schlafen, was er sonst nie tat. Kirpitschnikow blieb noch eine Weile auf und las in dem Buch »Über die Anlage von Schachtbrunnen«, begriff jedoch nichts.

Es gibt Gedanken, die den Menschen von allein lenken und seinen Kopf befehligen – ob er es will oder nicht, ist völlig einerlei. Zum Schlafen hatte er noch keine Lust. Es war stickig und unheimlich. Popow schnarchte und stöhnte im Traum.

Kirpitschnikow holte aus der Truhe sein altes Tagebuch, ein selbstgefertigtes Heft, hervor und vertiefte sich darin:

»März. 20. 9 Uhr abends. Mutter und Kinder schlafen auf dem Fußboden auf alten Sachen. Nicht mal was zum Zudecken ist da. Bei der Mutter guckt ein mageres Bein hervor – sie tun mir leid, ich schäme und quäle mich. Sacharuschka ist elf Monate alt, die Brust bekommt er nicht mehr, wird nur noch mit eingeweichtem Weißbrot ernährt. Was ist dieses Leben doch schuftig! Vielleicht aber bin ich selbst schuftig, weil ich dem niederträchtigen Leben noch keinen Hieb verpaßt habe? Wieso erlaube ich ihm, Kinder und Mutter so zu quälen ... Man muß für die leben, die die Zukunft machen, die sich jetzt plagen unter der Last schwerer Gedanken, die selbst ganz Zukunft, Tempo und Vorwärtsstreben sind. Solche gibt es wenige, sie verlieren sich, solche gibt es vielleicht überhaupt nicht. Doch für sie lebe ich jetzt und künftighin – nicht aber für die, die in sich das Leben auslöschen durch ihre sinnliche Leidenschaft und ihre Seele auf Null halten.«

Kirpitschnikow ging hinaus, packte einen Balken und schleuderte ihn in die Schlucht wie einen Stock. Dann knirschte er mit den Zähnen, stöhnte auf, hieb die Axt in die Schwelle und lächelte. Vor dem Haus stand ein einziger Baum – eine Weide. Kirpitschnikow trat zu dem Baum, umarmte ihn, und beide wiegten sie sich im Nachtwind.

Als sie am Morgen Bratkartoffeln aßen, hörte Popow plötzlich auf zu essen und erhob sich, fröhlich, voller Hoffnung und wilder Freude.

»Ha, Erde! Sei mir nicht Haus – eile dahin als Himmelsschiff!«

In komischer Raserei schrie Popow diese unerwarteten Worte hinaus und verstummte bestürzt.

»Kirpitschnikow!« wandte er sich dann an diesen. »Sag: Bist du eine Laus, ein Bastard oder – ein Seefahrer? Antworte mir, du Spießer, sind wir auf einem Schiff oder in einer Hütte? Auf einem Schiff also – dann halte das Steuer mit bleiernem Griff, und weine nicht auf der Grasbank! Sei still, du Heimchen! Ich kenne Kurs und Standort nicht ... Hau rein und – ab auf deinen Posten!«

Kirpitschnikow schwieg. Popow war malariakrank, im Schlaf murmelte er ungereimtes Zeug, am Tage schlug grimmige Wut in ihm augenblicklich in Lachen um. Die Kopfarbeit sog aus ihm alles Blut heraus, sein ausgezehrter Körper hatte das Gleichgewicht verloren und schwankte im Wandel seiner Stimmungen. Kirpitschnikow wußte das und sorgte sich vage um ihn.

Die Einsamkeit, das Verlorensein in unzähligen Feldern und die Hingabe an ein Ziel hatten Popows seelische Ordnung noch mehr erschüttert, und es war schwer, mit ihm zu arbeiten. Zudem war in ihm eine beängstigende und unbezähmbare Sehnsucht nach seiner Mutter erwacht, obwohl diese vor fünfzehn Jahren gestorben war. Er lief im Zimmer umher, erinnerte sich an ihre Schuhe im Sarg, an den Geruch ihres Schoßes und ihrer Milch, an die Zärtlichkeit ihrer Augen und an das kindlich vertraute Heimatliche ihres Körpers. Kirpitschnikow ahnte, daß dies eine besondere Krankheit Popows war, doch tun konnte er nichts, und er schwieg.

So vergingen ein oder zwei Monate. Popow arbeitete immer weniger, am 25. Januar schließlich stand er früh überhaupt nicht auf und sagte lediglich: »Kirpitschnikow! Mach die Hütte sauber und troll dich – ich bin in Gedanken!«

Als Kirpitschnikow die häuslichen Dinge erledigt hatte, ging er hinaus.

Über der Steppe stäubte der Schnee – es stürmte.

Kirpitschnikow stieg in die Schlucht hinab und deckte die Luke über dem Schacht ab, in dem Popow bereits mit der Installierung der Geräte begonnen hatte. Der Schneesturm tobte und zerrte an dem Inventar vor der Hütte. Da Kirpitschnikow sonst nirgends hinkonnte, stieg er auf den engen vollgestopften Dachboden. Der Schnee heulte und fegte übers Dach, und plötzlich vernahm Kirpitschnikow eine leise, eigentümliche Musik, die er irgendwo vor sehr langer Zeit gehört hatte. Von der Musik wuchs ein abstraktes klagendes Gefühl qualvoll an bis zum Tod des Menschen. Und es war, als seien diese wachsende Wehmut und die Erinnerung der einzige Trost des Menschen. Kirpitschnikow legte sich hin, kraftlos von diesem neuen bangen Gefühl, das er noch nie gehabt hatte. Er vergaß die Kälte und schlief zitternd unversehens ein. Die Musik dauerte fort und ging in einen Traum über. Kirpitschnikow verspürte plötzlich eine kalte schwere langsame Welle, und in ihm begann sich das Bewußtsein zu regen, kämpfend und erwachend, ermüdend vor Entsetzen und eigener Enge.

Kirpitschnikow wachte schlagartig auf, als hätte ihm jemand ins Ohr geschrien oder die Erde wäre auf etwas geprallt und urplötzlich steckengeblieben. Kirpitschnikow sprang auf, stieß sich am Dach und stieg hinab in den Hof. Der Sturm rüttelte die Erde, und wenn er die Atmosphäre aufriß und den Horizont zeigte, wurden kahle schwarze Felder sichtbar. Der Schnee trieb in Schluchten und einsame Täler. Da bemerkte Kirpitschnikow, daß die Tür der Hütte offenstand und Schnee hineingeweht wurde. Als er ins Zimmer trat, bemerkte er einen Schneehügel, und mitten darauf, statt auf dem Bett, lag der tote Faddej Kirillowitsch Popow – den Bart hochgereckt, in seiner wohlbekannten Weste, die sich an den alten Körper schmiegte, auf der weißen Stirn traurige Weite. Der Schnee fegte ihn immer mehr zu, die Beine waren schon völlig verdeckt.

Kirpitschnikow faßte ihm ganz ruhig unter die Arme und zog ihn aufs Bett. Popows Unterlippe klappte herunter, und er wälzte sich von allein auf die Seite und neigte den Kopf, einen Punkt näher zum Erdmittelpunkt hin suchend. Kirpitschnikow schloß die Tür und scharrte den Schnee auf dem Fußboden auseinander. Er fand ein Fläschchen mit einem Rest rosa Gifts. Er goß ihn in den Schnee – der Schnee zischte auf, verflüchtigte sich als Gas, und das Gift fraß sich in den Fußboden hinein.

Auf dem Tisch, mit dem Tintenfaß beschwert, lag das unvollendete Manuskript: »Die Lösung ist einfach – eine elektromagnetische Bahn ...«

»Sind Sie Kommunist, Genosse Kirpitschnikow?« fragte der Vorsitzende des Bezirksexekutivkomitees.

»Kandidat.«

»Das macht keinen Unterschied. Können Sie uns erzählen, wie das passiert ist? Sie verstehen, das ist eine sehr schlimme Geschichte – nicht, weil Sie sich verantworten müßten, sondern deswegen, weil ein sehr wertvoller und seltener Mensch ums Leben gekommen ist. Etwas Schriftliches haben Sie nicht gefunden?«

»Nein.«

»Also erzählen Sie.«

Kirpitschnikow erzählte. Im Arbeitszimmer saßen außer dem Vorsitzenden noch der Sekretär des Parteikomitees und ein Beauftragter der GPU.

Kirpitschnikow hatte aufmerksame Zuhörer. Er erzählte alles, selbst über den Inhalt des unvollendeten Manuskripts, den Schneesturm, die weitgeöffnete Tür und die seltsam geneigte Kopfhaltung Popows, wie sie bei einem Lebenden nicht vorkommt. Und auch, daß sich Popow nicht sehr von einem Lebenden unterschieden habe, als sei der Tod für ihn etwas genauso Gewöhnliches gewesen wie das Leben.

Kirpitschnikow hatte seinen Bericht beendet.

»Eine bemerkenswerte Geschichte!« sagte der Sekretär des Parteikomitees. »Popow war ein eindeutiger Dekadenzler. Ein völlig verkommenes Subjekt. In ihm war natürlich ein Genius tätig, aber die Epoche, die Popow hervorbrachte, hat ihn zu einem frühen Tod verurteilt, und sein Genius konnte keine praktische Anwendung finden. Zerrüttete Nerven, dekadente Seele, metaphysische Philosophie – all das lebte im Widerspruch zu Popows wissenschaftlichem Genius, und nun dieses Ende.«

»Ja«, sagte der Vorsitzende des Exekutivkomitees. »Geradezu ein Anschauungsunterricht. Die Wissenschaft ist mächtig, ihre Träger aber sind Mißgeburten und Bastarde. Wahrhaftig, wir brauchen dringend frische, innerlich gefestigte Leute.«

»Bist du jetzt erst zu dieser Einsicht gelangt?« erkundigte sich der Beauftragte der GPU. »Ein komischer Kauz bist du, Bruderherz! Unsere Pflicht ist es meines Erachtens, jetzt das Untersuchungsergebnis zu Protokoll zu nehmen und anschließend Kirpitschnikow, sofern nichts gegen seine Darstellung spricht, als Bewacher von Popows wissenschaftlicher Station einzusetzen. Nun, ein bißchen Geld muß er dafür bekommen. Du«, wandte er sich an den Vorsitzenden, »nimmst das von eurem Budget! Dann muß das Forschungsinstitut, daß Popow hierherbeordert hat, benachrichtigt werden, daß es einen anderen Wissenschaftler mit der Weiterführung der Sache beauftragt. Alles muß intakt gehalten werden! Ich schicke jemanden hin, der eine Bestandsaufnahme macht. Da sind ja kostbare Geräte, Popows Manuskripte, etliches Inventar und Hausrat.«

»Richtig«, sagte der Vorsitzende. »Damit können wir abschließen. Ich bringe die ganze Angelegenheit vors Präsidium, und dann fixieren wir unseren Beschluß.«

Eine Woche darauf wurde die Untersuchung abgeschlossen, Popows Leiche nach Moskau abgeschickt und Kirpitschnikow als Bewacher von Popows wissenschaftlicher Station mit einem Monatsgehalt von fünfzehn Rubel eingesetzt.

Kirpitschnikow wurde eine Kopie der Inventarliste ausgehändigt, und er blieb allein.

Das zeitige wehmutsvolle Frühjahr brach an – eine Zeit winterlichen Beharrungsvermögens und beherzten Andringens der Sonne.

Popows Vertreter blieb aus. Kirpitschnikow las wieder und wieder in Popows Büchern und Manuskripten, untersuchte die von Popow eigenhändig gebauten Geräte – und vor ihm tat sich die gewaltige Welt des Wissens, der Macht und des Dürstens nach einem rastlosen harten Leben auf. Kirpitschnikow fand nach und nach Geschmack am Leben und erblickte dessen wilden Abgrund, wo die Befriedigung aller Wünsche verborgen ist und die Endpunkte aller Ziele enthalten sind.

Wie schön! dachte Kirpitschnikow. Warum mußte Popow bloß sterben; er hat es selbst aufgeschrieben und doch nicht begriffen.

Dabei braucht man es doch nur zu begreifen, um Freude am Leben zu finden.

Es war Sommer geworden. Alles blieb, wie es war. Der neue Wissenschaftler, der Popows Stelle einnehmen sollte, kam nicht. Kirpitschnikow begann, Popows Manuskripte ins reine zu schreiben; wozu er es tat, wußte er selbst nicht – aber so begriff er sie besser.

Im Juli trafen endlich zwei Moskauer Wissenschaftler ein und nahmen Popows gesamte Hinterlassenschaft mit: Manuskripte und Geräte.

Kirpitschnikow kehrte zu seiner Arbeit in der Ziegelei zurück, und alles ringsum verstummte für ihn. Aber das Wunder des menschlichen Kopfes, das sich ihm aufgetan, hatte ihn aus dem Lebensrhythmus gebracht. Er hatte erkannt, daß es etwas gab, mit dessen Hilfe es möglich wurde, sowohl den Weg der Gestirne als auch das eigene ruhelose Herz umzuwandeln – und allen Brot in den Mund, Glück ins Herz und Weisheit ins Gehirn zu geben. Und das ganze Leben erschien ihm als steinerner Widerstand gegen seinen höchsten Wunsch, doch er wußte, daß dieser Widerstand zum Feld seines Sieges werden konnte, wenn er sich den Wissensdurst als seine ureigenste Leidenschaft anerzog.

Kirpitschnikow ging zum Vorsitzenden des Exekutivkomitees und erklärte, er wolle lernen – man solle ihn auf die Arbeiterfakultät schicken.

»In Popows Fußstapfen möchte der Herr treten? Nun, das ist ein vernünftiger Weg – nur zu!« Und er gab ihm eine Bescheinigung, die er vorlegen sollte.

Eine Woche darauf ging Kirpitschnikow den Weg in die Gebietsstadt – hundertfünfzig Werst – zur Arbeiterfakultät.

Es war August. Die Felder hallten von der Arbeit der Akkerbauern, Viehherden zogen in Staubwolken über die Landstraße, eine wundersam junge Sonne lächelte der niedergekommenen zerquälten Erde zu.

Fische spielten in den Flüssen, ganz sacht wiegten sich die Bäume in gelblichem Grau, die Erde dehnte sich als hellblauer Raum in das Land und das Jahrhundert, wohin Kirpitschnikow ausschritt, wo ihn eine Zeit erwartete, prachtvoll wie ein Gesang.

Acht Jahre waren vergangen – eine Frist, die ausreicht für die völlige Umgestaltung der Welt, eine Frist, in der der Mensch neu geboren wird – ganz und gar, bis aufs Rückenmark.

Michail Jeremejewitsch Kirpitschnikow war jetzt Elektroingenieur, wissenschaftlicher Mitarbeiter am Lehrstuhl für Elektronenbiologie, der nach Popows Tod auf der Grundlage seiner Arbeiten eingerichtet worden war.

Kirpitschnikow war verheiratet und hatte Kinder – zwei Jungen.

Seine Frau, eine ehemalige Dorfschullehrerin, war eine ebensolche Verfechterin der unverzüglichen physikalischen Umwandlung der Welt wie ihr Mann. Die glückliche Überzeugung vom Sieg ihrer geliebten Wissenschaft in der Weltarena hatte ihnen geholfen, die mörderischen Jahre des Studiums, der Not, des Spotts der Spießer zu überstehen, und ihnen den Mut verliehen, zwei Kinder zur Welt zu bringen. Sie glaubten daran, daß eine Zeit bevorstand, in der es genausoviel Brot geben würde wie Luft. Kirpitschnikow spürte mit seinem Gehirn das Nahen dieser Epoche ohne Fesseln, in der die Hände des Menschen von der Arbeit und seine Seele von der Unterdrückung befreit würden und er die Welt neu gestalten konnte.

Hungrig und glücklich war diese Familie. Das Jahrhundert des Sozialismus und der Industrialisierung nahm seinen Lauf, mit einer ungeheuren Anspannung aller materiellen Kräfte der Gesellschaft, der Wohlstand aber wurde auf morgen verschoben.

Als Kirpitschnikow sich in die Wissenschaft eingearbeitet hatte, blieb er nicht am Lehrstuhl, sondern wandte sich des Trainings halber der praktischen Arbeit zu! Neben seinem Hochschulabschluß konnte er auf Jahre reger gesellschaftlicher Arbeit verweisen und war ein standhafter und aufrichtiger Kommunist. Als kluger und ehrlicher Mensch, aus einer Ziegelei hervorgegangen, wußte er, daß außerhalb des Sozialismus keine wissenschaftliche Arbeit und keine technische Revolution möglich ist. Zu seiner Zeit war das eine Selbstverständlichkeit, ebenso wie der Herzschlag beim lebenden Menschen eine Selbstverständlichkeit ist, ihm jedoch nicht bewußt.

Zehn Jahre waren vergangen seit Popows Tod. Das sagt sich leicht, noch leichter aber ist es, in diesen zehn Jahren zehnmal sein Leben zu verlieren. Versuchen Sie mal, diese zehn Jahre mit allem Kleinkram von Kampf, Aufbau, Verzweiflung und seltener Ruhe zu beschreiben. Es geht nicht – man wird alt darüber, stirbt und hat das Thema doch nicht erschöpft. Versuchen sie mal, in diesem wilden Menschheitswald frisch, weise und aufrecht zu bleiben. Es ist nicht zu schaffen. Deshalb hatte Kirpitschnikow, der ganze einunddreißig Jahre alt war, stark ergraute Schläfen und ein zerrunzeltes Gesicht.

Auf seine Bitte um eine praktische Bauarbeit wurde Kirpitschnikow in die Tundra an der Unteren Kolyma entsandt – als Leiter des Baus eines Vertikaltunnels. Ziel dieses Bauvorhabens war die Gewinnung von Wärmeenergie aus dem Erdinneren.

Seine Familie ließ Kirpitschnikow in Moskau und fuhr los. Der Vertikalwärmetunnel war eine Versuchsarbeit der Sowjetregierung von Jakutien. Vorausgesetzt, die Arbeiten endeten erfolgreich, war vorgesehen, den gesamten jenseits des Polarkreises gelegenen Teil des asiatischen Kontinents mit einem Netz derartiger Tunnel zu überziehen, danach deren Energie in einem einheitlichen Übertragungssystem zusammenzufassen und am Ende der Stromleitung Kultur, Industrie und Bevölkerung zum Eismeer hin zu entwickeln.

Doch der Hauptgrund für die Tunnelarbeiten war, daß in

den Ebenen der Tundra Reste unbekannter großartiger Länder und Kulturen gefunden worden waren. Der Grund und Untergrund der Tundra waren nicht kontinentalen, altgeologischen Ursprungs, sondern stellten Aufschüttungen dar. Und zwar hatten diese Aufschüttungen eine ganze Serie uralter menschlicher Kulturen mit einem Leichentuch zugedeckt. Da dieses Tuch über den Leichen geheimnisvoller Zivilisationen aus einer Schicht Dauerfrostboden bestand, lagen die darunter begrabenen Menschen und Bauten wie Konserven in der Dose – frisch und unversehrt.

Bereits das wenige, das die Wissenschaftler zufällig in den Reliefeinsenkungen der Tundra entdeckt hatten, war von unerhörtem Interesse und unvergänglichem Wert. Gefunden wurden die Leichen von vier Männern und zwei Frauen. Bei den Frauen waren die rosigen Wangen und der feine Duft leichter hygienischer Kleidung erhalten.

In der Tasche eines der Männer fand man ein Buch – klein, mit filigranhafter Schrift; der Inhalt war vermutlich eine Darstellung der Prinzipien der individuellen Unsterblichkeit unter dem Blickwinkel der exakten Wissenschaften; außerdem wurden in dem Buch Versuche zur Überwindung des Todes eines kleinen Tieres beschrieben, dessen Lebenszeit vier Tage betrug; der Lebensbereich dieses Tieres (Nahrung, Atmosphäre, Körper u. dgl.) wurde der ununterbrochenen Einwirkung eines ganzen Komplexes von elektromagnetischen Wellen ausgesetzt; mit jeweils einer Wellenart sollte eine bestimmte Gattung verderblicher Mikroben im Organismus des Tieres vernichtet werden; auf diese Weise, indem das Leben des Versuchstieres im elektromagnetischen Sterilisierungsfeld gehalten wurde, war es gelungen, seine Lebenszeit auf das Hundertfache zu verlängern.

Danach wurde eine pyramidenförmige Säule aus Naturstein gefunden. Ihre vollkommene Form erinnerte an die Arbeit einer Drehbank, die Säule war jedoch vierzig Meter hoch und an der Basis zehn Meter breit.

Die Leichen hatten dunkelhäutige Gesichter, rosige Lippen, eine niedrige, aber breite Stirn, sie waren kleingewachsen und hatten einen breiten Brustkasten, die Gesichter zeigten eine ruhige, friedliche, beinahe lächelnde Grimasse. Offensichtlich hatte der Tod sie entweder ganz plötzlich ereilt, oder er war, was mit noch größerer Wahrscheinlichkeit angenommen werden konnte, bei ihnen eine völlig andere Empfindung und ein anderes Ereignis gewesen als bei uns.

Diese Entdeckungen entflammten die wissenschaftlichen Leidenschaften in der ganzen Welt, und die öffentliche Meinung trieb die Kultivierungsarbeiten in der Tundra voran, zum Zwecke der vollständigen Restaurierung der alten Welt, die unter dem Boden des gefrorenen Raumes lag und womöglich bis auf den Grund des Eismeers hinabreichte.

Der Wissensdrang war zu einem neuen organischen Gefühl des Menschen geworden, ebenso ungeduldig, ausgeprägt und reich wie der Gesichtssinn oder die Liebe. Dieses Gefühl war mitunter stärker als unumstößliche Gesetze und das Streben nach materiellem Wohlstand der Gesellschaft.

Das war der eigentliche Grund für den Bau des ersten Vertikalwärmetunnels in der Tundra.

Ein ganzes System derartiger Tunnel sollte das Fundament der Kultur und Wirtschaft in der Tundra werden und danach der Schlüssel zum unterirdischen Tor – zur Welt eines unbekannten harmonischen Landes, dessen Entdeckung wertvoller war als die Erfindung der Dampfmaschine und die Entdeckung des Radium-Montblancs.

Die Wissenschaftler glaubten, daß der wissenschaftliche, kulturelle und industrielle Abschnitt, den wir in den nächsten hundert bis zweihundert Jahren zurückzulegen hätten, in fertiger Form im Schoße der Tundra enthalten sei. Es genüge, den gefrorenen Boden abzutragen, damit die Geschichte einen Sprung von einem oder zwei Jahrhunderten mache und dann in ihrem Tempo fortfahre. Doch welche Arbeits- und Zeitersparnis würden die praktisch geschenkten zwei Jahrhunderte bringen! Damit könne sich keine historisch gewordene Wohltat der Menschheit messen!

Dafür lohnte es sich, ein Loch von zwei Kilometern Tiefe in die Erde zu bohren.

Kirpitschnikow machte sich auf den Weg, seine Hände ballten sich vor Freude zu Fäusten, und er spürte das Ziel, das er erreichen mußte, als weltweiten Sieg und Verlobung einer uralten Ära mit der Gegenwart.

Keine leichte Sache war die berühmte Bohrung in der Tundra – der Mensch quält sich selbst, quält andere, irrt sich und verursacht fremde Irrtümer, er kommt um und wird neu geboren: weil er dennoch in Bewegung ist und die Wand der Geschichte und der Natur emporklimmt.

Der Tunnel wurde trotz allem gebaut. Hier das Dokument des Ingenieurs Kirpitschnikow.

ZENTRALRAT FÜR ARBEIT

Verwaltung für den Bau des Vertikalwärmetunnels
in der Tundra an der Unteren Kolyma, 67. Breitengrad

GESAMT- UND ABSCHLUSSBERICHT
FÜR DAS JAHR 1934

Der Vertikalwärmetunnel (Nr. 1) wurde am 2. Dezember dieses Jahres fertiggestellt. Der Tunnel ist, wie vorgegeben, für die Nutzung der im Schoße unseres Planeten befindlichen Wärme bestimmt; diese Wärme, in elektrischen Strom umgewandelt, soll ein 1100 km² großes Gebiet versorgen, das den Namen Tao-Lun trägt und besiedelt werden soll zwecks Durchführung von Arbeiten zur vollständigen Abtragung der Boden- und Unterbodendecke vom Tundramassiv.

Der Tunnel besitzt die Form eines mit seinem abgestumpften Ende ins Innere des Erdkörpers eingeführten Kegels. Sein Neigungswinkel zum Äquator beträgt 62°. Länge der Tunnelachse: 2080 Meter. Durchmesser der breiten Gründung an der Erdoberfläche: 42 Meter, des abgestumpften Endes im Erdinneren: 5 Meter. Erreichte Temperatur am Tunnelgrund: 184 °C (an der Stelle, wo die thermoelektrischen Batterien installiert sind).

Gemäß Projekt, bestätigt vom Rat für Arbeit, wurde der Tunnelbau am 1. Januar 1934 begonnen und am 2. Dezember selbigen Jahres abgeschlossen.

Die Tunnelausformung wurde nicht, wie im Projekt angegeben, durch Sprengungen erreicht, sondern mit elektromagnetischen Wellen, die entsprechend der mikrophysikalischen elektronischen Struktur des Erdinneren reguliert wurden. Länge und Frequenz der elektromagnetischen Wellen des Vibrators wurden so abgestimmt, daß sie exakt den natürlichen Schwingungen der Elektronen in den Atomen der Erdperipherie entsprachen; auf diese Weise, durch die Einwirkung einer zusätzlichen äußeren Kraft, verstärkten sich die Schwingungen, und es erfolgte die Sprengung der Atomhüllen, wodurch eine Umwandlung der Atomkerne, die Umwandlung in andere Elemente eintrat.

An der Erdoberfläche installierten wir mächtige Resonatoren mit großem Regelungsbereich; wir ermittelten experimentell die durchschnittliche Welle jeder vorkommenden Gesteinsart, die zerstört (genauer gesagt, zerstäubt, aufgeweicht) werden mußte – so zerkauten wir den Tunnelschacht in allen Querschnitten.

Dann fraßen wir mit fünf Tonnen schweren metallenen Schrapperkübeln, an Stahltrossen befestigt, den entstandenen Tunnelbrei heraus. Übrigens blieb nach der elektromagnetischen Bearbeitung nur wenig davon übrig: die meisten Bestandteile des Bodens und des Erdkörpers hatten sich in Gase verwandelt und verflüchtigt. Lehm, Wasser, Granit, Eisenerz – alles war gleichermaßen zu Staub und Gas geworden.

Insgesamt wurden 400 000 m³ feste Rückstände zutage gefördert, 640 000 m³ waren als Gas abgegangen.

Der entstandene kegelförmige Schlund (nicht ganz regelmäßig hat 7 Grundwassersohlen eröffnet, im fünften ist Meerwasser, im sechsten und siebenten geologisches komprimiertes Festlandswasser, stark gashaltig und mit ganz erheblicher Heilkraft.

Zum Abpumpen dieses Wassers wurden (durch Sprengungen, ein exaktes Profil war erforderlich) innerhalb des Tunnels 7 Rundterassen angelegt und Cameron-Pumpen mit Elektroantrieb installiert. Insgesamt förderten sie 120 000 m³/h Wasser. Die Beseitigung des Wassers – des Haupthindernisses für die Arbeiten – aus dem Tunnel gelang infolge des Gleichgewichts zwischen Filtern und Abpumpen des Wassers ziemlich vollständig.

Danach (im Monat August) begann die projektgerechte Ausformung des Tunnels. Auf Grund der hohen Temperatur wurden Menschen nur bis 1000 Meter hinabgelassen; in größerer Tiefe erfolgte die Arbeit an Stahltrossen; so wurden Pumpen installiert, Gräben und Wassersammelbecken auf den Terrassen ausgehoben und die Schürfkübel bei der Formung des Gefälles gesteuert. Grund und Schacht des Tunnels wurden durchgängig mit Terroisolyt in einer Stärke von 2 cm (an der Erdoberfläche) bis 1,25 m überzogen.

Nach Fertigstellung des Tunnels wurden die oberirdisch montierten thermoelektrischen Batterien zusammen mit den Leitungen an Trossen auf den Grund des Tunnels hinabgelassen und – Batterie über Batterie – in zwölf Etagen montiert.

Der einmonatige Kontrollbetrieb erbrachte den Nachweis, daß die Batterien in der Lage sind, kontinuierlich jeweils 172000 Megawattstunden pro Jahr abzugeben, mit anderen Worten, die Leistung einer Batterie beträgt 28000 PS.

Die Leitungsenden wurden auf der Erdoberfläche zu Anschlußstellen hingeführt, und der Strom wartet auf seinen Abnehmer.

Bislang wird die Energie in den Tundraboden abgeleitet – die Tundra taut; sie taut zum erstenmal, seit sie die seltsame und wunderbare Welt zugedeckt und für uns erhalten hat, um derenwillen entsprechend der Anordnung des Zentralrates für Arbeit die innere Wärme des Erdballs erschlossen wurde.

Chefing. des Vertikalwärmetunnels
Wl. Krochow

Leiter der Arbeiten
Ingenieur M. Kirpitschnikow

Nr. 2/A, 4. November 1934

Zu seiner Familie kehrte Kirpitschnikow erst im April zurück, nachdem er achtzehn Monate abwesend gewesen war.

Er fühlte sich übermüdet und wollte mit seiner Frau und den Jungen irgendwohin aufs Land fahren.

Es gibt Menschen, die unbewußt im Einklang mit der Natur leben; wenn die Natur eine Anstrengung unternimmt, dann bemühen sich solche Leute, ihr durch innere Anspannung und Teilnahme behilflich zu sein.

Vielleicht ist das ein Rest von Zusammengehörigkeitsgefühl aus einer Zeit, da Natur und Mensch ein ganzheitlicher Körper waren und in Eintracht lebten.

So war es bei Kirpitschnikow. Wenn die Frühlingszeit anbrach, der Schnee taute und in den Gesang der Bäche die südlichen Vögel am Himmel einstimmten, dann war Kirpitschnikow zufrieden. Kehrten jedoch unerwartet Schnee, Frost und der finstere schweigsame Winterhimmel zurück, so fühlte sich Kirpitschnikow wehmütig und beklommen.

Am achtundzwanzigsten April fuhren die Kirpitschnikows nach Woloschino, einem abgelegenen Dorf im Gouvernement Woronesh, wo Maria Kirpitschnikowa, Michails Frau, seinerzeit Lehrerin gewesen war.

Maria verbanden mit diesem Dorf Erinnerungen aus ihrer Mädchenzeit, einsame Jahre, liebliche Tage der reifenden Seele, erstes Ringen um die Idee ihres Lebens. Dort, eingerahmt von den kargen Woloschinoer Feldern, lag die seelische Heimat Maria Kirpitschnikowas.

Michail Kirpitschnikow zog die Liebe zu seiner Frau und ihrer stillen Vergangenheit nach Woloschino, außerdem lebte bei Woloschino, im Nachbardorf Kotschubarowo, der Agroingenieur Isaak Matissen, ein Bekannter von ihm. Seinerzeit, in den Jahren des Studiums, hatte sich Kirpitschnikow des öfteren mit ihm getroffen, und sie sprachen über beide bewegende technische Themen. Matissen hatte im zweiten Studienjahr das Elektrotechnische Institut verlassen und war an die Landwirtschaftsakademie gegangen. Kirpitschnikow interessierte Matissens Theorie der maschinenlosen Technik – einer Technik, bei der der Mensch selbst das universelle Instrument war. Matissen, ein Mann mit Ehrgefühl und unbezwingbarem Charakter, hatte die

Verwirklichung seiner Idee zu seinem Lebensziel gemacht.

Jetzt war er Leiter der Versuchsstation für Melioration in Kotschubarowo. Kirpitschnikow hatte ihn sechs Jahre lang nicht gesehen – was er erreicht hatte, wußte er nicht, doch daß Matissen versucht hatte, alles zu erreichen, davon war er überzeugt.

Bei der Abreise nach Woloschino freute sich Kirpitschnikow auf das Wiedersehen mit Matissen.

Von jenem Michail Kirpitschnikow, der einst in Grobowsk* gelebt, in einer Ziegelei gearbeitet, nach der Wahrheit gesucht und geträumt hatte, war nur wenig geblieben. Die Träume waren zu Theorien geworden, die Theorien zu Willen, und nun wurden sie schrittweise verwirklicht. Die Wahrheit hatte zu keiner seelischen Ruhe geführt, sondern zur praktischen Eroberung der Welt.

Eines jedoch ließ Kirpitschnikow keine Ruhe und veranlaßte ihn, ständig und überall auf der Suche zu sein – in Büchern, unter Menschen und fremden wissenschaftlichen Arbeiten. Es war das Verlangen, das Werk des ums Leben gekommenen Popow über die künstliche Vermehrung der Mikrobenelektronen zu vollenden und Popows Ätherstrom technisch auszuführen, um so der Mikrobe Äthernahrung einzuflößen und in ihr ein rasendes Lebenstempo auszulösen.

»Die Lösung ist einfach – eine elektromagnetische Bahn ...«, murmelte Kirpitschnikow hin und wieder die letzten Worte aus Popows unvollendeter Arbeit vor sich hin und suchte vergeblich nach der Erscheinung oder dem fremden Gedanken, die ihn zur Enträtselung des »Ätherstroms« zu bringen vermochten. Kirpitschnikow wußte, daß er den Menschen diesen Ätherstrom geben konnte: Jeder beliebige Körper der Natur ließ sich mit Äther auf beliebige Größe züchten. Nahm man zum Beispiel ein Stückchen Eisen von einem Kubikzentimeter und leitete den Ätherstrom zu ihm hin, dann würde dieses Stückchen Eisen zusehends anwachsen und groß werden wie der Berg Ararat, denn im Eisen würden sich die Elektronen vermehren.

Trotz allem Eifer und aller Hingabe für diesen einen ver-

---
* vorn vom Autor als Rshawsk erwähnt

fluchten Gedanken wollte es Kirpitschnikow nun schon jahrelang nicht gelingen, eine Lösung für den Ätherstrom zu finden. Während er in der Tundra beim Wärmetunnel arbeitete, dachte er die ganze lange, ruhelose, besorgniserregende Polarnacht über ein und dasselbe nach. Ihn irritierte noch ein Rätsel, das in Popows Arbeiten ungelöst geblieben war: Was stellte der positiv geladene Atomkern dar, der Materie enthielt?

Wenn die reinen negativen Elektronen Mikroben und lebende Körper waren, was stellte dann der materielle Atomkern dar, der zudem positiv geladen war?

Niemand wußte es. Es gab vage Hinweise und Hunderte von Hypothesen in wissenschaftlichen Arbeiten, aber nichts davon befriedigte Kirpitschnikow. Er suchte nach einer praktischen Lösung, nach der objektiven Wahrheit und nicht nach subjektiver Befriedigung durch die erstbeste Vermutung, die vielleicht an sich glänzend war, aber nicht der Beschaffenheit der Natur entsprach.

Nach Woloschino fuhr Kirpitschnikow mit dem eigenen Auto, das zu seiner Zeit zu einem Gebrauchsgegenstand jedes Menschen geworden war. Obgleich zwischen Moskau und Woloschino eine Strecke von neunhundert Kilometern lag, hatte Kirpitschnikow beschlossen, mit dem Auto statt in einem Zugabteil zu fahren. Ihn wie seine Frau lockten der wenig bekannte Weg, die Übernachtungen in kleinen Siedlungen, die schlichte Natur der flachen nördlichen Gegend, der sanfte Gegenwind – die gesamte Herrlichkeit der lebendigen Welt und das allmähliche Versinken in Unbekanntheit und nachdenklicher Einsamkeit.

Sie fuhren los. Ihr Algonda-09 lief lautlos: Mit dem Benzinmotor war es seit fünf Jahren vorbei, der Kristallakkumulator des Leningrader Akademiemitglieds Joffe hatte ihn aus dem Feld geschlagen. Der Wagen wurde mit Akkumulatoren betrieben, leise rauschten die Reifen auf der Asbestzementchaussee. Der Algonda hatte einen Energievorrat, der für zehntausend Kilometer Fahrt reichte, bei einem Akkumulatorengewicht von zehn Kilogramm.

Vor den Reisenden breitete sich die wundervolle Natur des Universums, dessen Tiefe im Laufe Dutzender von

Jahrhunderten kluge Köpfe aller Länder und Kulturen auf dem Wege der gedanklichen Betrachtung zu erkennen bestrebt waren. Buddha, die Verfasser der Weden, Dutzende von Ägyptern und Arabern, Sokrates, Plato, Aristoteles, Spinoza, Kant, schließlich auch Bergson und Spengler – alle hatten sie sich gemüht, das Wesen des Universums zu erraten. Die Wahrheit läßt sich jedoch nicht enträtseln, zu ihr kann man sich vorarbeiten: Wenn die ganze Welt durch die Finger des arbeitenden Menschen hindurchgeflossen ist und sich dabei in einen nützlichen Körper verwandelt hat, dann darf man von der vollständigen Erringung der Wahrheit sprechen. Das war die Philosophie der Revolution, die sich vor achtzehn Jahren ereignet hatte und noch nicht ganz abgeschlossen war.

Verstehen, daß heißt erfühlen, abtasten und umwandeln – an diese Philosophie der Revolution glaubte Kirpitschnikow aus vollem Herzen, sie speiste seine Seele und machte seinen Willen zu einem kampffähigen Instrument.

Kirpitschnikow steuerte seinen Algonda, lächelte und beobachtete. Die Welt war nicht mehr so, wie er sie in seiner Kindheit gesehen hatte – im abgeschiedenen Grobowsk. Die Felder brummten von Maschinen; auf den ersten zweihundert Kilometer begegneten ihm sechs von mächtigen Zentralen ausgehende Hochspannungsleitungen. Das Dorf hatte sein Antlitz grundlegend verändert – statt mit Stroh, Flechtwerk, Mist, krummen und dünnen Balken wurde mit Dachpfannen, Blech, Ziegeln, Teerpappe, Terresit, Zement gebaut, schließlich auch mit Holz, doch das wurde mit einem speziellen Mittel getränkt, um es feuersicher zu machen. Die Leute waren jetzt merklich dicker und gütiger. Die Geschichte war zur praktischen Anwendung des dialektischen Materialismus geworden. Die künstliche Bewässerung hatte sich bis zum Moskauer Breitengrad ausgedehnt. Beregnungsmaschinen waren genausooft anzutreffen wie Pflüge. Nördlich von Moskau verschwanden die Beregner, und Entwässerungsanlagen tauchten auf. Sowohl die Beregner als auch die Entwässerer erinnerten äußerlich an Traktoren.

Kirpitschnikows Frau zeigte den Kindern diese lebendige ökonomische Geographie des sozialistischen Landes, und auch Kirpitschnikow hörte ihr gern zu. Das schwere persönliche Leben hatte in ihm diese schlichte Freude, zu sehen, zu staunen und Behagen zu verspüren durch die Befriedigung des Wissensdurstes, irgendwie ausgelöscht.

Erst am fünften Tag trafen sie in Woloschino ein.

Zu dem Haus, in dem sich die Kirpitschnikows einquartierten, gehörte ein Kirschgarten, der bereits Knospen angesetzt, sein weißes, unbeschreiblich rührendes Gewand aber noch nicht angelegt hatte.

Es war warm. Die Tage strahlten so friedlich und glücklich, als seien sie der Morgen einer tausendjährigen Glückseligkeit der Menschheit.

Am folgenden Tag fuhr Kirpitschnikow zu Matissen.

Isaak war nicht im geringsten verwundert, ihn zu sehen.

»Tagtäglich beobachte ich weitaus neuere und originellere Erscheinungen«, erklärte Matissen Kirpitschnikow, als ihm dessen Befremden über die gleichgültige Aufnahme klar wurde.

Nach einer Stunde taute Matissen etwas auf: »Bist verheiratet, zum Teufel! Hast dich an Sentimentalität gewöhnt. Für mich dagegen, Bruderherz, für mich ist die Arbeit eine verläßlichere Nachkommenschaft als Kinder!« Und Matissen lachte auf, aber er lachte so schrecklich, daß Falten über seinen kahlen Schädel liefen. Es war offensichtlich, daß sein Lachen so häufig war wie die Sonnenfinsternis.

»Nun erzähl und zeig schon, womit du lebst, was du machst, wen du liebst!« bat Kirpitschnikow lächelnd.

»Aha, du bist neugierig! Das billige und begrüße ich! Aber hör zu, ich zeige dir nur meine Hauptarbeit, weil ich sie für abgeschlossen halte. Über das andere rede ich nicht, und du brauchst mich auch nicht danach zu fragen!«

»Hör mal, Isaak!« sagte Kirpitschnikow, »mich interessiert deine Arbeit an der maschinenlosen Technik. Du erinnerst dich doch noch? Oder hast du dieses Problem inzwischen aufgegeben und vergessen?«

Matissen kniff die Augen zusammen, er hatte große Lust, einen Witz zu reißen und seinen Freund zu verblüffen, doch hatte er all diese Dinge vergessen, er holte tief Luft, legte sein an Unbeweglichkeit gewöhntes Gesicht in Falten und erwiderte lediglich:

»Gerade das will ich dir ja zeigen, Kollege Kirpitschnikow!«

Sie durchquerten Plantagen, stiegen in das enge Tal eines kleinen Flusses hinab und blieben stehen. Matissen richtete sich auf, hob das Gesicht zum Horizont, als überschaue er ein nach Millionen zählendes Auditorium am Hang des Hügels, und erklärte Kirpitschnikow:

»Ich will mich kurz fassen aber du wirst schon verstehen; du bist Elektriker, und das berührt dein Fachgebiet! Aber unterbrich mich nicht. Wir haben es beide eilig, du willst zu deiner Frau (Matissen wiederholte sein Lachen – seine Glatze kräuselte sich, und die Kiefer klappten auseinander, ansonsten blieb sein Gesicht unbewegt) und ich zu meinem Boden.«

Kirpitschnikow reagierte nicht darauf und fragte:

»Matissen, wo sind denn die Geräte? Ich möchte ja keine Vorlesung hören, sondern mir deine Experimente ansehen!«

»Beides sollst du haben, Kirpitschnikow, beides! Die Geräte sind sämtlich vor dir. Wenn du sie nicht siehst, dann wirst du auch nichts hören und verstehen!«

»Ich höre zu, Matissen!« drängte ihn Kirpitschnikow!

»So, du hörst zu! Dann will ich reden.« Matissen hob einen kleinen Stein auf, warf ihn mit aller Kraft über das Flüßchen und sagte:

»Selbst mit bloßem Auge ist zu erkennen, daß jeder Körper elektromagnetische Energie ausstrahlt, wenn dieser Körper einer Erschütterung oder Veränderung ausgesetzt wird. Habe ich recht? Und jeder Veränderung – exakt, einmalig, individuell – entspricht die Austrahlung eines ganzen Komplexes elektromagnetischer Wellen bestimmter Länge und bestimmter Perioden. Kurzum, die Strahlung, die Radiation, wenn du so willst, hängt vom Grad der Veränderung, der Umformung des Versuchskörpers ab. Weiter. Der Gedanke als Prozeß, der das Gehirn umgestaltet, bringt das Gehirn dazu, elektromagnetische Wellen in den Raum auszustrahlen.

Doch es kommt darauf an, was der Mensch konkret gedacht hat, denn davon hängt ab, wie und in welchem Maße sich die Struktur des Gehirns verändert. Von der Veränderung der Struktur oder der Beschaffenheit des Gehirns wiederum hängen die Wellen ab: was es für Wellen sind. Das denkende, zerfallende Gehirn bringt elektromagnetische Wellen hervor, und das geschieht jedesmal anders, je nachdem, was für ein Gedanke das Gehirn umgeformt hat. Alles klar Kirpitschnikow?«

»Ja«, bestätigte Kirpitschnikow. »Weiter«!

Matissen setzte sich ins Gras, rieb sich die müden Augen und fuhr fort:

»Durch Experimente habe ich herausgefunden, daß jeder Wellenart ein ganz bestimmter Gedanke entspricht. Ich verallgemeinere und schematisiere jetzt natürlich etwas, damit du es besser begreifst. In Wirklichkeit ist alles weitaus komplizierter. Also, ich habe einen universellen Empfänger gebaut – einen Resonator, der Wellen aller Längen und Perioden auffängt und fixiert. Ich muß dazusagen, daß jeder Gedanke, und sei er noch so unbedeutend und kurz, ein kompliziertes Wellensystem hervorbringt. Solchen Gedanken wie zum Beispiel ›Teufelswerk‹ – erinnerst du dich an diesen vorrevolutionären Terminus – entspricht jedoch ein bereits bekanntes, experimentell gesichertes Wellensystem. Bei einem anderen Menschen wird der Unterschied nur geringfügig sein.

Den Resonator habe ich mit einem System von Relais und Arbeitsgeräten zusammengeschlossen, die zwar technisch kompliziert, aber einfach und einheitlich in der Idee sind. Dieses System muß noch weiter entwickelt und durchdacht werden. Danach kann es über die ganze Erde verbreitet werden zur allgemeinen Verwendung. Bisher arbeite ich auf einem unwichtigen Gebiet und nur für einen bestimmten Zyklus von Gedanken.

Und jetzt gib gut acht! Siehst du, drüben auf dem anderen Ufer habe ich Kohl gepflanzt. Siehst du, er ist in der Dürre vertrocknet. Und nun paß auf: Ich denke ganz präzise und spreche es auch aus, obgleich letzteres nicht unbedingt notwendig ist: bewässern! Schau rüber, Mann!«

Kirpitschnikow starrte zum anderen Ufer hinüber und bemerkte erst jetzt eine von Gesträuch halb verdeckte Bewässerungsanlage und irgendein kompaktes Gerät. Wahrscheinlich der Resonator, erriet er.

Auf Matissens Wort »bewässern« hin setzte sich die Pumpanlage in Gang, die Pumpe begann aus dem Flüßchen Wasser anzusaugen, und überall auf dem Kohlschlag schossen aus den Beregnungsdüsen kleine Fontänen, die feinste Tröpfchen versprühten. In den Fontänen spielte das Sonnenlicht in allen Regenbogenfarben, und der gesamte Schlag raunte und belebte sich: die Pumpe surrte, das Wasser zischte, der Boden trank, und die jungen Pflänzchen erholten sich.

Matissen und Kirpitschnikow standen schweigend zwanzig Meter von dieser eigenartigen selbständigen Welt entfernt und beobachteten, was dort geschah.

Matissen sah Kirpitschnikow ironisch an und sagte: »Siehst du, was aus dem Gedanken eines Menschen geworden ist? Ein Schlag des vernunftbegabten Willens! Stimmt's?«

Und Matissen lächelte wehmütig mit seinem erstarrten Gesicht.

Kirpitschnikow verspürte einen heißen, brennenden Strahl in Herz und Hirn – genauso einer hatte ihn in dem Moment getroffen, als er zum erstenmal seine künftige Frau sah. Außerdem empfand Kirpitschnikow heimliche Scham und leise Befangenheit – Gefühle, wie sie sich bei jedem Mörder einstellen, selbst dann, wenn die Mordtat im Interesse der ganzen Welt vollbracht wurde. Vor Kirpitschnikows Augen vergewaltigte Matissen offenkundig die Natur. Und das Verbrechen bestand darin, daß weder Matissen noch die gesamte Menschheit schon größere Kostbarkeiten darstellten als die Natur. Im Gegenteil, die Natur war immer noch tiefgründiger, größer, weiser und vielfarbiger als alle Erdenkinder.

Matissen erklärte ihm: »Das Ganze ist sehr einfach! Der Mensch, das heißt ich, befindet sich im gegebenen Fall in der Sphäre der vollziehenden Maschinen, und sein Gedanke – zum Beispiel ›bewässern‹ – deckt sich mit deren Möglichkeiten: so sind sie konstruiert. Der Gedanke – ›bewässern‹ – wird vom Resonator aufgenommen. Diesem Gedanken entspricht ein streng determiniertes Wellensystem. Ausschließlich durch Wellen einer bestimmten Länge und bestimmter Perioden, die dem Gedanken ›bewässern‹ äquivalent sind, werden die Relais eingeschaltet, die in den Maschinen das Bewässern steuern. Das heißt, dort wird der Stromkreis geschlossen, und die von einem Elektromotor angetriebene Pumpe setzt sich in Gang. Deshalb blitzt, einen Moment nachdem der Mensch ›bewässern‹ gedacht hat, unter dem Kohl bereits Wasser auf.

Diese höchste Technik hat die Aufgabe, den Menschen von Muskelarbeit zu befreien. Es wird ein entsprechender Gedanke ausreichen, damit ein Stern seine Bahn ändert ... Aber ich will dahin gelangen, ohne vollziehende Maschinen und ohne alle Mittler auszukommen und direkt und unmittelbar auf die Natur einzuwirken – allein durch Gehirnperturbation. Ich bin überzeugt vom Erfolg der maschinenlosen Technik. Ich weiß, daß der Kontakt zwischen Mensch und Natur – der Gedanke – genügt, um den gesamten Stoff der Welt zu regieren! Kapiert? Ich will es dir erklären. Sieh mal, in jedem Körper ist eine Stelle, so ein Herzstück – wenn man die antippt, gehört einem der ganze Körper: man kann damit machen, was man will! Und wann man den Körper in der richtigen Weise und an der richtigen Stelle reizt, dann wird er von allein tun, was man von ihm verlangt! Ich meine, daß die elektromagnetische Kraft, die das Gehirn des Menschen bei jedem Denkvorgang aussendet, völlig ausreicht, um der Natur so zuzusetzen, daß wir sie ganz und gar in unsere Hand bekommen!«

Kirpitschnikow drückte Matissen zum Abschied die Hand, dann umarmte er ihn und sagte voller Wärme und Aufrichtigkeit: »Danke, Isaak! Danke, Freund! Weißt du, es gibt nur noch ein Problem, das dem deinigen gleichkommt! Aber das ist noch ungelöst, während deines fast bewältigt ist ... Leb wohl! Nochmals vielen Dank! Alle müßten so arbeiten wie du – mit sprühendem Geist und kühlem Herzen! Auf Wiedersehen!«

»Leb wohl!« erwiderte Matissen und watete, ohne die Schuhe auszuziehen, durch sein seichtes Flüßchen hinüber ans andere Ufer.

Während Kirpitschnikow sich in Woloschino erholte, wühlte eine Sensation die Welt auf. In der Tundra an den Bolschyje Osjora hatte die Expedition von Professor Gomonow zwei Leichen ausgegraben: Ein Mann und eine Frau lagen umschlungen auf einem erhalten gebliebenen Teppich. Der Teppich war hellblau, ohne Muster, bedeckt mit dem dünnen Fell eines unbekannten Tiers. Die Menschen lagen da in feste dunkle Stoffe gekleidet, die mit zierlichen länglichen, in zweiblättrige Blüten auslaufenden Pflanzenornamenten geschmückt waren. Der Mann war alt, die Frau jung gewesen. Wahrscheinlich Vater und Tochter. Gesicht und Körper hatten den gleichen Zuschnitt wie bei den Menschen, die in der Tundra an der Unteren Kolyma gefunden worden waren. Der gleich ruhige Gesichtsausdruck: eine Andeutung von Lächeln, von Bedauern, von Nachdenklichkeit, als habe ein Krieger eine bislang uneinnehmbare Marmorstadt erobert, sei jedoch inmitten der Statuen, Gebäude und unbekannten Bauwerke umgesunken und gestorben – müde und verwundert.

Der Mann hielt die Frau fest an sich gedrückt, als wolle er ihre Ruhe und Keuschheit für den Tod bewahren. Unter dem Teppich, auf dem diese toten Bewohner der alten Tundra lagen, waren zwei Bücher gefunden worden – das eine wies die gleiche Schrift auf wie das in der Tundra an der Unteren Kolyma, das zweite trug andere Schriftzeichen. Es waren keine Buchstaben, sondern eine Art Symbolik, jedem Symbol aber entsprach jeweils ein Begriff. Die Zahl der Symbole war außerordentlich groß, deshalb mußten volle fünf Monate auf ihre Entschlüsselung verwandt werden. Danach wurde das Buch übersetzt und unter Kontrolle der Akademie der Philologischen Wissenschaften herausgegeben. Ein Teil des Textes blieb unentschlüsselt: Eine chemische Substanz, die wahrscheinlich im Teppich enthalten war, hatte die kostbaren Seiten unwiederbringlich verdorben, sie waren schwarz geworden, und keinerlei Reaktion konnte die Symbole darauf lesbar machen.

Der Inhalt des gefundenen Werkes war abstrakt-philosophisch, zum Teil auch historisch-soziologisch. Dennoch war das Buch, sowohl des Themas als auch des glänzenden Stils wegen, von so hohem Interesse, daß es innerhalb von zwei Monaten in elf unmittelbar aufeinanderfolgenden Auflagen erschien.

Kirpitschnikow bestellte das Buch. Überall und allenthalben suchte er eins – Hilfe für die Enträtselung des Ätherstroms.

Auf dem Rückweg von seinem Besuch bei Matissen hatte sich etwas in seinem Kopf festgehakt, Freude hatte ihn ergriffen, doch dann war wieder alles zerronnen, und Kirpitschnikow hatte erkannt, daß Matissens Arbeiten mit seinem quälenden Problem nur entfernt verwandt waren.

Als er das Buch erhielt, vertiefte er sich darin, von dem einen Gedanken besessen, und suchte zwischen den Zeilen nach einer vagen Andeutung, die ihm für seinen Traum eine Lösung bringen könnte. So absurd und irrsinnig es auch war, für die Entdeckung des Ätherstroms von der Kultur der Bolschyje Osjora Unterstützung zu erhoffen, las Kirpitschnikow mit angehaltenem Atem das Werk des toten Philosophen.

Der Name des Verfassers war nicht angegeben, der Titel des Werkes lautete »Die Lieder der Ajuna«. Die Lektüre löste bei Kirpitschnikow keinerlei Verwunderung aus – etwas Herausragendes enthielt das Buch nicht.

»Wie langweilig!« sagte Kirpitschnikow. »Auch in der Tundra hat man nichts Gescheites gedacht! Immer nur Liebe, Schöpfertum, Seele – wo aber bleiben Brot und Eisen?«

Kirpitschnikow verfiel in heftige Schwermut, denn er war ein Mensch, und der Mensch ist nun einmal hin und wieder schwermütig. Er war nun schon fünfunddreißig. Die Geräte, die er gebaut hatte zur Schaffung des Ätherstroms, schwiegen und unterstrichen seine Irrung. Popows Satz

»Die Lösung ist einfach – eine elektromagnetische Bahn ...« versuchte er experimentell auf jede nur mögliche Weise zu interpretieren, doch das Ergebnis war nichts als Hokuspokus, die Ätherspeiseleitung zu den Elektronen aber kam und kam nicht zustande.

»Genug damit!« sagte sich Kirpitschnikow, rasend vor Wut.

»Ich muß mir wohl etwas anderes vornehmen!« Er lauschte auf das Atmen von Frau und Kindern – es war Nacht, und alles schlief –, steckte sich eine Zigarette an, lauschte auf den Lärm der Twerskaja-Straße hinter dem Fenster und zog den Schlußstrich. »Dann mußt du eben in die Welt hinausziehen, du faulst auf dem Halm, Ingenieur Kirpitschnikow! Die Familie? Bah – die Frau ist hübsch, ein neuer Mann kommt von ganz allein angelaufen, die Kinder sind gesund, das Land ist reich – es wird sie schon ernähren und großziehen! Das ist der einzige Ausweg, sonst bleibt nur der Tod auf einem Schneehaufen an der aufgerissenen Tür: der Ausweg von Faddej Kirillowitsch! Ja, ja, Kirpitschnikow, so steht es!«

Kirpitschnikow seufzte mit ungewöhnlicher Sentimentalität, doch aufrichtig und gequält.

»Was habe ich denn schon geschafft?« setzte er flüsternd sein nächtliches Selbstgespräch fort. »Nichts. Den Tunnel? Eine Lappalie – den hätten sie auch ohne mich gemacht. Krochow war begabter als ich. Matissen – ja, der kann wirklich was! Mit einem Gedanken setzt er Maschinen in Gang! Ich aber ... ich habe das Leben umarmt, drücke, liebkose es, aber es zu befruchten, das bringe ich nicht zuwege. Wie einer, der geheiratet hat, aber nur scheinbar ein Mann ist, einer, der seine Frau hinters Licht geführt hat ...«

Kirpitschnikow besann sich:

»Sie philosophieren, mein Herr? In Verzweiflung sind Sie geraten? Stop! Bruderherz, ich bin mit den Nerven runter, eine simple physiologische Mechanik, die subjektiv kein Leiden kennt ... Wozu also leidest du?«

Unerwartet und zur Unzeit schrillte das Telefon:

»Hier ist Krochow. Sei gegrüßt, Kirpitschnikow!«

»Grüß dich, was willst du mir sagen?«

»Ich habe eine neue Stelle übernommen, Bruderherz. Ich fahre auf die Atlantic Vessels Shipyard, dort soll das erste Kompressorwellenschiff gebaut werden. Du kennst doch diese neue Konstruktion: Das Schiff wird durch die Kraft der Ozeanwellen angetrieben! Ein Projekt des Ingenieurs Fluevilleberg.«

»Ja, habe davon gehört, aber was geht mich das an?«

»Was knurrst du denn? Bestimmt hast du Sodbrennen! Komischer Kauz du. Ich fahre als Chefingenieur der Werft, und dich mach ich zu meinem Stellvertreter! Ich bin doch gelernter Schiffbauer – irgendwie kommen wir schon klar, Fluevilleberg macht auch mit! Na, was ist, fahren wir?«

»Nein, ich fahre nicht«, antwortete Kirpitschnikow.

»Warum nicht?« fragte Krochow verständnislos. »Wo arbeitest du?«

»Nirgendwo.«

»Na, überleg dir's, Junge! Wenn das Sodbrennen vorbei ist, wirst du's bedauern! Ich gebe dir eine Woche Bedenkzeit.«

»Brauchst du nicht, ich komme nicht mit!«

»Na, wie du willst!«

»Leb wohl.«

»Gute Nacht.«

Kirpitschnikow ging ins Schlafzimmer. Schweigend blieb er an der Tür stehen, dann zog er seinen alten Mantel über, setzte den Hut auf, griff nach dem Beutel und verließ das Haus für immer. Er bedauerte nichts und gehorchte seiner dumpfen Unruhe. Eines wußte er: Die Schaffung des Ätherstroms würde ihm helfen, auf experimentellem Wege den Äther als generellen Weltkörper zu entdecken, der alles aus sich hervorbringt und alles in sich aufnimmt. Dann würde er technisch, das heißt auf die einzig wahre Weise, das ganze Universum erforschen und erobern und sich selbst und den Menschen einen heißen Leitsinn für ihr Leben geben. Das war ein altes Anliegen, aber alte Wunden bereiten Qualen. Nur Bastarde von Menschen schreien: Es gibt keinen Lebenssin, kann keinen geben – ernähre dich, arbeite und schweig. Wenn nun aber das Gehirn schon groß geworden ist und ebenso leidenschaftlich nach Nahrung verlangt wie der Körper? Was dann? Dann sitzt du da und mußt selbst weitersehen, die Leute können dir dabei nur wenig helfen.

Genau so ist es! Zeigen Sie mir einen Menschen, der lebt, ohne zu essen! Kirpitschnikow aber war in eine Epoche eingetreten, da das Gehirn unverzüglich nach Nahrung verlangte, und das war ein ebensolches heißes, schreiendes Verlangen geworden wie der Hunger des Magens, wie die Leidenschaft des Geschlechts!

Vielleicht brachte der Mensch, unmerklich für sich selbst, aus seinem tiefsten Inneren ein neues großartiges Wesen hervor, dessen beherrschendes Gefühl das intellektuelle Bewußtsein war und sonst nichts! Sicherlich war es so. Und der erste Märtyrer und Vertreter dieses Wesens war Kirpitschnikow!

Kirpitschnikow ging zu Fuß zum Bahnhof, setzte sich in den Zug und fuhr in seine vergessene, von Vergessensein zugewucherte Heimat – nach Grobowsk. Zwölf Jahre war er nicht mehr dort gewesen. Ein klares Ziel hatte Kirpitschnikow nicht. Ihn trieben die Sehnsucht seines Gehirns und die Suche nach dem Reflex, der sein Denken auf die Entdeckung des Ätherstroms bringen konnte. Er hegte die sinnlose Hoffnung, den unbekannten Reflex in der öden provinziellen Welt zu finden.

Sobald Kirpitschnikow in dem Zugwagen saß, fühlte er sich nicht als Ingenieur, sondern als junger Bauernbursche aus einem abgeschiedenen Weiler und unterhielt sich mit den Mitreisenden in lebendiger Dörflersprache.

Das schluchtenreiche russische Feld an einem Oktobermorgen um sechs Uhr früh – das ist für den, der die uralte Apokalypse gelesen hat, eine apokalyptische Erscheinung. Die feuchte Luft ballt sich zu verschwommenen Bergen, in den Tälern raunt zaghaftes Naß, zehn Saschen weit bewegen sich Nebelwände, und den Sinn des Wanderers erregt traurige Wut. Wer sich bei solchem Wetter in solchem Land in einem Dorf schlafen legt, der kann einen gräßlichen Traum träumen.

Wahrhaftig, ein Mensch, der in einem nahen Dorf geschlafen hatte, ging die Straße entlang. Wer weiß, wer das war. Es kommen da Raskolniki vorbei, auch Fischer vom Oberlauf des Dons und anderes Volk von der Art. Der Wanderer war kein Bauer, es war wohl ein junger Bursche. Er hatte es eilig, kam aus dem Tritt und kratzte sich die nassen mageren Arme. In einer Schlucht war ein Teich, der Mann stieg den lehmigen Hang hinab und trank von dem Wasser. Das war verwunderlich – bei dem Wetter, bei solcher Nässe, zu solch kühler Oktoberzeit hat man nicht einmal nach schnellem Laufen Durst. Der Wandersmann aber trank viel, mit Appetit und Gier, als stille er nicht das Verlangen seines Magens, sondern schmiere und kühle sein überhitztes Herz.

Wieder zur Besinnung gekommen, schritt der Mann von neuem aus, dabei blickte er wie erschrocken um sich.

Wohl zwei Stunden waren vergangen: der tiefe Morast, den der Wanderer zwingen mußte, hatten ihm alle Kraft geraubt, und er hoffte auf ein Dörfchen an seinem herbstlichen Weg.

Das Gelände war jetzt eben, die Schluchten waren nach und nach verschwunden, hatten sich verloren in ihrer Ödnis und Verlassenheit.

Die Zeit rann dahin, doch kein Dörfler zeigte sich auf dem Weg. Da setzte sich der Bursche auf einen windumwehten Hügel und seufzte. Offenbar war es ein guter schweigsamer Mensch, und er hatte eine geduldige Seele.

Nach wie vor war der Raum menschenleer, aber der Nebel entwich in die Höhe, späte Felder mit leblosen Sonnenblumenstengeln traten hervor, und der schlichte Tag füllte sich allmählich mit Licht.

Der Bursche blickte dem Stein nach, den er in eine Mulde geworfen hatte, und dachte mit Bedauern an seine Einsamkeit und sein ewiges Gebundensein an diesen freudlosen Ort. Sogleich erhob er sich und ging weiter, das Los der verschiedenen namenlosen Dinge auf den schmutzigen Feldern bedauernd.

Bald schon senkte sich das Gelände, und ein kleines Dorf – ein gutes Dutzend Höfe – kam zum Vorschein.

Der Wanderer trat an die erste Hütte heran und klopfte. Niemand antwortete ihm. Da trat er eigenmächtig ein.

In der Hütte saß ein noch nicht alter Bauer, ein Bart wuchs ihm nicht, das Gesicht war müde von der Arbeit oder einer Großtat.

Der Mann schien selbst eben erst seine Behausung betreten zu haben und sich vor Müdigkeit nicht regen zu können, drum hatte er auch nicht auf das Klopfen geantwortet.

Der Bursche, Bewohner der Gegend von Grobowsk, musterte das Gesicht des düster Dasitzenden und sagte:

»Feodossi! Bist du also wieder da?«

Der Mann hob den Kopf, seine listigen, klugen Augen leuchteten auf, und er anwortete:

»Setz dich, Michail! Ich bin wieder da, Gottesfurcht gibt es nirgends – der Körper ist außen, die Seele drinnen. Ach, weiß der Kuckuck, wer hat sie schon fühlen können, seine Seele.«

»Na, ist's schön auf dem Athos?« fragte Michail Kirpitschnikow.

»Natürlich, dort ist das Land vielfältiger und der Mensch einen Dreck wert«, erklärte Feodossi.

»Was willst du weiter machen, Feodossi?«

»So mit einem Wort läßt sich das nicht sagen. Ich werd sehen – sechs Jahre sind verloren, jetzt muß ich im Galopp leben! Und wohin bist du unterwegs, Michail?«

»Nach Amerika. Jetzt geh ich erst mal nach Riga auf ein Schiff!«

»Weit ist das. Da mußt du eine großartige Sache im Sinn haben.«

»Gewiß!«

»Das muß eine ernsthafte Sache sein.«

»Gewiß! In die Armut geh ich, ohne alles!«

»Du scheinst dir deine Sache fest in den Kopf gesetzt zu haben.«

»Freilich hab ich das. Ohne Verpflegung bin ich losgegangen, ich ernähre mich von dem, was ich unterwegs verdiene!«

»Eine enorme Sache hast du dir da vorgenommen, Michaila ...«

Die leere Hütte roch gar nicht nach Menschen. Die trüben Fenster blickten gleichgültig und machten den Menschen unsicher: Bleib hier, geh nirgends hin, leb stumm an deinem stillen Plätzchen!

Michail und Feodossi zogen ihre Schuhe aus, hängten die nassen Fußlappen auf und rauchten, mit zerstreuten Augen auf den Tisch starrend.

»Es zieht! Michaila, mach doch mal die Tür zu!« sagte Feodossi.

Nachdem er es erledigt hatte, fragte Michail: »Bestimmt ist es jetzt warm im Athos-Kloster! Bestimmt lebt es sich ruhig dort. Wieso bist du von den Mönchen weggelaufen?«

»Laß gut sein, Michail, ich habe nach der Wahrheit gesucht und nicht nach Verköstigung in fremdem Land. Vom Athos wollte ich nach Mesopotamien, dort soll es noch Reste vom Paradies geben, aber dann habe ich's mir anders überlegt. Die Jahre sind vorüber, jetzt brauche ich nichts mehr. Bloß um meine Kinder tut's mir leid. Weißt du noch? Drei Kinder sind mir in einem Sommer weggestorben. Zwanzig Jahre ist es her, bestimmt sind nur noch Knochen und Haare im Grab geblieben ... Ach, ich fühl mich irgendwie elend, Michail! Bleib hier über Nacht, vielleicht überfriert der Weg in der Frühe.«

»Ich bleibe, Feodossi. So komme ich doch nicht bis Riga!«

»Koch Kartoffeln! Vor Kummer knurrt der Magen.«

Sie schliefen früh ein und wachten in der Nacht auf. Kein Feuer brannte in der Hütte, draußen stand unerschütterliche und ausweglose Stille. Auch die Felder schienen erwacht zu sein, aber es war ein Uhr nachts, noch viel Zeit bis zum Morgen, und sie lagen und langweilten sich, wie es der Mensch tut.

Als Feodossi spürte, daß Michail nicht schlief, fragte er: »Willst du zurückkommen aus Amerika?«

»Dazu fahr ich ja hin, daß ich zurückkomme.«

»Kaum, 's ist bannig weit!«

»Macht nichts, ich lerne dort, was ich brauche, und komme zurück!«

»Eine schwierige Sache lernt sich nicht so schnell.«

»Das stimmt, ich hab eine große Sache vor, die ist nicht so schnell zu packen!«

»Worum geht's denn bei deiner Sache?«

»Du fragst und fragst, Feodossi, bist auf dem Athos und in fremden Staaten gewesen, hast nach dem Paradies gesucht, aber was Vernünftiges hast du nicht erfahren.«

»Das ist wahr, nicht jeder hat Glück!«

»Die Bauern brauchen eins – ein gutes Auskommen! Roggen haben wir so viel, daß man damit den Ofen heizen könnte, trotzdem leben wir nicht gerade üppig, und es geht mühsam voran. In diesem Jahr brachte der Roggen zwanzig Kopeken – ein schöne Ernte!«

»Und was hast du vor?«

»Hast du vom Rosenöl gehört?« platzte Kirpitschnikow plötzlich zu seiner eigenen Überraschung heraus, da ihm eine alte, vor langer Zeit gehörte Geschichte eingefallen war, an die er sich nur noch dunkel erinnerte. Und das war seine Rettung, denn eine klare Antwort auf die Frage nach dem Zweck seiner Reise hatte er nicht einmal für sich selbst.

»Hab ich – die Griechinnen schmieren sich damit den Körper ein, als Schönheitsmittel.«

»Ach was, das ist nur wegen des Duftes! Aus Rosenöl werden berühmte Arzneien gemacht – der Mensch altert nicht, das Blut wird angeregt, die Haare wachsen besser. Ich weiß es aus einem Buch. Ich habe es bei mir. In Amerika ist der halbe Boden mit Rosen bebaut – tausend Rubel Reingewinn pro Deßjatine gibt das im Jahr! Da liegt das Glück des Bauern, Feodossi.«

Kirpitschnikow sprach mit zusammengekniffenen Augen, übervoll von einem edlen Gefühl, doch er dachte an etwas ganz anderes. Als er die Augen aufschlug, bemerkte er, daß es draußen graute, er stieg vom Ofen herunter und machte sich, ohne unnötig Zeit zu verlieren, auf den Weg nach Amerika.

»Wo willst du hin?« wollte Feodossi wissen.

»Es ist Zeit für mich, ich habe noch weit zu gehen. Ausgeruht habe ich mich, nun muß ich los, ich quäle mich bloß, wenn ich mich zu lange aufhalte!«

»Es ist noch zu früh, erst kochen wir Grützsuppe, die ißt du, und dann kannst du gehen.«

»Nein, ich geh jetzt, der Tag ist sowieso kurz!«

»Nun, wie du willst. Du willst also in Amerika herausbekommen, wie man Rosenöl macht?«

»Erraten. Oder hattest du gedacht, daß ich dort Kerzen machen will? Unser Boden ist für Rosen gemacht! Auf unserer Schwarzerde sollten überhaupt nur Rosen wachsen! Stell dir vor, Feodossi, was das für ein feiner Duft sein wird, dann ist es mit allen Krankheiten aus und vorbei!«

»Ja, das ist eine lohnende Sache! Nun geh, du Wundertäter, wir werden's sehen und beschnuppern: Viel Pflanzgut wird's da wohl brauchen! Komm nur schnell zurück und ertrink nicht in den Meeren!«

Kirpitschnikow ging los und verlor sich in den Feldern. Er war zufrieden mit seinem Nachtlager, mit Feodossi – den es achtzehn Jahre lang auf der Suche nach dem gerechten Land umhergetrieben und der in ihm nur den Ziegelbrenner gesehen hatte – und dem guten Gespräch mit ihm. In diesem Gespräch lag auch Wahrheit – Kirpitschnikow wollte tatsächlich nach Amerika, um dort nach ungeahnten Lebensneuheiten Ausschau zu halten, er freute sich im voraus darauf und fühlte eine unerklärliche Befreiung.

Das europäische Stück der UdSSR durchquerend, erreichte Kirpitschnikow Riga. Vier Monate brauchte er dazu. Aufgehalten wurde er weniger durch die Weite des Weges als durch das Arbeiten in Bauernhöfen, wo er sich tageweise als Knecht verdingte. Sobald er das Essen für eine Woche verdient hatte, verließ er den Brotgeber mit seinen Sorgen und ging weiter in Richtung Ostsee.

In Riga erwachte in Kirpitschnikow der Ingenieur. Ihn beeindruckte die Festigkeit der Häuser – weder Wind noch Wasser konnten den Bauten etwas anhaben, höchstens ein Erdbeben konnte solche Monumente vernichten. Kirpitschnikow wurde sich sofort der ganzen Nichtigkeit, Labilität und Unsicherheit des Landlebens bewußt. In Moskau war ihm so ein Gedanke nicht gekommen. Außerdem versetzte ihn diese Stadt auch durch die harmonische, nachdenkliche Feierlichkeit der Gebäude und die robusten ruhigen Menschen in Erstaunen. Ungeachtet seiner Bildung und obwohl er in Moskau gelebt hatte, hatte sich Kirpitschnikow seine Natürlichkeit und die Fähigkeit erhalten, über einfache Dinge zu staunen. Für ihn selbst unerwartet dachte er, daß das milde Öl der aromatischen und trunkenen Rosen tatsächlich in der Lage sei, ewige Gebäude in den alten Tälern seiner Heimat zu erbauen, und daß in diese Gebäude zufriedene, höfliche Bauern einziehen würden.

So stellte sich Kirpitschnikows Kopf unmerklich auf eine andere Idee um, um der ersten Ruhe zu gönnen.

Über glatte Zementstraßen werden auf schnurrenden Gummireifen schmucke Autos dahinsausen und Bauern über zweihundert Werst und mehr zu ihren Gevattern bringen. Feodossi wird sicher heiraten, hundert Pud Benzin kaufen und nach Mesopotamien fahren, um sich die Überreste der Behausung des gestorbenen Gottes anzusehen.

Schön wird das sein. Früh stehst du auf, drückst auf Hebel, drehst an Knöpfen, und schon brät das Frühstück, wird das Teewasser warm, saugt eine Pumpe den Staub aus dem Zimmer, hältst du ein kluges Buch in der Hand. Es besteht kein Grund, die Frau zu schurigeln, und sie selbst braucht sich auch nicht zu quälen in ihrem Kampf gegen die Unbehaglichkeit des Lebens, sie wird rosige Wangen bekommen, denn auf den Feldern werden Rosen wachsen statt Roggen. Die Frau wird dann eine wahre Mutter mächtiger Menschen werden, die auf die Welt kommen und ihr Gesundheit und ruhige Kraft verleihen. Die künftigen Frauen werden ihren in der Tundra ausgegrabenen Schwestern gleichen.

Kirpitschnikow ging durch Riga und lächelte vor Vergnügen, eine solche Stadt zu sehen und den zuversichtlichen Gedanken allgemeinen Reichtums und Wohlergehens in sich zu tragen. Er ging viele Tage, bis ihm das Essen ausging; da machte er sich auf zum Hafen.

Kirpitschnikow hatte endgültig die Überzeugung gewonnen, daß die Rosen ein zuversichtlicher Gedanke und eine sichere Quelle seien, das Volk reicher zu machen. Noch waren bei weitem nicht alle reich, selbst im Sowjetland.

Der holländische Dampfer »Indonesia« wurde, nachdem er seine Indigo-, Tee- und Kakaofracht gelöscht hatte, mit Holz, Holzbearbeitungsmaschinen, Hanf und verschiedenartigen Erzeugnissen der sowjetischen Industrie beladen. Von Riga aus sollte er zunächst Amsterdam anlaufen, dort würde er seine Maschinen überholen lassen und anschließend Kurs nehmen auf San Francisco in Amerika.

Kirpitschnikow wurde als Hilfsheizer, als Kohleneinwerfer, mitgenommen, weil er sich bereit erklärt hatte, für den halben Preis zu arbeiten.

Zehn Tage darauf stach die »Indonesia« in See, und vor Kirpitschnikow eröffnete sich eine neue mächtige Welt des Raums und des wütenden nassen Elements, über die er nie sonderlich nachgedacht hatte.

Der Ozean ist unbeschreiblich. Kaum ein Mensch erlebt ihn richtig, mit dem Gefühl, das ihm gebührt. Der Ozean gleicht einem großartigen Klang, den unser Ohr nicht wahrnimmt, weil er einen zu hohen Ton besitzt. Es gibt Wunder in der Welt, die unsere Gefühle nicht zu fassen vermögen, weil unsere Gefühle sie nicht ertragen können, und versuchten sie es, dann würde der Mensch vernichtet.

Der Anblick des Ozeans überzeugte Kirpitschnikow abermals von der Notwendigkeit, ein reiches Leben herbeizuführen und den Ätherstrom ausfindig zu machen. Die ewige Arbeit des Wassers lud ihn mit Energie und Beharrlichkeit auf.

Der Äther verschmolz in Kirpitschnikows Bewußtsein bereits mit der Rose, und er stellte sich manchmal eine Rose vor, eingetaucht in den blauen Atem des Äthers.

In San Francisco bekam Kirpitschnikow den Rat, in Kalifornien weiter hinunterzugehen, in die Gegend von Riverside, wo es viele Zitronenplantagen und Blumenzüchter gebe! Dort werde Rosenöl gewonnen, ein großer Betrieb befasse sich damit.

So trat Kirpitschnikow seinen Weg längs der Küste Amerikas an. Der Farmer, bei dem sich Kirpitschnikow verdingte, um die Plantage auszulichten, hatte eine Tochter. Kirpitschnikow gefiel sie sehr, so freundlich und hübsch anzusehen war sie. Sie hieß Ruth. Ruth war arbeitsam, hatte feste Arme und steuerte sicher den Ford. Sie verwaltete alle Maschinen und Geräte auf der Farm, sie war auch Maschinist an der Pumpenanlage, die die Plantage bewässerte. Ruth war dunkelblond, blauäugig, und in ihrem Charakter, ihrer Herzlichkeit und Ernsthaftigkeit erinnerte sie an eine Russin.

Kirpitschnikow bekam Lust, auf der Farm zu bleiben. Ruths Vater schätzte Kirpitschnikows Fleiß, er behandelte ihn gut und hätte ihn sicher auf unbestimmte Zeit behalten. Um so mehr, als der Farm sowohl ein Schlosser als auch ein Schmied fehlte und Kirpitschnikow sich auf beides verstand.

Doch eines Nachts wachte Kirpitschnikow auf. Am Brunnen schmatzte, das Wasser auf die Plantage pumpend, der Motor. Das Gehöft schlief, und Kirpitschnikow verspürte Sehnsucht und Unruhe. Ihm fielen die Rosen ein, Rußland, Feodossi, Popow, der Ätherstrom, der arbeitende Ozean – und er begann sich anzuziehen. Geld hatte er, zwanzig Dollar, und er ging hinaus in die kühle Nacht. Hinter der Farm lag Finsternis, irgendeine Stadt funkelte als nächtliches Wunder auf einem fernen Hügel, und Kirpitschnikow setze schweigend seinen Weg fort durch Kalifornien hin zu dem Zitronenbezirk Riverside.

Zehn Jahre war es her, daß Michail aus Rshawsk fortgegangen war, bald nachdem er die Arbeiterfakultät und das Elektrotechnische Institut absolviert und eine Studienreise nach Amerika angetreten hatte. Überall suchte er nach der Lösung der Aufgabe des toten Popow. An einem frischen Frühsommermorgen schritt er durch junge kalifornische Rosenberge auf die fernen Zitronenhaine und Blumenfelder Riversides zu.

Kirpitschnikow fühlte in sich sein Herz, in seinem Herzen war der Andrang des Blutes und im Blut Hoffnung auf die Zukunft, auf Hunderte glücklicher Sowjetjahre, getränkt mit dem erquickenden Gas der Rosen und gefüttert mit Äthereisen.

Und Kirpitschnikow eilte, mächtige Herden überholend,

durch Farmen, durch fröhliche weiße Traumbilder von Kirschgärten im Frühling. Kalifornien erinnerte etwas an die Ukraine, wo Kirpitschnikow als kleiner Junge gewesen war, doch die Leute waren einer wie der andere gesund, großgewachsen und rotbäckig, und das braun zutage tretende uralte Gestein erinnerte ihn daran, daß seine Heimat weit war und jetzt sicher einen traurigen Anblick bot.

Von Wut, Verzweiflung, Neid gepackt, sich auf die festen Beine stützend, ging Kirpitschnikow fast im Laufschritt, er eilte, das geheimnisvolle Riverside zu erreichen, wo auf Hunderten von Deßjatinen Rosen wuchsen, wo aus dem zarten Körper der schutzlosen Blume das feine kostbare Naß gewonnen wurde und wo möglicherweise der Erreger des Reflexes arbeitete, der ihn zum Ätherstrom hinführen konnte: In Riverside befand sich damals das berühmte Laboratorium für Ätherphysik, das zur American Electric Union gehörte.

Vier Tage und Nächte war Michail unterwegs. Er hatte sich leicht verirrt und war an die fünfzig Kilometer im Kreis gegangen.

Endlich erreichte er Riverside. Die Stadt hatte ganze tausend Häuser, aber Straßen, Elektrizität, Gas, Wasser – alles war wohldurchdacht und bequem eingerichtet, wie in der besten Hauptstadt.

Am Stadtrand hing ein Schild:

Wanderer, nur bei Glenn-Babcock, im Hotel »Vier Länder der Welt« saugt man den Staub aus deiner Kleidung (Vakuumgeräte), bietet dir Wasser aus den besten Quellen Riversides an, füttert dich mit sterilisierten Speisen, die fast keinerlei unverbrannte Rückstände hinterlassen, und legt dich in ein Bett mit Heizkissen und einem Röntgenkompressor, der schwere Träume vertreibt.

Kirpitschnikow konnte etwas Englisch und amüsierte sich über die Aushänge.

Amerikaner! In Washington findet ihr Weisheit! In New York – Ruhm! In Chicago – Kochkunst! In Riverside – Schönheit! Amerikaner, ihr müßt ebenso schön sein wie energisch und reich: Bestellt tonnenweise »Rivergran«-Puder! In Frisco sind unsere Schiffe, in Riverside – unsere Frauen!

Amerikanerinnen, erklärt euren Männern, daß unser Land nicht nur Panzerkreuzer, sondern auch Blumen braucht! Amerikanerinnen, werdet Mitglied der Freiwilligen Gesellschaft zur Förderung der nationalen Blumenzucht: Riverside, 1, A/34.

Das Öl der Rose ist die Grundlage des Reichtums unserer Gegend! Das Öl der Rose ist die Grundlage der Gesundheit der Nation! Amerikaner, versorgt eure mannhaften Körper mit Rosenessenz, und ihr werdet auch mit hundert Jahren eure Mannhaftigkeit nicht verlieren!

In Asien liegt Mesopotamien, aber ohne Paradies! In Amerika liegt Riverside, aber im Paradies!

Die Elemente unseres nationalen Paradieses sind:

Verpflegung – Unterbringung – Wasser: Glenn-Babcock;
Kleidung – Schönheit – Moral: Katzmanson;
Kunst – Denken – Religion – Verhaltenswege – Ewiger Ruhm: universeller Unternehmensblock des Sterntrusts;
Ewige Ruhe: Anonyme Gesellschaft »Urne«;
Zeitnutzung zwecks Lachen und Zerstreuung: isolierte Herberge »Baum Evas«;
Antisex-Präparate: Berkman, Shotluyer and Son.

Nur in Scragg-Schuhen geht man, in allem übrigen Schuhwerk kriecht man!
Tritt auf die Sicherheitsbremse! Stop! Dort ist das Ende der Welt! Komm in unser Haus »Erschaffung der Welt«!
Gentlemen! Der Tanz formt den Menschen – formt euch selbst:
Tanzsaal gegenüber! Maestro Mainriti: Geschäftspraxis 50 Jahre in europäischen Ländern.
Halte Einkehr im Gebet! Jeden erwartet der Tod! Jeder muß vor Gott hintreten! Was wirst du ihm sagen? Komm ins Haus der Absoluten Religion! Eintritt frei. Chor junger Mädchen mit gefestigter Keuschheit! Belebte Statue des wahren Gottes! Mystische Handlungen, Rezitationen, Musik ungeborener Seelen, aromatischer Raum! Unser Kino illustriert mit religiösen Methoden die Gegenwart, Pastor Fox beweist die Übereinstimmung zwischen Geschichte und Bibel! Dem Besucher werden die Sterilisierung seiner Seele und die Wiedererlangung seines ursprünglichen Seelenzustandes garantiert!
Das Sternenbanner ist das Banner des himmlischen Gottes! Halleluja!
Neige den Kopf: Dich erwarten Schuhautomaten und schweißhemmende Präparate!
Die Hauptsache im Leben ist das Essen! Und umgekehrt! Vervollkommnete Exkrementarien erwarten dich in jedem Viertel von Riverside! Erkenne deinen Magen!
Flugzeuge zum Einzelhandelspreis mit kostenloser Verpackung: Upton Hagen.

Kirpitschnikow lachte herzhaft. Irgendwo hatte er gelesen, daß die Amerikaner in bezug auf die Entwicklung ihres Gehirns zwölfjährige Knaben seien. Nach Riverside zu urteilen, stimmte das haargenau.

Arbeit fand er nach vier Tagen: als Maschinist in einer Pumpstation, die aus dem Quebec Wasser für die Zitronenplantagen entnahm. In der Rosenölfabrik gab es für absehbare Zeit keine Arbeit. Kirpitschnikow beschloß abzuwarten.

Es verging ein eintöniger Monat. Ringsum lebten dumme Leute: Arbeit, Essen, Schlaf, allabendliche Zerstreuung, absoluter Glaube an Gott und an die Vorrangstellung des eigenen Volkes in der Welt! Sehr aufschlußreich! Kirpitschnikow stellte Beobachtungen an, schwieg und ertrug es, Freunde hatte er keine.

Seine Adresse hatte Kirpitschnikow zu Hause nicht hinterlassen, auch keine Notiz, daß er jedoch nach Amerika aufgebrochen war, das war in seiner Heimat bekannt. Er las wie stets aufmerksam die Zeitungen, und eines Tages stieß er im »Chicago Herald« auf folgende Mitteilung:

»Maria Kirpitschnikowa bittet ihren früheren Ehemann, Michail Kirpitschnikow, in die Heimat zurückzukehren, wenn ihm das Leben seiner Frau teuer ist. In drei Monaten wird Kirpitschnikow seine Frau nicht mehr unter den Lebenden vorfinden. Das ist keine Drohung, sondern eine Bitte und Benachrichtigung.«

Kirpitschnikow fuhr hoch, stürzte zur Maschine und schloß das Ventil der Dampfleitung. Die Maschine blieb stehen.

Sogleich klingelte das Telefon:
»Hallo! Was ist los, Maschinist?«
»Schickt auf der Stelle eine Ablösung! Ich gehe!«
»Hallo! Was ist los? Wohin wollen Sie! Machen Sie keine Witze, zum Teufel! Setzen Sie sofort die Pumpe in Gang, sonst müssen Sie für den Verlust blechen! Hallo, hören Sie? Haben Sie genügend Dollars, um die Strafe zu bezahlen? Ich rufe die Polizei an!«
»Scher dich zum Teufel, du zwölfjähriger Dummkopf! Ich hab's euch gesagt – ich gehe ohne Lohnabrechnung!«

Kirpitschnikow rannte über die Brücke des Pontons, auf dem die Anlage installiert war, und hastete, schneller, als er denken konnte, durch das Quebectal nach Westen. Die Sonne glühte, der Horizont war von Bergen verdeckt, an deren Fuße sich ertragreiche Plantagen ausbreiteten, und es war schade, daß sich die prächtigen Früchte der Erde letzten Endes in etwas Banales und sinnlosen Genuß des Menschen verwandelten.

Wieder vergingen Tage mit qualvoller Suche nach einem Verdienst, mit tausenderlei Schwierigkeiten und Abenteuern. Die Beschreibung selbst eines gewöhnlichen Tages bei einem Menschen würde einen ganzen Band füllen, die Beschreibung eines Tages von Kirpitschnikow aber vier Bände. Leben, das ist Arbeit der Moleküle; noch niemand hat sich klar gemacht, um den Preis welcher Tragödien und Katastrophen die Existenz der Moleküle im menschlichen Körper abgestimmt wird und eine Sinfonie aus Atmen, Herzschlag und Nachdenken entsteht. Das ist unbekannt. Eine neue wissenschaftliche Methode tut not, um mit ihrem geschärften Instrumentarium Sonden in die inneren Abgründe des Menschen vorzutreiben und nachzusehen, welch schreckliche Arbeit dort abläuft.

Wieder der Ozean. Aber Kirpitschnikow war nicht mehr Schiffsheizer, sondern Passagier. In New York war er in den Würgegriff des Hungers geraten. Arbeit hatte er keine, und nur durch einen Zufall konnte er der Not entrinnen. Bereits in seiner Studentenzeit hatte er einen Präzisionsspannungsregler erfunden. Nach einer durchhungerten Woche ging er durch die Truste und Betriebe, um ihnen seine Erfindung anzubieten.

Schließlich kaufte ihm die Western Industrial Company das Reglerprojekt ab. Er wurde jedoch gezwungen, Werkstattzeichnungen aller Einzelteile anzufertigen. Kirpitschnikow brachte zwei Monate damit zu und bekam zweihundert Dollar. Das war seine Rettung.

Er fuhr auf einem Ozeandampfer der Route Hamburg–Amerika mit einer durchschnittlichen Geschwindigkeit von sechzig Stundenkilometern. Kirpitschnikow kannte seine Frau und war überzeugt, wenn er nicht rechtzeitig nach Hause käme, würde sie tot sein.

Einen Selbstmord schloß er aus, aber was konnte es dann sein? Er hatte gehört, daß vor Zeiten Menschen vor Liebe gestorben waren. Jetzt konnte man darüber nur lächeln. Unmöglich, daß seine harte, mutige, an jeder Belanglosigkeit des Lebens Freude findende Maria vor Liebe starb. An einer uralten Tradition starb niemand, was also sollte ihr den Tod bringen?

In quälendes Nachdenken versunken, schlenderte Kirpitschnikow über das Deck. Er bemerkte die Lichter eines fernen, auf sie zukommenden Schiffes und hielt inne.

Urplötzlich war es kalt geworden auf Deck – ein fürchterlicher Nordwind hatte eingesetzt, dann stürzte eine Wasserflut auf das Schiff herab und spülte im Nu Leute, Gegenstände und Schiffszubehör von den Decks herab. Das Schiff neigte sich um 45° zum Ozeanspiegel, Kirpitschnikow kam durch einen Zufall davon – er war mit dem Fuß in eine Luke geraten.

Luft und Wasser, dicht miteinander vermischt, donnerten und heulten, vernichteten Schiff, Atmosphäre und Ozean.

Zerstörungslärm und klägliches Gewinsel aus Todesverzweiflung. Frauen klammerten sich an Männerbeine und flehten um Hilfe. Die Männer schlugen mit Fäusten nach ihren Köpfen und versuchten sich selbst zu retten.

Die Katastrophe war von einem Moment zum andern hereingebrochen, und trotz der hohen Disziplin und Beherztheit der Mannschaft konnte nichts Wirksames zur Rettung von Menschen und Schiff getan werden.

Nicht der Sturm und die tote Wasserwand frappierten Kirpitschnikow, sondern die Blitzesschnelle, mit der alles geschah. Noch eine halbe Minute zuvor war es auf dem Ozean völlig windstill gewesen, und alle Horizonte hatten offen dagelegen. Alle Schiffssirenen heulten auf, eilends wurden Notsignale gefunkt, die Rettung der ins Meer gespülten Passagiere begann. Doch plötzlich legte sich der Sturm, und das Schiff schaukelte friedlich, bemüht, das Gleichgewicht wiederzuerlangen.

Der Horizont öffnete sich, in einem Kilometer Entfernung fuhr ein europäischer Dampfer, mit funkelnden Lichtern eilte er dem Schiff zu Hilfe.

Der nasse Kirpitschnikow machte sich in einem Boot am Motor zu schaffen, der sich nicht anwerfen ließ. Er wußte nicht genau, wie er zu dem Boot gelangt war. Doch es mußte schnellstens zu Wasser gelassen werden: Hunderte von Menschen drohten zu ertrinken. Eine Minute später sprang der Motor an: Kirpitschnikow hatte die oxydierten Kontakte gesäubert – an ihnen hatte es gelegen.

Kirpitschnikow kroch in die Bootskabine und rief: »Losmachen!«

In diesem Augenblick hüllte ein undurchdringliches ätzendes Gas das ganze Schiff ein, und Kirpitschnikow konnte nicht mehr die Hand vor Augen erkennen. Doch auf einmal bemerkte er die fallende, wild anzusehende, unerträglich grelle Sonne und hörte durch das Knirschen seines zerspringenden Gehirns für einen kurzen Moment ein undeutliches Lied, das sich wie die Milchstraße anhörte, und bedauerte seine Kürze.

Die in der »New York Times« veröffentlichte Regierungsverlautbarung wurde durch die Telegraphenagentur der UdSSR aus dem Ausland übermittelt:

»Am 24. 9. d. J. um 11.15 Uhr sanken unter 35° 11′ nördlicher Breite und 62° 4′ östlicher Länge das amerikanische Passagierschiff ›California‹ (8 485 Menschen einschließlich Besatzung) und das deutsche Schiff ›Klara‹ (6 841 Menschen mit Besatzung), das ersterem zu Hilfe kommen wollte. Die genauen Ursachen sind ungeklärt. Die notwendigen Untersuchungen beider Regierungen sind im Gange. Gerettete und Zeugen der Katastrophe gibt es nicht. Die Hauptursache des Untergangs der beiden Schiffe kann jedoch als exakt festgestellt angesehen werden: Auf die ›California‹ ist vertikal ein Bolid von gigantischer Größe herabgestürzt. Dieser Bolid hat das Schiff auf den Grund des Ozeans hinabgerissen; der entstandene Trichter hat auch die ›Klara‹ eingesogen.

Zu gegebener Zeit wird die Öffentlichkeit vollständig über den Fortgang der Untersuchungen und der Unterwassersucharbeiten informiert werden.«

Die Verlautbarung wurde in allen Zeitungen der Welt abgedruckt. Den größten Schmerz bereitete sie nicht den Waisen, nicht den Bräuten, nicht den Frauen und Verwandten der Verunglückten, sondern Isaak Matissen, Direktor der Versuchsstation für Melioration in Kotschubarowo, gelegen in der Nähe von Woloschino, Bezirk Woronesh, im Zentralen Schwarzerdegebiet.

»Na bitte, Mann! Du hast Macht über das Universum erreicht – nun genieße deinen Sieg!« flüsterte Matissen vor sich hin mit der völligen Ruhe, die einem tödlichen Leid entspricht. Dabei zerkrümelten seine Finger Brot, rollten sie zu Kügelchen und schnippten sie vom Tisch auf den Fußboden.

»Genaugenommen, und um ehrlich zu sein, habe ich gar nichts erreicht. Ich habe nur eine neue Art erprobt, die Welt zu lenken, und hatte überhaupt keine Ahnung, was passieren würde« Matissen erhob sich, ging in den nächtlichen Hof hinaus und rief nach dem Hund: »Woltschok! Ach, du Kreatur von einem Rüden!« Matissen streichelte das herbeigelaufene Tier. »Stimmt es, Woltschok, daß unser Herz eine Krankheit ist? Hm? Es stimmt doch, daß Sentimentalität der Tod des Denkens ist? Natürlich ist es so! Zerhauen wir diesen Widerspruch zum Wohle des Kopfes und legen uns schlafen!«

Matissen schrie über den Zaun aufs offene Feld hinaus, um unsichtbare, doch mögliche Feinde zu erschrecken. Woltschok jaulte – und sie trennten sich, um schlafen zu gehen.

Der Weiler war verstummt. Leise murmelte das Flüßchen im Tal, sein Wasser dem fernen Ozean entgegentragend, und in Kotschubarowo stieß der Motor des Kraftwerkes seine Abgase aus. Dort schliefen die Leute tief, denn sie hatten weder auf der »California« noch auf der »Klara« Angehörige gehabt.

Matissen schlief ebenfalls – mit leichenhaftem Gesicht, zinnern erstarrtem Herzen und offenstehendem übelriechendem Mund. Weder um Hygiene noch um die Gesundheit seiner Person hatte er sich je gekümmert.

Er wachte auf, als der Morgen graute. In Kotschubarowo krähten kaum vernehmbar die Hähne. Er spürte, daß ihm nichts leid tat; also war sein Herz endgültig tot. Und da begriff er, daß ihn nichts interessierte und daß er das, was er erreicht hatte, selbst nicht brauchte. Er erkannte, daß die Kraft des Herzens das Gehirn speist, ein totes Herz hingegen den Geist abtötet.

An die Tür klopfte ein früher Gast. Es war der ihm bekannte Bauer Petropawluschkin, der eintrat.

»Ich komme von unserer Kommune zu Ihnen, Isaak Grigorjewitsch! Seien Sie mir nicht böse, nach Stand und Bildung bin ich Agronomgehilfe und zähle nicht zu den Abergläubigen! ...«

»Mach's kurz, worum geht es dir?« drängte ihn Matissen.

»Uns geht es darum, daß sie besondere Dinge wissen und damit großen Nutzen bringen können. Wir wissen doch, daß von Ihren Gedanken Maschinen anfangen zu arbeiten.«

»Ja, und?«

»Ist es nicht möglich, daß Sie einen solchen Gedanken denken, daß die Felder mehr Getreide geben?«

»Das kann ich nicht«, unterbrach ihn Matissen. »Aber vielleicht entdecke ich es, dann helfe ich euch. Einen Stein vom Himmel auf deinen Kopf herunterfallen lassen, das kann ich!«

»Das taugt zu nichts, Isaak Grigorjewitsch! Aber wenn Sie das mit dem Stein können, die Erde ist doch näher als der Himmel ...«

»Das hat keine Bedeutung, daß die Erde näher ist.«

»Isaak Grigorjewitsch, ich habe gelesen, daß im Ozean Schiffe gesunken sind, auch von einem Himmelsstein. Da haben Sie wohl den Amerikanern den Streich gespielt?«

»Ich, ich, Genosse Petropawluschkin!« antwortete Matissen ungerührt.

»Das war nicht recht von Ihnen, Isaak Grigorjewitsch! Es geht mich ja nichts an, aber ich finde, das war nicht recht!«

»Das weiß ich selbst, Petropawluschkin! Aber was soll man tun? Es gab Zaren, Generale, Gutsbesitzer, Burshuis hat es gegeben, weißt du noch? Jetzt aber ist eine neue Macht da – die Wissenschaftler. Ein böser Platz bleibt nicht leer!«

»Das würde ich nicht sagen, Isaak Grigorjewitsch! Wenn die Wissenschaft Verstand mit gutem Herzen vereint, dann, denke ich, werden auch in der Wüste Blumen erstrahlen, eine böse Wissenschaft aber bringt es fertig, selbst blühende Fluren mit Sand zuzukippen!«

»Nein, Petropawluschkin, je größer die Wissenschaft ist, desto besser muß sie geprüft werden. Um aber meine Wissenschaft zu erproben, müßte man die ganze Welt totquälen. Da hast du die böse Kraft des Wissens! Zuerst verstümmle ich, und dann heile ich. Vielleicht ist es aber besser, nicht erst zu verstümmeln, dann braucht man auch keine Medizin.«

»Als ob bloß die Wissenschaft verstümmeln würde, Isaak Grigorjewitsch! Das ist doch leeres Gerede. Das dumme Leben verkrüppelt die Menschen, und die Wissenschaft heilt sie!«

»Nehmen wir's mal an, Petropawluschkin!« rief Matissen lebhafter. »Von mir aus! Ich für mein Teil weiß, wie man Steine vom Himmel runterkrachen läßt, ich weiß noch Schlimmeres! Was sollte mich also davon abhalten, das zu tun? Ich kann die ganze Welt in Schrecken versetzen, und dann unterwerfe ich sie und besteige den Thron des Weltherrschers! Oder ich verwandle sie in Pulver und Gas!«

»Und Ihr Gewissen, Isaak Grigorjewitsch, und Ihr gesellschaftlicher Instinkt? Und Ihr Verstand, wo bleibt der? Ohne Menschen kommen Sie auch nicht weit, und außerdem haben Ihnen in der Wissenschaft doch immer Menschen geholfen! Sie sind doch nicht von allein auf die Welt gekommen und haben nicht gleich alles auf einmal erfahren!«

»Ach, Petropawluschkin, darauf hust ich was! Und wenn ich nun so ein böser Mensch bin?«

»Böse Menschen sind niemals klug, Isaak Grigorjewitsch!«

»Meiner Meinung nach ist der ganze Verstand etwas Böses! Alle menschliche Arbeit ist etwas Böses! Verstand und

Arbeit verlangen Taten und Haß, das Gute aber bringt einen nur zum Bemitleiden und Weinen.«

»Sie haben unrecht, Isaak Grigorjewitsch! Für mich ist das so ungewohnt, daß es mir in den Ohren rauscht! Unsere Kommune bittet also um Hilfe, Isaak Grigorjewitsch! Der Boden ist sehr erschöpft, kein Phosphat kann ihn mehr fruchtbar machen. Für Sie ist es doch nicht schwer, Ihre Gedanken an den Boden zu wenden, aber für uns hängt das Leben davon ab! Bitte, Isaak Grigorjewitsch! Wie wunderbar das bei Ihnen klappt: Sie gehen hin, denken sich das Entsprechende – und schon pumpt die Maschine Wasser! Ebenso könnten Sie unseren Boden fruchtbar machen! Auf Wiedersehen einstweilen!«

»Schön. Leb wohl!« antwortete Isaak Grigorjewitsch.

Der Mann ist klug, überlegte Matissen, hat er mich doch fast überzeugt, daß ich eine Mißgeburt bin!

Dann zog er sich endgültig an und ging ins andere Zimmer. Hier stand ein niedriger Tisch, vier mal drei Meter groß. Darauf waren Geräte aufgebaut. Matissen trat zu dem kleinsten von den Apparaten. Er schloß ihn an einen Akkumulator an und legte sich auf den Fußboden. Sogleich trübte sich sein Bewußtsein, verderbliche Schreckensbilder von beinahe tödlicher und sein Gehirn zerstören wollender Stärke begannen ihn zu peinigen. Sein Blut, von Giften überflutet, ließ die Gefäße schwarz werden; Matissens ganze Gesundheit, alle verborgenen Kräfte seines Organismus, alle Mittel seines Selbstschutzes waren mobilisiert und bekämpften die Gifte, die das im Gehirn kreisende Blut transportierte. Das Gehirn selbst war den Stößen der elektromagnetischen Wellen, die aus dem Apparat auf dem Tisch schlugen, fast schutzlos ausgesetzt.

Die Wellen regten Gedanken besonderer Art in Matissens Gehirn an, und die Gedanken schossen als elektromagnetische Kugelbomben besonderer Art in den Kosmos. Sie gingen irgendwo nieder, vielleicht in der fernen Milchstraße, vielleicht trafen sie Planeten ins Herz und brachten ihren Puls aus dem Rhythmus, so daß sie ihre Bahn verließen und zugrunde gingen, fallend und das Bewußtsein verlierend wie betrunkene Vagabunden.

Matissens Gehirn war eine geheimnisvolle Maschine, die die kosmischen Gründe neu montierte, und der Apparat auf dem Tisch setzte dieses Gehirn in Gang. Gewöhnliche Gedanken des Menschen, die gewöhnliche Gehirnbewegung ist machtlos, die Welt zu beeinflussen – dazu müssen die Gehirnpartikel durcheinandergewirbelt werden, dann erschüttert ein Sturm den Weltstoff.

Als Matissen seinen Versuch begann, wußte er nicht, was auf der Erde oder am Himmel durch seinen neuerlichen Wirbelsturm passieren würde. Die wunderbare und einzigartige Beschaffenheit der elektromagnetischen Welle, die sein Gehirn aussandte, hatte er noch nicht zu steuern gelernt. Gerade aber die besondere Beschaffenheit der Welle war das ganze Geheimnis ihrer Macht, gerade das traf die Weltmaterie an ihrer empfindlichsten Stelle, und vor Schmerz ergab sie sich. Und solch komplizierte Wellen konnte nur das lebendige menschliche Gehirn hervorbringen, allein mit Hilfe eines toten Apparates.

Nach einer Stunde sollte eine besondere Uhr auf dem Tisch den Stromkreis des Gehirnstimulierungsapparates unterbrechen, um das Experiment zu beenden.

Doch die Uhr war stehengeblieben: Matissen hatte vergessen, sie vor Beginn des Experiments aufzuziehen. Der Strom speiste unermüdlich den Apparat, und der Apparat summte leise in seiner Arbeit.

Zwei Stunden verstrichen. Matissens Körper zerschmolz proportional dem Zeitquadrat. Das Blut ergoß sich aus dem Gehirn als Lava von Leichen roter Blutkörperchen. Das Gleichgewicht des Körpers war dahin. Die Zerstörung überwand die Wiederherstellung. Ein letztes gräßliches Bild bohrte sich in Matissens noch lebendes Gehirngewebe, dann löschte das barmherzige Blut das letzte Bild und das letzte Leiden aus. Das schwarze Blut schoß durch die zerfetzte Vene ins Gehirn und brachte das pulsierende kämpferische Herz zum Stillstand. Doch Matissens letztes Bild war voller Menschlichkeit gewesen: Seine lebendige zerquälte Mutter war ihm erschienen, aus ihren Augen strömte Blut, und sie beklagte sich bei ihrem Sohn über ihre Qualen.

Um neun Uhr früh lag Matissen tot da – mit geöffneten weißen Augen, mit Händen, deren Nägel sich in der Raserei des Todeskampfes in den Fußboden gekrallt hatten.

Der Apparat summte emsig weiter und blieb erst am Abend stehen, als die Energie im Akkumulator versiegt war.

Den ganzen Tag eilten an Matissens Haus Pferdegespanne und Anderthalbtonner vorbei – das Grumt von den Wiesen zu fahren und einen Futtervorrat für das Vieh anzulegen.

Petropawluschkin steuerte ein Auto, einen kleinen Lastwagen, lächelte angesichts der weltumspannenden Weite der Felder und dachte zu seiner Beruhigung über den Nutzen der gutherzigen Wissenschaft nach, an der er selbst nicht geringen Anteil hatte.

Zwei Tage darauf veröffentlichte die »Iswestija« in der Rubrik »Aus aller Welt« eine Information des Astronomischen Hauptobservatoriums.

Im Sternbild der Jagdhunde ist der Stern Alpha seit zwei Tagen trotz klaren Himmels nicht auszumachen.
In der Milchstraße hat sich in der vierten Distanz (Sektor IX) ein leerer Raum – ein Riß – gebildet. Sein Erdwinkel beträgt 4° 71'. Herkules ist etwas verschoben, infolgedessen ist eine Veränderung der Flugrichtung des gesamten Sonnensystems zu erwarten. Diese eigenartigen Erscheinungen, die den jahrhundertealten Himmelsbau erschüttert haben, weisen auf die relative Zerbrechlichkeit und Instabilität des Kosmos hin. Das Observatorium verstärkte seine Beobachtungen, die auf die Ermittlung der Ursachen dieser Anomalien gerichtet sind.

Zusätzlich zu dieser Mitteilung wurde für die nächste Nummer ein Gespräch mit Akademiemitglied Wetman angekündigt. Aus weiteren Telegrammen von einem Viertel des Erdballs (damalige Größe der UdSSR) war nicht zu entnehmen, daß die Katastrophen unter den Gestirnen wesentliche Folgen für die Erde gehabt hätten; eine Ausnahme bildete lediglich eine kleingedruckte Meldung von der Halbinsel Kamtschatka:

Auf die Berge ist ein kleiner Himmelskörper mit einem Durchmesser von ca. zehn Kilometern niedergegangen. Seine Struktur ist unbekannt. Er hat die Form eines Sphäroids. Der Körper kam mit geringer Geschwindigkeit geflogen und setzte weich auf den Berggipfeln auf. Durch das Fernglas sind auf seiner Oberfläche riesige Kristalle zu erkennen. Die hiesige Gesellschaft der Naturkundefreunde hat eine Expedition zur vorläufigen Untersuchung des niedergegangenen Körpers ausgerüstet. Sie wird allerdings keine baldigen Ergebnisse zeitigen: Die Berge sind fast unzugänglich. Aus Wladiwostok wurden Flugzeuge angefordert. Heute flog in Richtung des Himmelskörpers ein kleines japanisches Flugzeuggeschwader.

Tags darauf war diese Notiz zur Sensation geworden, und zu dem sonderbaren Ereignis erschien ein dreihundert Zeilen langer Artikel von Akademiemitglied Wetman.

Am gleichen Tage meldete die »Bednota« den Tod des Agroingenieurs Matissen, eines in Fachkreisen bekannten Spezialisten für den optimalen Wasserhaushalt des Bodens.

Und nur dem Kotschubarower Hilfsagronomen Petropawluschkin, der »Iswestija« und »Bednota« abonniert hatte, kam der unerwartete Gedanke, zwischen den drei Meldungen müsse ein Zusammenhang bestehen: Matissen war gestorben – in den Bergen auf Kamtschatka war ein kleiner Planet niedergegangen, ein Stern war verschwunden, und die Milchstraße hatte einen Riß bekommen. Doch wer würde solchem Dörflerwahn Glauben schenken?

Matissen wurde feierlich beerdigt. Nahezu die gesamte Landwirtschaftskommune von Kotschubarowo folgte seinem Leichnam. Der Ackersmann mag von jeher die Pilger und die Wundermänner. Und der schweigsame und einsame Matissen war so ein Mensch gewesen – das hatten alle deutlich gespürt. Der letzte Haarkranz auf Matissens kahlem Schädel fiel ab, als ungeschickte Hände den Sarg erschütterten. Alle Bauern wunderten sich darüber, und sie empfanden für den toten Matissen noch mehr Mitleid und Achtung.

Matissens Begräbnis fiel mit dem Abschluß der Arbeiten der Unterwasserexpedition zusammen, die von den Regierungen Amerikas und Deutschlands zur Suche nach den gesunkenen Schiffen »California« und »Klara« ausgesandt worden war.

Beim Verlassen des Ortes der Katastrophe funkte die Expedition nach New York und Berlin:

Es darf durch die präzise Erkundung als erwiesen angesehen werden, daß der Bolid eine titanische Stärke hatte: die »California« und die »Klara« wurden von dem Bolid tief in den Grund des Ozeans hineingetrieben, auch der Bolid versank in der Tiefe des Ozeanbettes. Am Ort der Katastrophe ist eine Senke mit einem Durchmesser von vierzig Kilometern und einer maximalen Tiefe, gerechnet vom bisherigen Grund, von 2,55 Kilometern entstanden. Nur durch Unterwasserbohrungen wird sich feststellen lassen, in welcher Tiefe alle drei Körper – »California«, »Klara« und der Bolid selbst – liegen. Die zu untersuchenden Objekte dürften stark deformiert sein.

Als Antwort darauf telegraphierten beide Regierungen:

Nehmen Sie die Bohrungen vor. Entsprechende Kredite sind eröffnet.

Die Expedition sandte eines ihrer Schiffe aus, um Zusatzausrüstungen für die Unterwasserbohrungen zu holen, und zwei Wochen danach begannen die Arbeiten.

Petropawluschkin war Dorfkorrespondent der »Bednota«. Die Wissenschaft hielt die Welt in Sensationspanik. Tagtäglich beanspruchten die Veröffentlichungen über ihre Entdeckungen die Hälfte der Tagespresse. In früheren Zeiten durfte sich der Krieger austoben, dann hatte der Krösus triumphiert, nun aber war die Zeit des gelehrten Helden und des frohlockenden Wissens gekommen. In der Wissenschaft hatte das vorwärtsweisende Element der Geschichte seinen Platz gefunden.

Abseits von der Wissenschaft zu stehen, hielt Petropawluschkin nicht aus, und so schrieb er einen Bericht für die »Bednota«, der ihm die innere Befriedigung verschaffen sollte, an der Weltwissenschaft teilzuhaben.

Neun Tage lang peinigten ihn Vermutungen, dann wurden sie zur wohligen Gewißheit, die ihm das Hirn erwärmte.

Der Bericht trug den Titel »Ein Mensch im Kampf gegen die ganze Welt«:

Der Wissenschaftler, Ingenieur und Agronom Isaak Grigorjewitsch Matissen, der, wie der Leser weiß, dieser Tage gestorben ist, hatte solche Gedanken erfunden, daß sie von allein Meteore auf die Erde schleudern konnten. Vor seinem Tod, als sein Körper heiß war, sagte Isaak Grigorjewitsch zu mir, daß er noch ganz andere Dinge machen würde. Das amerikanische Schiff ist auch durch seine Macht gesunken. Dabei hatte ich ihm abgeraten, sich so mit Unglück zu belasten. Er aber lachte über den gesunden Verstand eines halbwissenschaftlichen Menschen (ich habe den Grad eines Hilfsagronomen für Feldwirtschaft). Und nun sehe ich, daß die Milchstraße durch Isaak Grigorjewitschs Gedanken einen Sprung bekommen hat. Es klingt lächerlich, aber er ist an dieser Anstrengung gestorben. In seinem Kopf sind die Adern geplatzt, und er hat Gehirnbluten gekriegt. Außer der Milchstraße hat Isaak Grigorjewitsch noch einen Stern für immer kaputtgemacht und die Sonne samt Erde von ihrer ruhigen glatten Bahn abgebracht. Deswegen, denke ich mir, kam plötzlich auch so ein Planet auf die Halbinsel Kamtschatka geflogen.

Aber das ist alles vorbei. Jetzt ist Isaak Grigorjewitsch tot, und er hat völlig umsonst die zuverlässige Weltordnung zerstört. Dabei hätte er auch Gutes tun können, aber irgendwie wollte er das nicht und ist gestorben.

Ich mache diese weltweite Tatsache bekannt und erwarte, daß man ihr Vertrauen schenkt, denn ich kann alles bezeugen. Der Beweis ist mein Gespräch mit Isaak Grigorjewitsch vor seinem einsamen Tod.

Das Rätsel ist jetzt für alle Unkundigen gelöst, und die Tatsache ist jetzt zur unüberhörbaren Tatsache geworden.

Nieder mit den bösen Geheimnissen, es lebe die herzliche Wissenschaft!

Petropawluschkin, Dorfkorrespondent und Gehilfe des Abschnittsagronomen für Feldwirtschaft.

In der Redaktion der »Bednota« lachte man über eine solche Denunziation des Verstorbenen und schrieb dem Genossen Petropawluschkin einen warmherzigen Brief voller Überzeugungskraft und mit dem Versprechen, ihm Bücher zu schicken, die ihn im Handumdrehen von seinem idealistischen Wirrwarr heilen würden.

Petropawluschkin fühlte sich gekränkt und schrieb keine Berichte mehr. Dann überlegte er es sich anders, er bekam es mit der Wut und schrieb eine Postkarte:

Bürger! Herausgeber und Redakteure! Ein halbgebildeter Mensch hat Ihnen eine Tatsache mitgeteilt, aber Sie haben ihm keinen Glauben geschenkt, als wäre ich völlig ungebildet. Bitte, besinnen Sie sich eines Besseren und glauben Sie wenigstens für einen Tag, daß der Gedanke kein Idealismus ist, sondern ein mächtiger fester Stoff. Das Weltenall erscheint stabil, doch es hängt am seidenen Faden. Solange niemand den Faden zerreißt, ist es heil. Kaum aber bekommt es einen Stoß durch den Stoff der Gedanken, schon bricht alles auseinander. Was will man also, und wieso dieses Verlachen von Tatsachen? Die universelle Welt ist eben keine Papierzeitung. Vorwurfsvoll – ehem. Dorfkorrespondent Petropawluschkin.

Maria Alexandrowna Kirpitschnikowa las in der Liste der auf der »California« ums Leben Gekommenen den Namen ihres Mannes. Sie hatte gewußt, daß er zu ihr zurückkehren würde, jetzt erfuhr sie, daß er nicht mehr auf der Welt war.

Sie hatte ihn zwölf Monate nicht gesehen, jetzt würde sie ihn niemals wiedersehen.

»Das Leben ist zu Ende!« sagte sie laut und trat zum Fenster.

»Was ist, Mama?« fragte ihr fünfjähriger Sohn, der mit der Katze spielte.

»Der Sommer geht zu Ende, Söhnchen! Guck mal, die Blätter fallen von den Bäumen!«

»Und warum weinst du? Kommt Papa nicht?«

»Aber ja, mein Guter!«

»Tut er dir leid? Hast du das große Buch für ihn gekauft?«

»Und du, hast du dein Gedicht vergessen? Komm, sag es mal auf!«

Der Junge stand vom Fußboden auf und sagte, aus Angst, steckenzubleiben und etwas zu vergessen, in einem Atemzug:

> Wichtig ist der rote Fahrer
> mit dem großen Autobus.
> Rast ganz schnell entlang die Straßen;
> wer da mitfährt, zahlen muß.

Der Junge machte eine wichtige Miene und bildete sich ein, er sei der Fahrer. Die Mutter nahm ihn in die Arme und versuchte ihn zu überreden, ins Bett zu gehen, um am Abend nicht vor Müdigkeit umzufallen. Der Junge sträubte sich und streichelte seinerseits die Mutter, gierig und konzentriert, wie ein Erwachsener.

»Leg dich hin, schlaf, mein Junge! Papa kommt dann schneller!«

»Du schwindelst, Mami! Ich habe schon so viel geschlafen, aber er kommt und kommt nicht!«

»Leg dich einfach ein bißchen hin, ruh dich aus! Sonst schick ich dich zur Oma, wie Ljowotschka, dann wirst du Sehnsucht nach mir haben! Fährst du zur Oma?«

»Nein, ich will nicht!«

»Warum nicht?«

»Dort ist es langweilig, und wenn Papa kommt, bin ich nicht da!«

Der Junge legte sich dennoch hin, eine Mutter weiß schon, wie sie es anstellen muß. Maria Alexandrowna betrachtete ihr Kind – sein Gesicht hatte einen friedlichen und ungewöhnlichen Ausdruck angenommen, der Mitleid und neue Kräfte der Liebe weckte. Der Junge brauchte nur aufzuwachen, so schien es, und alles würde neu werden, und seine Mutter würde ihm niemals mehr weh tun. Doch das war nur eine kleine Täuschung durch den Anblick des schlafenden schutzlosen Kindes: Der Junge würde wieder als kleiner Bandit und Unhold erwachen, so daß selbst die Möbel ermüdeten.

In der eingetretenen Ruhe beschloß Maria Alexandrowna, unbeirrt zu leben. Doch sie begriff, daß sie jetzt die ganze Energie ihres Bewußtseins darauf richten mußte, ihr weinendes liebendes Herz zu regulieren. Nur so würde sie sich auf den Beinen halten können, wenn nicht, starb sie vielleicht im Schlaf.

Schlafen zu gehen, hatte sie Angst: Die wilden Bilder ihres unbändigen Unglücks konnten das ausruhende schutzlose Gehirn zerfleischen. Sie wußte, daß sich im schlafenden Menschen die Schreckensbilder vermehren, wie Unkraut auf brachliegenden Feldern.

Die bevorstehende Nacht flößte ihr unfaßbare Furcht ein.

Als Frau, als Mensch hätte sie gern eine Handvoll Asche von ihrem verblichenen Mann gehabt. Das abstrakte Grab unter dem Grund des Ozeans machte seinen tatsächlichen Tod unglaubhaft, doch ein dunkler Instinkt gab ihr die Gewißheit, daß Michail nicht mehr die Luft der Erde atmete.

Der schlafende Jegoruschka erinnerte sie gespenstisch an ihren Mann. Es fehlten nur die Müdigkeitsfalten um den Mund.

Maria Alexandrowna begriff ihren Mann nicht ganz: Der Zweck seines Fortgangs war ihr unverständlich geblieben. Sie glaubte nicht daran, daß ein lebendiger Mensch das warme verläßliche Glück gegen die wüste Kälte einer abstrakten einsamen Idee eintauschen kann. Sie dachte, der Mensch suche allein den Menschen, und wußte nicht, daß der Weg zum Menschen durch die kalte Wildnis des Raums führen kann. Maria Alexandrowna meinte, nur wenige Schritte trennten die Menschen voneinander.

Doch Michail war fortgegangen, und dann war er gestorben auf seiner weiten Seereise, auf der Suche nach dem Kostbaren, das seine heimlichen Gedanken ausmachte. Maria Alexandrowna wußte natürlich, wonach ihr Mann suchte. Sie verstand den Sinn der Entdeckung, die Materie zu vermehren. Und sie wollte ihm behilflich sein. Sie kaufte für ihn zehn Exemplare eines dicken Bandes – die Übertragung der Symbole eines soeben in der Tundra aufgefundenen Buches mit dem Titel »Generalwerk«. In Ajunien war das Lesen sicherlich stark entwickelt gewesen: dazu trug die Dunkelheit der acht Monate langen Nacht und das isolierte Leben der Ajuniter bei.

Beim Bau des zweiten Vertikalwärmetunnels – Kirpitschnikow war zu dieser Zeit bereits verschwunden – wurden vier Granitplatten mit Hochreliefsymbolen entdeckt. Die Symbole waren von der gleichen Art wie die in dem seinerzeit gefundenen Buch »Ajunas Lieder«, deshalb ließen sie sich leicht in die moderne Sprache übertragen.

Die beschrifteten Platten waren wahrscheinlich ein Denkmal und das Vermächtnis eines Ajuniterphilosophen, doch sie enthielten Gedanken über den verborgenen Inhalt der Natur. Maria Alexandrowna studierte das ganze Buch und fand eindeutige Anhaltspunkte für das, was ihr Mann auf der ganzen leeren Erde suchte. Ein ferner toter Mensch half ihrem Mann, dem Wissenschaftler und Vagabunden, half dem Glück einer Frau und Mutter.

Und da veröffentlichte Maria Alexandrowna in fünf amerikanischen Zeitungen die Anzeige.

Sie hatte die nötigen Stellen des »Generalwerks« auswendig gelernt, aus Angst, sie könnte die Bücher verlieren und müßte Michail ohne die für ihn größte Freude begrüßen.

Nur das Lebende läßt sich durch Lebendes erkennen, schrieb der Ajuniter. *Das Tote ist unbegreiflich. Das Unglaubliche läßt sich nicht mit Glaubwürdigem messen. Aus ebendiesem Grunde konnte wir etwas so Fernes wie die Aenen (entspricht den Elektronen – Anm. der Übersetzer und Deuter) deutlich erkennen, während wir von etwas so Nahem wie der Mamarwa (entspricht der Materie – Anm. der Übersetzer und Deuter) immer noch wenig wissen. Das liegt daran, daß ersteres lebt wie du und ich, letzteres dagegen tot ist wie Muija (unbekanntes Bild – Anmerkung d. Übers. und Deuter). Als die Aenen sich in der Proija (entspricht dem Atom – Anm. d. Übers. und Deut.) bewegten, sahen wir darin zunächst eine mechanische Kraft, doch dann entdeckten wir erfreut in den Aenen Leben. Das Proijazentrum aber, das voller Mamarwa ist, war jahrhundertelang ein Rätsel, bis mein Sohn glaubwürdig nachwies, daß das Proijazentrum aus ebensolchen Aenen besteht, allerdings toten.*

Die toten Aenen dienen den lebenden zur Nahrung. Sobald mein Sohn aus der Proija den Mittelteil entfernte, verhungerten alle lebenden Aenen. So wurde herausgefunden, daß das Proijazentrum den Speicher der lebenden Aenen bildet, die bei der Heimstatt der Leichen ihrer Vorfahren weiden, um sie aufzufressen. So einfach und mit solch glänzender Wahrhaftigkeit wurde die Natur der gesamten Mamarwa entdeckt. Ewiges Gedenken meinem Sohn! Ewige Trauer seinem Namen! Ewige Ehre seinem ermatteten Bild!

Das wußte Maria Alexandrowna auswendig, ebenso wie ihr Sohn das Gedicht vom wichtigen rothaarigen Fahrer.

Der übrige Teil des »Generalwerkes« enthielt die Lehre von der Geschichte der Ajuniter – von ihrem Beginn und nahen Ende, das kommen wird, wenn die Ajuniter ihren Höhepunkt in Zeit und Natur erreicht haben, wenn alle drei Kräfte – das Volk der Ajuniter, die Zeit und die Natur – zu einem harmonischen Verhältnis gefunden haben und ihr Dasein zu dritt wie eine Sinfonie erklingt.

Das interessierte Maria Alexandrowna kaum. Sie suchte

nach dem Gleichgewicht ihres persönlichen Glücks und folgte nicht in allem den Offenbarungen des unbekannten Ajuniters.

Und erst bei den letzten Seiten des Buches erbebte sie und versank in staunende Aufmerksamkeit.

... Heute ist das ebenso möglich geworden, wie es in der Epoche der Kindheit meiner Heimat war. Damals gerieten die Abgründe des Kontinentalozeans (Nördliches Eismeer – Anm. des Redakteurs) in Aufruhr, und der Ozean begann unsere Erde mit hartem eisigem Wasser, vermischt mit Eisbrocken, zu überfluten. Das Wasser floß ab, das Eis blieb zurück. Es wälzte sich lange über die Hügel unseres weiten Landes, bis es sie abgeschliffen hatte und unsere Heimat zu einer unfruchtbaren Ebene geworden war. Die besten, ertragreichsten Böden auf den Hügeln hatte das Eis abgetragen, und das Volk blieb auf hungrigem Feld zurück. Doch die Not ist der beste Ratgeber und die Katastrophe des Volkes sein Organisator, wenn sein Blut durch das lange Leben auf der Erde noch nicht unfruchtbar geworden ist. So war es auch damals: Das Eis hatte den fruchtbringenden Boden zerstört, hatte unsere Vorfahren der Ernährung und Fortpflanzung beraubt, Verderben brach über unser Volk herein. Der heiße Strom im Ozean, der unser Land erwärmte, entfernte sich immer mehr nach Norden, und Kälte heulte über dem Land, in dem dunkle Argone blühten. Von Norden her belauerte uns das Chaos des toten Eises, von Süden Wald, vollgestopft mit finsteren Horden riesenhafter Tiere, erfüllt vom Pfeifen schauriger Reptilien und durchflossen von den Giftströmen der Sundra (Ausdünstungen gigantischer Schlangen – Anm. d. Red.). Das Volk der Ajuna, ein Volk voll Kühnheit und Ehrfurcht vor seinem Schicksal, begann sich selbst abzutöten, es vergrub seine Bücher – die höchste Gabe der Ajuna – in der Erde, nachdem es sie mit Gold beschlagen und die Seiten mit Wenjatinktur getränkt hatte, auf daß sie die Ewigkeit überdauerten und nicht verfaulten.

Als die Hälfte des Volkes vom Tode bezwungen war und leblos dalag, erschien Eija – der Hüter der Bücher – und streifte durch die verödeten Höfe und die verstummenden Wohnstätten. Er sagte: Die Mutterschaft des Bodens ist uns genommen, die Wärme der Luft versiegt, das Eis zerschürft unsere Heimat, und das Leid erstickt die Weisheit des Geistes und den Mut. Uns ist allein das Sonnenlicht geblieben. Ich habe einen Apparat gebaut – hier ist er! Das Leid hat mich Geduld gelehrt, und die wilden Jahre der Verzweiflung des Volkes habe ich fruchtbringend zu nutzen gewußt. Das Licht ist die Kraft der gepeinigten Mamarwa (der sich verändernden Materie – Anm. d. Red.), das Licht ist das Element der Aenen; die Kraft der Aenen ist verbessernd. Mein Apparat wandelt die Ströme der Sonnenaenen in Wärme um. Doch nicht nur das Licht der Sonne, auch das des

Mondes und der Sterne kann ich mit meiner einfachen Maschine in Wärme umwandeln. Ich kann eine riesige Wärmemenge gewinnen, die Berge schmelzen läßt. Wir brauchen den warmen Ozeanstrom nicht mehr, um unser Land zu erwärmen!

So wurde Eija zum Anreger des Lebens und zum Begründer einer neuen Geschichte der Ajuna. Sein Apparat, der sich aus komplizierten Spiegeln zusammensetzt, die das Himmelslicht in Wärme und lebendige Metallkraft (wahrscheinlich Elektrizität – Anm. d. Red.) umwandeln, bildet bis auf den heutigen Tag die Quelle des Lebens und Wohlstandes unseres Volkes.

Die Ebenen unserer Heimat erblühten, und neue Kinder wurden geboren. So verging ein En (sehr langer Zeitraum – Anm. d. Red.). Der menschliche Organismus war erschöpft. Selbst ein junger Mann konnte keinen Samen erzeugen, selbst der stärkste Verstand hatte aufgehört, Gedanken hervorzubringen. Die Täler der Heimat hatten sich mit dem Dunkel der letzten Verzweiflung überzogen – der Mensch hatte seine Grenzen erreicht, die Ajuna, die Sonne unseres Herzens, ging für immer unter. Im Vergleich dazu war das Eis ein Nichts gewesen, die Kälte ein Nichts, der Tod ein Nichts. Der Mensch nährte sich allein von Selbstverachtung. Er konnte weder lieben noch denken, nicht einmal leiden. Die Lebensquellen waren im Körper versiegt, weil sie leer getrunken waren. Wir hatten Berge von Nahrung, Paläste der Bequemlichkeit und kristallene Bücherspeicher. Doch es gab kein Schicksal mehr, vorbei war es mit der Lebenskraft und dem Feuer im Körper, und die Hoffnungen hatten sich getrübt. Der Mensch ist wie ein Erzbergwerk, doch das Erz war gänzlich abgebaut, übrig geblieben waren leere Schächte.

Schön ist es, auf einem starken Schiff im wilden Ozean ums Leben zu kommen, schlimm dagegen, an Nahrung zu ersticken.

So war es lange Zeit. Eine ganze Generation erfuhr nicht, was Jugend ist.

Da fand mein Sohn Rijgo einen Ausweg. Was die Natur nicht zu geben vermocht hatte, das gab die Kunst. Er hatte sich einen Rest lebendiges Gehirn bewahrt und sagte uns, unser Schicksal vollende sich, noch aber sei es möglich, ihm die Tür zu öffnen – uns erwarte ein lichter Tag. Die Lösung war einfach: eine elektromagnetische Bahn. (Im Original: ein Rohr für die lebendige Metallkraft – Anm. d. Red.) Rijgo verlegte aus dem Raum eine Speiseleitung zu den Aenen unseres düsteren Körpers, setzte über diese Speiseleitung Ströme von toten Aenen (entspricht dem Äther – Anm. d. Red.) in Bewegung, und als die Aenen unseres Körpers Nahrung im Überfluß erhielten, lebten sie auf. So wurden unser Gehirn, unser Herz, unsere Liebe zur Frau und unsere Ajuna wiedererweckt. Doch nicht genug damit: die Kinder wuchsen doppelt so schnell, und das Leben pulsierte in ihnen wie eine Maschine von größter Stärke. Alles übrige – Bewußtsein, Gefühl und Liebe – nahm schreckliche Ausmaße an und machte den Vätern Angst. Die Ge-

schichte schritt nicht mehr voran, sie stürmte dahin. Und der Wind schlug uns ins ungeschützte Antlitz mit den großen Neuheiten des Denkens und Handelns.

Die Erfindung meines Sohnes hat wie alles Herausragende ein graues Antlitz. Rijgo nahm zwei mit Aenenleichen gefüllte Proijazentren und setzte sie in eine Proija ein. Da begannen sich die lebenden Aenen rasch zu vermehren, und die ganze Proija wurde innerhalb von zehn Tagen fünfmal so groß. Der Grund ist erkennbar und simpel: Die Aenen aßen mehr, weil sich ihr Nahrungsvorrat verdoppelt hatte.

So züchtete Rijgo ganze Kolonien satter, schnell wachsender, unwahrscheinlich vermehrungsfreudiger Aenen. Dann nahm er einen gewöhnlichen Körper – ein Stück Eisen – und begann, an ihm vorbei, das Eisen lediglich streifend, in Richtung der Sterne einen Strom satter, in Kolonien gezüchteter Aenen auszustrahlen. Die satten Aenen fingen keine Leichen von Vorfahren (d.h. Äther – Anm. d. Red.) zu ihrer Ernährung, und diese flossen ungehindert zu dem Eisenstück, wo hungrige Aenen sie erwarteten. Und das Eisen begann zusehends zu wachsen, wie eine Pflanze aus der Erde, wie das Kind im Mutterleib.

So belebte die Kunst meines Sohnes den Menschen und begann den Stoff wachsen zu lassen.

Doch ein Sieg bereitet immer eine Niederlage vor.

Die gemästeten Aenen, die einen stärkeren Körper besaßen, fielen nun über lebende, aber natürliche Aenen her und verschlangen sie. Aber da es bei jeglicher Stoffumwandlung unvermeidliche Verluste gibt, vergrößerte das aufgefressene kleine Aen den Körper des großen Aens nicht um die gleiche Menge, die es gehabt hatte, als es noch lebte. So kam es, daß der Stoff bald hier, bald da, überall, wo die gemästeten Aenen (Elektronen – im weiteren wollen wir diesen modernen Terminus verwenden – Anm. d. Red.) hingelangten, abnahm: Rijgos Kunst hatte nicht vermocht, eine Speiseleitung für die ganze Erde herzustellen, und der Stoff schmolz zusammen. Allein dort, wohin der Strom der Elektronenleichen (der Ätherstrom – Anm. d. Red.) hingeleitet worden war, nahm der Stoff zu. Mit Ätherströmen waren die Menschen, der Boden und die für unser Leben wichtigsten Stoffe versorgt worden. Alles übrige hatte in seinem Umfang abgenommen, der Stoff verbrannte, der Preis unseres Lebens war die Zerstörung des Planeten.

Rijgo verschwand. Im Kontinentalozean hatte das Wasser zu versiegen begonnen. Rijgo kannte die Ursache für das Versiegen der Feuchtigkeit und war losgegangen, um sich dem Feind in den Weg zu stellen. Der von ihm gemästete und erzogene Elektronenstamm war eines Tages, durch die Arbeit der Zeit und durch natürliche Auslese, dahin gekommen, daß jedes Elektron, der Größe seines Körpers nach, einer Wolke gleicht.

Mit rasendem Grimm zogen finstere Elektronenwolken aus der Tiefe des Kontinentalozeans herauf, schwankend wie die Berge bei Erdbeben, atmend wie mächtige Winde. Die Ajuna würde von ihnen wie gewöhnliches Wasser aufgesogen werden! Rijgo fiel. Dem Blick des Elektrons standzuhalten ist unmöglich. Abscheulich würde der Schreckenstod sein, aber für die Ajuna gab es keine Rettung mehr. Rijgo ist schon lange ins Ungewisse hinabgefallen, wie der Stein in den Brunnen. Viel zu langsam bewegen sich diese wilden kosmischen Tiere. Aber viel zu schnell legten sie den Weg von einem Projapartikel zu einem lebenden Berg zurück. Ich glaube, sie versinken in der Erde wie in Quark, weil ihr Körper schwerer ist als Blei. Gewiß ist Rijgo nicht umsonst gefallen, er muß eine Lösung und ein Verfahren gekannt haben, wie die unbekannten Elementarkörper zu besiegen sind. Im schnellen Wachstum, im ungestümen Ablauf der natürlichen Auslese liegt die Kraft der Elektronen. Darin liegt aber auch ihre Schwäche, denn das ist ein eindeutiges Anzeichen für die äußerste Einfachheit ihrer Psyche und ihrer physiologischen Organisation, hier tritt ihre ungeschützte, verwundbare Stelle zutage. Rijgo hatte das erkannt, starb jedoch unter der Pranke eines Elektrons, die schwer war wie eine Platinplatte ...

Maria Alexandrowna saß über das Buch gebeugt, Jegoruschka schlief, die Uhr schlug Mitternacht – die schrecklichste Stunde der Einsamkeit, wenn alle Glücklichen schlafen.

»Muß sich der Mensch seine Nahrung wirklich so teuer erkaufen?« sagte Maria Alexandrowna laut. »Muß denn ein Sieg immer Vorbote einer Niederlage sein?«

Stille liegt über Moskau. Die letzten Straßenbahnen eilen funkensprühend zum Depot.

»Durch was für einen Sieg wird dann der finstere Tod meines Mannes gesühnt werden? Welche Seele wird mir seine düstere verlorene Liebe ersetzen?«

Und sie entbrannte in rasendem Schmerz und weinte Tränen, die den Körper schneller töten als hervorschießendes Blut. Ihre Gedanken malten schreckliche Bilder: das Dröhnen der lebendigen finsteren Elektronen marterte die weise schutzlose Ajuna, grüne Giftströme überfluteten die blühende Tundra, und in dem grünen Naß, schmachtend und dem Ertrinken nahe, schwamm Michail Kirpitschnikow, ihr einziger Freund, den sie für alle Ewigkeit verloren hatte.

In Serebrjany Bor, dicht neben dem Krematorium, stand ein Gebäude in lieblichem Baustil. Es hatte die Form eines Sphäroids, einem kosmischen Körper nachgebildet, und stützte sich, ohne die Erde zu berühren, auf fünf mächtige Säulen. Vom höchsten Punkt des Sphäroids ragte eine Teleskopsäule in den Himmel – als Zeichen und als Warnung für die dunkle elementare Welt, die den Lebenden Lebende, den Liebenden ihre Geliebten entreißt, als Ausdruck der Hoffnung, daß die Toten durch die Kraft der aufsteigenden Wissenschaft dem Universum entrissen und wiedererweckt werden und daß sie zu den Lebenden zurückkehren.

Das war das Haus des Gedenkens, in dem Urnen mit der Asche ums Leben gekommener Menschen standen.

Eine grauhaarige und durch ihr Alter überaus schöne Frau betrat mit einem jungen Mann das Haus. Still gingen sie zum fernen Ende des riesigen Saals, der von sanftem blauem Licht des Gedenkens und der Sehnsucht beleuchtet wurde.

Die Urnen standen in einer Reihe wie erloschene Leuchter, deren Licht einst einen unbekannten Weg erhellt hatte.

An den Urnen waren Gedenktafeln angebracht.

Andrej Wogulow. Verschollen bei einer Expedition zur Erforschung der Atlantis. Die Urne enthält keine Asche – es liegt ein Tuch darin, das mit seinem Blut getränkt wurde, als er sich bei Arbeiten auf dem Grund des Stillen Ozeans verletzte. Das Tuch übergab seine Gefährtin.

Peter Kreuzkopf, Erbauer der ersten Mondrakete. Flog mit seiner Rakete zum Mond und kehrte nicht zurück. Asche enthält die Urne nicht. Aufbewahrt wird Kinderkleidung von ihm. Ehre dem großen Techniker und dem kühnen Willen!

Die grauhaarige Frau mit dem ungewöhnlichen strahlenden Gesicht und der junge Mann gingen weiter.

Sie blieben an der letzten Urne stehen.

Michail Kirpitschnikow, Forscher auf dem Gebiet der Vermehrung der Materie, Mitarbeiter des Doktors der Physik F. K. Popow, Ingenieur. Ums Leben gekommen auf der »California« durch den Absturz eines Boliden. Die Urne enthält keine Asche. Aufbewahrt wird seine Arbeit über die künstliche Fütterung und Aufzucht von Elektronen sowie eine Haarsträhne.

Unten hing noch eine kleine Tafel:

Um Nahrung für die Elektronen zu finden, verlor er sein Leben und die Seele seiner Freundin. Der Sohn des Toten wird das Werk seines Vaters verwirklichen und der Mutter das vom Vater verbrauchte Herz zurückgeben. Unsere Erinnerung und Liebe dem großen Forscher!

Das Alter ist mitunter wie die Jugend: Es verspricht sich Rettung im wunderbaren verspäteten Leben.

Maria Alexandrowna Kirpitschnikowa hatte ihre Jugend umsonst eingebüßt, jetzt hatte sich die Liebe zu ihrem Mann in ein Gefühl leidenschaftlicher Mutterschaft für ihren älteren Sohn Jegor verwandelt, der bereits vierundzwanzig Jahre alt war. Ihr jüngerer Sohn Lew studierte, war mitteilsam und sehr schön, aber er weckte in der Mutter nicht dieses heftige Gefühl der Zärtlichkeit, Sorgsamkeit und Hoffnung wie Jegor.

Jegors Gesicht glich dem seines Vaters – ebenso grau und durchschnittlich, doch ungewöhnlich anziehend durch seine verborgene Bedeutsamkeit und unbewußte Stärke.

Maria Alexandrowna faßte Jegor bei der Hand wie einen kleinen Jungen und ging mit ihm zum Ausgang.

Im Vestibül des Hauses des Gedenkens hing eine quadratische goldene Tafel mit grauen Platinbuchstaben:

Der Tod ist dort zu Hause, wo ausreichende Kenntnisse über die im Organismus wirkenden und ihn zerstörenden physiologischen Naturkräfte fehlen.

Der Bogen über dem Hauseingang trug die Worte:

Erinnere dich mit Zärtlichkeit, doch ohne Leiden: Die Wissenschaft erweckt die Toten und tröstet dein Herz.

Die Frau und der junge Mann traten ins Freie. Die Sommersonne jubilierte über der vollblütigen Erde, und dem Blick der beiden Menschen bot sich das neue Moskau dar – eine wunderbare Stadt mächtiger Kultur, beharrlicher Arbeit und klugen Glücks.

Die Sonne hatte es eilig mit ihrem Tagwerk, die Leute lachten vor überschüssiger Kraft, sie waren begierig auf Arbeit und Liebe.

Die Sonne über ihren Köpfen versorgte sie mit allem – dieselbe Sonne, die seinerzeit Michail Kirpitschnikows Weg im Zitronenland Riverside erhellt hatte, die alte Sonne, die in unruhiger leidenschaftlicher Freude strahlt, Weltkatastrophe und Empfängnis des Universums.

Jegor Kirpitschnikow hatte die Lomonossow-Universität absolviert und war Elektroingenieur geworden.
Das Thema seines Diplomprojekts lautete: »Die lunaren Störungen der Elektrosphäre der Erde.«
Die Mutter hatte Jegor alle Bücher und Manuskripte des Vaters übergeben, darunter auch Popows Arbeit, die Michail Kirpitschnikow nach Popows Tod vollständig abgeschrieben hatte.
Jegor machte sich mit Popows Arbeiten, der kostbaren Literatur der Ajuniter und allen modernen Hypothesen über Fütterung und Aufzucht der Elektronen vertraut. Daß die Elektronen lebende Wesen waren, daran konnte es keinen Zweifel mehr geben. Sie galten bereits als feststehende mikrobiologische Disziplin.
Jegor machte die endgültige Enträtselung des Universums zum Thema seines Lebens, und er suchte nicht wie sein Vater vergeblich nach dem Ursprung der Welt im interstellaren Raum – im geheimnisvollen Leben der Elektronen, die den Äther bilden.
Jegor glaubte daran, daß es außer dem biologischen noch ein elektrotechnisches Verfahren der künstlichen Stoffvermehrung gab, und er suchte danach mit der ganzen Frische und Leidenschaftlichkeit seiner Jugend, die noch unberührt war von weiblicher Liebe.
In diesem Sommer war Jegor zeitig fertig mit seiner Arbeit im Laboratorium von Professor Marand, dem er am Lehrstuhl für Ätheraufbau assistierte.
Marand fuhr im Mai nach Australien zu seinem Freund, dem Astrophysiker Towt, und Jegor genoß die Erholung, den Sommer und die eigenen unverhofften Gedanken.
Die Erholung sei die beste Schaffenszeit, hatte Jegors Vater einmal in einem Brief an Maria Alexandrowna ge-

schrieben, als er durch die Tundra in der Umgebung des Vertikalwärmetunnels gewandert war, wo er eine Zeitlang Arbeiten zu leiten hatte.

Jegor verließ morgens das Haus. Die Metro trug ihn unter dem Krasnyje-Tor, unter dem Platz der fünf Bahnhöfe hindurch weit vor die Stadt, bis hinter Nowyje Sokolniki, in die sauerstoffreichen Wälder. Jegor schritt dahin, er fühlte den Druck seines Blutes, das freie Vibrieren seines Gehirns und die heftige Sehnsucht der nahenden Liebe.

Eines Tages geschah folgendes. Als Jegor erwachte, war draußen bereits ein großartiger festlicher Sommertag angebrochen. Die Mutter schlief, nachdem sie bis tief in die Nacht hinein gelesen hatte. Jegor zog sich an, las die Morgenzeitung, lauschte der tönenden Anspannung der erstaunlichen Stadt und beschloß, irgendwohin zu gehen. Vom Vater oder von seinen fernen Vorfahren ererbt, hatte sich in ihm der Drang nach Bewegung, nach Wanderschaft und nach Befriedigung seines Sehbedürfnisses erhalten. Vielleicht waren seine Ahnen einst mit Beutel und Stock von Woronesh nach Kiew gepilgert, weniger zur Rettung ihres Seelenheils als aus Neugier auf neue Orte; vielleicht war es auch noch etwas anderes gewesen – keiner wußte es. Auch Jegor befriedigte nach Kräften seinen unruhigen Vagabundensinn in einem engeren Radius.

Die U-Bahn trug Jegor bis hinter Ostankino hinaus und ließ ihn dort allein. Jegor schlug einen einsamen Feldweg ein, nahm den Hut ab und murmelte ein vergessenes Gedicht vor sich hin, das er aus den Büchern der Mutter hatte:

> Unter Menschen, die mir nah und fremd,
> irr ich ohne Ziel und ohn Verlangen ...

Wie es weiterging, wußte er nicht mehr, doch ihm fiel etwas anderes ein:

> Dein Liebster in der Ferne starb,
> fiel in den Brunnen wie ein Stein.
> Die Urne seine Locke barg,
> allein den Kopf, den büßt' er ein.

Dieses Lied sang manchmal Jegors Mutter, wenn die Sehnsucht nach dem Mann sie packte und sie bei ihren Kindern und diesem schlichten Liedchen Schutz davor suchte.

»So«, sagte sich Jegor, »aber was erzeugt denn nun den Äther?« Er legte sich ins Gras. »Ach, weiß der Teufel!«

Die Sonne streichelte die Erde gegen den Strich – und die Erde bäumte sich auf mit Gräsern, Wäldern, Winden, Erdbeben und Nordlichtern.

Jegor sah flüchtig zur Sonne – und sofort stieg ihm eine heiße Welle in die Kehle und verblieb im Kopf.

Er erhob sich und war zu keinem Gedanken fähig.

Als hätte ihn von hinten plötzlich eine verlorene geliebte Frau umarmt und sich sogleich versteckt.

Wie in eine Frau, so drang in sein Bewußtsein eine hellleuchtende Ahnung und durchschnitt sein Gehirn wie eine Sternschnuppe. Das war genauso seltsam und verrückt wie das Haschen des Kindes nach den Brustwarzen der Mutter, wie der Moment der Empfängnis im jungfräulichen Leib. Er spürte Leidenschaft und Beruhigung, wie die Blume, die fruchtbaren Staub in den mütterlichen Raum abgegeben hat.

Als Jegor der unverhoffte Gedanke wieder entglitten war, schrie er auf vor Ärger und ging fort von dem zufälligen Ort.

Doch dann kehrten nach und nach alle unklaren Gedanken zu ihm zurück, wie Kinder ins Haus, wenn sie sich ausgetobt haben und dem Ruf der Mutter mit leichtem Widerstreben folgen.

Am vierten Januar erschien in der Zeitung »Intellektualny trushenik« eine Meldung:

DIE ELEKTROZENTRALE DES LEBENS

Der junge Ingenieur Kirpitschnikow führt im Ätherlaboratorium von Prof. Marand seit einigen Monaten interessante Experimente zur künstlichen Ätherherstellung durch. Kirpitschnikows Arbeit geht davon aus, daß ein hochfrequentes elektromagnetisches Feld in der Materie lebende Elektronen abtötet; tote Elektronen bilden bekanntlich den Ätherkörper. Die hohe technische Kunst des Ingenieurs Kirpitschnikow läßt sich daraus ablesen, daß für die Abtötung der Elektronen ein Feld mit mindestens 10^{12} Perioden pro Sekunde erforderlich ist.

Kirpitschnikows Hochfrequenzmaschine ist die Sonne selbst, deren Licht durch ein kompliziertes System interferierender Flächen in seine energetischen Bestandteile zerlegt wird: mechanische Druckenergie, chemische Energie, Elektroenergie usw.

Kirpitschnikow braucht eigentlich nur die Elektroenergie, die er mit Hilfe eines speziellen, aus Prismen und Deflektoren bestehenden Geräts in sehr begrenztem Raum konzentriert, um die nötige Frequenz zu erreichen.

Das elektromagnetische Feld ist im Grunde eine Elektronenkolonie. Kirpitschnikow regte dieses Feld zu raschem Pulsieren an und erreichte dabei, daß die lebenden Elektronen, die das sogenannte Feld bilden, umkamen; das elektromagnetische Feld verwandelte sich so in Äther – eine mechanische Masse toter Elektronenkörper.

In die entstehenden Ätherräume versenkte Kirpitschnikow ganz gewöhnliche Körper (zum Beispiel einen Wattermann-Kugelschreiber), die innerhalb von drei Tagen die dreifache Größe annahmen.

Im Stoff des Kugelschreibers lief folgender Prozeß ab: Die lebenden Elektronen erhielten erhöhte Nahrung durch die sie umgebenden Elektronenleichen und vermehrten sich rasch, wobei sie auch an Umfang zunahmen. Das hatte das Wachstum des gesamten Kugelschreiberstoffes zur Folge. Sobald der Äther durch die lebenden Elektronen verzehrt war, hörten Wachstum und Vermehrung auf.

Kirpitschnikow stellte auf Grund seiner Arbeiten fest, daß im Sonnenmassiv in unwahrscheinlicher Zahl ausschließlich lebende Elektronen erzeugt werden; doch die Konzentration dieser gigantischen Zahl auf relativ engem Raum verursacht zwischen ihnen einen so schrecklichen Kampf um die Nahrungsquellen, daß die Elektronen fast gänzlich zugrunde gehen. Der Kampf der Elektronen um ihre Nahrung bedingt eine hohe Pulsation der Sonne. Die physikalische Energie der Sonne hat sozusagen eine soziale Ursache – die gegenseitige Konkurrenz der Elektronen. Die Elektronen leben im Sonnenmassiv lediglich ein paar Millionstelsekunden, denn sie werden von stärkeren Gegnern vernichtet, die ihrerseits unter den Schlägen noch mächtiger Konkurrenten zugrunde gehen usw. Kaum hat das Elektron die Leiche eines Feindes aufgefressen, geht es schon zugrunde, und der nächste Sieger frißt es zusammen mit den noch nicht verdauten Körperresten des vorher getöteten Elektrons.

Die Bewegungen der Elektronen in der Sonne sind so schnell, daß eine riesige Zahl von der Sonne verdrängt wird und mit einer Geschwindigkeit von dreihunderttausend Kilometern pro Sekunde in den Weltraum fliegt, wodurch der Effekt des Sonnestrahls entsteht. Doch auf der Sonne tobt ein so schrecklicher und verheerender Kampf, daß alle Elektronen, die die Sonne verlassen, tot sind, und ihre Geschwindigkeit rührt entweder vom Beharrungsvermögen der Bewegung her, die sie in lebendem Zustand hatten, oder von dem Schlag des Gegners.

Kirpitschnikow ist jedoch überzeugt, daß es in ganz seltenen Fällen – einmal in Äonen – auch vorkommen kann, daß sich ein Elektron lebend von der Sonne losreißt. Dann wird es, von Äther – überreichlicher Nahrung – umgeben, zum Begründer eines neuen Planeten. In Zukunft will Ing. Kirpitschnikow Äther in großen Mengen herstellen, vorwiegend aus hohen Atmosphäreschichten, die an den Äther angrenzen. Die Elektronen sind dort weniger aktiv, und ihre Vernichtung erfordert weniger Energie.

Kirpitschnikow steht vor dem Abschluß seiner neuen Methode der künstlichen Ätherproduktion; das neue Verfahren stellt eine elektromagnetische Bahn dar, in der hohe Frequenzen zur Abtötung von Elektronen wirken. Die elektromagnetische Hochfrequenzbahn ist von der Erde zum Himmel gerichtet, und in ihr bildet sich, wie in einem Rohr, ein Strom toter Elektronen, der durch den Druck des Sonnenlichts zur Erdoberfläche getrieben wird.

An der Erdoberfläche wird der Äther gesammelt und in

speziellen Gefäßen gespeichert, anschließend dient er der Ernährung der Stoffe, die vergrößert werden sollen.

Ing. Kirpitschnikow hat auch umgekehrte Versuche durchgeführt. Mit dem Hochfrequenzfeld wirkte er auf einen beliebigen Gegenstand ein und erreichte, daß er sich gewissermaßen auflöste und völlig verschwand. Offensichtlich vernichtete er bei der Abtötung der Elektronen im Stoff des Gegenstandes die verborgene Natur des Stoffes selbst, denn nur das lebende Elektron ist Materieteilchen, das tote gehört dem Äther an. Kirpitschnikow wandelte auf diese Weise etliche Gegenstände vollständig in Äther um, auch den Kugelschreiber, den er zunächst »gemästet« hatte.

Kirpitschnikows Arbeiten demonstrieren in ihrer Gesamtheit, welch titanische schöpferische und vernichtende Kraft die Menschheit durch seine Erfindung erhalten hat.

Nach Kirpitschnikows Meinung wird die Erde dank ständiger Versorgung mit Äther, der von der Sonne auf den Erdball herabfließt, immer größer und das spezifische Gewicht ihres Stoffes immer höher. Das sichert den Fortschritt der Menschheit und stellt den historischen Optimismus auf eine physikalische Basis.

Kirpitschnikow sagt, daß er mit seiner Erfindung ganz und gar die Wirkung der Sonne auf die Erde kopiert, lediglich ihre Arbeit beschleunigt habe.

Im Zusammenhang mit diesen verblüffenden Entdeckungen muß man unwillkürlich an F. K. Popow denken, der uns sein bewundernswertes Werk hinterlassen hat, und schließlich auch an den Vater des Erfinders, den auf eigenartige und tragische Weise ums Leben gekommenen Ingenieur Michail Kirpitschnikow.

Wie rauschende Musik empfand Kirpitschnikow seine Arbeit, wie Liebe, er fühlte Leidenschaft, der Liebe gleich, für den nicht faßbaren zarten Körper – den Äther. Als er seine Erläuterungsschrift »Möglichkeiten und Normen der zusätzlichen Elektronenernährung« verfaßte, verspürte er Appetit, und Speichel trat auf seine vollen jugendlichen Lippen, ohne daß es ihm bewußt wurde.

Zeitungskorrespondenten wies er mit dem Versprechen ab, in Kürze eine kleine Information herauszugeben und seine Versuche öffentlich zu demonstrieren.

Einmal schlief Jegor Kirpitschnikow an seinem Tisch ein, wachte jedoch gleich wieder auf. Es war Nacht – tief und unbekannt wie alle Nächte über der lebendigen Erde. Jene spannungsgeladene und beunruhigende Stunde, über die ein vergessener Dichter gesagt hat:

> Und auf Elektrowellen Kamm
> erregend Spannung schwingt,
> wie Nachtgeheimnis im Roman,
> bevor es zu tagen beginnt.

Zu dieser Stunde, da der Mensch entweder Schöpfertum oder die Zeugung neuen Lebens braucht, klopfte es an Jegors Tür. Ein naher oder wichtiger Mensch mußte es sein, daß ihn Jegors Mutter eingelassen hatte, die streng über die Arbeitsruhe ihres Sohnes wachte.

»Ja!« sagte Jegor und wandte sich halb um.

Ein seltener Gast trat ein – Valentina Krochowa, die Tochter von Ingenieur Krochow, dem Freund und Kollegen von Jegors Vater beim Bau des Vertikaltunnels in der Taiga. Valentina war zwanzig Jahre alt – ein Alter, in dem eine Entscheidung heranreift: was tun – soll man einen Menschen liebgewinnen oder seine Liebeskraft auf leidenschaftliches Streben nach Welterkenntnis lenken? Oder, wenn das Leben in einem so reich ist, nach beidem trachten?

Wir können das nicht verstehen, aber so wird es sein. Die Wissenschaft war zu einer physiologischen Lebensleidenschaft geworden, die ebenso zum Menschen gehörte wie sein Geschlecht.

Und diese Zwiespältigkeit der ungewissen Entscheidung stand Valentina Krochowa im Gesicht geschrieben. Suchende Jugend, gierige Augen, eine elastische Seele, die noch nicht wußte, wohin sie strebte, und in die Hülle der pulsierenden Muskeln und des ungestümen Blutes eingeschlossen war – das war Valentina Krochowas Schönheit.

Unentschlossenheit, umherschweifende Gedanken und unsichere Züge des zutraulichen Gesichts – eine erstaunliche Schönheit der menschlichen Jugend.

»Nun, was hast du mir zu sagen, Valja?« fragte Jegor.

»Ach, nichts weiter. Du hast doch noch zu tun?«

»Nein, nicht allzusehr – ja und nein! Ich lebe wie im Fiebertraum; ich weiß selbst noch nicht, was rauskommt!«

»Aber es ist doch schon etwas herausgekommen, Jegor! Nur nicht zu bescheiden!«

»Nein, Valja, ich habe noch etwas entdeckt, daß mir das Herz stockt ...«

»Was denn? Hat's auch mit dem Ätherstrom zu tun?«

»Nein, was ganz anderes. Der Ätherstrom – das ist Kleinkram! ... Wie das Universum entstanden ist und entsteht, Valja, wie der Stoff zu atmen beginnt inmitten von Chaos, Freiheit und enger Zwangsläufigkeit der Welt! Das ist was, Valja! Doch es ist vorerst nur ein Gefühl, ich weiß noch gar nichts ... Na schön! Und wo ist dein Vater?«

»Auf Kamtschatka.«

»Was denn, bohren sie immer noch an diesem unglückseligen Boliden rum? Zum Teufel, den habe sogar ich schon satt! Wieviel Jahre sind es her, daß er heruntergekommen ist, damals lebte mein Vater noch!«

»Ja, sie bohren immer noch, Jegoruschka!«

»Na, und was finden sie denn da – schreibt dein Vater nichts?«

»Sie finden Legierungen verschiedener Metalle, schreibt er, aber alle diese Metalle sind bekannt.«

»Aha, und was schreibt er noch?«

»Daß sie irgendeinen runden Gegenstand gefunden haben.«

»Was denn für einen? Red schon!«

»Mit dieser Kugel ist nichts zu wollen – keine mechanische Bearbeitung kann ihr etwas anhaben, auf keinerlei Chemikalien reagiert sie. Völlige Neutralität!«

»Oho! Du bist doch Chemikerin, Valja, was mag das sein, wie meinst du?«

»Aber Jegor, woher soll ich denn das wissen? Ich wollte dich fragen.«

»Weiß der Teufel, was das sein mag! Was gibt es nicht alles da, von wo das Licht und die Meteore zu uns kommen!«

»Und wann zeigst du deinen Ätherstrom, Jegor?«

»Ich zeig ihn schon noch. Erst mal will ich ein Buch schreiben.«

»Wem willst du es widmen?«

»Meinem Vater natürlich. Ingenieur Michail Kirpitschnikow, dem Pilger und Elektrotechniker.«

»Das ist sehr schön, Jegor! Wunderbar, wie im Märchen – dem Pilger und Elektrotechniker!«

»Ja, Valja. Ich habe Vaters Gesicht vergessen, ich weiß nur noch, daß er schweigsam war und früh aufstand. Wie seltsam ist doch sein Tod gewesen, er hatte den Ätherstrom ja schon fast entdeckt!«

»Ja, Jegor! Und deine Mutter ist alt geworden! Vielleicht bringst du mich ein Stück? Es ist schon spät, und die Nacht ist schön – ich bin herzu absichtlich langsam gegangen.«

»Ich bringe dich, Valja. Bloß nicht weit, ich möchte mich ausschlafen. In zwei Tagen muß ich das Buch in Satz geben, und ich habe erst die Hälfte geschrieben – ich schreibe nicht gern, lieber mache ich was Handfestes.«

Sie traten ins Treppenhaus, fuhren mit dem Fahrstuhl nach unten und waren gleich darauf im Freien, wo müde nächtliche Strömungen dahinzogen.

Langsam wanderte der Mond über den Himmel. Vielleicht lag jetzt dort der vereiste Körper des Ingenieurs Kreuzkopf, in ewiger Einsamkeit.

Jegor und Valja gingen Arm in Arm. In Jegors Kopf sprudelten unklare Gedanken, verebbend wie Winde im weiten und finsteren Feld, angefacht durch die Berührung mit diesem lieben, so menschlichen und fraulichen Mädchen. Doch Kirpitschnikow erfand nicht mit dem Kopf allein, sondern auch mit dem Herzen und dem Blut, deshalb erregte Valentina in ihm nur ein leichtes Gefühl von Wehmut. Die Kräfte seines Herzens waren für etwas anderes mobilisiert.

Moskau lag im Einschlafen. Undeutlich, kaum hörbar rauschten ferne Fahrzeuge dahin. Schlaflos stand der Mond, lockte den Menschen zum Fliegen, auf die Wanderschaft und zum tiefen Luftholen in der Endlosigkeit des Alls.

Jegor drückte Valja die Hand, wollte ihr noch etwas sagen, irgendein sanftes und keusches Wort, das jeder Mensch einmal im Leben ausspricht, doch er sagte nichts und ging schweigend nach Hause.

Die Mutter schlief, und der Zeichentisch harrte seiner.

Nachdem Jegor die Schuhe ausgezogen und das Licht gelöscht hatte, fiel ihm plötzlich Krochows Fund im Kamtschatka-Boliden ein – eine schweigsame Kugel, die sich weder zerhauen noch von Säuren zersetzen läßt.

»Verdichteter Äther!« sagte Jegor laut. »Ineinandergepreßte Elektronenleichen! Ja, denen kann wirklich nichts was anhaben – ein primitiver und absoluter Tod!«

Jegor schlüpfte unter die Decke und dachte bereits im Einschlafen: Was mag bloß den Äther so verdichtet haben?

Im Traum sah er ein riesiges prachtvolles Buch und sich als siebenjährigen Jungen. In der Mitte einer Seite las er:

»Das Leben ist eine lasterhafte Tatsache, jedes Wesen ist darauf bedacht, etwas zu tun, das niemals war noch sein wird, daher sind viele Erscheinungen der lebenden Natur unerklärlich und haben im Universum nicht ihresgleichen. So kann ein sterbendes Elektron, das im Äther die Leiche seiner Braut sucht, den ganzen Kosmos zu sich herabziehen und zu einem Stein mit ungeheurem spezifischen Gewicht zusammenquetschen, um dann in seinem steinernen Zentrum zugrunde zu gehen, vor Verzweiflung, deren Ausmaß der Entfernung von der Erde bis zur Milchstraße gleichkommt. Versuche dann mal ein Wissenschaftler, hinter das Geheimnis des toten himmlischen Steins zu kommen! Das Gehirn muß erst noch geboren werden, das die ungeheure Widersprüchlichkeit und die schreckliche, lasterhafte Schönheit des Universums zu fassen vermag!«

Als Jegor aufwachte, hatte er seinen Traum vergessen, für immer, fürs ganze Leben.

Am zwanzigsten März sind die Tage nicht so lang und die Nächte nicht so kurz, daß der Morgen schon um ein Uhr nach Mitternacht erglühte. Das hat es noch nie gegeben, nicht einmal die Alten können sich an so etwas erinnern.

Einmal aber geschah folgendes. Moskauer Menschen waren auf dem Heimweg – manche vom Theater, andere von der Nachtarbeit in der Fabrik, wieder andere einfach von einem etwas lang geratenen Gespräch bei einem Freund.

An diesem Abend hatte es im Großen Saal der Philharmonie ein Konzert mit dem berühmten Wiener Pianisten Schachtmeier gegeben. Seine tiefe Unterwassermusik, erfüllt von jenem erhabenen und sonderbaren Gefühl, das weder Trauer noch Ekstase genannt werden kann, hatte die Zuhörer erschüttert. Schweigend gingen die Leute auseinander, erschreckt und erfreut durch die neuen und unbekannten Tiefen und Höhen des Lebens, von denen Schachtmeier in der elementaren Sprache der Musik erzählt hatte.

Im Polytechnischen Museum war um halb eins ein Vortrag von Max Walir zu Ende gegangen, der seinen Flug zum Mond auf halbem Wege abgebrochen hatte. An seiner selbstgebauten Rakete war ein Konstruktionsfehler aufgetreten; außerdem hatte sich herausgestellt, daß das Medium zwischen Erde und Mond ganz anders war, als auf der Erde angenommen wurde, deshalb war Walir umgekehrt. Das Auditorium war durch Walirs Vortrag in höchstem Grade aufgewühlt, und angesteckt durch den Willen und Enthusiasmus des großartigen Versuchs, wälzte es sich mit schrecklichem Lärm wie Lava durch Moskau. In dieser Hinsicht unterschieden sich die Zuhörer Walirs und Schachtmeiers grundlegend voneinander.

Hoch über dem Swerdlow-Platz leuchtete in diesem Moment ein blauer Punkt auf. Von einer Sekunde zur andern nahm er zehnfache Größe an, und dann begann er eine blaue Spirale auszustrahlen, mit langsamer Drehbewegung gleichsam ein zähes blaues Knäuel abwickelnd. Ein Strahl schob sich langsam auf die Erde zu, und man sah ihn sich zitternd vorwärtsbewegen, als stoße er auf hartnäckige Gegenkräfte und bremse, sie durchdringend, seinen Lauf ab. Schließlich blieb ein Pfeiler unbeweglichen toten Feuers zwischen der Erde und der Unendlichkeit stehen, und die blaue Dämmerung erfaßte den ganzen Himmel. Und alle entsetzten sich darüber, daß die Schatten verschwunden waren: Alle Gegenstände auf der Erdoberfläche waren in ein stummes, aber alles durchdringendes Naß getaucht, und nichts warf einen Schatten.

Zum erstenmal seit Erbauung der Stadt verstummte Moskau: wer gesprochen hatte, der brach ab, wer geschwiegen hatte, der erhob seine Stimme nicht. Jede Bewegung war zum Stillstand gekommen; wer gefahren war, der vergaß, seinen Weg fortzusetzen, wer gestanden hatte, der wußte nicht mehr, wohin er gewollt hatte.

Nichts als Stille und ein weises blaues Leuchten standen, sich umarmend, über der Erde.

Es war so still, daß dieses eigenartige Morgengrauen zu klingen schien – monoton und zärtlich, wie die Grillen in unserer Kindheit sangen.

In der Frühlingsluft ist jede Stimme hellklingend und jung – schrill und erstaunt schrie eine Frauenstimme unter den Säulen des Bolschoi-Theaters auf: Jemandes Seele hatte die Anspannung nicht ausgehalten und eine heftige Bewegung gemacht, um sich vor diesem Zauber zu verbergen.

Und sofort ging ein Ruck durch das ganze nächtliche Moskau: Die Schofföre drückten auf die Anlasserknöpfe, die Fußgänger machten den ersten Schritt, wer gesprochen hatte, der schrie los, wer geschlafen hatte, der wachte auf und stürzte auf die Straße, jeder Blick richtete sich zum Himmel, fieberhafte Erregung durchpulste jedes Gehirn.

Doch das blaue Leuchten verlosch. Dunkelheit überschwemmte die Horizonte, die Spirale wurde kleiner, versank in der Tiefe der Milchstraße, übrig blieb ein heller rotierender Stern, aber auch er löste sich auf, und alles verschwand wie ein Traum, an den keine Erinnerung bleibt. Doch jedes Auge, das zum Himmel sah, glaubte dort noch lange den sich drehenden blauen Stern zu erkennen – aber er war nicht mehr da, und über den Himmel zog der gewöhnliche Sternenstrom.

Und allen wurde irgendwie traurig zumute, obgleich fast niemand wußte, woran es lag.

Am nächsten Morgen stand in der »Iswestija« ein Interview mit Ingenieur Kirpitschnikow.

Wie sich das nächtliche Morgengrauen über der Welt erklärt

Mit großer Mühe verschaffte sich unser Korrespondent Zutritt zum Mikrobiologischen Laboratorium von Prof. Marand. Es war um vier Uhr nachts, unmittelbar nach der optischen Erscheinung im Äther. Im Laboratorium traf unser Korrespondent Jegor Kirpitschnikow – den bekannten Ingenieur und Konstrukteur von Geräten für Materievermehrung, den Entdecker des sogenannten Ätherstroms – schlafend an.

Unser Korrespondent wagte es nicht, den ermüdeten Erfinder zu wecken, doch sämtliche Resultate des nächtlichen Experiments waren im Laboratorium erkennbar.

Neben den Geräten, die für die Erzeugung des Ätherstroms und die Speicherung toter Elektronen notwendig sind, lag auf dem Tisch des Erfinders ein altes vergilbtes Manuskript. Auf der Seite, die aufgeschlagen war, stand: »Es obliegt jetzt den Technikern, Eisen, Gold und Kohle ebenso zu züchten wie die Viehzüchter Schweine.« Von wem diese Worte stammen, konnte der Korrespondent bisher nicht feststellen.

Die Hälfte der Versuchshalle nahm ein glänzender Körper ein. Genauer besehen, war er aus Eisen. Die Form des Eisenkörpers ist die eines beinahe regelmäßigen Würfels von 10 × 10 × 10 Metern Größe. Rätselhaft, wie ein derartiger Körper in die Halle gelangen konnte, denn durch ihre Fenster und Türen paßt höchstens ein halb so großer Körper. Es bleibt nur die Vermutung, daß das Eisen überhaupt nicht hineingetragen, sondern in dieser Halle gezüchtet wurde. Die Wahrscheinlichkeit dieser Annahme wird durch das Versuchsjournal erhärtet, das auf dem Tisch neben dem Manuskript lag. Jegor Kirpitschnikow hat darin die Abmessungen des Versuchskörpers eingetragen: »Weiches Eisen, Abmessungen 10 × 10 × 10 Zentimeter – 1.25 Uhr, optimale Spannung.« Weitere Eintragungen enthält das Journal nicht. Somit hat das Eisen innerhalb von 2 bis

3 Stunden hundertfache Größe angenommen. Das ist die Wirkung der Fütterung der Elektronen mit Äther.

In der Halle war ein gleichmäßiges und anhaltendes Geräusch zu hören, das unser Korrespondent zunächst nicht beachtete. Als er Licht machte, entdeckte er ein Scheusal, das auf dem Fußboden bei der Eisenmasse saß. Neben dem unbekannten Wesen lagen Teile eines zerstörten Geräts, die vom Lichtbogen verbrannt schienen. Das Wesen gab ein gleichmäßiges Stöhnen von sich. Der Korrespondent photographierte es (siehe unten). Die maximale Höhe des Tiers beträgt einen Meter. Die größte Breite etwa einen halben Meter. Die Körperfarbe ist rotgelb. Die allgemeine Form oval. Seh- und Hörorgane waren nicht feststellbar. Das riesige Maul ist nach oben gereckt, die schwarzen Zähne haben eine Länge von 3 bis 4 Zentimetern. Das Tier besitzt vier kurze (1/4 Meter) wuchtige Pranken mit prallen Muskeln; der Umfang einer Pranke beträgt mindestens einen halben Meter, sie endet in einem riesigen Finger, der die Form eines elastischen glitzernden Spießes hat. Das Tier stützt sich auf einen dicken Schwanz, dessen mit drei funkelnden Zacken besetztes Ende sich bewegt. Die Zähne in dem aufgerissenen Maul haben ein Gewinde und drehen sich in ihren Nestern. Dieses sonderbare und furchteinflößende Wesen ist sehr kräftig gebaut und wirkt wie ein lebendes Stück Metall.

Das Geräusch im Laboratorium kam von diesem Scheusal, wahrscheinlich war das Tier hungrig. Zweifellos handelt es sich um ein von Kirpitschnikow künstlich aufgefüttertes gezüchtetes Elektron.

Abschließend beglückwünscht die Redaktion die Leser und das Land zu dem neuen Sieg des wissenschaftlichen Genius und freut sich, daß dieser Sieg einem jungen sowjetischen Ingenieur zuteil geworden ist.

Die künstliche Aufzucht von Eisen und überhaupt die Stoffvermehrung verschafft der Sowjetunion solche ökonomischen und militärischen Vorteile gegenüber der restlichen, der kapitalistischen Welt, daß der Kapitalismus, hätte er ein Gespür für die Epoche und historischen Verstand, sich auf der Stelle und ohne jegliche Bedingungen dem Sozialismus ergeben müßte. Doch leider hat der Imperialismus noch nie solche wertvollen Eigenschaften besessen.

Der Revolutionäre Militärrat und der Volkswirtschaftsrat der Union haben bereits entsprechende Maßnahmen eingeleitet, um das Staatsmonopol für die Nutzung der Erfindungen von Jegor Kirpitschnikow zu gewährleisten.

Jegor Kirpitschnikow ist Mitglied der Partei und des Exekutivbüros der KJI, und die Regierung hat bereits vor Monaten von ihm die Zusage erhalten, daß er alle seine Entdeckungen und Konstruktionen dem Staat zur Verfügung stellen wird, und zwar unentgeltlich. Die Regierung wird Jegor Kirpitschnikow selbstverständlich in vollem Umfang die Fortsetzung seiner Arbeit ermöglichen.

Heute um 13 Uhr wird Jegor Kirpitschnikow mit dem Vorsitzenden des Rates der Volkskommissare, Genossen Tschaplin, zusammentreffen.

Ganz Moskau – dieses neue Paris der sozialistischen Welt – geriet durch diese Meldung in Ekstase. Die lebendige, leidenschaftliche, öffentliche Stadt war auf den Straßen, in den Klubs, in Vorlesungen – überall, wo es nach neuen – und seien sie noch so geringfügig – Informationen über Kirpitschnikows Arbeiten roch.

Der Tag brachte Sonnenschein, der Schnee taute leicht, und eine ungeheure Hoffnung wuchs in der menschlichen Brust. Je mehr sich die Sonne dem mittäglichen Zenit näherte, desto klarer erstrahlte im Gehirn des Menschen die Zukunft, wie ein Regenbogen, wie die Eroberung des Universums und wie die blaue Endlosigkeit der großen Seele, die die urgewaltige Welt umfangen hält wie eine Braut.

Die Leute fanden keine Worte vor Freude über den technischen Sieg, und jeder war edel gesinnt an diesem Tag.

Was kann glücklicher und aufregender sein als der Tag, der den Vorabend der technischen Revolution und einer unerhörten Bereicherung der Gesellschaft bedeutet?

Die »Wetschernjaja moskwa« berichtete von einer Arbeiterversammlung im »Generator«, wo Jegor Kirpitschnikow sein zweijähriges Studentenpraktikum absolviert hatte.

Zu der Versammlung waren auch der Vorsitzende des

Rates der Volkskommissare, Tschaplin, und Kirpitschnikow im Werk erschienen. Achttausend Arbeiter und Spezialisten hatten sie stehend begrüßt.

Kirpitschnikow hielt einen Vortrag über die Entdeckung des Ätherstroms und seine industrielle Nutzung in allernächster Zukunft. Er begann mit den Arbeiten der Ajuniter in dieser Richtung, ging ausführlich auf das Werk Faddej Popows ein, der als Erfinder des Ätherstroms anzusehen sei, gab dann einen Überblick über die Forschungen seines Vaters und schloß mit einem kurzen Hinweis auf seine eigene Arbeit, die das Werk aller seiner Vorgänger vollende.

Gen. Tschaplin legte dar, was die Regierung zu tun beabsichtigte, damit Kirpitschnikows Erfindung der Gesellschaft größten Nutzen bringe.

Die Arbeiter hoben Kirpitschnikow und Tschaplin auf ihre Hände und trugen sie durch Motoren und Maschinen hindurch zu ihren Autos.

Tschaplin fuhr in den Kreml und Kirpitschnikow zu seiner Mutter auf den Bolschoi Slatoustinski.

Wie in alten Zeiten trugen die Frauen jetzt Umhänge und lange Kleider, die Beine und Schultern verhüllten. Die Liebe war ein seltenes Gefühl, galt jedoch als Zeichen für hohen Intellekt.

Die Keuschheit von Frauen und Männern war gesellschaftliche Moral geworden, und die Literatur jener Zeit schuf Muster eines neuen Menschen, dem die Ehe unbekannt, höchste Liebesanspannung hingegen vertraut war, die sich jedoch nicht in der Zweisamkeit löste, sondern entweder in wissenschaftlichem Forschertum oder in gesellschaftlichem Aufbau.

Die Zeiten des geschlechtlichen Lasters waren erloschen angesichts einer Menschheit, die mit der Einrichtung der Gesellschaft und der Natur beschäftigt war.

Ein neuer Sommer brach an. Jegor Kirpitschnikow war müde vom Ätherstrom und verspürte, wie schon so oft, eine hilflose Sehnsucht nach fernen und vagen Erscheinungen.

Er schlug wieder die Tage tot, war ständig unterwegs und genoß seine Einsamkeit – bald in Ostankino, bald in Serebrjany Bor, dann wieder am Ladogasee, den er so liebte.

»Jegor, du mußt dich verlieben!« sagten seine Freunde. »Ach, ein hübsches russisches Mädchen, dessen Zopf nach Gras duftet, sollte man auf dich loslassen!«

»Laßt mich«, antwortete ihnen Jegor. »Ich weiß selber nicht, was ich mit mir anfangen soll! Wißt ihr, ich werde einfach nicht müde – ich arbeite bis zum Morgen und höre, daß mein Gehirn knirscht und nicht schlafen will!«

»Heirate doch!« rieten sie ihm.

»Nein, wenn ich mich ganz fest verliebe, zum erstenmal und fürs Leben, dann ...«

»Was dann?«

»Dann ... dann werde ich auf die Wanderschaft gehen und an meine Liebste denken.«

»Ein komischer Mensch bist du, Jegor! Du riechst nach altem Plunder und Romantik. Ein Ingenieur, ein Kommunist, und träumt!«

Im Mai hatte Valentina Krochowa Geburtstag. Valentina hatte den ganzen Tag Puschkin gelesen und geweint: Sie war zwanzig geworden. Am Abend zog sie ein graues Kleid an, küßte den Ring an ihrem Finger, ein Geschenk des Vaters, und wartete auf Jegor und seine Mutter und auf zwei Freundinnen. Sie deckte den Tisch, im Zimmer roch es nach Heckenkirsche, Feld und reinem Menschenkörper.

Das riesige Fenster stand weit offen, doch zu sehen waren allein der Himmel und die bewegliche Luft in schrecklicher Höhe.

Es schlug sieben. Valentina setzte sich ans Klavier und spielte ein paar Etüden von Schachtmeier und Metner. Sie wurde ihre seelische Unruhe nicht los und wußte nicht, was sie tun sollte – losweinen oder die Zähne zusammenbeißen und sich keiner Hoffnung hingeben.

Die Frühlingsnatur war ergriffen von der Leidenschaft der Vermehrung, sie dürstete danach, das Leben in der Liebe zu vergessen. In den Kreis dieser einfachen Kräfte war auch Valentina Krochowa einbezogen und kam davon nicht los. Weder Verstand noch fremdes Leid in Poemen und in der Musik – nichts konnte dem Kummer ihrer Jugend abhelfen. Sie brauchte einen Kuß und keine Philosophie, ja nicht einmal Schönheit. Sie war gewöhnt, aufrichtig zu denken, und begriff das.

Um acht Uhr klopfte es. Sie erhielt ein Telegramm von Jegor. Seltsame, scherzhafte und grausame Worte standen darin, zudem in Gedichtform, die Jegor seit seiner Kindheit sehr mochte.

> Den Mond am Himmel schenk ich dir
> und alles Gras, das lebt auf Erden.
> Ich bin so einsam und sehr arm,
> doch alles gäb' ich für dich hin.

Valentina verstand nichts, doch bald traten ihre fröhlichen Freundinnen ein.

Um elf Uhr verabschiedete Valentina ihre Freundinnen und ging zu Jegor, verzehrt von dunkler Verzweiflung.

Maria Alexandrowna machte auf. Jegor war schon den zweiten Tag nicht zu Hause. Valentina betrachtete das Telegramm: Es war in Petrosawodsk aufgegeben.

»Und ich dachte, er ist heute abend bei Ihnen!« sagte Maria Alexandrowna.

»Nein, er war nicht bei mir!«

Beide Frauen setzten sich schweigend, eifersüchtig aufeinander wegen des Verlorenen und gequält von dem gleichen Kummer.

Im August erhielt Maria Alexandrowna einen Brief von Jegor aus Tokio.

Mama. Ich bin glücklich und habe einiges begriffen. Das Ende meiner Arbeit ist nahe. Nur wenn ich über die Erde wandere, unter verschiedenen Sonnenstrahlen und über verschiedenen Gründen, vermag ich zu denken. Ich habe Vater jetzt verstanden. Zur Anregung der Gedanken sind äußere Kräfte nötig. Diese Kräfte sind über die irdischen Wege verstreut, man muß sie suchen und Kopf und Körper darunterhalten wie unter einen Sturzregen. Du weißt, was ich tue und wonach ich suche – nach der Wurzel der Welt, dem Ursprung des Universums. Uralte philosophische Träume sind zur wissenschaftlichen Tagesaufgabe geworden. Jemand muß das doch tun, und so bin ich darangegangen. Außerdem kennst Du ja meine lebendigen Muskeln, sie verlangen nach Anspannung und Ermüdung, sonst würde ich die Qual nicht ertragen und mich umbringen. Vater kannte auch dieses Gefühl; vielleicht ist es eine Krankheit, vielleicht aber auch eine erbliche Belastung durch unsere Vorfahren, die als Vagabunden durchs Land zogen oder nach Kiew wallfahrten. Suche nicht nach mir und gräm Dich nicht – sobald getan ist, was ich vorhabe, komme ich zurück. Ich denke an Dich, wenn ich in Heuschobern und Fischerhütten übernachte. Ich habe Sehnsucht nach Dir, doch meine ruhelosen Beine und mein unruhiger Kopf treiben mich weiter. Vielleicht, wahrscheinlich, ist das Leben eine lasterhafte Tatsache und jedes atmende Wesen ein Wunder und eine Ausnahme. Ich kann darüber nur staunen, und es tut mir gut, an meine liebe Mutter und an meinen ungerächten Vater zu denken.

Jegor

Am einunddreißigsten Dezember traf in Moskau die Nachricht ein, Jegor Kirpitschnikow sei in Buenos Aires im Gefängnis gestorben. Er war zusammen mit Banditen verhaftet worden, die Raubüberfälle auf Schnellzüge unternommen hatten. Im Gefängnis war er an Malaria erkrankt. Die ganze Bande wurde zum Tod durch Erhängen verurteilt. Da Kirpitschnikow nicht zum Galgen gehen konnte, denn er lag im Todeskampf, gab man ihm Gift, und er starb, ohne sich noch einmal ans Leben zu erinnern.

Sein Leichnam wurde ebenso wie die Leichen der gehenkten Banditen in das schlammige Wasser des Amazonas geworfen und von diesem in den Stillen Ozean getragen. Die Galgen hatten direkt am Ufer gestanden; nach der Hinrichtung wurden sie in den Fluß geworfen und schwammen dahin, die Leichen in den Todesschlingen mit sich ziehend.

Auf Anfrage der sowjetischen Regierung bezüglich derartiger Bestrafung eines Menschen, der kein Verbrecher gewesen sein konnte und durch unbekannte Umstände in die Bande geraten war, antwortete die brasilianische Regierung, sie habe nicht gewußt, daß sich Kirpitschnikow in ihren Händen befand; bei der Verhaftung habe er sich geweigert, seinen Namen zu nennen, danach sei er erkrankt und während der Untersuchung nicht ein einziges Mal zu sich gekommen.

✧✧✧

Maria Alexandrowna stellte eine neue Urne im Haus des Gedenkens in Serebrjany Bor auf, neben der ihres Mannes.

Auf der Urne stand:

Jegor Kirpitschnikow. Mit 29 Jahren ums Leben gekommen. Erfinder des Ätherstroms, setzte das Werk Faddej Popows und seines Vaters fort. Ewiger Ruhm und trauerndes Gedenken dem Erbauer der neuen Natur.

1926/27

Ein unerschlossener Mensch*

I

Empfindsamkeit war Foma Puchow nicht gegeben: Durch das Fehlen der Hausfrau ausgehungert, schnitt er sich Kochwurst auf dem Sarg seiner Frau.

»Die Natur verlangt ihr Recht!« konstatierte er dazu.

Nach der Beerdigung seiner Frau legte Puchow sich schlafen, denn er hatte viel Lauferei gehabt und war zum Umfallen müde. Als er erwachte, bekam er Appetit auf Kwaß, aber während der Krankheit seiner Frau war der Kwaß ausgegangen – es gab ja niemanden mehr, der sich um die Vorräte kümmerte. Da steckte Puchow sich eine Zigarette an, um den Durst zu vertreiben. Er hatte sie noch nicht zu Ende geraucht, als es laut und gebieterisch an seine Tür klopfte.

»Wer ist da?« rief Puchow und rekelte sich, um den letzten Zug zu genießen. »Nicht mal trauern läßt einen das Pack!«

Jedoch er öffnete: es konnte auch jemand in einer dienstlichen Angelegenheit sein.

Der Wächter aus der Streckenmeisterei trat ein.

»Foma Jegorytsch, ein Fahrbefehl! Quittieren Sie in der Spalte! Es stöbert mal wieder – die Züge werden steckenbleiben.«

Foma Jegorytsch quittierte und sah aus dem Fenster: Tatsächlich, Schneetreiben setzte ein, über der Ofenklappe pfiff auch schon der Wind. Der Wächter ging, und während

* Diese Geschichte verdanke ich meinem früheren Kameraden F. J. Puchow und dem Genossen Tolski, Kommissar der Noworossisker Landungsoperation im Hinterland von Wrangel.

Foma Jegorytsch in den immer wütender tobenden Sturm hinauslauschte, wurde er trübsinnig – vor Langerweile und vor Unbehaustheit ohne seine Frau.

»Alles vollzieht sich nach den Gesetzen der Natur!« versicherte er sich und wurde etwas ruhiger.

Aber der Schneesturm fauchte schaurig dicht über ihm im Ofenrohr, und Puchow hätte gern etwas Lebendiges bei sich gehabt, wenigstens irgendein Lebewesen, wenn schon nicht seine Frau.

Laut Fahrbefehl hatte er um sechzehn Uhr auf dem Bahnhof zu sein, jetzt war es gegen zwölf – also konnte er noch ein bißchen weiterschlummern, und das tat Foma Jegorytsch denn auch, ohne sich vom Röhren des Sturms über der Ofenklappe stören zu lassen.

Verschwitzt und vom Schlaf ermattet, wurde er nur mit Mühe wach. Versehentlich rief er nach altem Wissen: »Glascha!«

Er hatte nach seiner Frau gerufen; das kleine Holzhaus aber wimmerte unter den Schlägen der Schneeluft. Die zwei Zimmer standen leer, niemand hatte Foma Jegorytsch gehört. Früher hätte sich sofort seine Frau gemeldet und teilnahmsvoll gefragt: »Was hast du, Fomuschka?«

»Nichts«, hätte Foma Jegorytsch geantwortet, »ich wollte bloß wissen, ob du noch heil bist!«

Jetzt aber blieben Antwort und Teilnahme aus: Da hast du sie, die Naturgesetze!

Wenn sie meine Alte generalüberholt hätten, wäre sie noch am Leben, aber das Geld fehlt, und die Kost ist schlecht! sagte sich Puchow beim Zuschnüren der österreichischen Stiefel, und während er sich Marschverpflegung – Brot und Hirse – in den Brotbeutel packte, sinnierte er: Wenn sie wenigstens einen Automaten erfinden würden: Ich hab's ja so satt, Werktätiger zu sein!

Draußen empfingen ihn Sturmgeheul und ein Schneeschlag ins Gesicht.

»Scheusal, blödes!« sagte Puchow laut in den ihm entgegentreibenden Raum hinein und meinte damit die ganze Natur.

Während er die menschenleere Bahnhofsvorstadt durchquerte, knurrte er gereizt vor sich hin – nicht aus Groll, sondern vor Schwermut und wegen etwas anderem noch, das er aber nicht laut benannte.

Auf dem Bahnhof stand schon eine schwere, mächtige Lokomotive unter Dampf, daran war ein Wagen gehängt, der Schneeräumer. Am Schneeräumer stand: System Ingenieur E. Burkowski.

Wer wohl dieser Burkowski ist, wo er wohl sein mag, ob er noch lebt? Wer weiß! dachte Puchow traurig und hatte auf einmal das unerklärliche Verlangen, diesen Burkowski zu sehen.

Der Streckenmeister trat zu ihm.

»Lies, Puchow, quittiere – und ab geht's!« sagte er und reichte ihm den Befehl:

Es wird befohlen, das rechte Gleis von Koslow bis Liski laufend schneefrei zu halten, wozu alle verfügbaren Schneeräumgeräte pausenlos einzusetzen sind. Nach Sicherung der Militärtransporte sind sämtliche Lokomotiven für den Betrieb der Schneeräumer abzustellen. Erforderlichenfalls sind auch Rangierloks dazu abzuziehen. Bei starkem Schneetreiben hat vor jedem Militärtransportzug ständig ein Schneeräumer zu fahren, damit der Verkehr nicht eine Minute unterbrochen und die Kampfkraft der Roten Armee nicht geschwächt wird.

Vors. d. Ob. Rev. Kom. d. Eisenbahnber. Südost Rudin.
Kommissar d. Eisenbahnverkehrswege Südost Dubanin.

Puchow quittierte – in jenen Jahren hätte mal jemand versuchen sollen, etwas nicht zu quittieren!

»Wieder eine Woche ohne Schlaf!« sagte der Lokführer, der gleichfalls quittiert hatte.

»Wieder!« sagte Puchow, bei dem der Gedanke an die bevorstehende harte, ruhelose Zeit merkwürdiges Behagen weckte: Das Leben verlief dann immer irgendwie unauffälliger und rascher.

Der Streckenmeister, Ingenieur und ein stolzer Mann, lauschte geduldig ins Schneetreiben und starrte mit abwesendem Blick über die Lokomotive hinweg. Man hatte ihn zweimal wohl an die Wand gestellt, er war vorzeitig ergraut und fügte sich in alles – klaglos und ohne Vorwurf. Dafür aber war er ein für allemal verstummt und redete nur noch, wenn er Anweisungen gab.

Der Fahrdienstleiter kam heraus, händigte dem Streckenmeister den Fahrbefehl aus und wünschte gute Fahrt.

»Bis Grafskaja wird nicht gehalten!« sagte der Streckenmeister zum Lokführer. »Vierzig Werst! Habt ihr Wasser genug, wenn die ganze Zeit voll geheizt werden muß?«

»Ja«, antwortete der Lokführer. »Wasser haben wir – so viel Dampf können wir gar nicht machen!«

Darauf bestiegen der Streckenmeister und Puchow den Schneeräumer. Drinnen lagen bereits acht Arbeiter, sie hatten den Kanonenofen mit bahneigenem Brennholz bis zur Rotglut erhitzt und das Fenster zum Lüften weit aufgemacht.

Haben schon wieder alles vollgestänkert, die Satansbraten! erriet Puchow und roch es auch. Dabei sind sie gerade erst gekommen, und Fettes können sie kaum gegessen haben! Nein, sind das Hornochsen!

Der Streckenmeister setzte sich auf den runden Stuhl am vorgewölbten Fenster, von wo aus er die gesamte Arbeit der Lok und des Schneeräumers leiten konnte, und Puchow stellte sich an den Balancier.

Die Arbeiter nahmen ebenfalls ihre Plätze an den großen Hebeln ein, mit deren Hilfe sich das Gewicht am Balancier rasch hin- und herschieben ließ, je nachdem, ob das Pflugschar angehoben oder heruntergelassen werden sollte.

Der Schneesturm heulte hartnäckig und gleichmäßig, er hatte in den südöstlichen Steppen gewaltige Spannung gespeichert.

Im Wagen war es nicht sauber, aber warm und irgendwie gemütlich. Am Bahnhofsdach schepperten Bleche, die der Wind gelockert hatte, manchmal lösten aber auch ferne Artilleriesalven das Geklapper ab.

Die Front stand sechzig Werst entfernt. Die Weißen stießen immer wieder zur Bahnlinie vor; mit ihren mageren Pferden, von der Schneesteppe zermürbt, lechzten sie nach der Wärme von Waggons und Bahnhofsgebäuden. Aber sie wurden von Panzerzügen der Roten zurückgedrängt, die den Schnee mit Blei aus abgenutzten MGs durchsiebten. In den Nächten fuhren die Panzerzüge – lautlos, ohne Licht, in langsamer Fahrt – die Strecke ab und durchspähten die dunklen Räume, prüften mit der Lokomotive die Unversehrtheit der Gleise. Nachts ist alles ungewiß; winkte dem Zug von fern ein niedriger Steppenbaum, wurde er von MG-Feuer durchlöchert und niedergemäht: Hätte sich doch nicht zu bewegen brauchen!

»Fertig?« fragte der Streckenmeister und sah Puchow an.

»Fertig!« antwortete Puchow und nahm die Hebel in beide Hände.

Der Streckenmeister zog an der Leine zur Lokomotive – die tutete zärtlich wie ein Dampfer und zog den Schneeräumer mit derbem Ruck nach vorn.

Als sie die Bahnhofsgleise hinter sich gelassen hatten, zog der Streckenmeister mit einer Hand kurz und heftig an der Leine der Lokomotivpfeife und gab mit der anderen Puchow einen Wink. Anfangen! hieß das.

Die Lokomotive schrie auf, der Lokführer gab Volldampf, und Puchow warf beide Hebel herum, um das Pflugschar mit den Messern herunterzulassen und die Seitenflügel auszuschwenken.

Der Schneeräumer verlor sofort an Geschwindigkeit, blieb im Schnee stecken und klebte wie von Magneten angezogen an den Schienen.

Der Streckenmeister zog abermals an der Leine zur Lokomotive, das bedeutete: Zugkraft erhöhen! Aber die Lokomotive zitterte vor Überanstrengung und fauchte durch den Bläser, daß die Funken aus dem Schornstein flogen. Ihre Räder drehten sich leer im Schnee wie an einer steilen Steigung, die Kugellager liefen heiß durch die hohe Umdrehungszahl und das schlechte Öl, und der Heizer hatte sich schon in Schweiß gearbeitet, obwohl er das Brennholz zum Feuern vom Tender holen mußte, wo ihm der zwanzig Grad kalte Wind durch Mark und Bein drang.

Schneeräumer und Lokomotive waren in eine tiefe Schneewehe geraten. Der einzige, der ruhig blieb, war der Streckenmeister – ihm war alles egal. Die übrigen Männer auf der Lok und dem Schneeräumer machten sich derb in einer eigenen Sprache Luft, die sofort bloßlegte, was sie dachten.

»Zuwenig Dampf! Stocher mal durch und mach den Bläser auf, daß das Druckventil heult, dann schaffen wir's!«

»Rauchpause!« rief Puchow den Arbeitern zu, als er begriff, was auf der Lok los war.

Der Streckenmeister zog ebenfalls einen Tabaksbeutel aus der Tasche und schüttete grünen Eigenbaumachorka in ein Fetzchen Zeitungspapier.

An den Schneesturm hatten sie sich längst gewöhnt und ihn vergessen wie normale Luft. Nachdem Puchow aufgeraucht hatte, stieg er aus dem Wagen und spürte erst jetzt das Tosen des Sturms, die Grimmigkeit der Kälte und das Feuern des trocknen Schnees auf der Haut.

»So'n Pack!« sagte er, während er mühsam verrichtete, was er verrichten mußte.

Plötzlich heulte das Druckventil der Lok wütend auf und ließ überschüssigen Dampf ab. Puchow sprang rasch wieder auf – da zog die Lok auch schon, im ersten Anlauf, den Schneeräumer aus dem Schneeberg, mahlte mit den Rädern auf den Schienen, daß die Funken stoben. Puchow sah sogar Wasser aus dem Lokschornstein spritzen, weil der Regler zu weit geöffnet war, und lobte den Mut des Lokführers:

»Gut, der Junge auf unserer Lok!«

»He?« fragte der Vorarbeiter Schugajew.

»Was heißt, he?« versetzte Puchow. »Was reißt du den Mund auf? Die andern haben Sorgen, und du quatschst rum!«

Schugajew verstummte.

Die Lokomotive pfiff zweimal, und der Streckenmeister rief: »Arbeit einstellen!«

Puchow riß den Hebel herum und hob das Pflugschar an.

Sie näherten sich einem Bahnübergang, an dem Leitschienen lagen. Solche Stellen passierten sie mit gehobenem Pflugschar: Es reichte bis unter den Schienenkopf und konnte nicht räumen, wenn sich irgend etwas an der Schiene befand – oder das ganze Gerät wäre umgestürzt.

Nach dem Passieren des Bahnübergangs raste der Schneeräumer durch die offene Steppe. Der kunstreiche Eisenweg lag von Schnee bedeckt. Raum setzte Puchow immer in Erstaunen. Er beruhigte ihn im Leiden und steigerte seine Freude, wenn er welche hatte.

So auch jetzt – Puchow schaute durch das bestäubte Fenster: Nichts war zu sehen, aber es tat wohl.

Der Schneeräumer rumpelte auf seiner harten Federung, wie ein Pferdewagen über einen Holperweg rumpelt, erfaßte den Schnee und beförderte ihn als plustrige Wolke auf die rechte Böschung. Sein ausgeschwenkter Flügel zitterte; er diente dazu, den Schnee beiseite zu schleudern, und das tat er auch.

In Grafskaja machten sie längere Zeit Station. Die Lokomotive nahm Wasser, der Heizer säuberte die Rauchkammer, die Feuerbüchse und was sonst zur Feuerung gehört.

Der durchfrorene Lokführer tat nichts, sondern fluchte nur auf so ein Leben. Vom Stab einer in Grafskaja liegenden Matrosenabteilung wurde ihm Sprit gebracht, von dem auch Puchow sein Teil abbekam, während der Streckenmeister ablehnte.

»Trink, Ingenieur«, forderte ihn der Stabsmatrose auf.

»Danke ergebenst. Ich trinke nichts«, beharrte der Ingenieur.

»Na, wie du willst!« sagte der Matrose. »Aber wenn du trinkst, wird dir wärmer! Soll ich dir Fisch bringen – ißt du den?«

Der Ingenieur lehnte abermals ab, unerklärlich warum.

»Ach, du Sumpfblüte!« sagte da der Matrose beleidigt. »Es kommt doch von Herzen, wir geben's doch gern – und du nimmst es nicht! Iß was, bitte!«

Der Lokführer und Puchow tranken und kauten mit vollen Backen und grinsten über ihren Chef.

»Laß ihn zufrieden!« fuhr der andere Matrose dazwischen. »Er möchte schon essen, aber die Idee läßt ihn nicht!«

Der Streckenmeister schwieg. Er mochte wirklich nichts. Vor einem Monat war er von einer Dienstreise in die Gegend von Zarizyn zurückgekehrt, wo er eine wiederaufgebaute Brücke übergeben hatte. Gestern hatte er ein Telegramm erhalten, daß die Brücke unter einem Militärtransportzug eingesackt sei: Das Nieten der Brücke war in Eile geschehen, unqualifizierte Arbeiter hatten nachlässig genietet, und nun waren die Träger beim ersten halbwegs schweren Zug, den sie auszuhalten hatten, auseinandergerutscht.

Vor zwei Tagen hatte das Ermittlungsverfahren wegen der Brücke begonnen, und beim Streckenmeister zu Hause lag eine Vorladung vom Untersuchungsführer des Eisenbahnrevolutionstribunals. Da der Ingenieur zu einem Sondereinsatz beordert worden war, konnte er nicht hin, aber er mußte an die Vorladung denken. Deshalb mochte er weder trinken noch essen. Angst hatte er auch nicht, ihn quälte nur völlige Gleichgültigkeit. Gleichgültigkeit, das fühlte er, kann schlimmer sein als Furchtsamkeit – sie dörrt einem die Seele aus, wie langsames Feuer Wasser verdampft, und ehe man sich besinnt, ist vom Herzen nur noch ein trockener Fleck geblieben; so einen Menschen kann man Tag für Tag an die Wand stellen, ohne daß er auch nur um eine Zigarette bittet – die letzte Wohltat vor der Hinrichtung.

»Wo fahrt ihr jetzt hin?« fragte der Stabsmatrose Puchow.

»Sicher nach Grjasi!«

»Stimmt: Bei Usman sind zwei Güterzüge und ein Panzerzug steckengeblieben!« erinnerte sich der Matrose. »Die Kosaken sollen Dawydowka genommen haben, und die Munition liegt hinter Koslow im Schnee fest!«

»Die kriegen wir frei, sogar Stahl schneiden wir, was ist schon Schnee!« erklärte Puchow selbstbewußt und schlürfte eilig die letzten Sprittropfen, um nichts umkommen zu lassen in solchen Zeiten.

Sie setzten sich nach Grjasi in Bewegung. Ein alter Mann bat, mitgenommen zu werden – angeblich kam er von seinem Sohn aus Liski, aber wer wußte das schon!

Sie fuhren. Der Balancier ratternd, wenn er das Pflugschar mal rauf, mal runter warf, die Arbeiter murrend – sie hatten nichts vom fetten Matrosenfisch abgekriegt.

»Eingelegte Äpfel würd ich jetzt essen!« sagte Puchow, als der Schneeräumer auf vollen Touren lief. »Mann, würde ich essen – einen ganzen Eimer voll würd ich verputzen!«

»Und ich Heringe!« antwortete ihm der mitfahrende Alte. »Die Leute sagen, in Astrachan verfaulen Millionen Pud davon, aber man kommt ja nicht hin!«

»Du bist bloß mit, also sitz still und halt den Mund!« wies Puchow ihn streng zurecht. »Heringe würde er essen! Als ob sich keiner dazu finden würde außer ihm!«

»Und ich«, Puchows Gehilfe, der Schlosser Sworytschny, mischte sich ins Gespräch, »ich war mal auf einer Hochzeit in Usman, da hab ich einen ganzen Hahn verdrückt – und fett war der Bengel!«

»Wieviel Hähne waren denn auf dem Tisch?« erkundigte sich Puchow, der den Hahn auf der Zunge schmeckte.

»Nur der eine – wo sollen denn die Hähne jetzt herkommen?«

»Haben sie dich da denn nicht von der Hochzeit gejagt?« fragte Puchow, dem das nur recht gewesen wäre.

»Nein, ich bin von allein früh gegangen. Bin vom Tisch aufgestanden, als ob ich mal auf den Hof wollte – Männer gehen ja öfters – und gegangen.«

»Und du, Alter, mußt du nicht aussteigen – ist dein Dorf noch nicht zu sehen?« fragte Puchow den Fahrgast. »Paß auf, sonst kommst du noch ins Schwatzen und verpaßt es!«

Der Alte eilte ans Fenster, hauchte an die Scheibe und rieb sie klar.

»Die Gegend kommt mir bekannt vor – ich glaub, da guckt die Siedlung Chamowki übern Berg.«

»Wenn das schon die Siedlung Chamowki ist, bist du da«, meinte Puchow kundig. »Steig ab, solange wir bergauf fahren!«

Der Alte fummelte an seinem Beutel herum und wandte ergeben ein:

»Die Maschine fährt ja ein Tempo, daß es rauscht – wenn ich mich da mal nicht zu Tode stürze, Herr Lokführer! Vielleicht erlauben Sie, ein Momentchen anzuhalten – ich mache ganz fix.«

»Einfälle hast du!« rief Puchow aufgebracht. »In Kriegszeiten seinetwegen eine staatseigene Maschine anhalten! Bis Grjasi wird jetzt nicht mehr gehalten!«

Der Alte schwieg dazu, dann fragte er besonders unterwürfig:

»Es soll ja jetzt so starke Bremsen geben – damit soll man bei jedem Tempo halten können!«

»Nun steig schon ab, Alter!« rief Puchow fuchtig. »Bremsen sollen wir für ihn! Du springst in keinen Steinhaufen, sondern in den Schnee! Da fällst du so weich, daß du von selbst 'ne Weile liegen bleibst – sogar rekeln wirst du dich!«

Der Alte ging hinaus auf die Plattform, prüfte die Leine an seinem Beutel – natürlich nicht der Festigkeit wegen, sondern um Zeit zu gewinnen und Mut zu fassen –, dann war er auf einmal weg: er mußte hinuntergeplumpst sein.

Ab Grjasi erhielt der Schneeräumer den Befehl, einem Panzerzug und dem Zug des Volkskommissars voranzufahren und bis Liski einen Graben durch die Schneewehen zu ziehen.

Er erhielt nun eine zweite Lokomotive: einen ruhigen Koloß aus den Putilowwerken, die der Zug des Volkskommissars stellte.

Der schwere Kampfzug des Volkskommissars fuhr immer mit zwei besonders guten Lokomotiven.

Aber weil Schnee schlimmer als Sand ist, versagte auch die doppelte Lokomotivenkraft. In jenem bewegten, schneereichen Winter standen deshalb nicht die Lokomotiven, sondern die Schneeräumer in Ansehen.

Auch daß die Artillerie der Panzerzüge den Weißen bei Dawydowka und Liski vernichtende Schläge versetzte, war nur möglich, weil die Lok- und Schneeräumerbrigaden wochenlang nicht schliefen und von trockener Grütze lebten, um die Schneeberge zu beseitigen.

Puchow beispielsweise, Foma Jegorytsch, sah solcherart Beschäftigung gleich als normale Arbeit an und war nur in Sorge, der Machorka könne vom freien Markt verschwinden; deshalb hatte er ein Pud davon zu Hause vorrätig, nachgewogen mit der Federwage.

Vor dem Bahnhof Kolodesnaja blieb der Schneeräumer

stehen: Die zwei mächtigen Lokomotiven, die ihn schleppten wie einen Pflug, waren in eine Wehe gerast und hatten sich bis an den Schornstein in den Schnee gewühlt.

Der Petrograder Lokführer vom Zug des Volkskommissars, der die vordere Lok gefahren hatte, wurde durch den Aufprall und den jähen Halt vom Sitz gerissen und auf den Tender geschleudert. Seine Lokomotive aber gab nicht auf, mahlte weiter mit den Rädern auf der Stelle und preßte, zitternd vor grimmiger ausweiseloser Kraft, mit der Brust wütend die Schneemassen vor sich.

Der Lokführer sprang herunter, wälzte sich mit blutüberströmtem Gesicht im Schnee und knurrte unerhörte Flüche.

Puchow trat zu ihm, vier seiner eigenen Zähne in der Faust – er war mit dem Kiefer gegen den Hebel geschlagen und hatte sich danach die kraftlosen, überflüssigen Zähne aus dem Mund gezogen. In der anderen Hand hielt er seinen Proviantbeutel mit Brot und Hirse. Er sah nicht nach dem am Boden liegenden Lokführer, sondern hatte nur Augen für dessen wunderbare Lok, die immer noch gegen den Schnee ankämpfte.

»Gut, die Maschine, tolles Aas!«

Dann rief er dem Heizer zu:

»Mach den Regler zu, du Mistkerl, du zerhaust noch die Stangen!«

Von der Lokomotive kam keine Antwort.

Puchow legte den Brotbeutel in den Schnee, warf die Zähne weg und stieg selbst hinauf, um Regler und Bläser zu schließen.

Auf dem Führerstand lag der tote Heizer. Er war mit dem Kopf gegen einen Bolzen geschleudert worden, das Messing war in den gespaltenen Schädel gedrungen – so war er gestorben, und so hing er noch da, sein Blut tropfte auf das Öl am Boden. Der Tote kniete, die blauen Arme hilflos ausgebreitet, den Kopf auf den Bolzen gespießt.

Wie ist der Dussel bloß gegen den Bolzen gedonnert? Und ausgerechnet am Scheitel, genau an der Schädelnaht hat's ihn erwischt! kommentierte Puchow die Entdeckung für sich.

Nachdem er die auf der Stelle rasende Lokomotive gestoppt hatte, besah er sie sich genau, und wieder fiel ihm der Heizer ein: Schade um den Dussel, hat den Dampf gut gehalten!

Das Manometer zeigte tatsächlich immer noch dreizehn Atmosphären, fast den höchstzulässigen Druck – und das nach zehn Stunden Fahrt durch tiefen dichten Schnee!

Der Schneesturm ließ nach und ging in feuchten Schneefall über. In der Ferne dampften auf der geräumten Strecke der Panzerzug und der Zug des Volkskommissars.

Puchow stieg von der Lokomotive. Die Arbeiter des Schneeräumers und der Streckenmeister kämpften sich, bis an den Bauch im Schnee, nach vorn. Auch von der zweiten Lok war die Brigade abgestiegen, die blutigen Köpfe mit Putzlappen verbunden.

Puchow trat zu dem Petrograder Lokführer. Der saß im Schnee und kühlte sich mit Schnee den blutbeschmierten Schädel.

»Was ist«, sagte er zu Puchow, »wie steht die Maschine? Hast du die Zugklappen zugemacht?«

»Alles im Lot, Mechaniker!« antwortete Puchow in dienstlichem Ton. »Bloß deinen Heizer hat es erwischt, aber ich gebe dir Sworytschny, ist 'n gescheiter Bursche, bloß ein mächtiger Freßsack!«

»Na schön«, sagte der Lokführer. »Leg mir ein bißchen Brot auf die Wunde und bind einen Fußlappen drum! Ich krieg das verdammte Blut nicht zum Stehen!«

Hinter dem Schneeräumer lugte ein hübsches müdes Pferdemaul hervor, und zwei Minuten darauf kam eine Kosakenabteilung an die Lokomotive geritten, etwa fünfzehn Mann.

Keiner schenkte ihnen die nötige Beachtung.

Puchow und Sworytschny nahmen ein paar Bissen zur Stärkung zu sich; Sworytschny riet Puchow, sich unbedingt Zähne einsetzen zu lassen, »aber nur welche aus Stahl oder vernickelte, wie sie sie in den Woronesher Werkstätten machen: Die beißt du dir dein Leben lang auch am härtesten Essen nicht kaputt!«

»Man kann sie mir aber wieder ausschlagen!« wandte Puchow ein.

»Dann machen wir dir eben gleich hundert Stück«, beruhigte ihn Sworytschny. »Was du nicht brauchst, legst du auf Vorrat in den Tabaksbeutel.«

»Da hast du recht«, meinte Puchow, der sich sagte, daß Stahl fester ist als Knochen und sich mit einer Fräsmaschine eine Menge Zähne herstellen lassen.

Als der Kosakenoffizier die Gelassenheit der Arbeiter sah, wurde er vor Verwirrung heiser.

»Bürger Arbeiter!« sagte er gepreßt und rollte halb von Sinnen mit den Augen. »Im Namen des Großen Volksrußlands befehle ich Ihnen, die Lokomotiven und den Schneepflug zum Bahnhof Podgornoje zu bringen. Wer sich weigert, wird auf der Stelle erschossen!«

Die Lokomotiven schnauften leise. Es hatte aufgehört zu schneien. Der Wind kündete von Tauwetter und fernem Frühling.

Bei dem Lokführer war das Blut an der Kopfwunde geronnen und sickerte nicht mehr. Er befühlte den trockenen Wundschorf und stieg schwerfällig und matt auf den Führerstand.

»Muß Wasser pumpen und Holz nachlegen – werd doch nicht die Maschine einfrieren lassen!«

Die Kosaken zogen die Revolver und kreisten die Arbeiter ein. Da packte Puchow die Wut:

»Dreckskerle, keine Ahnung von Mechanik, aber kommandieren!«

»Waaas?« krächzte der Offizier. »Marsch, auf die Lokomotive, oder du kriegst eine Kugel ins Genick!«

»Was drohst du mir mit 'ner Kugel, du Mondgesicht!« schrie Puchow, außer sich. »Ich leg dich gleich mit 'ner Schraubenmutter um! Siehst du nicht, daß wir in einer Schneewehe stecken und die Leute verletzt sind! Schkandalör, verdammter!«

Der Offizier hörte ein kurzes dumpfes Tuten vom Panzerzug, drehte sich um und wartete deshalb noch mit dem Schuß auf Puchow.

Der Streckenmeister lag auf seinem über den Schnee gebreiteten Uniformmantel und betrachtete düster grübelnd den flauen, wärmer gewordenen Himmel.

Plötzlich stieß auf der Lokomotive jemand einen gräßlichen Schrei aus. Sicherlich hatte der Lokführer seinen erschlagenen Heizer vom Bolzen gezogen.

Die Kosaken waren abgesessen und streiften um die Lok, als suchten sie nach einem verlorenen Gegenstand.

»Auf die Pferde!« rief der Offizier ihnen zu, als er den hinter der Kurve auftauchenden Panzerzug entdeckte. »Los jetzt, abfahren die Loks, oder ich schieße!« Damit schoß er den Streckenmeister in den Kopf – der zuckte nicht mal, sondern streckte nur die müden Beine von sich und drehte sein Gesicht von allen weg nach unten.

Puchow sprang auf die Lokomotive und ließ in voller Lautstärke das Notsignal heulen. Der Lokführer öffnete geistesgegenwärtig das Dampfventil des Injektors, und die ganze Lokomotive hüllte sich in Dampf.

Die Kosakenabteilung schoß wild und planlos auf die Arbeiter ein, die aber suchten unter den Lokomotiven Schutz oder plumpsten flüchtend in Schneewehen – alle blieben unversehrt.

Vom Panzerzug, der dicht an den Schneeräumer herangekommen war, feuerte ein 76-mm-Geschütz und hämmerte ein MG.

Die Kosakenabteilung galoppierte knapp fünfzig Meter weit, dann blieb sie im Schnee stecken und wurde vom Panzerzug bis auf den letzten Mann niedergemäht.

Nur ein Pferd entkam und raste, den mageren schnellen Körper angespannt, kläglich wiehernd durch die Steppe.

Puchow sah ihm lange nach und wurde hohlwangig vor Mitgefühl.

Vom Panzerzug wurde die Lokomotive abgekoppelt und als Schiebelok hinter den Schneeräumer gesetzt.

Eine Stunde später hatten die drei Lokomotiven genügend Dampf, durchbrachen den Schneewall auf der Strecke und drangen in freies Gelände vor.

2

In Liski hatten sie drei Tage Ruhe.

Puchow tauschte für Schmieröl zehn Pfund Machorka ein und war zufrieden. Auf dem Bahnhof studierte er alle Plakate und holte sich zu seiner Information einen dicken Packen Zeitungen vom Agitlokal.

Die Plakate waren verschieden. Eins bestand aus einer großen übermalten Ikone, auf der der heilige Georg im Kampf auf dem Höllengrund den Drachen bezwingt. Man hatte Georg den Kopf von Trotzki aufgesetzt und dem Drachenungetüm den eines Burshui gemalt; die Kreuze auf dem Gewand des Drachentöters waren mit Sternen überpinselt – aber mit schlechter Farbe, so daß unter den Sternen schon wieder die Kreuze hervorsahen.

Das verdroß Puchow. Er verfolgte die Revolution eifersüchtig und schämte sich für jede ihrer Dummheiten, obwohl er wenig an ihr beteiligt war.

An den Bahnhofsmauern hingen Transparente:

> In die Arbeiterhände nehmen wir das Buch,
> Lerne, Proletarier, dann wirst du klug!

»Das haut doch mal wieder nicht hin!« schimpfte Puchow. »Man muß so schreiben, daß jeder Dummkopf vom bloßen Hingucken ein bißchen schlauer wird!«

> Jeder Tag, den wir leben,
> ist ein Nagel in den Schädel der Bourgeoisie.
> Und wir werden ewig leben –
> da kann er was aushalten!

»Ja, damit kann man was anfangen!« schätzte Puchow ein. »Starke Worte!«

Einmal kommt ein Zug nach Liski – ordentliche Personenwagen, Rotarmisten an den Türen, kein einziger Schieber zu sehen.

Puchow stand gerade auf dem Bahnsteig vor einer Tür und machte sich seine Gedanken.

Der Zug hält. Niemand steigt aus.

»Wer ist denn mit dem Militärzug angekommen?« fragt Puchow einen Schmierer.

»Wer weiß? Es heißt, der oberste Kommandeur – allein in einem ganzen Zug!«

Aus dem vorderen Wagen steigen Musiker aus und gehen zur Zugmitte, stellen sich dort auf und spielen eine Begrüßung.

Kurz darauf steigt aus dem mittleren Wagen erster Klasse ein dicker Militär und gibt den Musikern ein Zeichen mit der Hand: Er wird zufrieden sein!

Die Musiker zerstreuen sich. Ein hoher Offizier steigt ohne Eile vom Trittbrett und geht ins Bahnhofsgebäude. Ihm folgen die übrigen Militärs – einer mit einer Bombe, ein anderer mit Revolver, ein dritter hat die Hand am Säbel, ein vierter flucht eben mal –, die perfekte Leibwache.

Puchow lief hinterher und kam vor ein Agitlokal. Dort stand schon eine Schar Rotarmisten, etliche Eisenbahner und bildungshungrige Mushiks.

Der hohe Ankömmling bestieg die Tribüne – und gleich klatschten ihm alle Beifall, ohne seinen Namen zu kennen. Aber der hohe Herr war streng und rief gleich barsch dazwischen:

»Genossen und Bürger! Fürs erste Mal will ich das verzeihen, aber ich bitte mir aus, daß sich solche Demonstrationen in Zukunft nicht wiederholen! Das ist hier kein Zirkus, und ich bin kein Clown – Händeklatschen ist hier nicht am Platz!«

Die Menge verstummte sofort und starrte den Redner unterwürfig an, besonders die Schieber: Es konnte ja sein, er merkte sich ein Gesicht und ließ denjenigen mitfahren.

Aber nachdem der große Mann erläutert hatte, daß die Bourgeoisie samt und sonders Gesindel sei, reiste er ab, ohne sich ein einziges Schmeichlergesicht gemerkt zu haben.

Nicht ein Schieber kam in den leeren Zug: Die Wache sagte, Zivilisten dürften keinen Militärzug benutzen.

»Aber der Zug fährt doch leer und kommt auch so schnell genug hin!« protestierten die dürren Mushiks.

»Einem Armeebefehlshaber steht laut Order ein leerer Zug zu!« erklärten ihnen die Rotarmisten der Wache.

»Wenn es Order ist, wollen wir nicht streiten!« fügten sich die Schieber. »Wir setzen uns auch nicht in den Zug, sondern auf die Puffer!«

»Nein, ihr dürft nirgends mitfahren!« antworteten die Wachsoldaten. »Höchstens auf einer Radspeiche dürft ihr!«

Endlich fuhr der Zug ab und schoß dabei in die Luft – zur Abschreckung der reiselustigen Schieber.

»Sachen sind das!« sagte Puchow zu einem Schlosser vom Depot. »Das bißchen Körper befördern sie auf vierzig Achsen!«

»Keine große Belastung – schleppen eine Laus am Seil!« überschlug der Depotschlosser nach Augenmaß.

»Man sollte ihm eine Draisine geben, und gut!« meinte Puchow. »So vergeuden sie eine amerikanische Lokomotive!«

Als Puchow in die Baracke ging, um sich eine Portion Essen zu holen, sah er sich unterwegs alle Schilder und Bekanntmachungen an – er las gern und schätzte überhaupt jegliches Produkt menschlicher Vernunft. An der Baracke hing eine Bekanntmachung, die er dreimal hintereinander las:

GENOSSEN ARBEITER!

Vom Stab der IX. Roten Arbeiter- und Bauernarmee werden freiwillige Abteilungen von technischen Kräften für die Frontversorgung der im Nordkaukasus, am Kuban und im Küstengebiet des Schwarzen Meeres operierenden Einsatzgruppen der Roten Armee aufgestellt.

Zerstörte Eisenbahnbrücken und Küstenbefestigungsanlagen, der Nachrichtendienst, Geschützreparaturwerkstätten, fahrbare mechanische Werkstätten – all das erfordert geschickte Proletarierhände, an denen es den Fronttruppen der Roten Armee im Süden fehlt.

Andererseits kann ohne technische Mittel nicht der Sieg über die Feinde der Arbeiter und Bauern sichergestellt werden, deren Stärke in der ihnen vom Entente-Imperialismus für umsonst überlassenen Technik besteht.

Genossen Arbeiter! Wir appellieren an euch, tragt euch bei den Bevollmächtigten des Revolutionären Kriegsrats IX auf allen größeren Bahnhöfen für die Abteilungen der technischen Kräfte ein. Die Arbeitsbedingungen erfahrt ihr von den Genossen Bevollmächtigten. Es lebe die Rote Armee!

Es lebe die Arbeiter- und Bauernklasse!

Puchow riß den mit Mehlkleister angeklebten Zettel von der Wand und ging damit zu Sworytschny.

»Ziehen wir los, Pjotr!« sagte er zu ihm. »Was, zum Teufel, sollen wir hier versauern! So kriegen wir wenigstens den Süden zu sehen und können im Meer baden!«

Sworytschny schwieg, er dachte an seine Familie.

Puchow aber war die Frau gestorben, ihn zog es ans Ende der Welt.

»Überleg mal, Petrucha! Ist doch wahr: welche Armee ist ohne Schlosser! Beim Schneeräumen gibt's nichts mehr zu tun – der Frühling kommt mit Macht!«

Sworytschny schwieg immer noch, ihn dauerten seine Frau Anissja und sein Söhnchen, auch ein Pjotr, den die Mutter Frühgeschlüpftes nannte.

»Fahren wir, Petrucha!« drängte Puchow. »Wir werden am Horizont die Berge sehen, und irgendwie werden wir uns dort auch ehrlicher fühlen! Hast du nicht gesehen, wie sie ganze Züge voll Typhuskranke zurückschaffen – und wir hocken hier und kriegen Rationen! Die Revolution geht vorbei, und für uns bleibt nichts! Und du, wird es heißen, was hast du getan? Was sagst du dann?«

»Ich sage, daß ich Schnee von den Schienen geräumt habe!« antwortete Sworytschny. »Ohne Verkehrswege läßt sich auch kein Krieg führen!«

»Was ist das schon!« sagte Puchow. »Dafür hast du Brot gekriegt, wird es heißen, das war normale Arbeit! Und was hast du ohne Bezahlung geopfert, wird man fragen, wo warst du mit dem Herzen dabei? Da liegt der Haken! In Woronesh schieben ehemalige Generäle Schnee – für ein Pfund Brot pro Tag! Wir beide machen es auch nicht anders!«

Sworytschny gab nicht nach. »Und ich denke, wir beide werden hier mehr gebraucht!«

»Das fragt sich noch, wo wir beide mehr nützen!« beharrte Puchow. »Mit Denken allein kommst du noch nicht weit, man muß auch Gefühl haben!«

»Ach, geh mir doch mit deinem Geschwafel!« knurrte Sworytschny ärgerlich. »Wer wird schon nachprüfen, was jeder gemacht und getrieben hat? Man kommt sowieso nicht zur Ruhe bei solchem Leben! Dir ist jetzt alles schnurz, du bist allein auf der Welt – da treibt's dich halt fort, du Esel! Glaubst wohl, du kannst da irgendeine Schönheit aufgabeln – auf Gefühle verstehst du dich ja! So alt bist du noch nicht – ohne Frau würdst du bald in die Breite gehn! Na los, trab hin!«

Puchow gab die Hoffnung auf. »Ein Dummkopf bist du, Pjotr! Von Mechanik verstehst du was, aber sonst steckst du voller Vorurteile!«

Vor Kummer aß Puchow nichts zu Mittag, sondern machte sich zum Bevollmächtigten auf, um sich einschreiben zu lassen und alles gleich zu regeln. Aber als er hinkam, aß er zwei Mittagsportionen: Der Koch meinte es gut mit ihm, weil er ihm mal einen Topf gelötet hatte, und auch wegen seiner klugen Reden.

»Nach dem Bürgerkrieg werde ich ein roter Adliger!« verriet Puchow allen Freunden in Liski.

»Wieso denn das?« fragten ihn die Arbeiter. »Dann wird es wohl wie früher, und du kriegst Land?«

»Wozu brauch ich Land!« strahlte Puchow. »Soll ich vielleicht Schraubenmuttern säen? Ehre und ein Titel wird das sein, keine Unterdrückung.«

»Dann bleiben wir wohl die roten Tölpel?« erkundigten sich die Arbeiter.

»Schert euch doch an die Front und drückt euch nicht zu Hause rum!« schimpfte Puchow und ging, um auf den Transport nach Süden zu warten.

Eine Woche später fuhren Puchow und noch fünf Schlosser, die der Bevollmächtigte angenommen hatte, nach Noworossisk – in den Hafen.

Es war eine lange und beschwerliche Fahrt, aber es gibt beschwerlichere Dinge, und Puchow vergaß die Reise danach. Jeder bekam fünf Pfund gesalzene Wobla und einen runden Laib Brot mit auf den Weg, davon wurden die Schlosser satt, nur tranken sie auf allen Bahnhöfen Wasser.

In Jekaterinodar saß Puchow eine Woche fest – irgendwo tobten Kämpfe, deshalb wurde niemand nach Noworossisk durchgelassen. Aber in diesem unverbesserlichen grünen Städtchen hatten die Leute sich längst an den Krieg gewöhnt und waren auf ein lustiges Leben aus.

Gesindel! dachte Puchow. Haben allesamt kein Gefühl für die Zeit!

In Noworossisk ging er zu der Kommission, die angeblich das Wissen der Spezialisten überprüfte.

Ihn fragte man, woraus Dampf entstehe.

»Was für Dampf?« fragte Puchow listig. »Einfacher oder überhitzter?«

»Dampf im allgemeinen!« sagte der oberste Prüfer.

»Aus Wasser und Feuer!« schmetterte Puchow.

»Richtig!« bestätigte der Prüfer. »Was ist ein Komet?«

»Ein Wanderstern!« erklärte Puchow.

»Stimmt!« Der Prüfer ging zum politischen Grundwissen über. »Sagen Sie, wann und warum war der achtzehnte Brumaire?«

»Nach dem Brjusschen Kalender der 18. Oktober 1928, eine Woche vor der Großen Oktoberrevolution, die das Proletariat der ganzen Welt und die Völker der diversen Farben befreite!« Puchow, der zu Lebzeiten seiner Frau gelesen hatte, was ihm in die Finger kam, ließ sich nicht verwirren.

»Stimmt ungefähr!« sagte der Vorsitzende der Prüfungskommission. »Nun, und was wissen Sie von der Schiffahrt?«

»Es gibt Schiffahrt schwerer wie Wasser und leichter wie Wasser!« antwortete Puchow unbeirrt.

»Was für Motoren kennen Sie?«

»Compound, Otto-Deuz, Mühlen, unterschlächtige Räder und alle mögliche ewige Bewegung!«

»Was ist eine Pferdestärke?«

»Ein Pferd, das statt einer Maschine arbeitet.«

»Und warum arbeitet es statt der Maschine?«

»Weil wir ein Land mit rückständiger Technik sind – mit Baumknorren pflügen und mit den Nägeln mähen!«

Der Prüfer gab sich noch nicht zufrieden. »Was ist Religion?«

»Ein Vorurteil von Karl Marx und Selbstgebrannter für das Volk.«

»Wozu braucht die Bourgeoisie die Religion?«

»Damit das Volk sich nicht grämt.«

»Lieben Sie das Proletariat in seiner Gesamtheit, Genosse Puchow, und sind Sie bereit, Ihr Leben dafür hinzugeben?«

»Ich liebe es, Genosse Kommissar«, antwortete Puchow, um die Prüfung zu bestehen, »und mein Blut zu vergießen, bin ich auch bereit, nur es darf nicht umsonst und nicht auf 'ne dämliche Art passieren!«

»Das versteht sich!« sagte der Prüfer und schickte ihn als Monteur in den Hafen, zur Reparatur eines Schiffes.

Das Schiff war ein Kutter, der »Mars« hieß. Sein Petroleummotor wollte sich nicht drehen – den gab man Puchow zu reparieren.

Noworossisk war eine windige Stadt. Der Wind blies hier irgendwie ohne Sinn und Verstand: blies und blies in einem fort, daß sich sogar unbeteiligte Dinge an ihm wärmten, dabei war es ein kalter Wind.

Auf der Krim saß damals Wrangel, und den Bolschewiki eilte es mit der Reparatur des »Mars« – sie sagten, Wrangel plane einen Angriff von See, also brauche man etwas, um sich zu verteidigen.

»Aber er hat englische Kreuzer«, gab Puchow zu bedenken, »und unser ›Mars‹ ist bloß 'ne Schaluppe, die kann man mit einem Ziegelstein versenken!«

»Die Rote Armee kann alles!« antworteten ihm die Matrosen. »Nach Zarizyn sind wir auf Spänen geschwommen, und dann haben wir mit den Fäusten in der Stadt aufgeräumt!«

»Aber das ist doch Rauferei und kein Krieg!« zweifelte Puchow. »Eine Kugel weiß nichts von Klassen – die schickt uns fix auf den Grund!«

Der Petroleummotor auf dem »Mars« wollte und wollte sich nicht drehen.

»Wenn du 'ne Dampfmaschine wärst«, sinnierte Puchow, der allein im Schiffsraum saß, »hätt ich dir gleich eins in die Schnauze gehauen! Aber dich hat ja so'n raffinierter Hund ausgeklügelt: Was da alles für Leitungen und für Messingteilchen sind ... Unklare Sache!«

Über das Meer wunderte sich Puchow nicht – das schaukelte bloß und störte ihn beim Arbeiten.

»Unsere Steppen sind wohl noch weiter, der Wind ist da auch noch sauberer und nicht so sinnlos; er weht am Tage, und nachts ist Ruhe. Aber hier weht er, weht und weht – was willst du mit ihm machen?«

Brummend und rauchend hockte Puchow an dem Motor, der nicht lief. Dreimal nahm er ihn auseinander und setzte ihn wieder zusammen, versuchte, in danach anzukurbeln – der Motor fauchte heiser, weigerte sich aber hartnäckig anzuspringen.

Puchow dachte auch nachts an den Motor und schimpfte mit ihm, wenn er in der leeren Kajüte lag.

Einmal kam ein Marinekommissar zu Puchow auf den »Mars« und sagte:

»Wenn du bis morgen die Maschine nicht in Gang bringst, laß ich dich ohne Schiff ins Meer abgehen, Fummler, verdammter!«

»Gut, ich bring das Mistvieh in Gang, aber auf See halt ich es an, wenn du mit drauf bist! Dann kannst du selber fummeln, Schkandalör!« parierte Puchow.

Daraufhin wollte der Kommissar Puchow niederschießen, besann sich aber, daß ohne Mechaniker schlecht Krieg führen ist.

Puchow schindete sich die ganze Nacht. Er konstruierte die Maschine um und baute sie völlig neu, wie er es verstand, ersetzte die lästigen Teile durch einfache – und gegen Morgen fing der Motor wild an zu röcheln. Puchow schaltete die Schraube ein – der Motor zog auch die Schraube an, allerdings schwer keuchend.

»Siehst du«, sagte Puchow, »wie fromm der Teufel auf den heiligen Athosberg klettert!«

Am Tage kam der Marinekommissar wieder.

»Was ist, hast du die Maschine in Gang gekriegt?« fragte er.

»Dachtest du vielleicht, ich schaff das nicht?« versetzte Puchow. »Nur ihr seid bei Jekaterinodar ausgerissen, ich aber geh vor nichts in die Knie, wenn's sein muß!«

»Schön, schön«, sagte der zufriedene Kommissar. »Hör

zu, wir haben wenig Petroleum – geh sparsam damit um!«

»Ich werd es nicht trinken – so viel wir haben, so viel wird dasein!« erklärte Puchow entschieden.

»Der Motor läuft doch mit Wasser?« fragte der Kommissar.

»Na ja, Petroleum heizt, und Wasser kühlt!«

»Dann sieh zu, daß du möglichst wenig Petroleum und möglichst viel Wasser nimmst«, erprobte der Kommissar sich als Erfinder.

Da lachte Puchow, was seine schüttere, schweigsame Stimme hergab.

»Was freust du dich so, Dummkopf?« fragte der Kommissar verärgert.

Puchow konnte gar nicht aufhören und lachte schallend weiter.

»Du müßtest nicht die Sowjetmacht begründen, sondern die ganze Natur – schön umkrempeln würdest du die! Ach du, bist mir schon ein Ratgeber!«

Als der Kommissar das hörte, zog er sich zurück, nicht ohne Verlust an innerer Ehre.

In Noworossisk waren unterdessen Verhaftungen und die Liquidierung Wohlhabender im Gange.

Wozu sie die bloß rankriegen? dachte Puchow. Was droht von den armen Teufeln schon für eine Gefahr? Die trauen sich sowieso nicht weiter als bis vors Haus.

Außerdem klebten überall in der Stadt Anschlagzettel: »Infolge schwerer medizinischer Erschöpfung der Redner finden in dieser Woche keine Meetings statt.«

Da werden wir Langeweile haben, grämte sich Puchow, als er das las.

Im Hafen war inzwischen der kleine Zerstörer »Swesda« eingelaufen. Seine Ankerwinde wurde repariert und ein Leck abgedichtet. Puchow ging hin, um zuzusehen, aber man ließ ihn nicht an Bord.

Puchow war beleidigt. »Wieso denn das? Ich seh doch, da arbeiten lauter Trottel. Ich wollte helfen, sonst passiert noch 'ne Havarie auf See!«

»Ich darf keinen rauflassen!« antwortete der Rotarmist, der Posten stand.

»Zum Teufel mit euch, dann plagt euch ab!« sagte Puchow und ging besorgt seiner Wege.

Gegen Abend desselben Tages lief der türkische Transporter »Şanya« in den Hafen ein. Im Klub hieß es, er sei ein Geschenk vom türkischen Führer Kemal Pascha, aber Puchow bezweifelte das.

»Ich hab doch gesehen«, sagte er zu den Rotarmisten, »daß das Schiff in Ordnung ist! Wird euch der türkische Sultan in Kriegszeiten solche Geschenke machen – der ist doch selber knapp!«

»Aber Kemal Pascha ist unser Freund!« klärten ihn die Matrosen auf. »In Politik bist du ein kleines Licht, Puchow!«

»Du denkst wohl, weil du die Fußlappen ausgezogen hast, bist du 'ne große Leuchte?« versetzte Puchow gekränkt und ging in eine Ecke, um sich Plakate anzusehen, denen er jedoch nicht besonders traute.

In der Nacht weckte Puchow ein Bote vom Armeestab. Puchow erschrak ein wenig.

Bestimmt hat der Marinekommissar eine Gemeinheit vor! dachte er.

Auf dem Hof des Stabes war eine große Abteilung Rotarmisten in voller Marschausrüstung angetreten. Daneben standen drei Schlosser, ebenfalls in Uniformmantel und mit Teekessel.

»Genosse Puchow«, sprach ihn der Abteilungskommandeur an, »warum sind Sie nicht in Uniform?«

»Ich bin auch so gut genug, wozu soll ich mir ein Teegeschirr umhängen!« antwortete Puchow und stellte sich an die Seite.

Es war Nacht – ungeheure Finsternis –, und in den Bergen rauschten Wind und Wasser.

Die Rotarmisten standen schweigend, in neue Mäntel gekleidet, und sagten kein Wort. Entweder hatten sie Angst, oder sie hüteten ein Geheimnis voreinander.

In den Bergen und in fernen Gegenden fielen von Zeit zu Zeit Schüsse und vernichteten unbekanntes Leben.

Ein Rotarmist polterte mit dem Gewehr – er wurde sofort zurechtgewiesen und empfand seine Schmach bis ins Herz.

Auch Puchow war seltsam erregt, äußerte das Gefühl aber nicht, um keinen Lärm zu machen.

Die Laterne über dem Pferdestall beleuchtete den Hofschmutz und flackerte als ungewisses Licht auf den bleichen Soldatengesichtern. Der Wind, der versehentlich von den Bergen herunterkam, erzählte von der Tapferkeit, mit der er sich über den schutzlosen Räumen schlage. Er riet den Menschen, es ihm gleichzutun – und sie hörten es.

In der Stadt kläfften ruhestörend die Hunde, während die Menschen sich wahrscheinlich still vermehrten. Hier aber, auf dem verlassenen Hof, wurden andere Menschen von Unruhe und einer besonderen Wollust des Muts gepackt – weil man ihre Anzahl verringern wollte.

Der Kriegskommissar des Regiments trat in die Mitte und begann leise zu sprechen, als ob er nur einen vor sich hätte:

»Liebe Genossen! Wir sind jetzt auf keinem Meeting, deshalb will ich mich kurzfassen. Das Oberkommando der Republik hat dem Revolutionären Kriegsrat unserer Armee befohlen, ins Hinterland Wrangels vorzustoßen, mit dem es jetzt auf der Krim zu Ende geht. Unsere Aufgabe besteht darin, mit den Schiffen, die wir haben, die Meerenge von Kertsch zu passieren und an der Krimküste zu landen. Dort sollen wir uns mit den im Rücken Wrangels operierenden rotgrünen Partisanenabteilungen vereinigen und Wrangel den Weg zu den Schiffen abschneiden, wohin er sich wenden wird, wenn die nördliche Rote Armee an der Landenge von Perekop durchbricht. Wir müssen Wrangels Brücken und Rückzugwege zerstören, sein Hinterland verwüsten und ihm den Zugang zum Meer versperren, um diese Pest für immer auszubrennen!

Rotarmisten! Die Krim zu erreichen wird schwer sein, das ist eine riskante Sache. Dort operieren Vorpostenkreuzer, die uns versenken werden, wenn sie uns entdecken. Das muß ich euch offen sagen. Und wenn wir durchkommen, haben wir einen gefährlichen, tödlichen Kampf nach allen Seiten auszufechten, umringt von einem vertierten

Gegner. Nicht viele von uns werden mit dem Leben davonkommen, vielleicht gar keiner, bevor die Krim sowjetisch wird – das ist es, was ich euch sagen will, liebe Genossen Rotarmisten!

Und noch etwas: Ich möchte euch fragen, Genossen, ob ihr freiwillig bereit seid, diese Sache auf euch zu nehmen. Fühlt ihr mannhaften Wagemut in euch, um euer höchstes Gut, euer Leben, für die Revolution und die Sowjetrepublik zu opfern? Wer sich fürchtet oder schwankt, wem vielleicht seine Familie leid tut, der soll vortreten und es sagen, damit Klarheit herrscht, dann geben wir diesen Genossen frei!

Unsere Zentralregierung setzt große Hoffnungen in unsere Operation, damit der Krieg möglichst bald beendet und an der Arbeitsfront mit dem friedlichen Aufbau begonnen werden kann!

Ich warte auf eure Antwort, Genossen Rotarmisten! Ich muß sie unverzüglich dem Revolutionären Kriegsrat der Armee übermitteln!«

Der Kriegskommissar hatte seine Rede beendet und stand mit finsterer Miene da – ihm war wohl und auch wieder nicht. Die Rotarmisten schwiegen ebenfalls. In Puchow aber bebte alles innerlich.

Das ist 'ne Sache, dachte er, so sieht er aus, der bolschewistische Krieg – da wird nicht lange gefackelt!

Keiner hörte mehr den Wind, sah mehr die nächtlichen Berge. Die Welt hatte sich in aller Augen verdunkelt wie ein fernes Ereignis, jeder war mit dem gemeinsamen Schicksal beschäftigt. Auch die Laterne auf dem Hof war erloschen, da sie ihr Petroleum verbraucht hatte, und niemand hatte es bemerkt.

Plötzlich trat ein Rotarmist aus dem Glied und sagte bestimmt:

»Genosse Kommissar! Übermitteln Sie dem Revolutionären Kriegsrat der Armee und der gesamten Führung, daß wir auf den Einsatzbefehl warten! Wir hatten nicht erwartet, daß man uns den ehrenvollen Auftrag erteilen würde, Wrangel den Garaus zu machen! Ich bin überzeugt, daß ich allen Rotarmisten aus dem Herzen spreche, wenn ich sage, daß wir uns also bedanken und auch geloben, unser Blut und unser Leben hinzugeben, wenn die Sowjetmacht es braucht – das ist alles! Wozu langen Senf machen und wozu warten, wenn die Leute in Sowjetrußland vor Hunger sterben und hier das Gesindel auf der Krim sitzt und uns im Wege ist!«

Durch die Reihen der Rotarmisten ging Bewegung und ein frohes Summen, obwohl, nüchtern betrachtet, kein Grund zur Freude war. Noch ein Rotarmist trat vor und erklärte:

»Das hat der Stab richtig gemacht, daß er das Landungsunternehmen angesetzt hat. Sollen sie Wrangel an der Perekopenge eins in die Fresse hauen, wir treten ihn zur gleichen Zeit in den Hintern – dann geht er endgültig in die Knie, und auch die englischen Schiffe werden ihn nicht retten!«

Abermals trat der Kommissar vor die Front.

»Genossen Rotarmisten! Das haben wir im Stab gewußt. Das hohe Bewußtsein und die grenzenlose Ergebenheit für die Revolution, die ihr jetzt hier bewiesen habt, hatten wir von euch erwartet! Im Namen des Revolutionären Kriegsrats und der Armeeführung spreche ich euch den Dank aus und bitte, was ich gesagt habe, als militärisches Geheimnis anzusehen. Ihr wißt, daß Noworossisk voll von weißgardistischen Spionen ist, und wir wären zum Scheitern verurteilt, wenn jemand was erfahren würde! Der Einsatzbefehl wird gesondert erteilt. Danke, Genossen!«

Er ging eilig fort, die Rotarmisten standen noch angetreten. Puchow trat zu ihnen und lauschte ihren Reden. Zum erstenmal im Leben schämte er sich so, daß sich die Haut unter den Bartstoppeln rötete.

Er sah, daß auf der Erde keine schlechten Menschen lebten und die besten sich nicht schonten.

Die kalte Nacht bezog sich mit Sturm, und einsame Menschen wurden von Schwermut und Verbitterung befallen. Auf den Straßen aber ließ sich niemand sehen in dieser Nacht, auch die Einsamen saßen zu Hause und lauschten dem Klappern der Pforten im Wind. Ging jemand zu einem Freund, um die ruhelose Zeit dort rasch herumzubringen, kehrte er nicht nach Hause zurück, sondern blieb gleich über Nacht. Jeder wußte, daß ihn auf der Straße Festnahme, nächtliches Verhör, Ausweiskontrolle und langes Sitzen in einem modrigen Keller erwarteten, bis sich herausstellte, daß der Vernommene sein Leben lang gebettelt hatte, oder die Bolschewiki den endgültigen Sieg errangen.

Unterdessen wurden aus den in Militärmäntel geschlüpften Bauern aus den Orten im Norden ungewöhnliche Menschen, die ihr Leben nicht schonten, die ohne Gnade waren gegen sich und geliebte Verwandte und unbeirrt im Haß auf den bekannten Feind. Diese bewaffneten Männer waren bereit, sich in Stücke reißen zu lassen, wenn nur der Feind mit ihnen fiele und es auch für ihn kein Leben gäbe.

In der Nacht spielte Puchow mit Rotarmisten Dame und erzählte ihnen von einem Kommandeur, den er noch nie gesehen hatte.

Weil er keine Freude im Leben sah, hatte er sich daran gewöhnt, es mit heroischen Geschichten zu verschönern, und munterte damit alle auf.

Die Abteilung, die für das Landungsunternehmen bestimmt war, zählte fünfhundert Mann, und es ergab sich, daß sie alle aus verschiedenen Orten kamen.

Deshalb gingen am nächsten Tag fünfhundert Briefe in fünfhundert russische Dörfer.

Einen halben Tag lang bemalten und bekritzelten die Rotarmisten Papier, um von Müttern, Frauen, Vätern und entfernten Verwandten Abschied zu nehmen.

Auch Puchow half, wenn einem die Buchstaben besondere Mühe bereiteten, und dachte sich solche Briefe aus, daß die Rotarmisten ihn lobten:

»Gut schreibst du, Foma Jegorytsch – meine Leute werden weinen!«

»Was denn sonst?« versetzte Puchow. »Da gibt es auch nichts zu lachen: Die Sache ist kein Spaß! Du bist mir schon ein Kauz!«

Am Nachmittag ging Puchow zum Kommissar.

»Genosse Kommissar, nehmen Sie mich mit auf die Krim?«

»Ja, Genosse Puchow, deshalb haben wir dich ja gestern mit zur Versammlung bestellt!« antwortete der Kommissar.

»Ich möchte nur bitten, Genosse Kommissar, setzen Sie mich als Mechaniker auf der ›Şanya‹ ein, die hat eine Dampfmaschine, hab ich gehört, der Petroleummotor auf dem ›Mars‹ ist nicht das richtige für mich: mächtig klein!«

»Auf der ›Şanya‹ haben sie ihren eigenen Mechaniker, einen Türken!« sagte der Kommissar. »Na schön: Wir geben dich dem als Gehilfen bei, und für den ›Mars‹ nehmen wir einen Kraftfahrer! Was ist, du kommst wohl mit dem Petroleummotor nicht zurecht?«

»So ein Motor ist doch keine Sache, eine Dampfmaschine schafft da schon mehr, Genosse Kommissar. Bei dem wichtigen Einsatz möcht ich mich nicht gerade mit so 'nem Scheißding rumplagen! Das ist ein Primuskocher und keine Maschine – Sie sehen's ja selbst!«

»Also gut«, meinte der Kommissar, »du fährst auf der ›Şanya‹, wenn es nun mal so ist. Bei dem Landungsunternehmen gibt es nur Freiwillige, und jeder macht, was er am besten versteht! Aber daß du mir unterwegs keine Zicken machst, Bruderherz!«

Puchow nahm den Passierschein und ging auf die »Şanya«, um sich die Schiffsmaschine anzusehen. Er brauchte nur eine Maschine, dann fühlte er sich schon zu Hause.

Mit dem türkischen Maschinisten freundete er sich rasch an, als er meinte: Die Hauptsache ist das Schmieren, dann kann der Maschine keine Arbeit was anhaben.

»Da hast du recht«, sagte der Türke in gutem Russisch, »Öl ist was Gutes, es schont die Maschine! Wer viel Öl gibt, der liebt die Maschine, der ist ein Mechaniker!«

»Klar«, freute sich Puchow, »eine Maschine liebt den Stallburschen und nicht den Reiter: Sie ist ein lebendiges Wesen!«

Darüber wurden sie Freunde.

In der Nacht marschierte die Abteilung gegen den aufgefrischten Wind zum Hafen, um sich einzuschiffen. Puchow wußte nicht, an wen er sich halten sollte, und lief nebenher, mit dem empfangenen Armeeteekessel klappernd. Aber die Soldaten wiesen ihn gleich zurecht:

»Hast du nicht gehört – leise machen! Was polterst du?«

»Wozu soll ich heimlichtun: Wir ziehn ja nicht auf Raub aus!« sagte Puchow.

»Es ist befohlen, nicht zu lärmen«, antwortete Rotarmist Baronow leise, »dazu haben sie auch die Leute in der Stadt ins Kittchen gesperrt, damit keine Spione da sind!«

Sie marschierten lange und geräuschlos, kaum daß der feuchte Sand unter den Tritten knirschte. Riesige leere Speicher standen in der Dunkelheit, darin kollerte der Wind. Hungrige Ratten huschten überall herum; rätselhaft, wovon sie lebten.

Die Nacht war stockfinster wie Grabestiefe, aber die Menschen gingen beschwingt, mit unruhvoller Begeisterung im Herzen, ähnlich heimlichen Jägern von einst.

Graue Vorzeit atmete über diesen Bergen – Zeugen des Mutes der Natur, durch den allein sie existierte. Die bewaffneten Wanderer waren ebenso von Mut und äußerster Kühnheit beseelt wie die Natur, als sie Berge getürmt und Gewässern die Becken gegraben hatte.

Nur so vermochten es die Rotarmisten – manchmal mit keinen anderen Waffen als ihren Fäusten –, in der Steppe feindliche Panzerwagen zu erbeuten und weißgardistische Militärtransporte anzuhalten und zu entwaffnen.

Jung, wie sie waren, bauten sie sich ein neues Land für ein langes künftiges Leben und zerstörten in rasender Wut alles, was sich nicht mit ihrem Traum vom Glück der Armen vertrug, von dem sie im Politunterricht erfuhren.

Sie kannten noch nicht den Wert des Lebens, darum war ihnen Feigheit fremd – das Mitleid mit dem eigenen Körper, den man verlieren kann. Aus der Kindheit waren sie in den Krieg hineingewachsen, ohne die Liebe, den Genuß des Denkens oder die Betrachtung der unerhörten Welt, in der sie sich befanden, erlebt zu haben. Sie kannten sich selbst noch nicht. Deshalb gab es in ihrer Seele keine Ketten, die ihr Augenmerk an ihre Person geschmiedet hätten. Deshalb lebten sie in voller Übereinstimmung mit der Natur und der Geschichte – und die Geschichte rollte in jenen Jahren wie ein Lokomotive, die die Weltlast aus Armut, Verzweiflung und demütiger Beharrung hinter sich her bergan schleppt.

Im trostlosen Dunkel blinkten Schiffssignale. Die Abteilung betrat die Landungsbrücke. Unverzüglich wurde mit der Einschiffung begonnen.

Auf die »Şanya« kam die ganze Abteilung, auf den Kutter »Mars« eine Aufklärergruppe von zwanzig Mann und auf den Zerstörer Marinesoldaten.

Puchow stieg in den Maschinenraum der »Şanya« und fühlte sich ausgezeichnet. In der Nähe einer Maschine war er immer gutmütig. Er zündete sich eine Zigarette an und räusperte sich laut, denn er hatte das lange Schweigen satt und wollte die angestauten stickigen Gase aus der Lunge husten.

Ungefähr noch zwei Stunden lang trappten Rotarmistenschuhe über das Deck und die Schiffstreppen.

Puchow, dem die unruhigen Ereignisse behagten, hielt es unten nicht mehr aus und schlüpfte an Deck.

Schwarze Körper, zitternd im matten Licht der Hafenlampen, glitten leise die Schiffstreppen hinunter, Gewehre und Ausrüstungsgegenstände fest an sich pressend, damit nichts klapperte.

Die Nacht wurde durch die Lampen noch riesiger und dunkler – kaum zu glauben, daß es eine lebendige Welt gab. Ein kleiner Wind bewegte Gegenstände auf der Landungsbrücke und versank in den Tiefen der Finsternis.

Dampfer tuteten sich kurz und warnend etwas zu, am Ufer aber lag lauernde Finsternis und lockende Wüste. Kein Laut drang in die Stadt, nur das Gebraus eines fernen eiligen Baches wehte von den Bergen.

Ein nie gekanntes Gefühl – tiefe Befriedigung, Stärke, Wissen um die Notwendigkeit seines Lebens – erfaßte Puchow. Er stand mit dem Rücken an eine Winde gelehnt und erfreute sich an diesem geheimnisvollen nächtlichen Bild – wie Menschen sich schweigend und in aller Stille zum Sterben bereitmachen.

In der fernen Kindheit hatte er über die Ostermesse gestaunt und im kindlichen Herzen ein unbekanntes und gefährliches Wunder empfunden. Nun erlebte Puchow erneut diese schlichte Freude – allen nötig und teuer zu sein – und hätte alle insgeheim dafür umarmen mögen. Es war, als hätte Puchow sein Leben lang den Menschen gezürnt und ihnen unrecht getan und jetzt erst erkannt, wie gut sie waren, und er schämte sich dessen – aber seine Ehre kriegt man nicht zurück.

Das Meer rauschte friedlich hinter der Bordwand, es barg unbekannte Gegenstände in seinen Tiefen. Aber Puchow schaute nicht auf das Meer – er sah zum erstenmal wahre Menschen. Auch die übrige Natur trat zurück und verlor an Interesse.

Gegen ein Uhr nachts war die Einschiffung abgeschlossen. Vom Ufer ertönte das letzte Grußwort vom Revolutionären Kriegsrat der Armee. Der Kommissar gab eine zerstreute Erwiderung, er war mit anderem beschäftigt.

Ein scharfes seemännisches Kommando ertönte, und das Festland begann sich zu entfernen.

Die Landungsschiffe liefen aus und nahmen Kurs auf die Krim.

Zehn Minuten später hatte sich die letzte Ufersicht aufgelöst. Die Schiffe fuhren durch Wasser und kalte Finsternis. Die Lichter waren gelöscht worden, die Leute unter Deck gebracht – alle saßen in Dunkelheit und stickiger Wärme, keiner schlief.

Es war befohlen worden, nicht zu rauchen, damit das Schiff nicht durch Zufall in Brand geriete. Auch zu sprechen war verboten, da der Kommandeur und der Kommissar der »Şanya« den Anschein eines menschenleeren friedlichen Handelsdampfers zu geben versuchten.

Das Schiff fuhr in aller Heimlichkeit, dumpf Dampf abstoßend. Irgendwo in der Nähe, verloren in der Schwärze der Nacht, bewegten sich der »Mars« und der Zerstörer. Von Zeit zu Zeit machten sie sich durch langes Trillern einer Matrosenpfeife bemerkbar. Die »Şanya« antwortete mit kurzem tiefem Tuten. Ihre kleinen Maschinen anstrengend, drangen die Schiffe durch die breiige Finsternis.

Die Nacht verlief ruhig. Den Rotarmisten erschien sie lang wie das künftige Leben. Die Erregung legte sich langsam, und die fortdauernde Dunkelheit belastete die Seele allmählich mit heimlicher Sorge und der Erwartung jäher todbringender Ereignisse.

Das Meer lag in lauschender Stille. Die Schraube schaufelte unsichtbare, zähflüssige Nässe, und Nässe knüllte sich leise hinter der Bordwand. Schleppend verrann qualvolle Zeit. Die Berge schimmerten bleich und zaghaft im nahenden Morgen, das Meer aber war schon verwandelt. Sein ruhiger Spiegel, geschaffen zu des Himmels Augenweide, vermengte in stiller Ekstase die Abbilder. Kleine boshafte Wellen verunstalteten die Meeresstille, rieben sich, durch ihre Vielzahl eng gedrängt, aneinander, schaukelten die Tiefen auf.

Fern aber – auf der offenen See – bewegten sich schon schwerfällige, langsame Berge, rissen Schlünde auf und stürzten hinein. Von dort trieb auf den kleinen Wellenkämmen kalkweißer Schaum, zischend wie Giftstoff.

Der Wind wurde steif und hart und zertrümmerte den riesigen Raum, bis er hinter Hunderten von Werst erlosch. Dem Meer entrissene Wassertropfen sausten durch die aufgepeitschte Luft und schlugen wie Steinchen ins Gesicht.

Auf den Bergen höhnte sicherlich schon der Sturm, und das Meer toste ihm wild entgegen.

Die »Şanya« begann auf dem wogenden Meer zu tanzen wie ein welkes Blatt, ihr ganzer gebrechlicher Leib knarrte mutlos.

Der steinharte, schwere Nordost wühlte die See so auf, daß die »Şanya« von Wasserwällen umringt, bald in Abgründe sank, bald emporschnellte – von oben waren dann einen Augenblick lang ferne Länder zu sehen, über denen, schien es, blaue Stille stand.

In der Luft war die drückende Gereiztheit zu spüren, wie sie vor Gewittern herrscht.

Der Tag war längst angebrochen, aber durch den Nordost war es kälter geworden, und die Soldaten froren.

Aus trockenen Steppen stammend, wurden sie fast alle von gräßlicher Magenrevolte gequält; manche krochen an Deck, hängten sich über die Reling und erbrachen grüne Galle. Danach beruhigten sie sich kurze Zeit, aber sie wurden aufs neue durchgeschaukelt, die Körpersäfte vermischten sich und brodelten durcheinander, und wieder wurde ihnen speiübel. Sogar der Kommissar wurde unruhig, lief rastlos übers Deck und hielt sich, wenn das Schiff heftig schwankte, am Schornstein oder an einem Pfosten fest. Zu erbrechen brauchte er sich nicht: er war Seemann.

Die »Şanya« näherte sich der gefährlichsten Stelle, der Meerenge von Kertsch, und der Sturm wollte sich einfach nicht besänftigen, sondern schien es mit Macht darauf anzulegen, das Meer aus seiner tiefen Behausung zu zerren.

Der »Mars« und der Zerstörer waren längst in den Orkanschlünden verschollen und hatten aufgehört, auf die Signale der »Şanya« zu antworten.

Der Kommandant der »Şanya« konnte das Schiff nicht mehr steuern – es wurde von den bebenden Elementen gelenkt.

Puchow litt nicht unter dem Schlingern. Er erklärte dem Maschinisten, dagegen helfe ihm das Sodbrennen, das ihn schon lange quäle.

Auch mit der Maschine war schwer zurechtzukommen: Fortwährend wechselte die Belastung – bald wühlte sich die Schraube ins Wasser, bald ragte sie in die Luft. Die Folge war, daß die Maschine mal wegen der schnellen Umdrehungen kreischte und mit allen Bolzen schlotterte, mal vor Überlastung verstummte.

»Schmier sie, Foma, schmier sie, versorg sie schön, sonst geht sie noch hops bei solchen Umdrehungen!« sagte der Maschinist.

Und Puchow gab der Maschine reichlich Öl, was er mit Vorliebe tat, und sprach ihr dabei zu:

»Warte, du Aas, ich werd dich schon beruhigen! Ich bring dich schon zur Räson!«

In eineinhalb Stunden hatte die »Şanya« die Meerenge von Kertsch passiert.

Der Kommissar kam kurz in den Maschinenraum, um sich Feuer für seine Zigarette zu holen, weil seine Streichhölzer naß geworden waren.

»Na, wie macht sie sich?« fragte ihn Puchow.

»Sie ist nicht schlecht, aber mit ihm ist nichts los!« scherzte der Kommissar und lächelte mit seinem müden, abgearbeiteten Gesicht.

Puchow verstand nicht. »Was ist denn?«

»Nichts – alles in Ordnung«, sagte der Kommissar. »Aber ohne den Nordost hätten uns die Weißen längst abschmieren lassen!«

»Wieso?«

»Na, eben so«, erklärte der Kommissar. »Die Meerenge von Kertsch wird von den Weißen mit Kreuzern bewacht. Vor dem Sturm sind die aber alle nach Kertsch in den Hafen geflüchtet und haben uns deshalb nicht entdeckt! Klar?«

»Und warum haben uns ihre Scheinwerfer nicht entdeckt?« erkundigte sich Puchow.

»Oho! Die ganze Atmosphäre war in Aufruhr, was nützen da Scheinwerfer!«

Um die Mittagszeit fuhr die »Şanya« bereits in den Küstengewässern der Krim, aber das Meer war immer noch vom Sturm erschöpft und schlug müde an die Bordwand des Dampfers.

Bald danach tauchte am Horizont eine Rauchfahne auf. Der Kapitän, der Abteilungskommandeur und der Kommissar beobachteten sie lange. Dann nahm die »Şanya« Kurs aufs offene Meer, und die Rauchfahne verschwand.

Der Nordost hörte nicht auf. Der leidige Umstand freute den Kapitän und den Kommissar: Die weißgardistischen Wachtschiffe hielten bei solchem Sturm Wachsamkeit für überflüssig und steckten in Küstenspalten.

Eben damit erklärte der Kommissar, daß die »Şanya« noch unversehrt war; er hoffte auf die Möglichkeit zu landen, sobald der Sturm nachließe und es Nacht würde.

Puchow kam nicht mehr aus dem Maschinenraum heraus, er schwitzte an der rasenden Maschine und drohte ihr mit Flüchen.

Nachmittags um vier erschienen am Horizont vier Rauchfahnen zugleich. Sie näherten sich rasch, als wollten sie die »Şanya« abfangen. Ein Schiff machte die »Şanya« ganz aus und gab Signale zum Halten.

Die Rotarmisten ahnten zwar nicht, worum es ging, strömten aber an Deck und schossen neugierig hin und her.

Der Kapitän der »Şanya« vermutete nach der Rauchfahne in einem der Schiffe einen Kreuzer.

Offenbar kam für die Abteilung nun die Zeit, sich freiwillig auf den Grund zu schicken.

Der Kapitän und der Kommissar wichen nicht mehr von der Brücke, sie versuchten irgendeinen Ausweg zu finden. Sämtlichen Soldaten wurde befohlen, unter Deck zu gehen, damit das feindliche Schiff nicht den militärischen Auftrag der »Şanya« erkennen konnte.

Der Nordost heulte mit unverminderter Stärke und fegte die »Şanya« aus dem Kurs. Die vier unbekannten Schiffe hielten ebenfalls nur mühsam die Fahrtrichtung und schafften es nicht, die »Şanya« anzusteuern.

Bald darauf gerieten drei Rauchfahnen außer Sicht – der bestialische Nordost hatte sie sonstwohin verschlagen. Dafür kam das vierte Schiff immer näher. Manchmal war der Schiffsrumpf schon deutlich zu erkennen. Der Kapitän machte aus, daß es ein schnelles und gut bewaffnetes Handelsschiff war und die »Şanya« zu erreichen versuchte. Nur der Sturm ließ es nicht dicht heran. Dann verlangte das Handelsschiff von der »Şanya« Auskunft, wohin sie fahre. Seit sie sich in den Küstengewässern der Krim befand, fuhr sie unter Wrangelscher Flagge. Man antwortete, sie fahre von Kertsch nach Feodossija und habe Fisch geladen.

An Deck waren nur vier Türken in Landestracht verblieben, alle Uniformierten samt Kommissar und Abteilungskommandeur saßen unten. Als daher das Handelsschiff der Weißen an die »Şanya« herankam, sah man dort nur durchs Fernglas und fuhr weiter. Die »Şanya« ins Schlepptau zu nehmen, zeigte man keine Lust – wohl wegen des Sturms.

Der Rest des Tages verlief ruhig. Ab und zu tauchten Schiffe auf, verschwanden aber gleich wieder: Sie schienen die »Şanya« noch mehr zu fürchten als die »Şanya« sie.

Die Rotarmisten, erschöpft, von der Übelkeit und der feuchten Kälte, gaben sich lustig und schämten sich nun ihrer Seekrankheit. Sie hatten die langweilige Seefahrt satt und freuten sich sogar, als sie erfuhren, daß sich ein weißgardistischer Dampfer mit vier Geschützen nähere.

Den Soldaten war das Meer fremd, sie glaubten nicht, daß das Element, von dem einem lediglich übel wird, den Tod von Schiffen in sich birgt.

»Soll er rankommen!« sagte ein Rotarmist aus Tambow. »Den machen wir fertig!«

»Wie kannst du ihn fertigmachen?« fragte der Kommissar. »Er hat Geschütze an Bord!«

»Das wirst du sehen«, behauptete der Tambower, »wie wir den mit Gewehren fertigmachen!«

Gewohnt, fahrende Panzerwagen mit nichts als Gewehren zu nehmen, glaubten die Rotarmisten, auch auf See mit dem Gewehr siegen zu können.

Manchmal rasten vom Nordost aufgewirbelte Wassersäulen an der »Şanya« vorüber. Hinter sich rissen sie tiefe Abgründe auf und entblößten fast den Meeresgrund.

Nach solch einer Wassersäule kam plötzlich der verschollene Kutter »Mars« wieder in Sicht. Er war arg ramponiert. Die Brecher zerfetzten seine Takelage und waren drauf und dran, ihn zum Kentern zu bringen. Aber der »Mars« behauptete sich beharrlich schnaufend und tanzte, halbtot vor Hartnäckigkeit, auf den Wellen. Er wollte an der »Şanya« anlegen, aber die Wellen schleuderten ihn in einen Strudel zurück.

Die ganze Besatzung des »Mars« und die zwanzig Aufklärer, die er an Bord hatte, standen an Deck und hielten sich an Tauwerk fest.

Die Männer schrien wild zur »Şanya« hinauf, aber das Tosen des Sturms riß ihre Stimmen fort, so daß nichts zu hören war. Ihre Gesichter waren verdüstert vor Sinnlosigkeit, die Augen ausgelaugt von grimmiger Verzweiflung, tödliche Blässe lag wie weiße Schminke auf ihren Wangen.

Die Qual des drohenden Todes marterte sie durch die Nähe der »Şanya« um so mehr. Die Leute auf dem »Mars« rissen sich die letzten Uniformfetzen vom Leib und brüllten wie Tiere, drohten sogar mit den Fäusten. Sie heulten lauter als der Sturm, und ein dicker Rotarmist saß rittlings auf der Rahe und aß Brot, damit die Ration nicht unnütz verlorenging.

Die Augen der Todgeweihten quollen vor stierendem Haß aus den Höhlen, mit den Füßen trommelten sie rasend aufs Deck, um auf sich aufmerksam zu machen.

Puchow stand oben und sah zum »Mars« hinunter.

»Wieso sind die so in Wut?« fragte er den Kommissar. »Gehen sie vielleicht unter, oder haben sie sonst vor was Angst?«

»Sie werden ein Leck haben«, antwortete der Kommissar, »wir müssen irgendwie helfen!«

Die Rotarmisten im Schiffsraum waren nicht mehr zurückzuhalten. Sie standen an Deck, schrien ihrerseits zum »Mars« hinüber und schmähten die Angst der Unglücklichen.

Die ganze »Sanya« bangte um die Aufklärer und die Besatzung des »Mars«; der Kommandant schrie den Kapitän wütend an, der Kommissar unterstützte ihn, aber an den »Mars« war einfach nicht heranzukommen.

Als es die »Sanya« einmal auf den »Mars« zuschleuderte, rief man von dort, das Wasser stünde schon im Maschinenraum.

Außerdem war auf dem »Mars« eine Harmonika zu hören – jemand spielte dort vor dem Tod und trotzte damit allen Gesetzen der menschlichen Natur.

Puchow hörte es ganz genau und empfand zu so unpassender Zeit etwas wie Freude.

In einer ruhigen Sekunde, als der »Mars« auf die »Sanya« zusauste, sang drüben eine klare Stimme, die Schreie übertönend, zur Harmonika:

> Du mein Äpfelchen,
> süßer Born,
> hab im Schwarzen Meer
> dich verlorn ...

»So ein Satanskerl!« sagte Puchow, dem der lustige Bursche auf dem »Mars« imponierte, und spuckte aus vor ohnmächtigem Mitgefühl.

»Boot fieren!« schrie der Kapitän, weil der »Mars« nur noch mit dem Deck aus dem Wasser sah und sein Rumpf schon abgesackt war.

Kaum war das Boot zu Wasser gelassen, überschlug es sich dreimal, und die beiden Matrosen darin waren spurlos verschwunden.

Plötzlich packte eine steile Woge den »Mars« und schleuderte ihn so hoch, daß er sich über der »Şanya« befand.

»Springt ab!« brüllte Puchow am hitzigsten von allen.

Die Männer auf dem »Mars« schraken zusammen, erstarrten, daß ihre Gesichter grau wurden, und stürzten sich auf gut Glück hinunter aufs Deck der »Şanya«. Sie plumpsten herab wie leblose Körper und brachen denen, die sie auffingen, die Arme, Puchow warfen sie um. Das gefiel ihm nicht.

»Sachte!« lärmte er. »Sind gegen Wrangel gezogen, die Teufel, und haben vor klarem Wasser Angst!«

In Sekunden hatte sich der ganze »Mars« auf die »Şanya« entleert, nur zwei der Verzweifelten waren danebengesprungen, vorbeigesaust in den Rachen der See.

Vom »Mars« erscholl ein dumpfer Klagelaut, dann zerbarst und zersplitterte er von einer inneren Detonation in tausend Stücke.

Puchow ging zwischen den Geretteten umher und fragte jeden:

»Hast du da gesungen?«

»Nee, vielleicht war uns da nach Singen!« antwortete der Rotarmist oder Matrose vom »Mars«.

»Siehst auch nicht so aus!« knurrte Puchow dann unzufrieden und ging weiter.

Es fand sich nicht einer – niemand, erwies sich, hatte gesungen oder Harmonika gespielt. Dabei war es zu hören gewesen – Puchow erinnerte sich sogar an den Text des Liedes.

Es wurde schon Abend, doch der Sturm wütete und machte keine Anstalten zu verschnaufen.

Wo der Satan bloß herkommt, den Ort würd ich gern mal sehen! sagte sich Puchow, der mit der Maschine im Schiffsrumpf schaukelte.

Am Abend hielt das Kommando der »Şanya« eine lange Beratung ab. Die »Şanya« war stark überladen und konnte nicht nahe an die Krimküste heran. Außerdem drückte der Nordost das Schiff ständig aufs offene Meer, so daß das Absetzen der Landungstruppen ohnehin unmöglich war. Sich lange auf dem Meer aufzuhalten aber war sehr gefährlich –

der erste Wachtkreuzer der Weißen würde die »Şanya« in Grund bohren.

Man beriet lange. Die Matrosen wollten nicht aufgeben und schlugen vor, den Sturm abzuwarten und dann weiterzusehen. »Also, wir kehren nach Noworossisk zurück«, sagte der Kommandeur der Aufklärer, Matrose Scharikow, »und was dann? Erstens machen sie uns die Hölle heiß, daß wir eigenmächtig umgekehrt sind, und zweitens geht damit alles daneben: nämlich, Wrangel bleibt ungeschoren!«

»Du hast vergessen Scharikow«, sagte der Kriegskommissar zu ihm, »daß von deinem ›Mars‹ bloß noch Splitter rumschwimmen, daß der Zerstörer verschollen ist – der wird wohl auch baden gegangen sein – und die ›Şanya‹ wegen Überladung manövrierfähig ist wie ein Ziegelstein! Deiner Meinung nach soll er wohl unbedingt auch die ›Şanya‹ auf Grund setzen?«

»Na, wie du willst!« sagte Scharikow. »Nur, umzukehren ist auch verdammt blamabel!«

Zur Nacht wurde jedoch beschlossen, nach Noworossisk abzudrehen.

Um Mitternacht begann der Nordost abzuflauen, aber der Seegang blieb unverändert. Die »Şanya« schleppte sich schlecht und recht heimwärts.

In der Meerenge von Kertsch geriet sie in die Suchstrahlen der Küstenscheinwerfer, aber die Weißen eröffneten nicht das Feuer aus den Festungsgeschützen: vielleicht darum nicht, weil auf der »Şanya« noch ein Fetzen von der Wrangel-Flagge baumelte.

Gegen Morgen gingen die Rotarmisten in Noworossisk an Land.

»Verfluchte Blamage!« murrten sie, als sie ihre Sachen packten.

»Wieso Blamage?« belehrte sie Puchow. »Die Natur ist dem Menschen über, Bruder! Sogar die Kreuzer haben in den Küstenwinkeln gelegen!«

»Prima«, brummte der Matrose Scharikow unzufrieden, »jetzt brechen sie an der Perekopenge durch, da kommen sie ohne uns Rotznasen aus!«

So geschah es auch: Scharikow hatte eine gute Nase gehabt.

Am selben Abend befahl der Revolutionäre Kriegsrat, den Landungsversuch zu wiederholen.

Die Abteilung wurde in der Nacht erneut eingeschifft, und die »Şanya« heizte die Kessel.

Scharikow rannte froh auf dem Schiff hin und her und sprach mit jedem. Der Kriegskommissar dagegen fühlte sich unbehaglich, obwohl im Revolutionären Kriegsrat kein böses Wort gegen ihn gefallen war.

»Bist du Arbeiter?« fragte Scharikow Puchow.

»Ich war Arbeiter und werde Taucher!« antwortete Puchow.

»Warum bist du dann nicht in der Avantgarde der Revolution?« versuchte Scharikow ihn zu beschämen. »Warum bist du ein Brummbart und Parteiloser und kein Held der Epoche?«

»Na ja, ich hab nicht recht dran geglaubt, Genosse Scharikow«, erklärte Puchow, »und dann war das Parteikomitee bei uns in dem Haus untergebracht, wo vor der Revolution der Gouverneur drin saß!«

»Was hat das Haus damit zu tun!« setzte Scharikow ihm noch heftiger zu. »Ich bin vor der Revolution geboren und muß auch damit leben!«

Kurz vor dem Ankerlichten ging der Kommissar des Landungsunternehmens nochmals an Land: Er wollte die glückliche Ausfahrt telegraphieren.

Eine halbe Stunde später kam er zurück, ging aber nicht aufs Schiff, sondern blieb auf der Landungsbrücke, lachte und rief:

»Kommt runter!«

»Was hast du, Mann, bist du bei Trost? Wieso runterkommen?« fragte ihn Scharikow von Bord.

»Kommt runter, sag ich!« schrie laut der Kommissar. »Die Perekopenge ist genommen, Wrangel flieht! Hier, seht den Befehl – unser Landungsunternehmen ist abgeblasen!«

Scharikow und die anderen ließen die Köpfe hängen.

»Da hast du den Salat!« sagte ein Rotarmist. »Grad jetzt

müßten wir Wrangel von hinten eins verpassen, er türmt doch auf die Schiffe – und da wird abgeblasen!«

»Ist ja meine Rede, auf der Krim kommen sie ohne Rotznasen aus! ...« setzte Scharikow an und endete auf seine Weise.

»Genug gemosert!« versuchte Puchow ihn zu besänftigen. »Laß ihn schwimmen, den Wrangel – verprügelst du halt einen anderen!«

»Äch!« schrie Scharikow, drosch die Faust gegen einen Pfosten und schickte noch ein paar saftige Worte hinterher.

»Schwimm doch fix mal rüber!« riet ihm Puchow. »Du bist ein kleiner Gegenstand, dich erwischt der Scheinwerfer nicht! Steigst aus dem Wasser, und fertig ist die Landung!«

»Genau«, sagte Scharikow, besann sich dann aber: »Bloß das Wasser ist kalt, und die Wellen sind hoch – da verschluckt man sich ja gleich!«

»Wart doch gutes Wetter ab!« meinte Puchow. »Du bläst dir die Unterhosen voll Luft, und wenn du Wasser schluckst, piekst du ein Loch rein und kannst atmen!«

Scharikow winkte ab. »Nein, das ist Quatsch, das ist nichts für einen Seemann!«

Zwei Tage darauf wurde bekannt, daß der verschollene Zerstörer die Krimküste erreicht und hundert Matrosen an Land gesetzt hatte.

»Das hab ich ja gewußt!« grämte sich Scharikow. »Auf dem Zerstörer hatte Knysch das Kommando, und ich laß mich mit einer Landratte ein!«

3

»Puchow! Der Krieg geht zu Ende!« sagte eines Tages der Kommissar.

»Höchste Zeit – haben bloß noch Ideen anzuziehen, Hosen gibt's ja keine!«

»Wrangel wird liquidiert! Die Rote Armee hat Simferopol genommen!« verkündete der Kommissar.

»Warum auch nicht?« versetzte Puchow trocken. »Da ist gute Luft, die Sonne brennt heiß, und der Sowjetmacht juckt 'ne Laus im Rücken, da geht sie auf die Weißen!«

»Was hat die Laus damit zu tun?« fragte der Kommissar ernstlich gekränkt. »Das ist bewußtes Heldentum! Du bist ein richtiger Kontra, Puchow!«

»Und du kennst die Theorie und Praxis nicht, Genosse Kommissar!« entgegnete Puchow wütend. »Bist gewohnt, mit der Flinte zu ballern, aber nach Wissenschaft und Technik muß 'ne Gegenmutter her, oder die Schraube fliegt in voller Fahrt ab! Verstehst du den Quatsch?«

»Kennst du den Befehl über die Arbeitsarmeen?« fragte der Kommissar.

»Daß Strohköpfe im Nu Schlosser werden und die Fabriken in Gang setzen sollen? Kenn ich! Ist es lange her, daß du ihnen beigebracht hast, ordentlich zu marschieren?«

»Im Revolutionären Kriegsrat sitzen keine Dämel!« gab der Kommissar vorwurfsvoll zurück. »Dort hat man das Für und Wider schon abgewogen!«

»Das verstehe ich«, lenkte Puchow ein. »Die Leute machen sich Gedanken, bloß ein Strohkopf kapiert die Mechanik nicht so schnell!«

»Und wer hat dann all die Wunder der Wissenschaft und die Werte des internationalen Imperialismus vollbracht?« hielt der Kommissar dagegen.

»Hast du gedacht, die Lokomotive hat ein Strohkopf zusammengestümpert?«

»Wer denn sonst?«

»Eine Maschine ist 'ne strenge Sache. Die verlangt Verstand und Wissen, ein Ungelernter aber hat bloß rohe Kraft!«

»Aber zu kämpfen haben wir doch gelernt?« versuchte der Kommissar Puchow zu verwirren.

Puchow gab nicht nach. »Auf andere losgehen, das haben wir raus! Aber Technik braucht Köpfchen!«

Auf der Straße marschierte eine Kompanie Rotarmisten ins Dampfbad und sang, um sich in Stimmung zu bringen:

> Als ich wegfuhr,
> packt mir 's Mütterlein
> trocken Brot
> auf Vorrat ein!

»Das sind mir Strolche!« meinte Puchow. In einer anständigen Stadt Armut zu predigen! Daß sie ihnen Piroggen einpackt, sollten sie singen!

Die Zeit lief ohne Bremsen. Die Kanonen arbeiteten mit immer weniger Anstrengung. Die Reserven der Roten Armee studierten aus Mangel an Beschäftigung schon die Natur und Gesellschaft, richteten sich auf ein ungestörtes langes Leben ein.

Puchow bekam eine frische Gesichtsfarbe, lag auf der faulen Haut und nannte Erholung eine Eigenschaft des arbeitenden Menschen.

»Puchow, du solltest dich wenigstens in einem Zirkel anmelden, dir ist doch langweilig!« sagte jemand zu ihm.

»Lernen beschmutzt das Gehirn, und ich will sauber bleiben!« redete Puchow sich halb im Ernst, halb im Scherz mit einem Vergleich heraus.

»Ein Specknacken bist du, Puchow, und so was ist Arbeiter!« versuchte der andere ihn zu beschämen.

»Was laberst du mich voll, ich bin schon qualifiziert!« begann Puchow einen Streit, der sich bis zur Schmähung der Revolution und aller ihrer Helden fortsetzte. Der Schmähende war natürlich Puchow, und der auf die Schippe genommene Gesprächspartner ließ bekümmert von ihm ab.

In der beschränkten Stadt mit dem unausgeglichenen, mangelhaften Klima, die Noworossisk damals war, verbrachte Puchow vier Monate, vom nächtlichen Landungsunternehmen an gerechnet.

Er wurde im Küstendepot der Dampfschiffahrt des Asowschen und Schwarzen Meeres als Hauptmonteur geführt. Dieses Schiffahrtsunternehmen hatten die Behörden in Noworossisk gegründet, damit der Nordkaukasus schneller einem friedlichen Land ähnlich sähe. Aber die Dampfer konnten nicht von der Stelle, defekter Maschinen wegen, und der Nordkaukasus betrachtete sich völlig zu Unrecht als friedliche Seemacht.

Eine Aul-Wandzeitung nannte den Nordkaukasus auf Grund des Vorhandenseins einer Meeresküste und vierer Dampfer, die einstweilen stillagen, sogar »östliches Sowjetengland«.

Puchow untersuchte täglich Schiffsmaschinen und schrieb Berichte über ihre Krankheiten: »Infolge Bruches der Kolbenstange und Desorganisiertheit der Armaturen ist nicht dran zu denken, die Antriebsmaschine des Dampfers ›Zärtlichkeit‹ in Gang zu setzen. Der Dampfer ›Weltsowjet‹ leidet an Kesselexplosion und gänzlichem Fehlen der Feuerung, deren Verbleib jetzt nicht mehr festzustellen ist. Die Dampfer ›Şanya‹ und ›Roter Reiter‹ sind sofort klar zum Auslaufen, wenn man bei ihnen die ramponierten Zylinder auswechselt und Sirenen einbaut; aber Zylinder auszubohren, daran ist heutigentags gar nicht zu denken, da die Erde kein fertiges Roheisen hervorbringt und an Erz seit der Revolution keiner rankommt. Was die Zylinderausbohrung betrifft, so können die Arbeitsarmeen überhaupt nichts bohren, weil sie verkappte Ackerbauern sind.«

Manchmal bestellte der Politkommissar des Küstendepots Puchow zum persönlichen Rapport. Puchow berichtete ihm ausführlich, wie und was im Depot gemacht wurde.

»Was machen denn deine Monteure?« fragte der Politkommissar.

»Was schon! Sie überwachen laufend die Schiffsanlagen!«

»Aber sie arbeiten doch nicht!« sagte der Politkommissar.

»Was tut's, daß sie nicht arbeiten!« informierte ihn Puchow. »Und die Schädlichkeit der Atmosphäre berücksichtigen Sie nicht: Jegliches Eisen, vom Kupfer ganz zu schweigen, wird sofort sauer und räudig, wenn man's nicht pflegt!«

»Du solltest dir mal Gedanken machen und was ausprobieren, vielleicht kannst du die Dampfer doch reparieren!« empfahl der Politkommissar.

»Denken geht jetzt nicht, Genosse Politkommissar!« widersprach Puchow.

»Wieso nicht?«

»Für die Denkkraft reicht die Ernährung nicht: Die Ration ist zu klein!« erläuterte Puchow.

»Puchow, du bist ein richtiger Augenauswischer!« beendete der Kommissar das Gespräch und vertiefte sich in seine Papiere.

»Ihr seid die Augenauswischer, Genosse Kommissar!«

»Warum denn?« fragte zerstreut der Kommissar, bereits mit seiner Arbeit beschäftigt.

»Weil ihr keine Sache macht, sondern ein Verhältnis!« sagte Puchow, denn er erinnerte sich dunkel an Plakate, auf denen davon die Rede war, daß das Kapital keine Sache sei, sondern ein Verhältnis; ein Verhältnis aber begriff Puchow als nichts.

Eines Tages, zur Zeit des Sonnenlichts, ging Puchow in der Umgebung der Stadt spazieren und dachte, wieviel lasterhafte Dummheit doch in den Menschen ist, wieviel Unaufmerksamkeit für eine so einzigartige Beschäftigung wie das Leben und das ganze natürliche Milieu.

Puchow trat beim Gehen fest mit den Sohlen auf. Aber durch die Haut spürte er trotzdem die Erde mit dem ganzen nackten Fuß, wohnte ihr mit jedem Schritt innig bei. Dieses allen Pilgern bekannte kostenlose Vergnügen empfand auch Puchow nicht zum erstenmal. Sich auf der Erde zu bewegen bereitete ihm daher immer körperliches Wohlbehagen – er schritt fast mit Wollust aus und stellte sich vor, daß sich von jedem Fußdruck ein kleines Loch im Boden bilde, weshalb er sich manchmal umschaute, ob sie auch noch alle unversehrt wären.

Der Wind zerrte an Puchow wie lebendige Hände eines großen unbekannten Körpers, der dem Pilger seine Jungfräulichkeit öffnet und sie ihm nicht gewährt, und Puchow rauschte das Blut von so viel Glück.

Diese Gattenliebe der reinen, unverdorbenen Erde weckte in ihm Besitzergefühle. Mit fürsorglicher Zärtlichkeit betrachtete er alles Zubehör der Natur und fand, daß alles am Platz war und seinem Wesen gemäß lebte.

Puchow setzte sich ins Steppengras, überließ sich der Selbstbetrachtung und erging sich in abstrakten Gedanken, die in keiner Beziehung zu seiner Qualifikation und sozialen Herkunft standen.

Er gedachte seiner entschlafenen Frau und trauerte um sie. Davon sprach er nie zu jemandem, weshalb alle in der Tat von Puchow dachten, er sei ein Hartgesottener, sich auf einem Sarg Kochwurst zu schneiden. Das stimmte, aber Puchow hatte es nicht aus Schamlosigkeit getan, sondern aus Hunger. Dafür begann ihn später die Empfindsamkeit zu quälen, obwohl das traurige Ereignis längst vorbei war. Puchow führte sich zwar die Gültigkeit der Weltgesetze des Stofflichen vor Augen und erblickte sogar im Tod seiner Frau ihre Rechtmäßigkeit und beispielhafte Aufrichtigkeit. Diese Stimmigkeit und stolze Offenheit der Natur freute ihn zutiefst – und bereitete dem Bewußtsein große Verwunderung. Sein Herz aber bebte manchmal vor Unruhe um den Verlust des liebsten Menschen und wollte sich bei der großen gegenseitigen Menschenbürgschaft über die allgemeine Schutzlosigkeit beklagen. In diesen Augenblicken fühlte Puchow seine Verschiedenheit von der Natur und litt, bohrte sein Gesicht in die von seinem Atem erwärmte Erde und benetzte sie mit spärlichen widerstrebenden Tränentropfen.

All das verhielt sich wirklich so, denn des Menschen ist nirgends ein Ende, und eine maßstabgerechte Karte seiner Seele läßt sich nicht zeichnen. In jedem Menschen gibt es die Verlockung des eigenen Lebens, deshalb ist jeder Tag für ihn die Erschaffung der Welt. Und das hält die Menschen aufrecht.

In solchen Stunden der Konzentration war Puchow sogar der ferne Sworytschny lieb und teuer, und er dachte, wie schön es wäre, ihn wiederzusehen und sich mal offen mit ihm auszusprechen.

Puchow fand es merkwürdig, daß ihn niemand beachtete: Er wurde nur dienstlich verlangt.

Die Rotarmisten wurden nach und nach aus der Armee nach Hause entlassen und verschwanden für immer in entlegenen Dörfern, nahmen das Geheimnis und die Frische der Revolution mit sich fort. Die Stadt blieb ohne sie das vorrevolutionäre verwaiste Nest, zog sich den muffigen Rock der Langeweile an und kramte dementsprechend in ihrer Wirtschaft.

Na gut, dann geh ich auch! entschied Puchow und sah mit dem Grimm des Steppenbewohners zu den rauhen Bergen, die die begehbare Erde so abscheulich verstellten.

Von seinem Weggang sagte er den Vorgesetzten nichts, um niemanden zu bekümmern und sich nicht zu belasten.

Allein, wie er gekommen war, machte Puchow sich auf den Weg. Das Heimweh setzte ihm zu, und er begriff nicht, wie man unter den Menschen eine Internationale gründen konnte, wo doch die Heimat dem Herzen nahesteht und nicht die ganze Welt.

Vom Bahnhof Tichorezkaja fuhren keine Züge nach Rostow, nur in entgegengesetzter Richtung, nach Baku.

Von Baku aus wollte Puchow schräg am Ufer des Kaspischen Meers entlang und die Wolga hinauf heimwärts – er kannte sich nicht besonders aus in der Geographie. Er dachte, auf dieser Strecke müsse mehr Weizen wachsen; denn er hatte gern satt zu essen.

Auf der Fahrt in einem leeren Kesselwagen ermüdete Puchow und nahm stark ab. Er lebte nur von der Brotration, die er noch in Noworossisk erhalten hatte, aß sie nicht mal ganz auf. An der Bahnlinie begegneten ihm dürre Bäume, bitteres brandiges Gras und allerlei anderes lebendes und totes Inventar der Natur, verschlissen von der Klimaabnutzung und dem Gestampf der Feldzüge.

Die historische Zeit und die bösen Kräfte des entfesselten Weltstoffs hatten gemeinsam die Menschen gebeutelt und gequält, und die aßen danach und schliefen sich aus und lebten wieder, bekamen rosige Wangen und glaubten wieder an ihre besondere Aufgabe. Die Gefallenen trieben vermittels trauriger Erinnerung die Lebenden ebenfalls an, um ihren Tod zu rechtfertigen und nicht umsonst zu vermodern.

Puchow schaute auf die vorüberziehenden Bodensenken, lauschte dem Klang des fahrenden Zuges und stellte sich die Gefallenen vor – Rote und Weiße, die der Boden nun zu düngender Fruchtbarkeit verarbeitete.

Er hielt die wissenschaftliche Wiedererweckung der Toten für notwendig, damit nichts unnütz verlorenging und sich elementare Gerechtigkeit vollzog.

Als seine Frau starb – vorzeitig und unbekannt, an Hunger und verschleppten Krankheiten –, hatte Puchow die finstere Ungerechtigkeit und Willkür des Ereignisses bis ins Mark getroffen. Er ahnte schon damals, wohin und zu welchem Ende der Welt alle Revolutionen und jegliche menschliche Unrast führen. Aber wenn die Kommunisten, die er kannte, Puchows Weisheit hörten, lächelten sie boshaft und sagten: »Dein Maßstab ist mächtig groß, Puchow; unsere Sache ist kleiner, aber ernsthafter.«

»Ich gebe euch keine Schuld«, antwortete Puchow dann, »der Schritt eines Menschen mißt einen Arschin, weiter kommst du nicht mit einem Schritt; aber wenn du lange hintereinander gehst, kannst du weit kommen, meine ich; doch denkst du beim Gehen natürlich nur an den nächsten Schritt und nicht an die Werst, sonst würde es mit dem Schritt nichts werden.«

»Na siehst du, du begreifst selber, daß man die Konkretheit des Ziels im Auge haben muß«, erläuterten die Kommunisten, und Puchow dachte, eigentlich sind sie keine schlechten Kerle, wenn sie auch unnütz gegen Gott hetzen – das dachte er nicht, weil er ein Betbruder war, sondern weil die Menschen es gewohnt waren, ihr Herz in der Religion unterzubringen, und in der Revolution keinen Platz dafür fanden.

»Liebe doch deine Klasse«, rieten die Kommunisten.

»Daran muß man sich erst gewöhnen«, meinte Puchow, »und das Volk wird es schwer haben bei der Leere: Es wird euch eine Menge Unsinn anstellen, weil kein Platz ist für sein Herz.«

In Baku wurde Puchow gut aufgenommen, weil er dem Matrosen Scharikow begegnete.

»Wozu bist du hergekommen?« fragte Scharikow, der viel Papier auf einem kostbaren Schreibtisch hin und her wendete und versuchte, schlau daraus zu werden.

»Um die Revolution zu stärken!« versicherte Puchow prompt.

»Und ich bringe die Kaspische Dampfschiffahrt in Gang, Bruderherz – bloß es kommt ein Dreck dabei raus!« gestand Scharikow arglos.

»Wozu bist du auch Schreiber geworden: Nimm einen

Hammer und flick die Schiffe selber!« behob Puchow Scharikows Nöte.

»Spaßvogel, ich hab das gesamte Kaspische Meer unter mir! Wer soll dann die ganze rote Flottille hier kommandieren?«

»Wieso mußt du das, wenn die Leute von selber arbeiten?« entgegnete Puchow, ohne nachzudenken.

Scharikow sehnte sich freilich nach dem Leben auf Schiffen und seufzte schwer über der Schreibarbeit. Entscheidungen traf er nur in zweierlei Sinn: »Meinetwegen« und »Bin dagegen«.

Puchow ging zu Scharikow in Kost und Logis. Scharikow wohnte bei einer Witwe in der Schwarzstraße. An freien Abenden, wenn keine Versammlungen oder sonstige Verpflichtungen waren, baute Scharikow der Witwe Schemel, lesen konnte er nichts. Er sagte, vom Lesen würde er verrückt und träume nachts.

»Du hast einen schweren Körper – zuviel Blut!« eröffnete ihm Puchow. »Und zur geistigen Arbeit ist deine Rübe zu dick. Du mußt unbedingt Blut ablassen!«

»Wohin denn?« fragte Scharikow, Rettung suchend.

»In einen Eimer!« riet Puchow. »Komm, ich stech dich mit 'nem Messer an – eine Lok läßt auch überflüssigen Dampf ab!«

»Hör auf mit dem Gequassel!« wehrte Scharikow ab. »Ich werde jetzt von allein magerer – bloß von der Ruhe. Weißt du, von Kampf und Klassensolidarität werde ich immer körperlich voller und kompletter, und wenn alles vorbei ist, schrumpf ich wieder ein!«

Ungefähr eine Woche lang wohnte Puchow bei Scharikow, aß der Witwe den ganzen Lebensmittelvorrat auf und kam wieder zu Kräften.

»Was, zum Henker, hängst du hier rum, ich werde dir was zu tun geben!« sagte Scharikow eines Tages zu Puchow. Aber der ließ sich nicht darauf ein, obwohl Scharikow ihm vorschlug, Kommandeur einer Öltankerflottille zu werden.

Baku gefiel Puchow nicht. Zu einer anderen Zeit hätte man ihn dort nicht wegbekommen, jetzt aber standen alle

Maschinen stumm, und die Bohrtürme verrotteten in der Sonne.

Sand trieb mit dem Wind, daß er summte und alle Gesichtsöffnungen verklebte, was Puchow ernstlich erboste. Lästig war auch die Hitze, obwohl sie ganz zur Unzeit kam – im Oktober.

Puchow beschloß, sich aus dem Staub zu machen, und sagte es Scharikow, als er vom Dienst kam.

»Troll dich!« erlaubte ihm Scharikow. »Ich gebe dir einen Dienstreiseauftrag für jeden beliebigen Ort der Republik, obwohl du ein Einzelhandwerker der Sowjetmacht bist!«

Am dritten Tag brach Puchow auf. Scharikow schrieb ihm einen Auftrag nach Zarizyn aus – zur Facharbeitergewinnung für Baku und um bei den Betrieben U-Boote zu bestellen, für den Fall eines Krieges mit den englischen Interventen, die sich in Persien festgesetzt hatten.

»Kannst du das regeln?« fragte Scharikow, als er ihm den Auftrag aushändigte.

»Wenn's weiter nichts ist«, knurrte Puchow beleidigt. »Haben die da vielleicht keine U-Boote gesehen? Eine ganze Metallurgie ist da, mein Lieber!«

»Dann – her damit!« meinte Scharikow beruhigt.

»Schon gut!« sagte Puchow im Gehen. »Du hättest mir ruhig Sondervollmachten und einen Zug mit vierzig Achsen geben können. Ich hätte ganz Zarizyn schockiert und alles sofort geregelt!«

»Fahr normal – du wirst auch so kollektiv empfangen!« rief Scharikow ihm zum Abschied nach und setzte auf einen Rapport aus Baumwolle den Vermerk »Meinetwegen«. In dem Schreiben wurde berichtet, daß ein Wachtkutter von einem Meeresstrudel verschlungen worden war.

4

Puchow hallte es schon in der Seele wider vom Wirrwarr der Reiseeindrücke. Wie durch Rauch schlug er sich im Strom Unglücklicher nach Zarizyn durch. So war es immer mit ihm – beinah unbewußt ließ er sich vom Leben durch jegliche Klüfte der Erde treiben, manchmal in Selbstvergessenheit.

Menschen lärmten, Schienen stöhnten unter den Stößen gewaltsam gedrehter Räder, die Leere der runden Welt vibrierte in stinkender Gräßlichkeit, hüllte den Zug in kreischende Luft, und Puchow wurde, vorwärtsgeschleift und hilflos wie ein träger Körper, mit allen zusammen in den Wind gereiht.

Die Eindrücke verdunkelten Puchows Bewußtsein so stark, daß keine Kraft mehr für eigenes vernünftiges Nachdenken blieb.

Puchow fuhr mit offenem Mund – so erstaunlich waren die verschiedenen Menschen.

Frauen aus dem Gouvernement Twer, die gerade aus dem türkischen Anatolien kamen, trieb nicht Neugier in der Welt umher, sondern Notwendigkeit. Weder Berge noch Völker noch Gestirne interessierten sie – und sie brachten von nirgendwo eine Erinnerung mit und sprachen von Staaten wie von ihrem Hauptdorf an Markttagen. Sie kannten nur die Preise für alle Lebensmittel an der Küste Anatoliens, Manufakturwaren ließen sie gleichgültig.

»Was kostet dort Seilerware?« fragte Puchow eine dieser Frauen, denn er hatte gewisse Pläne.

»Dort kriegst du keine Seilerwaren zu sehen, mein Guter – wir sind den ganzen Markt abgelaufen! Hammelnieren sind dort billig, was wahr ist, ist wahr, ich will dir nichts vorschwindeln!« berichtete die Frau aus Twer.

»Und hast du dort nicht das Sternbild des Kreuzes gesehen? Matrosen erzählten mir, sie hätten's gesehen?« forschte Puchow, als ob er es unbedingt wissen müßte.

»Nein, mein Guter, ein Kreuz hab ich nicht gesehen, da ist auch keins, aber Sternschnuppen gibt's dort in Massen! Du hebst den Kopf, und die Sterne fliegen bloß so, fliegen bloß so. Einfach schrecklich, aber sehr hübsch!« beschrieb die Frau, was sie nicht gesehen hatte.

»Was hast du denn dort getauscht?« fragte Puchow.

»Ich bringe ein Pud Mais mit, das haben sie mir für ein

Stück Leinwand gegegen!« antwortete die Frau kläglich und schneuzte sich mitten auf den Fußboden.

»Wie bist du denn über die Grenze gekommen?« erkundigte sich Puchow. »Für Papiere hast du ja gar keine Taschen!«

»Wir sind gelehrt, mein Guter, wir wissen gar nicht wie!« erklärte die Twererin knapp.

Ein Krüppel, bei dem Puchow englischen Tabak schnorrte, kam aus Argentinien und wollte nach Iwanowo-Wosnessensk, mit fünf Pud hartem sortenreinem Weizen.

Von zu Hause war er vor anderthalb Jahren gesund losgefahren. Er hatte vorgehabt, für Messer Mehl einzutauschen und in zwei Wochen wieder zurück zu sein. Aber es hatte sich so gefügt, daß er bis nach Argentinien fahren mußte, um Getreide zu finden – vielleicht hatte ihn die Gier übermannt, er mochte gehofft haben, in Argentinien gäbe es keine Messer. In Mesopotamien wurde ihm bei einem Eisenbahnunglück in einem Tunnel ein Fuß abgequetscht. Den Fuß amputierte man ihm in einem Bagdader Krankenhaus, er hatte ihn ebenfalls bei sich, in Lappen gewickelt und im Weizen vergraben, damit er nicht stank.

»Wie ist es, riecht er auch nicht?« fragte der Schieber aus Argentinien Puchow, in dem er einen guten Menschen vermutete.

»Ein bißchen!« sagte Puchow. »Aber hier fällt das nicht auf: Von solchem Fraß qualmt jeder Körper.«

Der Lahme hatte auch nirgendwo die Schönheit der Erde bemerkt. Im Gegenteil, er unterhielt sich mit Puchow über ein Flüßchen namens Kursawka, an dem er geangelt hatte, und über das Kraut Mädelsüß, das man des Geschmacks wegen in den Machorka mengte. An die Kursawka erinnerte er sich, das Kraut kannte er, aber den Großen oder Stillen Ozean hatte er vergessen und nicht eine einzige Palme nachdenklich betrachtet.

So war die ganze Welt an ihm vorübergesaust, ohne an ein Gefühl zu rühren.

»Warum bist du bloß so?« fragte Puchow den Lahmen, denn er liebte Bilder mit Ansichten der geheimnisvollen Natur.

»Der Kopf war mir verkeilt vor Sorgen!« antwortete der Einbeinige. »Du fährst übers Meer, besiehst dir all solche ausgestopften Tiere und reichen Länder – und findest es langweilig!«

Der Hunger hatte den Verstand des einfachen Volkes so geschärft, daß es auf Nahrungssuche die ganze Welt durchstreifte und dabei die Gesetze aller Staaten überlistete. Namenlose Menschen reisten damals auf der Erdkugel umher wie durch ihren Heimatkreis und entdeckten nirgends Verwunderliches.

Wer nur durch Rußland gepilgert war, dem wurde kein Respekt gezollt, der wurde nicht sonderlich ausgefragt. Das war genauso leicht, wie wenn ein Betrunkener durch seine Hütte läuft. In jedem steckten damals gewaltige Kräfte, Knüppel zwischen die Beine nahm keiner krumm. Niemand beschwerte sich über die Obrigkeit oder seine Leiden – man hatte sich an alles gewöhnt und fand sich ab.

Auf großen Bahnhöfen stand der Zug einen Tag, auf kleinen drei. Die Schieber, die Bauern waren, gingen in die Steppe und mähten fremdes Gras, um nicht aus der Übung zu kommen, und kamen zum Bahnhof zurück, aber der Zug stand und stand, wie festgeklebt. Die Lokomotive konnte das Wasser lange nicht zum Sieden bringen, und wenn sie es schaffte, hatte sie das Brennholz verbraucht und mußte auf neuen Brennstoff warten. Aber inzwischen kühlte das Wasser im Kessel ab.

Puchow wurde trübsinnig. Bei solchen Aufenthalten lief er durch das Gras, legte sich bäuchlings in den Graben und lutschte an gallebitterem Kraut, aus dem nicht warmer Saft rann, sondern Gift. Von dem Gift oder etwas anderem noch wurde er ganz räudig, sein Bart wucherte, und er vergaß, woher er kam, wohin er wollte und wer er war.

Die Zeit um ihn herum stand wie in völligem Chaos, darin regten sich winzige Menschenwesen, schoben sich weiträumige Naturansichten schwerfällig dahin. Über allem lag der Dunst wirrer Verzweiflung und geduldiger Wehmut.

Gut, daß die Menschen damals nicht fühlten, sondern an allem vorbeilebten.

In Zarizyn stieg Puchow nicht aus – dort regnete es, und die scharfe Luft machte den Regen zu Glatteis. Außerdem pfiffen über der Wolga wütende Böen, und auf den Raum über den Häusern drückten Grimm und Langeweile.

Puchow ging auf den Bahnhofsmarkt, um sich für seine Reserveunterhosen Wobla einzutauschen, da wurde ihm auf einmal schlecht. Irgendwo krähten Hähne – um vier Uhr nachmittags –, ein Arbeiter stritt mit einer Händlerin über die Genauigkeit der Waage, ein anderer saß auf einer herumliegenden Bahnschwelle und quälte Melodien aus einer Knopfharmonika. Hinten in der Stadt wurde geschossen, und fremde Menschen fuhren auf Pferdewagen.

»Welche Betriebe bauen hier U-Boote?« fragte Puchow den Harmonikaspieler.

»Wer bist du denn?« Der Arbeiter musterte ihn und ließ die Luft aus der Musik.

»Ein Jäger aus dem Wald von Bjalaja Wesha!« behauptete Puchow ganz ohne Absicht, weil ihm eine alte Lektüre einfiel.

»Kenn ich!« sagte der Arbeiter und stimmte ein trostloses, aber freches Lied an. »Mach gradeaus, dann schräg rüber, da kommst du an die Schluchten, biegst zur Schmiede ab – und dort frag nach der französischen Fabrik!«

»Gut! Weiter weiß ich ohne dich!« bedankte sich Puchow und schlenderte ohne jeden Eifer los. Er ging drei Stunden, sah die Stadt nicht an und spürte sein müdes, schweres Blut.

Irgendwelche Leute fuhren und gingen neben ihm – sicherlich waren sie in einem wichtigen revolutionären Auftrag unterwegs. Puchow konzentrierte sich nicht auf sie, sondern ging schweigend und dachte von Zeit zu Zeit, Scharikow sei ein Schuft, ihn für eine unnötige Sache arbeiten zu lassen.

Vor dem Kontor der französischen Fabrik hielt Puchow einen Mechaniker an, der im Gehen ein Weizenbrötchen aß.

»Da – siehst du!« Puchow überreichte ihm Scharikows Vollmacht.

Der andere nahm das Dokument und vertiefte sich darin. Er las es lange, nachdenklich und ohne ein Wort. Puchow begann zu frösteln, sein ausgemergelter Körper zitterte im

Wind. Der Mechaniker las und las – entweder war er Analphabet oder sehr interessiert.

In der Fabrik, hinter dem hohen alten Zaun, stand melancholisches Schweigen – dort lebte längst erkaltetes Eisen, das nun träger Rost fraß.

Der Tag verhüllte sich in einer grauen windigen Nacht. Die Stadt blinkte mit spärlichen Lichtern, die sich mit den Sternen am hohen Ufer vermengten. Der steife Wind rauschte wie Wasser, und Puchow fühlte sich als Heimatloser ... Verirrter.

Der Mechaniker, oder was er war, hatte die Vollmacht durchgelesen und besah sie sogar von der Rückseite, aber die war nackt und blank.

»Na, was ist?« fragte Puchow und sah zum Himmel. »Wann werden die Abteilungen mit dem Auftrag fertig?«

Der Mechaniker befeuchtete die Vollmacht mit der Zunge, drückte sie an den Zaun und ging am Werkgelände entlang nach Hause. Puchow schaute auf den Zettel am Zaun, und damit ihn der Wind nicht abriß, streifte er ihn über einen vorstehenden Nagelkopf.

Zurück zum Bahnhof gelangte er schnell. Der Nachtwind und ein häßlicher kleiner Regen gaben ihm den Rest, da freute ihn der Lokomotivenrauch wie ein heimischer Herd, und der Bahnhofssaal erschien ihm als liebe Heimat.

Um Mitternacht setzte sich ein Zug mit unbekannter Fahrkarte und unbekanntem Bestimmungsort in Bewegung.

Kalter Herbstregen peitschte die Erde, so daß man um die Verkehrswege bangen mußte.

»Wohin fährt er?« fragte Puchow die Mitreisenden, nachdem er schon eingestiegen war.

»Wissen wir das vielleicht?« sprach zweifelnd die sanfte Stimme eines Unsichtbaren. »Er fährt, und wir fahren mit.«

5

Die ganze Nacht fuhr der Zug – polterte, quälte sich und schickte Alpträume in die knochigen Schädel der Schlummernden.

An entlegenen Haltepunkten rüttelte der Wind am Blech auf dem Waggondach, und Puchow sann über das schwermütige Leben des Windes und bedauerte ihn. Auch stellte er sich Windmühlen vor und leere Dorfscheunen, durch die jetzt der Sturm pfiff, und er dachte an die allgemeine Verwahrlosung der riesigen kahlen Erde.

Der Zug setzte sich wieder irgendwohin in Bewegung. Das Fahren beruhigte Puchow, er schlief ein und spürte Wärme im gleichmäßig arbeitenden Herzen.

Die Lokomotive pfiff lange in voller Fahrt, um die Dunkelheit zu schrecken und Sicherheit zu erbitten. Der freigesetzte Ton rollte lange über Ebenen, Wasserscheiden und Senken, bis er sich in Schluchten zu einer anderen furchtbaren Stimmlage brach.

»Puchow!« drang es leise und widerhallend in Puchows Schlaf.

Er erwachte sofort und sagte: »Ha?«

Der ganze Wagen schnaufte in tiefem Schlaf, und die Räder unter der Liegebank ratterten wild.

»Was willst du?« frágte Puchow nochmals leise, wußte aber, da war niemand.

Längst vergessenes Leid meldete sich undeutlich in seinem Herzen und im Bewußtsein – und Puchow stöhnte erschrocken auf und versuchte, sich rasch wieder zu beruhigen und einzuschlafen, denn er konnte auf niemandes Teilnahme hoffen. So quälte er sich noch lange Stunden, ohne Interesse für den am Wagen vorbeirasenden Raum. Als sich Verzweiflung in ihm breitmachte, wurde er müde und fand im Schlaf Trost.

Er schlief lange, bis der Tag sein Licht voll entfachte. Die Sonne hatte die herbstfeuchten Erdhöcker getrocknet und strahlte wie brennendes Gold, wie stille Freude und klang mit hohem gespanntem Ton.

Auf dem Feld standen vereinzelt dürre demütige Bäume. Sie winkten zerstreut mit den Ästen, schamlos vor dem Tod entblößt – damit ihr Kleid nicht unnütz verkam.

In diesen letzten Tagen vor dem Schnee stand alles lebende Grün der Erdoberfläche zur Erschießung durch Kälte, Herbstfröste und lange Nachtfinsternis bereit. Doch zuvor hatte die geizende Natur die Pflanzen entkleidet und die halberfrorenen Samen mit den Winden verweht.

Das Laub wurde von dem Regen in den Boden gestampft und vermoderte dort zu Dünger, dahin wurden auch die Samen in Verwahrung gegeben. So legt sich das Leben sparsam und auf Dauer Vorräte an. Solche Ereignisse trieben dem Augenzeugen Puchow den Speichel auf die Lippen, was ein Zeichen von Vergnügen war.

Die Reisenden des Zuges mit dem unbekannten Bestimmungsort erwachten im Morgenrot – vor Kälte und weil die Träume endeten. Puchow wurde als letzter wach und sprang hoch, als sein eingeschlafenes Bein schmerzte.

Da er nichts zu essen hatte, steckte er sich eine Zigarette an und starrte in die leere späte Natur. Dort frohlockte das kühle Licht der niedrigen Sonne, es bebten schutzlos die Sträucher an der Bahnstrecke vom kräftigen östlichen Morgenfrost. Aber die Fernen am scharfgezeichneten Horizont waren sehr klar, durchsichtig und anziehend. Puchow bekam Lust, aus dem Zug zu springen, die Erde unter den Füßen zu spüren und auf ihrem treuen Leib zu ruhen.

Er begnügte sich mit der Betrachtung und faßte alles in das kräftige Wort:

»Human!«

»Kiefern wachsen hier!« sagte ein kundiger kleiner Alter, der drei Tage nicht gegessen hatte. »Der Boden muß sandig sein!«

»Was ist denn das für ein Gouvernement?« fragte ihn Puchow.

»Wer soll das wissen! Eben irgendeins«, antwortete gleichgültig der Alte.

»Aber wohin fährst du denn da?« erboste sich Puchow über ihn.

»An den gleichen Ort wie du!« sagte der Alte. »Gestern sind wir zusammen eingestiegen, zusammen kommen wir auch an.«

»Verwechselst du mich auch nicht – sieh mich an!« machte Puchow auf sich aufmerksam.

»Warum sollte ich das? Du bist hier der einzige Pockennarbige – die anderen haben glatte Haut!« erklärte der Alte und kratzte sich eine juckende Stelle im Kreuz.

»Und du bist wohl ein Lackierter?« meinte Puchow gekränkt.

»Ich bin kein Lackierter, mein Gesicht ist normal!« ordnete der Alte sich ein und strich sich zur Selbstbestätigung die braunen Stoppeln auf den Wangen.

Puchow musterte den Alten gründlich, spuckte breitstreuend aus dem Fenster und beachtete ihn von da an nicht mehr.

Plötzlich erdonnerte eine Brücke, und in den Wagen wehte ein Hauch von frischem fließendem Wasser.

»Was ist das für ein Fluß, weißt du nicht, wie er heißt?« fragte Puchow einen schwarzhaarigen Bauern, der wie ein Zauberer aussah.

»Wir wissen das nicht«, antwortete der Bauer. »Irgendwie wird er schon heißen!«

Puchow seufzte vor Hungerleid und merkte dann, daß es die Heimat war. Der Fluß hieß Suchaja Schoscha und das Dorf in der trockenen Talschlucht Jasnaja Metscha; dort lebten Altgläubige, Eierleger genannt. Von der Heimat wehte sofort rauchiger Brotgeruch und der zarte Dunst abkühlender Gräser.

Puchow bekam gleich eine tiefere Stimme und verkündete voll herzlichem Wohlwollen:

»Das ist die Stadt Pocharinsk! Da drüben ist das agronomische Institut und die Ziegelei! Über Nacht haben wir an die vierhundert Werst gemacht!«

»Ob die hier tauschen – weißt du das nicht, Genosse?« fragte der kaum noch atmende kleine Alte, obwohl er gar nichts zu tauschen hatte.

»Hier kannst du nichts tauschen, Vater – bei den Arbeitern haben die Backen das Kauen verlernt! Und Arbeiter gibt es hier in rauhen Mengen!« ließ ihn Puchow wissen und zog sich den Leibriemen fester, verschnürte gleichsam statt des fehlenden Gepäcks sich selbst.

Der alte graue Bahnhof stand noch so wie in Puchows Kindheit, als er ihn zu Weltreisen gelockt hatte. Es roch nach Kohle, verbranntem Öl und dem Duft geheimnisvollen und erregenden Raums, wie er auf Bahnhöfen immer zu finden ist.

Volk, das sich in Bettler verwandelt hatte, lag auf dem Asphaltbahnsteig und schaute hoffnungsvoll auf den angekommenen leeren Zug.

Im Depot schnauften dösende Lokomotiven, auf den Geleisen aber hastete eine Rangierlok herum und schob Waggons zu Herden zusammen, die in unbekannte Gegenden getrieben werden sollten.

Puchow ging langsam durch die Bahnhofsräume und las mit wiedererwachter Kinderneugier und einer Art traurigem Vergnügen alte Reklamen, die noch aus der Vorkriegszeit stammten:

DAMPFDRESCHMASCHINEN »MCCORMICK«
WOLF-LOKOMOBILE MIT DAMPFÜBERHITZER
WURSTHANDLUNG DIETZ
WOLGADAMPFSCHIFFAHRT »SAMOLJOT«
BOOTSMOTOREN »JOCHIM & CO.«
PEUGEOT-FAHRRÄDER
REISERASIERAPPARATE, HEILMANN & SÖHNE
und noch viele andere hübsche Bekanntmachungen.

Als kleiner Junge war Puchow extra auf den Bahnhof gegangen, um Reklameschilder zu lesen – und hatte neidisch und sehnsüchtig den Fernzügen nachgeschaut, war aber selbst nie mitgefahren. Irgendwie war das noch ein reines Leben gewesen, aber nichts davon war später wiedergekommen.

Puchow stieg die Bahnhofsstufen hinunter auf die städtische Straße, sog helle Luft in seinen leeren hungrigen Körper und verschwand hinter einem Eckhaus.

Der angekommene Zug ließ viele Menschen in Pocharinsk zurück. Und jeder machte sich auf in den fremden Ort – um zugrunde zu gehen oder Rettung zu finden.

6

»Sworytschny! Petja!« rief der Schlosser Ikonnikow dumpf.
»Was willst du?« fragte Sworytschny und blieb stehen.
»Geht das, daß ich die Bretter nehme?«
»Welche Bretter?«
»Da – die sechs Schalbretter!« sagte Ikonnikow leise.
Es war in der Räderabteilung der Pocharinsker Eisenbahnwerkstätten. Die Abteilung lag stumm, begraben unter Staub und Eisenfeilspänen. Spärliche Brigaden hantierten an Drehbänken und Hydraulikpressen und versuchten sie instand zu setzen, damit sie Radreifen drehen und Achsen aufsetzen konnten. Alter Schmutz und Ruß hing in Zotten von den Eisenträgern, es roch nach Nässe und Öl, dünnes Herbstlicht schimmerte tot auf den Maschinen.
Vor den Werkstätten wuchsen Kerbel und Kletten, holzig vor Alter. Auf der gesamten Hoffläche lagen von unerhörter Arbeit verunstaltete Lokomotiven. Die wüsten Eisenberge hatten jedoch mit Natur nichts gemein, sie zeugten von zugrunde gegangener technischer Kunst. Feine Armaturen, präzise Fahrwerksteile deuteten auf Spannung und Energie, die einst in diesen treuen Maschinen gezittert hatten. Militärzüge des zaristischen Krieges, den Eisenbahnbürgerkrieg, Steppeneilfahrten mit dringenden Lebensmitteltransporten – alles hatten die Lokomotiven gesehen und ausgehalten, und nun hatten sie sich in tödlicher Ohnmacht in dörfliches Gras gelegt, das bei Maschinen nichts zu suchen hatte.
»Und wozu brauchst du die Bretter?« fragte Sworytschny Ikonnikow.
»Um einen Sarg zu bauen – mein Sohn ist gestorben!« antwortete Ikonnikow.
»Ein großer Sohn?«
»Siebzehn Jahre!«
»Was war mit ihm?«
»Typhus!«
Ikonnikow wandte sich ab und bedeckte mit der mageren alten Hand das Gesicht. So etwas hatte Sworytschny noch nie gesehen, und er empfand Scham, Mitleid und Unbeha-

gen. Da hatte ein Mann das ganze Leben gerackert und geschwiegen, und nun bedeckte er kläglich und hilflos sein Gesicht.

»Hab ihn gefüttert und gefüttert, hab ihn großgezogen, ernährt und ernährt!« flüsterte Ikonnikow fast weinend vor sich hin.

Sworytschny verließ die Abteilung und ging ins Kontor.

Das Kontor war weit – neben dem Elektrizitätswerk. Sworytschny ging den ganzen Weg ohne Bewußtsein, setzte nur die Füße.

»Kriegst du die Presse bald hin?« fragte ihn der Kommissar der Werkstätten.

»Wir versuchen's zu morgen abend!« meldete Sworytschny gleichgültig.

»Was ist, sind die Schlosser nicht aufgeregt?« wollte der Kommissar wissen.

»Es geht. Zwei sind mittags gegangen – Nasenbluten vor Schwäche. Für Frühstück müßte gesorgt werden oder was, jeder hat ja kleine Kinder zu Hause – denen geben sie alles ab und kippen dann vor Hunger um auf Arbeit!«

»Ist doch nichts da, verdammich, Sworytschny! Gestern war ich beim Revolutionskomitee – den Rotarmisten haben sie die Ration gekürzt ... Ich weiß selber, daß man wenigstens etwas tun muß!« Der Kommissar starrte finster und erschöpft auf das trübe, verdreckte Fenster und konnte nichts dahinter erkennen.

»Heute ist Zellenversammlung, Afonin! Weißt du das?« sagte Sworytschny zu ihm.

»Weiß ich!« antwortete der Kommissar. »Warst du mal in der Elektroabteilung?«

»Nein! Was ist dort?«

»Gestern haben die Jungs den großen Generator anzulassen versucht, dabei ist eine Wicklung durchgeschmort. Zwei Monate hatten sie dran rumgeflickt, Saubande die!«

»Macht nichts, da ist irgendwo ein Kurzer. Das werden sie bald hinkriegen!« entschied Sworytschny. »Aber wir haben weder Kohle noch Öl, sag da mal was dazu!«

»Ja, das ist noch größerer Mist!« äußerte der Kommissar

unbestimmt und mußte lächeln: Sicherlich hoffte er auf etwas, oder er lächelte einfach so, aus seinem unverwüstlichen Gemüt.

Ikonnikow trat ein.

»Ich nehm dann die Bretter mit!«

»Nimm sie, nimm!« sagte Sworytschny zu ihm.

»Mann, wieso gibst du Bretter weg?« fragte Afonin ungehalten.

»Hör auf, er hat sie für einen Sarg genommen, sein Sohn ist tot!«

»Ach so, das hab ich nicht gewußt!« sagte Afonin verlegen. »Dann müßten wir ihm doch mit noch was helfen!«

»Wie denn?« fragte Sworytschny. »Na, wie? Wir können nur quatschen! Sollen wir ihm Brot geben – aber uns beschneiden sie die Rationen doch auch, geben uns sogar weniger, als uns zahlenmäßig zusteht! Du weißt ja selbst.«

Nach dem Gespräch ging Sworytschny geradewegs nach Hause. Es wurde schon dunkel, und über das Ödland strichen Saatkrähen, die dort noch zu fressen fanden. Aus alter Gewohnheit verlangte es Sworytschny zu essen. Er wußte, daß zu Hause heiße Kartoffeln waren – über revolutionäre Unrast konnte er später nachdenken.

Als Sworytschny sich im Vorraum am Lappen die Stiefel abtrat, hörte er in der Stube einen Fremden mit seiner Frau palavern.

Sworytschny dachte, daß der Topf Kartoffeln nun nicht reichen würde, und ging hinein. Drinnen saß Puchow, dem von den Geschichten, die er Sworytschnys Frau erzählt hatte, noch das Lachen in der Kehle kollerte.

»Grüß dich, Hausherr!« sagte Puchow als erster.

»Guten Tag, Foma Jegorytsch! Wo kommst du denn her?«

»Vom Kaspischen Meer. Mit Appetit auf Hühnerfleisch! Du machst dir doch was aus Hähnen – jetzt bin ich auch auf den Geschmack gekommen!«

»Wir haben hier Fastenzeit, Foma Jegorytsch – futtern immer mal ein bißchen und nicht vom Feinsten ...«

»Das Gouvernement hungert!« konstatierte Puchow.

»Haben Boden und kein Brot, also leben hier Dummköpfe!«

»Frau, setz ihm gedämpfte Kartoffeln vor!« sagte Sworytschny. »Sonst beruhigt er sich nicht!«

Puchow zog sich die Schuhe aus, hängte die Fußlappen zum Trocknen an den Ofen, klaubte sich Stroh und Krumen aus dem Haar und ließ sich vollends nieder. Nachdem er Kartoffeln gegessen und Schalen dazu geknabbert hatte, lebte er auf.

»Sworytschny!« setzte er an, »warum bist du eine Streitkraft?« und zeigte auf das Gewehr neben der Ofenbank.

»Na, ich bin hier im Sondereinsatztrupp«, erklärte der und seufzte, weil er an etwas anderes dachte.

»Was ist denn das Besondre dran?« fragte Puchow. »Gehst du vielleicht den Bauern das Getreide wegnehmen?«

»Eine Sonderabteilung! Für den Fall plötzlicher konterrevolutionärer Angriffe des Gegners!« erhellte Sworytschny mit Nachdruck die dunkle Sache.

»Was bist du jetzt für einer?« Puchow ging allem auf den Grund.

»Na ja – ich sympathisier ein bißchen mit der Revolution!«

»Wieso sympathisierst du denn – kriegst du vielleicht Brot zusätzlich oder Textilien?« vermutete Puchow.

Das verstimmte Sworytschny sofort, er wurde wütend. Puchow dachte, daß sie ihm jetzt kein Abendbrot mehr geben würden. Sworytschnys Frau kratzte mit dem Schürhaken im Ofen herum, sie war ein zänkisches und geiziges Weib, dem alles zuzutrauen war.

Sworytschny begann Puchow seine Lage augenfällig zu erläutern. »Das kleinbürgerliche Gerede kennen wir! Siehst du denn nicht, daß die Revolution – ein Fakt festen Willens – auf der Hand liegt! …«

Puchow tat, als höre er zu, und sah Sworytschny respektvoll auf den Mund, dachte aber bei sich, daß er ein Dummkopf sei.

Sworytschny indes geriet vor Erregung in Hitze und näherte sich dem Ziel der Weltrevolution.

»Ich selbst bin jetzt Parteimitglied und Zellensekretär der Werkstätten! Hast du mich verstanden?« schloß er und ging Wasser trinken.

»Dann hast du jetzt ja 'n Zipfelchen Macht?« äußerte sich Puchow.

»Was hat das mit Macht zu tun!« Sworytschny drehte sich um, er hatte sich noch nicht satt getrunken. »Wieso begreifst du nichts? Kommunismus ist nicht Macht, sondern eine heilige Pflicht.«

Da gab Puchow klein bei, um nicht die Gastgeber zu verärgern und sein Obdach zu verlieren.

Am Abend ging Sworytschny zur Zellenversammlung, Puchow legte sich ein wenig auf der Truhe nieder. Die Petroleumlampe brannte leise zirpend. Puchow hörte das Zirpen und hatte keine Ahnung, wo es herkam. Er hatte Hunger, getraute sich aber nicht, um Essen zu bitten, und rauchte auf leeren Magen.

Er erinnerte sich, daß Sworytschny einen kleinen Jungen haben mußte – früher hatte er einen gehabt.

»Euren Knirps habt ihr wohl weggegeben, oder schläft er bei Verwandten?« erkundigte er sich beiläufig bei der Hausfrau.

Die schüttelte den Kopf und bedeckte die Augen mit der Schürze – zum Zeichen ihres Kummers.

Puchow verstummte und wurde nachdenklich, obwohl er wußte, daß es unvernünftig von der Frau war, sich zu grämen.

Deshalb ist Petja auch in die Partei gegangen, sagte er sich. Sein Jungchen ist gestorben – ein kleiner Kummer, aber für einen Vater schlimm. Er wußte nicht wohin, seine Alte ist 'ne Giftnatter, da ist er halt reingegangen!

Als alles vergessen war, schickte ihn die Hausfrau Holz hacken. Puchow ging und hatte lange mit den knorrigen Kloben zu tun. Als er es geschafft hatte, spürte er Schwäche am ganzen Körper und dachte, wie schlapp er durch die Unterernährung geworden sei.

Draußen wehte der Wind genauso eifrig wie in alter Zeit. Für den Strolch gab es einfach keine revolutionären Ereignisse. Aber Puchow war überzeugt, daß man mit Hilfe von

Wissenschaft und Technik mit der Zeit auch den Wind zähmen würde.

Um elf Uhr kam Sworytschny zurück. Sie tranken Kürbistee ohne Zucker, aßen jeder zwei Kartoffeln und legten sich schlafen.

Puchow blieb für die Nacht auf der Truhe, Sworytschny und seine Frau stiegen auf den Ofen. Puchow wunderte sich darüber, er hatte früher nicht gern neben seiner Frau geschlafen, es war dann stickig und eng gewesen, und die Wanzen hatten einen gebissen – der aber kletterte schon im Herbst auf den Ofen.

Jedoch das ging ihn nichts an, und er fragte Sworytschny, als alles still geworden war: »Petja! Schläfst du?«

»Nein, was ist denn?«

»Ich brauche was zu tun! Ich kann mich doch bei dir nicht durchfressen!«

»Schon gut, das regeln wir – wir sprechen morgen drüber!« sagte Sworytschny von oben und gähnte, daß ihm die Gesichtshaut platzte.

Wird eingebildet, der Blödmann: Ist ja jetzt bei der Partei! dachte Puchow vor dem Einschlafen und klappte ermattend den Mund auf.

Am anderen Tag wurde er als Schlosser für eine Hydraulikpresse eingestellt – da stand er wieder an einer Maschine, an vertrautem Ort.

Zwei der Schlosser waren alte Bekannte von ihm; Puchow erzählte beiden getrennt seine Geschichte, und zwar gerade das, was er nicht erlebt hatte – was gewesen war, blieb dunkel, Puchow selbst fing schon an, es zu vergessen.

»Du solltest jetzt Führer werden, wieso arbeitest du denn?« sagten die Schlosser zu ihm.

»Führer gibt es sowieso schon viele, aber Loks gibt's keine! Zu den Parasiten will ich nicht gehören!« antwortete Puchow mit Bewußtsein.

Ein Schlosser bezweifelte den Nutzen der Arbeit. »Alles umsonst – du baust 'ne Lok zusammen, und sie zerteppern sie dir mit 'ner Kanone!«

»Sollen sie – trifft die Granate wenigstens auf Widerstand!« behauptete Puchow.

»Lieber sollen sie in die Erde schießen: Erde ist weicher und billiger!« beharrte der Schlosser. »Wozu denn unnütz ein technisches Produkt vernichten?«

»Damit alles seinen Kreislauf hat!« erklärte Puchow dem Unwissenden. »Du kriegst eine Ration und gibst eine Lok; die Lok geht drauf – du kriegst eine neue Ration und machst alles von vorn! Sonst wüßte die Verpflegung doch gar nicht wohin!«

Noch ungefähr eine Woche blieb Puchow bei Sworytschny, dann zog er in eine eigene Wohnung.

Er freute sich, daß er nun ein Zuhause hatte, aber bald wurde es ihm langweilig, und er ging täglich Sworytschny besuchen.

»Was hast du?« fragte ihn Sworytschny.

»Ist zu langweilig dort, das ist ja keine Wohnung, sondern ein Abstellgleis!« antwortete Puchow ihm und erzählte vom Schwarzen Meer, um den Tee nicht umsonst zu trinken.

»Wir hatten da einen Scharikow – ein Blödmann, aber Matrose. Meine Kohle hat nicht gereicht, ich kehr also vor der Krim um und fahr zurück. Auf der Krim saßen da noch die Weißen, und damit sie nicht wegliefen, bewachten die Engländer sie mit riesigen Kriegsschiffen ... Ich komm denn auch glücklich nach Noworossisk und gebe Signale, sie sollen mir in einem Boot Essen schicken – ich hatte nämlich Hunger. Schön, sie bringen auch was, war aber man bloß ein Klacks. In der Stadt wurde Tag und Nacht geschossen, nicht wegen der Gefahr, sondern aus Flegelei. Ich sitz die ganze Zeit da und schiebe Kohldampf, kann an gar nichts anderes mehr denken. Auf einmal kommt Scharikow geschwommen und sagt: Wieso bist du vorzeitig umgekehrt? Ich antworte ihm, ich hab Hunger gekriegt, und die Kohle war alle. Er – der satte Kerl – packt mich und schmeißt mich in voller Montur ins Meer. Schwimm einen Einsatz gegen Wrangel, schreit er, danach berichtest du. Ich bin zuerst erschrocken, aber dann hab ich mich ans Meer gewöhnt und bin losgeschwommen, unterwegs habe ich immer mal verschnauft. Zur Nacht bin ich auf der Krim angekommen. Bin ans feindliche Land gekrochen und hab mich ins Gebüsch gelegt. Später hab ich mich mit Sand zugedeckt und bin eingeschlafen. Gegen Morgen war ich vor Kälte ganz steif. Am Tage hab ich mich in der Sonne aufgewärmt und bin zurückgeschwommen, nach Noworossisk. Diesmal hab ich mich wirklich dazugehalten, weil ich hungriger war als den Tag zuvor ...«

»Und bist angekommen?« fragte Sworytschny.

»Unversehrt!« schloß Puchow. »Übers Meer schwimmen ist leicht, Hauptsache, es gibt keinen Sturm – dann wird dir angst und bange.«

»Und was hat Scharikow zu dir gesagt?« erkundigte sich Sworytschny.

»Scharikow hat gesagt: Prachtkerl, ich schlag dich zum Roten Helden vor! Hast du den Gegner gesehen? fragt er. Und ich: Es ist kein Gegner da, in Simferopol ist ein Revolutionskomitee, ich hab dort umsonst im Sand gesessen. Das kann nicht sein, sagt er. Ach, es kann wieder mal nicht sein: Dann schwimm doch selber hin und prüf's nach! Die Nachrichten aber drangen damals langsam durch: Es fehlte an Telegrafendraht, alles verrostet. Und wirklich, einen Tag danach nahm die Sowjetmacht die ganze Krim. Ich hatte also richtig gedacht. Ja, und da hat Scharikow mich zum Chef der Bodenschätze ernannt.«

Sworytschny staunte. »Und hast du den Roten Helden gekriegt?«

»Hab ich, klar. Aber hör weiter. Für Selbstverleugnung, Allgegenwart und Voraussicht – so war's auf der Medaille eingeprägt. Aber die mußte ich bald in Tichorezkaja gegen Hirse eintauschen.«

Nach dem Tee hatte Puchow durchaus noch keine Lust zu gehen. Aber als Sworytschny anfing einzunicken und zu seufzen, wurde es ihm unangenehm, und er verabschiedete sich, nicht ohne noch auf die Schnelle die letzte Geschichte zu Ende zu erzählen.

Während Puchow durch die Nacht zur Ruhe schlenderte, betrachtete er die Stadt mit frischen Augen und dachte: Was für eine Menge Eigentum! Als sähe er die Stadt zum erstenmal im Leben. Jeder neue Tag erschien Puchow als ein nie dagewesener Morgen, und er besah ihn wie eine kluge und seltene Erfindung. Gegen Abend aber ermüdete er von der Arbeit, sein Herz stumpfte ab, und das Leben wurde für ihn schal.

Wenn er von Sworytschny heimkam, hatte er keine Lust mehr zu heizen und hüllte sich gleich in alle seine Sachen. Das Haus war nur spärlich bewohnt: Irgendwo lebte noch eine Familie darin, die Räume zwischen ihr und Puchows Zimmer standen leer. Wenn Puchow nicht schlafen konnte, stellte er die Lampe auf den Schemel am Bett und las Agitpropaganda. Damit hatte ihn Sworytschny beglückt.

Wenn Puchow nichts verstand, dachte er, das hat ein Dummkopf oder ein früherer Küster geschrieben, und schlief aus Mangel an Interesse sofort ein.

Träumen konnte er nicht, denn sobald ihm etwas im Traum erschien, schwante ihm gleich Betrug, und er sprach laut: Aber das ist doch ein Traum, zum Teufel! Und wachte auf. Danach konnte er lange nicht einschlafen und verfluchte die Überbleibsel des Idealismus, den er vom Lesen kannte.

Einmal kamen Sworytschny und er nach dem Sirenenton von der Arbeit. Die Stadt erlosch in langsamem Dunkel, und ferne Kirchenglocken wehklagten leise über der untergehenden Welt.

Puchow empfand seine körperliche Unsauberkeit, dachte an die Langeweile in seiner Wohnung und ging stolpernd, mit schweren Beinen.

Sworytschny schwenkte die Hand gegen die Häuser und sagte mit Genuß:

»Allgemeingut! Jetzt gehst du durch die Stadt wie über den eigenen Hof.«

»Ich weiß«, widersprach Puchow, »dein und mein – das ist Reichtum! Früher hat er einem gehört, jetzt gehört er keinem!«

»Komischer Kauz!« lachte Sworytschny. »Allgemeinbesitz heißt schon, es ist deins, aber nicht, damit du räuberisch damit umgehst, sondern vernünftig. Da steht ein

Haus – wohne drin und halt es in Schuß, und verbrenn nicht aus bourgeoisem Eigensinn die Türen. Revolution ist Fürsorge, Bruderherz!«

»Was soll das für eine Fürsorge sein, wenn alles Allgemeingut ist, meiner Meinung nach aber niemandem gehört! Der Burshui hat für sein Haus mehr als für sein Fleisch und Blut empfunden, und wir?«

»Der Burshui hat so empfunden, hat's so gierig gehütet, weil er's errafft hatte: Er wußte, daß er das allein nicht machen konnte! Wir aber machen die Häuser, die Maschinen – formen sie mit unserem Blut, kann man sagen –, darum werden wir auch ein blutnahes, schonendes Verhältnis dazu haben: Wir wissen, was es uns gekostet hat! Aber wir knausern nicht mit Eigentum – wir können neues machen. Der Burshui dagegen hat um seinen Plunder gezittert!«

»Dein Köpfchen arbeitet, wie ich sehe!« erklärte Puchow, sich gar nicht ähnlich. »Am Ende hast du das Fressen verlernt! Weißt du noch, wie du auf dem Schneeräumer gefuttert hast?«

»Was hat das mit Fressen zu tun?« antwortete Sworytschny gekränkt. »Klar liebt das Gehirn kräftige Nahrung, sonst kannst du auch nicht nachdenken!«

Hier trennten sie sich und verloren sich aus den Augen. Als Puchow in sein Haus kam, erinnerte er sich, daß eine Wohnung heimischer Herd heißt.

»Heimischer Herd, hat sich was: Weder Frau noch Feuer!«

7

Im süßen, feuchten Morgenrot, als es Puchow im Bett an Wärme fehlte, zersprang das Glas im Fensterrahmen. Mit lautem Widerhall rollte eine Geschützsalve über die Stadt.

In Puchows Kopf schlug sich die Beunruhigung als schläfrige Erinnerung an den südlichen Krieg von Noworossisk nieder. Aber er entlarvte seine Phantasie sofort: Du bist doch ein Traum, zum Teufel! – und schlug die Augen auf. Die Salve wiederholte sich so, daß das Haus auf dem Erdboden schuckelte.

Ich werde dir gleich, hier rumzudonnern! protestierte Puchow gegen die Wirklichkeit und zündete die Lampe an, um die Naturgesetze zu überprüfen. Die Lampe ließ sich anzünden, erlosch aber gleich wieder von der dritten Salve – die Granate war sicherlich im Gemüsegarten zerplatzt.

Puchow zog sich an.

Welches Vieh hat sich bloß mit Kanonen durch solchen Schlamm hergeschleppt? fragte er sich.

Draußen erschien es Puchow qualmig und heiß. Deutlich und nah zerhackte ein MG die Luft. Puchow mochte MGs: Sie waren Maschinen und brauchten Kühlung.

Ins Gebäude des Gouvernementsversorgungskomitees schlug eine Kartätsche. Dann wehte Brandgeruch herüber.

Die haben keine Granaten, wenn sie schon mit Kartätschen in die Stadt schießen, überlegte Puchow – er wußte, hierher gehörte eine Granate.

Alles war menschenleer, beunruhigend, rätselhaft.

Plötzlich wurde auf dem Klosterglockenturm leise geläutet. Puchow schrak zusammen und blieb stehen, während er hellhörig auf das manchmal aussetzende Geläut lauschte.

Das Kloster stand auf einem Hügel und beherrschte die Stadt und die Steppe hinter dem Flußtal. Durch die Straßenflucht bemerkte Puchow den frühen Morgen über einer stillen fernen Wiese, die in Nebelgas gehüllt war.

Zwischen dem Kloster und den Werkstätten lag eine Werst. Puchow legte sie im Eilschritt zurück, ohne den grimmig entbrennenden Kampf zu beachten, an den man sich rasch gewöhnen konnte.

In den Werkstätten fand er niemanden. Auf den Bahnhofsgleisen stand ein Panzerzug und feuerte in Richtung Morgenrot, wo die Brücke war.

In der Pförtnerloge standen der Kommissar Afonin und noch zwei Mann. Afonin rauchte, die beiden anderen überprüften Gewehrschlösser und stellten die Gewehre in eine Reihe.

»Puchow, willst du ein Gewehr?« fragte Afonin.

»Vielleicht will ich keins!«

»Nimm dir irgendeins!«

Puchow nahm eins und überzeugte sich vom Funktionieren des Mechanismus.

»Ist kein Öl da? Das Schloß geht straff!«

»Nein, es ist keins da – wie soll hier Öl herkommen?« wies ihn Afonin ab.

»Ach, ihr Krieger! Her mit den Patronen!«

Nachdem Puchow Patronen erhalten hatte, verlangte er eine Handgranate: Ohne die geht es unmöglich, sagte er, das hier ist ein Kampf an Land – ich hab am Schwarzen Meer gekämpft, sogar da haben sie Handgranaten gegeben.

Man gab ihm eine.

»Wozu brauchst du sie, wir haben sowieso schon zuwenig!« meinte Afonin.

»Ohne sie geht es nicht. Die Matrosen lassen immer solchen Igel los, wenn nichts anderes mehr hilft!«

»Na, zieh ab, zieh ab!«

»Wohin soll ich denn?«

»Zur Brücke, hinters Wäldchen – dort liegt unsere Schützenkette.«

Beladen schlenderte Puchow über die Gleise. Als er am Panzerzug vorbeikam, bemerkte er dort Matrosen.

Puchow stieg auf ein Trittbrett und klopfte an die splittersichere Tür. Die Tür bewegte sich schwer mittels Patentvorrichtung, in den Spalt zwängte sich ein Matrose.

»Was willst du, Kauz?«

»Ist Scharikow nicht hier?«

»Nee.«

»Laß mich durch, den Befehl zeig ich dir.«

»Na, fix, rutsch rein.«

In dem metallenen Wagen brütete enge Schwüle, in Abständen wehte Zugluft hindurch. Die Schlösser der 76-mm-Geschütze stanken nach Fett, aber alles ringsum war technisch in Ordnung. Der Matrose am MG im Turm schoß hin und wieder eine kurze Garbe auf das Feld hinter den Ziegelscheunen und befühlte danach die MG-Schnauze mit der Hand, ob sie auch nicht zu heiß wurde.

Ein großer Stabsmatrose trat vor Puchow.

»Was hast du, Brüderchen? Spuck's schon aus.«

»Setz eine in den Klosterglockenturm, Freund. Dort haben sie einen Beobachter.«

»In Ordnung. Fedka! Auf den Glockenturm: Visier 110, Rohr 90, mit Abdrift!«

Der Matrose nahm das Fernglas und kontrollierte die Wirkung der Granate.

Puchow ging beruhigt. Während er über die sandige Gleisbettung lief, redete er laut vor sich hin. In der von anheimelndem Gebüsch bedeckten blauen Senke wurde gekämpft. Hinter der Eisenbahnbrücke war Artillerie eilig damit beschäftigt, die Senke mit Schrapnells zu zerstückeln. Dort stand wahrscheinlich ein Panzerzug des Gegners.

Schwere Artillerie – 152-mm-Geschütze – schoß von weitem in die Stadt. Die Stadt brannte davon seit langem und demütig.

Breitgespreizte abgestorbene Gräser wuchsen an der Bahndammböschung, aber selbst die erzitterten, wenn der nahe Panzerzug hinter der Brücke eine Granate herüberschleuderte.

Vom Bahnhof feuerte der Panzerzug der Roten, hinter der Brücke hervor der der Weißen, zwischen ihnen lagen fünf Werst. Die Granaten gurgelten über Puchows Kopf durch die Luft, und er sah zu ihnen hoch. Die einen flogen hinter die Brücke, die anderen entgegengesetzt. Aber richtig nah begegneten sie sich nicht.

Im Gebüsch der Bodensenke lagen Arbeiter – lebende und tote. Lebende waren es weniger, aber sie schossen im Akkord nach drüben: für sich und die Toten.

Puchow legte sich gleichfalls hin und schaute hinüber. Zu sehen waren Güterwagen, das kleine Haus des Haltepunkts und eine Blechbaracke auf den Gleisen. Von den Weißen trennten die Arbeiter der Fluß und das Flußtal, im ganzen anderthalb Werst.

Worauf schießen wir denn? überlegte Puchow. Wir schikken die Kugeln doch aus Angst hinüber!

Sein Nachbar, der Heizer Kwakow, hörte auf zu schießen und sah Puchow an.

»Was hast du denn?« fragte Puchow ihn und schoß auf

einen Gegenstand, der sich am Haltepunkthäuschen bewegte.

»Bauchschmerzen – ich liege schon zwei Stunden auf der feuchten Erde und ballere.«

»Und auf wen schießen wir?«

»Auf die Weißen, weißt du das nicht?«

»Auf was für Weiße? Wo ist denn die Rote Armee?«

»Sie hält am anderen Ende der Stadt die Kavallerie auf. General Ljuboslawski ist da mit 'ner Menge Reiterei.«

»Warum haben wir denn vorher nichts gewußt?«

»Was heißt nichts gewußt? Das ist Reiterei, Bruderherz – heute ist sie bei uns, und morgen ist sie in Orjol.«

»Wunderbar!« sagte Puchow verärgert. »Wir liegen hier und schießen, bis uns der Wanst weh tut, und treffen keinen. Der Panzerzug von denen hat sich längst eingeschossen – und haut uns nach und nach in Klump.«

»Was willst du machen: Wir müssen zurückschlagen!« antwortete Kwakow.

»Was für ein Quatsch: Sterben ist keine Abwehr!« stellte Puchow endgültig klar und hörte zu schießen auf.

Ein Schrapnell pfiff niedrig heran, stoppte in der Luft und riß sich boshaft in Stücke. Die Stücke bohrten sich in die Köpfe und Leiber der Arbeiter, und sie drehten sich vom Bauch auf den Rücken und erstarrten für immer. Der Tod ging mit solcher Ruhe zu Werke, daß der Glaube an eine wissenschaftliche Wiedererweckung der Toten keinen Fehler zu haben schien. Damals sah es so aus, als wären die Menschen nicht für immer gestorben, sondern nur für eine lange, dumpfe Zeit.

Puchow hatte das satt. Er glaubte nicht, daß das Leben zu einem, der stirbt, später mit Prozenten wiederkehrt. Auch wenn er etwas in der Art fühlte, wußte er doch, daß diesmal gerade die Arbeiter siegen mußten, weil sie die Lokomotiven und die anderen wissenschaftlichen Dinge bauen und die Burshuis sie nur verschleißen.

Das Gewehrfeuer der Arbeiter erstarb und wurde seltener, über dem Fluß stand der Qualm verbrannter Granaten. Kwakow setzte sich ohne Rücksicht auf den Krieg auf und sammelte Machorkastaub aus seinen Taschen. Puchow wartete, bis er damit fertig war, um sich auch etwas für eine Selbstgedrehte zu erbitten.

»Weder Sanitäter noch Ärzte haben wir, auch keine Arznei – ist doch miese Wirtschaft!« sagte Kwakow und betrachtete einen Verwundeten, der sich im Fieber wälzte.

Der Verwundete wollte zu Kwakow kriechen und schlug die Augen auf, bewältigte aber das Gewicht der Lider nicht und machte sie wieder zu.

Kwakow strich ihm über den Kopf und übers schüttere alte Haar:

»Was fehlt dir, Freund?«

Der Verwundete brummte leise mit sonderbarer, entwöhnter Stimme, wollte etwas sagen.

»Na, was ist?« redete Kwakow ihm zu und litt selbst.

Der Verwundete kroch an ihn heran und hob den schweren, nassen Kopf, von dem große Schweißtropfen rannen. Kwakow beugte sich zu ihm.

»Rasch, schlag mir einen Nagel ins Ohr ...«, sagte der Verwundete und ließ den Kopf vor Anstrengung fallen.

Kwakow rubbelte ihn am Ohr und legte sich neben ihn, als wolle er ihn vor Qualen und neuen Wunden schützen.

Schrapnellsplitter klatschten zwei Meter vor Puchow in die Erde und warfen ihm Kies und zerrissenes Erdreich ins Gesicht.

Von hinten kam unerwartet Afonin und legte sich zu ihm.

»Hier bist du, Puchow? Ihr Panzerzug hat keine Granaten, bald gehen wir im Sturmangriff gegen den Haltepunkt vor.«

»Ich laß mich doch nicht für dumm verkaufen – wer hat denn rausgekriegt, daß die keine Granaten haben? Wieso schießt unser Panzerzug so schlecht; er kennt doch das Ziel, hätte sie längst zusammenhauen können ...«

Afonin hatte keine Zeit zu antworten und rannte weiter, geduckt an offenen Stellen.

Eine Minute später wechselte die ganze Eisenbahnerabteilung die Stellung – rannte durch eine Schlucht zur Milchfarm und legte sich dort hinter die Scheunen.

Puchow sah Afonin abermals. Er stand hinter einem Steinschuppen und beredete etwas mit zwei Schlossern, die jeder ein Brot in der Hand hielten.

Puchow ging zu Afonin, um zu sagen, daß Verpflegung nötig sei, doch unterwegs überlegte er sich etwas anderes. Hinter dem Schuppen waren die Bahnlinie, die Brücke und der Panzerzug der Weißen zu sehen. Die Bahnstrecke verlief steil abfallend von Pocharinsk zum Haltepunkt, wo der weiße Panzerzug stand.

Puchow wartete, bis Afonin sein Gespräch mit den Schlossern beendet hatte, und setzte ihm dann auseinander, es sei nun Zeit, sich Gedanken zu machen, zu einer List zu greifen und die Weißen geistig zu schlagen, wenn man sie schon mit bloßer Gewalt nicht vertreiben könne.

»Siehst du, wie die Strecke von der Stadt zum Haltepunkt abfällt?«

»Seh ich!« sagte Afonin.

»Aha – seh ich! Das hättest du längst sehen müssen!« erboste sich Puchow. »Wo ist Sworytschny?«

»Hier. Wozu brauchst du ihn?«

In der Stadt begann orkanartiges Artilleriefeuer zu wummern, dazu erscholl ein einziger, anhaltender Schrei einer großen Menschenmasse.

Afonin drehte sich um. »Was ist das? Sind die Weißen etwa durchgebrochen? Bestimmt jagen sie die Unseren.«

Puchow lauschte. Das Geschrei war verstummt, die Granaten aber zerbohrten wie zuvor die Luft über der Stadt und zerschmetterten niederfallend den schweren brüchigen Stoff der Gebäude.

Fünf Minuten später machten sich Puchow und Sworytschny in die Stadt auf – zum Bahnhof.

»Ist dort wirklich verladener Ballast?« fragte Sworytschny.

»Ja, bei der Gießerei stehen zehn Plattformwagen!« sagte Puchow.

»Aber es sind doch keine Loks da – wo gehen wir denn hin?« zweifelte Sworytschny erneut.

»Wir rollen sie mit bloßen Händen raus, Mann! Danach leiten wir sie aufs Hauptgleis, schieben sie an – und lassen sie sausen. Auf fünf Werst kommen sie von selbst so in Fahrt, daß vom weißen Panzerzug bloß noch Fetzen bleiben!«

»Und wo sind die Arbeiter – zu zweit werden wir sie so nicht wegkriegen!«

»Wir bitten die Matrosen von unserem Panzerzug. Wir rollen die Waggons einzeln vor, und dann koppeln wir sie zusammen und lassen die ganze Wagenkette talwärts sausen.«

»Vom Panzerzug werden sie uns kaum Matrosen geben.« Sworytschny ließ sich einfach nicht überzeugen. »Der feuert doch nach zwei Seiten: auf die Kavallerie und hinter die Brücke …«

»Werden sie, das sind findige Jungs!« versicherte Puchow.

Afonin bereute, daß er Puchow zugestimmt hatte. Er glaubte, Puchow sei einfach aus der Abteilung weggelaufen und habe sich das mit dem Ballast nur ausgedacht – er, Afonin, hatte keine Plattformwagen mit Sand in den Werkstätten gesehen.

Gegen Mittag flaute der Kampf ab. Der Panzerzug der Weißen schoß hin und wieder auf der Suche nach Roten ins Flußtal. Unser Panzerzug schwieg vollends.

Dort sitzt Matrosenvolk, dachte Afonin, und dieser Puchow setzt ihnen einen Floh ins Ohr.

Er wandte jedoch kein Auge von der Bahnlinie und berichtete den Arbeitern von Puchows Idee.

»Wie ist es, hauen zehn beladene Waggons den weißen Panzerzug von den Schienen oder nicht?« fragte Afonin.

»Wenn sie genügend Tempo haben, schaffen sie's – klar!« sagte der Lokführer Wareshkin, der einmal einen Zarenzug gefahren hatte.

Er war es auch, der um halb zwei als erster Räder auf der Strecke rollen hörte und Afonin zurief:

»Sieh dorthin!«

Afonin rannte hinter den Schuppen, kauerte nieder und konnte den ganzen Streckenabschnitt einsehen. Aus dem Einschnitt kam mit dem Wind und mit wildem Spiel der Räder ein Zug ohne Lokomotive gesaust und erreichte im

Nu die unter solcher Geschwindigkeit erzitternde Brücke. Afonin vergaß das Atmen und bekam vor Begeisterung unwillkürlich feuchte Augen. Der Zug verschwand einen Moment im Waggonpulk des Haltepunkts, und gleich danach stieg dort eine Sandstaubwolke auf. Dann ertönte ein scharfes, kurzes Geräusch von berstendem Stahl, das mit wütendem Krachen endete.

»Das war's!« sagte der sofort beruhigte Afonin und rannte der ganzen Abteilung voran gegen den Haltepunkt los.

Über den Sand und aufgebuddelte Kartoffelreihen zu laufen war sehr schwer. Man mußte von starkem Glauben beseelt sein, um sich so anzustrengen.

Über die Brücke ging die Abteilung im Schritt – jeder hielt den weißen Panzerzug für vernichtet und kampfunfähig.

Die Abteilung umging einen Güterschuppen und pirschte sich leise in die saubere Mitte der Gleise. Auf dem vierten Gleis stand sauber und unversehrt der Panzerzug, und auf dem Hauptgleis lag ein Gemisch aus Furage und Sand und ein Wirrwarr zerquetschter und zertrümmerter Waggons.

Die Abteilung stürmte von Angst gehetzt, die sich in ausweglose Heldentum verwandelte, gegen den Panzerzug. Aber ein MG, das aus der Stille zu hämmern begann, mähte die Eisenbahner nieder. Und alle legten sie sich auf die Schienen, aufs Gleisbett oder rostige Schrauben, die einmal von fahrenden Zügen abgebrochen waren. Bei keinem fand das vom angestrengten Herzen durch die Adern gejagte Blut Zeit zu erstarren, und noch lange nach dem Tod verglomm der Körper Wärme. Das Leben war nicht abgetötet worden, sondern abgerissen, gleichsam einen Berg hinuntergestürzt.

Afonin staken drei Kugeln im Herzen, aber er lag lebend und bei Bewußtsein. Er sah die blaue Luft und den feinen Kugelstrom darin. Er konnte jede Kugel einzeln verfolgen – so scharf und wach begriff er, was vorging.

Ich sterbe ja – meine Leute sind alle längst tot! dachte Afonin und hätte gern seinen Kopf von dem durch die

Kugeln zerstörten Herzen abgetrennt, um weiter bei Bewußtsein zu bleiben.

Still wie ein blaues Schiff trieb die Welt fort von Afonins Augen: Der Himmel ging weg, der Panzerzug verschwand, die helle Luft trübte sich, nur die Schiene am Kopf blieb. Das Bewußtsein konzentrierte sich immer mehr auf einen Punkt, doch der strahlte mit gepreßter Klarheit. Je stärker sich das Bewußtsein komprimierte, um so strahlender durchdrang es die letzten Augenblickswahrnehmungen. Schließlich sah es nur noch seine schmelzenden Ränder, näherte sich immer mehr einer Enge und verwandelte sich in sein Gegenteil.

Durch Afonins weiß gewordene, offene Augen zogen die Schatten der fließenden schmutzigen Luft – wie Stücke durchsichtigen Berggesteins spiegelten die Augen die um einen Menschen verwaiste Welt.

Neben Afonin kam, naß von Blut, wie von Rost überzogen, Kwakow zur Ruhe.

An dieser Stelle stieg ein weißer Offizier, Leonid Majewski, aus dem Panzerzug. Er war jung und klug, hatte vor dem Krieg Gedichte verfaßt und Religionsgeschichte studiert.

Er blieb bei Afonins Leiche stehen. Afonin lag da als ein riesiger, schmutziger und kräftiger Mann.

Majewski war des Kriegs überdrüssig, er glaubte nicht an die menschliche Gesellschaft – ihn zog es zu Bibliotheken.

Ob sie wirklich im Recht sind? fragte er sich und die Toten. Nein, keiner ist im Recht: Der Menschheit bleibt nur noch die Einsamkeit. Seit Jahrhunderten peinigen wir einander, also müssen wir auseinandergehen und die Geschichte beenden.

Bis zu seinem letzten Tag hatte Majewski nicht begriffen, daß mit sich selbst Schluß zu machen bei weitem leichter ist, als die Geschichte zu beenden.

Am späten Abend rückte der Matrosenpanzerzug plötzlich gegen den Haltepunkt vor und berannte die Weißen frontal. Die besinnungslose, rasende Kraft der Matrosen wurde fast ausnahmslos tot niedergestreckt, legte sich quer über die Eisenbahnerleichen, von den Weißen aber kam nicht einer davon. Majewski erschoß sich im Zug, seine Verzweiflung war so groß, daß er schon vor dem Schuß starb. Seine letzte ungläubige Trauer kam dem Gleichmut des Matrosen gleich, der dann die Uniform mit ihm tauschte.

In der Nacht standen die beiden Züge nebeneinander, gefüllt mit Schlafenden und Toten. Die Müdigkeit der Lebenden war größer als ihr Gefühl für Gefahr – kein einziger Posten stand am still gewordenen Haltepunkt.

Am Morgen fuhren die beiden Panzerzüge in die Stadt und halfen, die weiße Kavallerie zurückzuschlagen und zu vernichten, die die Stadt zwei Tage lang attackiert hatte und von den schwachen Abteilungen junger Rotarmisten kaum noch aufzuhalten gewesen war.

8

Puchow machte einen Gang durch die Stadt. Die Brände waren erloschen, einige Liegenschaften waren vernichtet, aber die Menschen waren noch alle da.

Nachdem er die Stadt mit Besitzerblick besichtigt hatte, sagte er am Abend zu Sworytschny:

»Der Krieg kommt uns teuer – es wird Zeit, ihn zu beenden!«

Sworytschny fühlte sich als Gehilfe eines Mörders und zeigte Puchow schweigend seine Ablehnung. Der war sich jedoch seiner Klugheit sicher und sagte, daß man einen Panzerzug nie aufs vierte Gleis stellt, sondern immer aufs Hauptgleis – die Weißen hätten eben die Verkehrsregeln nicht gekannt.

»Immerhin haben wir ihnen einen Streich gespielt und einen ordentlichen Schreck eingejagt!«

»Geh doch zum Teufel!« bekundete Sworytschny seine Wertschätzung für Puchow. »Immer deine verrückten Einfälle ohne Berücksichtigung der Tatsachen – dich sollte man an die Wand stellen!«

»Was anderes fällt dir wohl nicht ein! Begreifst du nicht, Krieg, das hat was mit Grips zu tun und nicht bloß mit

Drauflosschlagen. Ich hab Wrangel in 'n Arsch getreten und vor den Engländern nicht gekniffen, und ihr habt wegen der paar Reiter eine ganze Stadt in Panik versetzt!«

»Was denn für paar Reiter?« fragte Sworytschny gereizt und beunruhigt. »Kavallerie – das sind für dich paar Reiter?«

»Da war überhaupt keine Kavallerie! Einfach berittene Banditen waren das! Haben sich einen General Ljuboslawski ausgedacht, dabei ist das ein Ataman aus dem Gouvernement Tambow. Und den Panzerzug hatten sie sich in Balaschowo geschnappt – das war alles. Ganze fünfhundert Mann sind es gewesen ...«

»Und woher kamen die weißen Offiziere bei ihnen?«

»Oje, da hast du mir's aber gegeben! Die treiben sich doch jetzt überall rum, suchen neuen Krieg! Denkst du vielleicht, ich kenn die nicht? Das sind Idealisten, so wie die Kommunisten.«

»Du meinst also, uns hat eine Bande überfallen?«

»Ja doch, eine Bande! Hast du gedacht, eine ganze Armee? Die Armee haben sie im Süden gründlich zur Ruhe gebracht.«

»Und wo hatten sie die Artillerie her?« zweifelte Sworytschny.

»Komischer Kauz! Gib mir eine Vollmacht mit Stempel, und ich bringe dir in einer Woche in den Dörfern hundert Kanonen zusammen.«

Zu Hause aß und trank Puchow nicht – es war nichts da –, quälte sich nur und grübelte. Die Natur packte der Frost, sie ergab sich dem Winter.

Als die Werkstätten zu arbeiten anfingen, wollte man Puchow nicht einstellen: Du Hundesohn, hieß es, geh woanders hin! Puchow wies nach, daß sein mißglücktes Unternehmen gegen die Weißen schlau eingefädelt und keine Lumperei gewesen war, und nahm einstweilen das warme Frühstück der Werkstätten in Anspruch.

Dann entschied die Parteizelle, daß Puchow kein Verräter sei, sondern einfach ein schrulliger Kerl, und setzte ihn wieder am alten Arbeitsplatz ein. Aber man nahm Puchow eine Unterschrift ab – daß er an einer Abendschulung in politischem Grundwissen teilnehmen würde. Puchow unterschrieb, obwohl er nicht an die Organisation des Denkens glaubte: Der Mensch ist eine Kanaille, du willst ihm den alten Gott abgewöhnen, und er baut dir einen Dom der Revolution!

»Du schaffst das noch, Puchow! Dich kriegen sie noch mal irgendwo am Arsch!« versicherte ihm der Zellensekretär ernsthaft.

»Gar nichts werden sie!« versetzte Puchow. »Ich spür die ganze Taktik des Lebens.«

Den Winter überstand er allein – und hatte viel zu leiden: Nicht so sehr durch die Arbeit als durch die Hauswirtschaft. Sworytschny zu besuchen, hatte Puchow ganz aufgehört: Der Einfaltspinsel klammerte sich an die Revolution wie an einen Gott, dem troff schon der Speichel vor Glaubenseifer! Dabei war die ganze Revolution so einfach: Du hast die Weißen erledigt, und nun mach dies und das. Sworytschny dagegen sah alles kompliziert: Das Rad einer Lokomotive brachte er mit Karl Marx in Verbindung, war schon ganz mager vom Abendstudium und vom Kommissarspielen und wußte gar nicht mehr, wie so ein Rad gemacht wird. Aber insgeheim dachte sich Puchow, daß man nicht unnütz und sinnlos leben dürfe wie früher. Jetzt brach ein geistiges Leben an, damit nichts das Leben besudeln konnte. Jetzt war es zwar schwer, unbeschadet und mit heiler Haut davonzukommen, aber dafür wurde der Mensch nun gebraucht; und wenn man aus dem Takt geriet und ausscherte, wurde man unter Revolutionsspesen verbucht und als Ballast abgeschrieben.

Doch während Puchow mit dem Kopf das Kissen zerwühlte, spürte er sein tobendes Herz und wußte nicht, wo für solch ein Herz im Verstand Platz war.

Den Winter über lebte Puchow langsam, als kröche er in einen Spalt. Die Arbeit im Werk bedrückte ihn – nicht weil sie schwer, sondern weil sie trostlos war.

Es fehlte an Material, das Kraftwerk arbeitete mit Unterbrechungen – so gab es lange, tote Stillstandszeiten.

Einen einzigen Freund fand Puchow – Afanassi Perewostschikow, einen Brigadier aus der Montageabteilung, aber der heiratete und widmete sich dem Ehestand, und Puchow blieb wieder allein. Nun begriff er, daß einer, der heiratet und sich an den Partner verliert, für den Freund und die Gesellschaft verloren ist.

»Afanas, du bist nur noch ein halber Mensch, du bist für uns verloren!« sagte Puchow bedauernd.

»Ach, Foma, auch du bist angekratzt, mein Lieber: Der Pflasterstein steht nicht allein, sondern hübsch neben seinesgleichen!«

Wenigstens hatte Puchow sich schon an sein Zimmer gewöhnt, ihm schien, daß sich die Wände und Sachen nach ihm sehnten, wenn er auf Arbeit war.

Als der Winter sich wieder zu erwärmen begann, erinnerte Puchow sich an Scharikow: Der Junge hatte das Herz auf dem rechten Fleck – ob er wohl U-Boote gebaut hatte?

Zwei Abende lang schrieb Puchow einen Brief an ihn. Er schrieb alles – von der Sandbombe, die den weißen Panzerzug mit einem Schlag vernichtet hatte, von der kommunistischen Kathetrale, die im Sommer den Leuten zum Trotz auf dem Basarplatz gebaut worden war, von seiner Langeweile fern vom Meer und von allem anderen. Er schrieb auch, daß sie den U-Boot-Bau in Zarizyn nicht übernommen hätten – die Meister hätten nicht mehr gewußt, womit man anfängt, es wäre auch kein Dachblech dagewesen. Noch während er schrieb, beschloß Puchow, nach Baku zu fahren, sobald Scharikow ihm mit der Post eine Vollmacht schicken würde. In Baku ständen viele Maschinen von der Erdölförderung still, die laufen müßten, weil es in Rußland Dieselmotoren und in den Häfen Schiffsmaschinen gäbe, die ohne Arbeit verkämen. Außerdem sei eine Tätigkeit am Meer solider als eine im Binnenland und ein Landungsunternehmen von See raffinierter als ein Rammunternehmen mit Sand.

Puchow schlief dreimal die Hand ein, während er die Buchstaben kritzelte: Seit dem Unternehmen von Noworossisk hatte er nichts Geschriebenes gesehen und das Schönschreiben verlernt.

Was ein Brief doch für eine akkurate Sache ist! dachte

Puchow, als er mal verschnaufte, und schrieb, was ihm ins Hirn kam.

Auf dem Umschlag vermerkte er:

»An den Adressaten Seematrosen Scharikow.
Nach Baku – Kaspische Flottille.«

Die ganze Nacht ruhte er sich von seiner schöpferischen Arbeit aus, und am Morgen ging er mit dem Brief zur Post.

»Wirf ihn in den Kasten!« sagte der Beamte zu ihm. »Du hast einen einfachen Brief!«

»Die Kästen werden nie geleert, das hab ich noch nie gesehen! Nimm den Brief und schick ihn ab!« bat Puchow.

»Wieso nicht geleert?« versetzte der Beamte gekränkt. »Du gehst nicht zur richtigen Zeit auf die Straße, darum siehst du es nicht!«

Darauf steckte Puchow den Brief in den Kasten und besah sich den gründlich.

»Die leeren den doch nicht, die Satansbraten – rundum verrostet!«

Zur Politschulung ging Puchow nicht, obwohl er dem Zellenmann den Zettel unterschrieben hatte.

»Warum gehst du denn nicht hin, Genosse? Brauchst du eine Einladung?« fragte ihn eines Tages Mokrow, der neue Zellensekretär, streng. (Sworytschny war wegen Beihilfe bei den Sandwaggons abgelöst worden.)

»Wozu soll ich hingehen – ich erfahr auch aus Büchern alles!« erklärte Puchow und dachte ans ferne Baku.

Nach einem Monat kam Antwort von Scharikow.

»Mach schnell und komm«, schrieb Scharikow, »auf den Ölfeldern gibt's viel zu tun und wenig Leute mit Köpfchen. Pack drückt sich überall rum, aber man ist zu faul, es ins Innere Sowjetrußlands abzuschieben. Alle warten auf die Engländer – daß sie uns den Protznagel rausziehen. Sollen sie's tun, dann fahren wir auf der Protze. Eine Vollmacht kann ich dir nicht schicken – die stellt der Sekretär aus, und den hab ich verhaftet. Der hat auch den Stempel. Aber komm nur – mit der Verpflegung geht's klar.«

Als Puchow den Brief gelesen hatte, untersuchte er die

Poststempel – tatsächlich Baku – und legte sich schlafen, froh über solchen Freund.

Man entließ Puchow gern und rasch, zumal er für die Arbeiter ein Wirrkopf war – kein Feind, aber doch ein Wind, der am Segel der Revolution vorbeiblies.

9

Nicht jeder fährt so gut nach Baku, Puchow aber kam gut hin: Er erwischte einen leeren Kesselwagen, der direkt und auf raschem Wege von Moskau bis Baku befördert wurde.

Die Naturansichten erstaunten Puchow nicht: Jedes Jahr geschieht ein und dasselbe, das Gefühl verhärtet schon vor müder Verbrauchtheit und sieht nicht die Würze der Vielfalt. Wie ein Postbeamter nahm er die Briefe der Natur nicht zur Hand, sondern stapelte sie in einem dunklen, selten geöffneten Kasten des vom Vergessen überwucherten Herzens. Dabei war früher die ganze Natur für ihn eine Eilnachricht gewesen.

Hinter Rostow flogen Schwalben, die Lieblingsvögel des jungen Puchow, doch jetzt dachte er: Euch habe ich schon gesehen, ihr Biester, wenn nur mal was anderes flöge als immer die alten Vögel! So fuhr er bis ans Ziel.

»Wieder da?« Scharikow hob den Blick von den Papieren.

»Ja, da bin ich!« meldete Puchow und kam zur Sache.

In jenem Jahr holte die sowjetische Erdölindustrie die alten Facharbeiter zusammen, die sich in der Dunkelheit ferner Heimatländer und auf den Wegen der Revolution verirrt hatten.

Täglich kamen Bohrmeister, Bohrlochschöpfer, Maschinisten und sonstige Leute, die einander alle ähnlich waren.

Trotz langen Hungerns waren alle frisch und bei Kräften, wie von lange vorhaltender Nahrung gesättigt.

Scharikow verwaltete jetzt Erdöl – er war Kommissar für Arbeitskräftewerbung. Er betrieb seine Werbung vernünftig und vertrauensvoll. Da konnte ein einfacher, kräftiger Mann ins Büro kommen und sagen:

»Zehn Jahre hab ich in Surachany Eimer hochgezogen, jetzt möchte ich wieder auf meine Arbeit!«

»Und wo warst du in der Revolutionszeit?« forschte Scharikow.

»Was heißt, wo? Hier gab es nichts zu tun!«

»Und wo hast du dir den Wanst angefressen? Hast als Deserteur in 'ner Höhle gelebt und dir von der Frau Quark bringen lassen.«

»Na, hör mal, Genosse! Ich war roter Partisan, das gesunde Aussehen habe ich mir an der frischen Luft geholt!«

Scharikow sah ihn durchdringend an. Der andere stand da und wurde verlegen.

»Na, da hast du eine Zuweisung für Bohrturm zwei, dort fragst du Podschiwalow, der weiß Bescheid.«

Puchow machte es sich im Büro bequem und beobachtete. Ihn wunderte, weshalb man sich mit diesem Erdöl so viel Mühe gab, wo doch die Menschen es nicht selber machten, sondern es fertig aus dem Boden holten.

»Hier 'ne Pumpe, da ein Schöpfeimer – und damit hat sich's!« sagte er zu Scharikow. »Aber du denkst dir alles mögliche aus!«

»Wie denn sonst, Spaßvogel? Die Industrie – das ist die entsprechende Maßnahme«, antwortete Scharikow in einer Sprache, die nicht seine eigene war.

Den haben sie bestimmt auch mit 'ner Schulung zurechtgestutzt, dachte Puchow. Der lebt ja nicht mehr nach dem eigenen Verstand: Nächstens fängt er noch an, alles auf der Welt zu organisieren. Schlimm.

Scharikow setzte Puchow als Maschinist für eine Erdölpumpe ein – er hatte das Erdöl aus dem Bohrloch in einen Tank zu pumpen. Für Puchow war das eine herrliche Sache: wenn sich Tag und Nacht eine Maschine drehte – klug wie ein Lebewesen, unermüdlich und treu wie ein Herz. Während der Arbeit ging er manchmal aus dem Raum und betrachtete die draufgängerische südliche Sonne, die einst das Erdöl im Erdinneren gekocht hatte.

»Koch nur weiter so!« meldete Puchow nach oben und hörte die tanzende Musik seiner emsigen Maschine.

Eine Unterkunft hatte Puchow nicht, er schlief auf einer Werkzeugkiste im Maschinenschuppen. Das Geräusch der Maschine, an der nachts seine Ablösung arbeitete, störte ihn überhaupt nicht. Ihm war auch so in der Seele warm – durch Bequemlichkeit erlangt man Seelenruhe nicht; und gute Gedanken kommen nicht in behaglicher Geborgenheit, sondern durch die Begegnung mit Menschen und Ereignissen – und so weiter. Deshalb bedurfte Puchow nicht der Dienste anderer für seine Person.

»Ich bin ein Mensch des leichteren Typs!« erklärte er denen, die ihn verheiraten und im Ehegehöft ansiedeln wollten.

Solche gab es: Damals war die soziale Ideologie noch nicht entwickelt, und der arbeitende Mensch bediente sich reichlich der Phantasie.

Manchmal kam Scharikow mit dem Auto und sah die Bohrtürme an wie Schiffe. Wer von den Arbeitern um etwas bat, der bekam es sofort.

»Genosse Scharikow, schreib mir 'n Fetzen Stoff auf – meine Frau kommt ganz abgelumpt aus dem Dorf!«

»Da, Gauner! Wenn du's verschiebst, setz ich dich an die Luft! Das Proletariat ist ein ehrliches Ding!« Und er schrieb einen Bezugsschein aus, wobei er sich recht schön und kunstvoll zu signieren bemühte, damit spätere Leser, wenn sie seinen Namenszug lasen, sagen konnten: Genosse Scharikow – ein intelligenter Mensch.

Die Wochen gingen hin, zu essen gab es genug, und Puchow fütterte sich wieder heraus. Er bedauerte lediglich, daß er ein wenig älter geworden und daß nicht mehr das Unverhoffte in der Seele war wie früher.

Es ließ sich im Grunde gut und bequem leben, darum nahm Puchow das Leben nicht wahr und sorgte sich nicht. Was für einer ist Scharikow? – Na, mein Freund. – Wem gehören das Erdöl im Boden und die Bohrlöcher? – Uns, wir haben sie gemacht. – Was ist Natur? – Eigentum für die Armen. – Und so weiter. Es gab keine Beunruhigung mehr und keinen Druck durch Hab und Gut und Vorgesetzte.

Einmal kam Scharikow zu ihm und sprach ihn sofort an, als ob er den ganzen Weg lang drüber nachgedacht hätte.

»Puchow, willst du Kommunist werden?«

»Was ist denn ein Kommunist?«

»Du Halunke! Ein Kommunist ist ein kluger, gebildeter Mensch, ein Burshui dagegen ein historischer Dummkopf!«

»Dann will ich nicht.«

»Warum willst du nicht?«

»Weil ich ein geborener Dummkopf bin!« erklärte Puchow, denn er kannte besondere unabsichtliche Mittel, andere mit Charme für sich einzunehmen, und brachte die Antwort stets ohne jede Überlegung hervor.

»Nein, so ein Scheusal!« lachte Scharikow und setzte seine Cheftour fort.

Seit dem Tag der Ankunft in Baku ging es Puchow ein für allemal gut. Er stand früh auf, sah sich das Morgenrot und die Bohrtürme an, lauschte dem Dampfertuten und dachte an dies und das. Manchmal erinnerte er sich an seine durch vorzeitigen Verschleiß gestorbene Frau und war ein bißchen traurig, aber zu Unrecht.

Einmal war er auf dem Weg von Baku zum Ölfeld. Er hatte die Nacht bei Scharikow verbracht. Dessen Bruder war aus der Gefangenschaft heimgekehrt, das hatten sie gefeiert. Die Nacht war gerade erst zu Ende gegangen. Trotz des unendlichen Raums war es behaglich in der Welt zu dieser frühen reinen Stunde, und Puchow ging und saugte sich voll mit Herrlichkeit. Schallend tutete die ferne Erdölraffinerie, die die Nachtschicht entließ.

Die ganze Welt wußte von dem Ereignis, und jeder Mensch erlebte den Morgen: der eine mit unverkennbarem Triumph, der andere aber brummig nach verworrenem Traum.

Unverhofftes Mitgefühl mit den Menschen, die einsam dem Stoff der ganzen Welt entgegenarbeiteten, leuchtete in Puchows vom Leben überwucherter Seele auf. Die Revolution ist das beste Schicksal für die Menschen, etwas Wahrhaftigeres läßt sich nicht denken. Das war schwer, heftig und mit einemmal leicht, wie eine Geburt.

Zum zweitenmal – nach seiner Jugend –, aufs neue sah

Puchow die verschwenderische Pracht des Lebens und das Ungestüm der in Ruhe und Tätigkeit unglaublichen, kühnen Natur.

Puchow schritt mit Behagen, denn er fühlte wie einst die Verwandtschaft aller Körper mit seinem. Allmählich begann er das Wichtigste und Qualvollste zu ahnen. Er blieb sogar stehen, mit gesenktem Blick – das Unverhoffte in der Seele war zu ihm zurückgekommen. Die tollkühne Natur war in die Menschen und in die Kühnheit der Revolution eingegangen. Hier hatte es einen heimlichen Zweifel für ihn gegeben.

Die seelische Fremdheit hatte Puchow verlassen, wo er stand, und er erkannte die Wärme der Heimat, als wäre er von einer unnötigen Geliebten zur Kindesmutter zurückgekehrt. Den leer gewordenen beglückten Körper leicht bezwingend, setzte er sich an seiner Leitung entlang zum Bohrloch in Bewegung.

Verging er, wurde er geboren? Puchow wußte es selbst nicht.

Licht und Wärme des Morgens spannten sich über der Welt und verwandelten sich allmählich in Menschenkraft.

Im Maschinenraum begrüßte Puchow der Maschinist, der auf die Ablösung wartete. Er hatte sacht vor sich hingedämmert, hatte sich alle Augenblicke im Labyrinth des Schlafs verloren und war wieder zurückgekehrt.

Puchow atmete das Motorengas ein wie Wohlgeruch und spürte sein Leben ganz tief – bis zum innersten Puls.

»Schöner Morgen!« sagte er zum Maschinisten.

Der reckte sich, ging dann ins Freie und bestätigte gleichmütig:

»Absolut revolutionär.«

1928

Die Entstehung eines Meisters

Alte Provinzstädte blicken auf schüttere Waldränder. Dorthin gehen Menschen, um direkt aus der Natur zu leben. Da kam ein Mann mit wachem und traurig abgezehrtem Gesicht, der konnte alles ausbessern und einrichten, doch er selbst lebte sein Leben lang uneingerichtet. Kein Erzeugnis, von der Bratpfanne bis zur Weckuhr, das nicht durch die Hände dieses Mannes gegangen wäre. Er lehnte es auch nicht ab, Schuhe zu besohlen, Wolfsschrot zu gießen und falsche Medaillen für den Verkauf auf altertümlichen Dorfjahrmärkten zu prägen. Für sich selbst hatte er nie etwas gemacht – keine Familie, keine Wohnstatt. Im Sommer lebte er einfach in der Natur, hatte sein Werkzeug in einem Sack, den er auch als Kopfkissen benutzte, mehr zur Wahrung des Werkzeugs als zu seiner Bequemlichkeit. Vor der Frühsonne schützte er sich dadurch, daß er sich am Abend ein Klettenblatt über die Augen legte. Im Winter existierte er von den Resten des Sommerverdienstes und zahlte dem Kirchenwächter für das Obdach, indem er nachts die Stunden läutete. Er hatte für nichts sonderliches Interesse – nicht für die Menschen, nicht für die Natur, nur für jegliches Erzeugnis. Darum behandelte er Mensch und Flur mit gleichmütiger Zartheit, ohne ihre Interessen anzutasten. An Winterabenden fertigte er manchmal unnütze Dinge: Türme aus Draht, Schiffe aus Dachblech, klebte Luftschiffe aus Papier und anderes, ausschließlich zum eigenen Vergnügen. Darüber ließ er mitunter sogar eine zufällige Auftragsarbeit liegen, zum Beispiel sollte er neue Reifen auf ein Faß aufziehen, doch er beschäftigte sich mit dem Mechanismus einer Holzuhr, in der Meinung, sie müsse ohne Aufziehen laufen – allein durch die Erddrehung.

Dem Kirchenwächter mißfielen solche unbezahlten Beschäftigungen.

»Im Alter wirst du betteln gehen, Sachar Pawlowitsch! Das Faß steht seit Tagen da, und du hältst das Holzding an die Erde, wozu bloß.«

Sachar Pawlowitsch schwieg; das menschliche Wort war für ihn wie das Waldesrauschen für den Waldbewohner – er hört es nicht. Der Wächter scherzte und sah gelassen in die Zukunft – an Gott glaubte er nicht nach den vielen Gottesdiensten, doch er wußte zuverlässig, daß Sachar Pawlowitsch nichts zuwege bringen würde: Die Menschen leben seit langem auf der Welt und haben schon alles erdacht. Sachar Pawlowitsch aber war vom Gegenteil überzeugt: Die Menschen haben bei weitem nicht alles erdacht, solange natürlicher Stoff, unberührt von Händen, lebt.

Vier Jahre später, im fünften, ging das Dorf zur Hälfte in die Schächte und Städte, zur anderen Hälfte in die Wälder, denn es gab eine Mißernte. Seit jeher weiß man, daß auf Waldlichtungen sogar in Dürrejahren Kräuter, Gemüse und Korn gut gedeihen. Die im Dorf gebliebene Hälfte stürzte zu diesen Lichtungen, um ihr Grünzeug vor der schlagartigen Plünderung durch Ströme gieriger Pilger zu bewahren. Aber diesmal wiederholte sich die Dürre im folgenden Jahr. Das Dorf schloß seine Katen ab und ging in zwei Abteilungen hinaus auf die Landstraße – die eine Abteilung nach Kiew, um zu betteln, die andere nach Lugansk zum Broterwerb; einige aber bogen ab in den Wald und die verstrüppten Schluchten, aßen rohes Gras, Lehm und Rinde und verwilderten. Gegangen waren fast nur Erwachsene, die Kinder waren schon im voraus gestorben oder davongelaufen in ein Bettlerdasein. Die stillenden Mütter hatten ihre Säuglinge allmählich zu Tode gequält, indem sie ihnen nicht genug zu trinken gaben.

Da war eine alte Frau, Ignatjewna, die heilte die Kleinen vom Hunger. Sie gab ihnen einen Pilzaufguß, zur Hälfte mit süßem Gras vermischt, und die Kinder wurden friedlich und still, trockenen Schaum auf den Lippen. Die Mutter küßte ihr Kind auf die gealterte, runzlige Stirn und flüsterte:

»Du hast ausgelitten, mein Kleiner. Der Herr sei gepriesen!«

Ignatjewna sagte prompt:

»Er ist hinübergegangen, ist still; er sieht besser aus als im Leben und hört jetzt im Paradies den silbernen Wind.«

Die Mutter betrachtete froh ihr Kind und glaubte an die Erleichterung seines traurigen Geschicks.

»Nimm meinen alten Rock, Ignatjewna, mehr kann ich dir nicht geben. Hab Dank.«

Ignatjewna hielt den Rock gegen das Licht und sagte:

»Du mußt ein bißchen weinen, Mitrewna, das ziemt sich so. Aber dein Rock ist ganz und gar abgetragen, gib noch ein Tüchlein dazu oder schenk mir dein Bügeleisen.«

Sachar Pawlowitsch blieb allein im Dorf, ihm gefiel es ohne Menschen. Aber meist lebte er im Wald, in einer Erdhütte zusammen mit einem Einsiedler, und ernährte sich von Kräutertee, dessen Nützlichkeit der Einsiedler schon früher ausprobiert hatte.

Sachar Pawlowitsch arbeitete ununterbrochen, um den Hunger zu vergessen, und lernte, aus Holz all das zu machen, was er früher aus Metall gemacht hatte. Der Einsiedler hatte sein Leben lang nichts gemacht, jetzt erst recht nicht; bis zu seinem fünfzigsten Jahr hatte er umhergeschaut und abgewartet, was letzten Endes bei der allgemeinen Unruhe herauskommen würde, um nach Beruhigung und Klärung der Welt sofort tätig zu werden; er war überhaupt nicht vom Leben besessen, und so konnte er sich weder zur weiblichen Ehe noch zu einer allgemeinnützlichen Tätigkeit aufraffen. Auf die Welt gekommen, wunderte er sich und lebte so bis ins Alter mit blauen Augen im jugendlichen Gesicht. Als Sachar Pawlowitsch eine Pfanne aus Eichenholz fertigte, verwunderte sich der Einsiedler, weil man darin sowieso nichts braten konnte. Sachar Pawlowitsch aber goß Wasser in die Holzpfanne und brachte es bei langsamem Feuer zum Kochen, ohne daß die Pfanne anbrannte. Der Einsiedler war starr vor Staunen:

»Eine gewaltige Sache. Mein lieber Mann, wie soll man auf so was alles kommen!«

Und er ließ angesichts der umwerfenden allgemeinen Geheimnisse die Hände sinken. Niemand hatte ihm je die Einfachheit der Ereignisse erklärt, vielleicht auch war er schlichtweg unverständig. In der Tat, manchmal versuchte ihm Sachar Pawlowitsch zu erzählen, wie es kam, daß der Wind wehte und nicht auf der Stelle stand, aber der Einsiedler staunte nur noch mehr und begriff nicht, obwohl er das Entstehen des Windes genau fühlte.

»Wirklich wahr? Sag bloß! Also von der Sonnenwärme? Wie schön!«

Sachar Pawlowitsch erklärte, die Sonnenwärme sei nicht schön, sondern ganz einfach Hitze.

»Hitze?« staunte der Einsiedler. »Sieh mal an, so eine Hexe!«

Das Staunen des Einsiedlers wechselte nur von einem Ding aufs andere, doch nichts verwandelte sich in Bewußtsein. Statt mit dem Verstand lebte er mit dem Gefühl vertrauensvoller Achtung.

Den Sommer über fertigte Sachar Pawlowitsch aus Holz alle Erzeugnisse, die er kannte. Die Erdhütte und der anliegende Platz waren vollgestellt mit Gegenständen seiner technischen Kunst – landwirtschaftlichem Inventar, Maschinen, Werkzeugen, Anlagen und alltäglichen Gerätschaften, alles ganz aus Holz. Seltsam, aber da war kein einziges Ding, das die Natur nachbildete, wie Pferde, Kürbisse oder dergleichen.

Im August ging der Einsiedler in den Schatten, legte sich auf den Bauch und sagte:

»Sachar Pawlowitsch, ich sterbe, ich habe gestern eine Eidechse gegessen. Für dich hab ich zwei Pilze mitgebracht, aber für mich hab ich die Eidechse gebraten. Wedle mit einem Klettenblatt über meinem Kopf, ich mag den Wind.«

Sachar Pawlowitsch wedelte mit einem Klettenblatt, holte Wasser und gab dem Sterbenden zu trinken.

»Du stirbst doch nicht. Das kommt dir bloß so vor.«

»Ich sterbe, bei Gott, ich sterbe, Sachar Pawlowitsch«, sagte der Einsiedler und fürchtete zu lügen. »Ich behalte nichts drin, in mir lebt ein riesiger Wurm, der hat mir das ganze Blut ausgesaugt.«

Der Einsiedler drehte sich auf den Rücken.

»Was meinst du, muß ich Angst haben oder nicht?«

»Hab keine Angst«, antwortete Sachar Pawlowitsch bestimmt. »Von mir aus könnt ich auch gleich sterben, aber weißt du, ich bin ja dauernd mit allerlei Erzeugnissen beschäftigt.«

Der Einsiedler freute sich über die Anteilnahme und starb gegen Abend ohne Angst. Sachar Pawlowitsch badete zur Zeit seines Todes im Bach und fand den Einsiedler bereits tot, erstickt an seinem eigenen grünen Erbrochenen. Das Erbrochene war zäh und trocken, es klebte wie Teig rund um den Mund des Toten, und kleinkalibrige weiße Maden waren darin tätig.

In der Nacht wachte Sachar Pawlowitsch auf und hörte Regen: der zweite Regen seit April. Da würde der Einsiedler aber staunen, dachte Sachar Pawlowitsch. Doch der Einsiedler weichte einsam durch in der Finsternis der sich gleichmäßig vom Himmel ergießenden Ströme und schwoll sacht auf.

Durch den schläfrigen, windlosen Regen hindurch sang etwas dumpf und traurig – so weit entfernt, daß dort, wo es sang, bestimmt kein Regen fiel und Tag war. Sachar Pawlowitsch vergaß den Einsiedler und den Regen und den Hunger und stand auf. Eine ferne Maschine war es, die da summte, eine lebendige arbeitende Lokomotive. Sachar Pawlowitsch trat ins Freie und stand eine Weile in der Feuchtigkeit des warmen Regens, der vom friedlichen Leben sang, von der Weite der langwährenden Erde. Die dunklen Bäume schlummerten mit gespreizten Zweigen in der zärtlichen Umarmung des ruhigen Regens; sie fühlten sich so wohl, daß sie in wonniger Ermattung und ohne jeden Wind die Zweige bewegten.

Sachar Pawlowitsch beachtete nicht die Erquickung der Natur, ihn erregte die unbekannte verstummte Lokomotive. Als er sich wieder schlafen legte, dachte er: Selbst der Regen ist tätig, ich aber schlafe und verkrieche mich unnütz im Wald, denn gestorben ist der Einsiedler, und auch ich werde sterben; er hat in seinem ganzen Leben kein einziges Erzeugnis gefertigt, er hat immer nur geschaut und sich herangetastet, hat über alles gestaunt, in jeder Einfachheit eine wunderbare Sache gesehen und konnte die Hände zu nichts rühren, weil er nichts verderben wollte; er hat nur Pilze gepflückt, aber auch die wußte er nicht zu finden; und so ist er gestorben, ohne der Natur jemals geschadet zu haben.

Am Morgen war eine große Sonne, und der Wald sang mit der ganzen Fülle seiner Stimme, indem er den Morgenwind tief unter sein Laub fahren ließ. Sachar Pawlowitsch nahm nicht so sehr den Morgen wahr wie den Schichtwechsel der Arbeitskräfte: Der Regen war im Erdreich eingeschlafen – ihn ersetzte die Sonne; sie machte, daß Wind aufkam, daß die Bäume raschelten und die Gräser und Sträucher raunten und daß selbst der Regen, noch ohne sich erholt zu haben, wieder auf die Beine kam, geweckt von kitzelnder Wärme, und seinen Körper zu Wolken sammelte.

Sachar Pawlowitsch packte seine Holzerzeugnisse – soviel hineinpaßten – in den Sack und ging davon, auf einem Pilzpfad der Dorfweiber. Den Einsiedler sah er nicht mehr an: Tote sind unansehnlich. Freilich hatte Sachar Pawlowitsch einen Mann gekannt, einen Fischer vom Mutewosee, der hatte viele Leute über den Tod ausgefragt und an seiner Neugier gelitten; dieser Fischer liebte mehr als alles die Fische, aber nicht als Speise, sondern als besondere Wesen, die das Geheimnis des Todes kannten. Er zeigte Sachar Pawlowitsch die Augen toter Fische und sagte: »Sieh, welche Weisheit. Der Fisch steht zwischen Leben und Tod, darum ist er stumm und sein Blick ohne Ausdruck; selbst ein Kalb denkt, doch ein Fisch nicht – er weiß schon alles.« Der Fischer beobachtete jahrelang den See und dachte immer nur über eins nach – über das Rätsel des Todes. Sachar Pawlowitsch versuchte es ihm auszureden: »Dort gibt es nichts Besonderes, nur irgendwas Enges.« Übers Jahr hielt es der Fischer nicht mehr aus und stürzte sich vom Boot in den See, nachdem er sich mit einem Strick die Füße zusammengebunden hatte, um nicht doch versehentlich zu schwimmen. Insgeheim glaubte er überhaupt nicht an den Tod, er wollte vor allem sehen, was es dort gab, vielleicht war das viel interessanter, als im Dorf zu leben oder am Seeufer; er sah den Tod als ein anderes Gouvernement, unter dem Himmel gelegen, als wäre es am Grunde eines kühlen Wassers, und er fühlte sich zu ihm hingezogen. Manche Männer, zu denen der Fischer von seiner Absicht sprach, eine Zeitlang im Tod zu leben und dann zurückzukehren, wollten es ihm ausreden, andere pflichteten ihm bei: »Na ja, Versuch macht klug, Dmitri Iwanowitsch. Probier's, dann erzählst du's uns.« Dmitri Iwanowitsch probierte es; drei Tage später hatten sie ihn aus dem See gezogen und auf dem Dorffriedhof am Zaun beerdigt.

Jetzt ging Sachar Pawlowitsch über den Friedhof und suchte das Grab des Fischers im Lattenwald der Kreuze. Auf dem Grab des Fischers stand kein Kreuz; er hatte mit seinem Tod kein Herz betrübt, kein Mund hatte seiner gedacht, denn er war nicht kraft seiner Schwäche gestorben, sondern kraft seines neugierigen Verstandes. Eine Frau hatte er nicht zurückgelassen, er war Witwer, und sein kleiner Sohn lebte bei fremden Menschen. Sachar Pawlowitsch war zur Beerdigung gegangen und hatte den Jungen an der Hand geführt – so ein freundlicher und aufgeweckter Junge, ob er nun der Mutter nachschlug oder dem Vater. Wo mochte dieser Junge jetzt sein? Gewiß war er, eine Vollwaise, in den Hungerjahren als erster gestorben. Hinter dem Sarg des Vaters war der Junge manierlich und ohne Kummer hergegangen.

»Onkel Sachar, hat sich der Vater mit Absicht so hingelegt?«

»Nicht mit Absicht, Sascha, aus Dummheit, und du hast nun den Schaden davon. Er wird so bald keine Fische wieder fangen.«

»Warum weinen die Tanten?«

»Weil sie Heuchlerinnen sind!«

Als der Sarg neben die Grube gestellt wurde, wollte keiner von dem Toten Abschied nehmen. Sachar Pawlowitsch kniete nieder und streifte mit den Lippen die stopplige frische Wange des Fischers, die reingewaschen worden war am Grund des Sees. Dann sagte er zu dem Jungen:

»Nimm Abschied vom Vater, er ist tot in alle Ewigkeit. Schau ihn an, dann wirst du dich an ihn erinnern.«

Der Junge schmiegte sich an den Körper des Vaters, sein altes Hemd, das nach vertrautem lebendigem Schweiß roch, denn das Hemd war ihm für den Sarg angezogen worden, ertrunken war der Vater in einem anderen. Der Junge betastete die Hände, sie rochen nach fischiger Feuchtigkeit, an einem Finger steckte der zinnerne Trauring zu Ehren der vergessenen Mutter. Das Kind wandte den Kopf zu den Menschen, erschrak vor den Fremden und begann bitterlich zu weinen, wobei er Vaters Hemd knüllte und wie zu seinem Schutz gepackt hielt; sein Leid hatte keine Worte, ihm fehlte das Bewußtsein des übrigen Lebens, daher war es untröstlich; er trauerte so um den toten Vater, daß der Tote hätte glücklich sein können. Alle Menschen am Grab begannen auch zu weinen aus Mitleid mit dem Jungen und auch aus vorzeitigem Mitgefühl mit sich selbst, weil jeder einmal sterben und ebenso beweint werden würde.

Sachar Pawlowitsch dachte bei allem Kummer an die Zukunft.

»Hör auf zu heulen, Nikiforowna!« sagte er zu einem Weib, das lauthals und unter hastigem Wehklagen weinte. »Nicht aus Kummer heulst du, nein, damit sie dich beweinen, wenn du selber gestorben bist. Nimm doch den Jungen zu dir, du hast sowieso schon sechs, einer wird zwischen allen andern schon irgendwie mit durchgefüttert.«

Nikiforowna schaltete sofort ihren Weiberverstand ein, und ihr grimmiges Gesicht schrumpfte zusammen; sie weinte ohne Tränen, nur mit den Runzeln.

»Du hast gut reden! Als ob's bloß das wäre – irgendwie mit durchfüttern«. Jetzt ist er klein, aber laß ihn mal groß werden, wie er dann frißt und die Hosen durchwetzt, da kommt man nicht mehr nach mit Ranschaffen.«

Eine andere Frau, Mawra Fetissowna Dwanowa, die schon sieben Kinder hatte, nahm den Jungen. Er gab ihr die Hand, die Frau wischte ihm mit dem Rock das Gesicht, putzte ihm die Nase und führte ihn in ihre Kate.

Dem Jungen fiel die Angel ein, die ihm der Vater gemacht, er hatte sie am See ausgeworfen und dort vergessen. Bestimmt hatte schon ein Fisch angebissen, und den könnte er essen, dann würden die fremden Leute ihn nicht schelten, daß er ihnen etwas wegaß.

»Tante, ich habe einen Fisch an der Angel«, sagte Sascha. »Ich will ihn holen und essen, dann brauchst du mir nichts zu geben.«

Mawra Fetissowna verzog unwillkürlich das Gesicht, schneuzte sich in einen Zipfel des Kopftuchs und hielt die Hand des Jungen fest.

Sachar Pawlowitsch dachte nach und wollte unter die Barfüßler gehen, doch dann blieb er. Leid und Verwaistheit hatten ihn stark angerührt – aus einem bisher unbekannten, in der Brust aufgehenden Gewissen; er wäre gern ohne Rast und Ruh über die Erde gegangen, um dem Leid in allen Dörfern zu begegnen und an fremden Gräbern zu weinen. Aber neue Erzeugnisse hielten ihn fest: Der Starost bat ihn, die Wanduhr zu reparieren, und der Geistliche, das Klavier zu stimmen. Sachar Pawlowitsch hatte sein Lebtag keine Musik gehört, in der Kreisstadt hatte er einmal ein Grammophon gesehen, aber das hatten die Männer zu Tode gequält, und es spielte nicht. Das Grammophon stand in einer Schenke, sie hatten die Seitenwände zerbrochen, um den Betrug zu sehen und denjenigen, der dort sang, und in die Membran war eine Stopfnadel gesteckt. Sachar Pawlowitsch brachte einen Monat mit dem Stimmen des Klaviers zu, er probierte die schwermütigen Töne aus und untersuchte den Mechanismus, der etwas so Zartes hervorbrachte. Er schlug eine Taste an, ein trauriges Singen stieg auf und flog davon; Sachar Pawlowitsch schaute nach oben und wartete auf die Rückkehr des Tones – er war zu schön, um sich spurlos zu verlieren. Der Geistliche war es leid, auf das Stimmen zu warten, und er sagte: »Alter, schlag nicht umsonst die Töne an, bring die Sache zu Ende und versuche nicht, einen Sinn zu ergründen, der dir nichts nützt.« Sachar Pawlowitsch fühlte sich bis in die Wurzeln seiner Meisterschaft gekränkt und baute in den Mechanismus ein Geheimnis ein, das in einer Sekunde entfernt werden konnte, aber ohne besonderes Wissen nicht zu entdecken war. Danach holte der Pope Sachar Pawlowitsch jede Woche zu sich: »Komm, mein Freund, komm mit, die geheimnisbildende Kraft der Musik ist wieder hinüber.« Sachar Pawlowitsch hatte das Geheimnis nicht für den Popen eingebaut und auch nicht, um selber so oft wie möglich Musik zu genießen; nein, ihn bewegte, wie das Erzeugnis konstruiert war, das jedes Herz rührte und den Menschen gütig machte; darum hatte er sein Geheimnis eingefügt, das sich in den Wohlklang dreinmischte und ihn durch Gejaul übertönte. Als Sachar Pawlowitsch nach zehn Reparaturen das Rätsel der Tonvermischung und die Konstruktion des vibrierenden Hauptbrettes begriffen hatte, entfernte er das Geheimnis aus dem Klavier und interessierte sich nie wieder für Töne.

Jetzt erinnerte sich Sachar Pawlowitsch im Gehen an das verflossene Leben und bedauerte es nicht. Viele Konstruktionen und Gegenstände hatte er in den vergangenen Jahren begriffen und konnte sie in seinen Erzeugnissen wiederholen, wenn er geeignetes Material und Werkzeug hatte. Er verließ das Dorf, um den unbekannten Maschinen und Gegenständen zu begegnen, die hinter jener Linie dröhnten, wo der mächtige Himmel mit den unbeweglichen dörflichen Ländereien zusammenstieß. Er ging dorthin mit einem Herzen, mit welchem die Bauern nach Kiew gehen, wenn der Glaube in ihnen versiegt und das Leben sich zur Neige wendet.

Auf den Dorfstraßen roch es brandig – auf dem Weg lag Asche, in der keine Hühner scharrten, weil die Hühner längst aufgegessen waren. Die Katen standen da, erfüllt von kinderloser Stille; verwilderte, über ihre Norm hinausgewachsene Kletten erwarteten die Hausherren am Tor, auf den Pfaden und auf allen zertrampelten Plätzen, wo sich früher kein Gras gehalten hatte, und wiegten sich wie werdende Bäume. Die Flechtzäune blühten ebenfalls dank der Menschenlosigkeit: Sie waren von Hopfen und Winde umrankt, und etliche Pfähle und Ruten hatten Wurzeln geschlagen und versprachen ein Wäldchen zu werden, wenn die Menschen nicht zurückkehrten. Die Hofbrunnen waren ausgetrocknet, Eidechsen huschten ungehindert in die Brunnenkästen, um sich von der Sonnenglut zu erholen und um sich zu vermehren. Sachar Pawlowitsch wunderte sich auch nicht wenig über den unsinnigen Vorgang, daß auf den Feldern das Korn längst gestorben war, während auf den Strohdächern der Häuser Roggen, Hafer und Hirse grünten und Melde rauschte – die Samenkörner hatten in den Strohdächern Wurzeln geschlagen. Auch gelbgrüne Feldvögel waren ins Dorf übergesiedelt und lebten in den Stuben der Häuser, Spatzen stoben in Wolken vom Boden auf und schmetterten durch den Wind der Flügel hindurch ihre Hausherrenlieder.

Während Sachar Pawlowitsch durchs Dorf ging, erblickte er einen Bastschuh; der Bastschuh war ohne die Menschen ebenfalls zum Leben erwacht und hatte sein Schicksal gefunden – ihm entwuchs das Reis einer Rotweide, sein übriger Körper aber faulte zu Staub und wahrte dem Würzelchen des werdenden Strauches Schatten. Unter dem Bastschuh war die Erde sicherlich etwas feuchter, denn viele blasse Grashalme mühten sich, durch ihn hindurchzukriechen. Von allen dörflichen Dingen liebte Sachar Pawlowitsch am meisten den Bastschuh und das Hufeisen und von den Konstruktionen die Brunnen. Auf dem Schornstein der letzten Kate saß eine Schwalbe, die sich bei Sachar Pawlowitschs Anblick eilig in das Zugloch hinabließ und dort im Dunkel ihre Brut mit den Flügeln umarmte.

Rechts stand noch die Kirche, dahinter breitete sich ein sauberes schönes Feld, so eben wie Wind, der sich gelegt hat. Die kleine Glocke begann zu schlagen und läutete die Mittagsstunde: zwölfmal. Ackerwinde hatte das Gotteshaus umsponnen und war darauf aus, sich bis zum Kreuz hochzuranken. Die Popengräber entlang der Kirchenmauern waren zugeweht von Steppengras, und die niedrigen Kreuze waren in seinem Dickicht untergegangen. Der Wächter hatte seine Arbeit beendet, er stand noch im Vorraum und beobachtete den Gang des Sommers; seine Weckuhr war beim langjährigen Zählen der Zeit durcheinandergekommen, dafür spürte der Wächter infolge des Alters die Zeit so genau und scharf wie Leid und Glück; was er auch tat, selbst wenn er schlief (obwohl im Alter das Leben stärker ist als der Schlaf – wachsam und allgegenwärtig), sobald eine Stunde verflossen war, fühlte der Wächter eine unbestimmte Unruhe oder Wollust, dann läutete er die Zeit und kam wieder zur Ruhe.

»Lebst du noch, Alter?« sagte Sachar Pawlowitsch zu dem Wächter. »Für wen zählst du die Stunden?«

Der Wächter mochte nicht antworten, in den siebzig Jahren seines Lebens hatte er sich überzeugt, daß er die Hälfte der Tätigkeiten umsonst getan und dreiviertel aller Worte vergebens gesagt hatte: Seine Fürsorge hatte weder die Kinder noch die Frau am Leben erhalten, und die Worte waren vergessen wie fremdes Gesumm. Ich sage diesem Mann ein Wort, hielt sich der Wächter vor, dann geht er eine Werst und behält mich nicht in ewiger Erinnerung, denn wer bin ich ihm – weder Vater noch Helfer.

»Du arbeitest vergebens«, warf Sachar Pawlowitsch ihm vor.

Der Wächter antwortete auf diese Dummheit:

»Wieso vergebens? In meiner Erinnerung ist unser Dorf zehnmal ausgezogen und dann wieder zurückgesiedelt. Auch diesmal wird es zurückkommen, denn lange geht es nicht ohne Menschen.«

»Und zu was ist dein Läuten?«

Der Wächter kannte Sachar Pawlowitsch als einen Mann, der eine lockere Hand für jede Arbeit hatte, aber nicht den Wert der Zeit kannte.

»Na so was – zu was das Läuten ist! Mit der Glocke verkürze ich die Zeit und singe Lieder.«

»Nun, dann singe«, sagte Sachar Pawlowitsch und verließ das Dorf.

Abseits vom Dorf kauerte eine Kate ohne Hof, offensichtlich hatte einer Hals über Kopf geheiratet, sich mit seinem Vater überworfen und war ausgezogen. Auch dieses Haus stand leer, und drinnen war es gruslig. Eins nur erfreute Sachar Pawlowitsch zum Abschied – aus dem Schornstein dieser Kate wuchs eine Sonnenblume, sie war schon voll erblüht und neigte ihr reifendes Haupt gen Sonnenaufgang.

Der Weg war zugewachsen mit trockenen, staubmorschen Gräsern. Als Sachar Pawlowitsch sich zum Rauchen hinhockte, sah er auf dem Boden heimelige Wälder, in denen die Gräser die Bäume waren: eine kleine lebendige Welt mit eigenen Wegen, eigener Wärme, vollständig eingerichtet für die täglichen Notdürfte der winzigen regsamen Geschöpfe. Nachdem sich Sachar Pawlowitsch an den Ameisen satt gesehen hatte, behielt er sie noch an die vier Werst seines Weges im Kopf und dachte schließlich: Gäbe man uns einen Ameisen- oder Mückenverstand, dann könnten wir sogleich ein Leben ohne Sorgen in Gang bringen, denn diese kleinen Tiere sind große Meister eines einträchtigen Lebens; der Mensch hat es noch weit bis zur tüchtigen Ameise.

Sachar Pawlowitsch kam an den bewaldeten Rand einer Stadt, mietete bei einem kinderreichen verwitweten Tischler eine Kammer, trat vors Haus und überlegte, was er arbeiten könne.

Der Tischler kehrte von der Arbeit heim und setzte sich zu Sachar Pawlowitsch.

»Wieviel soll ich dir für das Zimmer zahlen?« fragte Sachar Pawlowitsch.

Der Tischler räusperte sich, als wolle er lachen; aus seiner Stimme klang Hoffnungslosigkeit und jene besondere schicksalsergebene Verzweiflung, wie sie einem rundum und auf ewig verbitterten Menschen innewohnt.

»Was arbeitest du? Nichts? Na, dann wohn so bei mir, solange dir meine Kinder nicht den Kopf abreißen.«

Er hatte wahr gesprochen: Gleich in der ersten Nacht übergossen die Söhne des Tischlers – Kinder zwischen zehn und zwanzig – den schlafenden Sachar Pawlowitsch mit ihrem Urin und verrammelten die Kammertür mit der Ofengabel. Aber Sachar Pawlowitsch, der sich nie für Menschen interessiert hatte, war nicht so leicht zu erzürnen. Er wußte, daß es Maschinen und mächtige komplizierte Erzeugnisse gab, und an ihnen maß er den Edelsinn eines Menschen, nicht aber an zufälliger Gemeinheit. Und wirklich, am Morgen sah Sachar Pawlowitsch, wie geschickt und sicher der älteste Sohn des Tischlers einen Axtstiel fertigte, also war das Wichtigste an ihm nicht der Urin, sondern die Handfertigkeit.

Binnen einer Woche wurde Sachar Pawlowitsch ganz krank vom Nichtstun, und er begann ohne Aufforderung das Haus des Tischlers auszubessern. Er flickte die morschen Nähte auf dem Dach, erneuerte die Vortreppe zur Diele und säuberte die Rauchkanäle vom Ruß. In den Abendstunden haute er Pflöcke zurecht.

»Was machst du?« fragte ihn der Tischler und tupfte sich den Schnurrbart mit Brotrinde ab, denn er hatte gerade Mittag gegessen – Kartoffeln und Gurken.

»Vielleicht kann man sie zu was brauchen«, antwortete Sachar Pawlowitsch.

Der Tischler kaute die Rinde und dachte: Damit kann man Gräber einfrieden! Als meine Kinder zur Fastenzeit in der Kirche waren, haben sie alle Gräber auf dem Friedhof vollgemacht.

Sachar Pawlowitschs Schwermut war stärker als das Wissen um die Sinnlosigkeit seiner Arbeit, und er haute weiterhin Pflöcke zurecht bis zur völligen nächtlichen Erschöpfung. Wenn er nicht arbeitete, strömte ihm das Blut aus den Armen zum Kopf, und er begann so tief über alles gleichzeitig nachzudenken, daß nichts als Hirngespinste dabei herauskamen, und in seinem Herzen erhob sich schwermütige Angst. Am Tage schlenderte er über den sonnigen Hof, und er konnte sich nicht des Gedankens erwehren, daß der Mensch aus dem Wurm hervorgegangen ist und der Wurm aus einer einfachen gräßlichen Röhre besteht, in deren Innern nichts ist als leere stinkende Dunkelheit. Sachar Pawlowitsch betrachtete die Stadthäuser und entdeckte, daß sie große Ähnlichkeit mit geschlossenen Särgen hatten, und er bekam Angst, im Haus des Tischlers zu übernachten. Die unmenschliche Arbeitskraft, die kein Betätigungsfeld fand, fraß an seiner Seele; er hatte sich nicht in der Gewalt und quälte sich mit mannigfaltigen Gefühlen, die bei der Arbeit nie in ihm aufgekommen waren. Er begann zu träumen: Sein Vater, ein Bergarbeiter, liegt im Sterben, und die Mutter besprizt ihn mit Milch aus ihrer Brust, damit er lebe, aber der Vater sagt ärgerlich zu ihr: »Laß mich wenigstens in Ruhe leiden, du Luder«, dann liegt er lange still und schiebt den Tod hinaus; die Mutter steht über ihn gebeugt und fragt: »Bald?« Der Vater spuckt mit der Erbitterung eines Märtyrers aus, dreht sich mit dem Gesicht nach unten und mahnt: »Begrab mich in der alten Hose, die hier soll Sachar haben.«

Das einzige, was Sachar Pawlowitsch freute, war, auf dem Dach zu sitzen und in die Ferne zu blicken, wo zwei Werst von der Stadt entfernt manchmal rasende Eisenbahnzüge vorüberfuhren. Vom Drehen der Räder und vom raschen Atem der Lokomotive bebte sein Körper freudig, während ihm vor Mitgefühl mit der Lokomotive leichte Tränen in die Augen traten. Der Tischler beobachtete seinen Untermieter und ließ ihn kostenlos an seinem Tisch mitessen. Die Söhne des Tischlers warfen beim erstenmal Rotz in Sachar Pawlowitschs Schale, da stand der Vater auf und schlug dem ältesten Sohn schwungvoll und wortlos eine Beule unters Auge.

»Ich selber bin ein Mensch wie jeder andere«, sagte der Tischler ruhig, nachdem er sich auf seinen Platz gesetzt hatte, »aber verstehst du, ich hab so ein Kroppzeug in die Welt gesetzt, die bringen mich noch um, eh ich mich's versehe. Guck dir Fedka an! Eine Bullenkraft, wo er sich die angefressen hat, weiß ich auch nicht, die sitzen von klein auf bei schmaler Kost.«

Erste Herbstregen setzten ein – zeitlos, nutzlos, die Bauern waren längst in fremden Gegenden verschollen, und viele waren auf den Wegen gestorben, hatten es nicht geschafft bis zum Bergwerk und zum südlichen Brot. Sachar Pawlowitsch ging mit dem Tischler zum Bahnhof, um Arbeit zu suchen, der Tischler kannte dort einen Lokführer.

Den Lokführer fanden sie im Dienstraum, wo sich die Lokomotivbrigaden ausschliefen. Er sagte, Leute gebe es viele, aber keine Arbeit; die Überreste der umliegenden Dörfer lebten allesamt im Bahnhof und verrichteten gegen niedriges Entgelt jede Arbeit, die anfiel. Der Tischler ging hinaus und brachte eine Flasche Wodka und einen Ring Wurst. Nachdem der Lokführer von dem Wodka getrunken hatte, erzählte er Sachar Pawlowitsch und dem Tischler von der Lokomotive und der Westinghouse-Druckluftbremse.

»Weißt du, wie groß bei sechzig Achsen auf abschüssigem Gelände die Trägheit ist?« sagte der Lokführer, empört über die Unwissenheit seiner Zuhörer, und zeigte mit den Händen federnd die Macht der Trägheit. »Oho! Du öffnest den Bremshahn – unterm Tender sprühen blaue Funken von den Bremsklötzen, die Waggons drängen von hinten, die Lok pfeift mit gedrosseltem Dampf – ein Fauchen und Zischen! Uch! Gieß ein! Ich hätte Gurken kaufen sollen, die Wurst verstopft den Magen!«

Sachar Pawlowitsch saß und schwieg: Er hatte von vornherein nicht geglaubt, mit einer Lokomotive arbeiten zu dürfen, wie sollte er sich hier nach seinen Holzpfannen zurechtfinden!

Die Erzählungen des Lokführers ließen sein Interesse für mechanische Erzeugnisse heimlicher und trauriger werden wie abgewiesene Liebe.

»Warum läßt du den Kopf hängen?« sagte der Lokführer, der Sachar Pawlowitschs Kummer bemerkt hatte. »Komm morgen ins Depot, ich red mit dem Altmeister, vielleicht nehmen sie dich als Putzer. Nur Mut, du Hundesohn, du willst ja essen ...«

Der Lokführer hielt inne, ohne zu Ende gesprochen zu haben, er mußte rülpsen.

»Verdammt, deine Wurst will im Rückwärtsgang wieder raus! Du hast die zu zehn Kopeken das Pud gekauft, du Hungerleider, da hätte ich lieber Putzwolle zum Wodka essen sollen ... Aber«, wandte er sich wieder an Sachar Pawlowitsch, »aber mach mir die Lok so spiegelblank, daß ich in weißen Maihandschuhen jedes Teil anfassen kann! Die Lok mag kein einziges Staubkörnchen; eine Maschine, mein Lieber, die ist wie ein feines Fräulein. Eine gewöhnliche Frau taugt da nicht – mit einem Loch zuviel läuft keine Maschine.«

Der Lokführer ließ sich in abstrakten Worten über irgendwelche Frauen aus. Sachar Pawlowitsch hörte aufmerksam zu und verstand kein Wort, er wußte nicht, daß man Frauen auf besondere Weise und von weitem lieben kann; er wußte, daß so ein Mann heiraten muß. Interessant kann man über die Erschaffung der Welt und über unbekannte Erzeugnisse reden, aber über eine Frau reden, ebenso über Männer, das war unbegreiflich und langweilig. Früher einmal hatte Sachar Pawlowitsch eine Ehefrau gehabt, sie liebte ihn, und er tat ihr nichts zuleide, aber er hatte an ihr keine allzu große Freude. Mit vielen Eigenschaften ist der Mensch ausgestattet; wenn man eingehend über sie nachdenkt, kann man sogar über sein eigenes, allsekündliches Atmen vor Begeisterung wiehern. Doch was ergibt sich daraus? Unterhaltung und Spiel mit dem eigenen Körper, aber keine ernsthafte äußere Existenz.

Sachar Pawlowitsch hatte von solchen Gesprächen noch nie etwas gehalten.

Nach einer Stunde fiel dem Lokführer ein, daß er Dienst hatte. Sachar Pawlowitsch und der Tischler begleiteten ihn zu einer Lokomotive, die gerade von der Aufrüstung kam. Der Lokführer rief schon von weitem in dienstlichem Baß seinem Heizer zu:

»Wie ist der Dampf?«

»Sieben at«, antwortete, aus dem Fenster gelehnt, ohne Lächeln der Heizer.

»Wasser?«

»Normaler Stand.«

»Feuerung?«

»Ich geb Dampf.«

»Bestens.«

Anderntags ging Sachar Pawlowitsch ins Depot. Der Altmeister der Lokführer, ein kleiner alter Mann, der lebendigen Menschen nicht traute, musterte ihn lange. Er liebte die Lokomotiven so schmerzlich und eifersüchtig, daß er sie nur mit Entsetzen fahren sah. Wäre es nach ihm gegangen, so hätte er alle Lokomotiven zur ewigen Ruhe abgestellt, damit sie nicht von den groben Händen Unwissender verstümmelt würden. Er meinte, Menschen gebe es viele, Maschinen dagegen wenige; die Menschen lebten und könnten für sich selber einstehen, eine Maschine aber sei ein zartes, schutzloses, zerbrechliches Geschöpf: Um eine Lok einwandfrei zu fahren, müsse man vorher seine Frau verlassen, alle Sorgen aus seinem Kopf werfen, sein Brot in Schmieröl tunken, erst dann dürfe man an eine Lok, und auch nur nach zehnjährigem Warten!

Der Altmeister studierte Sachar Pawlowitsch und sagte gequält:

»Bestimmt ein Trottel, wo ein Fingerdruck genügt, fuhrwerkt so'n Klotz mit dem Vorschlaghammer herum, wo man ganz sacht übers Manometerglas wischen muß, grapscht er so zu, daß er den ganzen Apparat samt Röhrchen runterreißt; darf man denn einen Ackerbauern an einen Mechanismus ranlassen?«

Mein Gott, mein Gott! Der Altmeister ergrimmte schweigend, aber von Herzen, wo seid ihr hin, ihr alten Schlosser, Gehilfen, Heizer, Putzer? Früher, da zitterten die Leute in der Nähe einer Lokomotive, aber heute denkt jeder, er wär klüger als die Maschine! Gesindel, Kirchenschänder, Strolche, verdammte Trottel! Von Rechts wegen müßte man jeden Verkehr einstellen! Was sind denn das heutzutage für Schlosser? Eine Katastrophe, aber keine Menschen! Das sind Landstreicher, Schmarotzer, Tollköpfe, denen darf man keinen Bolzen in die Hände geben, aber sie hantieren schon mit dem Regler! Früher, wenn da bei mir auf der Lok während der Fahrt irgendwas klapperte, wenn im Triebwerk was zu singen anfing, hab ich's mit der Fingernagelspitze gefühlt, ohne mich vom Fleck zu rühren, und hab vor Kummer am ganzen Körper gezittert, und beim ersten Halt hab ich den Defekt mit den Lippen aufgespürt, weggeleckt, weggesaugt, mit Blut verschmiert, aber blindlings bin ich nicht gefahren. Und der hier will vom Roggenfeld gleich auf die Lok! »Geh nach Hause, wasch dir erst mal das Maul, dann kannst du an eine Lok rangehen«, sagte der Altmeister zu Sachar Pawlowitsch.

Frisch gewaschen erschien Sachar Pawlowitsch am übernächsten Tag wieder. Der Altmeister lag unter einer Lok, klopfte vorsichtig mit einem Hämmerchen die Federn ab und legte das Ohr an das klingende Metall.

»Motja!« rief er einen Schlosser, »zieh hier die Mutter einen halben Gang nach.«

Motja setzte den Schraubenschlüssel an und drehte. Der

Altmeister war plötzlich so beleidigt, daß er Sachar Pawlowitsch leid tat.

»Motja!« sagte der Altmeister mit stiller unterdrückter Traurigkeit, knirschte dabei aber mit den Zähnen. »Was hast du gemacht, verdammter Halunke? Ich hab dir doch gesagt: die Mutter! Welche Mutter? Die Hauptmutter! Aber du hast die Gegenmutter verdreht und mich durcheinandergebracht! Du ziehst die Gegenmutter an! Schon wieder! Was soll ich bloß mit euch machen, ihr verdammten Hornochsen? Geh weg, du Rindvieh!«

»Lassen Sie mich, Herr Schlosser, ich dreh die Gegenmutter eine halbe Umdrehung zurück und zieh die Hauptmutter einen halben Gang an!« bat Sachar Pawlowitsch.

Der Altmeister antwortete mit gerührter friedlicher Stimme, denn er wußte es zu schätzen, daß ein Außenstehender an seiner Wahrheit Anteil nahm.

»Wie? Du hast es mitgekriegt? Der da, der ist ein Holzhacker, aber kein Schlosser. Der kennt eine Schraubenmutter nicht mal dem Namen nach. Was soll man da machen? Er geht mit der Lok um wie mit einem Weib, wie mit irgendeiner Schlampe! Herr im Himmel! Na komm, komm her – zieh mir die Mutter richtig an.«

Sachar Pawlowitsch kroch unter die Lokomotive und machte alles genau so, wie es sein mußte. Dann hatte der Altmeister bis zum Abend mit den Lokomotiven zu tun und stritt mit den Lokführern herum. Als das Licht angezündet wurde, brachte sich Sachar Pawlowitsch bei dem Altmeister in Erinnerung. Der blieb wieder vor ihm stehen und hing seinen Gedanken nach.

»Der Vater der Maschine ist der Hebel und ihre Mutter die schiefe Ebene«, sagte der Altmeister freundlich und dachte dabei an etwas Herzerfrischendes, das ihm in den Nächten Frieden gab. »Versuch morgen die Feuerbüchsen zu säubern – sei rechtzeitig da. Aber ich weiß nicht, ich kann nichts versprechen – wir versuchen es, dann sehen wir weiter. Das ist eine zu ernste Sache! Verstehst du: die Feuerbüchse! Nicht irgendwas, nein, die Feuerbüchse! Na geh, geh schon!«

Noch eine Nacht schlief Sachar Pawlowitsch bei dem

Tischler in der Kammer, und im Morgengrauen, drei Stunden vor Arbeitsbeginn, kam er ins Depot. Da lagen blankgefahrene Schienen, standen Güterwaggons mit den Aufschriften ferner Länder: Transkaspische, Transkaukasische, Ussurische Eisenbahn. Besondere, seltsame Leute gingen über die Gleise: kluge und konzentrierte Männer – Weichensteller, Lokführer, Kontrolleure und sonstige. Ringsum standen Gebäude, Lokomotiven, Erzeugnisse und Anlagen.

Vor Sachar Pawlowitsch tat sich eine neue kunstvolle Welt auf, die er schon so lange liebte und immer schon zu kennen schien, und er beschloß, sich auf ewig in ihr zu behaupten.

Ein Jahr vor der Mißernte wurde Mawra zum siebzehntenmal schwanger. Ihr Mann, Prochor Abramowitsch Dwanow, freute sich weniger, als es sich gehört hätte. Wenn er täglich die Felder, die Sterne, die riesige fließende Luft betrachtete, dachte er: Es reicht für alle! Und er lebte ruhig in seiner Kate, in der es von winzigen Menschen wimmelte – seiner Nachkommenschaft. Obzwar seine Frau sechzehn Menschen geboren hatte, waren nur sieben am Leben geblieben, das achte war ein angenommenes Kind – der Sohn des auf eigenen Wunsch ertrunkenen Fischers. Als die Frau den Waisenjungen an der Hand ins Haus brachte, hatte Prochor Abramowitsch nichts dagegen gesagt.

»Auch gut, je mehr Kinder da sind, desto leichter stirbt es sich im Alter. Gib ihm zu essen, Mawruscha.«

Der Junge aß Brot mit Milch, dann wandte er sich ab und kniff vor so viel fremden Leuten die Augen zu.

Mawra Fetissowna betrachtete ihn und seufzte.

»Eine neue Bekümmernis hat uns der Herr geschickt. Der Junge wird wohl nicht alt werden – in seinen Augen ist kein Leben; er wird bloß unnütz Brot essen.«

Aber der Junge starb nicht in den nächsten zwei Jahren und wurde auch nicht ein einziges Mal krank. Da er wenig aß, fand sich Mawra Fetissowna mit der Waise ab.

»Iß nur, iß, mein Junge«, sagte sie, »was du dir bei uns nicht nimmst – von andern kriegst du's nicht.«

Prochor Abramowitsch war längst zermürbt von der Not und den Kindern und zeigte für nichts große Aufmerksamkeit – ob die Kinder krank waren oder neue geboren wurden, ob die Ernte schlecht war oder erträglich, und darum hielten ihn alle für einen guten Menschen. Nur die fast alljährliche Schwangerschaft seiner Frau freute ihn ein wenig; die Kinder waren das einzige Gefühl von Beständigkeit in seinem Leben, sie nötigten ihn mit ihren weichen kleinen Händen, zu pflügen, sich um die Hauswirtschaft zu kümmern und für alles mögliche zu sorgen. Er ging, lebte und arbeitete wie ein Schlaftrunkener, er hatte keine überschüssige Energie für inneres Glück und wußte nichts ganz genau. Zu Gott betete Prochor Abramowitsch, aber eine herzliche Hinwendung zu ihm spürte er nicht; die Leidenschaften der Jugend, wie die Liebe zu den Frauen, der Wunsch nach gutem Essen und sonstiges, hatten sich in ihm verflüchtigt, denn seine Frau war unschön und das Essen eintönig und unnahrhaft jahrein, jahraus. Die Vermehrung der Kinder verminderte in Prochor Abramowitsch das Interesse an sich selbst; ihm wurde davon irgendwie kühler und leichter. Je länger er lebte, desto geduldiger und achtloser verhielt er sich zu allen dörflichen Ereignissen. Wären all seine Kinder innerhalb von vierundzwanzig Stunden gestorben, so hätte er sich in den folgenden vierundzwanzig Stunden genauso viele Pflegekinder zusammengeholt, und wären auch die Pflegekinder umgekommen, so hätte Prochor Abramowitsch augenblicklich sein Bauernlos hingeworfen, hätte seine Frau freigegeben und wäre barfuß ins Ungewisse hinausgegangen, dorthin, wohin es alle Menschen zieht, wo das Herz vielleicht genauso traurig ist, wo aber wenigstens die Füße Trost finden.

Die siebzehnte Schwangerschaft seiner Frau bekümmerte Prochor Abramowitsch aus wirtschaftlichen Erwägungen: in diesem Herbst wurden im Dorf weniger Kinder geboren als im vergangenen, und vor allem – Tante Marja gebar nicht, die zwanzig Jahre lang hintereinander geboren hatte, ausgenommen die Jahre, die einer Dürre vorangegangen waren. Das nahm das ganze Dorf zur Kenntnis, und wenn Tante Marja leer und leicht durchs Dorf ging, sagten die Männer: »Na, Marja läuft dies Jahr als Jungfrau herum, im Sommer werden wir hungern.«

In diesem Jahr ging Marja auch schlank und frei herum.

»Liegst du brach, Marja Matwejewna?« fragten die vorübergehenden Männer achtungsvoll.

»Na ja!« sagte Marja und schämte sich ihres ungewohnten tauben Zustands.

»Macht nichts«, beruhigten sie sie. »Paß auf, bald machst du wieder einen Sohn, das geht ja bei dir ruck, zuck«.

»Wozu auch unnütz leben«, gab Marja beherzter zur Antwort. »Wenn nur Brot da ist.«

»Da hast du recht«, stimmten die Männer zu. »Im Kinderkriegen sind die Weiber fix, da kommt das Korn nicht mit. Du bist doch eine Hexe, du weißt, wann deine Zeit ist.«

Prochor Abramowitsch sagte zu seiner Frau, daß sie zur Unzeit schwer geworden sei.

»Ach, Proscha«, antwortete Mawra Fetissowna, »ich gebäre, und ich werde für sie betteln gehen, du doch nicht!«

Prochor Abramowitsch verstummte für lange Zeit.

Der Dezember kam, aber kein Schnee fiel – die Wintersaat erfror. Mawra Fetissowna gebar Zwillinge.

»Nun hast du Junge gekriegt«, sagte an ihrem Bett Prochor Abramowitsch. »Gott sei Dank, aber was machen wir nun! Die werden wohl am Leben bleiben – sie haben Falten auf der Stirn und die Fäustchen geballt.«

Der Pflegesohn stand auch dabei und blickte auf das Unbegreifliche mit verzerrtem und gealtertem Gesicht. In ihm stieg die ätzende Wärme der Scham für die Erwachsenen hoch, er verlor schlagartig die Liebe zu ihnen und fühlte seine Einsamkeit, und er hätte weglaufen und sich in einer Schlucht verstecken mögen. Genauso trostlos und bang war ihm zumute, wenn er verklammerte Hunde sah, dann aß er zwei Tage nichts, und allen Hunden hatte er seine Liebe für immer entzogen. Am Bett der Wöchnerin roch es nach Rindfleisch und feuchtem Milchkalb. Mawra Fetissowna aber merkte vor Schwäche nichts, ihr war heiß unter der bunten Flickendecke, und sie hatte ein kräftiges Bein herausgestreckt, das zerrunzelt war von Alter und Mutterfett; auf dem Bein waren gelbe Flecke irgendwelcher verödeter Leiden und dicke blaue Adern mit erstarrtem Blut zu sehen, die straff unter der Haut wucherten und drauf und dran waren, sie zu zerreißen, um nach außen zu treten; an einer Ader, einem Baum gleich, konnte man fühlen, wie irgendwo das Herz schlug, wie es mit Anstrengung das Blut durch die engen einstürzenden Hohlwege des Körpers jagte.

»Na, Sascha, was starrst du denn so?« fragte Prochor Abramowitsch den ermatteten Pflegesohn. »Du hast zwei Brüderchen bekommen. Schneid dir einen Kanten Brot ab und geh nach draußen – es ist wärmer geworden.«

Sascha ging hinaus, ohne sich Brot zu nehmen. Mawra Fetissowna öffnete die fahlen wäßrigen Augen und rief ihren Mann:

»Proscha! Mit dem Waisenjungen haben wir zehn, und du bist der zwölfte.«

Prochor Abramowitsch kannte selber die Rechnung:

»Sollen sie leben, für einen weiteren Mund wächst weiteres Korn.«

»Die Leute sagen, es gibt eine Hungersnot, möge Gott dieses Elend verhüten, wo sollen wir hin mit den Säuglingen und den Kleinen?«

»Es gibt keine Hungersnot«, entschied Prochor Abramowitsch, um sie und sich zu beruhigen, »wenn die Wintersaat nichts wird, holen wir's mit der Sommersaat rein.«

Die Wintersaat wurde tatsächlich nichts, sie hatte schon im Herbst Frost gekriegt und erstickte im Frühjahr endgültig unter der Eiskruste der Felder. Die Sommersaaten ließen bald bangen, bald hoffen, aber irgendwie reiften sie doch und gaben zehn Pud pro Deßjatine. Prochor Abramowitschs ältester Sohn war um die elf, und fast genauso alt war der Pflegesohn; einer mußte betteln gehen, um der Familie mit Dörrbrot Hilfe zu bringen. Prochor Abramowitsch schwieg: Den eigenen Sohn zu schicken war ihm schmerzlich, und den Pflegesohn – peinlich.

»Was sitzt du da und schweigst?« erboste sich Mawra Fetissowna. »Agapka hat einen Siebenjährigen losgeschickt, Mischka Duwakin hat ein kleines Mädchen ausgestattet, und du sitzt da wie ein Ölgötze! Die Hirse reicht nicht bis

Weihnachten, und Brot haben wir seit August nicht gesehen.«

Den ganzen Abend nähte Prochor Abramowitsch einen bequemen und geräumigen Beutel aus altem Sackleinen. Zweimal rief er Sascha zu sich und nahm an seinen Schultern Maß.

»Geht's so? Drückt er nicht?«

»Geht so«, antwortete Sascha.

Der siebenjährige Proschka saß neben dem Vater und fädelte den storren Zwirn in die Nadel, wenn er heraussprang, denn der Vater sah nicht gut.

»Papa, jagst du Sascha morgen betteln?« fragte Proschka.

»Was quatschst du da?« zürnte der Vater. »Wenn du größer bist, gehst du selber betteln.«

»Ich nicht«, widersprach Proschka, »ich geh mausen. Weißt du noch, wie du gesagt hast, dem Onkel Grischa haben sie die Stute weggeholt? Sie haben sie weggeholt, ihnen geht's gut, und Onkel Grischa hat sich einen Wallach gekauft. Wenn ich groß bin, klau ich den Wallach.«

Zur Nacht verpflegte Mawra Fetissowna Sascha besser als ihre leiblichen Kinder, sie gab ihm extra, nach den andern, Grützbrei mit Butter und dazu Milch, soviel er wollte. Prochor Abramowitsch holte aus der Darre eine Stange, und als alle schliefen, machte er daraus einen Wanderstab. Sascha schlief nicht und hörte, wie Prochor Abramowitsch den Stock mit dem Brotmesser glattschabte. Proschka schniefte und zuckte, weil eine Schabe über seinen Hals spazierte. Sascha nahm die Schabe herunter, hatte aber Angst, sie zu töten, und warf sie vom Ofen auf den Boden.

»Sascha, schläfst du nicht?« fragte Prochor Abramowitsch. »Schlaf nur, was hilft's!«

Die Kinder wachten immer früh auf, sie begannen im Dunkeln miteinander zu raufen, wenn die Hähne noch schlummerten und die alten Männer zum zweitenmal aufwachten und sich die wund gelegenen Stellen kratzten. Noch hatte im Dorf kein Riegel geknirscht, und nichts zirpte auf den Feldern. Zu solcher Stunde führte Prochor Abramowitsch den Pflegesohn an den Dorfrand. Der Junge ging wie im Schlaf und hielt zutraulich Prochor Abramowitschs Hand. Es war feucht und kühl; der Wächter in der Kirche läutete die Stunde, und das traurige Dröhnen der Glocke machte den Jungen beklommen.

Prochor Abramowitsch beugte sich zu der Waise herab. »Sascha, schau mal dorthin. Siehst du, da führt der Weg aus dem Dorf einen Berg hinauf, geh immer diesen Weg. Du wirst dann ein riesengroßes Dorf sehen und einen Wachtturm auf einem Hügel, da hab keine Angst, geh immer draufzu – so empfängt dich die Stadt, und dort gibt es viel Brot in den Speichern. Wenn du den Beutel voll hast, kommst du nach Hause und ruhst dich aus. Nun leb wohl, mein Sohn!«

Sascha hielt Prochor Abramowitschs Hand und blickte in die graue morgendliche Trostlosigkeit des herbstlichen Feldes.

»Hat es dort geregnet?« fragte Sascha und dachte dabei an die ferne Stadt.

»Und wie!« bestätigte Prochor Abramowitsch.

Da ließ der Junge die Hand los und setzte sich, ohne Prochor Abramowitsch noch einmal anzuschauen, still in Bewegung – mit Beutel und Stock, den Blick auf den Weg bergan geheftet, um nicht die Richtung zu verlieren. Der Junge verschwand hinter Kirche und Friedhof und war lange nicht mehr zu sehen. Prochor Abramowitsch stand und wartete, wann der Junge jenseits der Senke auftauchen würde. Einsame Sperlinge scharrten zu der frühen Stunde auf dem Weg und froren augenscheinlich. Sie sind auch Waisenkinder, dachte Prochor Abramowitsch, wer wirft ihnen etwas hin?

Sascha ging auf den Friedhof, ohne sich bewußt zu sein, was er dort wollte. Zum erstenmal dachte er jetzt über sich nach und berührte seine Brust: dies bin ich; aber alles um ihn her war fremd und anders als er. Das Haus, in dem er gelebt, wo er Prochor Abramowitsch, Mawra Fetissowna und Proschka geliebt hatte, war also gar nicht sein Haus – man hatte ihn von dort am frühen Morgen hinausgeführt auf die kühle Straße. In der halb kindlichen traurigen Seele, die nicht verwässert war vom beruhigenden Wasser des Bewußtseins, verdichtete sich drückendes Gekränktsein, er spürte es bis in die Kehle.

Der Friedhof war bedeckt von abgestorbenen Blättern, ihre Ruhe beschwichtigte jeden Fuß und ließ ihn friedlich auftreten. Überall standen Bauernkreuze, viele ohne Namen und ohne Erinnerung an den Toten. Sascha interessierte sich für jene Kreuze, die am morschesten waren und sich ebenfalls bereit machten, umzufallen und in der Erde zu sterben. Gräber ohne Kreuze waren noch besser – in ihrer Tiefe lagen Menschen, die auf immer zu Waisen geworden waren: Auch ihre Mütter waren gestorben und die Väter von einigen in Flüssen und Seen ertrunken. Der Grabhügel von Saschas Vater war fast völlig niedergetrampelt, über ihn hinweg lief ein Pfad, auf dem neue Särge ins Dickicht des Friedhofs getragen wurden.

Ganz nahe und geduldig lag der Vater und beklagte sich nicht, daß es für ihn schlimm und grauslig sei, auf den Winter allein zu bleiben. Was ist dort? Dort ist es schlecht, dort ist es still und eng, von dort ist der Junge mit dem Stab und dem Bettelsack nicht zu sehen.

»Papa, sie haben mich davongejagt zum Betteln, bald werde ich sterben und bei dir sein, du langweilst dich doch dort allein, auch ich langweile mich.«

Der Junge legte seinen Stab aufs Grab und bedeckte ihn mit Blättern, damit er unbeschadet auf ihn warte.

Sascha nahm sich vor, bald aus der Stadt zurückzukommen, sowie er den Beutel mit Brotrinden gefüllt hatte; dann würde er sich neben dem Grab des Vaters eine Erdhütte graben und dort leben, da er nun mal kein Heim hatte.

Prochor Abramowitsch war des Wartens müde und wollte schon gehen. Aber Sascha hatte die Bäche in der Talsohle durchquert und stieg nun den lehmigen Abhang hinauf. Er ging langsam und war schon erschöpft, doch freute er sich, daß er bald sein Haus und seinen Vater haben würde; mochte der Vater auch tot dort liegen und nichts sagen, dafür würde er immer ganz nahe bei ihm sein, in seinem schweißwarmen Hemd, mit seinen Armen, die Sascha umfaßt hatten, wenn sie beide am See schliefen; mochte der Vater auch tot sein, aber er war unversehrt und derselbe, der er immer gewesen.

Wo hat er bloß seinen Stock gelassen? fragte sich Prochor Abramowitsch.

Der Morgen war feucht, der Junge stützte sich auf dem glitschigen Hang mit den Händen ab. Der Beutel umbaumelte ihn weit und geräumig wie fremde Kleidung.

»Was hab ich da zusammengenäht, nicht mit Bettleraugen, sondern mit Gieraugen«, schalt sich Prochor Abramowitsch im nachhinein. »Wenn der Beutel voll Brot ist, kann Sascha ihn nicht erschleppen. Aber jetzt ist schon alles egal: irgendwie wird's schon gehen ...«

Auf dem höchsten Punkt, wo der Weg auf die unsichtbare Seite der Felder hinunterführte, blieb der Junge stehen. Im Frühlicht des werdenden Tages, auf der Linie des dörflichen Horizonts, stand er über einem scheinbaren tiefen Abgrund, am Ufer des himmlischen Sees. Sascha blickte erschrocken in die Leere der Steppe: Höhe, Weite, tote Erde – alles war feucht und groß und wirkte darum fremd und beängstigend. Aber dem Jungen lag viel daran, heil zurückzukehren, in die Niederung des Dorfes auf den Friedhof, dort war der Vater, dort war es eng, und alles war klein, traurig und durch Erde und Bäume gegen den Wind geschützt. Darum ging er rasch auf die Stadt zu, um Brotstücke zu erbetteln.

Prochor Abramowitsch bekam Mitleid mit dem Waisenjungen, der jetzt auf dem abschüssigen Weg entschwand. Der Wind wird dem Jungen alle Kraft nehmen, er wird sich in den Straßengraben legen und umkommen – die weite Welt ist keine heimische Hütte.

Prochor Abramowitsch wollte hinterherlaufen und den Waisenjungen zurückholen, damit alle auf einem Haufen und in Ruhe sterben sollten, aber zu Hause waren die eigenen Kinder, die Frau und die letzten Reste Sommergetreide.

Wir sind alle niedrig und gemein, schätzte er sich richtig ein, und von der Richtigkeit wurde ihm leichter. In der Kate saß er tagelang stumm und verloren und beschäftigte sich mit einer unnützen Sache – er schnitzte. Bei schwerem Kummer lenkte er sich immer mit dem Schnitzen eines Tannenwaldes oder anderer, nicht existierender Wälder ab, weiter gedieh seine Kunst nicht, denn das Messer war stumpf. Mawra Fetissowna weinte mit Unterbrechungen über den fortgegangenen Pflegesohn. Ihr waren acht Kinder gestorben, und sie hatte jedes drei Tage und Nächte mit Unterbrechungen am Ofen beweint. Das war für sie das gleiche wie für Prochor Abramowitsch das Schnitzen. Prochor Abramowitsch wußte schon im voraus, wieviel Zeit Mawra noch zum Weinen und ihm zum Schnitzen blieb: anderthalb Tage.

Proschka sah sich seine Eltern aufmerksam an und wurde eifersüchtig:

»Weshalb weint ihr, Sascha wird zurückkommen. Vater, walk mir lieber Filzstiefel, Sascha ist nicht dein Sohn, er ist eine Waise. Aber du sitzt da und machst das Messer stumpf, alter Mann.«

»Du meine Güte!« Vor Staunen hörte Mawra auf zu weinen. »Er schwätzt daher wie ein Großer, so ein Lauseei, und muckt schon gegen den Vater auf!«

Aber Proschka hatte recht: Der Waisenjunge kam nach zwei Wochen zurück. Er brachte so viele Brotstücke und trockene Brötchen mit, als hätte er selbst nichts gegessen. Von dem, was er mitgebracht hatte, kostete er auch nichts, denn er legte sich gegen Abend auf den Ofen und konnte nicht warm werden – die Winde unterwegs hatten alle Wärme aus ihm herausgeblasen. In seinem Dämmerzustand murmelte er etwas vom Stab in den Blättern und vom Vater: Der Vater solle den Stock hüten und auf ihn warten, in der Erdhütte am See, wo die Kreuze wachsen und fallen.

Nach drei Wochen, als der Pflegesohn genesen war, nahm Prochor Abramowitsch eine Peitsche und ging zu Fuß in die Stadt, um auf den Plätzen zu stehen und sich zu verdingen.

Proschka folgte Sascha zweimal auf den Friedhof. Er sah, daß sich der Waisenjunge mit den Händen selbst ein Grab grub und nicht tief genug vordrang. Da brachte er dem Jungen den Spaten des Vaters und sagte, damit gehe es leichter, alle Männer grüben mit dem Spaten.

»Dich jagen sie so und so vom Hof«, verkündete er Sascha die Zukunft. »Der Vater hat im Herbst nicht gesät, und Mutter kriegt im Sommer wieder Junge, womöglich werden es diesmal Drillinge. Ich sag dir die Wahrheit.«

Sascha nahm den Spaten, aber der war zu groß für ihn, und die Arbeit ermüdete ihn rasch.

Proschka stand dabei, fror unter den spärlichen Tropfen eines beißenden späten Regens und riet:

»Grab nicht so breit, für einen Sarg ist kein Geld da, du legst dich so hinein. Sieh zu, daß du schnell fertig wirst, sonst kommt die Mutter nieder, und du bist ein unnützer Esser.«

»Ich grabe mir eine Erdhütte und werde hier leben«, sagte Sascha.

»Ohne unser Essen?« erkundigte sich Proschka.

»Nun ja – ohne alles. Im Sommer pflücke ich mir Kerbel, da hab ich was zu essen.«

»Dann lebe«, sagte Proschka beruhigt. »Aber komm nicht zu uns betteln, wir haben nichts.«

Prochor Abramowitsch hatte in der Stadt fünf Pud Mehl verdient, kam auf einem fremden Fuhrwerk zurück und legte sich auf den Ofen. Als sie das Mehl zur Hälfte aufgegessen hatten, überlegte Proschka schon, wie es weitergehen sollte.

»Du Faulpelz«, sagte er eines Tages zum Vater, der vom Ofen auf die wie aus einem Munde brüllenden Zwillinge blickte. »Das Mehl fressen wir auf, und dann verhungern wir. Du hast uns in die Welt gesetzt, nun ernähr uns!«

»Du Satansei«, schnauzte Prochor Abramowitsch von oben. »Du müßtest hier der Vater sein und nicht ich, du nasses Ferkel!«

Er kletterte vom Ofen, fuhr in die Filzstiefel und suchte etwas. In der Kate gab es nichts Überflüssiges; da nahm er den Reisigbesen und schlug Proschka damit ins Gesicht. Proschka schrie nicht, er legte sich sofort mit dem Gesicht nach unten auf die Bank. Prochor Abramowitsch prügelte schweigend auf ihn ein, bemüht, sich mit Wut aufzuladen.

»Tut nicht weh, tut nicht weh, tut überhaupt nicht weh!« sagte Proschka, ohne sein Gesicht zu zeigen.

Nach der Tracht stand Proschka auf und sagte in einem Atemzug:

»Dann jag Sascha weg, damit wir keinen unnützen Esser haben.«

Prochor Abramowitsch fühlte sich noch mehr zerschlagen als Proschka und saß bekümmert neben der Wiege mit den verstummten Zwillingen. Er hatte Proschka verbleut, weil Proschka recht hatte: Mawra war wieder schweren Leibes, und er hatte kein Wintergetreide zum Aussäen. Prochor Abramowitsch lebte auf der Welt, wie Gräser am Grunde einer Senke leben: Im Frühling stürzen Schmelzwasser auf sie nieder, im Sommer Regengüsse, bei Wind, Sand und Staub, und im Winter legt sich schwer und dicht Schnee auf sie; immer und in jeder Minute leben sie unter den Schlägen und dem Druck schwerer Lasten, darum wachsen die Gräser in den Senken schief und krumm, bereit, sich zu beugen und die Not durch sich hindurchzulassen. So prasselten die Kinder auf ihn nieder – schwerer, als würde er selbst geboren, und häufiger als die Ernte. Wäre das Feld so gebärfreudig wie seine Frau und hätte sich seine Frau mit ihrer Fruchtbarkeit nicht so beeilt, dann wäre Prochor Abramowitsch längst ein satter und zufriedener Bauer gewesen. Doch das ganze Leben hindurch kamen die Kinder in gleichmäßigem Strom und begruben seine Seele, wie der Schlamm die Mulde, unter den lehmigen Anschwemmungen von Sorgen, so kam es, daß Prochor Abramowitsch kaum sein Leben und persönliche Interessen fühlte; kinderlose ungebundene Menschen aber nannten seinen selbstvergessenen Zustand Faulheit.

»Proschka, komm mal her!« rief Prochor Abramowitsch.

»Was willst du?« sagte Proschka finster. »Erst schlagen, und dann Proschka ...«

»Proschka, lauf zu Tante Marja, guck nach, ob ihr Bauch angeschwollen oder flach ist. Ich hab sie lange nicht gesehen; womöglich ist sie krank?«

Proschka war nicht nachtragend und hatte einen praktischen Sinn für seine Familie.

»Ich sollte Vater sein und du – Proschka«, beleidigte er seinen Vater. »Was soll ich ihren Bauch angaffen; du hast kein Wintergetreide gesät, also müssen wir so und so hungern.«

Proschka zog Mutters Jacke an und knurrte immer noch besorgt wie ein Hausherr:

»Die Männer spinnen. Im Sommer war Tante Marja leer, dabei gab's Regen. Also hat sie sich vertan – sie hätte einen Fresser gebären müssen, aber nein.«

»Die Wintersaat ist erfroren, sie hat's gespürt«, sagte der Vater leise.

»Die Kleinen saugen doch bei der Mutter und essen überhaupt kein Brot«, entgegnete Proschka. »Und die Mutter kann sich ja von Sommergetreide ernähren. Ich geh nicht zu deiner Marja; wenn sie einen dicken Wanst hat, kommst du nicht vom Ofen runter, dann sagst du, es wird Kräuter geben und gutes Sommergetreide. Aber wir haben keine Lust zu hungern, du und Mama, ihr habt uns in die Welt gesetzt.«

Prochor Abramowitsch schwieg. Sascha sagte auch nie etwas, wenn er nicht gefragt wurde. Selbst Prochor Abramowitsch, der gegen Proschka wie eine Waise in seinem eigenen Haus war, wußte nicht, was Sascha für ein Mensch war: ein guter oder nicht; betteln gegangen konnte er aus Furcht sein, und was er dachte, sagte er nicht. Doch Sascha dachte wenig, weil er alle Erwachsenen und Kinder für klüger als sich selbst hielt und darum Angst vor ihnen hatte. Mehr als Prochor Abramowitsch fürchtete er Proschka, der jeden Bissen zählte und keinen auf seinem Hof liebte.

Den Hintern herausgereckt, mit seinen tief herabhängenden verderbenbringenden Händen die Gräser streifend, ging ein buckliger Mann durchs Dorf – Pjotr Fjodorowitsch Kondajew. Er hatte seit langem keine Schmerzen im Rückrat, also war kein Wetterumschlag abzusehen.

In jenem Jahr war die Sonne am Himmel früh gereift – Ende April brannte sie schon wie im tiefen Juli. Die Männer wurden still, denn sie fühlten mit den Füßen den trockenen Boden und mit dem übrigen Körper den dauerhaft zur Ruhe gekommenen Raum der tödlichen Hitze. Die Kinder beobachteten die Horizonte, um rechtzeitig das

Aufziehen einer Regenwolke zu bemerken. Auf den Feldwegen erhoben sich Staubsäulen, und durch sie hindurch fuhren Leiterwagen aus fremden Dörfern. Kondajew ging mitten auf der Straße zur anderen Dorfseite, wo seine Herzenssorge wohnte – das Kindmädchen Nastja, fünfzehn Jahre alt. Er liebte sie mit jener Stelle seines Körpers, die ihn häufig schmerzte und empfindsam war wie das Herz bei geradegewachsenen Menschen, mit dem Rückgrat, der Knickstelle seines Buckels. Kondajew sah in der Dürre ein Vergnügen und hoffte auf Besseres. Seine Hände waren ständig gelb und grün – er verdarb mit ihnen, wo er ging, die Pflanzen und zerrieb sie zwischen den Fingern. Er freute sich an der Hungersnot, weil sie alle stattlichen Männer zum Broterwerb in die Fremde treiben würde, und viele von ihnen würden sterben und die Frauen für Kondajew freigeben. Unter der angespannten Sonne, die den Boden ausbrannte und als Staub aufwölken ließ, lächelte Kondajew. Jeden Morgen wusch er sich im Teich und streichelte den Buckel mit seinen flinken, zuverlässigen Händen, die geeignet waren, seine künftige Frau unermüdlich zu umarmen.

Laß nur, dachte Kondajew und nahm einstweilen mit sich vorlieb. Die Männer werden gehen, die Weiber werden bleiben. Wer mich kostet, vergißt es sein Lebtag nicht – ich bin ein ausgehungerter Bulle.

Kondajew ließ seine rassigen, tief herabhängenden Hände knacken und stellte sich vor, Nastja in ihnen zu halten. Er wunderte sich sogar, wieso in Nastja – in einem so schwachen Körper – ein geheimer mächtiger Zauber lebte. Allein beim Gedanken an sie schwoll er blutvoll an und wurde hart. Um sich der Anziehungskraft und Empfindsamkeit seiner Phantasie zu entledigen, schwamm er auf den Teich hinaus und nahm so viel Wasser in sich auf, als wäre in seinem Körper eine Höhle, dann spie er das Wasser zusammen mit dem Speichel seiner Liebeslust wieder aus.

Wenn Kondajew auf dem Heimweg war, riet er jedem Mann, dem er begegnete, woanders Geld zu verdienen.

»Die Stadt ist wie eine Festung«, sagte er. »Dort gibt es von allem völlig ausreichend, aber bei uns steht die Sonne wie festgewachsen – was wirst du da für eine Ernte haben! Nimm Vernunft an!«

»Und du, was machst du, Pjotr Fjodorowitsch?« fragte der Mann nach dem fremden Schicksal, um für sich selbst einen Weg zu finden.

»Ich bin ein Krüppel«, ließ ihn Kondajew wissen. »Ich kann gut und gern von der Barmherzigkeit leben. Aber du bringst dein Weib unter die Erde, du Esel! Verding dich als Saisonarbeiter und schick deiner Frau Fuhrwerke mit Brot – das wär doch eine einträgliche Sache!«

»Ja, das werd ich wohl müssen«, sagte der andere widerwillig und seufzte, hoffte aber im stillen, er könne sich irgendwie zu Hause durchschlagen – mit Kraut, Beeren, Pilzen, verschiedenen Kräutern, und dann werde man weitersehen.

Kondajew hatte eine Vorliebe für alte Flechtzäune, rissige alte Baumstümpfe, für jede Hinfälligkeit und Gebrechlichkeit und für die fügsame, kaum noch lebendige Wärme. Das stille Böse seiner Lüsternheit fand an diesen einsamen Stellen seine Befriedigung. Er hätte gern das ganze Dorf bis zur stummen Ermattung gequält, um ungehindert die hilflosen lebenden Geschöpfe umarmen zu können. Kondajew lag in der Stille der morgendlichen Schatten und sah halbzerstörte Dörfer voraus, zugewachsene Straßen und die schmale, dunkel gewordene Nastja, die vor Hunger im dürren stachligen Stroh phantasierte. Schon beim Anblick von Leben, sei es in einem Grashalm oder in einem Mädchen, geriet Kondajew in stille eifersüchtige Raserei; war es ein Grashalm, so quetschte er ihn zu Tode in seinen erbarmungslosen Liebeshänden, die alles Lebendige genauso feinnervig und gierig fühlten wie die Jungfräulichkeit einer Frau; war es eine Frau oder ein Mädchen, so haßte Kondajew im voraus und auf ewig ihren Vater, ihren Mann, ihre Brüder, ihren künftigen Bräutigam und wünschte, daß sie umkämen oder zum Broterwerb fortgingen. Darum stimmte das zweite Hungerjahr Kondajew so hoffnungsvoll – er rechnete damit, bald der einzige Mann im Dorf zu sein, und dann würde er auf seine Weise über die Frauen herfallen.

Von der Hitze wurden nicht nur die Pflanzen, sondern auch die Katen und die Zaunpfähle rasch alt. Das hatte Sascha bereits im vorigen Sommer bemerkt. Des Morgens sah er die durchsichtige, friedliche Morgenröte und dachte an den Vater und die frühe Kindheit am Ufer des Mutewosees. Beim Glockenklang der Morgenandacht stieg die Sonne auf und verwandelte in kurzer Zeit die ganze Erde und das Dorf in Alter, in hitzesprödern trockenen Menschengrimm.

Proschka stieg aufs Dach, verzog besorgt das Gesicht und beobachtete den Himmel. Jeden Morgen fragte er den Vater dasselbe – ob nicht sein Kreuz schmerze, damit das Wetter umschlage, und wann der Mond reingewaschen werde.

Kondajew ging gern um die Mittagsstunde die Straße entlang und genoß die Raserei der sirrenden Insekten. Eines Tages sah er Proschka, der ohne Hosen auf die Straße gesprungen kam, weil er vermeinte, vom Himmel seien Tropfen gefallen.

Die Katen knisterten beinahe in der beängstigenden sonnenglühenden Stille, und das Stroh auf den Dächern war schwarz geworden und verströmte schwelenden Brandgeruch.

»Proschka!« rief ihn der Bucklige an. »Warum hütest du den Himmel? Heute ist es nicht besonders kalt, stimmt's?«

Proschka begriff, daß kein Tropfen gefallen, daß es ihm nur so vorgekommen war.

»Geh und taste fremde Hühner, du krummer Ast!« sagte Proschka gekränkt und enttäuscht, daß kein Tropfen fiel. »Die Leute haben kaum noch Leben in sich, und du freust dich. Geh und taste Papas Hahn.«

Proschka hatte Kondajew unversehens getroffen; Kondajew schrie auf vor Schmerz, bückte sich zur Erde und suchte nach einem Stein. Da kein Stein da war, warf er eine Handvoll trockenen Staub nach Proschka. Aber Proschka hatte alles im voraus gewußt und war schon im Haus. Der Bucklige lief in den Hof, wobei er im Laufen mit den Händen über die Erde scharrte. Da stieß er auf Sascha, holte aus und versetzte ihm einen Schlag mit den Knöcheln seiner dürren Hand. Sascha brauste der Schädel, er stürzte hin, die Kopfhaut war aufgeplatzt, und sauberes kühles Blut näßte die Haare.

Sascha kam zu sich, wurde dann wieder halb ohnmächtig und träumte seinen Traum. Ohne aus dem Gedächtnis zu verlieren, daß es im Hof heiß war, daß ein langer hungriger Tag bevorstand und daß der Bucklige ihn geschlagen hatte, sah Sascha seinen Vater im feuchten Nebel auf dem See: Der Vater im Boot verbirgt sich im Dunst und wirft von dort den zinnernen Ring der Mutter ans Ufer. Sascha will den Ring im feuchten Gras aufheben, doch da schlägt ihm der Bucklige den Ring dröhnend auf den Kopf – unterm Krachen des vor Trockenheit berstenden Himmels, aus dessen Rissen sich plötzlich schwarzer Regen ergießt, und augenblicklich wird es still. Aber neben dem Traum sah Sascha den fortschreitenden Tag und hörte ein Gespräch zwischen Proschka und Prochor Abramowitsch.

Kondajew machte sich indessen die Menschenleere und sonstige Not der Dörfler zunutze und jagte auf den Tennen einem fremden Huhn nach. Er konnte das Huhn nicht fangen, denn es war vor Angst auf einen Straßenbaum geflogen. Kondajew wollte den Baum schütteln, da sah er jemanden kommen und ging still nach Hause, mit dem Gang eines unbeteiligten Menschen. Proschka hatte die Wahrheit gesagt: Kondajew tastete gern Hühner ab und tat dies ausgiebig, bis ihm das Huhn vor Angst und Schmerzen in die Hand machte, es kam auch vor, daß ein Huhn vor der Zeit ein wäßriges Ei fallen ließ; wenn niemand weiter in der Nähe war, verschlang Kondajew aus seiner Hand das unreife Ei, und dem Huhn riß er den Kopf ab.

Im Herbst, wenn es ein Erntejahr war, steckte in den Leuten noch viel Kraft, und Erwachsene wie Kinder unterhielten sich damit, den Bucklingen zu hänseln:

»Pjotr Fjodorytsch, taste unsern Hahn, sei so gut!«

Kondajew konnte die Verhöhnung nicht ertragen und jagte so lange hinter seinen Beleidigern her, bis er einen Halbwüchsigen erwischte und ihm eine Verletzung beibrachte.

Sascha erlebte wieder einen alten Tag. Schon lange stellte

er sich die Hitze als alten Mann vor, Nacht und Kühle hingegen als kleine Mädchen und Jungen.

Im Haus war ein Fenster offen, und neben dem Ofen warf sich Mawra Fetissowna verzweifelt hin und her. Obwohl sie das Gebären gewöhnt war, wollte im Innern etwas nicht mehr mitmachen.

»Mir ist schlecht. Ich kann nicht mehr, Prochor ... Hol die Wehmutter.«

Sascha blieb bis zum Läuten zur Abendandacht, bis zu den langen traurigen Schatten im Gras liegen. Die Fenster im Haus waren geschlossen und verhängt worden. Die Wehmutter trug eine Schüssel in den Hof und schwappte etwas zum Zaun. Der Hund lief hin und fraß alles bis auf das Flüssige. Proschka hatte sich lange nicht blicken lassen, obwohl er im Haus war. Die anderen Kinder trieben sich irgendwo auf fremden Höfen herum. Sascha hatte Angst, aufzustehen und zur Unzeit ins Haus zu gehen. Die Schatten der Gräser verdichteten sich, der leichte Bodenwind, der den ganzen Tag geweht hatte, stand still; die Wehmutter kam mit umgebundenem Kopftuch heraus, schickte von der Vortreppe ein Gebet in den dunklen Osten und ging weg. Eine stille Nacht brach an. Auf der Rasenbank vorm Haus erprobte eine Grille ihre Stimme und zirpte dann lange, umspann mit ihrem Lied den Hof, die Gräser und den entfernten Flechtzaun zu einer Kinderheimstatt, wo es sich besser lebte als sonst irgendwo auf der Welt. Sascha blickte auf die von der Dunkelheit verwandelten, aber noch vertrauter gewordenen Gebäude, Flechtzäune und Gabeldeichseln der überwucherten Schlitten, und sie taten ihm leid, weil sie genauso waren wie er, aber stumm und reglos blieben und eines Tages für immer sterben würden.

Sascha dachte, wenn er wegginge, würde es für den ganzen Hof noch trostloser sein, auf einem Fleck zu leben, und er freute sich, daß er hier gebraucht wurde.

Im Haus brüllte der neue Säugling los und übertönte mit seiner Stimme, die keinerlei Wort glich, das abgestandene Lied der Grille. Die Grille verstummte und lauschte wohl auch dem furchteinflößenden Geschrei. Proschka kam aus dem Haus mit Saschas Beutel, mit dem der Waisenjunge im

Herbst hatte betteln gehen müssen, und mit Prochor Abramowitschs Mütze.

»Sascha!« rief Proschka in die nächtliche Stickluft. »Komm sofort her, du Schmarotzer!«

Sascha war neben ihm.

»Was willst du?«

»Da, nimm, Vater schenkt dir die Mütze. Und hier hast du den Beutel, geh und behalt ihn, was du zusammenbringst, iß selber, wir wollen nichts.«

Sascha nahm die Mütze und den Beutel.

»Und ihr lebt hier ohne mich weiter?« fragte er und wollte nicht glauben, daß er hier nicht mehr geliebt wurde.

»Was denn sonst? Ja, ohne dich!« sagte Proschka. »Bei uns ist wieder ein Esser dazugekommen, wenn der nicht wär, hättest du für umsonst hier gelebt! Aber nun können wir dich überhaupt nicht brauchen – du bist bloß eine Last, Mama hat dich ja nicht geboren, du bist von selbst auf die Welt gekommen.«

Sascha ging zur Pforte hinaus. Proschka blieb allein stehen und trat dann auf die Straße, als Mahnung, daß der Waisenjunge nicht zurückkommen sollte. Sascha war noch nicht weggegangen – er blickte auf das kleine Licht der Windmühle.

»Sascha!« befahl Proschka. »Komm nicht mehr zu uns. In dem Beutel ist Brot, eine Mütze hast du auch, und nun geh. Wenn du willst, übernachte auf der Tenne, es ist ja Nacht. Aber laß dich nicht wieder vor unseren Fenstern blicken, sonst überlegt sich's der Vater noch anders.«

Sascha ging die Straße entlang, auf den Friedhof zu. Proschka schloß das Tor, sah sich auf dem Anwesen um und hob eine ungenutzte Stange auf.

»Kein bißchen Regen!« sagte Proschka mit gealterter Stimme und spuckte durch eine Zahnlücke. »Kein bißchen, und wenn du dich hier hinlegst und mit dem Kopf gegen die Erde hämmerst, der Teufel soll sie naß machen!«

Sascha schlich zum Grab des Vaters und legte sich in die unvollendete Höhle. Inmitten der Kreuze hatte er sich gefürchtet, aber in der Nähe des Vaters schlief er so ruhig ein wie früher in der Erdhütte am Ufer des Sees.

Später kamen zwei Männer auf den Friedhof und brachen leise Kreuze ab als Brennholz, doch Sascha, vom Schlaf fortgetragen, hörte nichts.

Sachar Pawlowitsch lebte, ohne einen Menschen zu brauchen: Er konnte stundenlang vor der Tür einer Feuerbüchse sitzen, in der das Feuer brannte.

Das ersetzte ihm das große Vergnügen einer Freundschaft und eines Gesprächs mit Menschen. Wenn er die lebendige Flamme beobachtete, lebte er selber – sein Kopf dachte, sein Herz fühlte, und sein ganzer Körper gab sich still zufrieden. Sachar Pawlowitsch mochte die Kohle, den Formstahl, jegliches schlummernde Rohmaterial und Halbfabrikat, aber wirklich lieben und fühlen konnte er nur ein fertiges Erzeugnis – das, was durch die Arbeit des Menschen umgestaltet worden war und was künftig selbständig weiterleben würde. In den Mittagspausen wandte Sachar Pawlowitsch kein Auge von der Lokomotive und durchlitt schweigend seine Liebe zu ihr. In seine Behausung schleppte er Bolzen, alte Ventile, Hähne und andere mechanische Erzeugnisse. Er ordnete sie in einer Reihe auf dem Tisch und versenkte sich in ihre Betrachtung, wobei er niemals Einsamkeit empfand. Einsam war er auch gar nicht – die Maschinen waren für ihn Menschen und weckten in ihm beständig Gefühle, Gedanken und Wünsche. Der vordere Radsatz der Lokomotive veranlaßte Sachar Pawlowitsch, sich Sorgen zu machen um die Unendlichkeit des Raumes. Er ging nachts extra hinaus, um nach den Sternen zu sehen – war die Welt weit und geräumig, reichte der Platz, daß die Räder ewig leben und sich drehen konnten? Die Sterne leuchteten hingebungsvoll, aber jeder für sich allein. Sachar Pawlowitsch überlegte, womit der Himmel zu vergleichen sei. Und er erinnerte sich an einen Eisenbahnknotenpunkt, wo er hingeschickt worden war, um Radreifen zu holen. Vom Bahnsteig war ein Meer einsamer Signale zu sehen – Weichensignale, Armsignale, Warnlichter und leuchtende Scheinwerfer fahrender Lokomotiven. Genauso sah der Himmel aus, nur war er weiter weg und irgendwie besser eingerichtet im Sinne ruhiger

Arbeit. Dann begann Sachar Pawlowitsch nach Augenmaß die Entfernung bis zu einem blau schimmernden Stern auszurechnen: er breitete die Arme als Maßstab aus und legte diesen Maßstab im Geiste an den Raum an. Der Stern leuchtete auf der zweihundertsten Werst. Das beunruhigte ihn, obwohl er gelesen hatte, daß die Welt unendlich sei. Er wünschte, die Welt sei wirklich unendlich, damit immer Räder gebraucht und pausenlos zur allgemeinen Freude hergestellt wurden, aber er konnte die Unendlichkeit überhaupt nicht fühlen.

»Wieviel Werst es sind, weiß keiner, weil es weit ist!« sagte Sachar Pawlowitsch. »Aber irgendwo ist eine Sackgasse, wo der letzte Werschok endet. Wenn es wirklich Unendlichkeit gäbe, hätte sie sich von selbst in der großen Weite aufgelöst, und es gäbe keine Festigkeit. Also wie ist es mit der Unendlichkeit? Es muß eine Sackgasse geben!«

Der Gedanke, daß die Räder zu guter Letzt nicht genug Arbeit haben könnten, erregte Sachar Pawlowitsch zwei Tage und Nächte, aber dann kam er auf die Idee, die Welt auszudehnen, sobald sämtliche Wege die Sackgasse erreicht hatten, denn man kann doch auch den Raum erhitzen und in die Länge ziehen wie Bandstahl, und damit beruhigte er sich.

Der Altmeister sah, wie liebevoll Sachar Pawlowitsch arbeitete – die Feuerbüchsen wurden von ihm ohne jede Beschädigung des Metalls strahlend sauber geputzt –, aber er sagt ihm nie ein gutes Wort. Er wußte sehr gut, daß die Maschinen eher nach eigenem Wunsch leben und sich bewegen als durch den Verstand und das Können der Menschen; die Menschen haben damit nichts zu tun. Im Gegenteil, die Güte der Natur, der Energie und des Metalls verdirbt die Menschen. Jeder Trottel kann die Feuerbüchse anheizen, aber fahren tut die Lokomotive selbst, und der Trottel ist bloß Fracht. Wenn die Technik weiter so willfährig voranschreitet, entarten die Menschen durch ihre zweifelhaften Erfolge zu Rost, dann werden sie von den arbeitsfreudigen Loks zerquetscht, und die Maschine erhält freie Fahrt in der Welt. Jedoch schalt der Altmeister Sachar Pawlowitsch weniger als die anderen, denn Sachar Pawlowitsch schwang den Hammer immer mit Erbarmen, nicht aber mit roher Kraft, er spuckte auf der Lokomotive nicht herum, und er zerkratzte den Maschinenkörper nicht schonungslos mit dem Werkzeug.

»Herr Altmeister!« wandte sich eines Tages Sachar Pawlowitsch an ihn, mutig geworden aus Liebe zur Sache. »Erlauben Sie eine Frage: Warum ist der Mensch soso: weder gut, noch schlecht, wo doch die Maschinen gleichbleibend großartig sind?«

Der Altmeister hörte ärgerlich zu – er gönnte keinem Fremden die Lokomotiven, da er sein Gefühl für sie als persönliches Privileg betrachtete. Grauer Teufel, sagte er sich im stillen, der hat nun auch einen Narren an den Mechanismen gefressen, Herrgott noch mal!

Vor den beiden Männern stand eine Lokomotive, die für einen Nachtschnellzug angeheizt wurde. Der Altmeister schaute lange auf die Lokomotive, und ihn erfüllte die übliche freudige Anteilnahme. Die Lokomotive, ein hochherziger warmer Koloß, stand auf dem harmonischen Untergestell ihres majestätischen großen Körpers. Der Altmeister konzentrierte sich und fühlte im Innern unwillkürlich eine durchdringende Begeisterung. Die Tore des Depots waren in den abendlichen Raum des Sommers geöffnet – in die ungewisse Zukunft, ins Leben, das sich im Wind wiederholen kann, in den elementaren Geschwindigkeiten auf den Schienen, in der Selbstvergessenheit der Nacht, des Wagnisses und des sanften Summens der exakten Maschine.

Der Altmeister ballte die Fäuste in einer blindwütigen Kraftaufwallung des inneren Lebens, ähnlich der Jugend und dem Vorgefühl einer tönenden Zukunft. Er vergaß die geringe Qualifikation Sachar Pawlowitschs und antwortete ihm wie einem ebenbürtigen Freund:

»Du hast eine Weile gearbeitet und bist klüger geworden! Aber der Mensch ist gar nichts! Er sielt sich zu Hause und ist nichts wert. Nimm die Vögel ...«

Die Lok blies Dampf ab und übertönte die Worte des Gesprächs. Der Altmeister und Sachar Pawlowitsch traten hinaus in die abendliche klingende Luft und gingen durch Reih und Glied der erkalteten Lokomotiven.

»Nimm die Vögel! Sie sind wunderschön, aber nach ihnen bleibt nichts zurück, weil sie nicht arbeiten! Hast du schon mal Vögel arbeiten sehen? Natürlich nicht! Na ja, um Nahrung und Wohnstatt kümmern sie sich irgendwie, aber wo sind ihre handwerklichen Erzeugnisse? Wo ist der Voreilwinkel ihres Lebens? Sie haben keinen und können auch gar keinen haben.«

»Und der Mensch?« fragte Sachar Pawlowitsch verständnislos.

»Der Mensch hat Maschinen! Verstehst du? Der Mensch ist der Anfang für jeglichen Mechanismus, aber die Vögel sind ihr eigenes Ende.«

Sachar Pawlowitsch dachte genauso wie der Altmeister, er tat sich nur schwer bei der Wahl der notwendigen Worte, was seine Überlegungen auf lästige Weise bremste. Für beide, für den Altmeister wie für Sachar Pawlowitsch, war von Menschenhand unberührte Natur wenig anziehend und tot, sei es Tier oder Baum. Tier und Baum weckten in ihnen keine Anteilnahme an ihrem Leben, weil kein Mensch an ihrer Fertigung beteiligt war, in ihnen gab es keinen einzigen bewußten Schlag und auch keine Genauigkeit handwerklicher Meisterschaft. Sie lebten selbständig, unbeachtet von Sachar Pawlowitschs gesenkten Augen. Hingegen waren alle Erzeugnisse, besonders aus Metall, voller Leben und in ihrer Konstruktion und Kraft sogar interessanter und geheimnisvoller als der Mensch. Sachar Pawlowitsch erfreute sich an einem Gedanken: auf welchem Wege sich die verborgene lebenswichtige Kraft des Menschen plötzlich in erregenden Maschinen offenbart, die an Größe und Bedeutung die Arbeiter übertreffen.

Es war tatsächlich so, wie der Altmeister sagte: In der Arbeit wächst jeder Mensch über sich hinaus – er macht Erzeugnisse, die besser und langlebiger sind als sein Alltagswert. Außerdem beobachtete Sachar Pawlowitsch in den Lokomotiven dieselbe heiße aufgeregte Kraft des Menschen, die im arbeitenden Menschen schweigt und nicht nach außen dringt. Gewöhnlich kann ein Schlosser nur reden, wenn er betrunken ist, auf der Lokomotive aber fühlt sich der Mensch immer groß und furchteinflößend.

Eines Tages konnte Sachar Pawlowitsch lange nicht den richtigen Bolzen finden, der in eine überdrehte Mutter paßte. Er ging im Depot herum und fragte, ob nicht jemand einen Bolzen mit einem Dreiachtelzollgewinde habe. Sie sagten ihm, so einen Bolzen gebe es nicht, obwohl jeder solche Bolzen hatte. Es war nämlich so, daß sich die Schlosser bei der Arbeit langweilten und sich durch gegenseitige Erschwerung der Arbeit die Zeit vertrieben. Sachar Pawlowitsch kannte dieses listige heimliche Vergnügen noch nicht, das in jeder Werkstatt gang und gäbe ist. Dieser harmlose Schabernack ermöglichte es den Arbeitern, die Länge des Arbeitstages und die Ödnis der sich wiederholenden Arbeit zu überstehen. Zur Belustigung seiner Kollegen tat Sachar Pawlowitsch viele Arbeiten umsonst. Er holte aus dem Lagerhaus Putzwolle, während ein ganzer Berg davon im Kontor lag; er fertigte aus Holz kleine Leitern und Ölkannen, die es im Überfluß im Depot gab; er wollte sogar, von anderen angestiftet, selbständig die Schmelzpfropfen im Lokomotivkessel wechseln, wurde aber rechtzeitig von einem zufällig vorbeikommenden Heizer gewarnt, sonst wäre er ohne viel Worte entlassen worden.

Als Sachar Pawlowitsch nun keinen passenden Bolzen fand, ging er daran, einen Metallstift herzurichten, und er hätte ihn hergerichtet, weil er niemals die Geduld verlor, aber da sagten sie ihm:

»He, Dreiachtelbolzen, komm her und hol dir den Bolzen!«

Seit diesem Tag trug Sachar Pawlowitsch den Spitznamen Dreiachtelbolzen, wurde dafür aber seltener hereingelegt, wenn er dringend Werkzeug brauchte.

Niemand erfuhr, daß ihm der Name Dreiachtelbolzen besser gefiel als sein Taufname, klang er doch nach einem sehr wesentlichen Teil jedweder Maschine und gliederte Sachar Pawlowitsch nahezu körperlich in jenes wahre Land ein, wo ein Zoll Eisen eine Werst Erde besiegt.

Als Sachar Pawlowitsch jung war, hatte er gedacht, daß er erwachsen und klüger werden würde. Aber das Leben ging dahin ohne Selbstbesinnung und ohne Zwischenstation, als unaufhörliche Begeisterung; kein einziges Mal hatte Sachar Pawlowitsch die Zeit als ein festes Ding empfunden, gegen das er geprallt wäre, sie existierte für ihn nur als Rätsel im Weckermechanismus. Aber nachdem Sachar Pawlowitsch das Geheimnis der Unruh in der Uhr begriffen hatte, erkannte er, daß es keine Zeit gibt, sondern nur die gleichmäßige straffe Kraft der Feder. Doch etwas Stilles und Trauriges war in der Natur – irgendwelche Kräfte wirkten unabänderlich. Sachar Pawlowitsch beobachtete die Flüsse – ihre Geschwindigkeit und ihr Wasserstand schwankten nicht, und diese Beständigkeit hatte etwas beklemmend Wehmütiges. Natürlich gab es Hochwasser, gingen schwüle Regengüsse nieder, benahm einem manchmal der Wind den Atem, aber zumeist funktionierte das Leben still und gleichmütig: das Strömen der Flüsse, das Wachsen der Gräser, der Wechsel der Jahreszeiten. Sachar Pawlowitsch nahm an, daß diese gleichmäßigen Kräfte die ganze Erde in Erstarrung hielten, sie bewiesen seinem Verstand von hintenherum, daß sich nichts zum Besseren ändern würde; wie Dörfer und Menschen waren, so würden sie bleiben. Zur Erhaltung des Kräftegleichgewichts in der Natur würde sich die Not der Menschen immer wiederholen. Vor vier Jahren war eine Mißernte gewesen, die Männer waren zur Saisonarbeit weggegangen, und die Kinder hatten sich ins frühe Grab gelegt, aber dieses Schicksal war nicht ein für allemal vorbei, es kehrte jetzt wieder, damit der Lauf des allgemeinen Lebens stimmte.

Wie lange Sachar Pawlowitsch auch lebte, er sah mit Verwunderung, daß er sich nicht änderte und nicht klüger wurde, er blieb derselbe, der er mit zehn oder fünfzehn gewesen war. Nur waren einstige Vorahnungen jetzt zu alltäglichen Gedanken geworden, aber damit änderte sich nichts zum Besseren. Früher hatte er sich sein künftiges Leben als tiefen blauen Raum vorgestellt – so weit, daß er fast unsterblich war. Aber er wußte im voraus: Je länger er lebte, um so kleiner würde der Raum des ungelebten Lebens werden, und zurückbleiben würde ein immer länger werdender toter zertrampelter Weg. Doch er hatte sich getäuscht: Das Leben wuchs und sammelte sich an, und die noch vor ihm liegende Zukunft wuchs ebenfalls und weitete sich, wurde tiefer und geheimnisvoller als in der Jugend, so als trete Sachar Pawlowitsch vom Ende seines Lebens zurück oder steigere seine Erwartungen und seinen Glauben an das Leben.

Wenn er sein Gesicht im Glas der Lokscheinwerfer sah, sprach er zu sich: Merkwürdig, ich sterbe bald, bin aber immer noch derselbe.

Zum Herbst hin häuften sich die Feiertage im Kalender; einmal folgten drei Feiertage aufeinander. Sachar Pawlowitsch langweilte sich an solchen Tagen und machte weite Wanderungen entlang der Eisenbahnstrecke, um die Züge in voller Fahrt zu sehen. Unterwegs überkam ihn der Wunsch, in die Bergwerkssiedlung zu gehen, wo seine Mutter begraben lag. Er erinnerte sich genau an die Grabstelle und an das fremde Eisenkreuz neben dem namenlosen stummen Grab der Mutter. Auf jenem Kreuz hatte sich eine rostige, fast ausgelöschte uralte Inschrift über den Tod einer Xenia Fjodorowna Iroschnikowa erhalten, die im Jahre 1813 im Alter von achtzehn Jahren und drei Monaten an Cholera gestorben war. Dort war noch eingeprägt: Ruhe in Frieden, geliebte Tochter, bis zum Wiedersehen der Kinder mit den Eltern.

Sachar Pawlowitsch verspürte heftiges Verlangen, das Grab zu öffnen und die Mutter zu sehen – ihre Gebeine, Haare und all die letzten vergehenden Reste seiner kindlichen Heimat. Er wäre auch jetzt nicht dagegen gewesen, eine lebendige Mutter zu haben, denn er fühlte in sich keinen sonderlichen Unterschied zu seiner Kindheit. Auch damals, im blauen Nebel des zarten Alters, hatte er eine Vorliebe gehabt für die Nägel im Zaun, den Rauch der Schmieden am Wegrand und die Räder der Leiterwagen, weil sie sich drehten.

Wohin der kleine Sachar damals auch gegangen war, er hatte gewußt, daß es eine Mutter gab, die ewig auf ihn warten würde, und er hatte vor nichts Angst gehabt.

Die Eisenbahnstrecke wurde zu beiden Seiten von Büschen geschützt. Manchmal saßen im Schatten der Büsche Bettler; sie aßen oder richteten ihr Schuhwerk. Sie sahen, wie die triumphalen Lokomotiven mit großer Geschwindigkeit Züge hinter sich herzogen. Aber kein einziger Bettler wußte, was die Lokomotive zum Fahren brachte. Nicht einmal der schlichtere Gedanke, zu welchem Glück sie selber lebten, kam den Bettlern in den Sinn. Welcher Glaube – Liebe – Hoffnung – ihren Beinen auf den sandigen Wegen Kraft verlieh, das wußte keiner, der Almosen gab. Sachar Pawlowitsch warf manchmal in eine ausgestreckte Hand zwei Kopeken, ohne Überlegung das bezahlend, was die Bettler entbehrten und was ihm gegeben war – das Verständnis für die Maschinen.

Auf der Böschung saß ein struppiger Junge und sortierte das Erbettelte: das Schimmlige legte er beiseite, das Frischere in eine Tasche. Der Junge hatte einen mageren Körper, aber ein hellwaches und pfiffiges Gesicht.

Sachar Pawlowitsch blieb stehen und rauchte an der frischen Luft des frühen Herbstes.

»Tust du den Ausschuß weg?«

Der Junge verstand das Wort nicht.

»Onkel, gib mir eine Kopeke«, sagte er, »oder laß mich aufrauchen.«

Sachar Pawlowitsch holte einen Fünfer hervor.

»Du bist bestimmt ein Spitzbube und Lauselümmel«, sagte er ohne Bosheit, nur um die gute Tat seiner Gabe durch ein grobes Wort zu tilgen, damit es ihm selber nicht peinlich sei.

»Nein, ich bin kein Spitzbube, ich bin ein Bettler«, antwortete der Junge, während er Brotstücke in die Tasche stopfte. »Ich habe Vater und Mutter, aber sie sind vor dem Hunger weggegangen.«

»Wohin willst du denn mit deinem Pud Proviant?«

»Ich mach einen Besuch bei mir zu Hause. Vielleicht ist die Mutter mit den Kindern gekommen – was sollen sie dann essen?«

»Zu wem gehörst du denn?«

»Ich habe einen Vater, ich bin keine Waise. Die da sind alle Gauner, aber mich hat mein Vater verprügelt.«

Der Junge wurde aus Verdruß über den Vater traurig. Den Fünfer hatte er längst in ein Beutelchen gesteckt, das ihm um den Hals hing; in dem Beutelchen war etliches Kupfergeld.

»Du bist bestimmt müde?« fragte Sachar Pawlowitsch.

»Ja, bin ich«, stimmte der Junge zu. »Kriegt man denn bei euch Teufeln schnell was zusammengebettelt? Man muß euch die Hucke vollügen, wenn man was essen will! Du hast mir fünf Kopeken gegeben, aber das tut dir bestimmt selber leid! Ich würd nie im Leben was geben.«

Der Junge nahm einen angeschimmelten Kanten aus dem Haufen des verdorbenen Brotes; offensichtlich brachte er das bessere Brot nach Hause zu seinen Eltern, und das schlechte aß er selbst. Das gefiel Sachar Pawlowitsch.

»Dein Vater liebt dich bestimmt sehr?«

»Der liebt nichts – er ist ein Faulenzer. Ich liebe mehr die Mutter.«

»Und wer ist dein Vater?«

»Onkel Proschka. Ich bin ja nicht von hier.«

Sachar Pawlowitsch sah plötzlich die Sonnenblume vor sich, die aus dem Schornstein der verlassenen Kate wuchs, und die Unkrautbüsche auf der Dorfstraße.

»Dann bist du Proschka Dwanow, du Hundesohn!«

Der Junge nahm das nicht zu Ende gekaute grünliche Brot aus dem Mund, warf es aber nicht weg, sondern legte es auf die Tasche, er würde es später fertigkauen.

»Und du bist wohl Onkel Sachar?«

»Der bin ich!«

Sachar Pawlowitsch setzte sich. Er fühlte jetzt die Zeit, sie war wie Proschkas Wanderung von der Mutter fort in fremde Städte. Er erkannte, daß die Zeit die Bewegung des Leids und ein genauso fühlbarer Gegenstand war wie jeder beliebige Stoff, wenngleich ungeeignet zur Bearbeitung.

Ein vorüberkommendes Bürschchen, das aussah wie ein davongejagter Klosternovize, hielt in seinem Weg inne, setzte sich hin und starrte die beiden Plaudernden an. Seine Lippen waren rot und hatten die schwellende Schönheit des Kleinkindes bewahrt, die Augen waren sanft, aber ohne scharfen Verstand – solche Gesichter gibt es nicht bei einfachen Leuten, die gewohnt sind, ihre immerwährende Not zu überlisten.

Der Wanderer regte Proschka auf, besonders durch seine Lippen.

»Warum spitzt du die Lippen, willst du mir die Hand küssen?«

Der Novize erhob sich und ging seines Wegs, von dem er nicht genau wußte, wohin er ihn führen würde.

Proschka witterte das sofort und sagte hinter dem Novizen her:

»Da geht er. Aber wohin er geht, weiß er selber nicht. Dreh ihn um, und er geht zurück: diese verdammten Bettelbrüder.«

Sachar Pawlowitsch war ein wenig verwirrt von Proschkas frühreifem Verstand, er selber war spät mit den Menschen vertraut geworden und hatte lange Zeit gemeint, sie wären klüger als er.

»Proschka!« sagte Sachar Pawlowitsch. »Was ist aus dem kleinen Jungen geworden, dem Sohn des Fischers? Deine Mutter hatte ihn zu sich genommen.«

»Du meinst Sascha?« erriet Proschka. »Der ist vor allen andern aus dem Dorf weg! So ein Teufelsbraten – kein Leben war das mit ihm! Das letzte Stück Brot hat er geklaut und sich in der Nacht davongemacht. Ich immer hinter ihm her, aber dann hab ich mir gesagt: soll er, und bin zurück zum Hof.«

Sachar Pawlowitsch glaubte ihm und wurde nachdenklich.

»Und wo ist dein Vater?«

»Vater ist weggegangen zur Saisonarbeit. Und mir hat er aufgetragen, daß ich die Familie ernähr. Ich hab bei den Leuten Brot gesammelt, und als ich wieder in mein Dorf kam, war die Mutter fort mitsamt den Kindern. In den Katen sind keine Leute mehr, nur Brennesseln ...«

Sachar Pawlowitsch gab Proschka einen halben Rubel und bat ihn, bei ihm vorbeizuschauen, wenn er in der Stadt war.

»Gib mir lieber deine Mütze!« sagte Proschka. »Dir tut es sowieso um nichts leid. Aber mir wäscht der Regen den Kopf, und ich werd mich noch erkälten.«

Sachar Pawlowitsch gab ihm die Schirmmütze, nachdem

er das Eisenbahnerabzeichen abgemacht hatte, das ihm kostbarer war als die Kopfbedeckung.

Ein Fernzug fuhr vorüber, und Proschka stand auf, um sich schleunigst auf den Weg zu machen, ehe Sachar Pawlowitsch das Geld und die Mütze zurückverlangen konnte. Die Mütze paßte genau auf Proschkas zottigen Kopf, aber er nahm sie gleich wieder ab und steckte sie in den Brotbeutel.

»Dann leb wohl. Geh mit Gott«, sagte Sachar Pawlowitsch.

»Du hast gut reden – du hast immer Brot«, hielt ihm Proschka vor. »Aber wir haben nicht mal das.«

Sachar Pawlowitsch wußte nicht, was er noch sagen sollte – Geld hatte er nicht mehr.

»Neulich hab ich Sascha in der Stadt getroffen«, sagte Proschka. »Der Dussel wird bald ganz eingehen: Keiner gibt ihm was, er traut sich nicht zu betteln. Ich hab ihm eine Portion gegeben und hab selber nichts gegessen. Du hast ihn doch wohl Mama aufgehalst, jetzt gib Geld für ihn!« schloß Proschka mit ernster Stimme.

»Bring Sascha doch mal zu mir«, antwortete Sachar Pawlowitsch.

»Was gibst du dafür?« wollte Proschka im voraus wissen.

»Sobald ich meinen Lohn hab, kriegst du einen Rubel.«

»Na gut«, sagte Proschka. Ich bring ihn zu dir. Aber laß ihn nicht zu anhänglich werden, sonst tanzt er dir auf dem Kopf herum.«

Proschka schlug nicht den Weg zu seinem Dorf ein. Wahrscheinlich hatte er seine Vorhaben und weitreichende Pläne für neue Broteinnahmen.

Sachar Pawlowitsch folgte ihm mit den Augen, und ihm kamen auf einmal Zweifel, ob Maschinen und Erzeugnisse wertvoller seien als jeder beliebige Mensch.

Proschka entfernte sich immer weiter, und immer erbarmungswürdiger wurde sein winziger Körper inmitten der zur Ruhe gegangenen gewaltigen Natur. Proschka ging zu Fuß an der Eisenbahn entlang – mit ihr fuhren andere Menschen; sie betraf ihn nicht und half ihm nicht. Er betrachtete die Brücken, Schienen und Lokomotiven genauso gleichmütig wie die Bäume am Wegrand, wie den Wind und den Sand. Jede künstliche Anlage war für Proschka nur eine Art von Natur auf fremden Bodenparzellen. Durch seinen wachen scharfen Verstand lebte Proschka irgendwie angespannt. Er fühlte seinen Verstand wohl noch nicht vollständig, das war daraus zu ersehen, daß er unvermittelt, beinah unbewußt sprach und sich selbst über seine Worte wunderte, deren Vernunft über sein Alter hinausging.

Proschka verschwand hinter einer Biegung der Gleise – einsam, klein und ohne jeden Schutz. Sachar Pawlowitsch hätte ihn gern für immer zu sich zurückgeholt, aber er war schon zu weit weg.

Am nächsten Morgen ging Sachar Pawlowitsch nicht mit der gleichen Lust zur Arbeit wie sonst. Am Abend war ihm schwer ums Herz, und er legte sich gleich schlafen. Bolzen, Hähne und alte Manometer, die ständig auf dem Tisch ihren Platz hatten, konnten seine Trübsal nicht zerstreuen – er sah sie an und fühlte sich nicht in ihrer Gemeinschaft. Etwas bohrte in ihm, als knirsche sein Herz beim ungewohnten Rückwärtsgang. Sachar Pawlowitsch konnte Proschkas kleinen mageren Körper nicht vergessen, wie er entlang der Eisenbahnlinie in die Ferne trottete, die versperrt war von der wuchtigen, gleichsam von oben herabgestürzten Natur. Sachar Pawlowitsch dachte ohne klaren Gedanken, ohne die Umständlichkeit von Worten – allein mit der Energie seiner empfänglichen Gefühle, und das war Qual genug. Er sah die Kläglichkeit Proschkas, der selber nicht wußte, daß er schlimm dran war, sah die Eisenbahn, die unabhängig von Proschka und seinem beschwerlichen Leben arbeitete, und er konnte nicht begreifen, wie alles kam, er litt nur an seinem namenlosen Kummer.

Am folgenden Tag, dem dritten nach der Begegnung mit Proschka, kam Sachar Pawlowitsch nicht bis ins Depot. Er nahm in der Pförtnerbude eine Nummer vom Brett und hängte sie wieder zurück. Den Tag verbrachte er in einer Schlucht, unter der Sonne und den Spinnfäden des Altweibersommers. Er hörte das Pfeifen der Lokomotiven und den Lärm ihrer Geschwindigkeit, aber er stieg nicht hinauf, um sie zu sehen, er spürte keine Achtung mehr für sie.

Der Fischer war im Mutewosee ertrunken, der Einsiedler im Wald gestorben, das leere Dorf vom Laub der Gräser überwuchert, dafür aber ging die Uhr des Kirchenwächters, fuhren die Züge nach Fahrplan, und jetzt empfand Sachar Pawlowitsch das exakte Funktionieren von Uhr und Zügen als langweilig und peinlich.

Was würde Proschka in meinen Jahren und mit meinem Verstand anstellen? bedachte Sachar Pawlowitsch seine Lage. Er würde irgendwas zerstören, der Hundesohn! Doch Sascha müßte auch unter seiner Herrschaft betteln gehen.

Jener warme Nebel der Liebe zu den Maschinen, in dem Sachar Pawlowitsch ruhig und sicher gelebt hatte, war jetzt zerstreut worden von einem frischen Wind, und vor Sachar Pawlowitsch tat sich das schutzlose einsame Leben der Menschen auf, die in ihrer Blöße lebten, ohne sich mit dem Glauben an die Hilfe der Maschinen selbst zu betrügen.

Der Altmeister hörte allmählich auf, Sachar Pawlowitsch zu schätzen. »Ich hab ernsthaft angenommen«, sagte er, »daß du vom Stamm der alten Meister bist, aber du bist auch nur mittelmäßig – eine ungelernte Arbeitskraft, Abfallprodukt eines Weibes.«

Sachar Pawlowitsch verlor in seiner seelischen Verwirrung tatsächlich seine eifrige Meisterschaft. Wer nur für den Lohn arbeitet, tut sich sogar schwer, einen Nagelkopf zu treffen. Der Altmeister wußte das besser als jeder andere, er glaubte, wenn sich der Arbeiter nicht mehr zur Maschine hingezogen fühle, wenn die Arbeit ihre unbewußte unentgeltliche Natur einbüße und zum reinen Gelderwerb werde, dann breche das Ende der Welt an, ja schlimmer: nach dem Tod des letzten Meisters lebe der letzte Abschaum auf, um die Gewächse der Sonne zu fressen und die Erzeugnisse der Meister zu verderben.

Der Sohn des neugierigen Fischers war so sanftmütig, daß er dachte, alles im Leben ist so, wie es aussieht. Wenn man ihm Almosen verweigerte, glaubte er, die Leute seien alle nicht reicher als er. Vor dem Tod rettete ihn, daß einem jungen Schlosser die Frau krank geworden war und niemand bei ihr saß, wenn er zur Arbeit ging. Seine Frau fürchtete sich aber allein im Zimmer und langweilte sich sehr. Dem Schlosser gefiel ein gewisser Liebreiz in dem vor Ermattung dunklen Gesicht des Jungen, der bettelte, ohne die Almosen sonderlich zu beachten. Er hieß den Jungen, am Bett seiner kranken Frau zu wachen, die ihm nach wie vor das Liebste auf der Welt war.

Sascha saß tagelang auf einem Hocker, zu Füßen der Kranken, und die Frau kam ihm genauso schön vor, wie seine Mutter in der Erinnerung des Vaters gewesen war. Darum lebte er und half er der Kranken mit der Selbstlosigkeit der späten Kindheit, die bislang von niemandem akzeptiert worden war. Die Frau gewann ihn lieb und nannte ihn Alexander, sie war es nicht gewöhnt, Herrin zu sein. Aber bald war sie wieder gesund, und ihr Mann sagte zu Sascha: »Da hast du zwanzig Kopeken, Junge, nun sieh, daß du weiterkommst.«

Sascha nahm das ungewohnte Geld, ging hinaus auf den Hof und fing an zu weinen. Neben dem Abort saß auf einem Abfallhaufen Proschka und wühlte mit den Händen darin herum. Er sammelte jetzt Knochen, Lumpen und Blech, er rauchte, und der Aschestaub der Abfallhaufen machte sein Gesicht älter.

»Weinst du wieder, du näselnder Teufel?« fragte Proschka, ohne seine Arbeit zu unterbrechen. »Komm her und wühl hier ein bißchen, ich geh schnell einen Tee trinken, ich hab heute was Salziges gegessen.«

Aber Proschka ging nicht in die Schenke, sondern zu Sachar Pawlowitsch. Der las, weil ihm das Lesen schwerfiel, laut in einem Buch: »Graf Viktor legte die Hand auf sein ergebenes tapferes Herz und sagte: Ich liebe dich, meine Teure ...«

Proschka hörte anfangs zu, er dachte, es sei ein Märchen, aber dann war er enttäuscht und sagte geradezu:

»Sachar Pawlowitsch, gib mir den Rubel, ich bring dir gleich den Waisenjungen Sascha!«

»Was?!« rief Sachar Pawlowitsch erschrocken. Er wandte ihm sein trauriges altes Gesicht zu, daß seine Frau, wäre sie am Leben gewesen, auch jetzt noch geliebt hätte.

Proschka nannte erneut den Preis für Sascha, und Sachar

Pawlowitsch gab ihm den Rubel, weil er jetzt auch über Sascha froh war. Der Tischler war weggezogen, um in einer Schwellenimprägnierfabrik zu arbeiten, und für Sachar Pawlowitsch blieb die Leere der beiden Zimmer. In letzter Zeit war das Leben mit den Tischlersöhnen wenn auch unruhig, so doch unterhaltsam gewesen; sie waren so sehr Männer geworden, daß sie nicht wußten, wohin mit ihrer Kraft, und ein paarmal hatten sie absichtlich das Haus angezündet, aber jedesmal das Feuer rasch wieder gelöscht, ehe es voll auflodern konnte. Der Vater erbitterte sich, aber sie sagten ihm: »Wieso hast du Angst vorm Feuer, Alter? Was verbrennt, kann nicht verfaulen! Dich alten Knochen sollte man verbrennen, dann wirst du nicht im Grab verfaulen und nie stinken.«

Vor der Abreise hatten die Söhne das Aborthäuschen niedergerissen und dem Hofhund den Schwanz abgehackt.

Proschka ging nicht sofort zu Sascha; erst kaufte er ein Päckchen Zigaretten Marke »Landmann« und plauderte ungezwungen mit den Weibern im Laden. Dann kehrte er zum Müllhaufen zurück.

»Sascha«, sagte er, »komm, ich bring dich weg, damit du dich nicht mehr an mich hängst.«

In den folgenden Jahren verfiel Sachar Pawlowitsch immer mehr. Um nicht einsam zu sterben, nahm er Darja Stepanowna zur Frau und hatte nun eine mißlaunige Freundin. Ihm war leichter, wenn er sich selbst nicht bis ins letzte fühlte: Im Depot hinderte ihn die Arbeit daran, und zu Haus nörgelte die Frau. Eigentlich war diese zweischichtige leere Betriebsamkeit ein Unglück für Sachar Pawlowitsch, aber ohne sie wäre er unter die Barfüßler gegangen. Sein brennendes Interesse für Maschinen und Erzeugnisse war erloschen: Erstens, wieviel er auch arbeitete, die Menschen lebten trotzdem arm und jämmerlich; zweitens hatte sich die Welt für ihn in einen gleichgültigen Wachtraum gehüllt – bestimmt war Sachar Pawlowitsch sehr müde und fühlte seinen stillen Tod voraus. So ergeht es im Alter vielen Arbeitern; die festen Stoffe, mit denen sie jahrzehntelang zu tun haben, lehren sie insgeheim die allgemeine Unabwendbarkeit des tödlichen Verfalls. Vor ihren Augen werden Lokomotiven ausrangiert, verrotten jahrelang in der Sonne und werden dann verschrottet. Sonntags ging Sachar Pawlowitsch an den Fluß, um zu angeln und seine letzten Gedanken zu Ende zu denken.

Zu Hause war Sascha sein Trost. Doch die ewig unzufriedene Frau hinderte ihn, sich auf diesen Trost zu konzentrieren. Vielleicht war das besser so, denn hätte sich Sachar Pawlowitsch ganz und gar auf die ihn fesselnden Dinge konzentrieren können, so wäre er bestimmt in Tränen ausgebrochen.

In solch zerfahrenem Leben vergingen die Jahre. Manchmal, wenn Sachar Pawlowitsch von seiner Pritsche den lesenden Sascha beobachtete, fragte er:

»Sascha, quält dich nichts?«

»Nein«, sagte Sascha, an die Eigenheiten seines Pflegevaters gewöhnt.

»Was meinst du«, führte Sachar Pawlowitsch seine Zweifel weiter, »müssen denn alle leben oder nicht?«

»Alle«, antwortete Sascha, der den Gram des Vaters ein wenig verstand.

»Aber hast du irgendwo gelesen: weshalb?«

Sascha riß sich vom Buch los.

»Ich habe gelesen, das Leben wird mit der Zeit immer besser.«

»Aha!« sagte Sachar Pawlowitsch vertrauensvoll. »So steht es geschrieben?«

»So steht es geschrieben.«

Sachar Pawlowitsch holte tief Luft.

»Kann ja sein. Nicht jedem ist Wissen gegeben.«

Sascha arbeitete schon ein Jahr als Schlosserlehrling im Depot. Er fühlte sich zu Maschinen und zum Handwerk hingezogen, aber nicht so wie Sachar Pawlowitsch. Sein Hingezogensein war nicht Neugier, die endete, wenn er das Geheimnis einer Maschine ergründet hatte. Sascha interessierten Maschinen genauso wie andere funktionierende und lebende Gegenstände. Er wollte sie weniger erkennen als fühlen und in ihrem Leben nachempfinden.

Wenn er von der Arbeit heimkehrte, stellte er sich vor, eine Lokomotive zu sein, und erzeugte alle Laute, die eine fahrende Lok ausstößt. Im Einschlafen dachte er, daß die Hühner im Dorf längst schliefen, und dieses Bewußtsein der Übereinstimmung mit Hühnern und Lokomotiven gab ihm Befriedigung. Sascha konnte nichts losgelöst für sich tun, zuerst suchte er eine Analogie zu seiner Handlung, dann erst handelte er, aber nicht aus eigener Notwendigkeit, sondern aus Mitgefühl für irgendwas oder irgendwen.

Ich bin genau wie er, sagte sich Sascha häufig. Betrachtete er einen alten Zaun, so dachte er mit herzlicher Stimme: Er steht so für sich da! – und stand ebenfalls irgendwo ohne Notwendigkeit herum. Wenn im Herbst die Fensterläden trübselig knarrten und Sascha sich abends zu Hause langweilte, lauschte er den Fensterläden und fühlte, daß auch sie sich langweilten, und schon langweilte er sich nicht mehr.

Hatte Sascha keine Lust, zur Arbeit zu gehen, dann tröstete er sich mit dem Wind, der Tag und Nacht blies.

Ich bin genau wie er, so sah Sascha den Wind, aber ich arbeite bloß am Tag, er auch in der Nacht, er hat es noch schlechter.

Die Züge fuhren mit einemmal sehr häufig – Krieg war ausgebrochen. Die Arbeiter im Depot nahmen den Krieg gleichmütig hin, sie wurden ja nicht in den Krieg geschickt, und er war ihnen genauso fremd wie die von ihnen reparierten und aufgerüsteten Lokomotiven, die dann unbekannte und untätige Leute beförderten.

Sascha spürte monoton, wie sich die Sonne bewegte, die Jahreszeiten vergingen und die Züge Tag und Nacht fuhren. Er vergaß allmählich seinen Vater, den Fischer, das Dorf und Proschka und ging mitsamt seinem Alter jenen Ereignissen und Dingen entgegen, die er noch durchfühlen und in sich hineinlassen mußte. Sich selbst begriff Sascha nicht als selbständigen festen Gegenstand, er malte sich mit dem Gefühl immer etwas aus, und das verdrängte aus ihm die Vorstellung von sich selbst. Sein Leben verlief beständig und tief, wie in der warmen Enge des mütterlichen Schlafes. Er wurde von äußeren Visionen beherrscht wie ein Reisender von neuen Ländern. Eigene Ziele hatte er nicht, obwohl er schon sechzehn war, dafür fühlte er ohne den geringsten inneren Widerstand mit jedem beliebigen Leben mit – mit der Schwäche hinfälliger Hofgräser und einem zufälligen nächtlichen Passanten, der in seiner Unbehaustheit hustete, damit er gehört und bedauert werde. Sascha hörte und bedauerte. Ihn erfüllte jene dunkle beseelte Erregung, wie erwachsene Männer sie bei der einzigen Liebe zu einer Frau empfinden. Er sah aus dem Fenster dem Passanten nach und malte sich alles mögliche über ihn aus. Der Passant verlor sich im Dickicht der Dunkelheit und schurrte beim Gehen über die Steinchen des Trottoirs, die noch namenloser waren als er selbst. Ferne Hunde kläfften beängstigend und dumpf, und vom Himmel fielen hin und wieder müde Sterne. Vielleicht gingen jetzt in dichtester Nacht Pilger auf kühlem ebenem Feld irgendwohin, und die Ruhe und die Sternschnuppen verwandelten sich in ihnen genau wie in Sascha in die Stimmung ihres persönlichen Lebens.

Sachar Pawlowitsch ließ Sascha in allem gewähren, er liebte ihn mit der Ergebenheit des Alters, mit dem Gefühl unbewußter, unklarer Hoffnungen. Häufig bat er Sascha, ihm vom Krieg vorzulesen, denn er selbst konnte im Lampenlicht nicht die Buchstaben entziffern.

Sascha las von Schlachten, von brennenden Städten und fürchterlichen Verlusten an Metall, Menschen und Besitz. Sachar Pawlowitsch hörte schweigend zu, schließlich sagte er:

»Da leb ich und denke: Ist der Mensch dem Menschen wirklich so gefährlich, daß unbedingt eine Macht zwischen ihnen stehen muß? Von der Macht kommt doch der Krieg. Ich gehe umher und denke, den Krieg, den hat sich die Macht absichtlich ausgedacht, denn ein gewöhnlicher Mensch kann so was nicht.«

Sascha fragte, wie es denn sein müßte.

»Tja«, antwortete Sachar Pawlowitsch und erhitzte sich. »Irgendwie anders. Wenn sie mich zum Deutschen geschickt hätten, kaum daß der Streit losging, ich wär sofort mit ihm einig geworden, und das wär billiger gekommen als der Krieg. Aber so haben sie die klügsten Leute hingeschickt!«

Sachar Pawlowitsch konnte sich keinen Menschen vorstellen, mit dem sich nicht freundschaftlich plaudern ließe. Aber die dort oben – der Zar und seine Beamten – sind ja wohl keine Dummköpfe. Also ist der Krieg keine ernste, naturgewollte Sache, sondern eine vorsätzliche. Und hier geriet Sachar Pawlowitsch in die Sackgasse: Kann man freundschaftlich mit jemandem reden, der absichtlich Menschen tötet, oder muß man ihm vorher die schädliche Waffe, den Reichtum und die Würde wegnehmen?

Zum erstenmal sah Sascha einen sterbenden Menschen in seinem Depot. Es war in der letzten Arbeitsstunde – kurz vor der Sirene. Sascha ließ Stopfbuchsen in die Zylinder ein, als zwei Lokführer den blassen Altmeister vorübertrugen, aus dessen Kopf dickflüssiges Blut quoll und auf den öligen Boden tropfte. Sie trugen ihn ins Kontor und riefen von dort das Krankenhaus an. Sascha wunderte sich: Der Altmeister war doch grau und alt, sein Blut aber rot und jung, als wär er im Innern noch ein Kind.

»Ihr Teufel!« sagte der Altmeister deutlich. »Reibt mir den Kopf mit Schmieröl ein, um wenigstens das Blut zu stillen.«

Ein Heizer brachte rasch einen Eimer Schmieröl, tauchte Putzwolle hinein und wischte damit über den blutverschmierten Kopf des Altmeisters. Der Kopf wurde schwarz, und alle nahmen seine Ausdünstungen wahr.

»Na also, na also!« sagte der Altmeister aufmunternd. »Mir geht's schon besser. Ihr habt wohl gedacht, ich sterbe? Ihr freut euch zu früh, ihr Halunken ...«

Er erschlaffte allmählich und verlor das Bewußtsein. Sascha betrachtete die Löcher in seinem Kopf und die tief dort eingedrungenen, hineingedrückten, schon toten Haare. Niemand trug dem Altmeister die Kränkungen nach, obwohl ihm auch jetzt ein Bolzen wertvoller und handlicher war als ein Mensch.

Sachar Pawlowitsch, der dabeistand, hielt gewaltsam die Augen offen, damit nicht vor allen Leuten Tränen heraustropften. Er sah wieder einmal, der Mensch kann noch so böse, klug und tapfer sein, er ist trotz allem traurig und bedauernswert und stirbt an Schwäche.

Der Altmeister schlug plötzlich die Augen auf und spähte scharf in die Gesichter der Untergebenen und Kollegen. In seinem Blick schimmerte noch helles Leben, doch schon quälte er sich in unbestimmter Anspannung, und die bleichen Lider sanken in die Augenhöhlen.

»Was heult ihr?« fragte er mit einem Rest seiner früheren Bärbeißigkeit. Niemand weinte, nur aus Sachar Pawlowitschs aufgerissenen Augen rann unaufhaltsam schmutziges Naß über die Wangen. »Was steht ihr hier und heult, wo die Sirene noch nicht war!«

Der Altmeister schloß die Augen und hielt sie eine Weile in sanfter Dunkelheit; er fühlte keinerlei Tod, denn die bisherige Körperwärme war mit ihm, nur hatte er sie früher nie gespürt, aber jetzt schien er in den heißen bloßgelegten Säften seiner Eingeweide zu baden. Das alles war ihm schon früher einmal geschehen, vor sehr langer Zeit, doch wo – daran konnte er sich nicht erinnern. Als er die Augen wieder öffnete, sah er die Männer wie in aufgewühltem Wasser. Einer stand knapp über ihm, als hätte er keine Beine, und hielt sich die schmutzige, verarbeitete Hand vor das bestürzte Gesicht.

Der Altmeister ärgerte sich über ihn und beeilte sich, noch etwas zu sagen, weil das Wasser über ihm schon dämmrig wurde.

»Er heult, und Gerasska, der Schweinehund, hat wieder den Kessel überheizt ... Na, was heult er? Raff dich auf und mach einen neuen Menschen ...«

Der Altmeister erinnerte sich, wo er diese stille heiße Dunkelheit gesehen hatte: Es war die Enge im Innern seiner Mutter, und er wollte mit dem Kopf wieder in sie zurück, kam aber zwischen ihren auseinandergerückten Knochen nicht hindurch wegen seines zu großen alten Wuchses.

»Raff dich auf und mach einen neuen Menschen ... Eine Schraube kriegst du Schweinehund nicht hin, aber einen Menschen, das geht ganz fix ...«

Hier holte der Altmeister Luft und begann mit den Lippen zu saugen. Offensichtlich war es ihm an einem engen Ort zu drückend, er ruckte mit den Schultern und mühte sich, einen endgültigen Platz zu finden.

»Schiebt mich tiefer in den Schornstein«, hauchte er mit aufgeschwollenen Kinderlippen, in dem klaren Bewußtsein, daß er in neun Monaten wieder geboren werden würde. »Iwan Sergejewitsch, ruf Dreiachtelbolzen, der Gute soll mich mit der Gegenmutter festziehen.«

Die Trage wurde zu spät gebracht. Es war sinnlos, den Altmeister ins Krankenhaus zu schaffen.

»Lassen Sie den Mann nach Hause bringen«, sagten die Arbeiter zum Arzt.

»Das geht nicht«, antwortete der Arzt. »Wir brauchen ihn fürs Protokoll.«

Ins Protokoll wurde geschrieben, der Altmeister habe beim Abschleppen einer kalten Lok, die mit einer fünf Saschen starken Trosse angekuppelt gewesen sei, tödliche Verletzungen erlitten. Beim Überfahren einer Weiche habe die Trosse einen Laternenpfahl gestreift, der sei umgefallen und habe den Kopf des Altmeisters beschädigt, der vom Tender der ziehenden Lok die geschleppte Lok beobachtet habe. Zu dem Vorfall sei es durch die Unvorsichtigkeit des Altmeisters gekommen, ebenso infolge der Nichtbeachtung der entsprechenden Dienstvorschriften für Verkehr und Betrieb.

Sachar Pawlowitsch nahm Sascha bei der Hand und ging mit ihm nach Hause. Seine Frau sagte beim Abendessen, es gebe wenig Brot zu kaufen, Rindfleisch überhaupt nicht.

»Dann sterben wir eben, und fertig«, antwortete Sachar Pawlowitsch gleichmütig. Die alltäglichen Dinge hatten für ihn keine große Bedeutung mehr.

Für Sascha hatte – damals in seinem frühen Leben – jeder Tag einen eigenen namenlosen Zauber, der sich später nicht wiederholte; die Gestalt des Altmeisters entschwand für ihn in den Traum der Erinnerungen. Sachar Pawlowitsch hingegen besaß nicht mehr solche selbstheilende Lebenskraft; er war alt, und das Alter ist zart und dem Verderben schutzlos ausgeliefert wie die Kindheit, darum trauerte er sein restliches Leben um den Altmeister.

Nichts sonst rührte Sachar Pawlowitsch in den folgenden Jahren an. Nur abends, wenn er auf den lesenden Sascha sah, fühlte er Mitleid mit dem Jungen. Er hätte Sascha am liebsten gesagt: Quäl dich nicht mit dem Buch ab – wenn dort etwas Ernstzunehmendes stünde, hätten die Menschen längst einander umarmt. Doch Sachar Pawlowitsch sagte nichts, obwohl sich in seinem Innern beständig etwas Einfaches regte, etwas wie Freude, aber der Verstand ließ sie nicht zu Wort kommen. Er sehnte sich unklar nach einem beruhigenden Leben an den Ufern glatter Seen, wo die Freundschaft alle Worte und alle Weisheit des Lebenssinnes aufheben würde.

Sachar Pawlowitsch verlor sich in seinen Betrachtungen; sein Leben lang hatten ihn zufällige Interessen wie Maschinen und Erzeugnisse abgelenkt, und erst jetzt kam er zur Besinnung: Irgendwas mußte ihm die Mutter ins Ohr geflüstert haben, als sie ihm die Brust gab. etwas, das lebensnotwendig war wie ihre Milch, deren Geschmack er für immer vergessen hatte. Aber die Mutter hatte ihm nichts zugeflüstert, und er konnte nicht alles in der Welt ergrübeln. Darum lebte er friedlich für sich hin, ohne noch auf allgemeine, grundlegende Verbesserung zu hoffen: wie viele Lokomotiven auch gebaut würden – weder Proschka noch Sascha noch er selber würden je damit fahren. Die Lokomotiven arbeiteten für fremde Menschen oder für Soldaten, aber die wurden gewaltsam befördert. Die Maschine selbst war auch kein eigenwilliges, sondern ein wehrloses Wesen. Sachar Pawlowitsch bedauerte sie jetzt mehr, als er sie liebte, und er sagte der Lok im Depot unter vier Augen:

»Wirst du fahren? Na, dann fahre! Was du für abgenutzte Treibstangen hast, das Passagierspack scheint schwer zu sein.«

Die Lokomotive schwieg, aber Sachar Pawlowitsch hörte sie. Die Roststäbe sind zugesetzt, denn die Kohle ist schlecht, sagte die Lok traurig. Ich komm schwer eine Steigung hoch. Auch viele Frauen fahren an die Front zu ihren Männern, und jede hat drei Pud Krapfen bei sich. Postwagen werden jetzt zwei angehängt, früher war's einer, die Leute leben getrennt und schreiben Briefe.

»So ist das«, sagte Sachar Pawlowitsch nachdenklich und wußte nicht, womit er der Lokomotive helfen konnte, wenn die Menschen sie mit dem Gewicht ihrer Trennung überlasteten. »Streng dich nicht so an – zieh mit Ruhe.«

Das geht nicht, antwortete die Lok mit der Demut der vernünftigen Kraft. Von der Höhe des Bahndamms sehe ich viele Dörfer, dort weinen die Menschen – sie warten auf Briefe und verwundete Angehörige. Schau meine Stopfbuchse nach, ob sie zu fest angezogen ist, beim Fahren läuft die Kolbenstange heiß.

Sachar Pawlowitsch ging hin und lockerte die Bolzen in der Stopfbuchse.

»Wirklich, die Halunken haben sie zu fest angezogen, gibt's denn so was!«

»Was machst du da?« fragte der diensthabende Schlosser, aus dem Kontor kommend. »Hat dich wer gebeten, dort herumzufummeln? Ja oder nein?«

»Nein«, sagte Sachar Pawlowitsch nachgiebig. »Mir kam es so vor, als wären die Bolzen zu fest angezogen ...«

Der Schlosser wurde nicht ärgerlich.

»Dann laß die Finger davon, wenn's dir bloß so vorkommt. Wie man sie auch anzieht, sie werden trotzdem undicht.«

Danach raunte die Lok Sachar Pawlowitsch zu:

Das Festziehen hilft wenig – die Kolbenstange ist in der Mitte abgenutzt. Ich mach das doch nicht mit Absicht.

»Ich hab's gesehen«, seufzte Sachar Pawlowitsch. »Aber ich bin bloß Putzer – du weißt selber, daß sie mir nicht glauben.«

Eben! bekundete die Lok mit tiefer Stimme Anteilnahme und hüllte sich in die Dunkelheit ihrer erkalteten Kräfte.

»Sag ich doch!« stimmte Sachar Pawlowitsch zu.

Als Sascha einen Abendkursus belegte, freute sich Sachar Pawlowitsch im stillen. Er hatte sein Leben lang aus eigener Kraft gelebt, ohne fremde Hilfe, niemand hatte ihm etwas eingegeben, nur das eigene Gefühl, aber zu Sascha sprach ein fremder Verstand aus den Büchern.

»Ich habe mich abgequält, aber er liest – so ist das!« sagte Sachar Pawlowitsch neidisch.

Nachdem Sascha eine Weile gelesen hatte, begann er zu schreiben. Sachar Pawlowitschs Frau konnte bei Licht nicht einschlafen.

»Immerzu schreibt er«, sagte sie. »Und wozu?«

»Schlaf nur«, riet ihr Sachar Pawlowitsch. »Zieh die Haut über die Augen und schlaf!«

Die Frau schloß die Augen, aber auch durch die Lider sah sie, wie das Petroleum unnütz verbrannte. Sie hatte recht – tatsächlich brannte die Lampe in Sascha Dwanows Jugend vergebens, wenn sie die seelenaufreizenden Seiten der Bücher erhellte, denen er später ohnehin nicht folgen würde. Wieviel er auch las und dachte, immer blieb in seinem Innern ein unausgefüllter Platz – jene Leere, durch die als rastloser Wind die unbeschriebene und unerzählte Welt hindurchgeht. Mit siebzehn Jahren hatte Sascha Dwanow immer noch keinen Schutzpanzer über dem Herzen – nicht den Glauben an Gott noch eine andere geistige Beruhigung; er gab dem sich vor ihm auftuenden namenlosen Leben keinen fremden Namen. Dennoch wollte er nicht, daß die Welt unbenannt bliebe, er wartete nur darauf, ihren eigenen Namen aus ihrem Munde zu hören statt bewußt ausgedachter Namen.

Eines Nachts saß er in üblicher sehnsüchtiger Wehmut. Sein nicht vom Glauben geschütztes Herz quälte sich in ihm und verlangte nach Trost. Er senkte den Kopf und stellte sich die Leere in seinem Körper vor, wo unaufhörlich, tagtäglich das Leben hineinging und dann wieder hinaus, ohne sich aufzuhalten, ohne sich zu verstärken, gleichmäßig wie fernes Tönen, in dem man unmöglich die Worte eines Liedes ausmachen kann.

Sascha fühlte in sich Kälte wie von einem richtigen Wind, der in die weite Finsternis hinter ihm blies, aber vorn, wo der Wind geboren wurde, war etwas Durchsichtiges, Leichtes und Riesiges – Berge lebendiger Luft, die in eigenen Atem und Herzschlag umzuwandeln war. Dieses Vorgefühl ergriff seine Brust, und die Leere im Körper weitete sich noch aus, bereit, das künftige Leben zu erfassen.

»Das bin ich!« sagte Sascha laut.

»Wer bist du?« fragte Sachar Pawlowitsch, der wach lag.

Sascha verstummte augenblicklich, umfangen von plötzlicher Scham, die alle Freude seiner Entdeckung hinforttrug. Er hatte sich allein geglaubt, aber nun hatte ihn Sachar Pawlowitsch gehört.

Sachar Pawlowitsch bemerkte das und tilgte die Frage, indem er sich selbst die gleichmütige Antwort gab:

»Ein Leser bist du, und weiter nichts. Leg dich lieber schlafen, es ist schon spät.«

Er gähnte und sagte friedlich:

»Quäl dich nicht, Sascha, du bist so schon schwach ... Auch dieser wird aus Neugier im Wasser ertrinken«, murmelte er unter der Decke vor sich hin. »Und ich werde auf dem Kopfkissen ersticken. Es bleibt sich gleich.«

Die Nacht verlief ruhig, aus der Diele war zu hören, wie die Rangierer auf dem Bahnhof husteten. Der Februar ging zu Ende, die Grabenränder waren schon bis aufs vorjährige Gras entblößt, und Sascha schaute auf sie wie auf die Erschaffung der Welt. Er nahm Anteil am Erscheinen des toten Grases und betrachtete es mit so eifriger Aufmerksamkeit, wie er sie nicht für sich aufbrachte.

Er konnte fremdes entferntes Leben erfühlen, daß ihm das Blut warm wurde, aber von sich selber konnte er sich nur mit Mühe eine Vorstellung machen. Über sich dachte er nur nach, das Fremde aber fühlte er mit der Empfänglichkeit seines eigenen Lebens und sah nicht, daß es bei anderen anders sein könnte.

Eines Tages unterhielt sich Sachar Pawlowitsch mit Sascha von Mann zu Mann.

»Gestern ist bei einer Lok der Stsche-Serie der Kessel explodiert«, sagte er.

Sascha wußte es schon.

»Da hast du die Wissenschaft«, sagte Sachar Pawlowitsch, betrübt aus diesem und noch irgendeinem anderen Anlaß. »Die Lok ist grade erst aus der Fabrik gekommen, und die Niete sind zum Teufel! Keiner weiß richtig was – das Lebendige stemmt sich gegen den Verstand.«

Sascha begriff nicht den Unterschied zwischen Verstand und Körper und schwieg. Aus Sachar Pawlowitschs Worten ging hervor, daß der Verstand eine geringfügige Kraft war und die Maschinen von der Ahnung des menschlichen Herzens erfunden wurden – unabhängig vom Verstand.

Vom Bahnhof drang manchmal das Getöse der Transportzüge herüber. Teekessel klapperten, und mit seltsamen Stimmen sprachen die Menschen wie fremde Stämme.

»Nomaden!« sagte Sachar Pawlowitsch, der ihnen lauschte. »Irgendwas werden sie schon zuwege bringen.«

Vom Alter und den Irrungen seines Lebens enttäuscht, wunderte er sich kein bißchen über die Revolution.

»Revolution ist leichter als Krieg«, erklärte er Sascha. »Auf was Schwieriges lassen sich die Menschen nicht ein: Irgendwas stimmt da nicht ...«

Sachar Pawlowitsch ließ sich nicht mehr täuschen, und um sich nicht zu irren, lehnte er die Revolution ab.

Er sagte allen Arbeitern, daß wieder die klügsten Männer die Macht in der Hand hielten, also sei nichts Gutes zu erwarten.

Bis zum Oktober spottete er und empfand zum erstenmal das Vergnügen, ein kluger Mensch zu sein. Aber in einer Oktobernacht hörte er eine Schießerei in der Stadt und verbrachte die ganze Nacht im Hof, ging nur in die Stube, wenn er sich eine Zigarette anzünden wollte. Die ganze Nacht schlug er die Türen, so daß seine Frau keinen Schlaf fand.

»Komm endlich zur Ruhe, du verrückter Kerl!« Die alte Frau warf sich in ihrer Einsamkeit hin und her. »So ein Herumgelaufe! Und was wird nun – kein Brot, keine Kleidung! Daß denen die Hände beim Schießen nicht verdorren, die sind bestimmt ohne Mutter aufgewachsen.«

Sachar Pawlowitsch stand mit brennender Zigarette mitten im Hof und billigte die ferne Schießerei.

Ob es wirklich an dem ist? fragte er sich und ging ins Haus, um sich eine neue Zigarette anzuzünden.

»Leg dich hin, du Waldschrat«, riet die Frau.

»Sascha, bist du wach?« fragte Sachar Pawlowitsch aufgeregt. »Dort nehmen sich die Dummköpfe die Macht, vielleicht wird wenigstens das Leben klüger.«

Am Morgen gingen Sascha und Sachar Pawlowitsch in die Stadt. Sachar Pawlowitsch suchte die seriöseste Partei, um sofort einzutreten. Alle Parteien waren in einem amtlichen Haus untergebracht, und jede hielt sich für die beste. Sachar Pawlowitsch maß die Parteien mit seiner Elle – er suchte so eine, die kein unverständliches Programm hatte und deren Worte klar und richtig waren. Nirgends konnten sie ihm auf den Tag genau sagen, wann die irdische Glückseligkeit anbrechen werde. Die einen antworteten, das Glück sei ein schwieriges Erzeugnis, und nicht darin liege das Ziel des Menschen, sondern in der Erfüllung historischer Gesetze. Andere wieder sagten, das Glück bestehe in ununterbrochenem Kampf, der ewig andauern werde.

So ist das also! dachte Sachar Pawlowitsch mit berechtigter Verwunderung. »Das bedeutet, man soll ohne Entlohnung arbeiten. Das ist ja keine Partei, das ist Ausbeutung. Komm weg hier, Sascha. Die Religion hatte wenigstens das Feierliche der Rechtgläubigkeit.«

Bei der nächsten Partei hieß es, der Mensch sei ein so großartiges und gieriges Geschöpf, daß schon der Gedanke, ihn mit Glück zu sättigen, abwegig sei, das wäre das Ende der Welt.

»Genau das brauchen wir!« sagte Sachar Pawlowitsch.

Hinter der letzten Tür des Korridors war die letzte Partei untergebracht, mit dem längsten Namen. Dort saß ein einziger finsterer Mann, die anderen hatten sich entfernt, um zu regieren.

»Was willst du?« fragte er Sachar Pawlowitsch.

»Wir wollen uns beide einschreiben. Wird bald das Ende dasein?«

»Der Sozialismus, oder was?« Der Mann hatte nicht verstanden. »In einem Jahr. Heute besetzen wir erst mal die Behörden.«

»Dann schreib uns ein«, sagte Sachar Pawlowitsch erfreut.

Der Mann gab ihnen je ein Päckchen kleiner Büchlein und je ein zur Hälfte bedrucktes Blatt Papier.

»Programm, Statut, Resolution, Fragebogen«, sagte er. »Füllt ihn aus und bringt jeder zwei Bürgen bei.«

Sachar Pawlowitsch fror im Vorgefühl eines Betrugs.

»Geht es nicht mündlich?«

»Nein. Nach dem Gedächtnis kann ich euch nicht registrieren, die Partei würde euch vergessen.«

»Wir werden uns schon melden.«

»Das geht nicht. Wonach werd ich euch denn die Parteibücher ausstellen? Natürlich nach dem Fragebogen, wenn euch die Versammlung bestätigt.«

Sachar Pawlowitsch merkte, der Mann sprach klar, deutlich, gerecht und ohne jedes Vertrauen – wahrscheinlich wird das die klügste Macht, die entweder in einem Jahr die ganze Welt endgültig aufbaut oder aber eine solch leere Geschäftigkeit entwickelt, daß selbst ein Kinderherz ermüdet.

»Sascha, schreib du dich probehalber ein«, sagte Sachar Pawlowitsch. »Ich warte noch ein Jährchen.«

»Probehalber schreiben wir keinen ein«, lehnte der Mann ab. »Entweder ganz und für immer mit uns, oder klopft an andere Türen.«

»Na, dann eben richtig«, gab Sachar Pawlowitsch nach.

»Das ist was anderes«, sagte der Mann.

Sascha setzte sich hin und füllte den Fragebogen aus. Sachar Pawlowitsch fragte den Parteimann über die Revolution aus. Dieser antwortete beiläufig, er hatte wichtigere Sorgen.

»Die Arbeiter der Patronenfabrik sind gestern in den Streik getreten, und in den Kasernen ist ein Aufstand ausgebrochen. Verstanden? In Moskau aber stehen schon die zweite Woche die Arbeiter und ärmsten Bauern an der Macht.«

»Und?«

Der Parteimann wurde vom Telefon abgelenkt. »Nein, ich kann nicht«, sagte er in den Hörer. »Hierher kommen Vertreter der Massen, irgendwer muß sich ja mit Information befassen.«

Dann wieder zu Sachar Pawlowitsch: »Was und? Die Partei hat Vertreter hingeschickt, um die Bewegung zu formieren, und noch in der Nacht waren alle lebenswichtigen Zentren der Stadt in unserer Gewalt.«

Sachar Pawlowitsch begriff nicht.

»Das waren doch die Arbeiter und Soldaten, die den Aufstand gemacht haben, was habt ihr damit zu tun? Sie hätten ruhig aus eigener Kraft noch weitermachen sollen.«

Sachar Pawlowitsch war richtig aufgebracht.

»Also, Genosse Arbeiter«, sagte der Parteimann ruhig, »wenn man so denkt, dann stünde heute schon die Bourgeoisie auf den Beinen, mit dem Gewehr in der Hand, und es gäbe keine Sowjetmacht.«

»In Moskau gibt es keine armen Bauern«, zweifelte Sachar Pawlowitsch.

Der finstere Parteimann verdüsterte sich noch mehr, er bedachte die gewaltige Unwissenheit der Massen und die Scherereien, die die Partei künftig mit dieser Unwissenheit haben würde. Er spürte im voraus Müdigkeit und antwortete Sachar Pawlowitsch nicht. Aber Sachar Pawlowitsch setzte ihm mit direkten Fragen zu. Er wollte wissen, wer jetzt der oberste Chef in der Stadt war und ob die Arbeiter ihn kannten.

Der finstere Mann wurde lebhaft und heiter bei solch strenger unmittelbarer Kontrolle. Er telefonierte. Sachar Pawlowitsch betrachtete das Telefon mit vergessen geglaubter Begeisterung. Das Ding hab ich außer acht gelassen, dachte er in Erinnerung an seine Erzeugnisse. Ich hab es nie hergestellt.

»Gib mir den Genossen Perekorow«, sagte der Parteimann durch den Draht. »Perekorow? Folgendes. Wir müssen schleunigst mit der Zeitungsinformation anfangen. Es wär auch gut, mehr populäre Literatur herauszubringen. Ich höre. Und wer bist du? Rotgardist? Na, dann leg auf – du verstehst sowieso nichts.«

Sachar Pawlowitsch ärgerte sich wieder:

»Ich frage dich, weil mir das Herz weh tut, und du tröstest mich mit der Zeitung. Nein, mein Freund, jede Macht ist Zarentum, Ältestenrat und Monarchie, ich habe viel darüber nachgedacht.«

»Und was muß man tun?« fragte der andere verdutzt.

»Das Vermögen entwerten«, antwortete Sachar Pawlowitsch. »Und die Menschen ohne Aufsicht lassen. Dann wird alles besser, bei Gott.«

»Das ist Anarchie!«

»Was denn für Anarchie – bloß ein Leben nach Stücklohn.«

Der Parteimann schüttelte den zottigen und übernächtigten Kopf.

»Aus dir spricht der kleine Eigentümer. Wenn ein halbes Jahr um ist, wirst du selber sehen, daß du dich prinzipiell geirrt hast.«

»Warten wir's ab«, sagte Sachar Pawlowitsch. »Wenn ihr nicht zu Rande kommt, geben wir euch Aufschub.«

Sascha hatte den Fragebogen ausgefüllt.

»Ob es das Richtige ist?« sagte Sachar Pawlowitsch auf dem Heimweg. »Ob das hier eine genaue Sache ist? Sieht so aus.«

Auf seine alten Tage wurde Sachar Pawlowitsch zornig. Ihm lag jetzt viel daran, daß der Revolver in der entsprechenden Hand war, und er grübelte an einem Greifzirkel, mit dem man die Bolschewiki hätte überprüfen können. Erst im letzten Jahr hatte er das schätzen gelernt, was er in seinem Leben verloren. Er hatte alles eingebüßt – durch seine langjährige Tätigkeit hatte sich der Himmel über ihm keinen Deut verändert, er hatte nichts erkämpft zur Rechtfertigung seines geschwächten Körpers, in dem sich vergebens eine wichtige leuchtende Kraft abplagte. Er hatte sich selbst so weit gebracht, daß er sich endgültig vom Leben trennen mußte, ohne das Notwendigste in Besitz genommen zu haben. Und nun schaute er mit Wehmut auf die Flechtzäune, die Bäume und auf alle fremden Menschen, denen er in fünfzig Jahren keine Freude und keinen Schutz gebracht hatte und von denen er sich würde trennen müssen.

»Sascha«, sagte er, »du bist eine Waise, dein Leben ist doch eigentlich ein Geschenk. Geh damit nicht geizig um, lebe das wesentliche Leben.«

Sascha schwieg, er achtete das verborgene Leid seines Pflegevaters.

»Erinnerst du dich an Fedka Bespalow?« fuhr Sachar Pawlowitsch fort. »Er war Schlosser bei uns – jetzt ist er gestorben. Manchmal haben sie ihn geschickt, irgendwas auszumessen, er ging hin, nahm mit den Fingern Maß und ging mit ausgebreiteten Händen zurück. Wenn er ankam, war aus einem Arschin das Dreifache geworden. ›Was fällt dir ein, du Hundesohn?‹ beschimpften sie ihn. Und er: ›Was schert's mich – sie jagen mich sowieso nicht davon.‹«

Erst am nächsten Tag begriff Sascha, was der Vater hatte sagen wollen.

»Wenn sie auch Bolschewiki und Großmärtyrer ihrer Idee sind«, gab ihm Sachar Pawlowitsch mit auf den weiteren Weg, »du mußt dir alles ganz genau angucken. Denk dran – dein Vater ist ertrunken, deine Mutter unbekannt, Millionen Menschen leben ohne Seele, das hier ist eine große Sache. Ein Bolschewik muß ein leeres Herz haben, damit dort alles Platz finden kann.«

Sachar Pawlowitsch entzündete sich an seinen eigenen Worten und steigerte sich immer mehr in Erbitterung.

»Denn sonst ... weißt du, was sonst wird? In die Feuerung – und als Rauch in den Wind! In die Schlacke, und die Schlacke mit dem Schüreisen auf die Böschung! Hast du mich verstanden oder nicht?«

Sachar Pawlowitschs Erregung ging in Rührung über, und tief bewegt lief er in die Küche, um sich eine Zigarette anzuzünden. Dann kam er zurück und schloß seinen Pflegesohn schüchtern in die Arme.

»Sascha, sei mir nicht böse! Ich bin auch eine Waise, wir haben beide keinen, bei dem wir uns beklagen könnten.«

Sascha war ihm nicht böse. Er fühlte seine Herzensnot, glaubte aber, die Revolution sei das Ende der Welt. In der kommenden Welt würde Sachar Pawlowitschs Unruhe im Nu getilgt sein, und sein Vater, der Fischer, würde das finden, um dessentwillen er aus freien Stücken ertrunken war. Sascha hatte schon ein ganz deutliches Gefühl für diese neue Welt, aber die ließ sich nur schaffen, nicht erzählen.

Nach einem halben Jahr besuchte Sascha den neu eingerichteten Eisenbahnerlehrgang und wechselte dann ins Polytechnikum über.

Abends las er Sachar Pawlowitsch laut aus technischen Lehrbüchern vor, und dieser freute sich an den unverständlichen Lauten der Wissenschaft und daran, daß sein Sascha sie verstand.

Aber bald wurde Saschas Studium unterbrochen, und für lange. Die Partei kommandierte ihn an die Front des Bürgerkrieges – in die Steppenstadt Urotschew.

In Erwartung eines Transportzuges, der dieselbe Richtung hatte, saß Sachar Pawlowitsch einen Tag und eine Nacht mit Sascha auf dem Bahnhof und rauchte ein gutes Kilo Machorka, um ruhig zu bleiben. Sie hatten schon über alles gesprochen, nur nicht über die Liebe. Über sie sagte Sachar Pawlowitsch mit befangener Stimme die warnenden Worte:

»Du bist schon ein erwachsener Junge und weißt selber alles. Vor allem darf man diese Sache nicht vorsätzlich tun – das ist eine ganz trügerische Angelegenheit: Es ist gar nichts da, aber irgendwas scheint dich irgendwohin zu ziehen, irgendwas willst du ... In jedem Menschen sitzt da unten ein ganzer Imperialismus.«

Sascha konnte in seinem Körper keinen Imperialismus fühlen, obwohl er sich eigens vorstellte, er wäre nackt.

Als ein Transportzug einfuhr und Sascha in den Waggon stieg, bat ihn Sachar Pawlowitsch vom Bahnsteig:

»Schreib mir irgendwann einen Brief, daß du lebst und gesund bist, weiter nichts ...«

»Ich schreibe mehr«, antwortete Sascha, der erst jetzt bemerkte, was für ein alter und verwaister Mensch Sachar Pawlowitsch war.

Die Bahnhofsglocke hatte schon fünfmal je drei Signale gegeben, aber der Zug rückte nicht von der Stelle. Unbekannte Männer drängten Sascha von der Tür ab, und er kam nicht wieder zum Vorschein.

Sachar Pawlowitsch war erschöpft und ging nach Hause. Er ging lange bis nach Hause, vergaß immer wieder, sich eine Zigarette anzuzünden und litt unter diesem kleinen Verdruß. Zu Hause setzte er sich an das Ecktischchen, an dem Sascha immer gesessen hatte, und begann Algebra zu buchstabieren, er verstand nichts, fand aber nach und nach Trost.

1928

Zu Nutz und Frommen
Armeleutechronik

Im Monat März des Jahres 1930 stieg ein geistig armer Schlucker, zerquält von der Sorge ums Gemeinwohl, auf Moskaus Kasaner Bahnhof in einen Fernzug, und raus ging's aus der Stadt der obersten Leitungsinstanzen.

Wer war dieser Mann, der – soeben abgereist – hinfort Zeuge heroischer, rührender und trauriger Ereignisse werden sollte? Er besaß weder ein unwahrscheinlich großes und kräftiges Herz noch solch scharfen, tiefschürfenden Verstand, daß er imstande gewesen wäre, die schillernde Hülle von den Erscheinungen zu reißen, um ihr Wesen zu erfassen.

Unser Reisender war sich bewußt, daß er aus dem simplen Material des aufgeschreckten kleinen Mannes geschaffen war, ein Produkt des Kapitalismus, und zeigte dank diesem richtigen Bewußtsein weder Egoismus noch Selbstachtung. Er glich einer Feldspinne, die – ihrer individuellen Angriffslust ledig – altersschwach vom Wind durch den Raum getragen wird und nicht vom Lebenswillen. Dennoch gab es im Dasein dieses Mannes Momente, da sein Herz jäh erbebte und er in gottverlassenen Dörfern der Republik, die Augen voller Tränen, aufrichtig und alle Kraft seines schwachen Charakters aufbietend, die Partei und die Revolution verteidigte – dort, wo der Kulak noch lebte und gewissermaßen die Armen fraß.

Dieser Pilger durchs Kolchosland besaß eine kostbare Eigenschaft, derentwegen wir alles durch seine Augen betrachten wollen: Er konnte sich irren, brachte aber keine Lüge über die Lippen, und zur gewaltigen sozialistischen

Revolution verhielt er sich so achtsam und keusch, daß er sein Lebtag keine Worte fand, den Kommunismus zu erklären. Großen Nutzen brachte dieser Mann dem Sozialismus nicht, wenn überhaupt, denn sein Wesen glich sozusagen in Harn gelöstem Zucker, während doch ein echter Proletarier auch Schwefelsäure in sich haben muß, damit er das gesamte Kapitalistenpack, das sich auf der Erde breitmacht, verbrennen kann.

Wenn wir den Wandersmann von jetzt ab in der Ich-Form reden lassen, dann der Kürze halber, und nicht, weil wir unschlüssige Betrachtung für wichtiger halten als die Anspannung aller Kräfte und den Kampf. Im Gegenteil, heutzutage ist ein schwärmender Zuschauer beinahe selber ein Strolch, weil er nicht aktiv teilnimmt am Aufbau des Kommunismus. Ja mehr noch – wer dem Werk und den Reihen des Proletariats fernsteht, kann heute nicht mal ein Zuschauer sein, der die Dinge sieht, wie sie wirklich sind, denn wertvolle Beobachtungen entspringen nur dem Gefühl emsiger Mitarbeit an der Errichtung des Sozialismus.

Dieser Mann nun fuhr in die fernen Schwarzerdegebiete, wo an offenen Gewässern, vom Winde umweht, die aus Lehm und Stroh gebauten Katen der Armen standen.

Das Reisen mit der Bahn war anders geworden. Früher hatte man durchs Fenster nur ödes Land gesehen, selten ein Dorf, und ein jedes stand so scheu und unentschlossen da wie eine Waise in der Fremde, bereit, jederzeit zu verschwinden. Sie stammten von umherziehendem Volk, das nicht an ein seßhaftes Dasein glaubte und nur darauf wartete, weitergetrieben zu werden – dorthin, wo es noch schlechter war.

Jetzt aber baute man entlang der Bahngleise allerlei Siedlungen, Betriebe, Kontore und Türme. Automobile aus der Jaroslawler und der Moskauer Produktion beförderten emsig Material über verheerendes ungepflastertes Land. Auf Ziegelmauerwerk regten sich Leute, bemüht, durch sorgfältige Arbeit diese öden, wenig einträglichen Lebensräume nun schon für immer zu erschließen.

Viele hundert Kilometer weit bewahrte die aufstrebende Republik ihr unruhiges, von frischem Bauholz in der

Abendsonne glänzendes Angesicht. Überall sah man Konstruktionen aus Eisen oder Ziegeln für dörfliche Gemeinschaftswirtschaften oder ganze Gebäude wohltätiger Fabriken.

»Wieviel Gras für immer verschwindet!« sagte ein ungebunden lebendes Alterchen, das mitreiste. »Wieviel Nutzland unter der Ziegellast verlorengeht!«

»Jede Menge«, entgegnete ein anderer Mann mit durchschnittlichem Tambower Gesicht, möglicherweise ein Bewohner des einstigen Kreises Schazk. Auch er beobachtete aufmerksam durch das Fensterglas, was da alles gebaut wurde, und murmelte etwas mit Reptilsgrimasse, während er sich aus seinem Proviantsack Brocken in den Mund warf. In seinem alten, verschlafenen Krähwinkel verwurzelt, hielt er wohl nichts vom wissenschaftlichen Sozialismus, er hätte lieber einen Fünfer für den Bau eines Gotteshauses gespendet und statt Radio sein Leben lang Kirchenglockengeläut gehört. Seinem ruhigen, glücklichen Gesichtsausdruck nach zu schließen, glaubte er, die Urstoffe der Welt würden doch die Revolution vernichten; deshalb betrachtete er nicht nur die im Neuaufbau befindliche Republik, sondern vor allem auch die Schluchten, die gewaltigen Lehmgruben, die des Wegs kommenden Bettler, die wachsenden Bäume und den Wind am Himmel – all die tote Leerfracht der Natur, von der es mehr gibt, als die Revolution ausmerzen kann, und wenn sie sich noch so bemüht. Die urzeitliche Stoffanhäufung wird den ätzenden sowjetischen Strom doch unter Staubmassen ersticken, dachte er. Mit dieser Zuversicht aß der Mann aus Tambow noch ein paar Happen und seufzte dann ruhigen Gemüts wie ein künftiger Gerechter.

»Früher, da konnte man einer Fuhre mit Milch begegnen«, sprach der alte Weggefährte. »Die Karre quietschte entsetzlich, der Bauer ging hinterdrein, und auf der Ladung gluckte sein Weib. Heutzutage rollt da bloß totes Inventar!«

»Die Traktoren sind heiß, das Leben ist kühl«, ließ sich der Mann vernehmen, der aussah wie ein Tambower.

»Das ist ja der Jammer«, pflichtete ihm sofort das Alterchen bei.

»Grämt euch nicht«, tönte es von oben, wo ein Unbekannter auf kahlen Pritschenbrettern lag. »Überlaßt das uns!«

»Wie du meinst, ich sag ja nichts!« rief das Alterchen erschrocken.

»Ich auch nicht«, beugte der Tambower vor.

»Da, nimm die Milch«, sagte der Mann von oben und reichte in einer Rotarmistenflasche das Getränk herab. »Trink und jammer nicht rum!«

»Wir sind doch satt, laß es dir bitte schön selber schmekken«, lehnte der Alte ab.

»Trink!« rief der andere. »Trink, eh ich runterkomm! Ich hab doch gehört, du gieperst nach Milch.«

Verschreckt trank der Alte einen Schluck und reichte die Flasche dem Tambower – der trank auch.

Kurz darauf kam der Milchbesitzer höchstselbst von der oberen Pritsche herunter. Er trug eine alte Rotarmistenuniform, die man ihm bei der Demobilisierung überlassen hatte, und besaß ein junges zartes Gesicht, das allerdings bereits von Verstand und eifrigem Wirken ermüdet war. Er setzte sich auf die äußerste Bankkante und steckte sich eine Zigarette an.

»Die Leute sagen, bald wird der Tabak knapp«, ließ sich der Alte vernehmen. »Semaschko* erlaubt nicht, das Giftzeug anzubauen, das Proletariat soll reine Luft atmen.«

»Da – rauch eine!« Der ehemalige Rotarmist gab dem Alten eine Papirossa.

»Ich mach mir nichts draus, Genosse.«

»Rauch, sag ich dir!«

Aus Höflichkeit rauchte der Alte die Papirossa an, er wollte sich keiner Gefahr aussetzen seitens der Zufallsbekanntschaft. Der Rotarmist wandte sich an mich: »Reist du mit denen da?«

»Nein, allein.«

»Und was bist du?«

»Elektrotechniker.«

---

* Nikolai Alexandrowitsch Semaschko (1874–1948), sowjetischer Staatsmann, einer der Organisatoren des sowjetischen Gesundheitswesens (Anm. d. Übers.)

»Sei mir gegrüßt.« Erfreut reichte der Rotarmist mir die Hand. Er hielt mich für einen brauchbaren Kader, da freute ich mich auch, weil ich zu was nütze war.

»Willst du nicht morgen früh mit mir aussteigen? In unserm Kolchos wärst du Gold wert, unsere Sonne dort brennt nicht.«

»Meinetwegen«, antwortete ich.

»Wohin fährst du überhaupt?«

»Nirgendshin – wo man mich braucht, da steig ich einfach aus.«

»Das trifft sich gut, ein Glück für uns. Sonst sind immer alle schwer beschäftigt, verstehst du? Diese Banditen lachen noch, wenn man ihnen sagt, daß die Sonne über unserm Kolchos nicht brennt! Wieso lachst denn du nicht?«

»Vielleicht zünden wir eure Sonne wieder an? Werden schon sehn, ob uns da zum Weinen ist oder zum Lachen.«

»Na, wenn du so redest, dann bringen wir sie wieder zum Brennen!« rief mein neuer Gefährte froh. »Soll ich siedendes Wasser holen? Wir sind gleich in Rjasan.«

»Wir gehn zusammen.«

»Du solltest ein Schild an der Mütze tragen: Elektrotechniker. Ich dachte schon, du bist ein Kulakenknecht. Siehst ja miserabel aus.«

Am Morgen verließen wir den Zug auf einer kleinen Station. Der Wartesaal im Bahnhofsgebäude war so dürftig, so langweilig und unansehnlich, daß schon von seinem Anblick jeder Bauchschmerzen bekam. An den Wänden hingen pompöse Plakate, auf denen Dampfer abgebildet waren, Flugzeuge und D-Züge; Plakate warben für beglückende Ferienreisen, zeigten satte Frauen, die sich nachdenklich an der blauen Wolga und der üppigen Natur an ihren Ufern weideten.

In diesem Wartesaal saß ein einziger Mann, der Brot aus einer Reisetasche kaute.

»Sitzt du immer noch hier rum?« fragte ihn der Stationsvorsteher, als er nach Abfahrt des Zuges wieder hereinkam. »Wann schiebst du endlich ab? Bist schon die dritte Woche hier.«

»Steh ich dir etwa im Wege?« entgegnete der seßhafte

Reisende. »Was willst du noch? Den Fußboden feg ich dir, die Fenster putz ich – neulich, als du eingeschlafen warst, hab ich sogar eine Depesche angenommen, bin rausgegangen, hab mit gezogener Mütze dagestanden, bis der Zug vorüber war. Ich leb bei dir doch ganz normal.«

Da ließ der Stationsvorsteher den Mann in Frieden.

»Na, dann bleib eben. Ich fürchte bloß, du bleibst hier noch an die vier Monate und verlangst dann eine Planstelle.«

»Eine Stelle will ich gar nicht haben«, sagte der Mann. »Mit Dokumenten geht man eher vor die Hunde, ohne Papiere aber krieg ich überall bloß den leichtesten Paragraphen, weil keiner was von mir weiß.«

Mein Reisegefährte, der demobilisierte Rotarmist Kondrow, blieb stehen, als er diese Unterhaltung vernahm.

»Hör mal«, sagte er zum Stationsvorsteher, »du führst dich hier auf wie ein Lump, von nun an werde ich mich um dich kümmern.«

Damit betraten wir einen ausgefahrenen Feldweg. Die kahle Natur des Frühlings umgab uns, sie blies uns den Wind ins Gesicht, aber das machte uns nichts aus.

Nach einigen Wegstunden Fußarbeit machten wir am Eingangstor eines Dorfes halt, einer Art Triumphbogen, auf dem geschrieben stand: »Landw. Kollektiv ›Guter Anfang‹«. Der Kolchos selbst lag am Hang eines großen Tals, durch dessen Grund sommers wie winters ein Bach floß. Die Kolchoskaten sahen aus wie in jedem andern Dorf, die vorhandenen Geräte waren uralt und mir bekannt, nur die Menschen erschienen mir neu. Sie schwirrten zahlreich durchs ganze Dorf, befingerten alle möglichen Gegenstände, zogen Schrauben an den Pflügen fest, stritten sich sachkundig und äußerten ernsthafte Erwägungen. Das gesamte Kolchosvolk war voller Unruhe und Sorge, und die Leute taten alles, um ihre Unruhe vor der Aussaat durch gewissenhafte Vorbereitung zu verringern. Zum Nutzen der Sache hielt jeder den andern für einen Dummkopf und überprüfte deshalb die Schrauben an allen Pflügen mit eigener Hand. Ich hörte kurze Unterhaltungen.

»Hast du die Speichen an den Sämaschinen nachgesehn?«

»Ja.«

»Na und?«

»Was locker war, hab ich repariert.«

»Repariert? Ich weiß schon, wie du das machst! Stolzierst seit dem frühen Morgen im Harmonikahemd! Da geh ich lieber und reparier sie noch mal.«

Der mit dem Harmonikahemd (es hatte unheimlich viele Knöpfe, wie eine Harmonika) erhob keine Einwände, er seufzte nur, weil er es den Kolchosmitgliedern nie recht machen konnte.

»Wasska, schau doch mal nach den Pferden!«

»Wozu denn das? Ich war da, sie fressen Hafer, Tag für Tag, haben schon Speck angesetzt.«

»Lauf trotzdem hin und sieh nach!«

»Was soll die Lauferei, du Glatzkopf? Wozu sinnlos Kolchosbeine abnutzen?«

»Guckst eben mal, wie ihre Stimmung ist, kommst zurück und sagst es uns.«

»Habgieriger Satan«, sagte Wasska gekränkt. »Bei sämtlichen Kulaken war ich schon als Tagelöhner, aber noch nie bin ich so viel rumgerast wie jetzt.«

»Witzbold! Kulakengut war zusammengeraubt, an unserm aber klebt unser Schweiß und Blut.«

Schließlich zog Wasska doch los, um nach der Gemütsverfassung der vergesellschafteten Pferde zu sehen.

»Bürger«, sagte ein Mann, der mit einem Eimer Schmieröl hinzugetreten war; mit diesem Öl schmierte er alle beweglichen und unbeweglichen Eisenteile im Kolchos, damit sie ja nicht verrosteten oder heißliefen. »Bürger, am gestrigen Tag hat der Serjoga wieder seine Selbstgedrehten brennend in die Gegend geschmissen. Ich wollte das gesagt haben, sonst gibt's am Ende einen Brand!«

»Du lügst, Schmierer«, empörte sich der Riese Serjoga, der dabeistand. »Ich hab wie immer erst draufgespuckt.«

»Gespuckt schon, bloß vorbei«, verbesserte der Schmierer. »Der Stummel hat noch gebrannt.«

»Na gut ...« Serjoga gab klein bei. »Du aber verschüttest Schmieröl, wo du gehst, und das ist von gemeinsamen Mitteln gekauft.«

»Bürger, der lügt unverschämt und wie ein Kulak. Soll er auch nur einen verschütteten Tropfen zeigen! Was piesackt er mich!«

»Schluß jetzt«, sagte Kondrow, »stänkert nicht, sondern denkt an die Allgemeinheit. Du, Serjoga, rauch vorsichtiger, und du tropf meinethalben, der Kolchos geht davon schon nicht zugrunde, aber schmieren sollst du dort, wo's not tut, und nicht, wo's trocken ist. Warum schmierst du die Radreifen an den Leiterwagen?«

»Aus Angst, sie könnten rosten, Genosse Kondrow«, entgegnete der Schmierer. »Hab mal gelesen, Rost ist wie schwelendes Feuer, und der Genosse Kuibyschew hat im Radio gesagt, daß wir nach Eisen hungern, also geiz ich damit.«

»Denk dies zu Ende«, erklärte Kondrow dem Schmierer. »Öl wird auch mit eisernen Maschinen gewonnen. Wenn du es vergeudest, laufen in Baku die Maschinen völlig unnütz.«

»Nicht möglich!« Vor Verwunderung setzte sich der Schmierer auf seinen Eimer. Er hatte gedacht, Schmieröl sei einfach eine zähe Flüssigkeit.

»Petka«, sagte der Glatzkopf, der Wasska zu den Pferden geschickt hatte, zu einem Jungen. »Lauf doch schnell und sag in allen Häusern Bescheid, die Weiber solln die Ofenklappen schließen, sonst verfliegt die Wärme.«

»Es ist doch gar nicht kalt jetzt«, verkündete Serjoga.

»Egal – die Weiber solln sich ruhig dran gewöhnen, Asche sparsamer herzustellen, dieses Wissen kommt ihnen im Winter zupaß.«

Schweigend zog Petka los, um die Weiber über die Ofenklappen zu belehren.

»Hör mal, Onkel Semjon! Warum hast du gestern meiner Stute Heu weggenommen und deinem Wallach zugeschoben? Mittelbauernteufel du – der Kolchos ist dir wohl arg zuwider?«

Onkel Semjon machte ein finsteres Gesicht.

»Ich bin an den Wallach gewöhnt«, sagte er, »da geh ich rein: Er schnauft mich an, plinkert mit den Augen, aber hier gibt's bloß die Norm, nichts, womit man dem Vieh

Gutes antun könnte – da hab ich ihm eben dein Heu vorgeworfen.«

»Gewöhn du dich jetzt an den Menschen, dann werden dich alle Walläcker lieben!«

»Werd mich schon gewöhnen«, versprach Onkel Semjon betrübt.

»Ob ich losgeh, einen Brunnendeckel baun?« fragte Serjoga, der untätig herumstand.

»Geh nur, mein Lieber, geh. Von Kind an trinken wir das Wasser gemeinsam mit dem Kleinvieh. Vielleicht müssen wir weniger essen, wenn wir gutes Wasser haben.«

Als Kondrow und ich schon tief im Kolchos drin waren, entdeckte ich rechts vom Dorf, über einer unbestellten Anhöhe, einen neuen hölzernen Turm, zehn, zwölf Meter hoch. Oben am Turm glänzte eine Blechvorrichtung – der Form nach zu urteilen, ein Reflektor –, die hatte man so angebracht, daß sie die Strahlen einer unbekannten Lichtquelle voll auf den Kolchos werfen mußte.

»Da ist sie, unsere Sonne, die nicht brennt«, sagte Kondrow zu mir und zeigte auf den Turm. »Möchtest du was essen?«

»Und ob! Wie steht's denn mit euren Vorräten?«

»Es langt. Voriges Jahr hatten wir einen bolschewistischen Herbst – alles ist gediehen.«

Ich futterte allerlei Gutes in einer am Weg gelegenen Hütte, in der auch eine elektrische Lampe hing, dann aber führte mich Kondrow nicht auf den Turm, sondern zum Bach. Dort stand neben einem primitiven Wehr ein Eichenholzschuppen mit einem starken unterschlächtigen Mühlrad; das Wehr diente offensichtlich zum Sammeln eines Wasservorrats.

»Ein oberschlächtiges Wasserrad würde bei euch rentabler arbeiten«, meinte ich.

»Sag nur, wie's sein soll, wir machen das schon«, entgegnete Kondrow.

Mich überkamen Trauer und Sorge in der Nähe dieses Mannes: Für einen einfachen Rat würde er der Himmel weiß was geben; andererseits konnte ihn jeder gemeine Schädling leicht betrügen und ins Verderben stürzen – er brauchte ihm vorher nur zu beweisen, daß er was von Algebra und Mechanik versteht.

Kondrow schloß den Schuppen auf. Darin war gar keine Mühle, nur ein kleiner Dynamo, sonst nichts. Auf der Welle des Wasserrads saß eine Holzscheibe, von der ein Riemen die Kraft auf den Dynamo übertrug. Die Untersuchung ergab, daß das Wasserrad in der Lage war, über den Dynamo so viel Strom zu erzeugen, daß im Kolchos zwanzigtausend elektrische Neue Kerzen brennen konnten oder vierzigtausend Halbwattlampen. Würde das Wasserrad statt unten oben angetrieben, dann könnte die Leistung zumindest um ein Drittel steigen; der Dynamo war für vierzig PS berechnet, vertrug also eine starke Belastung.

»Und doch brennt unsere Sonne nicht, begreifst du!« sprach kummervoll über mir Kondrow. »Sie ist erloschen.«

Leitungsdrähte spannten sich vom Schuppen über Bruchweiden, Flechtzäune und Häuserwände, zweigten unterwegs ab in den Kolchos und führten zur Sonne. Auch wir gingen auf die Sonne zu. Die Drähte waren überall intakt, auch an der Sonne selbst vermochte ich keinen Fehler zu entdecken. Vor allem beeindruckte mich der Blechreflektor; die Krümmung seiner Spiegelfläche war so gut berechnet, daß das Licht in voller Stärke genau auf den Kolchos und auf seine Gemüsefelder gerichtet war, ohne Verluste nach oben oder nach den nutzlosen Seiten. Lichtquelle war eine Holzscheibe, auf der hundert hundertkerzige Lampen befestigt waren, das heißt, die gesamte Leuchtkraft der Sonne entsprach zehntausend Neuen Kerzen. Kondrow meinte, selbst das sei zuwenig – schleunigst müsse eine Lichtstärke von mindestens vierzigtausend Kerzen erreicht werden; besonders günstig wäre natürlich ein Scheinwerfer, aber der sei ja nicht aufzutreiben.

»Gleich geh ich und schalte Rad und Dynamo ein, dann wirst du ja sehn, daß unsere Sonne nicht brennt«, sagte Kondrow tieftraurig. Er verschwand und schaltete sie ein – die Sonne flammte tatsächlich nicht auf. Ich stand ratlos auf dem Turm. Die Hauptleitungen führten Strom; Kolchosangehörige versammelten sich unterm Turm und erörterten die Frage so laut, daß es bis zu mir zu hören war.

»Unsre Obrigkeit ist ganz und gar wissenschaftlich, aber die Sonne brennt nicht!«

»Sicher Schädlingsarbeit!«

»Als wir sie gebaut haben, dachten wir, nun ist's vorbei mit der Düsternis, ganze Feuerwerke wird sie loslassen, und jetzt ist sie kalt!«

»So ein Unglück! Das heulende Elend packt einen, wenn man aufsteht und sieht, sie leuchtet nicht!«

»Unsre Alten hier hatten aufgehört, an Gott zu glauben, als aber die Sonne nicht anging, haben sie wieder begonnen, sich zu bekreuzigen.«

»Großväterchen Pawlik hatte versprochen, den Gottglauben zu liquidieren, wenn das Feuer auf dem Turm aufflammt. Er hatte versprochen, dann würde er die Elektrizität als Gott anbeten.«

»Hat denn die Sonne wenigstens einmal gebrannt?« fragte ich das Volk.

»Fast eine halbe Stunde hat sie gebrannt!« rief die Menge, geriet aber über die Antwort sogleich in Streit.

»Länger hat sie gebrannt, schwindel nicht!«

»Weniger – ich habe nicht mal die Zeit gefunden, mich zu freun!«

»Wieso weniger, mir sind doch vom grellen Licht die Tränen gekommen!«

»Dir tränen ja die Augen schon vom Ikonenlämpchen!«

»Hat sie hell gebrannt?« erkundigte ich mich.

»Aber ja!« schrien einige.

»Bei uns ist ein wissenschaftliches Licht angegangen, schade, daß es gleich wieder aus war«, sagte der Schmierer, den ich schon kannte.

»Braucht ihr denn eine elektrische Sonne?« wollte ich wissen.

»Sie bringt uns Nutzen – lies mal den Schrieb da neben dir.«

Ich sah mich um und entdeckte ein handbeschriebenes Blatt, das an ein Brett genagelt war. Da stand zu lesen:

Betriebsordnung für die Elektrosonne im Kolchos »Guter Anfang«

1. Die Sonne wird eingerichtet, um das dunkle und trübe Defizit der Himmelsleuchte gleichen Namens abzudecken.

2. Die Kolchossonne versorgt den Kolchos mit Licht von sechs Uhr morgens bis sechs Uhr abends – täglich und ganzjährig. Bei Vorhandensein von stabilem Naturlicht wird die Kolchossonne abgeschaltet, bei dessen Fehlen wieder eingeschaltet.

3. Die Kolchossonne dient dem Zweck, Licht zu spenden für das Leben, die Arbeit und die kulturelle Tätigkeit der Kolchosangehörigen, desgleichen für die Nutztiere und die Gemüsegärten, die von den Lichtstrahlen erfaßt werden.

4. Das einfache Glas auf der Sonne ist baldmöglichst durch wissenschaftliches, ultraviolettes zu ersetzen, das bei den beleuchteten Menschen Gesundheit und Sonnenbräune erzeugt.

Verantwortlich: Genosse Kondrow.

5. Die Kolchoselektrosonne ist zugleich eine kulturelle Kraft, denn einige alte Mitglieder unseres Kolchos und verschiedene gläubige Überbleibsel aus Nachbarkolchosen und -dörfern haben sich schriftlich verpflichtet, bei Vorhandensein einer örtlichen Sonne von der Religion abzulassen. Überdies hat die Elektrosonne noch die wunderbare Aufgabe, zu gewährleisten, daß auf Erden ständig heller Tag ist, und nicht zuzulassen, daß sich in den Stimmungen Wankelmütigkeit, Unwissenheit, Zweifel, Wehmut, Verzagtheit und andere Vorurteile breitmachen; jeden Arm- oder Mittelbauern führt sie zur Erkenntnis, woher jegliche Leuchtkraft der Erde kommt.

6. Unsere Elektrosonne soll den Städten beweisen, daß das sowjetische Dorf sie in Technik, Wissenschaft und Kultur freundschaftlich einzuholen und zu überholen wünscht, und ihnen klarmachen, wie nötig es ist, auch in den Städten eine örtliche genossenschaftliche Sonne einzurichten, damit die Technik überall in unserm Land erstrahle und erdröhne.

7. Es lebe die tägliche Sonne im Sowjetland!

All dies war durchaus richtig und schön, und ich freute mich über diesen realen Aufbau eines neuen Lebens. Zwar hatte diese Erscheinung etwas Rührendes und Komisches an sich, aber es war die rührende Unsicherheit der Kindheit, die einem vorauseilt, und nicht die stürzende Ironie des Untergangs. Ohne derlei Umstände gelänge es uns nie, die Menschheit einzurichten und Menschlichkeit zu empfinden, denn uns kommt der neue Mensch so komisch vor wie Robinson den Affen; seine Handlungen scheinen uns naiv, doch insgeheim möchten wir, daß er zurückkehrt und uns nicht allein sterben läßt. Er kommt aber nicht wieder, und jeder geistig arme Schlucker, der nichts besitzt als Zweifel, wird in dem ausgestorbenen Land der Vergangenheit zugrunde gehen.

Kondrow kam zurück.

»Du bist sicher in Moskau gewesen wegen der ultravioletten Lampen?« erkundigte ich mich.

»Ganz recht«, erwiderte er, »sie haben gesagt, die werden noch nicht verkauft, man hat erst vor, sie herzustellen, irgendwie kommen sie nicht klar!«

»Wo warst du denn, als die Sonne zu brennen begann und wieder erlosch?«

»Hier oben, bei der Sonne.«

»War es sehr heiß neben der Scheibe?«

»Entsetzlich heiß.«

Ich ging hinter die Scheibe, um die ganze Leitung zu überprüfen, aber da gab es nichts zu überprüfen: Die gesamte Isolation war durchgeschmort, alle Kabel hatten Kurzschluß, und die Sicherungen waren natürlich durchgebrannt. Wie sich herausstellte, hatte der Schmied aus dem Nachbardorf die Anlage gebaut – rein nach Gutdünken.

Auf gemeinsamen Beschluß nahmen Kondrow und ich eine gründliche Analyse über das Nichtbrennen der Sonne vor und teilten dann unsere Meinung den Kolchosmitgliedern mit, die sich in der Umgebung aufhielten. Unsere Meinung war folgende: Die Sonne sei von der schrecklichen Hitze erloschen, die das Licht erzeugte – von ihr seien die Kabel zerschmort; deshalb müßte man die Zahl der Lampen auf der Scheibe verringern.

»Nicht nötig!« widersprach ein weiter hinten stehender Mittelbauer. »Ihr habt ja keine Ahnung. Stellt lieber ein paar Gefäße mit Wasser auf das Blech, dann kühlt das Wasser die Hitze, und wir kriegen für unsern Magen abgekochtes Wasser.«

Der Rat des Mittelbauern war vernünftig und zweckdienlich: Umgab man den Reflektor mit einem Wassermantel, dann würde das Blech die Kabel kühlen, und außerdem bekäme man stündlich einen Eimer siedendes Wasser.

»Nun?« fragte mich Kondrow inmitten des nachdenklichen Schweigens.

»Wird so richtig sein«, antwortete ich.

»Die Dreschbrigade bitte zu mir!« rief Kondrow laut.

Diese Brigade erledigte jede schwere, eilige oder wenig bekannte Arbeit am gewissenhaftesten. Am Vortag erst war sie mit dem Auslesen des Saatguts fertig geworden, danach hatte sie zwanzig Stunden geschlafen, und nun näherte sie sich gemächlich Kondrow.

Unter dem Sonnenturm hielten wir eine Produktionsberatung ab, auf der geklärt wurde, was für Teile und Materialien für die Rationalisierung der Sonne wir benötigten und wie das niederschlächtige Wasserrad in ein oberschlächtiges umzurüsten sei.

Danach war ich frei und interessierte mich für den örtlichen Klassenkampf. Dazu begab ich mich in die Lesestube, denn ich wußte: Die Kulturrevolution folgt bei uns oft der Entkulakisierung auf dem Fuße. So war es denn auch – die Lesestube befand sich im Haus von Semjon Werestschagin, Kulak seit eh und je, der bis zu seiner Liquidierung vierzig Jahre lang selbstherrlich und einträglich den Weiler Zankapfel bewirtschaftet hatte (als das Dorf noch darauf wartete, sich Kolchos »Guter Anfang« zu nennen, hieß es »Weiler Zankapfel«). Werestschagin und sein Nachbar gleichen Schlages, Rewuschkin, lebten weniger dank eigener Arbeit als vielmehr dank ihrer besonderen Weisheit.

Von Beginn der Sowjetmacht an abonnierte Semjon Werestschagin vier Zeitungen und studierte sämtliche Gesetze und Maßnahmen in der Absicht, durch sie hindurchzuschlüpfen – auf einen schmalen und nützlichen Platz. Und so existierte er denn lange und unangefochten, hielt sich im Hintergrund und lavierte. Zuletzt aber hatte ihn der Preisrückgang beim Vieh verunsichert, denn von jeher machte er unauffällig profitable Geschäfte mit dem An- und Verkauf von fremdem Vieh. Lange suchte Werestschagin diesbezügliche Gesetze, doch die Zeitungen ergingen sich nur in Andeutungen. Da beschloß Werestschagin, ebendiese Andeutungen zu nutzen. Er bedachte in seinem Sinn, daß sein Pferd auf dem Markt jetzt bloß noch an die dreißig Rubel wert, aber für hundertsiebzehn versichert war. Obendrein würde in Kürze der Kolchos über ihn hereinbrechen, und dann wäre das Pferd so gut wie kein Vieh mehr, nicht mal ein Gegenstand. Lange Tage hindurch saß Werestschagin trübselig auf der Ofenbank, und nur mit einem gelben Auge spann er traurig seine List.

Hauptsache, der Staat hört nichts von mir, überlegte er. Ich hab doch nirgendwo gelesen, daß man Pferde nicht quälen darf, also darf man. Wenn sich bloß die Ossoawiachim* nicht einmischt – aber nein, die interessiert sich ja nur für Flugzeuge!

Und Werestschagin hörte mit Vorbedacht auf, sein Pferd zu füttern. Er fesselte es mit Stricken an seinen Verschlag und gab ihm nur noch Wasser, damit es nicht schrie und das wachsame Ohr der Nachbarn nicht aufmerken ließ.

So verrann eine Woche. Das Pferd fiel vom Fleisch und blickte nahezu menschlich drein. Wenn Werestschagin zu ihm trat, öffnete es sogar das Maul, als wollte es ein Wort hervorbringen, das ihm auf der Seele brannte.

Wieder war eine Woche verstrichen oder auch eine Dekade. Um das Ende des Gauls zu beschleunigen, hatte Werestschagin sogar aufgehört, ihm Wasser zu geben. Das Tier ließ den Kopf hängen und röchelte unentwegt vor Jammer.

»Mach Schluß«, befahl Werestschagin dem Roß. »Die Sowjetmacht ist auf Draht. Ehe man sich's versieht, erinnert sie sich an dich.«

Das Pferd aber lebte und lebte, als verfügte es über ideologische Standhaftigkeit.

* Gesellschaft zur Förderung des Flugwesens und der Verteidigung. 1927-1948 (Anm. d. Übers.)

Am zwanzigsten Tag, als der Gaul die Augen schon nicht mehr aufbekam, sein Herz aber noch schlug, umhalste ihn Werestschagin, und im Laufe einer Stunde hatte er das Pferd erwürgt. Zwei Stunden drauf war es erkaltet.

Werestschagin schmunzelte verstohlen über den besiegten Staat und ging ins Haus, um seine strapazierten Nerven zu beruhigen.

Zehn Tage danach, sowie ihm der Dorfsowjet eine Bescheinigung ausgestellt hatte, das Roß sei an Magenverstimmung krepiert, machte er sich auf, den Versicherungsbeitrag einzustreichen.

Für die herausgeschlagenen hundert Rubel kaufte Werestschagin auf dem Markt drei Pferde und versicherte als bewußter Bürger diesen Bestand beim Bezirkskontor der Staatlichen Versicherung.

Einen Monat wartete er ab, ob der Staat nicht über ihn herfiel, dann fütterte er auch die drei neuen Pferde nicht mehr. So würde er in einem weiteren Monat zweihundert Rubel Reingewinn haben, dann wieder und so fort – Geld wie Heu bis in alle Ewigkeit.

Die Pferde standen angeseilt in den Verschlägen, er aber wartete auf ihren Tod und seinen Gewinn.

Doch Werestschagins Hofhund wollte auch nicht leer ausgehen – er begann den halbtoten Tieren Stücke aus dem Hinterteil zu reißen, so daß die sich vor Schmerz zu befreien suchten, und schleppte die Fleischfetzen auf fremde Höfe, um sie dort zu verstecken. Der Hund wurde von Bauern beobachtet, und bald darauf erschien der Dorfsowjet vollzählig, angeführt von Kondrow, bei Werestschagin, um gehortetes Rindfleisch sicherzustellen. Von einem Fleischlager fand der Dorfsowjet keine Spur, dafür stürmte nachts eine ganze Horde fremder Hunde auf Werestschagins Hof; die Köter setzten sich auf die Hinterbeine und begannen zu heulen.

Tags darauf kletterte Werestschagins Nachbar, ein linker Armbauer, über den Flechtzaun und erblickte die drei von Hunden zerfetzten sterbenden Pferde.

Auch Werestschagin schlief nicht, sondern dachte nach. Bereits am frühen Morgen zog er los wegen einer Bescheinigung über seine drei verendeten Pferde, die er angeblich einzig zu dem Zweck gekauft hatte, sie in die sich formierende Pferdekolonne zu geben, doch geschehen sei Gottes Wille. Kondrow sah Werestschagin an und sagte:

»Deine Nummer zieht nicht, die Hunde haben uns deine Lebensweise verraten. Geh einstweilen in die Kammer, wir werden über dein Schicksal beraten. Heute ist die Zeitung ›Dorfarmut‹ gekommen, da schreiben sie über dich und deinesgleichen.«

»Die Post bei uns arbeitet erbärmlich, Genosse Vorsitzender«, sagte Werestschagin. »Ich hab gedacht, jetzt würden alles die Maschinen tun, das Pferd aber wär ein schädliches Geschöpf, also hab ich die rückständigen Viecher auch nicht kuriert.«

»Aha, du wolltest gescheiter sein als der ganze Staat?« sprach da Kondrow. »Na schön, jetzt ist das neue Gesetz über die Erhaltung des Viehs wie für dich gemacht.«

»Von mir aus«, resignierte Werestschagin listig. »Immerhin bin ich für die vollständige Industrialisierung eingetreten, das Pferd aber ist ein Opportunistenvieh!«

»Genau!« rief Kondrow da. »Ein Opportunist schreit immer ja, wenn man ihm die Schüssel mit Kohlsuppe wegzieht. Geh in die Kammer und warte auf unsern Beschluß, ehe ich meine Nerven verlier, du Feind der gesamten Menschheit!«

Einen oder zwei Monate darauf wurden Werestschagin und der analoge Rewuschkin von ihren einstigen Knechten – dem Serjoga, dem Schmierer und anderen – zu Fuß in die Kreisstadt gejagt und für immer dortgelassen.

Keinem einzigen Mittelbauern in Zankapfel war bei der Kulakenvertreibung ein Haar gekrümmt worden, im Gegenteil: Der Mittelbauer Jewsejew, der in den Kulakenhöfen jede Kleinigkeit genau verzeichnen sollte, damit sie in Kolchoseigentum überging, schädigte die Sowjetmacht. Als nämlich selbiger Jewsejew in Rewuschkins Haus einen Berg weiber-dämlicher Wertgegenstände erblickte, sah er vor gieriger Freude doppelt und behielt die Hälfte für sich, weil doch alles, wie er meinte, unnütz doppelt vorhanden war; so blieb vom weiblichen Inventar nichts übrig, und der Staat wurde um hundert oder zweihundert Rubel betrogen.

Diese Einzelerscheinung im Kreis wurde in der Folgezeit Abspitzung genannt, und Jewsejew machte sich einen Namen als Abspitzer – im Gegensatz zu einem Überspitzer. Hier nun nutze ich die Gelegenheit, die tatsächliche Lage zu erläutern: Überspitzungen waren bei der Kollektivierung keine durchgängige Erscheinung, es gab Orte, die frei blieben von schwindelerregenden Fehlern, dort erlitt die Parteilinie keine Störungen und geriet auch nicht auf die schiefe Bahn. Doch leider waren solche Orte nicht allzu zahlreich. Was aber war der Grund für eine derart reibungslose Durchsetzung der Generallinie?

Ich meine, der selbständig denkende Kopf von Kondrow. Viele Direktiven des Kreises erfüllte er einfach nicht.

»Das hat ein Dicktuer geschrieben«, sagte er, wenn er besonders forsche Forderungen las in der Art von: Unsere Verpflichtung – 100% in 10 Tagen! »Der Mistkerl giert nach Ruhm wie mancher Autor, möchte als erster melden können, daß er schon im Sozialismus ist – auf dem Papier!«

Anderen Direktiven wiederum kam Kondrow äußerst gewissenhaft nach.

»Das hier ist angemessen und revolutionär!« äußerte er sich zu mir über eine sachkundige Anordnung. »Da knistert jedes Wort: man liest, und dabei ist einem, als ob man frisches Wasser trinkt – nur Genosse Stalin vermag so zu sprechen! Sicher haben die Teufel vom Kreis diese Direktive bloß von der zentralen abgeschrieben, und die, die ich weggeschmissen hab, haben sie sich selber ausgedacht, diese Obergescheiten!«

Kondrow handelte ohne Furcht und Rückversicherung, auch wenn ihm ständig aus dem Kreis der Zeigefinger drohte: Paß auf, Kondrow, zügle nicht die in die Zukunft stürmende Dorfarmut – erhöhe das Tempo auf volle historische Geschwindigkeit, du elender Kleingläubiger!«

Kondrow wußte, daß man das Tempo in der Armbauernklasse steigern mußte und nicht nur in der eigenen Stimmung, die Leute vom Kreis aber hielten ihre persönliche Stimmung für allgemeine Begeisterung und stürmten so weit voraus, daß sie für die besitzarme Bauernschaft längst hinterm Feldhorizont verschwunden waren.

Und doch beging Kondrow eine seiner unwürdige Tat: An dem Tag, da er Stalins Artikel über das Vom-Schwindel-Befallensein erhalten hatte, suchte ihn zur Klärung einer Frage der Vorsitzende des Kreisexekutivkomitees auf. Kondrow saß gerade auf dem Brunnengebälk, freute sich unbändig und wußte nicht, was er zuerst tun sollte – sich in den Schnee werfen oder gleich an den Bau der Sonne gehen, jedenfalls mußte er unbedingt und unverzüglich Dampf ablassen.

»Was trompetest du denn da?« fragte ihn der ahnungslose Vorsitzende. »Erstatte mir lieber Bericht.«

Da wickelte Kondrow die »Prawda« um die Faust und hieb damit dem Vorsitzenden des Kreisexekutivkomitees eins aufs Ohr.

Ich blieb im Kolchos, bis die himmlische Sonne unterging, erfreute mich an allem, worauf sie mit Recht stolz sein konnten, und erst dann zog ich von dannen. Die Kolchossonne war noch nicht fertig, doch ich hoffte sie unterwegs, inmitten der nächtlichen Finsternis, von einem Baum zu erblicken.

Als ich wohl zehn Werst gegangen war, fand ich einen geeigneten Baum und erkletterte ihn erwartungsfroh. Den halben Kreis konnte ich in jener anbrechenden Frühlingsnacht überschauen. In fernen Kolchosen brannten Lichter. Irgendwo ratterte eine Getreidesortiermaschine, und von überallher erschallte wie Glockengeläut das wachsame Gebell von Hunden, die dem Kommunismus mit gleichem Eifer dienen wie dem Kulaken-Kapitalismus. Ich machte die Stelle aus, wo der »Gute Anfang« lag, aber dort brannten nur zwei Lichter, und kein Hundebellen war aus jener Richtung zu hören.

Ich hatte es mir auf einem Seitenast bequem gemacht, wartete eine geraume Weile und blickte unentwegt in die allmählich verstummende Ferne. Zahllose kühle Sterne leuchteten vom Himmel auf das irdische Dunkel, in dem rastlose Menschen arbeiteten, um sich später auch über das Schicksal von fremden Planeten Gedanken zu machen; daher ist für einen Himmelsstern der Kolchos annehmbarer als ein Einzelbauerndorf. Ich wurde müde, schlummerte unversehens ein und hielt mich einige Zeit, bis ich vor Schreck herunterfiel, doch blieb ich am Leben. Ein Unbekannter trat vom Baum zur Seite, um mir für den Sturz Platz zu machen – von der Stimme ebendieses Mannes war ich oben erwacht.

Ich kam mit dem Mann ins Gespräch und folgte ihm dann auf seinem Weg, der wegführte vom »Guten Anfang«. Hin und wieder warf ich einen Blick zurück, um doch noch das Licht der Kolchossonne zu sehen, aber vergebens. Der Mann sagte mir, er sei ein Kämpfer gegen die Nichthauptgefahr und durchquere diesen Bezirk in dienstlichem Auftrag.

»Leb wohl, Kondrow!« Ich blickte ein letztes Mal zurück nach dem »Guten Anfang«.

Uns entgegen kamen des öfteren Menschen, einzeln oder in Gruppen. Offenbar war zur Kolchoszeit selbst ein leeres Feld dicht bevölkert.

»Welches ist denn die Nichthauptgefahr?« fragte ich meinen Weggefährten. »Warum bekämpfst du nicht lieber die Hauptgefahr?«

»Die Nichthauptgefahr nährt die Hauptgefahr«, entgegnete mein Weggefährte. »Obendrein hab ich ein schwaches Herz, und da haben sie mir den Linksradikalismus zugeteilt als eine Hilfstruppe der Rechten! Die Hauptgefahr, die ist schön: Da sitzen angejahrte verdiente Bürokraten, allerlei aktienschwere Liberale – die muß man restlos ausrotten; sogar für die Weiterbildung ist das nützlich: Wer weiß, vielleicht sind die Rechten schon die letzten Fehlentwickler, die letzten verjagten Kulakenseelen!

Jammerschade, daß mein Herz so schwach ist, sonst hätten sie mir die Hauptaufgabe übertragen. Ach, wäre das ein Leben geworden in unserer alles umstürzenden Zeit! Wie angenehm und nützlich ist's doch, Rechte und Linke über den Haufen zu rennen, daß vom hiesigen Kulakenpack kein Schwanz mehr übrigbleibt!«

Ich betrachtete den Mann. Alt konnte er nicht sein, doch Gesicht und Körper waren offenbar bereits von den Diskussionen im Bezirk verbraucht – so zerquält wirkte sein Leib.

Er atmete keuchend und asthmatisch, versank immer wieder in Gedanken und hatte wohl kaum ausreichend Nahrung.

Als wir soeben den Horizont überschritten, gewahrten wir an dem bleichen Licht auf der Erde, daß hinter uns der Mond aufgegangen war. Wir sahen uns um.

Ich erblickte in dem fernen Dunkel eine matte runde Leuchte, die immerhin gegen die tiefe Finsternis ankämpfte.

»Im Kolchos haben sie die Sonne angezündet!« rief ich.

»Schon möglich«, pflichtete mir der Kämpfer gegen die Nichthauptgefahr gleichmütig bei. »Für den Mond – den Sonnenjünger – ist der Lichtschein zu schwach. Auch ein Jünger zu sein muß man verstehn.«

Wir übernachteten in einer undefinierbaren Hütte, die wir abseits der Landstraße entdeckt hatten.

»Hier müßte man einen Stützpunkt einrichten«, sagte im Morgengrauen mein Weggefährte. »Warum steht diese Kate leer, wo doch nicht jeder unser goldenes Milliardenvermögen, unsere Ideologie, im Herzen trägt!«

»Ganz richtig«, sagte ich, »es gibt auf Erden viele geistig arme Schlucker.«

Bis Mittag gingen wir weiter. Über die feuchten Felder schwärmten Kolchose in voller Stärke und befühlten die Erde mit Händen, um ihren Frühlingsreifegrad zu bestimmen.

Dann erreichten wir das Dorf Niedertal, das wirklich in einer Talniederung lag. Und zwar wegen des Wassermangels oder der erschwerten Wassergewinnung auf höhergelegenen Böden.

Überhaupt muß die Kolchos- und Sowchoswasserversorgung ein Schwerpunkt unseres Fünfjahrplanes werden, denn wie ich bemerkte, verhält sich der Grad der Bodenbearbeitung und -erschließung umgekehrt proportional zur Bewässerung.

Das heißt, hochgelegene Ländereien entlang der Wasserscheiden, gewöhnlich die wertvollsten, die mit der besten Struktur, lassen sich schwerer bearbeiten, und die Felder dort werden weniger gepflegt.

Das ist ja auch begreiflich, denn die Wasserscheiden liegen weitab von den Wirtschaftsbasen, die stets an ein natürliches offenes Wasserreservoir oder einen hohen Grundwasserspiegel gebunden sind.

Ich habe in den Getreideanbaugebieten nicht weniger als hundert große Dörfer gesehen, und sie alle waren wegen des Wassers in Niederungen hinuntergedrängt, in Flußtäler, Schluchten oder andere Reliefeinsenkungen.

Die hochgelegenen, fruchtbarsten Landstriche hingegen waren weit weg und öde.

Die verschenkten Ernten von den Böden an Wasserscheiden aber bedeuten gewaltige Verluste für unsere Wirtschaft, jährlich wohl Hunderte Millionen Rubel.

Wie läßt sich diese Aufgabe lösen? Dadurch, daß man die Kolchose und die Sowchosgüter unmittelbar an Wasserscheiden anlegt, inmitten von fruchtbaren Böden. Und ihre Wasserversorgung mit Hilfe tiefer Röhrenbrunnen sichert. Das verspricht obendrein eine spürbare Gesundung des Dorfes. Die seuchenverbreitende Brühe von offenen Wasserreservoiren, mit der zahlreiche ländliche Gebiete in der Sowjetunion ihren Durst stillen, wird dann ihre Bedeutung als Quelle der Wasserversorgung verlieren. Das aus artesischen Röhrenbrunnen gewonnene Trinkwasser ist unschädlicher, schmackhafter und reiner als das gechlorte aus der Wasserleitung.

Wenn man heute durch entfernte Gebiete der Sowjetunion geht, sieht man gleichsam ein ödes, unbesiedeltes Land. Das kommt daher, daß sich alle Ortschaften in tiefgelegenen Bergschluchten verbergen; anders ausgedrückt: hydrologische Bedingungen bestimmten die Besiedelung unseres Bodens. Überlegt man ein wenig gründlicher, dann kann man sagen, daß die feudal-kapitalistischen Produktionsverhältnisse das Dorf an Bächen und Sümpfen festhielten, während die fruchtbarsten trockenen Täler völlig oder teilweise unbestellt blieben. Daraus ergibt sich, daß der Sozialismus viele unserer südlichen und südöstlichen Landesteile ebenso wie die zentralen Schwarzerdegebiete unter anderem auch in Form von Wasser erreichen muß – Wasser auf hochgelegenen Landstrichen.

Deshalb also nannte sich das Dorf, das wir nun betraten, Niedertal – so, wie Tausende anderer Dörfer auch hätten heißen können.

Der Kämpfer gegen die Nichthauptgefahr begab sich schnurstracks in den Dorfsowjet. Hier wurde ich Zeuge der Wirkung seines erfahrenen Verstandes, der jedwede bürokratische Kompliziertheit in verständliche schlichte Wahrheit zu verwandeln vermochte.

»Warum haben Sie sich denn nicht angemeldet?« fragte meinen Weggefährten der Sekretär des Dorfsowjets. »Wir hätten Ihnen einen Reisewagen entgegengeschickt!«

»Schenk dir deine Belehrungen!« erwiderte der Kämpfer. »Und halt die Pferde lieber für die Aussaat bereit, ich brauch sie nicht!«

An der Wand des Dorfsowjets hingen viele Tabellen und Plakate, darunter auch ein großer Plan, der alsbald den scharfen Sinn des Kämpfers gegen die Gefahr fesselte. Der Plan enthielt die vorbestimmten Termine und Bezeichnungen für alle Kampagnen: die Getreidesortierkampagne, die Anbauplanungs-, Aufklärungs-, Gespanneinteilungs-, Versuchsaussaat-, Bereitschaftsüberprüfungs-, Aussaat-, Kontroll-, Jäte-, Ernte-, Ernteerfassungs-, Getreidebereitstellungs-, Transport- und Eßkampagne.

Tief betroffen nahm der Kämpfer gegenüber dem angejahrten, leicht mürrischen Vorsitzenden Platz. Ihn interessierte, wieso der Dorfsowjet sich auch noch darum sorgte, daß die Leute Brot aßen – seien sie selbst etwa dazu außerstande oder so rückständig, daß sie rechtzeitige Nahrungsaufnahme verweigern würden?

»Wer weiß?« erwiderte der Vorsitzende. »Vielleicht verärgert sie was, oder sie hören auf die Kulaken und essen plötzlich nicht mehr! Wir aber dürfen keine Schwächung der Bevölkerung zulassen!«

Der Sekretär nannte aus seiner Sicht noch einen zusätzlichen Beweis für die Notwendigkeit einer straffen Durchführung der Eßkampagne. »So gesehen«, meinte er, »wär schon die Jätekampagne nicht nötig. Schließlich haben die Weiber auch früher von sich aus die Hirse gejätet, warum müssen wir sie jetzt dazu mobilisieren?«

»Deshalb, junger Mann, weil ihr nur befehlt zu glauben, daß der Kolchos besser ist als die Einzelwirtschaft, aber warum er besser ist, das erklärt ihr nicht«, antwortete mein Weggenosse.

»Zum Erklären haben wir keine Zeit, der Sozialismus wartet nicht!« wandte der Sekretär ein.

»Natürlich«, folgerte der Kämpfer, »ihr wollt weder was aufbauen noch fertigbauen, euch geht es nur darum, möglichst schnell was hinzusetzen und euch dann glückselig zur Ruhe legen. So ist sie, die linke flinke Jugend!« Die letzten Worte des Abgesandten galten bereits mir.

Die Stimmung des Kolchosvorsitzenden war anders. Der sah mißmutig nur eine weitere Verschlechterung des Lebens voraus. Nach seiner Ansicht würde man die Menschen bald administrativ mit Löffeln füttern müssen, sie morgens wecken und ihnen gut zureden, daß sie wieder einen Tag durchstehen. Der Sekretär stritt denn auch dauernd mit ihm, nannte ihn einen feigen Rechtsabweichler und riß indessen selbst grimmig und herrisch eine Gruppe Armbauern-Aktivisten, ohne sie etwas begreifen oder erfühlen zu lassen, mit sich vorwärts, im Laufschritt durch den Kolchos, der Kommune entgegen.

Hinterher lachte der Genosse vom Kreis schallend darüber, wie hier ein Linker und ein Rechter in einem Raum saßen und einander unentwegt auf ein und denselben Kulakenabgrund zurückführten.

»Die Eßkampagne war die Angelschnur, an der ich mit einemmal die linksradikale Karausche und den rechtsopportunistischen Hecht gefangen habe«, erläuterte mir der Weggefährte vom Bezirk. »Ich werde in diesem Dorf eine Weile zubringen müssen und dem einen oder andern von diesen Massendompteuren was auswischen.«

»Du redest viel zu versöhnlerisch mit ihnen«, sagte ich. »Was hat das mit Jugend und Empfindlichkeit zu tun, wenn der Linke in die Katastrophe kutschiert? Hau sie nur allesamt auf den Kopf – die Rechten wie die Linken!«

»Stimmt schon«, bestätigte der Kämpfer nachdenklich. »Wenn was Schlimmes passiert, läuft der Linke sowieso zum Rechten über. Ich hab Angst, Onkelchen, sagt er dann.

Dieses Onkelchen aber knurrt los mit seinem Baß und zerstört alles auf Erden, der Kulakenkumpan!«

Der Mann vom Bezirk überlegte noch eine Weile, umgeben von der Stille des ausklingenden Steppentages.

»Wirklich, so ist es: Die Linken erkennt man am Diskant, die Rechten am Baß, die wahre Revolution aber am Bariton, dem Ton des Genies, dem Klang des gut laufenden Motors.«

Damit verließ mich der Kämpfer gegen die Nichthauptgefahr, ich aber kehrte Niedertal den Rücken und zog weiter meines Wegs, trotz der abendlichen Stunde.

Gehen mußte ich nicht lange, zwei mir unbekannte Ingenieure kamen mit Chauffeur in einem Automobil gefahren und erboten sich, mich bis zur nächsten Ortschaft mitzunehmen. Eine halbe Stunde etwa fuhren wir ruhig, dann begann im Motor etwas unentwegt zu klappern, als zappelte ein metallisches Wesen in den Zylindern. Kupplung, Bremse – und der Chauffeur ging sich den Schaden besehen. Nachdem wir die Schrauben entfernt hatten, versuchten wir mit gemeinsamen Anstrengungen, den Zylinderblock anzuheben, doch wir schafften es nicht, dazu fehlte es auch an Enthusiasmus. Ein Vorüberkommender blieb stehen und hielt kluge Reden.

»Ihr habt zuwenig Kraft und geht falsch ran! Macht euch lieber auf zum Weiler Eigenbau, zwei Werst von hier, höchstens. Holt von dort den Grischka – der bringt euch allein den Wagen wieder in Gang. So macht ihr euch nur kaputt, das ist nichts für euch.«

Aus Selbstachtung nahmen wir keine Notiz von dem Fremden, dann aber begriffen wir, daß wir ohne diesen Grigori vom Weiler und ohne Pferde nicht klarkämen, außerdem wurde es dunkel.

Ich ging zum Weiler. In einer Bodensenke lagen vier verräucherte Höfe, aus jedem Schornstein stieg Erdölqualm, und überall in dieser Siedlung dröhnten Hämmer. Der Weiler sah nicht aus wie ein Dorf, sondern wie eine Gruppe von Schmieden am Wegrand; die Häuser selbst entpuppten sich beim Näherkommen nicht als Wohnstätten, sondern als Werkstätten, dort loderte das Feuer der Schmiedearbeit.

Verödete Felder umgaben diese Industrie; man sah, die Weilerbewohner pflügten nicht und säten nicht, sondern befaßten sich mit der handfesten Sache eines beständigen Maschinengewerbes. Plötzlich warf mir eine heftige Luftwoge heißen Sand, den sie vom Boden gefegt hatte, in die Augen, und gleich darauf ertönte ein Kanonenschlag. Vor Schreck hockte ich mich hinter einen Klettenstrauch und wartete eine Weile ab. Ein nackter Mann, schwarz und verbrannt – nicht von der Sonne, sondern vom Schmiedefeuer –, kam aus der Werkstattkate und hob hinter mir einen riesigen Holzknebel auf.

Es war Grigori, den wir so dringend benötigten. Soeben hatte er die Festigkeit eines Eisenrohres geprüft, indem er daraus einen Holzpfropfen abschoß: Das Eisenrohr lag im Schmiedeherd, war mit Wasser gefüllt und arbeitete wie ein Dampfkessel – erzeugte Druck, bis der Holzstopfen aus der Öffnung schoß.

Grigori kam mit mir und verfuhr mit dem Automobil höchst einfach: Aus zwei Zylindern holte er die Innereien – zerbröckelte Buchsen – und startete den Motor mit den zwei verbliebenen Zylindern.

»Fahren kann man auch so«, sagte Grigori zu uns. »Bloß den zwei leeren Zylindern tut jetzt der Bauch weh, Gas und Öl jagen sich dort unwahrscheinlich.«

Wir fuhren in seinen Weiler. Der existierte bereits an die zweihundert Jahre, und nie hatte es da mehr als vier Höfe gegeben. Vor Urzeiten war der Weiler eine Reparaturwerkstatt für Frachtfuhrwerke, für zweirädrige Karren und Beamtenequipagen gewesen, jetzt hatten sich hier einstige Partisanen niedergelassen und demobilisierte Rotarmisten, Söhne von Bergarbeitern, von Moskauer Straßenschustern und von Dorfuhrmachern, die seinerzeit aus Mangel an Aufträgen Glasperlenketten hergestellt hatten.

»Haben Sie schon mal ein Automobil gefahren?« erkundigte sich der eine der beiden Ingenieure bei Grigori.

»Wo hätte ich's hernehmen sollen?« fragte Grigori, der den Wagen lenkte, leicht gekränkt.

»Wieso fahren Sie dann so ordentlich?«

»Ich denke doch beim Fahren«, erklärte Grigori. »Der

Wagen sagt selber, wie er's gern hat, ich höre zu und richte mich danach.«

In diesem Weiler übernachteten wir, denn Grigori versprach, uns Buchsen aus einem Metall anzufertigen, das nie platzen oder bröckeln würde.

Wir legten uns zur Nacht ins Stroh nahe einem Lagerschuppen für Kohle und Ausschuß. Kaum hatte uns die Kühle des Schlafs an frischer Luft umfangen, da weckten uns donnernder Beifall und langanhaltende Ovationen. Weit und breit war nichts als stille und öde Steppe, doch in einem Gebäude des Weilers dröhnte Massenjubel, klirrte nüchtern ein offenes Fenster. Ich stand auf, gereizt wegen des gestörten Schlafs, doch voll beglückender Neugier.

»Da müssen noch zu allem passende Ausrufe rein!« vernahm ich Grigoris Überlegung in der Stille nach der letzten Ovation. »Die Leute machen immer beides gleichzeitig – klatschen und schreien. Packt einen die Freude, dann teilt sie sich allen Gliedern des Organismus mit!«

Ich begriff nichts und trat in die Werkstatt. Auf dem Fußboden des Wohnraums stand eine Werkbank, die einer Schleifmaschine für Messer und sonstige Schneiden glich, nur war da noch ein auffälliger Extrakasten dran und allerhand Kleinkram. Angetrieben wurde das Gerät offensichtlich über Pedale. Diesen Beifallsautomaten hatten die Dorfhandwerker für einen Theaterzirkel in Petropawlowsk gefertigt, der für ein Stück Massenjubel hinter den Kulissen benötigte.

Noch ein Handwerker kam hinzu – Pawel, mit Spitznamen Prünzüp; er brachte ein Stück blitzendes Metall.

»Was ist denn das?« erkundigte ich mich bei Grigori.

»Daraus fummeln wir Detektoren.«

»Habt ihr viel Bestellungen?«

»Tausende. Unsere Dörfer schwärmen für Musik und die großen Siedlungen schon gar. Ich denk mir, das Radio dringt überhaupt nicht weiter in die Steppe durch. In unserer Gegend stehen die Antennen dichter als die Bäume, die ganzen Wellen werden da verschluckt.«

Dann setzten sich die Handwerker zum Abendbrot, es waren sieben an der Zahl, und alle sahen sie sich ein wenig ähnlich. Der Tisch stand unter dem Geäst des verräucherten einzigen Baums am Ende des Hofes, über dem Tisch brannte ein an den Baum gehängter gußeiserner Kronleuchter mit zehn fünfkerzigen Glühbirnen; den Strom für diese Lampen lieferte ein Akkumulator vom Dachboden. Auf dem Tisch standen zum Appetitanregen in einem Konservenglas Feldblumen aus Blech und zwei Stahlstiche, Liebe darstellend.

Nach einem reichhaltigen Abendessen, berechnet, die mächtigen Leiber der Steppenmeister zu sättigen, wurde aus der Zeitung vorgelesen. Grigori las, die anderen hörten ernsthaft und beifällig zu, kommentierten gefühlvoll.

»Polnischer Spion Słuczkowski von unserem Grenzschutz festgenommen«, las Grigori.

»Knacken, die Laus!« entschieden die Zuhörer über jenen Spion.

»In Baku gewaltiges Schmierölwerk in Betrieb genommen.«

»Die Maschinen brauchen Fett. Sogar dringend!« billigten die Meister diese Nachricht, denn sie hatten ein Herz für Maschinen.

»Die Pelztierexpedition des Staatshandels auf Kamtschatka grüßt das Proletariat der Sowjetunion!«

Alle Zuhörer senkten schweigend den Kopf, um den Gruß zu erwidern.

»Schwaches Erdbeben bei Aschchabad. Im Dorf Ismidije ein Haus zerstört.«

»Gemein – da arbeiten Leute, und plötzlich haut eine fremde Kraft dazwischen.«

Es waren sehr ernsthafte Menschen. Man merkte, sie hörten sich nicht einfach an, was passiert war, sondern erlebten es selbst mit, sie nahmen nicht zur Kenntnis, sondern studierten, und bei der leichten Geistesarbeit entspannten sie ihre schweren Körper.

Nach dem Abendessen ging Grigori daran, die Buchsen für unseren Motor herzustellen. Nach seinem System mußten diese Buchsen haltbarer werden als die ersten, weil er sie nicht aus einem Stück Bronze fertigte, sondern aus mehreren Bruchteilen.

»Ist dir schon mal ein Haus untergekommen nur aus einem Stein?« fragte er mich.

»Nein«, erwiderte ich wahrheitsgemäß.

»Deshalb stehen sie auch hundert Jahre, halten Schneestürme aus, Hitze, Regen und Erdbeben! Ich schweiß dir Buchsen aus Körnchen und Teilchen, als würde ich ein Haus aus Ziegelsteinen bauen. Wirst gut damit fahren. Mitri, mach mir mal Bronze klein.«

Dmitri begann ein Stück Bronze zu zerhauen.

»Halt«, besann sich Grigori. »Bronze kostet den Staat Geld und Organisation, hau was ab von den alten Buchsen.«

So geschah es denn auch.

Noch war Grigori mit dem Schweißen und Formen der Buchsen nicht fertig, da tauchte aus der Steppennacht ein geheimnisvoller, sichtlich bestürzter Reiter vor der Werkstatt auf. Es war ein Freund Grigoris, ein Komsomolze aus einer fernen Siedlung.

»Grischa, Gott ist bei uns im Anzug, der Pope und die Weiber singen ihm zu Ehren schon wie ein Engelchor, und auf seinem Kopf brennt ein Licht! ... Schwing dich zu mir auf den Pferdehintern!«

»Laß den Motor an«, sagte Grigori zu mir, »weck den Chauffeur!«

Den Chauffeur kriegte ich wach, die Ingenieure aber waren müde und wollten nicht mitkommen.

Eine Minute später rasten wir bereits mit einem Zylinderpaar aus dem Weiler, um Gottes Einzug in die Siedlung zu bekämpfen – der Komsomolze zu Pferd hinter uns her.

Wir waren schneller da als Gott: Er hatte die Siedlung noch nicht erreicht, sondern bewegte sich, umgeben von altem Volk, gemächlich am Horizont entlang, und tatsächlich krönte seinen Kopf ein Heiligenschein aus weißlichem Licht. Wir gaben Gas und erreichten mit stotternden Zylindern Gott und seine Gläubigen.

Da ging ein alter Mann über Land, gekleidet in ein Gewand aus Sackleinen, barfuß und feierlich. Der Bart, die klaren Augen und die Sanftmut im verwitterten Antlitz verliehen ihm gewisse Züge von Gottvater. Um sein zerzaustes Kopfhaar leuchtete ein gleichmäßiger Schein. Als Gottvater das Automobil erblickte, öffnete er seine Hände um eine schwarzschwänzige Taube, die den Heiligen Geist darstellen sollte; die verspürte keinen Wunsch, von ihrem Ernährer fortzufliegen, doch Grigori gab ein Heulsignal – und schon schwirrte der Vogel seitwärts in die Ferne. Dafür traf uns aus der Menge ein Stein, er zerschlug das Glas des rechten Scheinwerfers.

Nun stellte sich Grigori auf den Chauffeursitz.

»Meine sehr verehrten Großväter und Großmütter!« (In den Siedlungen des Südens liebt man diese ehrerbietige, überlebte Anrede.) »Der Herrgott ist müde von der Sündenlast des Volkes und vom Fußmarsch durch den Erdenraum. Wir kommen mit einem Auto, weil wir den Teufel zwingen wollen, Gott dem Herrn zu dienen. Nimm Platz, lieber Gott!«

»Sehr gern, mein Täubchen!« willigte Gottvater ein, der uns aus der Nähe betrachtet hatte.

Wir setzten ihn auf den Rücksitz, neben Grigori, und der Chauffeur fuhr den Wagen so, daß die Großväter und Großmütter hinterherlaufen konnten.

Die Nacht über uns dauerte an; die gestirnte Natur rundum nahm den lokalen Vorfall unter den Menschen gar nicht wahr. In der Siedlung hatte man das Nahen dessen, der nun ein zweites Mal auf die Menschheitswelt gekommen war, gesichtet, und der Wächter läutete die Glocken – die große im Wechselspiel mit den kleinen, wie zum Ostergottesdienst.

Der Außenspiegel links am Auto flimmerte ständig vom Licht des hinten sitzenden Gottes. Plötzlich wurde es dunkel; ich konnte mich nicht umdrehen, weil ich auf Geheiß des Fahrers Luft in den Tank pumpte, doch da erglänzte der Spiegel auch schon wieder vom göttlichen Schein, und ich gab mich zufrieden.

Am Eingang zum Gotteshaus lag der Pope mit dem Antlitz auf dem Boden und mit ihm all jene, die es schon vorher mit Gott gehalten hatten. Etwas abseits stand eine Gruppe von Komsomolzen, Traktoristen und jungen Leuten, und sie lächelten furchtlos am Vorabend des Weltuntergangs. Ein Bauer, bereits in gesetztem Alter, wandte sich zweifelnd an mich:

»Vielleicht ist's wirklich so, Genosse – Gott war irgendwo weg, und jetzt, wo ihn keiner mehr braucht, ist er erschienen.«

Ich redete es ihm nicht aus, weil Gottvater nahezu faktisch da war.

Doch wieder erlosch das göttliche Licht. Der Pope hob die Augen.

»Wo ist nur unseres Herren Licht geblieben, das ich einen Augenblick leuchten sah?«

»Gleich«, erwiderte Gott. Aber der Lichtschein um seinen Kopf kam nicht wieder.

»Laß mich das machen«, erbot sich Grigori. »Wenn du lange fummelst, verlierst du noch deinen Posten.«

Er schob dem Herrgott das Sackleinenhemd hoch wie einen Rock, tastete an seiner Brust herum, und das Licht erstrahlte aufs neue.

»Die Klemmen an deiner Batterie haben sich gelockert«, erklärte Grigori leise dem Herrgott.

»Weiß ich«, gab Gott ihm recht. »Ich bräuchte Schrauben und Muttern, aber woher nehm ich die hier in der Steppe?«

Nach dem Kirchenbesuch brachten wir Gott in die Lesestube. So wollte es Grigori, und Gott war einverstanden. Grigori verfolgte damit eine Absicht: In dieser wohlhabenden Siedlung glaubte fast niemand an das Radio, man hielt es für ein Grammophon; Grigori aber wollte, daß Gott für die Technik zeugte. Und in Erwartung Gottes hatte sich in der Lesestube viel Volk versammelt.

Der Akkumulator des Lautsprechers war erschöpft, Grigori wußte das, Gott aber hatte eine frische Batterie um die Brust hängen. Also stellte Grigori den Herrgott in die Nähe des Lautsprechers und schloß ihn mit Leitungsdrähten an den Apparat an. Als das Radio frischen Saft erhielt, erklang es in klarem Baß, doch dafür erlosch der Lichtschein um Gottes Haupt.

»Glaubt ihr jetzt ans Radio?« fragte Grigori die Versammlung, während in Moskau das Orchester die Instrumente stimmte.

»Wir glauben«, erwiderte die Versammlung. »Wo es Gottes Wille ist, glauben wir auch an die Lärmmaschine.«

»Und woran glaubt ihr nun nicht?« forschte Grigori.

»Jetzt glauben wir nicht ans Grammophon«, verkündete die Versammlung.

»Na so was!« rief Grigori verdrossen. »Und wenn wir euch ein Grammophon bauen, werdet ihr dann glauben?«

»Laß es uns hören. Zuhören werden wir, aber ob wir dran glauben, ist noch die Frage!«

»Und wenn ich euch jetzt Gott wegnehme?«

Die Versammlung zeigte sich auch hierüber nicht sonderlich verwundert.

»Na und?« entgegnete für alle der besitzlose Bauer Jewsej, ein eifriger Leser zentraler Zeitungen, »dann werden anstelle des einen Gottes zehn Gottlose um uns scharwenzeln. Je weniger einer glaubt, Grischa, desto mehr verschafft er sich an Aufmerksamkeit und Gewinn.«

Um Mitternacht wurde es Zeit auseinanderzugehen. Da stellte sich bedauerlicherweise heraus, daß keiner Gott in seine Hütte einladen wollte – zum Abendbrot und zum Übernachten. Die Leute verlangten, der Dorfsowjet solle die Reihenfolge festlegen, in der alle Höfe für Gott sorgen würden, unorganisiert wollten sie Gott nicht haben.

»Nimm du ihn doch mit, Stepan«, sagte Jewsej zu seinem Nachbarn. »Deine neue Hütte steht leer, da bringst du ihn schon irgendwie unter.«

»Wie kommst du darauf?« rief Stepan beleidigt. »Wo ich erst vorgestern mein Soll an Balken für die Brücke angefahren hab!«

Gott war bereits hungrig und fror von der frischen Nachtluft, die zu den Fenstern der Lesestube hereindrang.

Endlich erbarmte sich der Komsomolze, der uns vom Weiler hergeholt hatte, er lud den Alten in seine Hütte ein, wo er nur mit seiner armen Mutter lebte.

Erbost über solch eine Religion, nahm Grigori den Herrgott, der für ihn einfach ein alter Mann war, mit auf den Weiler. Dort aß Gott sich satt, schlief sich aus, und am nächsten Morgen arbeitete er bereits als Hilfsschmied. Wie sich herausstellte, war er Kesselheizer im Astrachaner Elektrizitätswerk gewesen, ein Zugvogel, der sich als Gottvater auf die Wanderschaft begeben hatte, um das heilige Kollektivleben zu predigen und für sich selbst ein ehrenhaftes Glück im Kolchos ausfindig zu machen.

»Wenn ich dich noch mal dabei erwische, hau ich dich zusammen!« verhieß Grigori. »Bleib hier bei uns und arbeite in der Produktion. Predige mit dem Hammer und nicht mit dem Mund!«

Gott war es zufrieden und blieb. Schließlich basaß er die Seele eines Heizers und Proletariers, und die hatte Witz und Verstand: Ein Kulak oder ein andrer Burshui hätte nie Gott werden können – diese Dämlacke verstehen ja nichts von Elektrotechnik.

Daß ein Mann mit den technischen Fähigkeiten eines Grigori Michailowitsch Skrynko auf dem Weiler herumsaß und Holzpfropfen aus Rohren feuerte, war sinnlos und schädlich für den Staat. Am andern Morgen sagte ich das zu Grigori. Er hörte mich an und wies mir Papiere aus dem Bezirk vor, kraft derer er zum Leiter einer Maschinen-Traktoren-Station mit sechzig schweren Traktoren ernannt war; als Ausgangsbasis für diese Station war ebenjener mechanisierte Weiler vorgesehen, in dem Grigori jetzt lebte. Die Maschinen und die Ausrüstungen für die MTS sollten innerhalb von ein, zwei Wochen eintreffen.

Das war ja wunderbar. Einen besseren Führer und Freund der Maschinen als Grigori Michailowitsch hätte in dieser Gegend niemand gefunden. Außerdem müßte Grigori Michailowitsch schon eines plötzlichen Todes sterben, damit die MTS ihren Aussaatplan nicht erfüllte, zu seinen Lebzeiten würde sie diesen Plan sicher stets hundertprozentig übertreffen, denn bei ihm blieb kein Traktor stehen, er zwang einen Motor, notfalls auch mit einem Zylinder zu arbeiten, um nur ja jede Minute Frühling auszunutzen.

»Ich aber bin unzufrieden«, sagte mir Grigori Skrynko in unserer folgenden Unterhaltung. »Ich drück hier die Generallinie durch, zeig der gesamten Mittelbauernschaft, was ein Kolchos in Reinkultur ist, was der Frühling am Traktorenlenkrad, und dann fahr ich fort, um zu lernen – länger ertrag ich das nicht!«

»Was ertragen Sie nicht?«

»Die Rückständigkeit. Was nutzen uns Traktoren von zwölf, zwanzig oder sechzig PS. Das sind alles kapitalistische, kraftlose Fabrikmarken! Wir brauchen welche mit zweihundert PS, die auf sechs breiten Rädern rollen, solche, die nicht wie ein Flugzeug knattern, sondern durch einen ruhigen Dieselmotor oder einen Gasgenerator atmen. Das nenn ich einen sowjetischen Traktor und keine Fordsche Nuckelpinne!«

»Mag ja sein. Aber wie schaffen wir das?«

»Ich werde Professor für Zugmaschinen, dann krieg ich das schon hin.«

Sicherlich wird es so kommen, daß in drei, vier oder auch fünf Jahren die Fordsonschen Stocherkisten bei uns verschwinden – verdrängt durch mächtige Zweihundert-PS-Pflüge aus dem Konstruktionsbüro von Professor G. M. Skrynko.

»Was find ich weiter auf meinem Weg?« fragte ich Grigori.

»Den Kolchos ›Kulakenfrei‹«, sagte Grigori. »Vorsitzender ist dort ein Vetter von mir, Senka Kutschum, sag ihm, daß du bei mir warst. Dahinter liegt Freudenborn II, die kennen mich auch, du kannst dich dort an jeden x-beliebigen wenden.«

Ich machte mich auf den Weg in den genannten Kolchos, konnte aber infolge der nächtlichen Dunkelheit meinen Bestimmungsort nicht mehr erreichen und erschien dort erst am Morgen des folgenden Tages.

Am Kolchoseingang hing ein Schild mit der Bezeichnung dieser landwirtschaftlichen Genossenschaft, darunter ein beschriftetes Eisenblech mit dem Arbeitsplan für das laufende Jahr und der Auskunft über die klassenmäßige Zusammensetzung des Kolchos: 48 Armbauern, 11 Landarbeiter, 73 Mittelbauern, 2 Lehrer, 1 sonstige Frau mit Waisenkindern.

Der Kolchos »Kulakenfrei« bestand seit August 1929; davor, 1928, hatten die heutigen Kolchosmitglieder noch als Einzelbauern nur auf 182 ha Wintergetreide ausgesät, im Kolchos aber waren es schon 232 ha; die Anbaufläche für Sommergetreide sollte sogar gegenüber dem, was die heutigen Mitglieder früher als Einzelbauern ausgesät hatten, auf das Anderthalbfache anwachsen. Welche konkrete Kraft hatte es nur möglich gemacht, die Produktivität der zusammengelegten Arm- und Mittelbauernwirtschaften derart zu steigern?

Ich ging zu Semjon Kutschum, um mich zu erkundigen. Semjon, mit Spitznamen Kutschum*, überraschte mich durch seine finstere Miene und die schneidende Stimme, die aus der Tiefe seines ewig gramvollen Herzens drang.

»Was soll ich dir antworten?« sagte er. »Für uns gibt es diese Frage nicht, wir begreifen das alles auch ohne Klügelei.«

»Habt ihr Traktoren, oder hat für euch eine MTS gearbeitet?«

»Hier gibt's vorerst weder Traktoren noch eine MTS.«

»Aber was habt ihr dann?«

»Was du nicht hast – uns quälen keine Fragen.«

»Und was hat die Bauern plötzlich veranlaßt, mehr zu säen?«

»Wozu, denkst du, haben sie wohl den Kolchos gegründet – fürs Unkraut?«

»Du weichst meiner Frage aus – ich frag doch im guten.«

»Ich weiche gar nicht aus«, widersprach Kutschum. »Wenn's nach dir ginge, müßte es bei uns so aussehn: Da versammelt sich ein Haufen Leute, mit nichts als einem Plan und Sehnsüchten, sie fangen an zu arbeiten, und plötzlich springt nichts dabei heraus. Das wär doch schrecklich, und so darf es nicht sein! So denkt nur ein Mensch ohne Verstand oder voller Haß.«

»Auch ich denk manchmal so.«

»Na klar – du hast kein Kolchosgespür, keinen Klassentrieb, nicht alle kommen zurecht mit dem Tempo der Revolution. Wer Gefühl dafür hat oder zumindest unsern Klassengeist, der hat auch Verstand, ohne Gespür bleiben nur Fragen und Bosheit.«

Ich gab klein bei. Annähernd stimmte das. Ich blieb einige Tage im Kolchos, doch ohne Semjon Kutschum allzu-

---
* Kutschum – letzter sibirischer Khan, starb um 1600 (Anm. d. Übers.)

sehr zu trauen. Ein zweites Mal sprach Kutschum nicht mit mir, ohnehin sagte er kein Wort zuviel, obwohl er stets höflich und ruhig wirkte in seiner gleichbleibend sachlichen Schwermut. So wurde ich dann nur noch Zeuge einiger Vorkommnisse.

In diesem Dorf war etwa ein Viertel der Bevölkerung im Kolchos. Den übrigen Bauern drückte quälend die Frage aufs Herz: eintreten oder lieber abwarten? Kutschum arbeitete unvergleichlich, nie wieder ist mir solch ein Kolchosorganisator begegnet.

Eines Tages kommen vier Armbauern zu ihm – alle mit demselben Anliegen: Nimm uns auf in den Kolchos. Diese Armbauern waren allgemein bekannt, und zwar durch eine Eigenschaft – sie taten sich durch keinerlei Übereifer hervor, hatten auch längst die Hoffnung verloren, einen Weg zur Erleichterung ihres Lebens zu finden. Dieses Eiferdefizit hatte sicherlich Kutschum ergrimmt, war doch der rechte Lebensweg für die Armen bereits erschlossen.

»Von wegen!« sagte er grob und unfreundlich. »Ihr seid wohl übergeschnappt? Glaubt ihr denn, im Kolchos habt ihr's leicht?«

»Am Ende ist's doch leichter, Semjon Jefimytsch«, entgegneten die Armbauern.

»Einen Floh haben euch die Leute ins Ohr gesetzt«, erläuterte Kutschum finster. »Im Kolchos gibt es nur Arbeit, Sorge, Verpflichtungen, Disziplin – alles nichts für euch!«

»Und was sollen wir tun, Semjon Jefimytsch?«

»Bleibt auf euern Höfen sitzen, ihr müßt euch ja nicht Kummer auf den Hals laden!«

Nachdenklich verließen die Armbauern Kutschum, einige flüsterten sogar, er sei ein heimlicher Kulakenknecht.

Die Mittelbauern kamen gewöhnlich einzeln, um sich in den Kolchos aufnehmen zu lassen. Sie reichten Kutschum ihren Antrag schweigend, mit einer Sorgenfalte, die sich bereits vom Winter her in ihre Stirn gefressen hatte.

»Schreib auch uns ein, Semjon Jefimytsch, ich bin schließlich kein Mensch aus Stein.«

»Sondern?« fragte Kutschum.

»Bemitleidenswert bin ich. Ich seh doch, wie's bei euch

läuft, bei mir aber seh ich gar nichts, ich lebe unbeweglich, als wär ich zeitlos!«

»Du willst dich wohl bei uns abrackern?« Traurig und verständnislos stellte Kutschum seine Frage. »Dir noch eine Falte auf der Stirn einhandeln?«

»Meinethalben auch das, Semjon Jefimytsch!«

»Wirklich? Nein, mach lieber kehrt – Märtyrer brauchen wir keine. Marter dich ruhig noch ein Weilchen auf deinem Hof – wenn du dich ausgemartert hast, kannst du wiederkommen.«

Ich gelangte zu dem Schluß, daß Kutschum absichtlich keine Einzelbauern mehr aufnahm, damit er den Kolchos isoliert zum Wohlstand hinaufführen konnte. Die meisten Einzelbauern empfanden jedoch anders: Sie hegten Hochachtung für Kutschum.

»Zuerst dachten wir auch, daß er besoffen ist oder verdreht, aber später haben wir gemerkt, er ist schon in Ordnung«, erläuterte mir wiederholt der nicht in den Kolchos aufgenommene Armbauer Astapow.

Wie sich herausstellte, hatte Kutschum den Kolchos im vergangenen Jahr bereits äußerst widerwillig gegründet, mit Verzögerungen und Hinhaltemanövern, hatte aber mit dieser Lauheit das Selbstgefühl der Armbauern, die schon beschlossen hatten, in den Kolchos zu gehen, enorm gehoben. Mit solch unbegreiflichem Verhalten erzeugte Kutschum nicht einfach einen Zustrom der Dorfarmen in den Kolchos, sondern einen regelrechten Ansturm, ein Gedränge an seinen Türen, denn er hatte den Kolchos mit einer großen Rätselhaftigkeit umgeben und in der Masse das Gefühl geweckt, sie sei der Mitgliedschaft unwürdig. Dennoch trieb er kein falsches Spiel, keine undurchsichtige Politik. Nie versprach er vorweg etwas Gutes, nie verbürgte er sich für ein lichtes Leben, und als erster unter allen mir bekannten Kolchosaktivisten hatte er den Mut, den Kolchosbauern mürrisch zu sagen, daß sie anfangs Kummer über Kummer erwarte – Zwist, Ungeschick, Unordnung und Not –, zudem werde die Not viel bitterer sein als in der Einzelwirtschaft, und sie würden es viel schwerer haben, sie zu besiegen, als jeder für sich allein. Dafür aber brauche der Kolchos nur zu erstarken, dann werde mit den Entbehrungen ein für allemal Schluß sein; diesen Gedanken äußerte Kutschum jedoch nicht laut, er behielt ihn für sich und sprach von anderem.

»Aber vielleicht geht's uns später gut?« fragten ihn schüchtern die ersten Kolchosmitglieder.

»Weiß ich nicht«, erwiderte Kutschum ehrlich. »Das hängt von euch ab, nicht von mir. Helfen werde ich euch, Kulaken lasse ich keine in den Kolchos, aber euch ernähren und dafür sorgen, daß es besser wird, das müßt ihr schon selber. Glaubt nur nicht, bloß die Sowjetmacht braucht euern Kolchos – die hat auch ohne Getreide gelebt –, ihr braucht den Kolchos, nicht sie.«

»Ach nein?« Die Kolchosbauern erschraken. »Wir haben doch aber gehört, der Kolchos liegt der Sowjetmacht am Herzen?«

»Na und? Die Sowjetmacht hat ein Armeleuteherz, also ist klar: Was euch nützt, das frommt auch ihr.«

So wurde trotz allem, auf Drängen einiger Mittelloser, der Kolchos »Kulakenfrei« gegründet.

Und in der Tat, Semjon Kutschum hatte keinen betrogen – schwer hatten es die Kolchosbauern in den ersten Wirren der Organisiertheit. Semjon aber ging an solchen Tagen der Bedrängnis unter ihnen herum und fragte: »Na, wie steht's? Wer möchte raus?« Doch keiner wünschte aus dem Kolchos auszutreten.

Erst viel später, bereits im Winter, verließ ein Mann, der sich rühmte, offiziell Landarbeiter zu sein, den Kolchos.

»Ich kann nicht mehr«, sagte er, »zu fressen gibt's dünne Plempe, arbeiten heißt's vom Aufstehn bis zum Schlafengehn, dauernd sollst du dir was merken – da leb ich doch besser mit freier Kost als Landarbeiter.«

»Hau ab«, antwortete ihm Kutschum. Der Kulak hat aus unsersgleichen eben nicht bloß Bolschewiken gemacht, sondern auch solche Knechtsseelen wie dich. Scher dich zum Teufel!«

Nach der Herbstaussaat nahm Kutschum dennoch an die zehn Höfe in den Kolchos auf, freilich erst nach ernsthaften Aussprachen. Ich sage: nahm auf, aber das heißt überhaupt nicht, daß Kutschum sämtliche Kolchosangelegenheiten im Alleingang entschied, im Gegenteil, er hielt sich bei allem zurück – außer bei der praktischen Arbeit, beispielsweise beim Pflügen. Die Kolchosmitglieder selbst hatten so ein Verhältnis zu ihm, daß sie nichts unternahmen ohne sein Wort. Sogar wenn er schwieg, spürten die Kollektivisten, was er dachte, und dementsprechend trafen sie ihre Entscheidungen. Nach dem Sortieren des Korns und der Vorbereitung zur Aussaat nahm Kutschum noch weitere fünf Höfe auf. Diese Aufnahmeverfahren erzeugten im gesamten nichtkollektivierten Dorf eine solche Stimmung, daß sich ein großer Teil der Einzelbauernschaft bereits vor den Kolchostoren drängte. Kutschum ließ keine Aufnahme zu, wenn es keine vorzeigbaren Erfolge des Kolchos gab, keine beispielhaften Arbeitsleistungen erreicht waren, die nachdrücklich und unübersehbar den Vorteil des gesellschaftlichen Wirtschaftens bewiesen. Deshalb nahm er die zehn Gehöfte auch erst nach der Herbstaussaat auf, die so durchgeführt worden sein soll, daß die Einzelbauern an allen Seiten des Kolchosfeldes standen und weinten, als sähen sie ein rührendes Schauspiel.

Nach der Saatvorbereitung wurden gleichfalls neue Mitglieder aufgenommen, und nun, nach dem Frühling, schien es, würde Kutschum seinem Herzen einen Stoß geben und Arm- und Mittelbauern hereinlassen. Sein Grundsatz lautete offenbar: Je mehr der Kolchos für sich selbst spricht – durch Fakten, spürbar für die Bevölkerung –, desto mehr wächst die Zahl seiner Mitglieder. Kutschum ließ nicht zu, daß die Menschen enttäuscht wurden.

Eine solche Politik beraubte im Grunde die Armen und den besten Teil der Mittelbauern der Möglichkeit, aktiv zu werden. Eine solche Politik, die teilweise unwillkürlichem Selbstlauf ähnelte, konnte die revolutionären Kräfte des Dorfes entwaffnen. Der Kreis erklärte Kutschum denn auch ernst und scharf, er selbst sei zwar ein lieber und heldenhafter Mann, seine Politik jedoch geradezu kulakenhaft, und Kutschum, obgleich zunächst verschnupft, gab dem Kreis recht, denn er besaß mehr Geist und Disziplin als einzelwirtschaftlichen Egoismus.

Es wunderte mich, zu sehen und zu hören, wie die noch nicht in den Kolchos aufgenommenen Einzelbauern diesen Kolchos liebten und sich um ihn sorgten. Ein Mittelbauer mit dem Spitznamen Pups wollte beispielsweise eine Gruppe von Kolchoskandidaten aufstellen, um sich so die erste Anwartschaft für den Kolchos zu sichern, aber Kutschum untersagte ein so ungewisses Unternehmen, dafür erlaubte er Pups, eine Genossenschaft zur gemeinsamen Bodenbearbeitung zu gründen. Pups schuf eine solche Genossenschaft (GGB), doch die Kränkung, die Kutschum ihm zugefügt hatte, nagte weiter an ihm, und wenn er einen über den Durst getrunken hatte, sang er, während er durchs Dorf zog:

> Ach, lebt man frei in dem Kolchos,
> lebt schön und frei und sorgenlos.
> Da trinkt man ein, zwei Flaschen Kwaß
> und haut sich froh ins grüne Gras ...

Beim Kolchosvorstand angelangt, forderte er immer wieder hartnäckig, Kutschum solle zu ihm herauskommen – er wünsche noch einmal einen Blick auf den großen Mann zu werfen.

Auf verschiedenste Weise beeinflußte der Kolchos Lebensweise und wirtschaftliches Geschick der Einzelbauern. Jeder Privatmann ließ sich bei der Arbeit auf seinem Hof von den Klingelzeichen des Kolchos anspornen, die durchs ganze Dorf schallten. Ihm war es jetzt peinlich, zu Haus auf der Ofenbank zu liegen, wenn er wußte, im Kolchos wurde geschafft. Vor allem der weibliche Teil der Einzelbauern bekam sein Fett ab. Von den Bräuchen im Kolchos beeindruckt, gingen die Männer voller Verachtung durch ihre häuslichen Gefilde.

»Marfusch! He, Marfusch!« brach es aus dem Herzen eines jeden Gemahls, wenn er seine Frau die Kuh melken sah. »Du solltest dem Vieh das Schwanzende ans Bein binden – warum muß es dich damit in die Fresse schlagen! Geh wenigstens einmal in den Kolchoshof und sieh dir an, wie da die Mitgliederinnen melken!«

Ein anderer Einzelbauer schlief die ganze Nacht mit geöffnetem Stubenfenster bei Frischluft, so wie die Leute im Kolchos. Ein dritter wiederum bestellte zwei Zeitungen für sich allein, denn im Kolchos entfiel eine Zeitung auf jeden Erwachsenen.

Und dann entdeckte ich noch, daß die Burschen von den Einzelhöfen die Kolchosmädchen für die schicksten Fräuleins hielten. Sie fanden sie appetitlicher, bewußter und viel eleganter, als wären sie sozialistische Pariserinnen inmitten einer Feudalgesellschaft. Die Einzelhofmädel hörten allesamt auf, sich die Wangen weiß zu färben, wozu sie sie vorher an gekalkten Wänden gerieben hatten, denn wie sie sahen, bemalte sich keine einzige der Kolchosbäuerinnen das Gesicht.

So groß war die Sehnsucht der Einzelbauern nach dem Kolchos, den Kutschum ohne übermäßige Begeisterung gegründet hatte. Damit nicht genug, beobachtete ich sogar, daß Menschen aus umliegenden Dörfern anreisten, offenbar in der Hoffnung, sie könnten sich mit ihrem ganzen Dorf Kutschums Kolchos anschließen.

»Stürzt euch nur selber ins Unglück, wenn ihr das Leben satt habt«, teilte Kutschum solchen Gästen mit. »Aber kommt euch dann nicht bei mir beschweren.«

»Na, du bist gut!« riefen die Ankömmlinge tief gekränkt. »Du hast den Kolchos und alles Licht des Lebens, wir aber sollen bei Gerstenbrot und Salz unter unserem Flechtzaun hocken!«

»Ich sag euch doch, ihr sollt euch zusammenschließen, wenn ihr die Not nicht fürchtet!«

»Wo ist sie denn, die Not, bei euch im Kolchos?«

Not herrschte im Kolchos zwar nicht gerade, aber ein ruhiges Leben war auch keinem beschieden. Dennoch stand für die Einzelbauern fest, im Kolchos käme mit jedem Tag ein Tröpfchen vom besseren Leben hinzu, während bei ihnen dieses Naß knapp bliebe, immer auf dem gleichen Stand.

Kutschum hatte sich vorgenommen, über ein Bündnis mit den umliegenden Kolchosen erst dann zu reden, wenn es notwendig wurde, so bei der Gründung einer MTS, bei einer Flurbereinigung, bei der Organisierung des Kampfes gegen unbewußt nützliche Schädlinge oder anderen großen wirtschaftlichen Anlässen.

Ich fand es hochinteressant, wie dieser finstere Anführer der Armbauernbewegung auf ihrem Weg zu Brot und Licht die Arbeit im Kolchos und die Verteilung der Produkte regelte.

In dieser Hinsicht erwies er sich als geiziger Ritter. Die gesamte Kolchosmannschaft hatte er in zwei Hälften geteilt: die unter zwanzig (junge Männer und Mädchen) und die über zwanzig.

Die junge Generation (unter zwanzig) wurde sogar weiter unterteilt: in Säuglinge, kleine Kinder, Halbwüchsige und Jungarbeiter von fünfzehn bis zwanzig. Für die gesamte Kolchosjugend war die Versorgung wie in einer Kommune geregelt, ohne Unterschied oder Ausrichtung nach dem gesellschaftlichen Nutzen der Arbeit (lediglich der Altersunterschied wurde berücksichtigt, beispielsweise: Säugling, bereits berufstätiger Jugendlicher von siebzehn Jahren und so weiter). Die über zwanzig erhielten ihren Lohn in Naturalien und Geld entsprechend ihrer Leistung. Im Wirtschaftsplan des Kolchos war folgendes festgehalten und beschlossen: »Das gesamte Einkommen des Kolchos, abzüglich Amortisation, Steuern, Viehhaltungskosten, Versicherung und dergleichen, wird durch die Zahl der Esser geteilt. Die Esser unter zwanzig erhalten ihren Anteil voll, die Älteren aber nur die Hälfte ihres Anteils, und unter Berücksichtigung dieser Hälfte des Prokopfeinkommens wird der Leistungslohnsatz eines jeden Kolchosmitglieds über zwanzig Jahre ermittelt. Die andere Hälfte des Prokopfeinkommens der älteren Mitglieder aus dem vergangenen Wirtschaftsjahr wird wie folgt verwendet: ein Viertel für die Verbesserung von Kost und Kleidung der jungen Generation, daß heißt derer unter zwanzig, zwei Viertel für die wirtschaftliche Entwicklung des Kollektivs und das letzte Viertel als unantastbarer Reservefonds, auch als Hilfe für die Industrialisierung des Staates.«

Ganz klar, Kutschum setzte große Hoffnungen auf die frische Generation; und alle Erwachsenen, die bereits durch den einstigen Imperialismus verdorben waren, spannte er ein, für diese lebendige Zukunft zu arbeiten.

Kutschum wußte, die Jugend von heute wird bereits in der Kommune leben und keinen Leistungslohn mehr brauchen. Übrigens benötigte die Jugend auch jetzt schon keinen Leistungslohn mehr: Ich erfuhr, daß die fünfzehn- bis zwanzigjährigen Kolchosmitglieder mit äußerster Kraftanspannung arbeiteten und keinerlei Antreibung noch Zwangs bedurften – man brauchte sie nur auszubilden. Solcher Arbeitseifer der Jugend ist zu einer allgemeinen Erscheinung in unserem Land geworden, denn die Sowjetjugend wüßte nicht, warum sie der Arbeit aus dem Weg gehen sollte – allenfalls bei Übermüdung oder Verliebtheit.

Arbeitspläne wurden in dem Kolchos jeweils für zehn Tage gemacht. Entsprechend diesem allgemeinen Dekadenplan erhielt jedes Kolchosmitglied einen persönlichen Plan-Talon, worin der Umfang der Arbeiten, die Anzahl der dafür vorgesehenen Stunden und der Tarif ausgewiesen waren. Solche persönlichen Plan-Talons zeigten die Pflichten des jeweiligen Kolchosmitglieds für eine Frist von ein, zwei, manchmal auch drei Tagen.

Der gesamte Planungs- und Operativstab des Kolchos bestand aus Kutschum und seinem Gehilfen, dem einstigen Tagelöhner Silailow; aber sogar diese beiden erhielten Plan-Talons für ihre normale Arbeit, die Planungs- und Leitungstätigkeit verrichteten sie abends oder am frühen Morgen.

Zu den neuen Kolchoseinrichtungen gehörten ein Kindergarten mit Krippe und ein »Haus des Kollektivisten«, das zwei Kolchoslehrer betreuten; diese waren von jeglicher landwirtschaftlicher Arbeit befreit und wurden versorgt wie Jugendliche unter zwanzig. Letzteres bewies Kutschums feinen, umsichtigen Takt, ansonsten war er ein geiziger und erbarmungsloser Wirtschaftsleiter. Das prägte sowohl den Kolchosplan als auch das Äußere der Kolchosmitglieder – sie waren schlecht gekleidet und wirkten erbärmlich abgerackert.

Dafür waren die Jugendlichen des Kolchos nicht nur hübsch und wohlgenährt, sondern auch recht ordentlich angezogen – mit gutem Grund hießen die Kolchosmädchen bei allen Einzelbauerntöchtern Pariserinnen. Hier war Kutschum ganz und gar nicht knauserig, höchstpersönlich fuhr er in die Stadt, um Stoff für die Jugend einzukaufen, und als Berater nahm er einen Burschen und ein Mädchen mit.

Während meines Aufenthaltes in diesem Kolchos entwickelte Kutschum eine bemerkenswert richtige Initiative: Im Namen des Kolchos rief er sämtliche Einzelbauern des Dorfes, die Kolchosmitglieder werden wollten, zum Wettbewerb auf. Der Wettbewerb galt allen üblichen Posten der Frühjahrsaussaat: Saatkorn, Aussaatfläche je Pferd und Mann, Termine und so weiter. Dies aber war der Preis: Besiegten die Einzelbauern den Kolchos, oder kamen sie wenigstens nahe an ihn heran, dann wollte Kutschum sämtliche am Wettbewerb beteiligten Einzelbauern in den Kolchos aufnehmen, verloren sie jedoch, mußten sie sich noch bis zum Herbst gedulden.

Die Einzelbauern nahmen Kutschums Herausforderung an.

»Dem Teufel werden wir's schon zeigen«, sagten einige und wappneten sich mit Ingrimm für die ungeheure Arbeit, die auf sie zukam.

»Versuchen wir's. Vielleicht klappt's.«

»Mit dem sollen wir uns messen? Der kriegt's fertig und verzichtet auch noch auf den Schlaf!«

»Das wäre nicht mal das Schlimmste. Aber bald werden auch die andern alle nach seiner Pfeife tanzen.«

»Er sieht so lahmarschig aus, aber wenn er erst mal loslegt, wundert man sich, wieso er nicht gleich durch die Luft saust!«

»Wir sind ja auch nicht von Pappe!«

»Fertiggemacht hat er uns. Wär er ein Weib, könnte man denken, er kennt ein Zaubermittel, da er aber ein Kerl ist, bleibt's unbegreiflich. Wenn er auftaucht, heißt es, weinen nicht mal die Krippenkinder.«

»Was machen sie dann?«

»Weiß der Deibel! Kriegen sicher Bewußtsein.«

»Da hat uns der Herr aber ein Kreuz geschickt. Von dem kommt man genausowenig los wie von einem Weib!«

»Höchst sonderbar!« äußerte sich fast gelehrt ein Einzelbäuerlein.

Ich weiß nicht, wie dieser ungewöhnliche Wettbewerb endete. Selbst wenn der Kolchos nicht gewonnen haben sollte, was unter Kutschum undenkbar ist, hat jedenfalls der Staat gewonnen, denn in jenem Dorf hat man sicher nicht nur alle freien Ackerflächen bestellt, sondern sogar die Steilhänge von Schluchten, denn die Arbeitswut der Bauern war groß, wie ja auch bei den Kutschum-Leuten, bloß bei denen war sie von anderer Art.

Jetzt wollen wir mal überlegen: Ist Kutschums Arbeit in jeder Hinsicht richtig, gibt es da nicht vielleicht eine verdeckte Tendenz zum Selbstlauf, diesem Feind der Arm- und Mittelbauern? Kolchose sind natürlich das Schicksal der werktätigen Bauernschaft auf der ganzen Welt, wenn aber die Avantgarde ebenjener Bauernschaft und des Proletariats nicht das Bewußtsein in den Massen weckt und dafür sorgt, daß es sie zu den Kolchosen zieht, dann wird sich dieses Schicksal verspäten, einer verlangsamten Bewegung aber drohen stets Risiken und Rückschläge.

Jawohl, in Kutschums Arbeit war und ist eine unbewußte Tendenz zum Selbstlauf, zur Politik der angezogenen Bremsen, aber ich denke, die vorwärtsdrängende Dorfarmut wird Kutschum diese Tendenz bald austreiben, und wenn er den Selbstlauf erst mal ausgestanden hat, wird aus ihm ein vollendeter Leiter.

An dem Tag, da ich den Kolchos verließ, erlebte ich endlich einmal, wie der bekümmert-gleichmütige Kutschum für kurze Zeit in die Luft ging. Zu ihm war der abgesetzte Vorsitzende eines etwa zwanzig Kilometer entfernten Kolchosverbandes gekommen. Kutschum kannte ihn gut, die beiden waren nahezu befreundet, was sich in ihrer Offenherzigkeit äußerte und in einem Anflug von Freude auf ihren Gesichtern. Der angereiste Verbandsvorsitzende begann sich über Ungerechtigkeiten zu beklagen: Man habe ihn wegen Überspitzungen fortgejagt, weil er angeblich vierzig Mittelbauern enteignet und die Kirche ohne liberales Herangehen an die Massen geschlossen habe; dabei hätten diese Mittelbauern morgen schon Kulaken werden können, er habe ja nur ihre wachsende Tendenz durchkreuzt. Was aber die Kirche anbelange, so habe das Volk im Unterbewußtsein längst jegliche Hoffnung auf eine Existenz Gottes fahrenlassen, und er habe diese Tatsache nur durch Verbot der Religion fixiert – warum also, frage er sich, mußte man ihn als Vorsitzenden liquidieren?

Und nun verkündete der ehemalige Vorgesetzte folgende Meinung: Dem Hund hackt man den Schwanz ab, damit er klüger wird, denn am andern Ende vom Schwanz sitzt der Kopf. Offenkundig spielte er darauf an, daß sozusagen das Kreisexekutivkomitee der Kopf sei und er der Schwanz – als hätte ihm das Kreiskomitee doch wahrhaftig befohlen, innerhalb einer Woche den Kommunismus zu errichten. Sogar mich grämte es tief, eine derart hundsgemeine Rede mitanhören zu müssen.

Je länger Kutschum den Worten seines Freundes lauschte, desto stärker ergraute sein Gesicht. Dann wurde er plötzlich knallrot, seine gleichmütigen Augen erstrahlten voll jäher Energie, er erhob sich leicht und hieb schweigend seinem gegenübersitzenden Freund die Faust gegen die Brust, daß es krachte. Ohne einen Schnaufer fiel der Freund der Länge lang hin. Kutschum aber war noch nicht zufriedengestellt. Er kam hinterm Tisch hervor, hob den Gefallenen an der Jacke hoch und versetzte ihm einen frischen, saftigen Kinnhaken, daß der ehemalige Vorsitzende mit dem Hinterkopf durchs Fenster stieß und auf die Straße fiel, übersät von Glassplittern. Nach dieser Tat gewann Kutschum seinen kummervollen Gesichtsausdruck wieder, ich aber begriff, was die Partei bedeutete für das Herz dieser finsteren, unbesiegbaren Menschen, die fähig waren, Jahre hindurch ihre Liebe wortlos bei der kräfteraubenden, glücklichen Arbeit für den Sozialismus zu verausgaben.

»Auf Wiedersehn!« sagte ich zu Kutschum.

»Leb wohl!« sprach er kameradschaftlich weich, denn er wußte: Wo immer ich auch landen würde, es wäre beim Aufbau des Sozialismus, und irgendeinen Nutzen würde ich schon bringen.

Nachdem ich mich im Kolchos an Fleisch satt gegessen

hatte, verließ ich die gemeinschaftliche Wirtschaft, ging immer geradeaus und erreichte nach etwa sechs Stunden eine große Siedlung mit dem Namen Gustschewka. In der äußersten Hütte am Rande der Siedlung fand ich ein Nachtlager, und lange lag ich da auf einer Bank, ohne einschlafen zu können, bis gegen Mitternacht, um ebenfalls hier zu übernachten, der Genosse Upojew erschien, das Haupt dieses durchgängig kollektivierten Kreises, ein Mann ohne ständige Bleibe.

Bis zum Morgen hatte ich mich schon gründlich mit dem Genossen Upojew bekannt gemacht und war im Bilde über das tapfere, unbesiegbare Leben dieses schlichten Mannes.

Früher hatte der Armbauer Upojew von allen möglichen Kulaken zu hören bekommen: »Du bist rückständig, bist überflüssig auf dieser Welt, bei dir ist 'ne Schraube locker. Zum Bolschewiken taugst du nicht – die sind von der schnellen Post.«

Upojew jedoch glaubte weder den Kulaken noch den Widrigkeiten – seine Aktivität war nicht zu bremsen, und er verausgabte tagtäglich seinen Körper für die Revolution.

Upojews Familie war nach und nach ausgestorben – vor Hunger und weil Upojew sie vernachlässigt hatte, denn seine ganze Kraft und alle seine Wünsche galten der Sorge ums Wohl der Armeleutemassen. Und wenn man ihm sagte: »Upojew, kümmre dich um deine Wirtschaft, erbarm dich deiner Frau« – sie war auch mal ein elegantes Mittelbauernweibchen gewesen –, da blickte er die so Redenden mit seinem aktiv denkenden Antlitz an, wies auf die Armut ringsum und sprach im Stil des Evangeliums, denn den marxistischen Stil kannte er noch nicht:

»Sehet, diese da sind meine Frauen, Väter, Kinder und Mütter – niemanden habe ich denn die besitzlosen Massen! Weichet von mir, ihr kulakischen Egoisten, haltet nicht auf des Revolutionären Lauf! Vorwärts in den Sozialismus!«

Angesichts der energischen Tollheit von Upojew schwiegen all die Wohlhabenden rings um diesen halbnackten, sich in seiner ätzenden Idee verzehrenden Mann.

Nachts lag Upojew dann irgendwo im Gras, neben einem

Armen, der zufällig des Wegs gekommen war, und seine Tränen netzten die geduldige Erde. Er weinte, weil es noch nirgends den vollständigen, heroischen Sozialismus gab, der jeden Unglücklichen und Unterdrückten auf die Höhe der ganzen Welt erhöbe. Einmal sah Upojew um Mitternacht Lenin im Traum, und am Morgen brach er, so wie er war, ohne sich noch mal umzublicken, nach Moskau auf.

In Moskau begab er sich zum Kreml und klopfte an die erstbeste Tür. Ein Rotarmist öffnete ihm und fragte: »Was gibt's?«

»Nach Lenin sehn ich mich«, antwortete Upojew. »Ich will ihm meine Politik darlegen.«

Schließlich und endlich ließ man ihn zu Wladimir Iljitsch vor.

Ein kleiner Mann saß am Tisch mit vorgerecktem großem Kopf, der einer für die Bourgeoisie todbringenden Kanonenkugel glich.

»Was ist, Genosse?« fragte Lenin. »Reden Sie, wie Sie es verstehn, ich werde zuhören und dabei was andres tun – ich kann das.«

Als Upojew Lenin erblickte, knirschte er mit den Zähnen vor Freude und konnte die Tränen nicht zurückhalten. Er wäre bereit gewesen, sich von einem Mühlstein zermalmen zu lassen, damit dieser kleine Mann, der zwei Gedanken zugleich dachte, nur ja an seinem Tisch sitzen und für alle Ewigkeit, für alle Freudlosen und Zugrundegehenden seine historischen Schriftzeichen zu Papier bringen könnte.

»Wladimir Iljitsch, Genosse Lenin«, wandte sich Upojew an ihn, bemüht, männlich und eisern und keinesfalls bleiern zu sein, »gestatte mir, den Kommunismus in meinem Landstrich zu errichten! Das wohlhabende Pack will doch wieder rebellieren, auf unsern Straßen aber sind erneut Leute aufgetaucht, denen nicht nur Vermögen fehlt, sondern sogar ein Paß! Gestatte, daß ich mich auf die bettelarmen umherirrenden Massen stütze!«

Lenin erhob sein Antlitz zu Upojew, und hier nun entspann sich zwischen den beiden Männern ein Gespräch, das für allezeit Klassengeheimnis bleiben wird, weil Upojew es nur bis zu dieser Stelle wiedererzählte, dann aber aus Leid um den Verstorbenen in Tränen und Klagerufe ausbrach.

»Fahr ins Dorf!« sprach Lenin zum Abschied. »Wir versorgen dich, geben dir Kleidung und Wegzehrung, du aber verein die Dorfarmut und schreib mit Briefe, wie's bei dir vorangeht.«

»Wird gemacht, Wladimir Iljitsch, in einer Woche werden alle Armen und Mittleren dich und den Kommunismus verehren!«

»Leb wohl, Genosse«, sprach Lenin noch einmal. »Opfern wir unser Leben für das Glück der Arbeitenden und Zugrundegehenden. Wie viele Dutzende, ja Hunderte von Millionen sind doch vergebens gestorben!«

Upojew ergriff Lenins Hand, die Hand war heiß, und die schwere Last eines Arbeitslebens gilbte auf Lenins versonnenem Antlitz.

»Paß auf, Wladimir Iljitsch«, sagte Upojew, »daß du nicht unversehens stirbst. Dir ist dann ja alles egal – aber was wird aus uns?«

Da lachte Lenin, und dieser freudige Ausbruch des Lebens tilgte alle Todesflecken vom Denken und von der Übermüdung aus seinem Gesicht.

»Hauptsache, du vergißt nicht, uns einen wie dich zu hinterlassen, Wladimir Iljitsch – für alle Fälle.«

Nach seiner Rückkehr ins Dorf begann Upojew kaltblütiger zu handeln. Wenn aber doch ein übermäßig revolutionäres Gefühl in ihm zu tosen begann, schlug er sich auf den Bauch und schrie:

»Hinweg, du Spontangewalt!«

Nicht immer jedoch erinnerte sich Upojew daran, daß er rückständig war und nachdenken sollte. In einer schwülen Nacht legte er Feuer in einem Kulakenweiler, damit die spürten, wer an der Macht war.

Da wurde Upojew wegen Klasseneigenmächtigkeit verhaftet, und er ließ sich widerspruchslos einsperren.

Einen ganzen Winter saß er im Gefängnis; mitten im Winter aber träumte er, Lenin sei tot, und erwachte, in Tränen gebadet.

Und wirklich: Der Gefängniswärter stand in der Tür,

sagte, Lenin sei verstorben, und Tränen tropften auf die Kerze in seiner Hand.

Als das Volk gegen Morgen verstummte, überlegte Upojew: Lenin ist tot, weshalb sollte da so ein Mistkerl wie ich weiterleben? Und er hängte sich am Leibriemen auf, den er durch einen Ring am Bettgestell gezogen hatte. Doch ein Landstreicher, der keinen Schlaf fand, bewahrte ihn vor dem Tode, hörte sich seine Erklärungen an und wandte gewichtig ein: »Du bist doch tatsächlich ein Mistkerl! Schließlich hat Lenin sein ganzes Leben für Leute gelebt wie du und ich. Wenn du nun auch stirbst, für wen hat er sich dann abgemüht?«

»Du hast gut reden«, sagte Upojew. »Ich aber hab Lenin persönlich gesehn und kann jetzt nicht herausfinden, wozu ich am Leben geblieben bin!«

Der Landstreicher maß Upojew mit belehrendem Blick.

»Blöder Kerl, wieso kapierst du eigentlich nicht, daß Lenin klüger ist als alle andern! Wenn er gestorben ist, wird er uns schon nicht ohne Aufsicht gelassen haben!«

»Das mag wohl sein«, pflichtete Upojew bei, und seine Tränen versiegten.

Heute, da Jahre darüber hingegangen sind, Upojew an der Spitze eines durchgängig kollektivierten Kreises steht und den Kulaken vom gesamten revolutionären Festland hinwegfegt, spürt und begreift er vollends, daß Lenin in der Tat vorgesorgt und ihn nicht verwaist zurückgelassen hat.

Und jeden Winter erinnert sich Upojew jenes Landstreichers, der ihn im Gefängnis aus der Schlinge gezogen und der Lenin, ohne ihn je gesehen zu haben, besser verstanden hatte als Upojew selbst.

Alles in allem war Upojew fast glücklich, abgesehen von einem Verweis der Abteilung Landwirtschaft beim Bezirk, der ihm erteilt wurde, weil er auf zehn Hektar Brennesseln ausgesät hatte. Dabei traf ihn gar keine Schuld: Er hatte in der Zeitung die Losung gelesen: »Brennesseln an die Front des sozialistischen Aufbaus!« Und da hatte er den Anbau dieses Produktes begonnen, damit es in ganzen Güterzügen ins Ausland befördert werden konnte.

Upojew hatte frohen Herzens gedacht, es gehe um Brennnesseln für die Züchtigung von Kapitalisten durch die schlechtbewaffneten ausländischen Genossen.

Als ich an den folgenden Tagen durch die Gehöfte und Ländereien des Kolchos streifte, überzeugte ich mich: Die Meinung, daß die Kolchosmassen von der Kolchosobrigkeit unterdrückt wurden, stimmte nicht.

Von Upojew wurden die Kolchosbauern nicht unterdrückt, sondern weggedrückt, der schob nämlich jeden Pfuscher oder Faulpelz unverzüglich beiseite, um vor dessen Augen die ganze Arbeit selbst zu erledigen.

Ich wurde Zeuge, wie er einen Traktoristen, der mit einer schwarzen Rauchfahne fuhr, vom Lenkrad scheuchte. Upojew übernahm den Traktor, und der Mann lief hinterdrein und sah zu, wie man arbeiten muß. Ebenso überraschend und eindrucksvoll mischte sich Upojew unter die Getreidesortierer und brandmarkte ihre Schluderei durch sein tätiges Vorbild. Er setzte sich sogar beim Mittagessen extra zwischen rückständige Mädchen und zeigte ihnen, wie man die Nahrung langsam und produktiv kaut, auf daß sie Nutzen bringe und keine Magenverstimmung. Und die Mädchen hörten doch tatsächlich auf, das Rindfleisch in ganzen Batzen hinunterzuschlingen – ob nun aus Furcht oder Bewußtsein, vermag ich nicht zu sagen. Früher hatte es von unverdauter Nahrung ständig in ihrem Bauch gekollert. Weiterhin lehrte Upojew alle Kolchosmitglieder durch sein Beispiel, sich morgens gründlich zu waschen – dazu mußte er sich anfangs auf einer Tribüne inmitten des Dorfes waschen, die Kolchosbauern standen drum herum und studierten sein richtiges Vorgehen.

Auf ebendieser Tribüne putzte sich Upojew vor allem Volk die Zähne und atmete dreimal tief durch, wie es jeder bewußte Mensch in der Morgenfrühe tun sollte.

Da Upojew keine Wohnung besaß und jeweils in einer Hütte übernachtete, auf die er im nächtlichen Dunkel gerade stieß, hielt er das ganze Kolchosdorf für seine Wohnstatt; manchmal stieg er auch, von einem starken, innigen Gefühl getrieben, auf die Holztribüne und hielt angesichts der untergehenden Sonne Vorträge. Diese seine Reden enthielten mehr innere Bewegtheit als Worte und riefen auf zu einer wunderschönen Lebensgemeinschaft auf der fruchtbaren Erde. Er hob ein hübsches Mädchen zu sich auf die Tribüne, strich ihr übers Haar, küßte sie auf den Mund, weinte, und tiefe Gefühle tosten in seiner Brust.

»Genossen! Ewig ist der Lauf der Zeit auf der Welt! Wir hauchen vielleicht schon die Seele aus, dafür wachsen unsern Kindern Haare. Seht euch nur um, wie mit den Jahren die Sowjetmacht aufblüht und die junge Generation immer schöner wird! Das ist doch schrecklich wunderbar, drum klopft das Herz Tag und Nacht gegen meine Brust, und ich leide, weil meine Lebensfrist verrinnt, bald wird mein Plan hundertprozentig erfüllt sein, und ich verschwinde unter der Erde, unter den Fußsohlen der gesamten künftigen Menschheit ... Wer sagt, ich würde meinem Leben nachtrauern?«

»Du selber hast das gesagt«, sprach das junge Mädchen, das neben Upojew stand.

»Aha, also ich! Schmach und Schande über mich törichten Kerl! Den Tod fürchten, das ist bourgeoiser Geist, individueller Luxus. Sagt mir laut, wozu ich nötig bin, weshalb ich mich grämen soll, wo doch bereits eine bolschewistische Jugend aufwächst und ein neuer prächtiger Mensch zur Revolution gestoßen ist! Seht, wie die Sonne sich auf unsere Felder senkt – vor der ganzen Welt rühmt sie unsere Kolchosbewegung! Egal, was jetzt für ein Nachtstern auf uns herabblickt – wir schämen uns nicht unseres Daseins, ohne Entgelt organisieren wir die gesamte arme Menschheit, wir arbeiten uns fernen Planeten entgegen, leben nicht wie ein Schlangengezücht! Sag auch du was, oder sing uns ein Lied!« wandte er sich an das Mädchen.

Das junge Ding genierte sich.

»Ein paar Worte nur«, bat sie Upojew erregt.

»Was soll ich dir sagen, mir ist auch so wohl!« sprach das Mädchen.

»Onkel Upojew, ich kann dir ein Couplet singen!« erbot sich ein junger Mann aus den Reihen der Kolchosleute.

»Sing schon, du Hundesohn!« ermunterte ihn Upojew.

Der Bursche stimmte mit seiner Harmonika eine Melodie an und sang in herzergreifendem Ton:

> Ach, die Mädchen! Jeder Rock
> liebt Wanka, diesen Stänkerbock!

»Ich entkulakisiere dich wegen grobem Unfug, du Schweinigel!« rief Upojew, als die schöne Stimme verklungen war, und wollte sich von der Tribüne auf den Harmonikaspieler stürzen. Doch die Aktivisten hielten ihn zurück.

»Laß nur, Upojew, er hat eine gute Stimme, und bei uns steht's schlecht um die Kulturarbeit!«

Später wollte Upojew von mir hören, wo der Mensch herkommt. Er selbst war in der Lesestube einmal danach gefragt worden, hatte es aber nicht genau gewußt und nur erklärt, sicher habe es zu Anbeginn der Menschheit ein Aktiv gegeben und das habe aus den Tieren heraus die Menschen organisiert. Die Hörer hatten dann aber auch wissen wollen, woher denn das Aktiv gekommen sei.

Ich erwiderte, auch am Anfang müsse ein Leitungsaktiv existiert haben, aber genau konnte ich den ganzen Hergang der Abstammung des Menschen vom Affen nicht erklären.

»Wieso ist der Affe zum Menschen geworden, vielleicht ging es ihm schlecht?« forschte Upojew. »Wieso hat der Affe plötzlich Verstand dazubekommen?«

Da erinnerte ich mich an Kutschum und an den Mann, den er an Ort und Stelle zusammengedroschen hatte.

»Das Hauptkernstück von Tier und Mensch, Genosse Upojew, ist die Wirbelsäule mit einer Flüssigkeit drin. An einem Ende der Wirbelsäule sitzt der Kopf, am andern der Schwanz.«

»Ich begreife«, überlegte Upojew. »Die Wirbelsäule ist beim Menschen so was wie ein Stützpfeiler, darauf ruht das Leben.«

»Vielleicht haben irgendwelche Viecher den Affen die Schwänze abgebissen, und die Kraft, die bei ihnen in den Schwanz ging, ist plötzlich zum anderen Ende geschossen, in den Kopf, da sind die Affen eben klüger geworden!«

»Hach – gut möglich!« rief Upojew froh erstaunt. »Dann

müssen uns also die Kulakenbestien und ihre Kulakenknechte auch was abfressen, damit wir klüger werden.«

»Die haben schon zugeschnappt«, sagte ich.

»Wie denn das? Das hätte mir doch weh tun müssen?«

»Und ein Überspitzer der Parteilinie – ist das vielleicht kein Kulakenknecht?«

»Das ist er, das Aas.«

»Und hat er der Kollektivierung weh getan oder nicht?«

»Und ob! Das verfluchte Scheusal!«

Damit legten wir uns erst mal schlafen. Doch nach Mitternacht klopfte mir Upojew auf den Kopf, und ich erwachte.

»Hör mal, du hast mir was vorgeflunkert«, sprach er. »Während ich einschlafen wollte, hab ich's mir überlegt. Nicht die Kulaken haben uns den Schwanz abgebissen, sondern wir haben ihnen den Klassenkopf abgerissen! Wer bist du eigentlich? Zeig deine Dokumente!«

Dokumente hatte ich keine bei mir. Doch das verzieh mir Upojew und geleitete mich noch in der Nacht eilig raus aus dem Kolchos.

»Ich lese tagtäglich die Gesammelten Werke von Wladimir Iljitsch, bald geh ich zu einem Gespräch mit Genossen Stalin, was machst du mir blauen Dunst vor?«

»So hab ich schon mal einen Überspitzer reden hören«, entgegnete ich matt.

»Ob Überspitzer oder Vom-Schwindel-Befallener – so und so ist er ein Kulakenknecht. Auf wen hörst du nur? Ach, du Dreckskerl! Komm zurück zum Übernachten.«

Ich lehnte ab. Upojew betrachtete mich mit den seltsam hilflosen Augen eines Menschen, der zweifelt und sich quält.

»Du denkst wohl auch, Lenin ist gestorben, und nur sein Geist lebt weiter?« fragte er plötzlich.

Ich vermochte seinen rätselhaften Gedanken und seinem Stimmungswandel nicht zu folgen.

»Sein Geist und sein Werk«, sagte ich. »Na und?«

»Das stimmt eben nicht. Geist und Werk fürs Leben der Massen – einverstanden, aber für ein freundschaftliches Gefühl brauchen wir eine konkrete Persönlichkeit.«

Ich schritt schweigend aus, ohne etwas zu begreifen.
Upojew seufzte auf und ergänzte:
»Wir brauchen einen Lebendigen, so einen wie Lenin ... Sowie die Saat im Boden ist, geh ich mir Stalin ansehen: In ihm spüre ich meinen Kraftquell. Wenn ich zurück bin, werde ich fürs ganze Leben beruhigt sein.«
Wir nahmen Abschied.
»Kehr um, zum Teufel!« bat mich Upojew. Aus Voreingenommenheit ging ich nicht drauf ein und verschwand ins Dunkel. Upojews Schritte in meinem Rücken verhallten. Ich wurde unsicher, wußte nicht, wohin ich mich wenden sollte und wo hinter mir die Eisenbahnstrecke lag. Die Öde des weiten Landes umgab mich, und schon hatte ich vergessen, in welchem Gebiet und welchem Kreis ich mich befand, war nahezu verloren in dem endlosen Raum.
Upojew in seiner Standfestigkeit hätte auch hier nichts erschüttert, denn er hatte seine Hauptstraße auf dieser Welt, und Menschen, die er liebte, schritten ihm voran, auf daß er sich nicht verirre.
Mit wachsender Hochachtung vor Upojew ging ich ruhigen Schrittes immer weiter, und schon tauchte die Steppe ins frühe Morgenlicht. Einen Weg hatte ich nicht unter den Füßen, also stieg ich in eine trockene Schlucht und folgte ihr talwärts, da ich wußte: je höher das Grundwasser, desto näher ein Dorf.
So war es auch. Ich bemerkte frühzeitigen Ofenrauch, und bald betrat ich die lehmige, nicht befestigte Straße einer mir unbekannten Siedlung. Von Osten wehten wie aus einer Öffnung die Kühle und der schläfrige Dunst des heraufziehenden Tages.
Ich hätte mich gern ausgeruht, also schwenkte ich in einen Weg zwischen zwei Gehöften ein, fand einen stillen Winkel an einem Flechtzaun und legte mich nieder zum Schlafen.

Als ich erwachte, stand die Sonne bereits hoch, es war wohl gegen Mittag. Unweit von mir auf der Straße wimmelte es von Menschen, und mittendrin saß hoch zu Roß ein Mann ohne Mütze. Ich trat zu den Versammelten und fragte den mir am nächsten Stehenden, wer denn das sei, dieser zerquälte Reiter auf dem kräftigen Pferd.

»Der streitbare Gottlose, grade ist er eingetroffen. Der kümmert sich schon lange um unsere Gegend«, erklärte mir der Dorfbürger.

In der Tat, Genosse Stschekotulow, der aktiv Gott und Himmel verleugnete, war hier recht gut bekannt. Er ritt schon an die zwei Jahre durch die Dörfer und zerschmetterte Gott in den Köpfen und Herzen der zurückgebliebenen gläubigen Massen.

Genosse Stschekotulow machte seine Sache selbstsicher und schlicht. Er kam in ein beliebiges Dorf geritten, machte mitten auf dem belebten Genossenschaftsplatz halt und verkündete:

»Bürger, die nicht an Gott glauben, können zu Hause bleiben, die aber glauben – heraus mit denen und vor mir angetreten in organisierter Masse!«

Die Gläubigen liefen vor Schreck heraus und postierten sich vor den Augen des Genossen Stschekotulow.

»Es gibt keinen Gott!« rief dieser laut, wenn das Volk endlich dastand.

»Wer ist denn dann der Höchste?« erkundigte sich ein ungebildetes bejahrtes Bäuerlein.

»Höchster ist bei uns die Klasse!« erläuterte Stschekotulow und fuhr fort: »Nicht mal für einen Schwachgläubigen ist hier künftig Platz! Wer an das Scheusal Gott glaubt, zerrüttet den sozialistischen Aufbau, verdirbt als ein hirnloses Mitglied die Stimmung der in raschem Tempo voranschreitenden Massen! Macht unverzüglich Schluß mit der Religion, erhöht das Niveau eures Verstandes, und macht die ehemalige Kirche zu einem Werkzeug der Kulturrevolution!

Stellt ein Radio in die Kirche, laßt es erdröhnen von den Salven des Klassenkampfes und vom Glück unserer Errungenschaften!«

Die Frauen ganz vorn, die sahen, wie sich Genosse Stschekotulow erregte, begannen, sich aus Mitgefühl mit dem brüllenden Prediger die Augen zu wischen.

»Na bitte«, sprach Genosse Stschekotulow. »Die bewußten Frauen weinen vor mir, also haben sie begriffen, daß es keinen Gott gibt.«

»Bestimmt nicht, du Guter«, sagten die Frauen, »was soll er schon hier, wo du doch erschienen bist.«

»Genau«, pflichtete ihnen Genosse Stschekotulow bei. »Selbst wenn er auftauchte, würde ich ihn um der Dorfarmen und der Mittelbauern willen vernichten.«

»Drum hat er sich ja versteckt, du Guter«, klagten die Weiber. »Sowie du abziehst, kommt er wieder.«

»Von wo denn?« wunderte sich Stschekotulow. »Ich werde ihm auflauern.«

»Gott auflauern, wo es doch keinen gibt«, riefen die Weiber voller List.

»Aha!« rief Stschekotulow. »Wußte ich's doch – ich hab euch überzeugt. Jetzt reite ich weiter.«

Zufrieden mit seinem Sieg über die Rückständigkeit, ritt Genosse Stschekotulow weiter, die Nichtexistenz Gottes woanders zu verkünden. Die Frauen und alle Gläubigen aber blieben im Dorf und begannen, dem Genossen Stschekotulow zum Trotz, an Gott zu glauben.

Im nächsten Dorf verfuhr Genosse Stschekotulow genauso. Er versammelte Volk um sich und rief:

»Es gibt keinen Gott!«

»Ja und?« erwiderten die Gläubigen. »Dann eben nicht; gegen wen führst du also Krieg, wenn's Jesus Christus nicht gibt?«

Stschekotulow fand sich plötzlich mit seiner Weisheit in einer Sackgasse. »In der Natur gibt es ihn nicht«, erklärte er, »dafür aber in eurem Körper.«

»Da mußt du halt in unseren Körper reinkriechen!«

»Euch hängt die Idiotie des Dorflebens an, Bürger. Schon Karl Marx hat euch vorausgesehen.«

»Was sollen wir da tun?«

»Denkt eben was Wissenschaftliches!«

»Was denn?«

»Na, beispielsweise, wie die Welt aus sich selbst heraus entstanden ist.«

»Dazu ist unser Verstand zu schwach – sogar Karl Marx hat vorausgesehen, daß wir eine Idiotie sind!«

»Wenn ihr schon nicht denken könnt, dann glaubt lieber an mich – Hauptsache, nicht an Gott«, folgerte Stschekotulow.

»Nein, Genosse Redner, du bist schlechter als Gott. Gott ist wenigstens unsichtbar, allein dafür sei ihm Dank, vor dir aber haben wir nie Ruhe.«

Der letzte Einwand wurde in meiner Gegenwart vorgebracht. Stschekotulow schnappte einen Augenblick nach Luft – offenbar war sein Denkapparat leicht erschöpft. Doch er hatte sich rasch wieder in der Gewalt und schrie mannhaft auf alle ein:

»Das ist Konterrevolution! Ich werde euer kulakenhöriges Karthago zerstören!«

»Stop, Genosse, genug gebrüllt«, sagte von seinem Platz ein Mann, den ich nicht sehen konnte.

Und schon nannte diese selbe Stimme Stschekotulow einen Helfershelfer der Religion und einen Handlanger der Kulaken. Der Mann erklärte, die Religion sei eine äußerst subtile Angelegenheit, liquidieren könne man sie nur mit der Kraft der Kollektivwirtschaft, mit Hilfe einer höheren und heldenhaften sozialen Kultur. Leute wie Stschekotulow aber würden nur das Volk verschrecken und es dazu bringen, sich noch mehr der orthodoxen Kirche zuzuwenden. Für die Stschekotulows sei kein Platz in den Reihen der Kreis-Kulturarbeiter.

Dann nahm ich das Wort, erfüllt von Wut auf Stschekotulow und von revolutionärem Gewissen gegenüber den Massen. Sorgfältig mühte ich mich, die Religion als ein Mittel zu erklären, mit dem die Kapitalisten dem Volk das Bewußtsein vernebeln, schilderte auch, so gut ich's verstand, die richtigen Methoden zur Liquidierung dieses Wahnsinns; dabei schmähte ich Stschekotulow, der den Aberwitz mit zweifelhaften Mitteln bekämpfte, als einen jener linken Hupfer, gegen die die Partei gerade zu Felde zog.

Stschekotulow ließ mich ausreden, wendete dann rasch sein Roß und sprengte entschlossen fort aus dem Dorf, daß es aussah, als sei er losgaloppiert, um Truppen gegen uns heranzuführen.

»Diese Natter: In die Kolchose traut er sich wohl nicht

mehr«, sagte jemand hinter ihm her. »Dort würden sie ihm gleich mit einer Nadel durchs Ohr in den Grips pieken. Diesem Marx-Engels!«

Das Dorf, in dem ich mich nun aufhielt, nannte sich Freudenborn II, irgendwo gab es noch Freudenborn I. Freudenborn II war noch kein Kolchos, dort gab es nicht mal eine Genossenschaft für gemeinsame Bodenbearbeitung, als lebten da besonders überzeugte Einzelbauern oder unbeirrbare Kulakenknechte. Aufmerksam, als wie im Ausland, durchmaß ich das viele Höfe umfassende Dorf und bemühte mich, anhand anschaulicher Tatsachen und Quellen den hier noch erhalten gebliebenen Kapitalismus zu begreifen.

Auf der Grasbank an einer halbzerfallenen Hütte saß ein älterer Bauer und grämte sich offensichtlich.

»Was macht dir denn Kummer?« fragte ich ihn.

»Der Kolchos – was sonst?« sagte der Mann.

»Warum denn das?«

»Wie sollt ich mich nicht grämen, wo alle einen haben, bloß wir nicht! Alle sind längst organisiert, bloß wir leben wie die Wilden. Komm mal so auf einen grünen Zweig!«

»Möchtest du denn so gern in einen Kolchos?«

»Schrecklich gern!« entgegnete der Bauer freiheraus. Entweder er beschwindelte mich, oder ich verstand absolut nichts vom neuen Leben. Eine Weile blieb ich im ungewissen stehen, dann ging ich weiter, den örtlichen Kapitalismus besichtigen. Er bestand aus Bauernhöfen, die sich, koste es, was es wolle, zu Gütern mausern wollten, und aus Menschen von schwächlichem Aussehen, die angeblich den Kolchos herbeisehnten, in Wirklichkeit aber womöglich sämtlichen Nachbarn nachts die Pest an den Hals wünschten, um am Morgen als alleiniger Herr über den gesamten verwaisten Besitz aufzuwachen. Andererseits saßen auf den Grasbänken Leute, die von einer Kolchosordnung träumten, nur gab es keinen Kolchos. Also waltete hier ein ernstliches Rätsel. Deshalb hielt ich die Augen offen, während ich umherlief und forschte.

Gegen Abend geriet ich in die Lesestube, nachdem ich den Tag über nur eines erfahren hatte: daß alle in den Kolchos wollten, ein Kolchos jedoch nicht ins Leben gerufen wurde. In der Lesestube standen fünf Tische, an denen fünf Kommissionen zur Gründung eines Kolchos tagten. An den Wänden hingen Schilder: »Statuten-«, »Klassen-«, »Überprüfungs-«, »Inventar-«, »Kulakenliquidierungs-« und schließlich »Freiwilligen-Aufklärungskommission«.

Als ich mir die pausenlose Arbeit dieser Kommissionen eine Weile angehört hatte, zog ich den Schluß, daß es gar nicht möglich war, so viele Dummköpfe an einem Fleck zu versammeln. Also saßen in den Kommissionen aktive Kulakenfreunde, die versuchten, die Kolchosgründung durch endlose, angeblich vorbereitende, bürokratische Betriebsamkeit im Keime zu ersticken. Ich sprach mit dem Vorsitzenden der »Freiwilligen-Aufklärungskommission«, denn ich hätte zu gern erfahren, worin deren Arbeit bestand.

»Wir fürchten, es könnte Nötigungen geben – wir entwickeln deshalb die Freiwilligkeit!« teilte mir der Vorsitzende mit.

»Habt ihr sie schon entwickelt, oder will es euch nicht gelingen?« fragte ich.

»Wie soll ich's sagen? Das Banner der Massenaufklärungsarbeit halten wir natürlich hoch, aber wer weiß – vielleicht sind die Einzelbauern doch noch nicht überzeugt? Überspitzen dürfen wir's jetzt auf keinen Fall, müssen Kurs halten aufs heilige Gefühl der Überzeugtheit.«

Ich hatte den Eindruck, der Vorsitzende sei nicht sehr mitteilsam.

»Arbeiten eure Kommissionen schon lange?«

»Den vierten Monat schon. Im Winter hat's mit der Organisation nicht geklappt, aber jetzt führen wir eine Massenkampagne.« Die Kommissionen um uns herum bekritzelten schweigend ihre Papiere, und die Bauern auf den Grasbänken warteten verzagt auf den Kolchos. Einer dieser Wartebänkler erschien später beim Vorsitzenden der Kommission, um Fragen zu beantworten. Er wurde gefragt:

»Verspürst du den Wunsch nach Kollektivierung?«

»Und ob!« antwortete der Bauer.

»Und weshalb?«

»Weil ich keine Pferde hab«, beschied er den Vorsitzenden. »Wo du mir mein Land für die halbe Ernte pflügst, da bekäm ich dafür von der Pferdebrigade das Land gepflügt und bestellt und noch das Korn eingefahren. Bloß – die Pferdekolonne arbeitet für den Kolchos, zu uns kommt sie nicht.«

»Aus dir spricht ja Raffgier und kein Kolchosgefühl!« Der Vorsitzende wunderte sich sogar. »Also bist du vom Kolchos noch nicht überzeugt!«

»Wie soll ich sagen?« wandte der Pferdelose ein. »Vom Kolchos merken wir doch kaum was – wir spüren nur, für unsereins wäre er ein Gewinn.«

»Ein Gewinn? Gerade das ist Raffgier und kein Bewußtsein«, entgegnete der Vorsitzende. »Wir werden die Aufklärungskampagne wohl noch weiter entfalten müssen!«

»Entfalte sie nur immerzu«, sagte der Pferdelose, »dir brächte der Kolchos ja nur Verlust.«

Der Vorsitzende schwieg sich geduldig aus.

Es war unschwer zu erraten, daß die Dorfreichen und die Kulakenknechte zu Beamten geworden waren und das Prinzip der Freiwilligkeit nach Kräften ausbeuteten, um die Gründung eines Kolchos in die ferne Zeit einer höheren und allgemeinen Überzeugtheit zu vertagen. Unbekannt blieb, inwiefern der Kreis hier beide Augen zudrückte, jedenfalls saßen sämtliche Kulaken (etwa fünf Prozent der Dorfbevölkerung) in den Kommissionen, während die Arm- und Mittelbauern angesichts des Aufschwungs von Arbeitslust und Wohlstand in den umliegenden Kolchosen ihr Einzelbauerndasein als Benachteiligung oder Versäumnis empfanden, ja sogar als Sünde, sofern sie rückständigerweise noch an Gott glaubten. Doch die Wohlhabenden, die zum bürokratischen Dorfaktiv geworden waren, hatten das Volk derart offiziell-unbeholfen denken und reden gelehrt, daß so manche Äußerung eines Armen, die aufrichtigem Gefühl entsprang, fast ironisch klang. Wenn man so zuhörte, konnte man annehmen, im Dorf wohnten nur hämische Kulakenknechte, dabei waren es Armbauern, die künftigen Gestalter einer neuen, großartigen Geschichte, die ihre Gedanken in eine fremde, zweideutige, bürokratische Kulakensprache kleideten. Die Armbauernweiber kamen gegen Abend vor die Hoftore, standen da wie ein Häufchen

Unglück und jammerten nach dem Kolchos. Für sie bedeutete das Fehlen eines Kolchos Wucherzahlungen an die Pferdebesitzer fürs Pflügen, Brot auf Borg aus reichen Höfen bis zur neuen Ernte, ein Leben ohne Kattun, ohne sonstige Neuanschaffungen und ein klägliches Dahinvegetieren in kahlen Hütten – wo doch die Kolchosfrauen schon jetzt mit neuen Tüchern durch die Gegend spazierten und prahlten, daß sie Riesenportionen Rindfleisch aßen. Allein der Neid, ein ganz gewöhnliches Lebensgefühl, ließ die Armbauernfrauen sehr genau erkennen, wo ihrer ein besseres Leben harrte.

Mitten in ihrem Dorf aber saß die Kulakennatter, und die einzeln wirtschaftenden Armen mußten in Lumpen gehen, bekamen niemals Kolchosfleisch zwischen die Zähne.

Sonderbar war auch, daß die Kolchoskommissionen in Freudenborn II kein einziges Mal eine Vollversammlung der Arm- und Mittelbauern einberiefen, sondern ein solches Unterfangen auf den Nimmerleinstag verschoben, bis sie sich durch den Wust von Organisationsfragen hindurchgearbeitet hätten, die sich diese Kulakenknechte selbst tagtäglich ausdachten. Nachdem ich mich mit einigen energischen Armbauern beraten hatte, schrieb ich einen Brief an Genossen G. M. Skrynko im Weiler Eigenbau, da er der klügste Aktivist im benachbarten Kreis war.

»Genosse Grigori! In Freudenborn II haben wohlhabende Kulakenleute die Organisierung des Kolchos illegal an sich gerissen, die weibliche Dorfarmut beklagt ihr Leid in Liedern unmittelbar auf der Straße. Dein Kreis und die von dir geleitete MTS liegen doch sozusagen nebenan. Ich rate dir, zunächst mal zur Kreisobrigkeit zu fahren, um dich zu vergewissern, ob dort nicht die Wurzeln von dem liegen, was in Freudenborn II in ganzen Zweigen erblüht ist, und dann hierherzukommen zwecks Liquidierung des Bürokratenherdes.«

Ein Armbauer erklärte sich bereit, Genossen G. M. Skrynko den Brief zu überbringen, ich aber, fest überzeugt, daß Skrynko in Freudenborn II erscheinen und mit dem bürokratischen Kulakengesindel Schluß machen würde, begab mich fort von dem Ort.

Das Wetter klarte auf, die Natur wurde recht freundlich, und um die Kolchose machte ich mir keine Sorgen mehr. So weit das Auge reichte, wuchs die Wintersaat, und der Wind trieb Wellen durch ihr nachdenkliches dichtes Grün – das herrlichste Schauspiel auf Erden. Ich wollte an diesem Tag weit vorankommen, unter Umgehung der kleinen Kolchose, um in der Ferne Bedeutsameres zu entdekken.

Am Abend sah mich die Sonne in der Nähe eines Parkes. Von der Fahrstraße führte eine gepflegte Allee in den Park. Dort stand eine Ehrenpforte mit der Aufschrift »Landw. Artel der Dekorierten Helden, gegründet 1923«.

Hier hatte die gesellschaftliche Produktion sicherlich hohe Vollkommenheit erreicht. Die Menschen arbeiteten vielleicht schon ebenso harmonisch und unbeschwert, wie ihre Herzen schlugen. Mit dieser klaren Hoffnung bog ich von meinem Weg ab und betrat den Boden der Kommune. Von der Allee aus erblickte ich das gewaltige und doch anheimelnde Gehöft des Heldenartels; Dutzende neuer und hergerichteter Wirtschaftsgebäude standen dort in geplanter vernünftiger Ordnung; drei große Wohnhäuser befanden sich ein wenig abseits, wohl wegen der besseren sanitären und hygienischen Bedingungen. Sollte früher ein Gutsbesitzer auf diesem Hof gesessen haben, so fehlte von dem Vergangenen nun jegliche Spur. Da ich weder Gast noch Schnorrer sein wollte, ging ich ins Artelbüro, sagte, ich sei Brunnenbauer und Ziegelbrenner, und schon war ich befristet eingestellt als Techniker zur Reparatur der Wasserversorgung und zur Organisierung einer richtigen Wassernutzung. Im gleichen Atemzug versorgte man mich mit einem Einzelzimmer, einem Bett und regelte meine Beköstigung als Dienstperson. Mit dem lange entschwunden gewesenen Bewußtsein, gesellschaftlich nützlich zu sein, legte ich mich zu Bett und genoß die Ruhe als Vorschuß für meine künftige Arbeit in der Wasserversorgung.

Spätabends besuchte ich den Klub des Artels, um seine Mitglieder kennenzulernen. Im Klub spielte man gerade das Stück »Auf Kommandohöhen«, worin gezeigt wird, wie sich das Proletariat an der eigenen Macht weidet, also ein dem Proletariat völlig fremdes Gefühl. Diese rechte Ergebenheitsbekundung produziert sich jedoch bei uns als Massenkunst, weil die besten Leute mit dem unmittelbaren Aufbau des Sozialismus beschäftigt sind, während die zweitklassigen sich auf die Kunst geworfen haben.

Die Mitglieder des Heldenartels, das als eine Art Kommune organisiert war, machten einen ruhigen und wohlanständigen Eindruck, und in den Helden des Stückes erkannten sie sich selbst wieder, wovon sie noch ruhiger und zufriedener wurden. Vier Mädchen, Töchter von Artelmitgliedern, standen in den Ecken der Bühne und hielten Patentlampen; sie trugen weiße Kleider, hatten ihr dichtes Haar hochgesteckt, und ihr ganzes Äußeres erinnerte an vorzeitliche Gymnasiastinnen.

Außer der normalen Sattheit der Gesichter bemerkte ich an jenem Abend bei den Artelmitgliedern noch nichts weiter.

Nachdem ich aber ein paar Tage den Röhrenbrunnen repariert hatte, wußte ich genug und für mich Untröstliches. Mit eigenen Augen hätte ich wahrscheinlich nicht soviel entdeckt, doch zusammen mit mir reparierten den Brunnen zwei Artelmitglieder, und die erzählten mir einiges über jene, die vergebens wünschten, den wirklichen Helden des Lebens ebenbürtig zu werden.

Diese beiden waren, wie sich herausstellte, noch nicht lange im Artel und haßten fast alle anderen Mitglieder; der Grund für diesen Widersinn aber war folgender: Das Kreis-Exekutivkomitee und die dörflichen Parteizellen steuerten den Kurs, das »Artel der Dekorierten Helden« durch Armbauern zu erweitern; die Artelleitung aber sperrte sich gegen die Aufnahme neuer Mitglieder, sie wollte nur mit den alten Menschen zu tun haben, die bereits aufeinander eingespielt waren. Wer aber waren diese Alten, die Begründer des Artels? Etwa heimliche Kulaken?

»Aber nicht doch!« riefen verwundert die beiden, die abgestellt waren, mit mir den Brunnen zu reparieren. »Das sind allesamt Bürgerkriegshelden! Die Partei hat sie auf Herz und Nieren geprüft, da gibt's keinen Zweifel – es sind unsere Leute durch und durch!«

»Und warum lassen sie niemand sonst in ihr Artel?«
Die Armbauern überlegten eine Weile.

»Siehst du, im Jahr siebzehn waren auch sie arm, da hatten sie nichts als ihre Klasse, aber jetzt haben sie eine Masse Besitz angehäuft, und die Klasse schert sie einen Dreck...«

Dennoch, die Helden der Schlacht gegen die Weißgardisten konnten nicht alle zu Raffern und Feinden der örtlichen Armbauern geworden sein. Wo wäre denn nur ihre ursprüngliche Selbstlosigkeit abgeblieben? Ich erfuhr, daß in der Tat einige Begründer des Artels längst an Krankheiten oder schlecht verheilten Wunden gestorben waren, andere hatten das Artel verlassen und waren unwiderruflich in die Stadt übergesiedelt, noch andere aber doch für immer im Artel geblieben. Und gerade diese waren nicht aus echtem Klassengeist Helden geworden, sondern eher unbewußt, aus einer momentanen Frontsituation heraus, jetzt indessen beuteten sie ihr unverhofftes Heldentum mit aller Findigkeit aus, die ihrem bürgerlichen Krämergeist eigen war.

Der Artelvorsitzende, Genosse Mtschalow, stellte sich am Ende unseres vierten Arbeitstages bei uns ein. Vor uns stand ein beleibter älterer Mann mit grämlich besorgtem Gesicht, aber einem alten Rotarmistenhelm auf dem Kopf.

»Das gesamte Wintergetreide auf den Schwarzerdeböden soll erfroren sein«, sagte er. »Was werden wir nur essen im nächsten Planjahr? Auch jetzt ... wir könnten Regen für den Hafer gebrauchen, aber der kommt und kommt nicht!«

»Setz dir lieber eine Kulakenmütze auf«, riet ich ihm, »und leg den Rotarmistenschmuck ab! Wer schwindelt dir denn so was vor, auf wen hörst du nur!«

»Mir selber kommt's so vor, und man erfährt's auch von den Leuten«, sprach der Vorsitzende. »Das Herz tut mir weh ... Hör mal, sowie du den Brunnen repariert hast, zieh ab, sonst müssen wir noch Sozialversicherung für dich zahlen und dir Berufskleidung kaufen, du bist schließlich nicht Mitglied, es gibt zuviel Scherereien mit dir, und das Trinkwasser reicht uns allemal – auch ohne dich.«

Das Mittagessen nahm ich im gemeinsamen Speisesaal ein, es war schlecht, ich wurde nicht satt und begriff nicht, wieso die Artelmitglieder so gut genährt aussahen; dann erklärten mir die oppositionellen Armbauern und Artelneulinge, daß die Artelleute noch ein zweites Mal in ihren eigenen Räumen aßen. Das Mittagessen in der Kantine war so kärglich wie nur möglich, damit die dauernd den Gutshof bevölkernden Armbauern aus der Umgebung nicht den Eindruck erhielten, im Artel herrsche Wohlleben.

Je länger ich in diesem Artel weilte, desto mehr überzeugte ich mich, daß die Ideologie dort pure Heuchelei war, trotz des beträchtlichen gemeinsamen Vermögens und trotz der großen Produktionserfolge. Die Artelhelden jammerten unentwegt – besonders vor fremden Bauern – über die schlechte Ernte vom Vorjahr und über die Verluste, die ihnen aus der Artelmitgliedschaft erwüchsen, weshalb sie wohl bald wieder zur Einzelbauernwirtschaft und somit zu den alten Zuständen würden zurückkehren müssen.

All das waren natürlich Ammenmärchen. Das Prokopfeinkommen jedes Artelangehörigen war zumindest doppelt so hoch wie das durchschnittliche Einkommen der einzeln wirtschaftenden Mittelbauern, und das Grundkapital betrug fast tausend Rubel pro Artelmitglied.

Warum aber das scheinheilige Getue, dieser listige verdeckte Kampf mit der Partei und den Armbauern um die eigene Abgrenzung?

Das Artel glich einer kleinen Insel inmitten eines recht ausgedehnten Sees, wenn nicht gar Meeres von Einzelbauern. Das Dorfarmutsaktiv der nächstgelegenen Dörfer ebenso wie die Sowjet- und Parteiorganisationen strebten längst danach, dieses Artel zum Zentrum eines großen Kolchoskombinats zu machen, zu seinem Erfahrungsquell für klassenmäßiges, genossenschaftliches Wirtschaften. Doch das aus einstigen Helden bestehende Artel widersetzte sich heldenhaft, und eine Wirtschaft mit hohem Produktionsstand zugrunde richten wollten weder die Armbauernaktivisten noch die Parteileute. Im Gegenteil, alle ihre Versuche, das Artel an die Spitze der Kolchosbewegung zu stellen, zielten auf eine freiwillige Übereinkunft mit der Artelleitung. Aber es kam zu keiner derartigen Übereinkunft. Mehr noch, in den letzten vier Jahren hatte das Artel ganze zehn Armbauern aufgenommen, und auch das nur unter großem Druck sämtlicher Organisationen. Von diesen zehn schlugen zwei im Artel Wurzeln, angesteckt von seinem ketzerischen Praktizismus, drei traten wieder aus und vertauschten die Vorratstruhen des Artels gegen den frischen bolschewistischen Wind, fünf aber bildeten im Artel eine echte bolschewistische Opposition gegen seinen sektiererischen Vorstand; mit zwei von ihnen war ich bekannt. Natürlich spielten diese fünf Mann keine entscheidende Rolle im Artel, man konnte sie sogar bei der erstbesten Gelegenheit rausfeuern. Dennoch waren sie meiner Meinung nach eine echte Keimzelle der künftigen bolschewistischen Artelleitung, die die einstigen Helden und heutigen Scheinheiligen und Schlemmer ablösen würde.

Im gesamten Kreis, in dem das »Artel der Dekorierten Helden« lag, erfaßten die Kolchose nur etwa zwanzig Prozent der Arm- und Mittelbauern; größere Kolchosverbände gab es überhaupt noch keine, und all die verstreuten kleinen Kolchose kochten genau wie das Artel im eigenen praktizistischen Saft. Das Fehlen einer großangelegten Kolchosbewegung, die heuchlerische Hervorkehrung des Prinzips der Freiwilligkeit – in Wahrheit aber die Verbreitung von Passivität unter den besten Leuten der Dorfarmut – und eine gewisse allgemeine Windstille hatten eben keinen anschwellenden Kolchosstrom hervorgebracht, sondern nur vereinzelte Kolchostümpel und als regelrechten Sumpf dieses Artel.

Als ich die mir aufgetragene Brunnenarbeit erledigt hatte, bekam ich zehn Rubel und sollte fortgehen. Doch ein Artel mit solch großartigen Produktionsmöglichkeiten neu heranwachsenden Feudalherren überlassen zu müssen tat mir zu leid. Sogar bei nur durchschnittlichen Witterungsbedingungen hatte das Artel im vergangenen Jahr fast zwei Tonnen Weizen je Hektar geerntet, allein Obst hatte es an den Handel für fünfundzwanzigtausend Rubel geliefert. Es war sonnenklar, diese Wirtschaft hätte etliche hundert Armbauernwirtschaften vereinigen, ihnen auf die Beine helfen und sie vorwärtsbringen können. Warum also sollte man dulden, daß hier ein paar Dutzend »Helden« in ihrer Unbeweglichkeit Fett ansetzten.

Interessant ist noch zu vermelden, daß das Artel über ganze zwei Traktoren verfügte. Sämtliche Arbeiten wurden auf altüberkommene Art und Weise verrichtet; die guten Ergebnisse erzielten die Artelangehörigen durch größten Fleiß, gute Organisation und Geiz gegenüber der eigenen Produktion – diese Eigenschaften konnte man ihnen nicht absprechen, und sie mußten auch dann erhalten bleiben, wenn das scheinheilig-praktizistische Artel einmal bolschewistisch würde. Was könnte erst aus dem Artel werden, wenn man Traktoren und Dünger beschaffte und das Land nicht mit nackter Betriebsamkeit, sondern mit Aktivistenelan bewirtschaftete, wenn man den besitzenden Sektierer durch einen bolschewistischen Agronomen ersetzte und, vor allem, das Artel in eine echte Arbeitsgenossenschaft von Armbauern verwandelte?

Die beiden oppositionell eingestellten Artelmitglieder und ich erörterten lange die wunden Punkte des Artels, ohne herauszufinden, wie man sie beseitigen könnte.

Einer der beiden fragte mich am Ende unseres Gesprächs: »Was ist eigentlich das Stärkste und Beste bei uns?«

Ich sagte, das sei die Diktatur des Proletariats.

»Dann geh ich ins Bezirksexekutivkomitee, geh ins Bezirkskomitee der Partei und bitte, daß sie unsere Artelleitung mit Hilfe der Diktatur des Proletariats ablösen«, sagte der Genosse. »Überall stehen Kommunen und alte Artels an der Spitze der Kolchose, bloß bei uns ist alles verkorkst.«

»Unsere Artelkommune, das ist bestimmt gar kein Kommunismus«, meinte der andere.

»Unser Artel ist eine Art Kulakengemeinschaft auf der Grundlage von Arbeitsanteilen und Staatseigentum«, versuchte ich zu definieren.

»Dabei sind seine Gründer Helden des Bürgerkriegs!« sagte betrübt eines der anwesenden Mitglieder.

»Die Zeit besiegt die Helden und macht aus ihnen lächerliche Figuren!« So sagte ich, doch die Kommunarden widersprachen auf der Stelle.

»Du lügst – es gibt Helden, die nie hinter der Zeit zurückbleiben, sondern ihr vorangehen!«

Dies stimmte so offensichtlich, daß ich ihnen natürlich beipflichtete. Daraufhin sammelten wir Geld für einen Artelangehörigen, und er zog los, die proletarische Diktatur zu Hilfe rufen.

Der Mann ging und kam nach zwei Tagen wieder zurück. Wie sich herausstellte, saß in Freudenborn II bereits eine Kommission aus dem Gebiet, und die hatte festgestellt, daß zwischen der Leitung des Artels der betagten Helden und den fünf Kolchoskommissionen von Freudenborn II eine feste Verbindung bestand.

So war schon vor Eintreffen des Genossen Skrynko herausgekommen, daß das »Artel der Dekorierten Helden« nur eine Agentur der Kulakenelemente war, die in Freudenborn II wirkten, und zudem selbst eine Festung wohlhabender Gruppen von Einzelbauern. Diese Verbindung war im Grunde längst bekannt. Sie fand ihren Ausdruck in Eheschließungen zwischen Artelmitgliedern und Töchtern der Kulakenknechte und umgekehrt. Was durch die Klasse verbunden war, wurde so auch noch durch körperliche Bande untrennbar vereint.

In Anbetracht all dessen winkte der getarnten Dorfbourgeoisie das Ende, und ich brach voller Genugtuung von hier auf, der nächsten Ferne entgegen, die sich mir vom Gutshof des Artels aus darbot.

Am Vorabend des religiösen Osterfestes betrat ich den kleinen Kolchos »Starke Strömung« und ward Zeuge, wie der Landarbeiter Filat, dessen Geschichte vollständig darzulegen ich nun versuchen will, sein Leben aushauchte.

Filat war als allerletzter in den Kolchos aufgenommen worden, zu einer Zeit, da sämtliche Mittelbauern bereits eingeschrieben waren.

»Du kannst allemal auch hinein«, hatten die Leitungsmitglieder stets zu Filat gesagt. »Schließlich bist du vom Klassenmaßstab her einwandfrei.«

Und Filat wartete ab, ohne zu wissen, wessen er froh

sein sollte, war er doch noch nicht Kolchosmitglied. Mit gelangweiltem Gesichtsausdruck ging er durch den Kolchos und beseitigte alle möglichen Mängel. Klaffte in einem Bauernhaus die Tür auf, wackelte ein Zaun oder kümmerte sich ein Hahn einfach nicht um seine Hennen – Filat schloß die Tür, befestigte den Zaun und scheuchte den Hahn zu den Hennen.

Wenn es stürmte, begab sich Filat zu dem Ende des Kolchosdorfes, wo der Wind hinblies, und sah nach, ob auch nichts Nützliches aus dem Dorf gewirbelt wurde. Riß der Sturm aber etwas Nützliches mit sich fort, dann fing Filat es ein und brachte das Ding zurück in den vergesellschafteten Fonds.

So lebte Filat in verstärkter Sorge um das Kolchosgut und die Kolchosordnung, ohne Mitglied der Artelwirtschaft zu sein. An Filat hatten sich längst alle gewöhnt, er war im Kolchos unentbehrlich. Lag eine Frau im Wochenbett, dann rief man Filat, damit er die Wirtschaft führe und nach den kleinen Kindern sehe; außerdem konnte Filat Schornsteine fegen, Hühnern das Brüten austreiben, und den Hunden stutzte er die Schwänze, um sie scharfzumachen.

Solch einen Mann nun wollte der Kolchosvorstand am ersten Ostertag aufnehmen, um anstelle der Auferstehung Christi die Auferstehung eines Armbauern im Kolchos vorzuführen.

Den Abend davor kleidete man Filat in ein prächtiges sauberes Gewand, das aus dem Kolchosladen stammte, seine alten Sachen aber hängte man in einen besonderen Schuppen, genannt »Museum der Armbauern und Knechte, die in der Epoche des Kulakentums als Klasse lebten«.

Das Haus mit der Lesestube war beizeiten mit einer Fahne und einer Losung geschmückt worden, und am Morgen des Ostersonntages führte man Filat auf die Vortreppe, um die sich das ganze Kolchosvolk geschart hatte. Als Filat die Sonne am Himmel und das organisierte Volk unten erblickte, überflutete Freude seinen Körper, es packte ihn der Wunsch, hinfort noch ergebener und arbeitsamer zu leben als bisher.

»Da seht ihr unser neues Mitglied«, sagte der aktive Vorsitzende zum gesamten Kolchos, »den Genossen Filat. Keine Glocke erdröhnt über trostlosen Katen, kein Pope singt vom Jenseits, kein Kulak schließlich kaut Speck, ganz im Gegenteil, Filat steht da und lächelt, die werktätige Sonne erstrahlt über unserem Kolchos und der ganzen Weltinternationale, und wir selbst verspüren in unsern Leibern eine unbegreifliche Freude! Und woher rührt diese unsere unbegreifliche Freude? Daher, daß Filat der gehetzteste, schweigsamste, schlechtgenährteste Mensch auf Erden war! Nie hat er ein Wort gesagt, stets hat er unermüdlich geschafft – und nun ist er auferstanden, der letzte Arme, dank dem Kolchos! Sag uns doch was, Filat, jetzt mußt du trauriger Arbeitsmann auf der Erde strahlen – du statt des Kulaken-Christus.«

Filat lächelte dem Volk und der gesamten blühenden Natur ringsum zu.

»Ich spreche leise, Genossen, denn mich hat nie einer was gefragt. Ich dachte bloß, einmal muß doch Glück brodeln im Dorfarmenkessel, doch ich habe Angst, davon zu kosten – solln es lieber andre schlürfen ...«

Plötzlich erbleichte Filats Antlitz, und er lehnte sich an den Leib des Kolchosvorsitzenden.

»Was hast du, Filat?« schrie der gesamte Kolchos. »Nur Mut, scheue Seele, von jetzt an bist du Mitglied! Predige uns Arbeit und Fleiß, du letzter Mensch!«

»Das kann ich«, sagte Filat leise, »bloß mein Herz ist an Leid und Trug gewöhnt, ihr aber schenkt mir Glück – das sprengt mir die Brust!«

»Macht nichts, du gewöhnst dich schon dran!« schrien die Kolchosleute. »Blicke auf zur Sonne! Schafft ihm Luft!«

Filat jedoch war vom Glück so ermattet, daß er zu Boden glitt – sterbend an übermäßigem Herzklopfen.

Da trugen sie Filat aufs Gras und legten ihn hin, sein Antlitz dem himmlischen Sonnenlicht zugewandt. Alle standen stumm und reglos.

Plötzlich erklang die Stimme eines untergetauchten Kulakenknechts: »Also gibt es Jesus Christus, denn er hat den Filat gestraft!«

Filat vernahm diese Worte durch die Dämmerung seines

verlöschenden Verstandes und erhob sich auf die Beine; denn hatte er siebenunddreißig Jahre das Leben ertragen, so fand er nun auch die Kraft, dem Tod standzuhalten und ihn zu bezwingen, und sei's für einen letzten Augenblick.

»Du lügst, du verkapptes Scheusal! Na bitte, ich lebe, wie du siehst, und die Sonne brennt über dem Roggen und über mir! Mich haben die Kulaken dreißig Jahre geschunden – darum ist es jetzt aus mit mir.«

Danach machte Filat noch zwei Schritte, öffnete die Augen und starb mit erloschenem Blick.

»Leb wohl, Filat!« sagte der Vorsitzende für alle. »Groß war deine Arbeit, du namenloser, ruhmreicher Mann!«

Und jeder Kolchosbauer zog die Mütze und öffnete weit die Augen, damit sie trocken wurden und nicht weinten.

Unweit vom Kolchos »Starke Strömung« stieß ich auf den Bahndamm, ich folgte ihm, erreichte die nächste Station und fuhr mit dem Zug weiter.

Innerhalb von vierundzwanzig Stunden kam ich so weit, daß ich bereits im Bezirk Ostrogoshsk ausstieg, der Heimat des Michnoweer Schafes, des wertvollsten in der ganzen Sowjetunion. Der Bezirk Ostrogoshsk ist allerdings außerstande, sich ernsthaft und planmäßig mit seiner Züchtung zu befassen, da es dort an gesunden, trockenen Weideplätzen für die Schafe fehlt, die vorhandenen feuchten und versumpften Weiden aber durch alle möglichen Krankheitserreger verseucht sind, besonders durch den Leberegelwurm.

Die Siedlungen des Kreises Ostrogoshsk – Olschany, Gumny, Pissarewka, Ossipowka, Gniloje, Sredne-Woskressenskoje, Rybenskoje, Luki, Alexandrowka – wie auch anderer Kreise haben die Schafzucht völlig eingestellt, weil die Tiere, auf den versumpften Weiden samt und sonders mit Fasziolose infiziert, zu Tausenden zugrunde gehen.

Eine nicht im entferntesten vollständige Statistik sagt aus, daß im Laufe der letzten zwei Jahre bis zu vierzigtausend Schafe an der Leberegelkrankheit eingegangen sind – ein Wert von rund fünfhunderttausend Rubel.

Alle Präparate, die zur medikamentösen Behandlung eingesetzt werden, versagen, und Bevölkerung wie Veterinärpersonal haben sich davon überzeugt, daß angesichts der versumpften Weiden alle Maßnahmen nutzlos sind, denn jeden Augenblick, mit jedem Halm Sumpfgras nehmen die Schafe neue Würmer auf.

Vom veterinär-sanitären Standpunkt ist es auch ökonomisch unvorteilhaft, die versumpften Gegenden den Bakterienmikroben und Würmern zu überlassen, auf daß sie ein üppiges Leben führen, während dem Vieh gesundes Futter entgeht, das im Bezirk Ostrogoshsk so knapp ist.

Von dem Gesagten ausgehend, bezeichnet die Bezirksveterinärabteilung in ihren Vorlagen und Plänen die Melioration – die Trockenlegung von Sümpfen und versumpften Weiden – als das einzige Mittel, die Schafzucht vor dem ständig drohenden Ruin zu bewahren, und hält ihre unverzügliche Inangriffnahme für dringend notwendig, in erster Linie entlang der Stillen Kiefer und ihrer Nebenflüsse, weil der Wasserlauf den ganzen Bezirk durchschneidet und seine Auen (dreißigtausend Hektar) nach der Trockenlegung zur ökonomischen Basis des Bezirks werden könnten und auch weil das Problem der Züchtung des Michnowoer Schafes dann im ganzen Bezirk gelöst wäre.

Dereinst hatte es im gesamten Bezirk Ostrogoshsk jungfräuliche Weiden gegeben, aber das lag weit zurück – nicht nur vor dem Auftauchen des Schafs in dieser Gegend, sondern noch vor der ersten menschlichen Niederlassung an den Ufern der Stillen Kiefer, als infolge wirtschaftlicher Tätigkeit des Menschen Schluchten in den Kreideablagerungen entstanden, aus den Schluchten nämlich, die in die Auen mündeten, wurde Erdreich dorthin geschwemmt, die Flußströmung stockte, und so begann eine lange Epoche der Versumpfung.

Wenn man die gesamte Fläche des Bezirks Ostrogoshsk betrachtet, erkennt man die große volkswirtschaftliche Notlage, die von der raschen Ausbreitung der Sümpfe herrührt.

Der Tod der Flüsse läßt nicht nur die Schafe verenden und bringt die Viehzucht zum Erliegen – auch dem Menschen bringt er den Tod. Eine bösartige chronische Malaria grassiert unter den Bewohnern des Tals der Stillen Kiefer.

Es wäre natürlich Kleinmut, wollte man so schreckliches

Elend nur konstatieren, ohne daß man versuchte, der Natur die riesigen Flächen Unland im Kampf abzuringen, um dem Vieh nahrhaftes, unverseuchtes Futter zu verschaffen, den werktätigen Menschen aber Produkte und Gesundheit.

Dieser Kampf um Zehntausende Hektar versumpften Landes begann im Jahre 1925. Das Projekt der Regulierungs- und Entwässerungsarbeiten an der Stillen Kiefer erfaßt Auen in einer Ausdehnung von vierzig Kilometern und auf einer Fläche von dreiundachtzig Quadratkilometern. Ungefähr ein Drittel des gesamten Vorhabens ist bereits realisiert, zudem sind die Arbeiten seit 1927 mechanisiert, das heißt, nicht der Mensch reinigt und vertieft den Fluß, indem er mit der Schaufel ins Wasser steigt, sondern ein Schwimmbagger – und auf diese in den Sumpf geworfene Maschine kann die gesamte sowjetische Baggertechnik stolz sein, denn sie ist von origineller Konstruktion und wurde erstmals in der Sowjetunion hergestellt (weder vor dem Krieg noch später produzierte man in Rußland derartige Maschinen, gewöhnlich kaufte man sie in Amerika). Die sowjetischen Ingenieure setzen im Kampf mit den Sümpfen jedoch nicht nur Maschinen ein, sondern auch Sprengtechnik, indem sie abgelagertes Schwemmland und versandetes Treibholz, die den Fluß ersticken, mit Dynamit aus dem Weg räumen.

Wie sehr die Bevölkerung am Erfolg dieser Maßnahmen interessiert ist, geht daraus hervor, daß ihr Anteil an den Aufwendungen, vorwiegend durch ihre Mitarbeit, zweiundfünfzig Prozent der veranschlagten Kosten ausmacht. Diese Angaben beziehen sich jedoch auf die Epoche der Meliorationsgemeinschaften, das heißt auf die Zeit der einfachsten, zweckgebundenen bäuerlichen Vereinigungen; jetzt aber, da es im Tal der Stillen Kiefer mächtige Kolchose gibt, ist ein viel höheres Tempo der Entwässerungsarbeiten zu erwarten und eine noch viel tatkräftigere Beteiligung der Bevölkerung.

Schon 1924, als ich im Tal der Stillen Kiefer war, wußte die dortige Bauernschaft, daß sich allein mit den Kräften der Einzelbauern die Auen nicht wirtschaftlich nutzen, geschweige denn aus dem Sumpf Wiesen gewinnen ließen –

und 1925, als die Arbeiten begannen, schlossen sich alle interessierten verarmten Bauern zu einer Meliorationsgemeinschaft zusammen, einer Keimform der Produktionsgenossenschaft.

So steht es um die reichen Fakten in diesem armen Tal, wo auch jetzt noch schwer darum gerungen wird, dem Michnower Schaf die verlorengegangene jungfräuliche Heimat zurückzugewinnen.

Als ich auf meinem weiteren Weg aus diesem einmütig arbeitenden Tal in die Trockentäler gelangt war, betrat ich das Kolchosdorf »Morgen der Menschheit«, beeindruckt nicht nur von seinem schönen Namen, sondern obendrein von der Losung, die sein Eingangsschild zierte und sich auf den Namen reimte: »Allen gequälten Völkern – für immer und alle Zeit.« Kein Zweifel – das galt der kollektivwirtschaftlichen Organisation von Leben und Arbeit.

An der Kolchoseinfahrt stand ein Mann, bereits angejahrt, mit liebem, aber bärbeißigem Gesicht, und musterte mich. »Wer bist denn du?« fragte er.

Ich antwortete ihm unbestimmt, denn die Frage hatte es in sich.

»Bist du nicht zufällig ein Kader?«
»Ja, bin ich.«
»Wo arbeitest du?«
»Im Kopf.«
»Na, dann komm herein, bitte schön, das ist eine gute Einrichtung. Ich setz dir Spiegeleier vor. Weißt du auch, wer ich bin?«
»Na, wer schon?«
»Der Vorsitzende vom ganzen Tohuwabohu des neuen Lebens, Genosse Paschka. Sei gegrüßt!«
»Guten Tag!«

Früher hatte ich mich ängstlich gefragt, ob ich fürs neue Leben tauge, jetzt aber sah ich, je neuer das Leben, desto schlichter und vertrauter kamen mir die Menschen entgegen.

Paschkas fröhliche Frau briet uns rasch und eifrig Spiegeleier, und wir machten uns drüber her. Während der Mahlzeit ließ ich Paschkas Gattin nicht aus den Augen – sie war berückend schön, obwohl eigentlich bereits ältlich; doch nicht das machte sie so anziehend, sondern daß sie frohgemut und von ihrem Leben überzeugt war, überdies klug und fortschrittlich, wie ich später erkannte.

Ich war bereits etlichen Kolchosbäuerinnen begegnet, die dieser Frau glichen, und stets hatte mich ihr heiteres Gemüt überrascht. Wie sie dazu kommen, ist schwer zu erklären, haben doch die Kolchosfrauen jetzt mehr Sorgen und Schereien auf dem Hals als die Einzelbäuerinnen; die aber sind größtenteils traditionell freudlose, verhärmte Weiber.

»Also du bist ein Kader!« äußerte sich Paschka (seinen Vatersnamen kannte ich da noch nicht) nach dem Essen und tippte mich an die Brust.

»Ja«, erwiderte ich.

»Und bestimmt kein falscher?« argwöhnte Paschka aufschreckend. »Beantworte mir eine allgemeine Frage: Wieviel Ziegelsteine braucht man für eine wissenschaftliche Lesestube?«

Paschkas zweite Prüfungsfrage betraf ein anderes Gebiet.

»Es heißt, die Welt ist unendlich, und Sterne gibt es ohne Zahl! Das stimmt nicht, Genosse! Das ist bürgerliche Ideologie. Die Burshuis hätten's gern, daß die Welt grenzenlos wär, dann hätte dieses Pack genug Platz und wüßte, wohin vor dem Proletariat davonlaufen. Meiner Meinung nach hat die Welt ein Ende, und die Sterne sind zu zählen.«

Ich bestätigte Paschka, er habe recht, das All könne nicht unbestimmbar endlos sein.

»Und wieso liebt die Elektrizität Eisen, verschmäht aber Glas? Gehorcht aller Stoff irgendwelchen Gesetzen, oder gibt es da nur Tendenzen? Es heißt doch beispielsweise, man kann zwei Stöcke machen, einer genau wie der andere! Alles Quatsch! Vier Wochen lang hab ich an zwei Linealen gehobelt, und doch unterschieden sie sich um eine halbe Haaresbreite. Wo bleiben da die Gleichheitsgesetze? Nichts als Tendenzen!«

So gut ich konnte, beantwortete ich alle seine Fragen.

»Na, nun langt's!« konstatierte Paschka nach zwei Stunden.

»Bleib bei uns als Kolchostechniker – hilf die gewaltige Aufgabe lösen, daß wir einholen und überholen, ohne schlappzumachen. Schaffst du das? Wir wollen hier einen Kolchos auf die Beine bringen, dessen Organisationsform, wie der Automobil-Ford, für den afrikanischen Bauern genauso taugt wie für den armen Inder. Klar?«

»Klar ist es schon, bloß nicht nötig. Der afrikanische Bauer hat doch selber einen Kopf.«

»Er schon – aber du nicht! Schließlich ist die Sowjetunion hinsichtlich der Revolution allen Mächten voran! Warum sollten wir nicht für die gesamte zurückgebliebene Welt soziale Muster schaffen? Nach unseren Mustern organisiert sich die Weltarmut ihr Leben dann schon zu eigenem Nutz und Frommen!«

Während ich im Kolchos »Morgen der Menschheit« lebte und arbeitete, erfuhr ich allmählich alle Einzelheiten aus Genossen Paschkas früherem Leben. Sie kennzeichneten Paschka als einen großen Mann, der aus einem kleinen Dummkopf hervorgegangen war, wenn auch manche seiner Handlungen ungeschickt und lächerlich wirken mochten.

Schließlich haben wir erst den Beginn des künftigen Menschen vor uns.

Erziehung und Bildung verdankte Paschka ausnahmslos seiner Frau, die ihm Verstand und Aktivität beigebracht hatte. Und das war folgendermaßen geschehen:

Vor Urzeiten, vor der Revolution, hatte keiner Pawel Jegorowitsch so recht gekannt, obwohl er bereits in der Blüte seiner Jahre stand – alle nannten ihn einfach Paschka, weil er dumm war wie Bohnenstroh oder wie ein kleines Kind. In jenen längst verflossenen Jahren kaufte er von Bodengesellschaften Schluchten und alte Brunnen auf, damit ihm wenigstens ihr Besitz das Bewußtsein verlieh, daß sein Leben im Staat einen Sinn hatte. Für den Erwerb von richtigen Häusern und wirklichem Vieh fehlten ihm die Mittel – also betrachtete er die Schluchten als seine Gutsgehöfte. Dieser Landbesitz kostete ihn wenig: einmal erstand er für einen halben Eimer Wodka alle Sümpfe und Sandböden des Amtsbezirks.

»Nimm sie dir und verfüg drüber«, sagten die Bauern, als sie den Wodka ausgetrunken und sich die Münder gewischt hatten. »Irgendwas wird schon darauf wachsen. Du bist jetzt dein eigener Herr.«

Von nun an verbrachte Paschka sein Leben in den Schluchten und auf zugewachsenen Sumpflöchern. Dort fühlte er sich wohl, denn ringsum lag sein Eigentum, und er konnte Insekten sehen, die ganz und gar ihm gehörten.

Ein andermal erwarb Paschka einen Obstbaum. Er kam am Gutsbesitzergarten vorüber, und da bemerkte er plötzlich: Schwarze Würmer kriechen auf einem Baum herum. Paschka erschrak, denn wie leicht konnten die zuerst den einen Baum auffressen und dann den ganzen wohlriechenden Garten. Gingen aber die Gärten zugrunde, würde der Staat geschwächt, und schon konnte barfüßiges Gesindel auftauchen und Paschka seine Schluchten rauben, seine modrigen Ländereien.

Also ging Paschka zu dem Gutsbesitzer.

»Stefan Jeremejewitsch! Einen Baum bei dir hat ein schwarzer Wurm befallen. Paß auf, der wird dir noch deine ganzen Obstgehölze auffressen!«

»Ein schwarzer Wurm, sagst du?« sprach Stefan Jeremejewitsch nachdenklich. »Was ist das, Flora oder Fauna? Ein schwarzer Wurm! Ja, was mach ich bloß mit dem? Weißt du was, Paschka, reiß den Baum mitsamt der Wurzel aus und schlepp ihn fort vom Hof; verbrenn ihn zu Hause. Aber daß du mir ja keine Würmer verlierst, schau dich immer wieder um und sammel sie in deine Mütze!«

Paschka grub den schädlichen Baum aus und trug ihn zu sich in eine Schlucht, wo er ihn in Lehm pflanzte in der Hoffnung, daß ihm nun ein eigener Obstgarten wüchse.

Der Baum verdorrte jedoch, und herein brach die Revolution. Die Besitzlosen begannen Paschka als Volksfeind zu piesacken. Aus der Schlucht wurde er alsbald vertrieben, sie wollten ihn dort nicht dulden.

Da begab sich Paschka auf Wanderschaft quer durchs Land, um sich einen unbekannten Ort zu suchen. Unterwegs riß er sich die Kleidung vom Leibe, fügte seinem Körper Wunden zu und zwang sich zum Hungern, denn als rückständiger Räuber hatte er bereits mitgekriegt: Um was zu gelten im Sowjetstaat, muß man schon bejammernswert aussehen.

In der Tat empfingen ihn die Dorfsowjets nun mit offenen Armen.

»Da kommt unser Kampfgenosse«, so sprachen die Dorfsowjets über Paschka, »ein Opfer der Unterdrückung. Wo hast du bislang dein Dasein gefristet, Genosse?«

»In einer Schlucht«, erwiderte Paschka.

Der Vorsitzende solch eines Dorfsowjets betrachtete Paschka mit Tränen in den Augen. »Stärk dich erst mal mit Brot und Milch, wir nehmen dich ins Aktiv auf, Leute wie dich brauchen wir dringend!«

Paschka aß und trank sich satt und blieb dann auch ein Weilchen. In einem Dorf machte man ihn zum Leiter der Konsumgenossenschaft. Als Paschka die Waren sah, tat es ihm leid, sie zu verkaufen. Die Bevölkerung würde alles aufessen oder verwirtschaften, was hätte das für einen Sinn? Besitz muß man stets hüten. Leute gibt es genug, es fehlt am »Materialismus«.

Die Genossenschaft wurde der Paschka wieder los. Dafür hielt er sich nach diesem Vorfall nicht mehr für arm genug, um des Sowjetstaates würdig zu sein, und wurde Bettler. Seine größte Furcht war nun, er könnte den Rang eines Bürgers verlieren, den herzantreibenden Sinn des Lebens.

Doch Paschka wurde vor Gericht gestellt – als Landstreicher und unproduktiver Werktätiger, der ohne Entgelt proletarische Kost verzehre. Auf dem Gericht sagte Paschka, er suche den geringsten Platz im Leben, den allergeringsten, damit ihn die Revolution als unentbehrlich anerkenne. Und jetzt wünsche er zu sterben, um den Staat von seiner Anwesenheit zu befreien und somit die Lage des Staates zu erleichtern, zumal es auf der Welt keinen Proletarier gebe, der ärmer sei als ein Toter.

Der Arbeiterrichter hörte Paschka an und sagte zu ihm: »Der Kapitalismus hat Arme wie Dumme hervorgebracht. Mit der Armut werden wir fertig, aber was machen wir mit den Dummköpfen? Das, Genossen, ist schon Sache der Kulturrevolution. Ich meine also, wir sollten diesen Genossen namens Paschka in den Kessel der Kulturrevolution werfen, die Haut der Unwissenheit an ihm verbrennen, bis zu den Knochen seines Sklaventums und unter das Schädeldach seiner Psyche vordringen und ihm dann in sämtliche Löcher unsere Ideologie eingießen ...«

Da schrie Paschka entsetzt auf ob solcher Vergeltung und warf sich zu Boden, um lieber gleich zu sterben. Doch für ihn trat ein Dämchen ein, eine Beisitzerin.

»So darf man doch keinen Mann ohne Bewußtsein verschrecken. Erst mal muß man mit ihm mitfühlen, dann kann man ihn was lehren. Erheb dich auf die Beine, Genosse Paschka, wir geben dich einem bewußten Weibe zum Mann, sie wird dich liebevoll zum Genossen und aufgeklärten Bürger erziehen, denn dich hat die kapitalistische Nacht hervorgebracht!«

Seither war Paschka einem Weibe angetraut, aus Furcht vor ihr war er zu einem bewußten Arbeitsmann geworden, und dafür dankte er seinem Schicksal wie der Sowjetmacht, in deren Händen sein Schicksal ruhte.

Von jenem lichten Gerichtsmoment an bis auf den heutigen Tag war Paschka unentwegt bergan geklettert, hatte zuletzt sogar den Posten eines Kolchosvorsitzenden erklommen – so sehr hatte er an Verstand zugenommen dank der Einwirkung seiner bewußten Gattin.

Auch im Kreis schätzte man Paschka hoch – wirkte er doch da unten als eine Feder, die die Masse der Arm- und Mittelbauern vorwärtsdrückte, er selbst aber litt immer stärker darunter, daß er noch nicht alle Gelehrsamkeit auf Erden bewältigt hatte, und nahm sich vor, nach dem Planjahrfünft zum Studium zu fahren.

Im Kolchos »Morgen der Menschheit« blieb ich sehr lange, ich war Zeuge der Sommeraussaat, deren Planziel mit hundertvierzig Prozent übererfüllt wurde, und nahm an drei Bauvorhaben teil: der Errichtung eines Teichdamms, eines Saatgutspeichers und eines Siloturms.

Nach jedem neuen Erfolg hielt Paschka auf der Kolchosversammlung eine Rede, und zwar immer ungefähr gleichen Inhalts:

»Ich, der Genosse Paschka, erreiche es noch gemeinsam

mit euch allen, Armbauern und Genossen, daß in der Sowjetunion das Sirenengeheul der Industrialisierung nie mehr verstummt, so, wie über dem britischen Imperialismus nie die Sonne untergeht. Mehr noch: Wir werden's schaffen, daß der Rauch unserer Fabriken die Sonne über Britannien verdunkelt! Im kommenden Jahr müssen wir uns irgendeine heroische Fabrik suchen, die wir dann vollständig aus unserm Kolchos mit Weizen versorgen – unser Arbeitergenosse soll nicht länger das saure Schwarzbrot essen, sondern unser allerbestes Erstklassiges! Das sage ich, der Genosse Paschka!«

Bis zum Herbst blieb ich bei Paschka, gewann ihn lieb und schloß mit ihm tiefe Freundschaft, war er doch ein lebendiger Beweis, daß Dummheit nur sozial bedingt und vergänglich ist, dennoch reichte ich ihm eines schönen Tages die Hand zum Abschied und fuhr in die Steppen des Ural.

»Fahr, wohin du willst«, sagte Pawel Jegorowitsch. »Wir kochen alle in einem Klassenkessel, und dein Lebenssaft wird schon bis zu mir dringen.«

Da ich nun von den Genossen und den Feinden scheide, hoffe ich, daß der Kommunismus schneller anbricht, als unser Leben dahingeht, und daß ich auf den Gräbern aller Feinde, der heutigen wie der künftigen, die Genossen noch einmal wiedersehe; dann bereden wir alles endgültig.

1931

Anmerkungen

Zur Biographie Platonows

Es gibt eine Erklärung für die gedankliche Reife, den Erfolg und die erstaunliche Produktivität Platonows in der ersten Schaffensperiode, etwa von 1926 bis 1931. P. hatte vor seinem Moskauer Debüt einen äußerst erfüllten, einen großartigen Teil seiner Biographie »ausgelebt«, wie er von seinen Helden sagen würde. Über sein Leben war sehr wenig bekannt, er selbst hat nie direkt darüber geschrieben, und als sein literarisches Schicksal Ende der zwanziger Jahre eine schwierige Wende nahm, setzte man sich ohnehin fast nur noch aggressiv mit den wenigen Werken auseinander, die erschienen. Die Frühperiode seines Lebens in Woronesh seit seiner Geburt 1899 bis 1926 wird heute mit aller Akribie erforscht. Diese Möglichkeit bietet vor allem die damalige Woronesher Tagespresse, in der P.s Artikel zu politischen, philosophischen, ökonomischen, militärischen Fragen, literarische Rezensionen, Gedichte, Erzählungen, Korrespondenzen von der Front erschienen. Aber auch die Dokumente in den Archiven der Behörden, in denen P. als Ingenieur für Melioration und Elektrifizierung arbeitete, mit Zahlen und näheren Angaben über die von ihm erbauten Kraftwerke – u. a. ein Wasserkraftwerk am Don –, Brücken, Dämme, Deiche und Brunnen aller Art, die Fläche der bewässerten oder trockengelegten Böden, seine Erfindungen und Patente. Oleg Lassunski schreibt: »Die Biographie dieses Schriftstellers ist wohl nicht minder interessant als seine Novellen und Erzählungen, zumindest die Biographie des frühen Platonow.«

P. kam – das beweist sein ganzer Lebens- und Schaffensweg – wirklich aus dem »Land seiner Kindheit und Jugend«. Von dort kamen auch seine Helden. P.s Vater (1870-1952), über den Boris Peskow 1931 eine große Skizze veröffentlichte, arbeitete fünfzig Jahre als Schlosser in den Eisenbahnwerkstätten von Woronesh. 1920 wurde er als Held der Arbeit ausgezeichnet, wogegen er heftig protestierte. Peskow läßt den Einundsechzigjährigen sein Leben erzählen, da hört man P.s Helden reden und denkt sofort an Sachar Pawlowitsch aus der »Entstehung eines Meisters«.

Schon P.s Großväter waren Bergarbeiter und Uhrenmeister. »Meister« ist die achtungsvollste Bezeichnung eines Menschen bei P. Auch das Wort »proletarisch« ist bei P. immer emotional gefärbt, und im Puschkin-Essay heißt es über die neue sozialistische Intelligenz, die aus den Menschen der physischen Arbeit hervorgegangen ist, sie »bewahre die ›altproletarische‹, edle Beziehung zur Literatur«. In seinen ersten Erzählungen schilderte der jugendliche P. die Freude schwerer Arbeit und des Grübelns über Geheimnisse der Technik und des menschlichen Lebens. P. glaubte, daß alles Große im Menschen mit der Arbeit verbunden ist, und er trennte die physische Arbeit nie von der geistigen: »... als stände der Verstand nicht gerade der Praxis am nächsten und als dächten die von der Unterdrückung gequälten Menschen nicht mehr als mancher Intellektuelle über ihr Schicksal nach.«

P.s Kindheit in der Kutschervorstadt von Woronesh war schwer und kurz. Seine Mutter (1876-1929) führte den Haushalt und erzog elf Kinder. Die Erzählung »Semjon«, die P. in den Briefen an seine Frau »autobiographisch« nennt, vermittelt die Atmosphäre dieser Kindheit. P., ältestes Kind, mußte mit 13 Jahren sein Arbeitsleben beginnen, ein Leben »unter fremden Menschen« mit vielerlei Stellen und Berufen: »Ich lebte und quälte mich, weil das Leben mich aus einem Kind gleich in einen erwachsenen Menschen verwandelte und der Jugend beraubte. Vor der Revolution war ich ein Junge, und danach war keine Zeit mehr, Jüngling zu sein, keine Zeit zu wachsen, man mußte sich zusammenreißen und kämpfen. Ohne die technische Schule abgeschlossen zu haben, wurde ich eilig auf eine Lokomotive gesetzt und sollte dem Lokführer helfen. Der Satz, die Revolutionen seien die Lokomotiven der Geschichte, verwandelte sich bei mir in ein merkwürdiges und gutes Gefühl: »... seiner eingedenk, arbeitete ich eifrig auf der Lok«, schrieb er 1922 an seine Frau. 1918 begann P. ein Studium am Eisenbahn-Polytechnikum, das er erst 1924 absolvierte, weil er zwischendurch, von 1919 bis 1921, an verschiedenen Fronten des Bürgerkriegs, zuerst als Heizer auf einem Panzerzug, später als Rotarmist gegen die weißen Garden von Mamontow und Schkuro kämpfte. Ab 1922 arbeitete P. als Bewässerungsingenieur des Gouvernements, und ab 1923 leitete er zugleich die Elektrifizierungsarbeiten in der Landwirtschaft; beides bis 1926.

Alexander Bogdanow

Eine bedeutende Rolle für die Ideenwelt des jungen P. spielten die Theorien des marxistischen Philosophen und Ökonomen Bogdanow (1873–1928). B., von Hause aus Arzt, gehörte zu den revolutionären Volkstümlern, 1896 wurde er Mitglied der Sozial-Demokratischen Partei, 1903 schloß er sich den Bolschewiki an. Während der Revolution 1905/07 leitete B. die technische Kampfgruppe der bolschewistischen Partei.

Ungeachtet einiger philosophischer Meinungsverschiedenheiten arbeitete B. eng mit Lenin zusammen. 1908 veröffentlichte B. seinen utopischen Roman »Der rote Planet« (»Krasnaja swesda«, Volk und Welt 1984). 1912 folgte der utopische Roman »Ingenieur Menni«. Im »Roten Planeten« entwirft B. das Bild einer kommunistischen Gesellschaft auf dem Mars, die sich historisch kontinuierlich entwickelt hat und organisch für eine unblutige soziale Revolution reift, wie es in einem hochentwickelten kapitalistischen Land sein könnte. Führende Wissenschaftler dieser Marszivilisation nehmen Verbindung zur Erde auf und diskutieren über ihr Verhältnis zu den realen gesellschaftlichen Zuständen, die dort herrschen, über deren mögliche Weiterentwicklung und über Rußland, das kurz vor einer Revolution steht. In ihrem Streit berühren sie ein Problem, das auch P. in seinen verschiedenen Aspekten stark beschäftigte. Für einen der Marswissenschaftler stellt sich die Frage so: Entweder zwingt man der Erde die höhere Kultur des Mars auf, oder man muß – wenn das nicht gelingt, was anzunehmen ist – die Erdenmenschen mit ihrer niederen Kultur vernichten und für die höhere Platz machen. Anderen Marswissenschaftlern gelingt es, den eigenständigen Wert der irdischen Kultur, die Notwendigkeit ihrer spezifischen Entwicklung und ihres Reifens zu beweisen.

Auch mit B.s Geschichte des großen Ingenieurs Menni, der auf dem »roten Planeten« zur Zeit kapitalistischer Akkumulation die großen Kanalbauten leitete und Sümpfe faustisch trockenlegte, setzte sich P. in seinen frühen Phantasien auseinander, u. a. in der »Mondbombe« in direkter Sujetpolemik: Hier wird das verbrecherische Genie, der Ingenieur Kreuzkopf, vom sittlichen Standpunkt aus von der Gesellschaft verurteilt, und auch er selbst verurteilt sich. Auf gedanklich höherer Stufe beantwortet P. diese Problematik in den »Epiphaner Schleusen«, wo er den großen Ingenieur konkret-historisch in Berührung zum Volk, zur Natur und zum Fortschritt bringt.

In B.s Gestaltung des Gesellschaftssystems auf dem Mars spiegeln sich auch einige seiner proletkulthaften Ideale: Die Menschen – Männer wie Frauen und auch die in gesellschaftlichen Einrichtungen erzogenen Kinder – sind weitgehend normierte Arbeitende, frei von historischen und nationalen Traditionen, der Rhythmus und der Reim der Gedichte harmoniert mit den Arbeitsprozessen, alle auftretenden Probleme werden von Naturwissenschaftlern und Technikern gelöst.

B. arbeitete in der Emigration u. a. an einer Theorie der proletarischen Kultur. Die Schaffung einer »rein proletarischen Kultur« und eines »kollektiven Bewußtseins« hielt er für eine Voraussetzung des Aufbaus des Sozialismus. Die Grundprinzipien dieser Kultur und vor allem seine Ansichten über die Methoden eines wissenschaftlichen Aufbaus der Zukunftsgesellschaft, die auf exakten Wissenschaften beruhen, entwickelte B. in seiner Arbeit »Tektologie. Allgemeine Organisationswissenschaft« (1913/1922) und in anderen Werken. In seiner Organisationswissenschaft ging B. von der Möglichkeit aus, mit mathematischer Genauigkeit Strukturbeziehungen jeder Art festzustellen, die als eine verallgemeinerte Methodologie für alle Wissenschaften dienen könnten.

B. hat einige Entdeckungen der Kybernetik vorweggenommen.

Den frühen P. beeinflußten B.s Ideen der Umgestaltung der Welt mittels Organisation. Die P.-Forscher stellen fest, daß die Platonowsche Ethik in der Bogdanowschen »proletarischen Ethik« wurzelt, die ihrerseits den Volkstümlerkollektivismus fortsetzt, viele Schlüsselworte P.s seien B.s Termini. P. ist B.s Idee von der Zusammenarbeit der Generationen in den Zeitläuften nahe, ebenso der Traum von der Beseitigung der physischen Abgeschlossenheit des Individuums und die Idee einer beweglichen Grenze zwischen belebter und unbelebter Natur – übrigens sind dies Gedanken, die B. seinerseits mit Nikolai Fjodorow verbinden.

B. leitete den Proletkult von seiner Gründung im September 1917 bis 1920 und war sein wichtigster Theoretiker.

Der Proletkult verstand sich als eine von Partei und Staat autonome und von der Kultur der Vergangenheit unabhängige Organisation. Lenin kritisierte die Plattform des Proletkults philosophisch wie auch praktisch auf dessen erstem Kongreß im Oktober 1920, er verwies auf dessen schädliche Isolierungsbestrebungen von der Sowjetmacht und auf die Notwendigkeit einer kritischen Aneignung der gesamten Menschheitskultur.

P. war in jener Zeit Mitglied des proletarischen Schriftstellerverbandes. Er teilte damals die Illusion von einer eigenständigen proletarischen Kultur und hatte einige vulgär-soziologische Vorstellungen. So schrieb er zum Beispiel 1923: »Ist denn die Zeit stehengeblieben – und sind Christus, Shelley, Byron, Tolstoi noch bis heute interessanter als die Elektrifizierung ...?«

Die Epiphaner Schleusen

Erstmals erschienen in der Zeitschrift »Molodaja gwardija«, 1927, Nr. 6. Danach als Titelgeschichte von P.s erstem Erzählungsband beim Verlag Molodaja gwardija, Moskau 1927.

Maria Alexandrowna Kaschinzewa ist die Ehefrau Platonows.

Aus Briefen Platonows an seine Frau, Tambow 1926/27:
»... mich erwartet die Arbeit über Peters Wolga-Don-Kanal. Es gibt wenig historisches Material, ich werde mich wieder auf meine Muse stützen müssen, nur sie bleibt mir noch treu. ... Die ›Epiphaner Schleusen‹ sind geschrieben, du wirst es nicht glauben ... Peter läßt den Schleusenbauer Perry im Folterturm unter merkwürdigen Umständen hinrichten. Der Henker ist ein Homosexueller. Das wird dir nicht gefallen, aber es muß sein. ... Ich habe die ›Schleusen‹ in einem ungewöhnlichen Stil geschrieben, zum Teil in einem verschlungenen, gedehnten Altslawisch ... mach Molotow und Rubanowski auf die Notwendigkeit der exakten Bewahrung meiner Sprache aufmerksam. Sie möchten nichts durcheinanderbringen ...«

Nach dem Anschluß Asows an Rußland bekam das Land einen Zugang zum Meer. Peter hatte die Idee, die Wolga im Interesse einer Handelsausweitung mit dem Don zu verbinden. Die finanzielle Seite des Bauunternehmens leitete Fürst Golizyn, der, dem Kanalbau feindlich gesonnen, den Gang der Arbeiten behinderte. Die Bauausführung unterstand zuerst dem deutschen Techniker Oberst Brenkel, 1698 (mit diesem Jahr datiert Platonow in der ersten Variante der Novelle den Brief von William Perry) wurde Brenkel durch Kapitän John Perry ersetzt, der dem Zaren sein Projekt eingereicht hatte und speziell für diese Aufgabe nach Rußland eingeladen worden war. Perry schlug vor, die Flüsse über den Iwansee zu verbinden, der im Raum Epiphan lag, und leitete ab 1699 den Bau. Ein Teil des Wasserweges wurde 1704 befahrbar. Dreihundert Schiffe passierten ihn im selben Jahr. Damit waren die Versuche, die Oka und die Wolga zu verbinden, zu Peters Lebzeiten abgeschlossen.

Der Historiker W. O. Kljutschewski (1841-1911) erklärt es so: »Am Iwankanal waren schon zwölf Steinschleusen gebaut. Aber der Krieg im Norden lenkte Peters Aufmerksamkeit in eine andere Richtung. Und der Verlust von Asow 1711 erzwang die Aufgabe der unerhört teuren Bauten am Asow und am Don.«

John Perry diente nach seinem Mißgeschick in der Admiralität, verließ Rußland 1715 »wegen Unannehmlichkeiten im Dienst« und schrieb ein Buch über seinen Rußlandaufenthalt, »Der Zustand Rußlands zur Zeit des jetzigen Zaren« (1716 englisch, 1871 russisch, Moskau), das Platonow gut kannte.

Nach Peters Tod gab es weitere Versuche, die Flüsse zu verbinden. Als das mißlungenste gilt das Projekt des Ingenieurs Trousson. Die Arbeiten nach diesem Projekt liefen in den Jahren 1806/10 und wurden wegen Ergebnislosigkeit eingestellt. Das Projekt Bertrand Perrys aus den »Epiphaner Schleusen« ähnelt sowohl dem von John Perry als auch dem von Trousson, nach dessen Angaben der Held der Novelle sein Projekt errechnet.

Die Kutschervorstadt

Erstmals erschienen in der Zeitschrift »Molodaja gwardija«, 1927, Nr. 11. In Buchform im Sammelband: Andrej Platonow, »Ein unerschlossener Mensch«, Verlag Molodaja gwardija, Moskau – Leningrad 1928.

Woronesh entstand als südlicher Vorposten des Moskauer Rußlands. Die Entstehungszeit der Kutschervorstadt in Woronesh nach dem Erlaß des Zaren Michail Fjodorowitsch (erster Zar aus der Dynastie der Romanows) wird mit dem Jahr 1620 oder 1624 datiert. Das Kutschergewerbe lebte besonders auf, als Woronesh zur Zeit Peters I. zu einem Bauzentrum und zu einem Stützpunkt der ersten russischen Flotte wurde. 1701 wurde eine besondere Poststraße zwischen Moskau und Woronesh eingerichtet, und alle zwölf Werst Stationshäuser erbaut, wo die

Kutscher die Pferde wechselten; im Ausland von einer Werst standen Pfosten mit russisch-deutscher Beschriftung.

P. beginnt seine Erzählung in der Zeit Katharinas II., als die Kutschervorstadt nach dem Brand von 1773 an die Sadonsker Straße verlegt wurde.

Später, als die Eisenbahn die Kutschervorstadt erreichte, siedelten hier vornehmlich Arbeiter. Nach der Revolution verschmolzen die Vorstädte mit Woronesh.

Wie jeder Stadtrand verband die Kutschervorstadt in sich widerspruchsvoll Stadt und Dorf. Ihre historischen Geschicke spiegelten sich in ihrem Alltag, ihren Sitten und Gebräuchen, im bunten Spektrum ihrer Bewohner: Bauern, Nachfahren der Kutscher, Handwerker, Bürger, Reiche, Pilger und Wallfahrer, Bettler und vor allem Arbeiter, meistens Schmiedemeister und Arbeiter der Eisenbahnwerkstätten.

Hier an der Sadonsker Straße, an der sich die Vorstadt erstreckte, hat P. sie beobachtet, um sie später einmal in seinen Werken mit Leben zu erfüllen.

Die Stadt Gradow

Erstmals erschienen im Sammelband: Andrej Platonow, »Die Epiphaner Schleusen«, Verlag Molodaja gwardija, Moskau 1927.

Aus Briefen Platonows an seine Frau, Tambow 1926/27:
»... vom Morgen, als ich ankam, bis zum Abend habe ich mich mit der Obrigkeit von Tambow bekannt gemacht. War auf der Spezialistenkonferenz und abends auf der Sitzung des Gouvernementsexekutivkomitees. Die Arbeitsbedingungen sind gespenstisch. Tratsch und Intrigen. Ich habe absolut unglaubliche Dinge gesehen. Man hat mich bereits erwartet, kennt mich sehr gut und beginnt ein wenig zu sticheln (bekommt ein riesiges Gehalt, eine Moskauer Berühmtheit). Darauf sagte ein ortsansässiger Kommunist, daß der Sowjetmacht nichts zu teuer sei für einen guten Kopf ... Ich übertreibe nicht. Wer mich kennt und unter-

stützt; will Tambow verlassen ... Die Bewässerungsgruppe ist aufgelöst, es gibt richtige Kretins und Denunzianten. Die guten Spezialisten sind hilflos, zerquält und abgehetzt. Man erwartet Wunder von mir!

Ich versuche, die Arbeit auf eine klare, gesunde Grundlage zu bringen, werde alles steinhart und ohne jegliche Gnade durchführen.

Es ist möglich, daß man mich auffrißt ... Die Stadt führt ein Altweiberleben, flüstert, ist unfreundlich usw. ... Das Arbeiten (in Sachen Melioration) ist fast unmöglich. Tausende von Hindernissen unsinnigster Art. Weiß nicht, was herauskommt.

In der Zeitung sitzen Beamte, verstehen nichts von Literatur. Aber ich versuche, mich an sie heranzumachen, werde Spezialartikel schreiben, Gedichte und Erzählungen erkennen sie nicht an ...

Bin heute früh von der Besichtigung der laufenden Arbeiten zurückgekehrt. Jetzt ist es fünf Uhr abends. Wieder hat mich zähe Schwermut erfaßt, wieder bin ich in ›Tambow‹, das künftig für mich zum Symbol wird, wie ein Alptraum in einer gottverlassenen Tambower Nacht, der morgens von der Hoffnung auf eine Begegnung mit dir zerstreut wird. ... Da bin ich mit meiner eigenen Seele und den alten quälenden Gedanken allein gelassen. Aber ich weiß, daß alles Gute, das Unschätzbare (Literatur, Liebe, eine aufrichtige Idee) aus Leid und Einsamkeit erwächst. ... Manchmal scheint mir, daß ich keine gesellschaftliche Zukunft habe, nur eine, die für mich allein von Wert ist. ...

Ich fahre endgültig und sehr bald für immer aus Tambow weg ... Es ist so weit gekommen, daß mir direkt gedroht wird. ... Ich schreibe Dir nicht gerne davon und fasse mich daher kurz. ... Aber ich möchte doch noch sagen, daß das Arbeiten hier unmöglich ist. Die Wahrheit ist auf meiner Seite, aber ich bin allein, und meine Gegner sind Legion und alle miteinander verschwägert (Tambow ist eine gogolsche Provinz) ...

... Heute hatte ich eine Riesenschlacht mit Gegnern der Tat und des gesunden Menschenverstandes. Und weißt Du, ich habe so einen Satz an mich gerichtet gehört: Platonow, das wirst du uns büßen ...!«

Der Ätherstrom

Zu Lebzeiten Platonows wurde der »Ätherstrom« nicht veröffentlicht. Erstmals im Sammelband »Phantastik – 1967«, Verlag Molodaja gwardija, Moskau 1968.

Aus Briefen Platonows an seine Frau, Tambow 1926/27: »Warum gibt man meinen ›Ätherstrom‹ (bereits) dem dritten Rezensenten? Schick sie zum Teufel! Sie sollen ihn annehmen oder zurückgeben. ... Zum ersten – Kirpitschnikow, das bin nicht ich. Und zwar aus folgendem Grund: Meine Ideale sind immer von der gleichen Art und beständig. Ich kann kein Literat werden, wenn ich nur meine unveränderlichen Ideen darlege. Man wird mich nicht lesen. Ich muß meine Gedanken banalisieren und variieren, damit annehmbare Werke entstehen. ... Kirpitschnikow hat nur teilweise meine Züge ... mich, wie ich wirklich bin, habe ich noch niemals und niemandem gezeigt und werde es wohl kaum tun. Dafür gibt es viele ernsthafte Gründe, und der wichtigste: daß mich niemand wirklich braucht.

Du hast recht, Maria Kirpitschnikowa ist wertvoller als ihr Mann, als Ehefrau und als Mensch. Ich habe sie absichtlich mit bescheidenen und seltenen Zügen gezeichnet ...!«

Maria Alexandrowna Kaschinzewa-Platonowa faßte einiges in der Novelle sehr persönlich auf, weil einige Namen, Orte, Berufe und Ereignisse aus dem Leben des Ehepaars Kirpitschnikow an die des Ehepaars Platonow erinnern. So arbeitete sie nach der Revolution ebenfalls einige Jahre als Lehrerin im Dorf Woloschino bei Woronesh. Auch hatte P. 1922 ein Stückchen Land am Fluß Woronesh auf einer überschwemmten Wiese bekommen. Dort errichtete er eine kleine Hütte und experimentierte mit der Bewässerung des Gemüsegartens.

Nikolai Fjodorow

Die grandiosen Utopien des Moskauer Philosophen Fjodorow (1828–1903), der fünfundzwanzig Jahre lang als Bibliothekar am Rumjanzew-Museum (heute Lenin-Bibliothek) wirkte, hatten auf P. einen vergleichbar großen Einfluß wie die Manuskripte Faddej Popows auf Michail Kirpitschnikow. F.s Hauptwerk, »Die Philosophie der gemeinsamen Sache« (Filossofia obstschego dela) – nach seinem Tode von zwei Schülern herausgegeben (1906: 1. Band, 1913: 2. Band) –, war nach den Erinnerungen der Ehefrau P.s eines seiner Lieblingsbücher. Einige Ideen F.s waren P. sehr nahe, andere indiskutabel, er setzte sich mit den einen wie den anderen in seinen Werken kritisch auseinander und entwickelte einige Motive und Ideen F.s auf eine ureigene Weise weiter.

Die originellen Ideen von F.s Lehre, seine radikalen ethischen Forderungen (er führte ein asketisches Leben, hielt jede Form von Eigentum – auch das an Ideen und Büchern – für eine Sünde), seine eigenwillige Ästhetik schätzten nicht nur seine großen Zeitgenossen – Dostojewski, Tolstoi, Gorki –, sie hatten auch auf viele sowjetische Schriftsteller einen nachhaltigen Einfluß, z. B. auf die »Kusniza«-Dichter, auf Brjussow, Chlebnikow, Sabolozki, Majakowski, Prischwin u. a.

Das philosophische Schaffen F.s begründete die russische planetarisch-kosmische Philosophie des 20. Jh., es inspirierte Ziolkowski, Wernadski und andere, die dessen Ideen weiterführten (Ziolkowskis kosmische Philosophie, seine wissenschaftlich-phantastischen Ideen spielten für P.s Ideologie ebenfalls eine große Rolle, besonders zur Zeit seiner Zukunftsphantasien).

F. entwickelte aus der These des »aufsteigenden Bewußtseins« in der Welt die Notwendigkeit eines bewußten Lenkens der Evolution sowie der Umgestaltung der ganzen Natur im Sinne eines brüderlichen, sittlichen Existenzprinzips statt räuberischer Ausbeutung und des Utilitarismus gegenüber der Natur. Die vernünftige Regulierung der Natur – verwirklicht von der vereinten Menschheit –

schließt ein aktives Aneignen und die Verwandlung des Kosmos ein. Und das künftige kosmische Schicksal der Menschheit ihre Unsterblichkeit – eine wissenschaftliche Auferstehung aller Generationen, die jemals gelebt haben. Die Ingenieure der kosmischen Ära, die in P.s frühen Phantasien die Erde umgestalten, Weltraumschiffe bauen, mit der Kraft des Gedankens eine Beregnungsmaschine in Bewegung setzen, nach dem Rätsel des Ätherstroms forschen, den sie für die Aktivierung der Materie, für das Wachstum des Elektrons benötigen, die unter dem Eis der Tundra eine hochentwickelte alte Kultur entdecken, die die Geschichte um Jahrhunderte vorwärtsbringt, suchen ganz im Geiste F.s nach einem universellen Mittel der Errettung der Menschheit von Hunger und Armut. F. geht in seinem »Projekt des allgemeinen Wohles« von der Tragödie des »nichtbrüderlichen Zustands« der Menschheit und von der »nichtverwandtschaftlichen Beziehung« der Natur zum Menschen aus, die vom erkennenden Bewußtsein überwunden werden sollen; dazu führt nach F. die historische Erfahrung des Volkslebens. F. hält die Teilung der Arbeit in physische und geistige für das größte Verhängnis, das jahrhundertelang kultiviert wurde, und will das Bewußtsein in der Tat (in der gemeinsamen Sache), in der Wirklichkeit auflösen. F. führt in seiner Philosophie auch konkrete Überlegungen aus: zur Regulierung der Natur, zum künstlichen Regen, zu kosmischen Flügen usw. F.s Lehre zeichnet eine allumfassende Menschlichkeit, eine tiefe Achtung vor der Vergangenheit, vor dem Erbe der Väter aus. Er entwickelte eine originelle Lehre der Museumskunde: Alle Geborenen sollen erfühlen, daß ihre Geburt eine *Annahme* ist und zugleich eine *Wegnahme* des Lebens der Väter. Daraus erwächst die Pflicht der Auferstehung, die auch den Söhnen Unsterblichkeit verleiht.

Da Rußland durch seine patriarchalische Lebens- und Regierungsweise die beste Gewähr dafür bietet, soll es die Sache der Einigung der gesamten Menschheit, der Wissenschaft und der Praxis, die Sache der Auferstehung und Umsiedelung in den Kosmos beginnen.

P. hat in seinem Schaffen einige Ideen F.s auf eigene

Weise weiterentwickelt. Aber bereits in den frühen Phantasien begann auch seine Polemik gegen einige Grundgedanken des Philosophen. Die genialen Einzelgänger von P.s Phantasien treten an, das Weltall umzuwandeln und das allgemeine Wohl zu erreichen durch die bewußte Lenkung der Naturkräfte. Ihre Geschichten jedoch beinhalten zugleich P.s Skepsis spekulativen Programmen gegenüber, sie zeigen die Unabhängigkeit und Schönheit der Natur und die Gefahren eines verhängnisvollen »Wirkens« in ihr sowie P.s Einsicht, daß Technik und Wissenschaft allein die Menschheit weder von Hunger und Armut erlösen noch zu ihrem brüderlichen Zustand führen können.

Ein unerschlossener Mensch

Erstmals erschienen im Sammelband: Andrej Platonow, »Ein unerschlossener Mensch«, Verlag Molodaja gwardija, Moskau-Leningrad 1928.

Die Entstehung eines Meisters

Erster Teil des Romans »Tschewengur«, wurde auch zu Platonows Lebzeiten als für sich stehende Novelle veröffentlicht. Erstmals unvollständig in der Zeitschrift »Krasnaja now«, 1928, Nr. 4; dann im Sammelband: Andrej Platonow, »Die Entstehung eines Meisters«, Verlag Federazija, Moskau 1929.

Zu Nutz und Frommen

Erstmals erschienen in der Zeitschrift »Krasnaja now«, 1931, Nr. 3.

Die Utopien Andrej Platonows und seiner Helden
(Novellen der zwanziger Jahre)

»Man muß Sehkraft und Herz anstrengen, um die Wahrheit zu erkennen in der Finsternis und in der Ferne.«

Platonow, 1943

»Ja, unsere Zeit geht Platonow entgegen, und dies vor allem, weil der Schriftsteller selbst unermüdlich der Zukunft entgegenging, nicht im hochgeschlossenen Gehrock, sondern, um ein Wort von ihm zu gebrauchen, ›mit entblößtem Herzen‹.«

N. G. Kusin, 1979

»Die ›Heimkehr‹ Platonows dauert schon bald dreißig Jahre. Der Künstler der zwanziger/vierziger Jahre kommt – ganz er selbst bleibend – zum Leser der siebziger/achtziger Jahre nicht als der, den seine Zeitgenossen kannten. Sein Schaffen gewinnt eine neue Dimension, es offenbart uns Tiefen seiner Sehweise, die sich früher kaum eröffneten.«

J. A. Krasnostschokowa, 1978

1 »Der Satan des Gedankens«

»Die Epiphaner Schleusen« – die Titelgeschichte des ersten Moskauer Platonow-Buches (1927) – faszinierte zunächst scheinbar nur durch die künstlerische Ausdruckskraft in der Darstellung der historischen Probleme und der Atmosphäre im Rußland Peters I., und nicht zufällig lobte sie Gorki, den analoge Tragödien in der Gegenwart intensiv beschäftigten.

Seit der »Heimkehr« Platonows 1958 in die Literatur wurden »Die Epiphaner Schleusen« zu einem Kristallisationspunkt geistiger Auseinandersetzungen. Juri Nagibin nannte sie 1961 »wohl die bitterste Erzählung der russischen

Literatur«. »Neoslawophile«, überspitzt und engstirnig nationalbewußte Literaturtheoretiker, versuchten, sie als eine Absage an das »arithmetische«, »punktuelle«, westeuropäische Bewußtsein zu interpretieren, das stets scheiterte, weil es die »weite freie Seele« Rußlands nicht zu erfassen vermag. Zur Begründung einer solchen Platonow-Rezeption wurde vor allem auch die Erzählung »Müllwind« (1933) herangezogen: sie zeige, wie dieses »eingleisige«, »kraftlose« westliche bürgerliche Bewußtsein vor der brutalen Kraft des Faschismus kapitulierte. Gegen diese und ähnliche neoslawophile Auffassungen wandte sich der Literaturkritiker Isaak Kramow. Er erinnerte daran, daß es in jeder nationalen Kultur zwei Kulturen gebe und daß gerade Platonow mit seinen Essays der dreißiger Jahre über Hemingway, Čapek, Rolland, Aldington und andere in der geistigen Kultur des Westens viele Mitstreiter im Kampf gegen den Faschismus herausstellte. »Platonow behauptete nicht, daß das Licht unbedingt aus dem Osten kommt, und sah weder im Westen noch im Osten ein ausschließliches Monopol für die Suche nach dem ›Weltglück‹. Platonow folgte jener wahrhaft großen Tradition der russischen Kultur, jener Natürlichkeit und Freiheit, mit der bei Puschkin das Nationale mit dem Allgemeinmenschlichen und das Europäische mit dem Russischen verschmolz.«

Das bestätigt Leben und Werk Platonows. Als er die »Epiphaner Schleusen« 1926 in Tambow schrieb, leitete er unter extrem schwierigen Bedingungen Bewässerungsarbeiten in diesem Gebiet. Es ging ihm keineswegs um die »Tragödie der westeuropäischen Seele«, sondern um die Möglichkeit eines technischen und gesellschaftlichen Fortschritts in Rußland, um eine fruchtbare Umgestaltung des Lebens. Platonow greift die reale Geschichte der Epiphaner Schleusen auf, um an diesem historischen Modellfall Lösungen zu erforschen. Auch das hat autobiographische Ursachen. Platonows Heimatstadt Woronesh ist mit der Geschichte Peters eng verbunden. In dem Essay »Tschetsche-O« (1928) betont der Schriftsteller: »Die Steppenstadt Woronesh in ein russisches Amsterdam verwandelnd, machte er sie mit Menschen und Ausrüstungen zum Ausgangspunkt des Kanals, der den Don mit der Oka verbinden sollte (die Epiphan-Schleusen gab es noch bis 1910). Diese Schleusen sind die Vorfahren des heute – nach zweihundert Jahren – entstehenden Wolga-Don-Kanals.« Der Ingenieur für Bewässerungsanlagen Platonow hatte die Geschichte von Peters Kanalbauten sehr genau studiert. Und an diesem historischen Modellfall entwickelte er seine Weltsicht.

Schon der erste Satz der Novelle – die einfühlsamen Worte des älteren Perry über Rußland – führt direkt zu den Grundfragen von Platonows künstlerischer Welt: »Wie *vernunftvoll* sind doch die Wunder der Natur ... Wie überreich das *Verborgene* der weiten Räume! Selbst der mächtigste *Verstand* vermag es nicht zu erfassen, selbst das edelste *Herz* es nicht zu erfühlen.« Wenn wir verfolgen, wie die hervorgehobenen Begriffe – es sind Schlüsselwörter – sich im Verlaufe der Handlung wandeln, immer neue Inhalte und Nuancen erhalten, in veränderte Beziehung zueinander treten, bis sie zu einem ganzen Bildbegriff werden, erschließt sich die Ideenwelt der Novelle.

Der englische Ingenieur Bertrand Perry ist »schon in Newcastle von Peter fasziniert«. Er will dessen »Mitstreiter bei der *Zivilisierung* dieses *wilden* und *geheimnisvollen* Landes« werden. Dieses aus der Ferne naiv, rational und anmaßend-ehrgeizig gesteckte Ziel verweist auf die für Platonow grundsätzliche Frage nach den Beziehungen zwischen Ideen und Leben, zwischen in Vereinsamung erklügelten gedanklichen Konstruktionen und der realen Beschaffenheit des weiten Landes, zwischen Bewußtsein, zielstrebiger Organisation und Umwandlung der Welt sowie dem »klugen Herzen«, der Seele, den verborgenen »stillen« Kräften des Lebens. Und diese Frage zielt auf das Verhältnis von technischem und gesellschaftlichem Fortschritt zur »Daseinsverwesentlichung« des Menschen.

Warum muß Perry in all seinen Vorhaben scheitern und eines grausigen Todes sterben, obwohl er ein ausgezeichneter Fachmann, ein ehrlicher, edler, mutiger Mensch ist und in bester Absicht handelt? Zunächst scheitert Perry mit seiner utopischen Vorstellung von der geliebten Mary, für die er »*interessanter* und *kostbarer als das Leben*« werden wollte. Er bewundert Marys Verstand, die sich einen Helden zum Manne wünscht im »Jahrhundert der Bauten«, in dem den Krieger und den Entdecker der *kluge* Ingenieur abgelöst« hat. Aber »naiv und grausam« wird Mary schließlich seine Welterobererziele nennen und ihren eigenen Verstand als »kläglich« erkennen.

Perry hat Marys wirkliche Sehnsucht nicht erfüllt: Sie wollte nur geliebt werden. Nach dem Scheitern der Liebe »entlud sich die ganze Energie seiner Seele nur bei der Arbeit«, aber alle Umstände sind gegen ihn. Die Berechnungen eines gewissen Trousson aus Peters Vertrautenkreis, der schließlich über den gescheiterten Bau richten wird, wurden mit völliger Unkenntnis der örtlichen klimatischen und natürlichen Bedingungen angestellt. So sind auch Perrys sorgfältige Vorarbeiten in Petersburg unnütz. Erst die Reise durch Rußland stellt seine gewohnten europäischen Maßstäbe, »den *sparsamen* praktischen *Sinn* des Glaubens seiner Väter« in Frage. Sie weckt Ahnungen und Zweifel an Peters Vorhaben: »So riesig war also der Landstrich, ... so reich und dabei schlicht ... diese Natur ... der weite Raum hallte so, als sei er kein *lebender Körper*, sondern ein *abstrakter Geist*.« – »Auf den Meßplänen in St. Petersburg war alles *klar* und *handgerecht* gewesen« (gemeint ist Verständnis und Willen – L. D.), hier aber, eine Halbtagsreise vom Tanaid entfernt, erwies es sich als »*tückisch, schwer* und *mächtig*« (gemeint sind die noch unklaren Emotionen). Aber Ziel und Wille verdrängen die aufgetauchten Zweifel. In Einsamkeit und Verzweiflung forciert Perry den Bau mit blinder Energie und grimmiger Besessenheit. Im Sinne Peters glaubt er, mit »barbarischen Mitteln gegen die Barbarei« kämpfen zu müssen. In seinem Fanatismus übersieht er die Lage der Bauern. »Haben wir das Volk wirklich so abgeschunden?« fragt er den listig-grausamen Wojewoden und sanktioniert weitere Todesurteile. Die letzte Habe der Bauern ist für den Bau requiriert worden. Die Bauern sterben vor Hunger und an Krankheiten, und wenn sie fliehen, werden sie wieder eingefangen und zu Tode geprügelt. Mit der Knute wird den »Bauernhintern Verstand eingebleut«. Peter war über die Knechtsseelen der Bauern empört, und er hat das Kriegsrecht eingeführt.

Die Projekte Perrys scheitern endgültig. Angst und Zweifel befallen den Ingenieur. Jetzt erst spricht er mit der Bevölkerung, und er ahnt das Ende des Baues sowie auch seines Lebens. »Daß nicht genug Wasser dasein und die Schiffahrt unmöglich sein würde, das hatte in Epiphan jedes Weib schon vor einem Jahr gewußt.« Als das Wasser aus dem Iwansee samt aller technischen Vorrichtungen in der Tiefe verschwindet, packt »Perrys Seele, die sich vor keiner Gräßlichkeit gefürchtet hatte, ... wildes Grauen, wie es sich für die menschliche Natur auch gehört«. Und das nicht nur, weil es keine Rettung mehr gibt. Perry sieht, daß er nur die Barbarei und Sinnlosigkeit des Lebens vermehrt hat, daß das elementare Leben mit seinen »Schulweisheiten« nicht zu bezwingen ist. Das selbstbeherrschte Schwanken von Perrys arithmetischem Verstand beim Scheitern der Liebe hatte Platonow verhöhnt, jetzt betont er: »... Die Kraft des Leids wütete in ihm, völlig ungehemmt brach sie hervor, ohne jegliche Kontrolle von seiten des Verstandes.« (»Verstand« heißt hier dogmatisches [arithmetisches] Bewußtsein, »Herz«, »Seele«, »Ahnung« – menschlicher Reichtum, der die verborgenen vielfältigen Möglichkeiten einer organischen Wandlung des Lebens aufspürt.)

Sein vollständiges Scheitern zwingt den »Übermenschen« in jenen menschlichen Zustand, in dem Zweifel, Leid, Erschütterung normal sind. Als Perry zu Fuß durch Rußland abgeführt wird, flieht er nicht, obwohl er weiß, daß Peter mit ihm trotz Ausländerprivileg nicht nach römischem Recht verfahren wird. Die Wächter – und einige heutige Kritiker – sehen darin Schwäche und Schicksalsergebenheit. Doch Perry hat den Glauben an die Richtigkeit seiner Ziele verloren. Er trägt schwer an seiner Schuld. Wozu sollte er noch sein Leben retten? Desillusioniert, ist er ein sehender Mensch geworden. Im Kremlgefängnis nimmt er feinfühlig das Verborgen-Rätselhafte der ewig lebendigen Natur wahr. Jetzt könnte Perry mit den Worten des Helden aus Platonows früher Erzählung »Markun« (1921) sagen: »Ich habe deshalb nichts geleistet, ...weil mein Ich die ganze

Welt verdeckte, jetzt weiß ich, daß ich ein Nichts bin, und die ganze Welt hat sich mir geöffnet ...«

Peter I., der Umgestalter Rußlands, der erfolgreiche Initiator vieler neuer Traditionen und Errungenschaften des russischen Staates, wird in den »Epiphaner Schleusen« nur von einer Seite seiner Tätigkeit betrachtet: in seinem Voluntarismus, auf dem er grausam beharrt. Die Ergebnislosigkeit dieser Willkür wird aufgedeckt, Peter und Perry bedingen einander. Perry wollte in einer edlen Mission Mitstreiter sein. Aber Peter braucht nur gut funktionierende »Werkzeuge«. Perry wird zum General ernannt und ist nur dem Oberkommandierenden rechenschaftspflichtig. Auf Grund seiner abstrakt-rationalistischen »globalen Ideen« und seiner Maßstäbe, die unter völlig anderen Bedingungen entstanden sind und nicht von den konkreten historischen und natürlichen Umständen ausgehen, ist er ein geeignetes Werkzeug zum Ausführen von Dekreten, die das organische Leben, die Natur und den Menschen ignorieren. Durch seine geistige Willkür und praktische Gewaltanwendung wird Perry fortschrittshemmend und auf tragische Weise mitschuldig. Der arithmetische, geradlinige Verstand wird das Opfer seines Gegenteils, des grausamsten, tierischen, entfesselten Instinkts. Dogmatische Aufklärung bzw. Zivilisierung und zügellose Willkür bedingen einander.

Zehn Jahre später, im Essay »Puschkin – unser Genosse« (1937), ging Platonow erneut auf die Problematik seines ersten großen Werkes ein. Anhand von Puschkins Poem »Der eherne Reiter« verallgemeinerte er: Puschkins Gestalten Peter und Jewgeni sind Symbole des Fortschritts bzw. der Menschlichkeit, zweier sittlich »gleichwertiger Kräfte«, und keine von ihnen kann der anderen ohne verhängnisvolle Folgen geopfert werden. Peter ist für den Dichter »die Richtung auf die geräumige, tätige Welt, wo man allerdings auch nicht ohne ... Jewgeni existieren kann, damit nicht nur ›Bronze‹ entsteht, damit sich die Turmnadel der Admiralität nicht in ein Kerzenlicht am Sarge der vernichteten menschlichen Seele verwandelt«.

2 »Das Unmögliche ist die Braut der Menschheit«

Als Platonow die »Epiphaner Schleusen« schrieb, hatte er bereits vielfältige Erfahrungen als Arbeiter, Ingenieur, Publizist und revolutionärer Analytiker gemacht.

Seit 1918 tritt Platonow in den Zeitschriften und Zeitungen von Woronesh – manchmal an einem Tag sogar in verschiedenen Zeitungen – als Dichter, Prosaiker und vor allem als Agitator auf. Allein 1920, im schwersten Jahr des Bürgerkriegs, veröffentlichte er an die sechzig Korrespondenzen von der Front. 1921 erscheint in Woronesh Platonows erstes Büchlein, die publizistische Skizze »Die Elektrifizierung«. Hier entwickelt Platonow bereits seine Lieblingsmotive: die Verbrüderung der Menschen, die Suche nach dem Wesen des Menschen und seinen Glückserwartungen und vor allem Zukunftsvisionen. Der glühende Agitator und begeisterte Techniker war von der Vorstellung beseelt, durch revolutionäre Organisation und den schöpferischen Geist des Proletariats könne die Welt in kurzer Frist paradiesisch umgestaltet werden. Und er erwartete in der Folge dieser Neuerschaffung des Seins das Entstehen einer Herrschaft des Bewußtseins, des Intellekts und des Schöpfertums, nach der sozialen auch die geistige Befreiung des Menschen. Einer seiner Artikel des Jahres 1921 hieß programmatisch »Am Beginn des Reichs des Bewußtseins«. »Der Triumph des Reichs des Bewußtseins, anstelle des jetzigen Reichs des Gefühls – das ist der Sinn der nahenden Zukunft« verkündete er in diesem Artikel. Die Bewußtseinsrevolution sollte – etwa im Sinne des damaligen Proletkults – nicht nur die Erde, sondern auch den Kosmos erfassen.

Gleichzeitig ist Platonow ein genauso glühender Agitator für die Entfaltung der proletarischen Demokratie. In den Artikeln »Der Staat – das sind wir« (1920) und »Die schöpferische Zeitung« (1920) fordert Platonow, daß die Zeitungsredaktionen fremdes Bewußtsein nicht nach dem Maß des eigenen umsetzen«: »Die Redaktionen müssen über die ganze Masse des Proletariats verstreut sein, der Journalismus muß wie auch die staatliche Leitung zu einer allgemeinen Sache der Bürger werden, zur Pflicht eines jeden Proletariers und nicht nur eines Häufleins von ihnen. Die proletarische Zeitung muß alles, was die Proletarier schreiben, drucken, denn jeder Proletarier ist ein potentieller Kommunist, und seine Gedanken im Sinne des Marxismus, den so wenige wirklich verstehen, zurechtzufrisieren heißt, das Proletariat zu beleidigen.« Aber im selben Jahr propagiert Platonow auch eine Umgestaltung und Verwandlung von Natur und Mensch »in eine vernünftige Art«. In dem Artikel »Der normierte Arbeitende« (1920) fordert er sogar: das Kind müsse vom ersten Atemzug unter Bedingungen leben, die den von der Gesellschaft bestimmten Zielen entsprechen, die Persönlichkeit müsse vernichtet und »ein neues lebendiges mächtiges Wesen – die Gesellschaft, das Kollektiv, ein einziger Organismus der Erdoberfläche, ein Kämpfer, und mit einer Faust, gegen die Natur« geschaffen werden. Doch dabei dachte Platonow keineswegs etwa an einen Ameisenstaat. Die Notwendigkeit des persönlichen Schicksals eines jeden Menschen war bereits damals sein höchstes Anliegen. Am empfindlichsten reagierte er auf Bevormundung, da diese die Selbstverwirklichung des Menschen verhindern könne.

Der damalige Platonow überschätzte und verabsolutierte die Rolle des Bewußtseins, des Willens, »der Revolution des Geistes«, die Fähigkeit, allein durch den Verstand »das Unförmige zu organisieren«, weil er das Höchste im Menschen freisetzen wollte. Darin sah er den Ausweg aus dem gestrigen Rußland, wo »man die Menschen im finsteren Irrsinn eines dumpfen Halbschlaflebens hielt«.

Den Platonowschen Problemkomplex »ein Kämpfer, und mit einer Faust, gegen die Natur« kennzeichnet die gleiche Widersprüchlichkeit wie seine damalige Konzeption der Revolution, nach der der Mensch einerseits seinen eigenen Weg suchen und ihn selbst bestimmen soll, andererseits aber seine Gefühlswelt zugunsten des Bewußtseins zu verdrängen hat. So schrieb Platonow 1921 in einem autobiographischen Brief zu seinem Gedichtband »Blaue Tiefe«: »Es war da eine Lehrerin A. N., ich werde sie nie vergessen, weil ich durch sie erfahren habe, daß es ein vom Herzen gesungenes Märchen gibt, ein Märchen vom Menschen, der jedem Atem, dem Gras und dem Tier anverwandt, der kein herrschsüchtiger Gott ist – fremd der wilden grünen Erde, die vom Himmel durch eine Unendlichkeit abgetrennt ist ...« Und am Ende dieses Briefes heißt es: »Jetzt geht mein Traum in Erfüllung, der Mensch verwandelt die steinerne und grünende Welt in Wunder und in Freiheit. Die Welt wird zum Gespenst und der Mensch zur Beständigkeit und zu festem Wert.« Die eben postulierte Einheit zwischen der Welt und dem Menschen wird zerrissen und eine grenzenlose, eigentlich schon voluntaristische Aktivität verkündet. In der Kritik wurde bereits richtig festgestellt: Hier handelt es sich nicht um zufällige Widersprüche in Formulierungen, sondern um einen realen lebendigen Widerspruch, um diese widerspruchsvolle Einheit des Menschen in seiner Zugehörigkeit zur Natur und in seiner Fähigkeit, das ganze Sein durch zielgerichtete Arbeit umzugestalten.

Seine Zukunftsvisionen von der Erneuerung der Welt hat der junge Platonow im besonderen Genre der »Phantasie« gestaltet und experimentell durchgespielt. Und bereits dort entwickelt sich die Idee von einer Verwandlung der Welt und des Menschen in Form einer dramatischen, konfliktreichen, sogar sehr qualvollen Geburt neuen Lebens. Diese Widersprüchlichkeit ist für Platonow lebensimmanent. In der frühesten Phantasie »Der Satan des Gedankens« (1922), die später den Titel einer anderen Phantasie, »Die Nachfahren der Sonne«, bekam, erscheint die Konzeption des »Reichs des Bewußtseins« bereits in einer dramatischen Zwiespältigkeit: »Damit die Erdenmenschheit die Kraft hat, sich gegen die Welt und die Welten zu erheben und sie zu besiegen, muß sie für sich einen Satan des Bewußtseins, einen Teufel des Gedankens gebären und das schwimmende warmblütige Herz in sich abtöten.« Dieser Widerspruch bestimmt die Tragik der Gestalt des Ingenieurs Wogulow, der den »Aufstand der Menschheit gegen den herrschsüchtigen Gott«, die Arbeiten zur Umgestaltung des Erdballs und des Kosmos leitet und wie Gott am ersten Schöpfungstag die Welt neu erschafft. Seine übermenschliche Einseitigkeit – er ist »nur Kopf und flammendes Bewußtsein«, »ohne Angst und Mitleid« – erwuchs aus einer pesönlichen Tragödie. Seine geliebte Braut war gestorben, und sein »Gedanke vernichtete in Haß und Verzweiflung jene Welt, in der das unmöglich ist, was der Mensch einzig braucht – die Seele des anderen Menschen«. Wogulow will Unmögliches, »ganz gleich, welche Wege zu ihm führen«. Platonow zeigt das tragische Schicksal eines grandiosen Lenkers und Organisators der Weltveränderung, eines einsamen Genies und Märtyrers des Verstandes, der das Alltagsleben und alles Natürliche in sich verdrängt hat. Wogulow, einst ein natürliches verträumtes Kind, ein Mensch, der zu großer Liebe fähig war, erscheint nicht wie ein Sieger, sondern wie ein vom Leben Besiegter, und sein grandioses Werk unmenschlich, unnatürlich, sogar gefährlich.

Ein anderer »allmächtiger Verstand«, Peter Kreuzkopf aus der Phantasie »Mondbombe« (1926), fordert den Mond heraus – etwa wie Perry in den »Epiphaner Schleusen« das unbekannte asiatische Land – und scheitert auch. Bevor die Mondbombe zerschellt, warnt Kreuzkopf die Menschen vor seinem Irrtum, der auch für sie verhängnisvoll werden kann: »Sagt allen, sie irren sich sehr. Die Welt stimmt nicht mit dem Wissen der Menschen überein.«

1926 übersiedelt Platonow nach Moskau unter Umständen, die bis heute nicht geklärt sind. Er wird aus seiner erfolgreichen Tätigkeit in Woronesh herausgerissen, arbeitet nach seiner Abberufung etwa einen Monat im Volkskommissariat für Bodenwirtschaft und steht dann in Moskau ohne Arbeit da. Im Juli 1926 schreibt er dem Chefredakteur der Zeitschrift »Krasnaja now«, A. K. Woronski: »... diese zwei Jahre war ich mit der Leitung umfangreicher und schwieriger Meliorationsarbeiten im Gebiet Woronesh beschäftigt. Jetzt bin ich durch Verkettung verschiedener verhängnisvoller Umstände in Moskau und ohne Arbeit. Schuld daran ist zum Teil mein Hang zum Nachdenken und zur Schriftstellerei. Ich renn mir die Hacken ab und weiß nicht, was ich tun soll, obwohl ich durchaus in der Lage wäre, etwas zu tun (ich habe achthundert Dämme und drei Kraftwerke gebaut und viele Ent- und Bewässerungsarbeiten erledigt. Aber das Denken und Schreiben nimmt immer mehr Raum ein und reicht auch zeitlich weiter zurück, es gehört zu mir wie mein Körper.« Im Herbst 1926 wird Platonow nach Tambow geschickt, wo es in der Landwirtschaft besondere Schwierigkeiten gibt. Er arbeitet dort als Gouvernementsmeliorator unter äußerst ungünstigen Bedingungen. In Tambow durchlebt er 1926/27 eine schwere seelische Krise. Zugleich war diese Zeit, gemessen an den Werken, die dort entstanden (»Die Epiphaner Schleusen«, »Der Ätherstrom«, »Die Stadt Gradow« u. a.), wohl die produktivste seines Lebens. Es war eine Zeit harter Wirklichkeits- und Selbstanalyse.

Platonow lernte begreifen, daß seine Vorstellung utopisch und voluntaristisch war: die Revolution müsse den Menschen von den Gesetzen der Natur und der Geschichte befreien, und zwar auf eine Art, die die im Menschen angelegten kommunistischen Grundlagen freisetzt. Er sah, daß sich im Namen dieser Utopie hemmungslose Willkür entfaltete. Die soziale Praxis der Revolution und seine eigene praktische Arbeit erinnerten wenig an eine »intellektuelle Revolution«. Der sowjetische Platonow-Forscher L. Schubin verallgemeinert: »Es fanden sich Menschen, die, vorsichtig ausgedrückt, imstande waren, viele Ideen, die die Revolution hervorbrachte und die Platonow teuer waren, in bedenklicher Richtung zu deuten und weiterzuentwickeln.« Offensichtlich traf Platonow mit Menschen zusammen, die, wie der Held seines Romans »Tschewengur«, Prokofi Dwanow, dachten: »Ich will die Sonstigen organisieren, ich habe schon bemerkt, wo Organisation ist, denkt nie mehr als einer, und die anderen leben leer und folgen dem Ersten. Eine sehr kluge Sache, diese Organisation: Alle kennen sich selbst, aber keiner ist Herr seiner selbst. Und alle haben's gut, allein der Erste hat's schlecht – er denkt.« In der Begegnung mit Leuten solchen Typs begriff Platonow auch die soziale Gefährlichkeit einiger eigentlich ganz anders gemeinter Theorien, die er einst selbst verfochten hatte. Fortan gestaltet er die objektiven Widersprüche seiner frühen philosophischen Konzeptionen als bewußt herausgestellte Gegensätze. Davon zeugen bereits die bedeutendste seiner

Zukunftsphantasien, »Der Ätherstrom«, und natürlich besonders die »Epiphaner Schleusen«.

Platonow rehabilitiert die Macht und Unabhängigkeit der Natur und zeigt im »Ätherstrom« zwei Möglichkeiten des Wirkens in ihr. Das gewalttätige Experimentieren des Bewässerungsingenieurs Matissen (ein »Satan des Gedankens« wie Wogulow und Kreuzkopf, bei denen Genie und Verbrechen ineinandergreifen) geht so weit, daß herabfallende Himmelskörper Schiffe versenken und weitere verheerende Katastrophen heraufbeschworen werden, die viele Menschenopfer fordern. Ein Opfer dieser Naturvergewaltigung wird auch Michail Kirpitschnikow, Matissens Antipode, der ein einfühlsames Wirken in der Natur anstrebt. Matissen sieht in der Natur nur eine Werkstatt für das alles neu gestaltende Bewußtsein. Und sein verabsolutierter Gedanke und Willen führt in der Konfrontation mit dem extrem komplizierten elementaren Leben zur Vernichtung »des Stoffes« von Natur und Mensch. Matissen kennt diese Widersprüchlichkeit und die verhängnisvollen Entwicklungsmöglichkeiten dieser Wissenschaft sehr wohl. Platonow läßt ihn bereits 1926 verkünden: »Es gab Zaren, Generale, Gutsbesitzer, Burshuis ... Jetzt aber ist eine neue Macht da – die Wissenschaftler. ... je größer die Wissenschaft ist, desto besser muß sie geprüft werden. Um aber meine Wissenschaft zu erproben, müßte man die ganze Welt totquälen. Zuerst verstümmele und dann heile ich.« Und der Erzähler kommentiert: »... das Verbrechen bestand darin, daß weder Matissen noch die gesamte Menschheit schon größere Kostbarkeiten darstellten als die Natur. Im Gegenteil, die Natur war immer noch tiefgründiger, größer, weiser und vielfarbiger als alle Erdenkinder.« Im »Ätherstrom« verabschiedet Platonow künstlerisch alle seine voluntaristischen Weltveränderer, mit Faddej Popow und Isaak Matissen zugleich auch Andrej Wogulow, Peter Kreuzkopf und Bertrand Perry. Aber er trennt sich auch von den historisch verantwortungsbewußt und gewissenhaft für eine fruchtbare technische Revolution arbeitenden Typen wie Vater und Sohn Kirpitschnikow, denn er hat erkannt, geniale Einzelgänger können die Welt allein mit phantastischen Maschinen und Entdeckungen nicht umgestalten. Schon solche 1926/27 geschriebenen Erzählungen wie »Die Heimat der Elektrizität« und »Die Sandlehrerin« veranschaulichen, daß es keine universellen technischen Mittel gegen Hunger und Armut und zur Lösung der großen sozialen Probleme geben kann. Und in den gleichzeitig geschriebenen größeren Prosawerken »Die Epiphaner Schleusen« und »Der Ätherstrom« lenkte er den Blick nachdrücklich darauf, daß jede Gegenwart eine Folge weitreichender und komplizierter historischer Entwicklungen darstellt, ohne deren Kenntnis eine harmonische Beziehung zwischen Volk, Natur und Geschichte in der Zukunft undenkbar ist.

3 »Sie kannten sich selbst noch nicht«

Platonow hielt den Widerspruch zwischen Fortschritt und Humanität, den die Epoche Peters I. kraß offenbarte, nicht für einen ewigen Gegensatz von Wahrheit – Realität und Wahrheit – Gerechtigkeit, sondern für historisch aufhebbar. Der Sozialismus, der aus der schöpferischen Kraft des Volkes geboren wird, betonte er in »Puschkin – unser Genosse«, sei berufen, den Widerspruch zwischen dem »ehernen Reiter« Peter und dem »kleinen Mann« Jewgeni, zwischen dem »Streben nach fernen Zielen der Geschichte« und den »barbarischen Mitteln« zu überwinden, Peter und Jewgeni zu vereinen.

Platonow hat nie die Revolutionskämpfe zwischen den Roten und den Weißen dargestellt, obgleich er selbst aktiver Bürgerkriegsteilnehmer war. Diese Klassenschlachten waren für ihn in der Sowjetunion entschieden. Ihn interessierte und faszinierte nun einzig die Frage: Wie soll die neue Welt aussehen? Wie findet das Volk in ihr sein »Vaterhaus« und jeder einzelne sein Glück? Platonow verstand die Revolution als einen zutiefst organischen, im historischen Volksleben erlittenen und ersehnten Prozeß und sah ihren Sinn im Erwachen und der »Auferstehung« des von der Geschichte benachteiligten Menschen aus dem »Dämmern« der Bewußtlosigkeit zum Begreifen seiner selbst und des sich umwälzenden Lebens. Für Platonow ist das Volk weder der Träger einer ihm innewohnenden lichten Volksweisheit noch eine unbewußte Masse, ein »Strom«, der allein durch Aufklärung und Erziehung Bewußtheit gewinnt. »Das scheint doch nur von oben, daß unten eine Masse ist, in Wirklichkeit leben unten einzelne Menschen mit ihren Neigungen, und einer ist klüger als der andere«, sagt ein Platonowscher Held in der »Kutschervorstadt«. In der russischen Geistesgeschichte war die Liebe zum Volk oft mit Anbetung des Märtyrers und mit messianistischen Heilsvisionen oder mit Ideen geistiger und sozialer Befreiung des Volkes, mit Aufklärung und Erziehung verbunden. Wenig entwickelt wurde dagegen, historisch bedingt, ein wirkliches Demokratieverständnis.

Das mythologische »dämmernde« Bewußtsein vieler Helden Platonows ist eine tragische Folge langen Lebens »im Keller der Geschichte«. Neues, individuelles Bewußtsein entsteht nach Platonows Meinung nur schwer und langwierig durch den Gewinn eines verinnerlichten und aktiven Weltempfindens. Diese Vorgänge künstlich zu beschleunigen oder gar formell vorwegzunehmen hieße sie gewaltsam unterbrechen. In Polemik gegen undemokratische Vorurteile einer ästhetisierenden Kunst schrieb bereits der neunzehnjährige Platonow: »Wir hassen unsere Armseligkeit, wir befreien uns hartnäckig aus dem Schmutz. Darin liegt der Sinn unseres Lebens. Aus unserer Armseligkeit wird die Seele der Welt erwachsen. Ihr seht nur unsere Irrtümer und könnt nicht verstehen, daß wir nicht irren, sondern suchen.« Platonow glaubte an die Eigenständigkeit, Tiefe und Kontinuität des geistigen und seelischen Innenlebens des Volkes. Folklore verstand er als dessen Philosophie. Im Essay »Puschkin und Gorki« schrieb er: »Das Volk hat seine eigene Politik, seine eigene Poesie, seinen eigenen Trost und sein eigenes großes Leid: alle diese Eigenschaften sind im Wesen des Volkes echter und stärker begründet als bei den parasitären Klassen – einfach deshalb, weil die Werktätigen effektive, reale und dabei zahlreiche Erfahrungen aus der Arbeit, aus der Not und aus dem Kampf ... besitzen.« Und er versuchte zu erklären, warum Gorki – für Platonow der einzige Nachfolger Puschkins: seines höchsten menschlichen und ästhetischen Ideals – sich 1917/18 zeitweilig irren konnte, als er nicht »an den Verstand der Masse im allgemeinen und an den der Bauern im besonderen glaubte«, sondern nur »an den Verstand, der ausschließlich in der Intelligenz verdichtet sei«, wo »er doch selbst ein Vertreter dieses Volksverstandes« war. Gewiß, Platonow überschätzte utopisch-romantisch das »›Geheimnis‹ des Volkes, das Puschkin erahnte ... seine Fähigkeit zu unbegrenzter Entwicklung ... selbst wenn ein Ausweg unmöglich ist«. Da Platonow aber zugleich das reale Leben und die Widersprüche der neuen Wirklichkeit keinen Augenblick aus den Augen verlor und seine Ideale damit verglich, gelangen ihm zukunftswichtige Entdeckungen.

Das Volk war für Platonow der wirkliche Träger und Schöpfer des historischen Fortschritts. In dessen Begegnung mit der Revolution und ihren Ideen sah er den Beginn seines bewußten Lebens, in dem es seine Wahrheit selbst finden müsse. »Wie eine große Pilgerfahrt, wie die Verwirklichung der unerschlossenen Seele in der Welt war für ihn die Revolution«, heißt es in Platonows früher Erzählung »Butschilo« (1924). Platonows Helden der zwanziger Jahre – seine »Meister«, Volksphilosophen, Eigenbrötler, Bürgerkriegskämpfer – sind wie Pilger immer in den Weiten der russischen Provinz »unterwegs«. In ihrer ungewöhnlichen Epoche forschen sie wie die Wahrheitssucher der alten russischen Literatur, wie Glückssucher im Märchen nach dem eigentlichen Inhalt der neuen Wirklichkeit, wollen sie den Sinn des Lebens und der »allgemeinen Existenz« ergründen. Ihr größter Kummer ist es, daß sie noch nicht denken gelernt haben. Schwer wie Mühlsteine bewegen sie erste Gedanken, sie versuchen sich selbst und den anderen alles zu erklären. Sie entdecken die Welt, die bisher von ihnen gedanklich unerfaßt existierte. Der Jauchefahrer Filat aus der »Kutschervorstadt« (1927) ist Platonows erster »Seelenarmer«, eine »Waise der alten Welt« im persönlichen und sozialen Sinne, der aufbricht, um die Folgen eines jahrhundertealten dumpfen, unbeweglichen Lebens voller Unrecht, Ausbeutung und Vereinsamung – »das Fehlen von Persönlichkeit« und »von Erinnerung an sich selbst« – zu überwinden. Das Erwachen solch eines Menschen konnte nur schwierige, wunderliche Metamorphosen zeitigen. Und in jedem einzelnen Fall mußte der Aufbruch auf eine ureigene Weise verlaufen. Ein »Pilger«, der während der Revolution denken lernt, ist Puchow aus »Ein unerschlossener Mensch«. Das Verhältnis dieser begabten, aber etwas spontanen, anarchistischen Persönlichkeit zu der Revolutionszeit, die schnelle Entscheidungen, Klarheit und Unterordnung erfordert, gestaltet sich oft kompliziert. Puchows Gedanken und Reaktionen auf die zeitgeschichtlichen Ereignisse sind vielfältig und extrem. Sie führen zu utopischen Phantasiereien, die mitunter Tragödien heraufbeschwören, fixieren aber auch beobachtete Grimassen der Epoche und zeugen von »prophetischem Realismus«.

Symptomatisch für das Neuartige der Fragestellung Platonows ist, daß seine Gestalten auch jene Zeitgenossen mißverstanden, die seine Werke in ihrer Entstehungszeit bereits hoch einschätzten. Sie suchten sie nach gewohnten Maßstäben einzuordnen. So schrieb A. K. Woronski 1927 an Gorki: »Mir gefällt Andrej Platonow, er ist ehrlich in seiner Schreibweise, wenngleich noch etwas ungelenk. Ich habe seine Novelle über den Arbeiter Puchow – eine Art russischer Eulenspiegel – gelesen. Sie ist amüsant.« Ähnlich hatte Gorki Platonows Roman »Tschewengur« mißverstanden. In einem Brief an Platonow vom 18. September 1929 lobte er zunächst dessen Talent und eigenwillige Sprache. Doch dann betonte er: »Ihr Roman ist außerordentlich interessant, er hat aber eine technische Unzulänglichkeit: Zuviel ›Gespräche‹, Verschwommenheit ›der Handlung‹ ... Doch trotz der unbestreitbaren Vorzüge Ihrer Arbeit glaube ich nicht, daß man sie drucken und veröffentlichen wird. Dem steht Ihre anarchistische Denkweise im Wege, die der Natur Ihres ›Geistes‹ offenbar eigen ist. Bei all Ihrem Zartgefühl für die Menschen sind sie bei Ihnen ironisch gefärbt. Sie werden dem Leser weniger als Revolutionäre, sondern eher als ›komische Käuze‹ und ›Irre‹ erscheinen.« Puchow, Sachar Pawlowitsch, Tschepurny (der Vorsitzende der Kommune von Tschewengur), Kopjonkin und andere können auf den Leser tatsächlich wie »komische Käuze«, »Irre« oder »Eulenspiegel« wirken. Doch geschieht das nicht etwa, weil Platonow sie ironisiert hat. Es handelt sich um die tragikomischen Züge des realen »Erwachens«, der realen Begegnung von Menschen aus den gottverlassenen Gegenden Rußlands mit der Oktoberrevolution, mit der marxistischen Philosophie, mit dem Bolschewismus. Diese Menschen prägte die Geschichtserfahrung eines Landes, in dem man, wie Lenin sagte, »jahrzehnte- und jahrhundertelang dem Volk verboten hatte, über irgend etwas seine Meinung zu sagen«. Für sie brach eine mythische Zeit an, die Utopien geradezu herausfordert, eine Zeit, in der sie sich opfermütig und äußerst aktiv betätigen und erstmalig über alles nachdenken und sprechen. Was »eulenspiegelhaft« im Bewußtsein breiter Volksschichten erscheinen mochte, war also zutiefst historisch bedingt.

Platonows diesbezügliche künstlerische Entdeckung hat L. Schubin, ausgehend von den Verallgemeinerungen Antonio Gramscis in »Zur Philosophie der Praxis« genau beschrieben: »Von Interesse ist nicht nur, wie die Ideen von den Massen Besitz ergreifen, sondern auch, *wie sich diese Massen die neuen Ideen aneignen*. Die beschleunigte Aneignung der neuen Weltanschauung durch die Volksmassen mit gleichzeitiger Revolutionierung dieser Massen und dem Wachstum ihrer Bewußtheit brachte auch widersprüchliche, utopische Vorstellungen vom Sozialismus hervor. Sie nahmen die Ideen auf Meetings, in Versammlungen, in Streitgesprächen und vor allem in der Praxis auf ... Dieser merkwürdige weltanschauliche Zentaur wurde oft als Anekdote betrachtet. Andrej Platonow verhielt sich zu diesem Denk-Zentauren mit der notwendigen Aufmerksamkeit und gebührendem Ernst. Er hatte das Bestreben des Volkes verstanden, die Revolution auf seine Weise und mit eigenen Kräften zu begreifen. Mehr noch, er sah in diesem unstimmigen Chor die Geburt der Wahrheit. Das gestattete ihm, in seinen Werken die Grundfragen des Seins, des Menschen und der Revolution aufzuwerfen.«

Dieser Fragenkomplex ist das Hauptthema von Platonows Werken der zwanziger Jahre, der Novellen und auch der Romane »Tschewengur« (1927/29) – zu dem die Novelle »Die Entstehung eines Meisters« gehört – und »Die Baugrube« (1929/30). Das innere Sujet dieser Werke gründet sich stets darauf, wie die Ideen, Utopien, Gefühle und Bestrebungen von Platonows Helden mit dem objektiven historischen Prozeß zusammenstoßen und welche konstruktiven und tragischen Erfahrungen diese dabei machen. Analysiert und künstlerisch erschlossen wird eine »Philosophie der Praxis«, die große Suche eines Volkes, das »den bedeutenden unwiderruflichen Weg in jene historische Zukunft beschritten hat, den vor ihm noch niemand gegangen ist«, wie es in der Erzählung »Aphrodite« (1944) direkt heißt.

So sind Platonows Helden Sascha Dwanow und Stepan Kopjonkin, »der Denker« und »das Schwert der Revolution« auf dem Pferd »Proletmacht« – gleichsam wie ein neuer Don Quichote und Sancho Pansa –, in der Zeit zwischen der Oktoberrevolution und dem Ende des Bürgerkrieges »auf der eiligen Suche nach dem Sozialismus« unterwegs. Sie gelangen in das Provinznest Tschewengur, wo einige Menschen im Frühsommer des Jahres 1921 – kurz vor der Einführung der NÖP – meinen, den »vollen Kommunismus«, das »Finale der Weltgeschichte«, zu verwirklichen. Ihr früheres Leben hat sie Angst vor Ökonomie, Organisation, Disziplin gelehrt. All das hatte nur den Ausbeutern gedient. Sie wollen eine Menschengemeinschaft schaffen, die sich um die Seele kümmert, ein Leben ohne Arbeit, ohne Eigentum, ohne Wissenschaft. Und sie glauben, wenn sie alle ihre Feinde vernichtet haben, wird sich der Kommunismus ganz von selbst einstellen.

Was ist verständlicher und zugleich tragischer als ihre Ungeduld, nun endlich den Traum vom Paradies, von einem glücklichen, gerechten und freien Leben füreinander zu verwirklichen? Denn daß ihre Versuche, nach ihrer Erlösungsidee zu leben und die Folgen jahrhundertelanger Knechtschaft sofort zu überwinden, zu naiven, traurigen, rührenden und brutalen Schildbürgerstreichen werden, ist ja gerade die Auswirkung fehlender historischer Erfahrungen und des Bestrebens, das unerträgliche Leben sofort in eine glückliche Zukunft zu verwandeln. Dieses Volksbewußtsein, in dem noch Elemente des Mythos und der Folklore lebendig waren, faßte die Revolution im Sinne biblischer Mythen auf. Wie konnte es anders sein?

Das Gefühl einer allgemeinen Neuschöpfung der Welt vermitteln viele künstlerische Bilder und philosophische Gedanken jener Zeit. Ernsthaft-gläubig leben von diesem Gefühl Blocks »Zwölf«, Majakowskis »Mysterium buffo« und »150 Millionen« oder Malyschkins »Der Fall von Dair«. Und Ehrenburgs »VKM« (Der vervollkommnete kommunistische Mensch) sowie Sosuljas »Ak und die Menschheit« parodieren es grotesk. L. Schubin hat richtig verallgemeinert: »Der Mensch war – zumindest empfand er es so – aus dem System sozialer Determiniertheit ›herausgefallen‹, alles schien möglich und leicht realisierbar.« Und Lenin beschrieb schon 1921 diese Träumereien der Revolutionszeit und des »Kriegskommunismus« so: »Wir glaubten, in einem Lande mit einem deklassierten Proletariat würden auf kommunistisches Geheiß Produktion und Verteilung zustande kommen. Als wir versuchten, diese Aufgabe direkt, sozusagen durch einen Frontalangriff zu lösen, erlitten wir einen Mißerfolg. Ist der Frontalangriff mißglückt, so greifen wir zur Umgehung, rücken mittels Belagerung und Miniararbeit vor.«

»Umgehung und Belagerung« – die Neue Ökonomische Politik – setzt vor allem auch dem phantastischen Weg zum Gelobten Land in Tschewengur ein jähes Ende.

Als Platonow 1927/29 über jene Zeit schrieb, wußte er natürlich bereits, daß kein »Finale der Weltgeschichte« stattgefunden hatte und es auch keines geben konnte. Er griff diese Fragen erneut auf, weil die Erforschung der Psychoideologie und die Erfahrungen des wahrheitssuchenden Volkes in der Revolution, der Aufbruch seiner schlummernden Initiative sein großes Thema und Anliegen war. Ihn interessierten die Nachwirkungen langer Geschichte, die vielfältigen Versuche, Wege zur echten Verwandtschaft der Menschen zu finden, wie kurios, originell, makaber und tragisch sie sich auch gestalteten. Deshalb konstruiert Platonow auch keine zielstrebigen Handlungsabläufe und

Fabeln. Er läßt seine Helden über Revolution, Sozialismus und den Sinn des Lebens frei meditieren, hört ihnen aufmerksam und interessiert zu, unterbricht auch dann nicht, wenn sie extrem widerspruchsvolle Meinungen und Urteile äußern.

Die Wahrheit ist für Platonow kein logisches intellektuelles »Gebäude«, sondern Weg und Leben des Volkes. Daraus erklärt sich die unwahrscheinliche Zuhörergeduld. Es ist die Geduld eines Erforschers der Volksseele und zugleich eines Lernenden.

Solch ein geduldiger und aufmerksamer Mensch, dessen »aufnahmebereites Herz« die Welt sensibel erfühlt und bedenkt, ist auch der junge Meister, Techniker und Kommunist Sascha Dwanow, die Hauptgestalt in der »Entstehung eines Meisters« und in »Tschewengur«: »... er gab dem sich vor ihm auftuenden namenlosen Leben keinen fremden Namen. Dennoch wollte er nicht, daß die Welt unbenannt bliebe, er wartete nur darauf, ihren eigenen Namen aus ihrem Munde zu hören statt bewußt ausgedachter Namen«. Die bewegte Zeit zwingt Sascha Dwanow zu neuen Einsichten. Wie Kopjonkin und andere begreift er, daß in Tschewengur kein Kommunismus herrscht: der Tod des einzigen Kindes ist dafür, wie auch in anderen Werken Platonows – besonders in der »Baugrube« –, der endgültige Beweis. Doch aufgefordert, das neue Leben in Tschewengur zu organisieren, erklärt Sascha Dwanow: »Hier liegen keine Mechanismen, hier leben Menschen, die kann man nicht in Gang setzen, solange sie nicht selbst ihr Leben einrichten. Früher habe ich gedacht, die Revolution ist wie eine Lokomotive. Jetzt aber sehe ich: Nein, jeder Mensch muß seine eigene Dampfmaschine des Lebens besitzen ... damit mehr Kraft ist. Sonst kommt man nicht vom Fleck.«

Das ist gewiß ein Lebensextrakt bei Platonow. Aber ein einzelner Mensch erkennt und besitzt niemals die ganze Wahrheit. Diese entwickelt sich für ihn auch nicht aus dem Gegeneinander verschiedener Meinungen. Sie hat nur Wahrscheinlichkeitscharakter und entsteht aus der Summe vieler ineinandergreifender Faktoren.

In der stark autobiographischen Erzählung »Aphrodite«

(1944) hat Platonow das Besondere seiner künstlerischen Wahrheitssuche so formuliert: »Einem einzelnen Menschen ist es nicht gegeben, Ziel und Sinn seines Lebens zu begreifen. Wenn er sich aber an das ganze Volk und dadurch an die Natur und die ganze Welt, an die vergangenen Zeiten und die künftigen Hoffnungen wendet, dann findet seine Seele jene geheime Quelle, die den Menschen nährt ...«

Platonows Helden ordnen ihr Denken und Tun in die große Zeit und die Geschichte ein, indem sie – wie die Volksdichtung – gewöhnliche Dinge, eine alltägliche praktische Logik mit der abstrakten, zutiefst philosophischen Denkweise des Märchens, die konkrete Erscheinung mit den uralten Fragen der Menschheit verbinden und ohne Umschweife direkt auf das Wesen einer Sache zusteuern. Das Verknüpfen sehr weit auseinanderliegender Erscheinungen im Denken seiner Helden – oft als »Begradigung« bezeichnet – bewirkt die Überhöhung des Realen und ist unmittelbarer Ausdruck eines der Volksdichtung verwandten Bewußtseins, das sehr empfindlich auf alle Veränderungen der Wirklichkeit reagiert.

Schon in diesen Werken Platonows kündigt sich an: Das Heraustreten des Menschen aus vorindividueller Existenz sowie das komplizierte dialektische Verhältnis zwischen einer das ganze Leben umfassenden Weltsicht und der prinzipiellen Bedeutung individueller Wahrheitssuche und individuellen Entscheidens entwickelt sich zu der großen neuen Thematik des Schriftstellers, die er später in »Dshan« (1934) künstlerisch verallgemeinert hat. Auf Platonows Weg zu dieser neuen und zukunftswichtigen Menschheitsdichtung waren auch seine großartigen Satiren der zwanziger Jahre eine unabdingbare Voraussetzung.

4 · »Der Staatsbewohner«

Für den »Genossen Schmakow«, den »Philosophen« des Bürokratismus und Leiter einer Unterabteilung in einer Bodenverwaltung in Platonows Satire »Die Stadt Gradow« ist die Revolution – so schreibt er in seinen »Aufzeichnungen eines Staatsmenschen« – ein Triumph »des harmonischen Ordnungssinns« im chaotischen Rußland mit Hilfe der Bürokratie. Inbrünstig bemüht er sich, die Prinzipien menschlicher Entpersönlichung zu formulieren: »Die Kanzlei ist jene Hauptkraft, die die Welt der lasterhaften Elementarkräfte in eine Welt des Gesetzes und des Edelsinns umwandelt. ... Die Bürokratie ... klebte die auseinandergefallenen Teile des Volkes wieder zusammen, pflanzte in sie den Willen zur Ordnung und brachte ihnen eine uniforme Auffassung der gewöhnlichen Dinge bei.«

Mit den Schmakows hatte Platonow sehr persönliche Erfahrungen gemacht. In seiner Bodenverwaltung in Tambow, aber auch schon vorher in der Woronesher Bodenverwaltung und im Moskauer Volkskomitee für Ackerbau war er mit solchen »Stellvertretern der Proletarier«, wie Schmakow sich und seine Kollegen bezeichnet, wiederholt zusammengetroffen. Diese Schmakows hatten sich die »Terminologie der Epoche« schnell zu eigen gemacht und mit ihrer Hilfe ein System zur Zähmung und Zügelung der Elementarkräfte ausgeklügelt. Schmakows Ideal ist »eine Gesellschaft ... in der das offizielle Amtspapier die Menschen derart durchdrungen und unter seine Kontrolle gebracht hat, daß sie, eigentlich lasterhaft, moralisch geworden sind«. Diese »soziale Maxime« ist in Schmakows Verwaltung bereits voll verwirklicht. Als sich ihre Mitarbeiter zu Ehren des Chefjubiläums an ihre vor- und nachrevolutionäre Biographie erinnern, fehlt darin nur die revolutionäre, aber es fehlt ja auch das entsprechende Papier über ihre reale Existenz, und wo kein Papier ist, da fehlt auch der Fakt.

Platonow durchschaute die soziale Gefährlichkeit einer »übermenschlichen ganzheitlichen« Weltsicht, die zur Versuchung einer absoluten Lenkung des Lebens und zur Degradierung des Menschen »als ein Schräubchen« führen kann, sehr früh. In der Satire »Makar im Zweifel« (1929) verallgemeinerte er die Schmakows schon zu einer symbolischen Gestalt: »Makar ... lag ... am Fuße des Berges und blickte in Erwartung eines Wortes oder einer Tat des wissenschaftlichen Menschen zu ihm hinauf. Der Mensch jedoch stand da und schwieg, er sah den betrübten Makar nicht und dachte nur an den ganzheitlichen Maßstab, nicht aber an den einzelnen Makar. Das Gesicht des hochgelehrten Menschen war erhellt vom Widerschein des Massenlebens, das sich fern unter ihm ausbreitete, und seine Augen waren furchterregend und tot vom Stehen dort oben und von dem allzu weiten Blick.«

Schmakow unterscheidet sich grundsätzlich von den frühen »Weltverbesserern« in Platonows Werk. Wogulow verdrängte seine menschliche Seele, die Liebe und das Alltagsleben für eine wahrhaft grandiose Weltveränderung. Er war noch ein romantisiert-tragischer »Satan des Gedankens«. Der Bürokrat Schmakow ist dagegen nur ein lächerlich-banaler, aber noch gefährlicherer Teufel. Er hat niemals geliebt und investiert seine ganze »Verstandeskraft« in die »Staatsaufzeichnungen«, in denen er jegliche Natur als den schlimmsten Feind von Ordnung und Harmonie verdammt und sogar gerichtlich zu verfolgen plant.

Bitter parodiert Platonow die bis zur völligen Unkenntlichkeit verfälschten Ideen seiner Jugend, als er selbst noch die Abtötung der Natur im weitesten Sinne, auch der Gefühlswelt und der Liebe zwischen Mann und Frau, für eine Vorbedingung hoher Menschlichkeit und großer Lebenssinngebung hielt. Aber er glaubte damals, damit alle Kraft für das Bewußtsein und für den Tatendrang freisetzen zu können und das Chaos der Welt und des Lebens durch organisierte Arbeit zu bannen.

1928, als Platonow wieder in Moskau lebte, erschien der Essay »Tsche-tsche-O«, entstanden nach einer Reise in seine Heimatstadt Woronesh, wo gerade eine neue administrative Ordnung eingeführt wurde: Die Einteilung in Gouvernements wurde durch die in Gebiete ersetzt. Platonow unternahm diese Reise gemeinsam mit Boris Pilnjak, »um«, wie es in »Tsche-tsche-O« heißt, »den Bürokratismus an Ort und Stelle zu studieren und sich mit den Massen bekannt zu machen«. Was die beiden Autoren im Woronesher Alltag beobachteten, veranlaßte sie zu der Schlußfolgerung: »Der Bürokratismus ist eine neue soziale Krankheit, ein biologisches Merkmal einer ganzen selbständigen Gattung von Menschen.« Und diese schätzten sie als einen gefährlichen Klassenfeind ein, der an die Stelle der 1928 bereits ungefährlich gewordenen Popen und Krämer getreten war. Platonows eigene Positionen und Maßstäbe exemplifizieren in diesem Essay die Meinungen und Gefühle des Arbeiterveterans der Eisenbahnwerkstätten F. F. und seines Freundes F. P., eines früheren Bauern und heutigen Elektromonteurs, sowie ihrer gemeinsamen Freunde. Es handelt sich um echt Platonowsche »Meister«, die zum Gedankenaustausch und Musizieren zusammenkommen. Platonow empört sich, zusammen mit F. F. und F. P., über die Anmaßung und den Parasitismus jener Schicht, »die in der Staatsritze sitzt und sich als Retter der Revolution fühlt«. Sie glaubt, durch ihr »Lenken und Organisieren ... der Energie des Volkes ein Plantempo zu verleihen«. In Wirklichkeit ruft sie aber bei den Menschen, die sie zu organisieren vorgeben, nur die Empfindung hervor, »als hätten sie sich im komplizierten Gebilde der Welt unter Menschen, die kalt wie Metallgerüste sind, verirrt«.

Diese Bürokraten entstellen und mißbrauchen Gedanken, die Platonow ein Leben lang teuer waren. So die Idee von der geistig-seelischen Kontinuität der Generationen, die er in seinem Gorki-Essay als organisch zu verstehende »Heimat« bezeichnet hat.

Dieses Bürokratismusthema entwickelt Platonow in der satirischen Erzählung »Der Staatsbewohner« (1929) weiter. Hauptfigur ist hier ein kleiner Mann, der zu arbeiten aufhört und es zu seinem Beruf macht, »statt aller« in abstrakten ganzheitlichen Maßstäben zu denken, nach denen der einzelne Mensch völlig aus seinem Gesichtswinkel verschwindet: Die Bewohner des Landes – »philosophiert« er – sollten doch still und bescheiden arbeiten, »dafür sammelt sich dieses verausgabte Leben in Gestalt des Staates, und ihn muß man mit ungeteilter Liebe lieben, denn gerade im Staat bewahrt sich unantastbar das Leben der lebendigen und der gestorbenen Menschen.« So, meint er, produziere der Staat automatisch Ordnung, soziale Gerechtigkeit, Glück und Wahrheit.

Auf ähnliche Weise will der Dorffunktionär Tschumowoi (der Irre) in der Satire »Makar im Zweifel«, der einen »klugen Kopf, aber leere Hände« hat, anstelle der Dörfler denken. Und auch der Dörfler Makar, der »einen leeren Kopf und kluge Hände« hat, folgt diesem Beispiel. Zuerst will er noch einige Zweifel, die ihn quälen, in Moskau klären. Doch dann beschließt er nach verschiedenen Abenteuern im »Zentrum des Staates«, ebenfalls »statt der Proletarier zu denken«.

Platonow deckt eine drohende Gefahr auf: Wenn sich die Trennung von »Kopf und Händen« im gesellschaftlichen Leben materialisiert, wird die Dialektik von ganzheitlichen Maßstäben und bewußter Teilnahme des einzelnen zerstört. Und dann ist die sozialistische Revolution in Gefahr.

»Andrej Platonow«, betonte der Kritiker Wladimir Wassiljew 1982, »wirft auch hier Probleme der Loslösung der Macht von der Lebenspraxis auf, Probleme einer pervertierten Auffassung vom Leitungswesen, das in der Vorstellung kurzsichtiger Leute aus nacktem Administrieren, Voluntarismus und Erklügeltem besteht und von den realen Anforderungen des Lebens weit entfernt ist.«

Solche Fragestellungen Platonows mußten natürlich 1928/29 wütende Angriffe jener Bürokraten hervorrufen, die sich getroffen fühlten. Zu diesen gehörte auch der damals in der Literaturpolitik fast allmächtige Generalsekretär der sektiererisch-dogmatischen RAPP, Leopold Awerbach, der – wie L. Schubin beziehungsreich bemerkte – auch »anstelle des Proletariats, zumindest anstelle der Schriftsteller denken wollte«. Awerbach glaubte, in Platonow einen »Klassenfeind« entlarven zu müssen. In dem Artikel »Über ganzheitliche Maßstäbe und einzelne Makars« (1929) beschuldigte er Platonow zugleich der beiden damaligen Todsünden: der rechten und der linken Abweichung. Seine Argumentation war klassisch vulgärsoziologisch. Er identifizierte die Ansichten Makars und anderer Gestalten Platonows mit denen des Autors und konstatierte einerseits rechts-abweichlerische Kulakenideen, die Verteidigung des ichbezogenen egoistischen sozialen Prinzips, und andererseits linksradikalen Anarchismus und Nihilismus. Und dann fragte Awerbach demagogisch: »Man kommt uns mit Humanismus-Propaganda, als gäbe es auf der Welt etwas wahrhaft Menschlicheres als den Klassenhaß des Proletariats.«

Nach Erscheinen der Armeleutechronik »Zu Nutz und Frommen« wurde diese Platonow-Legende Awerbachs zur offiziellen Meinung, und Platonow wurde nicht mehr gedruckt. Alexander Fadejew, der damalige Chefredakteur der Zeitschrift »Krasnaja now« – Woronski war bereits abgelöst worden –, in der Platonows Chronik abgedruckt war, mußte sich von ihr distanzieren. In seinem Maßstäbe setzenden Artikel »Über eine Kulakenchronik« (1931) wurde Platonow von Fadejew als »ein Kulakenagent ... in der Periode der Liquidierung des Kulakentums als Klasse« gebrandmarkt, der »das wirkliche Bild des Kolchosaufbaus und -kampfes verfälscht« und »die kommunistischen Leiter und Kader der Kolchosbewegung verleumdet«. In der heutigen sowjetischen Kritik werden die Vorwürfe, Platonow verwische die Klassenwidersprüche, auch im Zusammenhang mit der bekannten These Stalins gesehen, daß sich der Klassenkampf mit der Festigung des Sozialismus im eigenen Lande gesetzmäßig verschärfen müßte.

L. A. Iwanowa hat 1970 den »Dialog« zwischen Platonow und seinen Kritikern in den zwanziger und dreißiger Jahren richtig verallgemeinert: »Das Aneinandervorbeireden der streitenden Parteien ... war kein zufälliges Mißverständnis. Es war durch ein unterschiedliches Herangehen an das Sozialismus-Problem, an dessen Subjekt und Objekt – den Menschen – bedingt und schob die Begegnung des Lesers mit Platonows Büchern auf.«

Der Erzähler aus Platonows Chronik ist eine »dämmernde Seele«. »Zerquält von der Sorge ums Gemeinwohl«, pilgert er durch die Dörfer, um zu sehen, »wer schon glücklich lebt in Rußland«. Platonow selbst war sofort nach Erscheinen von Stalins Artikel »Vor Erfolgen von Schwindel befallen« am 2. März 1930 wieder einmal – diesmal im Auftrag der Zeitschrift »Krasnaja now« – ins Gebiet Woronesh gefahren, um die proklamierte Wendung in der Kollektivierungspolitik zu beobachten und den Bauern mit einer Darstellung guter Kollektivierungsversuche zu helfen.

»Platonow verstand das Dorf«, schrieb Viktor Schklowski schon 1926 in seinem Buch »Die dritte Fabrik«. Er war tief beeindruckt von der Arbeit, den Überlegungen und der gesamten Erscheinung des Ingenieurs Platonow, den er in einem Dorf bei Woronesh getroffen hatte.

Platonow sah die patriarchalische Lebensweise und Stagnation des alten Dorflebens sehr kritisch – das ist auch in der »Armeleutechronik« unverkennbar. Zugleich sah er aber auch das Positive in der jahrhundertealten geistigen Erfahrung des werktätigen Bauernvolkes und wollte daher nicht alles Alte automatisch »mit der Wurzel herausreißen«. Er stellte bei seinen Veränderungsplänen die Wirkung historischer Traditionen und objektiver Gesetze von Natur und Mensch in Rechnung. Bereits in »Tsche-tsche-O« (1928), als die Kollektivierungsbewegung erst am Anfang stand, läßt Platonow seinen Helden sagen: »Die Kollektive in den Dörfern brauchen wir jetzt mehr als den Dneprostroi. ... Und schon bereitet der Übereifer Sorgen ... verschiedene Organe versuchen, beim Kolchosaufbau mitzumischen – alle wollen leiten, hinweisen, abstimmen ... Was braucht das Dorf: vor allem Bodenkultur, Bewässerung und feuerfeste Ziegel ...« Bei dem Vorsitzenden Kondrow aus »Zu Nutz und Frommen« geht die Kollektivierung so erfolgreich und ohne Überspitzungen voran, weil er selbständig denkt und andere zum Mitdenken auffordert, auch weil er sich gegen unqualifizierte Direktiven wehrt. Kondrow ist glücklich, als Stalins Artikel seinen vernünftigen Weg bestätigt. Platonows Erzähler stellt fest: »... es gab Orte, die frei blieben von schwindelerregenden Fehlern ... Doch leider waren solche Orte nicht allzu zahlreich.«

Mit dem Zustandekommen und den Folgen dieser Überspitzungen und Fehler zur Zeit der Kollektivierung setzt sich die heutige Sowjetliteratur von Salygins »Am Irtysch« und Tendrjakows »Ableben« bis zu Belows »Vorabenden« auseinander.

Wladimir Wassiljew schrieb 1982: »In dieser Zeit des verschärften Klassenkampfes im Dorf erinnerte Platonow an die humanistischen Werte der neuen Gesellschaft, an das Schicksal des konkreten Menschen in der Kollektivierung, wandte er sich gegen schädliche Gleichmacherei: In der Kolchosbewegung darf ihr zutiefst kommunistischer Sinn nicht verlorengehen, der das menschliche Glück zum Ziel hat.«

Im Roman »Die Baugrube« und in einigen Theaterstücken am Anfang der dreißiger Jahre versuchte Platonow, den anstehenden Problemen und Widersprüchen teilweise noch als Satiriker beizukommen. Dann begann eine neue Phase in Platonows Schaffen. Er wandte sich immer stärker einer Art von Literatur zu, die »unmittelbare Lebenshilfe« für die werktätigen Menschen sein sollte, die – wie er sein neues künstlerisches Credo im Puschkin-Essay formuliert – »einen Ausweg aus der Verstocktheit, aus der Not und Trauer sofort brauchen oder zumindest die Überzeugung vom Wert ihres eigenen und des allgemeinen Lebens haben müssen«.

Berlin, März 1985   Lola Debüser

Inhalt

Die Epiphaner Schleusen 5
Епифанские шлюзы
Übersetzt von Larissa Robiné

Die Kutschervorstadt 45
Ямская слобода
Übersetzt von Erich Ahrndt

Die Stadt Gradow 103
Город Градов
Übersetzt von Larissa Robiné

Der Ätherstrom 142
Эфирный тракт
Übersetzt von Alfred Frank

Ein unerschlossener Mensch 233
Сокровенный человек
Übersetzt von Erich Ahrndt

Die Entstehung eines Meisters 322
Происхождение мастера
Übersetzt von Renate Landa

Zu Nutz und Frommen 391
Впрок
Übersetzt von Charlotte Kossuth

Anmerkungen 472
Lola Debüser: Die Utopien Andrej Platonows
und seiner Helden

Andrej Platonow
Sammelausgabe in Einzelbänden

In gleicher Ausstattung sind in Vorbereitung:

       Erzählungen 1
       Erzählungen 2